HEYNE
BÜCHER

NICOLE JORDAN

DER SOHN DES SCHEICHS

Roman

Deutsche Erstausgabe

WILHELM HEYNE VERLAG
MÜNCHEN

HEYNE ROMANE FÜR »SIE«
Nr. 04/204

Titel der Originalausgabe
LORD OF DESIRE
Aus dem Amerikanischen
von Christa von Hadeln

Printed in France 1997
Umschlagillustration: Pino Daeni / Agentur Schlück
Umschlaggestaltung: Atelier Ingrid Schütz, München
Satz: Fotosatz Prechtl, Passau
Druck und Bindung: Brodard & Taupin

ISBN 3-453-12419-7

Wenn Lieb' in eines Mannes Brust ihr Zelt hat aufgeschlagen,
Ist seine Ruhe hin, sein Leben schwer zu tragen.
Wird diese Liebe tödlich, verdienet man fürwahr
Des Arztes Lohn, zu bannen die Gefahr:
Das Wasser, das er trinkt, befreit ihn nicht aus Todesnot,
Wie frisch vergossnes Blut schmeckt ihm sein täglich Brot.
Mit einer Schwäche, Ohnmacht, Nichtigkeit als waffenloser Held,
Treibt dennoch ihn die Liebe auf ihres Kampfes Feld.
Ahnungsvoll bleibt er, was auch er zu sich nimmt,
Wenn er ums Leben in einem Meer von Sorgen schwimmt.

FARID UD-DIN ATTAR
12. Jahrhundert

Prolog

Kent, England
1840

Der knochige Berberhengst paßte nicht so recht in das Bild, das der stattliche Familiensitz des Herzogs von Moreland bot. Der prächtige, sonnengelbe Bau mit den klassisch ausgewogenen Proportionen stellte den Inbegriff von Eleganz und Würde dar, während die großzügig angelegten Rasenflächen mit den kunstvoll beschnittenen Taxushecken von gärtnerischer Architektur in höchster Vollendung zeugten.

Im Gegensatz dazu machte der feurige Berberhengst mit den hohen Beinen, dem sehnigen Körper und der langen dichten Mähne einen eher wilden Eindruck. Beim genaueren Hinsehen hatte er eine entfernte Ähnlichkeit mit den schlanken Vollblütern in den berühmten herzoglichen Ställen. Dieses Pferd war auf Ausdauer und Schnelligkeit und für den Überlebenskampf in der erbarmungslosen Wüste der Sahara gezüchtet worden. Ein livrierter Stallbursche bemühte sich, das ungeduldig schnaubende Tier am Zaumzeug festzuhalten, das jetzt zu allem Übel auch noch heftig mit den Hufen im Kies scharrte. Anscheinend konnte der kastanienbraune Hengst kaum mehr die Rückkehr seines Herrn erwarten.

Der Reitersmann, der jetzt die breiten Steinstufen vor dem herzoglichen Anwesen hinuntereilte, paßte ebenfalls nicht recht in diese vornehme Umgebung, trotz des maßgeschneiderten Reitrocks, des sorgsam gebundenen schwarzseidenen Halstuches und seines Anspruchs auf eine aristokratische Abstammung. Der junge Herr war der Enkel des Herzogs. Die gebräunte Haut, die kantigen Gesichtszüge und der scharfe Adlerblick verliehen ihm jedoch eine rücksichtslose Härte, die ein traditionell erzogener englischer Gentleman seiner Klasse niemals besitzen würde. Es war auch keineswegs stilgerecht, wie er sich auf den Rücken des Braunen schwang und ihn herumriß, als ob er im Sattel geboren wäre.

Die Muskeln des Pferdes spannten sich erwartungsvoll, als der Reiter aufsaß. Ungeduldig fieberte es der wiedergewonnenen Freiheit entgegen.

Aber Nicolas Sterling hielt die Zügel des Hengstes straff, als er zwischen den ehrwürdigen hohen Eichen auf dem Kiesweg davonritt. Wie immer drängte es ihn, das herzogliche Haus so schnell wie möglich zu verlassen, aber dieses Mal beherrschte er seine Ungeduld und zeigte seinem Großvater ein letztes Zeichen von Gehorsam und Respekt. Die Unterredung mit ihm war erfolgreich abgeschlossen. Er war frei und unabhängig und würde jetzt sein eigenes Leben führen. Zehn Jahre. Zehn lange Jahre in diesem fremden Land. Wie eine Gefangenschaft hatte er diese Zeit empfunden. Endlich konnte er die ihm aufgezwungene englische Erziehung und den englischen Namen, den er hatte annehmen müssen, abschütteln.

Der Geschmack der Freiheit brannte ihm auf der Zunge; sie schmeckte wie die würzige Herbstluft und war so lebendig wie die riesigen Eichen, deren Blätterdach sich allmählich zu färben begann. Seine Stimmung schien sich auf den Hengst zu übertragen. Mit weit geöffneten Nüstern und nach vorn gestellten Ohren tänzelte er leichtfüßig die bekieste Allee entlang.

Das Pferd scheute nicht, als eine Eichel auf seinen Kopf prallte und zu Boden sprang; das war das Ergebnis seiner Dressur. Geistesabwesend lobte Nicolas das Tier mit ein paar gemurmelten Worten; in Gedanken beschäftigte er sich bereits mit der bevorstehenden Abreise aus England.

Im nächsten Augenblick hörte er ein sonderbares Geraschel, dann ein dumpfes Geräusch, als ihm der seidene Zylinder vom Kopf schwebte und auf dem Weg landete. Der Kies spritzte hoch auf, als er den Hengst herumriß. Nicolas Sterling griff instinktiv nach dem Dolch an der Seite — eine

Gewohnheit aus seiner Jugendzeit — bevor er sich bewußt wurde, daß er in diesem friedlichen Land keinen Grund hatte, eine Waffe zu tragen. Aber er hatte nicht erwartet, daß ihm von einem britischen Baum Gefahr drohen könnte.

Oder von einem weiblichen Wesen.

Aber genau das war der Fall, als er überrascht nach oben blickte. Er konnte sie kaum erkennen. Nur die Eicheln verrieten sie. Das schwarze Kleid verschwand beinahe zur Gänze im dichten Schatten des Eichenlaubs. Selbst als er durch die Zweige nach ihr spähte, warf sie eine weitere Eichel auf seinen am Boden liegenden Hut und verfehlte ihn nur knapp.

Der braune Hengst bäumte sich auf, warf den edlen Kopf zurück und schnaubte bedrohlich. Beruhigend legte Nicolas eine Hand auf den Nacken des Pferdes, aber er verzog ärgerlich das Gesicht.

»Die erste Eichel«, sagte er ruhig, »hielt ich irrtümlicherweise für naturgegeben, und die zweite, mit der du nach meinem Hut zieltest, entschuldigte ich als Zufall. Die dritte aber nicht. Vielleicht möchtest du wissen, welche Folgen eine vierte nach sich ziehen würde?«

Als sie nicht antwortete, verengten sich Nicolas Augen.

Jetzt hatte sich sein Blick an die Schatten gewöhnt, und er sah deutlich, daß der Störenfried auf dem überhängenden Ast ein junges, braunhaariges Mädchen von ungefähr dreizehn Jahren war. Der Rocksaum der kleinen Göre schwebte ungefähr vier Fuß über ihm, so daß ihre langen spitzenverzierten Unterröcke zu sehen waren.

Er schickte einen wütenden Blick nach oben und bekräftigte ihn mit einer drohenden Handbewegung. Die kleine Göre aber warf nur verächtlich den Kopf zurück. »Ich pfeif auf die Folgen. Mir jagen Sie keine Angst ein.«

Diese ungewöhnliche Antwort verschlug ihm die Sprache. Er war es nicht gewohnt, von einem weiblichen Wesen, noch dazu einem Kind, herausgefordert zu werden. Während Nicolas sie anstarrte, wußte er nicht, ob er die Kleine übers Knie legen oder das Ganze mit einem Schmunzeln abtun sollte. Er entschied sich fürs erstere und setzte eine angemessen strenge Miene auf.

»Wenn du eine weitere Eichel wirfst«, warnte er sie, »sehe ich mich gezwungen, dir für deine Ungezogenheit eine Tracht Prügel zu verabreichen.«

Daraufhin schob sich das Kinn des Mädchens noch ein paar Inch nach oben. »Da müssen Sie mich erst einmal fangen.«

»Oh, verlaß dich drauf! Und glaube mir, es wird dir noch leid tun, wenn du mich zwingst, dir nachzuklettern.« Seine Stimme war angenehm weich und dunkel, doch schwang eine nicht zu überhörende Drohung mit. »Nun, muß ich dich entwaffnen, oder bist du bereit, dich kampflos zu ergeben?«

Den drohenden Unterton mußte sie herausgehört haben. Nach kurzem Zögern ließ sie eine Handvoll Eicheln zu Boden fallen.

Nicolas war zufrieden. Sie würde es nicht erneut wagen, ihn oder den Hengst mit ihren Geschossen zu bombardieren. Aber er konnte nicht zulassen, daß sie weitere arglose Reiter aufs Korn nahm. »Du hättest dir Gedanken darüber machen sollen, was dabei passieren kann«, sagte er jetzt im Plauderton. »Wenn mein Pferd weniger gut geschult wäre, hätte es scheuen können, sich womöglich verletzt oder mir Schaden zugefügt.«

»Ich habe nicht auf Ihr Pferd gezielt, nur auf Ihren Hut. Nie würde ich einem Tier etwas antun. Außerdem hat es nicht gescheut, und Sie hatten keine Mühe, es zu halten, obwohl es so wild aussieht.«

»Du nimmst wohl an, du könntest dir ein Urteil über Pferde erlauben? Ich kann dir nur eins versichern. Dieses Tier bedeutet mir mehr als die verwöhnten Gäule im Stall des Herzogs.«

»Verkaufen Sie mir Ihr Pferd?«

Diese plötzliche Frage, die voller Erwartung vorgetragen wurde, überraschte ihn.

»Ich kann es mir leisten, einen guten Preis zu bezahlen«,

entgegnete sie rasch, als er zögerte. »Mein Vater war über alle Maßen reich.«

Mehrere Antworten schossen ihm gleichzeitig durch den Kopf. Sein Pferd sei nicht zu verkaufen. Ein Hengst sei wohl nicht das geeignete Reittier für eine junge Dame. Seine Neugier war geweckt. »Was würdest du mit ihm machen?« fragte Nicolas statt dessen.

»Ich werde ein gutes Pferd brauchen, wenn ich von hier ausrücke.«

Er zog eine Augenbraue in die Höhe, als er sie anblickte. In ihrer Stimme schwangen wieder Trotz und Auflehnung mit, die ein gewisses Mitgefühl mit dieser aufmüpfigen Göre weckten. »Und wohin willst du ausrücken?«

»Nach Indien, natürlich.«

Ein Lächeln tauchte an seinen Mundwinkeln auf. »Ich fürchte, zu Pferd kannst du nicht bis nach Indien reiten.«

»Das weiß ich auch. Aber bis ich ein Schiff gefunden habe, das mich mitnimmt, muß ich doch wohl erst den Hafen erreichen, oder nicht?«

»Dieses Pferd hier ist nicht zu verkaufen«, erklärte Nicolas und versuchte das Lachen in der Stimme zu unterdrücken. »Jedenfalls dürften deine Eltern ziemlich besorgt sein, wenn du ausreißt.«

Eigentlich hatte er erwartet, sie wäre enttäuscht, aber zu seinem Erstaunen schwang sich das Mädchen mit fliegenden Röcken aus dem Geäst und landete auf der Steinmauer, die den Weg säumte. Dort verharrte sie einen Augenblick und blickte ihn prüfend an.

Ein bemerkenswertes Kind, dachte er. Diese weiten, sturmgrauen Augen, die in dem gleichmäßigen Oval des Gesichts sehr groß wirkten. Augen, die trotzig und zornig schauten ... und angstvoll. Langsam stiegen zwei dicke Tränen in ihnen auf und Trotz und Auflehnung schmolzen dahin. »Ich habe keine Eltern«, hauchte sie mit belegter Stimme.

Im nächsten Augenblick sprang sie von der Mauer herab und floh quer über den kurzgeschnittenen Rasen zum anderen Ende des Parks und verschwand unter den herabhängenden Zweigen einer Weidengruppe.

Der Schmerz dieses ungezügelten jungen Wesens beeindruckte Nicolas derart, daß er ihr folgte. Er fand sie auf dem Gras liegend mit dem Gesicht nach unten. Sie schluchzte, als ob ihre Welt in Stücke gegangen wäre. Unerklärlicherweise fühlte er sich schuldig. War er für diese Tränen verantwortlich?

Nicolas stieg ab und setzte sich abwartend neben sie. Er bewegte sich nicht und faßte sie nicht an. Sie sollte nur seine Nähe spüren, so wie er es mit seinen Pferden tat. Mit keinem Wort äußerte sie sich zu seiner Anwesenheit, aber sie versuchte ihr Schluchzen zu unterdrücken und daraus schloß er, daß sie sich seiner Nähe bewußt war. Nach einer Weile verebbten die Tränen, und sie schien wieder einigermaßen gefaßt.

Auf seine Fragen jedoch wollte sie nicht antworten. Was sie bedrücke, fragte er vorsichtig, aber sie murmelte nur heiser: »Gehen Sie weg.«

»Was für ein Gentleman wäre ich denn, wenn ich eine junge Dame in ihrer Verzweiflung allein ließe.«

»Ich bin nicht verzweifelt.«

»Warum wässerst du den Rasen mit deinen Tränen?«

Wieder blieb sie ihm die Antwort schuldig. Sie setzte sich auf, zog die Knie an sich heran und wie um sich vor ihm abzuschirmen, vergrub sie den Kopf in den Armen.

»Sag mir, was dich bedrückt, und ich gehe fort.« Wieder Schweigen. »Meine Geduld ist grenzenlos.« Nicolas lehnte sich zurück, als ob er sich auf ein langes Warten vorbereitete. »Wieso hast du keine Eltern mehr?«

Sie räusperte sich. Dann war ein nicht sehr damenhaftes Schniefen zu hören. »Sie ... sie sind gestorben.«

»Das tut mir leid. Und das ist noch nicht lange her?«

Nach kurzem Zögern nickte das Mädchen schwach.

»Und sie fehlen dir sehr?«

Diesmal nickte sie etwas heftiger, dennoch war sie zu keiner Antwort zu bewegen.

»Willst du mir nicht etwas darüber erzählen?« versuchte es Nicolas. »Ich würde gerne wissen, was vorgefallen ist. War es ein Unfall?«

Es brauchte noch etwas Zeit, aber mit sanfter Überredung gelang es Nicolas, die Ursache ihres Kummers zu erfahren. Vater und Mutter waren in Indien an der Cholera gestorben, und sie mußte wieder nach England zurück, um zur Schule zu gehen. Deshalb trug sie Trauerkleidung. Deshalb weinte sie so herzergreifend.

Nicolas blieb still. Jetzt verstand er sie. Er selbst hatte ähnliche Qualen durchgemacht. Er wußte, was es hieß, brutal aus der Kindheit gerissen zu werden und als Waise in endlosem Schmerz zu versinken. In Schmerz und Haß.

»Ich hätte auch sterben sollen!« Ihre Worte waren mehr ein dumpfes Gemurmel, da sie den Kopf unter den Armen verborgen hatte. Ihren Wunsch zu sterben verstand Nicolas ebenfalls. Das Schuldgefühl, am Leben geblieben zu sein, den Tod betrogen zu haben, der einem das Liebste auf der Welt genommen hatte. Er hatte mit ansehen müssen, wie sein Vater von einem französischen Bajonett niedergestochen, wie seine Mutter von den Soldaten, die schlimmer als streunende Schakale waren, mißhandelt und ermordet worden war.

»Ich hasse England!« rief das Mädchen plötzlich laut. »Ich hasse alles hier! Und es ist so kalt.«

Kalt, naß und fremd, dachte er. Die ewige feuchte Kälte hatte auch ihm zugesetzt, als er vor zehn Jahren gegen seinen Willen in dieses Land geschickt worden war, um bei Verwandten seiner Mutter zu leben. England war das krasse Gegenteil zu seiner Heimat — das weite Wüstenland, der endlose Himmel und die wildzerklüfteten Berge Nordafrikas. Als das Mädchen wieder aus tiefster Brust aufschluchzte, wollte er sie am liebsten tröstend in den Arm nehmen. Statt dessen fischte er aus seiner Tasche ein schneeweißes, mit seinem Monogramm besticktes Taschentuch heraus und drückte es ihr wortlos in die Hand.

»Mit der Zeit wirst du dich an das Klima gewöhnen«,

erklärte er so zuversichtlich wie möglich. »Du bist ja erst wenige Tage hier.«

Sie übersah das Taschentuch und schniefte. »Mir ist die Hitze lieber.« Dann hob sie den Kopf und richtete das große, grau schimmernde Augenpaar auf ihn. »Ich werde weglaufen. Hier kann mich keiner festhalten.«

Die Entschlossenheit in ihrem Blick war ihm nicht entgangen. Erneut beeindruckte ihn dieser wilde Trotz. Sie war ein willensstarkes, rebellisches Kind ... nein, eigentlich war sie kein Kind mehr, eher ein junges Mädchen auf der Schwelle zum Weib. Sie war eine Knospe, die sich zu entfalten begann, überlegte er. Sie gab ihm weitere Rätsel auf. Sie hatte ein hübsches glattes Gesichtchen, in dem alles nicht so recht zusammenpassen wollte, und doch war es erstaunlich anziehend. In ein paar Jahren könnte sie zu einer Schönheit heranwachsen. Die dichten, geraden Brauen verliehen diesen unglücklichen Augen etwas exotisch Verhangenes, während das spitze kleine Kinn auf Eigensinn schließen ließ, der Schlechtes für jeden verhieß, der sich mit ihr anlegte.

Auf sonderbare Weise fühlte er sich ihr verwandt, diesem jungen, englischen Mädchen, das sich nach Indien zurücksehnte, wo es aufgewachsen war. Er verstand, daß sie sich zur Wehr setzte und den Erwachsenen trotzte, auch wenn sie ihr Bestes wollten.

Er konnte es ihr nachfühlen. Ihm war es ähnlich ergangen. Nicolas lehnte sich zurück und stützte sich mit den Handflächen ab. Der wilde kleine Junge von damals stand ihm vor Augen. Zweimal war er davongerannt, bis er einen Pakt mit dem Großvater eingegangen war. Bis zu seiner Volljährigkeit würde er in England bleiben und erzogen werden. Sollte er dann immer noch die Absicht haben, in das Land der Berber zurückzukehren, würde sein Großvater ihm die Wege ebnen.

War es das Ganze wert gewesen? Zehn Jahre lang hatte er sich nach seiner Heimat verzehrt, während sein Großvater fast daran verzweifelt wäre, aus dem kleinen ›wilden Araber‹ einen zivilisierten englischen Gentleman zu machen.

Die Verwandlung, die man letztlich als gelungen bezeichnen konnte, war für Nicolas schmerzhaft gewesen. Zur Hälfte hatte er englisches Blut. Seine Mutter war von einem Berberhäuptling geraubt worden, nachdem das englische Schiff von arabischen Piraten gekapert worden war. Sein kämpferisches Berberblut ließ sich nicht verleugnen, obwohl es sein Großvater vorgezogen hätte, diese Tatsache ganz unter den Tisch fallen zu lassen. Auch wenn seine Eltern schließlich geheiratet hatten, gehörte sein Vater einem anderen Glauben an.

Nicolas aber hatte die hohe Kunst, sich als Aristokrat zu benehmen, bis zur Perfektion gemeistert. Man akzeptierte ihn in der Gesellschaft und bei den Damen war er hochbegehrt, trotz seiner fragwürdigen Abstammung. Oder gerade deswegen. Die Damen von Stand, die sich den Anschein gaben, über seine Abkunft schockiert zu sein, waren bereit, ja sogar eifrig bemüht, ihn in ihre Betten einzuladen. Von Neugier getrieben wollten sie unbedingt herausfinden, ob er der gefährliche Wilde sei, den sie sich in ihrer Fantasie ausgemalt hatten.

Nicolas Blick fiel auf die junge Waise neben sich. Seine Zeit in England war abgelaufen, ihre begann erst. Sie würde Einsamkeit und Heimweh ertragen müssen, genau wie es sein Schicksal gewesen war.

Sein forschender Blick wanderte über ihr tränennasses Gesicht. Der salzig nasse Strom war zwar versiegt, nicht aber ihre Verzweiflung. Die Unterlippe zitterte leicht und verlieh ihr einen Ausdruck von Verwundbarkeit, der ans Herz rührte. Nicolas wollte ihr helfen. »Hast du hier Angehörige?« fragte er leise. »Hatten deine Eltern Verwandte?«

Das junge Gesicht verzog sich schmerzhaft, ehe sie eilig fortsah. Die Finger umklammerten das Taschentuch, das er ihr geliehen hatte. »Ich habe zwei Onkel, eigentlich sind es drei, wenn man den in Frankreich hinzuzählt. Aber die wollen mich nicht. Ich bin nur eine Last für sie.«

Bei der Erwähnung von Frankreich zog sich sein Magen zusammen, aber er ließ sich nichts anmerken, als er ihr antwortete. »Dann schlage ich vor, daß du sie vom Gegenteil überzeugst. Du mußt dich unentbehrlich machen, ihnen einen guten Grund geben, daß sie dich behalten wollen.«

Als sie sich umwandte und ihn mit großen erstaunten Augen anblickte, mußte er schmunzeln. »Wisch dir das Gesicht ab«, sagte er freundlich. »Die Wangen sind ganz verschmiert.«

Sie gehorchte ohne groß darüber nachzudenken. Dann hielt sie ihm das feuchte Tuch entgegen. »Das sollte ich Ihnen wohl lieber zurückgeben, vielen Dank.«

Das Taschentuch trug die Initialen seines englischen Namens. »Du kannst es behalten. Dort, wo ich jetzt hingehe, brauche ich es nicht mehr.«

Sie sah ihn fragend an. »Wohin gehen Sie?«

»Fort. In ein anderes Land.«

Ein Hoffnungsschimmer huschte ihr über das Gesicht, als sie sich hinkniete. »Kann ich mitkommen? Bitte! Ich werde Ihnen auch keine Schwierigkeiten machen. Ich kann mich fabelhaft benehmen, wenn ich es wirklich will. Bitte.«

Offenbar war ihr die Ungeheuerlichkeit ihres Ansinnens nicht bewußt geworden. Wie konnte sie einen wildfremden Mann bitten, sie mitzunehmen! Das Flehen ihrer Stimme und ihrer Augen rührte ihn derart, daß er plötzlich wünschte, er könne ihre Bitte erfüllen.

Langsam hob er die Hand und wischte ihr mit dem Daumen eine letzte Träne fort. »Ich fürchte, das kann ich nicht«, sagte er bedauernd.

Gerade in diesem Augenblick hob der braune Hengst, der bis dahin brav dagestanden war, witternd den Kopf. Nicolas blickte sich um und bemerkte einen kleinen dunkelhäutigen Mann, der hinter den Weiden auftauchte. Er trug die Nationaltracht der Inder, eine weiße Baumwolltunika, weite Hosen und einen Turban.

Bei seinem Anblick setzte sich das Mädchen sofort auf, strich die zerknitterten Röcke glatt und wischte sich mit dem Taschentuch noch einmal über die Wangen.

Der kleine Mann näherte sich lautlos und verneigte sich

tief vor ihr, wobei die braune Stirn fast die Knie berührte. »Sie haben mich sehr erschreckt, Missy Sahib. Sie hätten sich nicht so weit entfernen sollen an diesem fremden Ort. Erwin Sahib wird sagen, ich passe nicht gut auf Missy auf. Er wird mich schlagen und mich hinauswerfen. Allah möge mich beschützen.«

Nicolas erwartete, daß das Mädchen die Klage des Dieners mit einer Handbewegung abtun würde, statt dessen aber beruhigte sie ihn freundlich. »Onkel Oliver wird dich nicht schlagen, Chand. Er würde dir nie die Schuld geben, wenn ich mich daneben benehme.«

»Und Sie haben sich wieder vor mir versteckt, Missy Sahib.« Der Inder rollte die Augen nach oben. »Womit habe ich diese Undankbarkeit verdient?«

Sie sah tatsächlich zerknirscht aus. »Verzeih mir, aber du hättest dich nicht zu sorgen brauchen, Chand. Mir ist nichts zugestoßen. Dieser Gentleman« sie warf Nicolas rasch einen Blick zu »war so freundlich, mir sein Taschentuch zu leihen.«

Der Diener sah Nicolas an, musterte Gesicht und Kleidung und war zufriedengestellt. Der dunkle kleine Mann verneigte sich erneut, bevor er sich an seine Herrin wandte. »Erwin Sahib hat nach Ihnen verlangt. Darf ich sagen, daß Missy kommen, ja?«

Sie seufzte. »Ja, Chand, sag meinem Onkel, daß ich gleich kommen werde.«

Mit dieser Antwort schien der Inder zwar nicht zufrieden, aber er verneigte sich, zog sich zurück und murmelte etwas Unverständliches.

»Onkel Oliver«, erklärte sie, »hat mich nach England geholt, weil er sich für mich verantwortlich fühlt, aber ich weiß, daß er froh sein wird, mich endlich loszuwerden.«

Nicolas lächelte verständnisvoll. »Dann solltest du sofort damit beginnen, ihn umzustimmen.«

Das schwache Lächeln, das sie ihm zur Antwort gab, war zwar nur ein kläglicher Versuch, aber immerhin ein Lächeln. »Danke, daß Sie Chand nichts verraten haben ... über die

Eicheln. Er hätte sich für mich geschämt.« Sie zögerte und nestelte am Taschentuch herum. »Ihm verdanke ich mein Leben. Als ich noch klein war, hat er mich in Indien vor einem Elefanten gerettet. Geistesgegenwärtig zog er mich vom Pfad weg, da mich sonst der wildgewordene Bulle zertrampelt hätte. Seitdem hat ihn mein Vater als Diener für mich eingestellt, damit er ständig aufpaßt, daß ich keine Dummheiten mache.«

»Und ist ihm das geglückt?«

Sie riß die Augen auf und starrte ihr Gegenüber einen Moment ungläubig an, bis sie begriff, daß er sie neckte. Das schuldbewußte Lächeln, das jetzt in ihrem Gesicht stand, war offen und ehrlich. »Ich fürchte, manchmal stelle ich Chands Geduld auf eine harte Probe.«

Das glaubte Nicolas ihr aufs Wort. »Versprich mir, keine Eicheln mehr zu werfen.«

»Gut. Versprochen.«

Kurz entschlossen stand er auf, strich sich über die Reithosen und musterte das Mädchen auf dem Rasen. Ihm war leicht zumute. Sie weinte nicht mehr, und der große Kummer war aus den graublauen Augen verschwunden.

Ohne ein weiteres Wort zu verlieren, schwang er sich auf den Berberhengst und warf einen letzten Blick über die Schulter. Das Mädchen hatte die Arme um die Knie geschlungen und blickte nachdenklich zu den Weiden hinauf. Wahrscheinlich versuchte sie sich ein Bild von ihrer Zukunft zu machen.

Zufrieden wandte sich Nicolas jetzt den Dingen zu, die vor ihm lagen. Heute war er einundzwanzig Jahre alt geworden, aber er feierte nicht seinen Geburtstag, sondern seine Freiheit, auch wenn der Herzog ihm dazu nur widerstrebend seinen Segen erteilt hatte. Und bald würde er die Rechnung begleichen und den entsetzlichen Mord an seinen Eltern rächen. Jetzt konnte er endlich in sein Land zurückkehren, in das Land, das die Franzosen Algerien genannt hatten.

Freiheit! Freiheit für das Volk seines Vaters! Zwei Aufgaben hatte er sich bei seiner Rückkehr gestellt. Er wollte die Franzosen aus seinem Heimatland vertreiben und sich an dem Mann rächen, der das Leben seiner geliebten Eltern auf dem Gewissen hatte.

Freiheit! Wie herrlich würde es sein, wieder den Boden der Heimat zu betreten, über den heißen Wüstensand zu galoppieren, den Durst an einer Quelle zu stillen und in dem bergigen Hochland Zuflucht vor der brennenden Hitze zu finden. Wie froh war er, diesem kalten, nebligen Land mit der verlogenen Moral und der sogenannten Zivilisation den Rücken zu kehren.

Als er wenige Augenblicke später seinen seidenen Hut auf dem Kiesweg liegen sah, ritt er weiter, ohne ihn aufzuheben. Er würde alles Englische ablegen, angefangen von seiner eleganten Kleidung bis zu dem Namen Nicolas Sterling.

Fortan würde er wieder den stolzen Berber-Namen annehmen, den man ihm bei seiner Geburt gegeben hatte. In Zukunft würde man ihn als Jafar el-Saleh kennen.

TEIL EINS

Ihre Leidenschaft ist wie Afrika; ihre Sehnsucht wie ein Sturm in der Wüste — einer Wüste, deren glühende Weite sich in ihren Augen widerspiegelt — einer Wüste der azurblauen Liebe, des sich nie verändernden Himmels und der kühlen sterngesprenkelten Nächte.

Honoré de Balzac

Kapitel 1

Algier, Nordafrika
1847

Endlich war der Augenblick der Rache gekommen.

Jafar stand auf der dunklen Terrasse vor dem hell erleuchteten Zimmer und beobachtete gelassen den Mann, den er töten würde. Die Doppeltüren waren weit geöffnet und mit seidenen Gazeschleiern verhangen. Das feine Gewebe verlieh der Abendgesellschaft in den Räumen einen festlichen Schimmer und dämpfte das Geräusch frohen Lachens und der angeregten Unterhaltung der Gäste ein wenig ab. Die Vorhänge erfüllten zugleich eine sehr wichtige Aufgabe. Sie schirmten den Beobachter ab und gestatteten ihm, die hier versammelten wohlhabenden Europäer und deren Gastgeber, Oberst Gervase de Bourmont, ungestört zu betrachten, während er selbst unsichtbar blieb.

Mit dem Finger schob Jafar den Vorhang einen Spaltbreit zur Seite. Mit kaltem, entschlossenem Gesichtsausdruck musterte er seinen Feind. Der Oberst war ein hochgewachsener, dunkelhaariger Mann in den Dreißigern, ein Offizier, der auffallend gut aussah und eine überlegene Intelligenz ausstrahlte. Jafar hatte dem Franzosen nie Auge in Auge gegenübergestanden, aber der Name Bourmont war seit siebzehn Jahren in seinem Gedächtnis eingebrannt.

Jetzt endlich war es soweit.

In den vergangenen Monaten, gleich nach dem Eintreffen Bourmonts in Algier, hatte sich Jafar genauestens mit den Gewohnheiten des Colonels vertraut gemacht. Seine Spione hatten gute Arbeit geleistet. Er kannte den offiziellen wie privaten Tagesablauf des Mannes bis ins kleinste Detail. Was er zum Frühstück aß. Welchen Weg er jeden Morgen zu seiner Dienststelle durch die engen, gewundenen Gassen von

Algier nahm. Welche Pferde er bevorzugte. Welcher Prostituierten er seine Gunst schenkte.

Der Oberst liebte dunkle, voll erblühte Schönheiten mit üppigen Rundungen und aufreizender Sinnlichkeit. Aus diesem Grunde war die Wahl seiner Braut überraschend.

Jafars Augenlider verengten sich, als er den Vorhang ein weiteres Mal beiseite schob, um die junge Frau neben dem Oberst genauer in Augenschein zu nehmen. Sie war von durchschnittlicher Größe. Ihre Taille war schmal. Ein Mann konnte sie leicht mit den Händen umspannen. Zweifelsohne war sie aus gutem Hause und höchstwahrscheinlich Jungfrau.

Als Jafar von Alysson Vickerys Existenz erfuhr, wußte er sofort, daß er sie zum Werkzeug seiner Rache machen würde. Mit grimmiger Genugtuung musterte er seine Beute. Bald würde Miss Vickery in seiner Gewalt sein. Sehr bald. Ihre Unschuld würde ihm nur zum Vorteil gereichen, überlegte er kalt. Der Oberst würde dann um so mehr bereit sein, ihre Unschuld und Ehre zu schützen.

Das festliche Ereignis heute abend hatte die Gerüchte einer bevorstehenden Verlobung bestätigt. Der Empfang wurde ihr zu Ehren gegeben, und während des ganzen Abends hatte der Oberst ihr eifrigst den Hof gemacht und war nicht von ihrer Seite gewichen.

Jafar entging nicht, wie sehr der Oberst von ihr beeindruckt war. Offensichtlich stammte die junge Dame aus einem begüterten Hause. Sie trug ein Kleid aus matter heller Seide mit einem weich fallenden Rock und einem knappen enganliegenden Mieder, das mit feinen Perlenschnüren bestickt war. Noch auffallender war der vierreihige Perlenschmuck, den sie um den Hals trug. Die dichten, kastanienbraunen Haare waren zu einem losen Knoten geschlungen — entgegen der neuen Mode hatte sie gänzlich auf die niedlichen Ringellöckchen verzichtet. Aber weder die Perlen noch die eigenwillige Frisur oder das elegante Pariser Modellkleid erregten seine Aufmerksamkeit.

Was ihm sofort auffiel, war die Lebhaftigkeit, die verhaltene Energie, die von ihr ausging. Inmitten der Gäste wirkte sie wie eine Oase in der Wüste. Wie ein Wasserquell zog sie einen durstigen Mann an.

Unwillkürliche Bewunderung erschien in Jafars Augen, als er die wohlgeformte Wölbung der bloßen Schultern und des festen, hohen Busens betrachtete. Der Ausschnitt des Abendkleides war nach europäischen Maßstäben keinesfalls übertrieben, da nur der hellhäutige Ansatz ihrer Brust zu sehen war. Aber der Eindruck war atemberaubend.

Während seine Augen den berauschenden Anblick festhielten, überlegte er, wie sich diese sanften Rundungen wohl unter seinen Händen oder an seinen Lippen anfühlen würden.

Ein kaum merkliches Lächeln umspielte seinen Mund.

Es würde vielleicht nicht mehr lange dauern, bis er es herausfand.

Alysson hatte nicht mehr den geringsten Zweifel. Onkel Honoré versteckte sich vor ihr.

Sie hatte in dem Augenblick Verdacht geschöpft, als der gute Honoré aus dem Empfangsspalier verschwunden war und es ihr überlassen hatte, die Gäste an Gervases Seite zu begrüßen. Erst jetzt, wo sie endlich eine kleine Pause hatte, konnte sie die Gelegenheit wahrnehmen, um sich auf die Suche nach ihrem Onkel zu machen.

Von dem hasenherzigen, ältlichen Franzosen war nichts zu sehen.

»Du kannst dem Unvermeidlichen nicht entkommen, *mon oncle*«, sagte Alysson flüsternd zu sich selbst und wußte nicht, ob sie verzweifelt oder belustigt sein sollte. Wenn sie ihn fand, würde sie ihren feigen Verwandten zur Rede stellen. Er hatte die Entscheidung lange genug hinausgeschoben. Morgen würde es zu spät sein.

Alysson öffnete ihren bemalten Seidenfächer und wedelte sich Kühlung zu. Diese Bewegung war dazu angetan, ihre Hilflosigkeit zu verbergen, während ihr Blick über die Gäste schweifte. Vor gut einer Woche war sie in Algier angekommen und hatte bis jetzt nur wenig von der Stadt gesehen, die Schlupfwinkel der Piraten und Bollwerk der Türken gewesen war. Von der Umgebung hatte sie überhaupt nichts zu Gesicht bekommen — und sie konnte ihre Ungeduld kaum bezähmen.

Der gute Onkel Honoré würde sie niemals verstehen. Er hatte keine Ahnung von den Dingen, die sie bewegten. Daß sich ein Herz nach Leidenschaft und Abenteuern sehnte, war ihm unbegreiflich. Nie würde er einsehen, daß elegante Abendgesellschaften wie diese ihren Erwartungen vom Leben nicht entsprachen. Aus diesem Grunde war sie nicht nach Algier gekommen.

Eigentlich sollte sie mit dieser Soiree, die für sie gegeben wurde, zufrieden sein. An diesem Abend war sie gekrönten Häuptern vorgestellt worden. Für die Tochter eines Kaufmanns ein gesellschaftlicher Erfolg, in Alyssons Augen aber ein schaler Triumph.

Mit einiger Anstrengung trug sie ein höfliches Lächeln zur Schau, als sie die eleganten Gäste aus Europa betrachtete. Prächtige Garderoben, aber oberflächlich. Komisch, dachte sie, früher wollte sie unbedingt dazugehören. Hier und da hörte man ein amüsiertes Lachen, aber es war nur die aufgesetzte Heiterkeit gelangweilter Ehefrauen und machtgieriger Politiker. Eine Kapelle von fünf oder sechs Musikern spielte im Hintergrund, aber leider nur fade französische Weisen und nicht die fremden, exotischen Rhythmen des Nahen Ostens. Die Gäste unterhielten sich auf französisch. Belangloses Geplauder und Klatschgeschichten. Sogar die Einrichtung war französisch und verwandelte die hohen Räume mit den maurischen Bögen und dem filigranen Gitterwerk in einen beliebigen europäischen Ballsaal.

Nur die hellblauen und leuchtend roten Fliesen im Mosaik des Fußbodens erinnerten noch an den Orient. Am liebsten hätte Alysson die Schuhe ausgezogen und den kühlen Steinboden durch ihre Seidenstrümpfe gespürt, aber sie hatte ihrem Onkel versprochen, ihr bestes Benehmen an den Tag zu legen.

Und sie hatte tatsächlich Wort gehalten. Seit einem Monat

hatte sie ihre Wildheit und Abenteuerlust bezähmt und sich fromm wie ein Lamm betragen.

Aber nun genug damit.

Alysson klappte den Fächer zusammen und machte sich auf die Suche nach ihrem Onkel. Endlich erspähte sie ihn. Halbverdeckt von einer Zimmerpalme unterhielt er sich angeregt mit einem französischen Ehepaar, das sich in der neuen Kolonie niedergelassen hatte. Honoré, der auf die sechzig zuging, war klein von Gestalt und neigte zur Rundlichkeit. Sein Kopf war von dünnem silbernem Haar bedeckt. Er reichte seiner Nichte bis knapp an das Ohr.

Honoré zuckte unbewußt zusammen, als er Alysson auf sich zukommen sah.

Nachdem sich ihr Verdacht bestätigt hatte, bedachte sie den alten Herrn mit einem vorwurfsvollen Blick. Dieser Großonkel, Honoré Larousse, war der Bruder ihrer verstorbenen französischen Großmutter, die dem Terror der Französischen Revolution als Emigrantin entkommen war. Von ihren drei Onkeln war er ihr der liebste.

»Verzeihen Sie«, fragte Alysson die Gäste aus Frankreich höflich, »Sie haben doch nichts dagegen, wenn ich Ihnen meinen Onkel entführe?« Sie hakte Honoré unter und zog ihn beiseite. »Hast du dich etwa vor mir versteckt?«

Er murmelte etwas Verneinendes und versuchte vom Thema abzulenken. »Wie kommt es, daß du allein bist, *machère*?« fragte er auf französisch. »Noch vorhin bemühte sich ein Dutzend junger Galane um deine Aufmerksamkeit. Du willst mir doch nicht weismachen, Gervase habe dich verlassen.«

»Ich habe mich nur einen Augenblick lang zurückgezogen, *mon oncle*«, antwortete Alysson in der gleichen Sprache. Ihr Schulfranzösisch war mit den Jahren sehr viel besser geworden, vor allem, seitdem sie einen Sommer mit Honoré in Frankreich verbracht hatte. »Der Prinz wünschte Gervase in einer geschäftlichen Angelegenheit zu sprechen. Sein Stab begleitete Gervase in die Bibliothek. Aber darum geht es nicht. Du hast versprochen, mir heute abend deine Entscheidung mitzuteilen. Erinnerst du dich?«

»Ja, ganz richtig.« Seine buschigen weißen Augenbrauen zogen sich zusammen, als er vergeblich versuchte, seine Nichte ein wenig einzuschüchtern, aber Alysson begegnete seinem Blick gelassen und war eher bemüht, nicht zu lachen. Es lag auf der Hand, daß ihr Onkel einer Strafpredigt ausweichen wollte.

»Du siehst aus, als ob du eine Erfrischung vertragen könntest«, erklärte er und vermied es, ihr eine Antwort zu geben. Hastig ergriff er zwei Gläser Champagner, die ein Kellner auf einem Tablett vorbeitrug, und drückte seiner Nichte eines davon in die Hand. Honoré führte den dünnen Glaskelch an die Lippen, nippte daran und verzog angewidert das Gesicht. »*Merde*!«

Alysson hatte diese Reaktion erwartet. Als über alle Grenzen hinaus bekannter Weinhändler verabscheute Onkel Honoré Weine minderer Qualität. Und dieses Getränk erinnerte ihn wohl eher an eine Brause.

»Nimm es nicht so tragisch, Onkelchen«, tröstete sie ihn. »In ein paar Jahren wirst du in der Lage sein, deine eigenen Weine zu genießen.« Honoré baute in der Gegend von Bordeaux Wein an und hatte vor, ein zweites Unternehmen in Algerien zu gründen. Zu diesem Zweck beabsichtigte er Land in der französischen Kolonialprovinz zu erwerben, das hier ausreichend und zu niedrigen Preisen zu haben war, nachdem der Krieg mit den Arabern als so gut wie beendet galt. Er hoffte nun, auch hier den Weinbau und den Handel in der Tradition seiner Vorfahren fortzusetzen.

»Wenn ich mit diesem Gesöff bis dahin überlebe«, klagte er.

»Darum solltest du deine Pläne so früh wie möglich in die Tat umsetzen, Onkelchen.«

»Morgen ist früh genug.«

»Ah, ja ... morgen. Wollen wir uns dann über unsere kleine Expedition unterhalten?«

Morgen würden sie einen Ausflug zu den fruchtbaren Ebenen an der Küste unternehmen, wo Onkel Honoré seinen Wein anbauen wollte. Als praktisch veranlagter Geschäftsmann bestand Honoré darauf, das Land vor dem Kauf persönlich in Augenschein zu nehmen.

Alysson begleitete ihren Onkel nur, weil sie angeblich nicht allein zurückbleiben wollte. In Wirklichkeit aber war sie darauf erpicht, in seiner Begleitung das Land jenseits der besiedelten Gebiete zu bereisen. Es war schon lange ihr Wunsch, die südliche Region und das Innere der Provinz zu erkunden. Seitdem sie die Landschaftsbilder von Delacroix gesehen hatte, die auf seiner Algerienreise entstanden waren, wollte sie das rauhe, unwirtliche Land unbedingt selbst erkunden. Ihr Onkel hielt jedoch herzlich wenig von Unternehmungen dieser Art.

Alysson konnte diese Einstellung nicht begreifen. »Möchtest du denn gar nichts über das Land wissen, das du erwerben willst?« fragte sie ungläubig.

Honoré schüttelte unwillig den Kopf. »Nein. Absolut nicht. Was haben meine Weingärten davon, wenn ich mir die Wüste ansehe? Wahrscheinlich würde die Expedition meiner Gesundheit nur schaden, was auch für dich gilt, *ma chère.* Außerdem interessiert es mich nicht, ob die Eingeborenen auf dem Kopf stehen können oder nackt auf ihren Kamelen turnen. Sollen sie mit ihren barbarischen Sitten unter sich bleiben.«

»Onkelchen, sie stehen nicht auf dem Kopf!« Alysson war jetzt tatsächlich entsetzt. Sie unternahm einen neuen Versuch und dämpfte die Stimme zu einem inständigen Flehen. »Wie steht es mit unserer Abmachung? Eins kannst du doch nicht leugnen. Die ganze Zeit habe ich mich wie ein Engel betragen, und Gervase durfte mir den Hof machen, so wie du es wolltest ...«

»Aber du willst ihn nicht heiraten.«

Jetzt war es an Alysson, die Augenbrauen zusammenzuziehen und die Stirn zu runzeln. »Davon war bei unserer Abmachung nicht die Rede.«

»Schon möglich. Wie sollst du dich auch in diesen Mann verlieben, wenn du ihn ein paar Monate lang nicht sehen wirst?«

»Wir werden doch nur ein paar Wochen unterwegs sein, mein lieber Onkel. Und ich sagte dir doch schon vorher, diese Reise wird meine Entscheidung, Gervase zu heiraten, nicht beeinflussen.«

Honoré schien sie mit den Augen zu durchbohren. »Wenn ich mich weigere, wirst du diese Reise bestimmt ohne mich durchführen.«

»Ich würde mich nur ungern deinen Wünschen widersetzen. Aber du hast recht, ich würde mir überlegen, ob ich nicht allein aufbreche.«

»Du lieber Himmel, ich kann nicht zulassen, daß du wochenlang allein in diesem barbarischen Land unterwegs bist.« In den dunklen Augen blitzte es verschmitzt auf. »Dann ist es nur von Vorteil, daß ich bereits die notwendigen Vorkehrungen getroffen habe, meine Liebe.«

Alysson blickte ihren Onkel lange an. Als sie den Sinn seiner Worte begriffen hatte, strahlte sie über das ganze Gesicht. »*Mon cher,* was bist du doch für ein ausgekochter Halunke! Schon die ganze Zeit hattest du insgeheim vor, diese Reise zu machen.«

Honoré gluckste in sich hinein. Er sah aus, als ob er höchst zufrieden mit sich sei. »Bitte, sage Gervase nichts davon. Er wird nicht beglückt sein, wenn ich deinen charakterlichen Mängeln Vorschub leiste.«

»Nein, selbstverständlich nicht. Er könnte mir vorwerfen, ich hätte dich mit List und Tücke überredet.« Alysson wollte nicht länger beim Thema Gervase bleiben und wandte ihre Gedanken den morgigen Ereignissen zu. »Wir sollten früh aufbrechen, wenn dir das möglich ist.«

»Du hast doch meine Zusage, oder?«

»Ja«, antwortete Alysson unbeirrt, »aber ich möchte ganz sicher sein, daß es dein Ernst ist.«

»Nur deinetwegen, liebste Nichte, werde ich mich morgen zu nachtschlafender Zeit aus den warmen Federn wälzen, um in diese furchtbare Wildnis aufzubrechen.«

»So furchtbar ist sie nicht, Onkel. Die Ebene von Algerien wird dich an bestimmte Gegenden in Frankreich erinnern.«

»Das ist deine Meinung.« Honoré blickte sie wieder unter den zusammengezogenen dichten Brauen an. »Schlag dir aber eins aus dem Kopf, meine Liebe. Löwen und Elefanten werden nicht gejagt. Diesen Unsinn überlassen wir lieber deinem Onkel Olivier«, meinte er grimmig.

Honorés Bärbeißigkeit störte sie nicht. Sie beugte sich vor, um seine Wange zu küssen. »Ganz bestimmt nicht. Ehrenwort.«

»Ich sollte dich nicht so verwöhnen, mein liebes Kind.«

Alysson überging seine Bemerkung und blickte ihn verschwörerisch an. Gut, als Kind mochten sie ihre Eltern vernachlässigt haben, aber von Geburt an war sie von einer Schar von Dienern verwöhnt worden, und später, nach dem Tode der Eltern, waren ihre drei Onkel sehr nachsichtig mit ihr gewesen, besonders Onkel Honoré. Er war Vaterersatz geworden, und sie liebte ihn von Herzen. »Du verwöhnst mich wirklich ganz gräßlich, bester aller Onkel ... Und du genießt es jeden Augenblick.«

Er lachte in sich hinein und tätschelte ihre Hand. »Seine Hoheit schien heute abend sehr eingenommen von dir«, bemerkte Honoré mit zufriedener Miene.

In Anbetracht der vorangegangenen halben Stunde vermied es Alysson geschickt, darauf zu antworten. Seine Königliche Hoheit hatte wohl das Stigma ihrer unstandesgemäßen Herkunft übersehen, aber er hatte sie unter den Gästen ausgewählt, um ihre Meinung über Algerien zu hören. Volle zehn Minuten hatte er sich mit ihr unterhalten.

Alysson war sich dieser Auszeichnung völlig bewußt. Schließlich war er der Sohn des Königs von Frankreich und Generalgouverneur von Algerien, während sie nur eine kleine bürgerliche Engländerin war. Ihr Vater war ein kluger und erfolgreicher Kaufmann gewesen, der im Handel mit der Ostindischen Kompanie ein Vermögen gemacht hatte. Dieser Umstand machte sie zweifelsohne in erster Linie für den Prinzen interessant. Er hätte es gern gesehen, wenn sie einen Teil ihres Vermögens in Algerien investierte.

Ein ironisches Lächeln umspielte Alyssons Mund, als sie

über ihre Schultern zu den Doppeltüren an der Gartenseite des Salons blickte. An diesem Abend waren sie weit geöffnet, aber zum Schutz gegen die kühle Nachtluft mit Gazevorhängen versehen. »Ich möchte ein paar Schritte hinausgehen und frische Luft schnappen. Kommst du mit?«

»Nein, nicht jetzt, meine Liebe. Ich glaube, ich werde nach dem Mann Ausschau halten, der uns von den Weingärten erzählte.«

»Falls Gervase nach mir fragt, sage ihm, ich sei gleich wieder da.«

Honoré gestattete ihr, sich allein zu entfernen, schärfte ihr aber ein, daß sie der Ehrengast sei und nicht zu lange fortbleiben dürfe. Alysson reichte einem vorbeikommenden Kellner das Champagnerglas, raffte den Rock ihres Abendkleides — ein luftiges Gewirk aus heller Mousselinseide — und trat hinaus auf die schmale Terrasse.

Wie das Haus, das Honoré für die Dauer ihres Aufenthaltes in Algerien gemietet hatte, war auch Gervases Anwesen um einen Innenhof gebaut. Vor ihr führten breite Steinstufen hinunter zu einem wilden Durcheinander von Oleandern, Palmen und Lotusbäumen, die in kurzen Abständen von brennenden Fackeln erleuchtet waren. Einen Augenblick lang schienen sich die Schatten zu bewegen und Alysson glaubte, daß sich jemand im Garten aufhalten könnte — einer der Gäste vielleicht. Aber dann rührte sich nichts mehr. Wahrscheinlich hatte sie sich getäuscht.

Obwohl der Sommer längst vorüber war, empfand sie die Nachtluft als wohltuend mild. Algier erfreute sich eines mediterranen Klimas. Nach der stickigen Hitze in dem großen Saal genoß sie die angenehme Kühle auf der Haut. Der Duft von Zitronenblüten und Jasmin mischte sich in das unerklärliche Mysterium der afrikanischen Nacht. Alysson schloß die Augen, atmete tief durch und genoß die Gerüche des Südens, das Plätschern der Brunnen und das Rascheln der hohen Dattelpalmen.

Auf sonderbare Weise anders und doch wieder ähnlich war dies hier im Vergleich zu Indien, wo sie aufgewachsen war. Und wie anders würde es sein, ein fremdes Land in der Gesellschaft von Onkel Honoré zu entdecken und nicht mit Onkel Oliver.

Honoré war zwanzig Jahre älter als Oliver, ein gesetzter Franzose der Mittelschicht, der die Annehmlichkeiten seines Hauses und Herdes zu schätzen wußte und dem Leben eines Globetrotters nichts abgewinnen konnte. Ihr britischer Onkel Oliver hingegen war ein richtiger Zigeuner, den es unablässig in fremde Länder zog. Ein Junggeselle, der sich für einen großen Entdecker hielt.

Im Verlauf der letzten drei Jahre hatte sie mit Onkel Oliver einen großen Teil der Welt gesehen. Mit siebzehn, als sie die leidige Schulzeit endlich hinter sich gebracht hatte, überredete sie Oliver, sie auf seine weiten Reisen mitzunehmen. Mit ihm hatte sie den Zaren von Rußland besucht, Tiger in Indien gejagt und die einsamen Wüstenstriche Arabiens durchquert.

Oliver behandelte sie mehr wie einen Sohn, aber sie beklagte sich nie. Sie waren seelenverwandt und die geborenen Abenteurer. Genau wie er war sie der Faszination unbekannter Länder und exotischer Kulturen erlegen.

Zum Beispiel Algerien. Wie Champagnerperlen stieg die Aufregung bei dem Gedanken an den kommenden Morgen in ihr auf. Morgen. Morgen würde sie an der Seite von Onkel Honoré ein neues Abenteuer beginnen.

Ein leiser Schritt hinter ihr setzte den Träumereien ein Ende. Alysson wandte sich um und stand Gervase gegenüber, der sie mit einem fragenden Stirnrunzeln anblickte.

»Dein Onkel sagte mir, daß ich dich hier finden würde, *ma chérie*«, sagte er auf französisch.

Allyson begrüßte ihn mit einem Lächeln. »Im Salon wurde mir zu heiß, und ich kam hierher, um die kühle Brise zu genießen.«

»Wie ich hörte, hast du Honoré überredet, eine Expedition ins Landesinnere zu unternehmen.« Die Mißbilligung war aus seinem Ton deutlich herauszuhören.

Alysson ließ sich auf keine Diskussion ein, da sie sich

ihre angenehme Stimmung nicht verderben lassen wollte. Sie zeigte in den Garten hinunter. »Dein Haus ist sehr schön, Gervase.«

Mit entschlossenem Ausdruck ging er einen Schritt auf sie zu.

»Es wird auch dein Haus sein, wenn wir heiraten, Alysson.« Er fuhr rasch fort, um ihr die Antwort abzuschneiden. »Ich möchte nicht, daß du diese Reise unternimmst. Es ist schon schlimm genug, daß du deinen Onkel zur Küste begleiten mußt, um ihm beim Landkauf zu beraten. Du solltest ihn dann nicht noch ins Landesinnere schleppen.«

»Gervase, weißt du eigentlich, wie sich das anhört? Du benimmst dich bereits wie ein gestrenger Ehemann.«

»Ich glaube, ich habe das Recht, dein Vorhaben in Frage zu stellen.«

»In Frage zu stellen vielleicht, aber nicht zu verbieten«, antwortete sie und versuchte einen leichten Ton beizubehalten. Sie wußte, daß er keine Besitzansprüche anmeldete, sondern sich für sie verantwortlich fühlte und sie beschützen wollte.

»Ich verbiete es dir ja auch nicht, *ma cocotte,* aber du mußt doch einsehen, daß es unsinnig ist.«

Er sprach mit der Vertraulichkeit einer seit vielen Jahren bestehenden Freundschaft. Sie hatte ihren Spitznamen ›Wildfang‹ beibehalten, den er ihr bereits in ihrer Jugendzeit verpaßt hatte. Sie hatten sich vor vielen Jahren kennengelernt, im ersten Sommer, den sie in Frankreich bei ihrem Onkel Honoré verbracht hatte. Es traf auch zu, daß Gervase ihr damals wenig Aufmerksamkeit schenkte, als sie eine wilde freche Göre von vierzehn Jahren war.

Alysson musterte ihn nachdenklich. Gervase war ein ungewöhnlich gutaussehender Mann. Er war groß, athletisch gebaut, dunkelhaarig und mit einem frechen Schnauzbart. In der dunkelblauen Uniform der französischen Armee sah er einfach umwerfend aus, und es lag auf der Hand, daß er seine Wirkung auf die Damenwelt nicht verfehlte. Alysson war der gleichen Meinung, und doch . . . Er war charmant und aufmerksam und einer ihrer besten Freunde, aber ein wenig zu nüchtern und gesetzt, wenn sie kritisch war. In Frankreich hatte er jedenfalls diesen Eindruck auf sie gemacht. Sie hatte gehofft, ihre Meinung würde sich in Algerien ändern, wo er sich als Held und Abenteurer bewähren konnte. Als Colonel der französischen Armee war Gervase zum Chef der *Bureaux Arabes* ernannt worden, einer Behörde der französischen Regierung in Algerien.

Gervase war es gewesen, der Onkel Honoré vorgeschlagen hatte, sein Unternehmen auf das koloniale Algerien auszudehnen. Honoré hatte darauf bestanden, daß Alysson ihn auf dieser Reise begleitete. Ihm lag schließlich sehr viel daran, sie im sicheren Hafen der Ehe zu wissen. Er war nicht sehr begeistert darüber, daß sie mit Oliver in der Welt herumreiste oder sich bei dem dritten Onkel, der Arzt in London war, tagelang im Krankenhaus herumtrieb und ständig Gefahr lief, sich zu infizieren.

Honoré zuliebe hatte sie eingewilligt, ernsthaft über Gervases Antrag nachzudenken. Damit wollte sie sich bei ihrem Lieblingsonkel für all seine Zuneigung und Fürsorge bedanken. Honoré war immer für sie dagewesen und hatte sie wie eine eigene Tochter behandelt. Vor allem gab er ihr das Gefühl, geliebt und gebraucht zu werden — um ihrer selbst geliebt, nicht wegen ihres großen Vermögens.

Ihre Onkel waren ihre Rettung gewesen. Sie hatte sich bemüht, ihre Zuneigung zu gewinnen und betrachtete sich als Glückskind, dem es gelungen war, das Herz der drei zu erobern. Sie gaben ihr das Gefühl der Zusammengehörigkeit, der Familie. Mit ihnen konnte sie ihre Hoffnungen und Träume teilen. Das traf besonders auf Onkel Honoré zu.

Und jetzt forderte er zum ersten Mal etwas von ihr. Er bat sie die Ehe mit einem Mann zu erwägen, den sie schon lange bewunderte und achtete. Es war das einzige, worum sie Onkel Honoré jemals gebeten hatte.

Und Gervase war ihr nicht gleichgültig.

Daß er unbeirrt mit ihrem Jawort rechnete, war allerdings ein reines Wunschdenken seinerseits. Mehr als einmal hatte sie Gervase erklärt, sie fühle sich noch nicht reif für die Ehe. Sie war ja auch gerade erst zwanzig Jahre alt geworden. Er aber war felsenfest davon überzeugt, daß er sie umstimmen konnte.

Alysson wünschte, sie wäre so sicher wie er. Sie wollte mehr für Gervase empfinden als nur echte Freundschaft. Sie wollte sich in ihn verlieben, aber es würde auch grausam sein, ihm falsche Hoffnungen zu machen. Jedenfalls hatte sie Onkel Honoré versprochen, Gervases Antrag nicht sofort abzulehnen. Daher war sie mehr als froh, ihre Reise morgen beginnen zu können und eine räumliche wie zeitliche Entfernung zwischen ihm und sich zu legen. Vielleicht würde die Trennung ihr Gelegenheit geben, ihre Gefühle für ihn zu prüfen und sich über ihre Zukunft an Gervases Seite klarzuwerden.

Gervase dachte offensichtlich ebenfalls über ihre morgige Abreise nach, denn er schüttelte den Kopf. »Ich würde dich am liebsten begleiten, Alysson. Aber leider erfordert mein Dienst meine Anwesenheit. Ich möchte gar nicht erst darüber nachdenken, was dir ohne meinen Schutz zustoßen könnte.«

»Du solltest dir darüber nicht den Kopf zerbrechen, Gervase. Die Eskorte, die du bereitgestellt hast, wird bestimmt ausreichend sein.«

»Ich könnte besser über deine Sicherheit wachen.«

»Deine Leute sind bewaffnet und ich auch. Und du weißt ja, ich bin ein ausgezeichneter Schütze.«

»Trotzdem wäre es mir lieber, wenn du hier bliebst.« Er blickte sie vorwurfsvoll an. »Ich muß gestehen, mir ist unerklärlich, warum du dich in dieses Abenteuer stürzt und ein so großes Risiko auf dich nimmst.«

Alysson war einen Augenblick verunsichert. Natürlich ziemte es sich nicht für eine Frau, einer so ausgeprägten Reiselust nachzugeben. Aber sie konnte Gervases altmodische Ansicht über ihr Verhalten nicht teilen, geschweige denn, sich ihm fügen. »Was für ein Risiko? Du hast doch selbst gesagt, der Krieg ist beendet.«

»Er wird erst wirklich zu Ende sein, wenn Abd el-Kader sich ergibt. Und selbst wenn das der Fall wäre, würden einige seiner Gefolgsleute zweifellos versuchen, den Heiligen Krieg weiterzuführen.«

Es war unnötig zu fragen, was Gervase damit meinte. Lange bevor sie nach Algerien gekommen war, hatte Alysson von dem Anführer der Berber, Abd el-Kader, gehört. Vor fünfzehn Jahren hatte er Berber und Araber im Heiligen Krieg gegen Frankreich vereinigt. Der blendend aussehende, großartig auftretende Scheich war einst der Mittelpunkt der Pariser Salons gewesen, allerdings bevor der Krieg sich so brutal entwickelte.

Man konnte den Arabern nicht allein die Schuld an den Auswüchsen geben. Als die Franzosen 1830 in das Land einfielen, wurden unverzeihliche Greueltaten begangen. Die Franzosen schreckten vor nichts zurück, um diese stolze Nation zu erobern und zu unterwerfen. So viel sie gehört hatte, war auch Gervases Vater an diesen unmenschlichen Ausschreitungen mitschuldig gewesen. Ihm wurde nachgesagt, er habe grausame Aktionen zur Unterdrückung der Aufständischen angeordnet.

Gervase war anders als sein Vater geraten, zum Glück.

Er war überhaupt anders als die meisten seiner Landsleute. Er zeigte großes Verständnis für die Notlage der Araber. Vor knapp sechs Monaten erst war er nach Algerien gekommen, aber schon jetzt zeigte er eine weitaus menschlichere Einstellung als die meisten Franzosen, die ihre Rolle als Eroberer spielen wollten. Schon aus diesem Grund war sie überzeugt, daß er ein ausgezeichneter Administrator im Bureaux Arabes sein würde.

Trotzdem fand sie, daß Gervase sich über ihren Abstecher in das Landesinnere übertrieben aufregte. Erst im vergangenen Jahr war Abd el-Kader mit seinen Gefolgsleuten in das benachbarte Marokko abgedrängt worden, und die Grausamkeiten auf beiden Seiten nahmen Gott sei Dank ein Ende. Die französischen Kolonisten wurden nicht mehr massakriert und in ihren Häusern ausgeräuchert. Die Bevölkerung der nördlichen Provinzen fügte sich endlich der mächtigen französischen Armee, und die Ebene von Algier war für Europäer durch den militärischen Schutz endlich wieder passierbar. Einige französische Siedler waren sogar weit ins Landesinnere gezogen, um dürres Brachland urbar zu machen.

Nein, wenn ihr das Risiko zu groß erschienen wäre, hätte sie diese Reise nicht in Erwägung gezogen. Nicht ihretwegen, aber die Sicherheit Onkel Honorés würde sie niemals aufs Spiel gesetzt haben. So wie die Dinge lagen, machte sie sich bereits große Vorwürfe, ihrem Onkel während des Abstechers in die Sahara Unbequemlichkeiten zuzumuten. Wenigstens würde die Hitze jetzt im Oktober etwas erträglicher sein.

Nein, Gervases Befürchtungen konnte sie nicht teilen. Er machte eine unwirsche Geste. »Alysson, würdest du mir jetzt bitte zuhören! Unerwartete Gefahren können auftauchen. Banditen, Sklavenhändler, hungernde Nomaden, fanatische Araber, die nicht wahrhaben wollen, daß der Krieg beendet ist. Auch sollte man sich vor Deserteuren aus der Fremdenlegion hüten.«

»Chand wird uns begleiten.«

»Das ist für mich ganz gewiß kein Trost«, erwiderte Gervase schroff. »Chand ist dir ergeben, das steht fest, aber für eine Dame ist er wohl nicht der geeignete Diener. Es gefällt mir ganz und gar nicht, daß du ohne weibliche Begleitung reist.«

Alysson warf ihrem Gegenüber, mit dem sie so gut wie verlobt war, einen warnenden Blick zu. Sie schätzte keinerlei Kritik an ihrem treuen indischen Diener. »Gervase, vielleicht wußtest du es nicht, aber ich verdanke Chand mein Leben, und das mehr als einmal.«

Als sie merkte, daß ihr Ton etwas zu scharf geworden war, lenkte sie ein und lächelte ihn entwaffnend an. Mit logischen Argumenten und Charme würde sie seine schlechte Laune schnell vertreiben. »Chand ist immer mein Freund und zugleich Diener gewesen. Außerdem scheinst du zu vergessen, daß ich Engländerin bin. Die Engländer haben von den Arabern weniger zu befürchten als die Franzosen.«

Gervase wollte diesen Punkt nicht gelten lassen. »Die Araber hassen alle Ungläubigen«, entgegnete er unbeirrt und schüttelte wieder den Kopf. »Und ich kann dich doch nicht ...«

»Gervase, du machst dir unnötige Sorgen.«

Er seufzte betrübt auf. Schließlich zog er die Schultern hoch, und seine Gesichtzüge enspannten sich. »Ich möchte doch nur, daß dir unterwegs nichts zustößt. Und ich bin egoistisch, glaube ich. Die kommenden Wochen ohne dich werden unerträglich sein.«

Er griff nach ihren Händen und führte sie an die Lippen. »Weißt du überhaupt, wie sehr ich dich liebe?«

»Gervase ...« Alysson protestierte schwach. Die Leidenschaft in seinen Augen berunruhigte sie ebenso wie seine Liebeserklärung. Sie fürchtete kaum etwas, aber Liebesbeteuerungen weckten qualvolle Erinnerungen in ihr, die sie lieber verdrängte. Sie hatte aus bitteren Erfahrungen gelernt, sich vor Glücksrittern und Mitgiftjägern zu hüten, die sie mit süßen Schmeicheleien für sich gewinnen wollten.

Gewiß, Gervase hatte nichts mit ihnen gemeinsam. Sie war überzeugt, daß er sie aufrichtig liebte, aber sie verstand nicht, was er in ihr sah. Zugegeben, sie war keine Schönheit, und ihre unbändige Natur war wohl kaum eine Eigenschaft, die sich ein Mann für seine Ehefrau wünschte.

Er blickte sie noch immer durchdringend an. Alysson spürte das heiße Verlangen in seinem Blick, und das verunsicherte sie. Sie fand sich seiner Anbetung unwürdig. »Gervase ...«, sagte Alysson, der nicht ganz wohl in ihrer Haut war, »du hast versprochen, mir Zeit zu lassen.«

Er seufzte leise. »Da befinde ich mich wohl in bester Gesellschaft. Honoré hat mir von einem Maharadscha erzählt, dem du im letzten Jahr einen Korb gegeben hast.«

Erleichtert, daß Gervase auf keiner Antwort bestand, lächelte sie reuevoll. »Ganz so war das nicht. Der Maharadscha wollte mich als seine dritte Ehefrau kaufen. Onkel

Honoré war bereit, mit ihm über den Preis zu feilschen, aber mir paßte es nicht, den dritten Platz einzunehmen.«

Gervase lächelte sie bei dieser Bemerkung so liebevoll an, daß sich ein Gefühl der Wärme in ihrem Herzen breitmachte. »Nein, mein kleiner Wildfang, natürlich würdest du darauf bestehen, die erste zu sein! Und wie üblich würdest du auch deinen Kopf durchsetzen. Wenn wir erst einmal verheiratet sind, wirst du mich gewiß genauso um deinen Finger wickeln wie Honoré, Alysson ...« Seine Stimme verebbte, als er sie langsam in die Arme zog. »Darf ich dich küssen, damit ich die kommenden Wochen ohne dich überstehe?«

Eine so aufrichtige Bitte konnte sie nicht abschlagen. Schweigend nickte sie und wünschte sich inständig, daß sie für Gervase ebenso empfinden könnte wie er für sie.

Auf ihre Zustimmung hin nahm er sie noch fester in seine Arme und neigte den Kopf. Seine Lippen waren warm und voller Liebe — aber mit der behutsamen, schicklichen Zurückhaltung, die sich ein Gentleman einer jungen Dame gegenüber auferlegt. Alysson empfand seine Rücksichtnahme nicht gerade als Kompliment und war von seinem Kuß enttäuscht. Sie wünschte sich, Gervase würde sie zielstrebiger und hingebungsvoller umarmen, so daß Leidenschaft und Begehren sie ergriff, wie es die Dichter schwärmerisch beschrieben. Aber das war nie der Fall gewesen. Gervases Küsse waren zwar überzeugend und gekonnt, aber in seinen Armen empfand sie nicht das erregende Prickeln, das den Puls beschleunigte. Es sprang einfach kein Funken zwischen ihnen über. Statt dessen ließen sie seine Zärtlichkeiten immer irgendwie . . . enttäuscht zurück.

So wie jetzt. Bei diesem Kuß fehlte etwas. Die eigenen Lippen öffneten sich in Erwartung, als sich seine Zunge in ihren Mund tastete, aber das Herzklopfen blieb aus. Sein behutsames Vorgehen erfüllte sie nur mit einer unerklärlichen Sehnsucht. Die Umarmung des erfahrenen Mannes rief nur ein Gefühl von Traurigkeit hervor, das ihr bewußt machte, daß er nicht der Mann ihrer Träume war und sie nicht die Frau, die er brauchte und verdiente.

Gervase schien jedoch mit ihrer Reaktion zufrieden zu sein, denn als er den Kopf hob und sich aufrichtete, blickte er sie voller Verlangen an. »Geh rasch fort, *ma chérie*«, sagte er mit einem heiseren Flüstern. »Sieh zu, daß du nicht zu lange fortbleibst. Wir werden gleich nach deiner Rückkehr heiraten.«

Alysson wollte protestieren, aber Gervase brachte sie zum Schweigen und drückte ihr rasch einen Finger auf den Mund.

Als er sie schließlich freigab, trat er einen Schritt zurück. »Willst du hier den Rest des Abends verbringen? Die Gäste werden dich bald vermissen.«

»Noch einen kleinen Augenblick.«

»Also schön, aber wirklich nur einen Augenblick, sonst holst du dir noch eine Erkältung.«

Alysson unterließ es, ihm darauf zu antworten, daß sie in ihrem Leben noch nie eine Erkältung gehabt hatte. Statt dessen blickte sie ihm still nach, bis er im Inneren des Hauses verschwunden war.

Als sie sich wieder umwandte, ließ sie den Blick über den im Halbdunkel liegenden Gartenhof schweifen. Die Unterhaltung mit Gervase und sein Kuß hatten ihre Unruhe genährt. Sie dachte jetzt wieder an den kommenden Morgen, ging die unzähligen Stufen in den Garten hinunter und spazierte den mit Fackeln beleuchteten Kiesweg entlang.

Sie war gerade ein paar Meter gegangen, als sie plötzlich stehenblieb. Ein Mann im Abendanzug tauchte vor ihr im Halbschatten auf, eine Schulter lässig an den dicken Stamm einer Palme gelehnt. Unwillkürlich fuhr sie mit der Hand zum Hals und wollte aufschreien, aber sie brachte nur einen kleinen Piepser hervor.

Er rührte sich nicht von der Stelle, als er sie in fließendem Französisch ansprach: »Verzeihen Sie, daß ich Sie erschreckt habe, Mademoiselle.«

Alysson versuchte das wild klopfende Herz zu beruhigen, während sie die Gestalt näher in Augenschein nahm. Das Gesicht war von den tanzenden Schatten halb verdeckt, und sie konnte kaum etwas erkennen. Gefährlich schien er nicht zu sein. Der Mann war groß und schlank und machte eine glänzende Figur. Er war beeindruckend, ja, aber nicht zum Fürchten.

»Hat Ihnen niemand beigebracht«, fuhr er auf französisch fort, »daß es dem Ruf einer jungen Dame schadet, nachts allein in einen Garten zu gehen und dort einen Mann zu küssen?« Alysson starrte ihn immer noch an.

Sein Ton klang belustigt, aber dennoch schwang so etwas wie ein leiser Vorwurf mit. Es machte sie sprachlos.

Vor Verlegenheit wurde ihr heiß. Dieser Mann hatte gesehen, wie sie Gervase geküßt hatte! Und jetzt schoß ihr auch noch die Zornesröte in die Wangen. »Und hat Ihnen niemand beigebracht, Monsieur«, entgegnete sie wütend, »daß es unhöflich ist, ein intimes Gespräch zu belauschen? Sie hätten sich sofort bemerkbar machen müssen.«

»Dazu gaben Sie mir keine Gelegenheit.«

Das war eine so fadenscheinige Ausrede, daß Alysson es vorzog, nicht zu antworten. Sie ergriff den Fächer, der an ihrem Handgelenk hing und ließ ihn aufspringen, um mit dieser raschen Bewegung auf weibliche Art ihr Mißfallen auszudrücken.

»Ich nehme doch an, Sie haben sich dabei gut unterhalten«, sagte sie betont freundlich, aber ohne ihren Zorn ganz verbergen zu können.

»O ja, in der Tat, es war recht ... unterhaltsam.«

Ein Glück, daß es dunkel ist, dachte sie, als ihr ein zweites Mal die Röte ins Gesicht schoß. Diese törichte Verlegenheit war ihr ungewohnt, und sie war nicht gewillt, diesem unverschämten Fremden länger Gelegenheit zu geben, sie ein weiteres Mal in diesen Zustand zu versetzen. Alysson machte auf dem Absatz kehrt, drehte ihm den Rücken zu und schlug eine andere Richtung ein.

»Sie haben nichts zu befürchten, Mademoiselle«, sagte er schnell. »Ihr guter Ruf wird von mir nicht angetastet.«

Der verborgene Spott in seiner Stimme stellte ihre Nerven auf eine Zerreißprobe. Abrupt drehte sie sich zu ihm um.

Diesen Fremden ging weder ihr Ruf noch ihr Benehmen etwas an. Nicht daß sie besonders auf ihren Ruf bedacht gewesen wäre. Man hatte ihr Benehmen bereits als exzentrisch, skandalös, wild und ungebärdig bezeichnet. Ja, einige sagten ihr sogar einen lockeren Lebenswandel nach, und das war eine härtere Kritik als die des anmaßenden Franzosen. Im Grunde hätte sie über diese Flegelei hinwegsehen können, aber diesmal verspürte sie das Bedürfnis, sich zu verteidigen.

»Unter besonderen Umständen«, erklärte Alysson mit übertriebener Höflichkeit, »glaube ich, daß eine junge Dame entschuldigt ist. Zum Beispiel, wenn sie verlobt ist und in Kürze heiraten wird. Wenn sie dem Mann, den sie küßt, versprochen ist, so dürfte nichts dabei sein, wenn beide als Verlobte Zärtlichkeiten austauschen.«

»Der Oberst ist also tatsächlich Ihr Verlobter?«

Eine törichte Feststellung, dachte Alysson. Sonderbar war auch sein sachlicher Ton, in dem eine gewisse Härte mitschwang, bei der es ihr unerklärlicherweise kalt über den Rücken lief.

Sie wußte nicht, wieso ihr dieser elegante Unbekannte mit einem Mal gefährlich erschien. Mit abweisendem Blick meinte sie: »Ich sehe nicht ein, was unsere Verlobung Sie angeht.«

»Der Vater des Oberst war eine alte Bekanntschaft von mir. Ich wollte schon immer seinen Sohn kennenlernen.«

»Für Gervase sind Sie jedenfalls ein Unbekannter, sonst hätte er Sie mir heute beim Defilee der Gäste vorgestellt.«

»Ich kam sehr spät.«

»Und dann versteckten Sie sich gleich im Garten?« fragte Alysson spöttisch.

Er hob die Schultern. Eine Angewohnheit von ihm, die sich so arrogant ausnahm wie sein Flüstern. »Wie Sie wollte ich der Hitze entkommen.« Er löste sich von dem Baum und trat auf sie zu. »Ehrlich gesagt, ich wollte unbedingt Ihre Bekanntschaft machen. Mir kam zu Ohren, daß der Oberst um die Hand einer bildschönen Erbin angehalten habe.«

Bildschön? Sie fragte sich, woher wohl dieses Gerücht stammte. Zweifelsohne Dienstbotengeschwätz. Oder Offiziersklatsch. Reichtum verleiht denen, die ihn besitzen, oft eine Aura von Schönheit. Aber ihre Gedanken daran verloren sich, als der Fremde näher kam. Er tat es mit voller Absicht, als ob er sie begutachten und sich von ihrem Aussehen ein eigenes Urteil bilden wollte.

Alysson wurde es allmählich zu dumm, mit diesem Unbekannten allein zu sein. Unwillkürlich blickte sie zum Haus zurück, bewegte sich aber nicht von der Stelle. Sie war entschlossen, sich nicht von ihm einschüchtern zu lassen. Als er aus dem Schatten in das helle Licht der Fackeln trat, sah sie das blonde Haar und das gutgeschnittene, sonnengebräunte Gesicht. Sein Ausdruck hatte etwas Stolzes, wie sie sich eingestehen mußte. Ja, er hatte sogar etwas Edles an sich, aber es ging auch eine gewisse Härte und Unbeugsamkeit von ihm aus. Ein unbestimmbares Gefühl der Unbehaglichkeit beschlich sie, als sie bei seinem Anblick an einen Adler denken mußte.

Er blieb kurz vor ihr stehen und blickte sie von Kopf bis Fuß prüfend an. Sie mußte sich ein wenig recken, um seinem Blick Auge in Auge zu begegnen. Dichte Wimpern verliehen den Augen einen verträumten Schimmer, so daß sie deren Farbe zunächst an ein Glas Cognac bei flackerndem Kaminfeuer erinnerte. Bei genauerem Hinsehen aber stellte sie beklommen fest, daß er sie lauernd wie ein Raubtier ins Visier genommen hatte.

Plötzlich verengten sich seine Lider. Er schwieg noch immer. Die Augen hatten jetzt einen überraschten, ja fast verdutzten Ausdruck angenommen, so, als ob sie nicht das war, was er erwartet hatte.

Diese sonderbare Veränderung verunsicherte sie. »Stimmt irgend etwas nicht?«

Der Fremde schien sich wieder in der Gewalt zu haben. »Nein. Es ist nur ... Sie erinnern mich an jemanden.«

Auch sie schien ihm schon einmal begegnet zu sein, aber sie wußte nicht, wo sie ihn einordnen sollte. Bestimmt hätte sie einen Menschen mit diesem Aussehen in Erinnerung behalten. Er hatte keine Ähnlichkeit mit den Franzosen, die sie kannte. Der schlanke und doch athletische Wuchs; die asketischen, edlen Gesichtszüge mit den hohen Backenknochen und der Adlernase. Und dann der kühn geschwungene, sinnliche Mund. Setzte man all dies zusammen, ergab sich das Bild eines entschlossenen und furchtlosen Charakters, der seine Wildheit und Rücksichtslosigkeit zu verbergen wußte. Zu ihrem Ärger konnte Alysson nicht den Blick von ihm wenden.

»Sie sollten auf den Oberst hören«, sagte er sanft.

»Wie bitte?« Es befremdete sie, daß er plötzlich das Thema wechselte. Verständnislos blickte sie ihn an.

»Die Reise morgen ins Landesinnere. Sie sollten sich der Gefahren bewußt sein. Bourmont hatte recht. Christliche Ausländer werden in Algerien niemals sicher sein, so lange sich die Araber weigern, den Heiligen Krieg zu beenden.«

Vor Ärger wurde sie schneeweiß. Erstens hatte dieser Mensch ihr Gespräch mitgehört, und zweitens erdreistete er sich noch obendrein, ihre Urteilsfähigkeit in Frage zu stellen. Alysson fiel es schwer, die Fassung zu bewahren. »Wenn Sie meine Unterhaltung mit Gervase belauscht haben, dann dürfte Ihnen meine Antwort bekannt sein. Wir sind bewaffnet, und der Anführer der Araber ist nach Marokko geflohen.«

»Ja, aber seine Mitstreiter sind im Land geblieben. Auch wenn Emir Abd el-Kader keine Armee hat, so haben seine Anhänger nichts Eiligeres zu tun, als die Fackel der Auflehnung erneut anzuzünden.«

Alyssons graue Augen verengten sich zu Schlitzen. Da sie sich auf französisch unterhielten, hatte sie vorausgesetzt, dieser Herr sei Franzose, zumal er es besser beherrschte als sie. Diese Bemerkung aber weckte gewisse Zweifel. Sie vermutete, daß er in diesem Punkt nicht die Seite der Franzosen vertrat. Vielleicht bildete sie es sich nur ein, aber enthielten seine Worte nicht unterschwellig eine Warnung oder gar Drohung?

Sie unterdrückte den Wunsch, sich die Lippen mit der Zunge zu befeuchten, und blickte ihn statt dessen mit erhobenem Kopf unverwandt an. Er aber ließ sich nicht einschüchtern und hielt ihren Blick lange fest.

Eine unerklärliche Spannung lag plötzlich in der Luft. Das Atmen fiel ihr schwer.

»Ich habe keine Angst«, erwiderte sie schließlich. Dann gewann der Ärger über sich selbst die Oberhand. Wie konnte sie sich nur von diesem Mann einschüchtern lassen!

»Ich habe keine Angst«, wiederholte sie schließlich so gelassen wie möglich.

»Dann sind Sie entweder sehr mutig — oder sehr dumm.«

Alysson preßte die Lippen aufeinander und hielt eine höchst undamenhafte Bemerkung zurück. Ihre Haltung und ihr Blick aber gaben ihm deutlich ihre Verstimmung zu verstehen.

Ihr Gegenüber blieb unbeeindruckt. »Es scheint«, meinte er in unverändertem Plauderton, »daß der Oberst Ihnen gegenüber viel zu nachsichtig ist.«

Was für eine Unverfrorenheit! »Ich wüßte nicht, was Sie das angeht, Monsieur.«

Und dieser Herr blickte sie weiterhin mit diesen goldbraunen Augen an und meinte unbekümmert! »Ein besonders aufregender Kuß war das nicht, den der Oberst Ihnen gegeben hat. Sie schienen ihn nicht besonders zu genießen.«

Nicht zu fassen! »Maßen Sie sich nicht zu viel an, wenn Sie meinen, Sie könnten mir eine Lektion in der Kunst des Küssens erteilen? Was für eine hohe Meinung Sie doch von sich haben.«

»Aber nein, *ma belle.* Dazu bin ich viel zu ungeduldig.« Ein Mundwinkel kräuselte sich amüsiert. »Wenn ich Sie darin unterweisen sollte, dann würde ich mich keinesfalls mit dieser lauwarmen Reaktion zufriedengeben.«

Sie traute ihren Ohren nicht. Alysson fühlte eine fast krankhafte Lust, ihn vom Sockel seines Selbstbewußtseins zu stoßen. Sie schluckte ihre Wut hinunter und brach statt dessen in ein glockenhelles Lachen aus. »Nun denn, wenn

Sie meinen, Sie können es besser, dann versuchen Sie es doch!«

So, das dürfte ihn verblüfft haben! Kein Mann, der ein Quentchen Verstand besaß, würde es wagen, Gervase herauszufordern. Keiner würde ihr einen Kuß rauben, auch wenn sie ihr Einverständnis dazu gegeben hatte. Und selbst wenn dieser Mann das Risiko eingehen sollte, so würde sie ebenso gleichgültig reagieren wie bei Gervase. Sein Gerede war nur Prahlerei.

An seinem Gesichtsausdruck konnte sie ablesen, daß sie ins Schwarze getroffen hatte. »Wie mir scheint, Monsieur, sind *Sie* jetzt derjenige, der Angst hat«, entgegnete Alysson mit hinterhältiger Freundlichkeit. »Aber bitte, seien Sie unbesorgt, Ihr guter Ruf wird dadurch keinen Schaden nehmen.«

Seine Stimme wurde zu einem Flüstern. Diese tiefe, melodische Stimme, die jetzt ein wenig heiser klang, beschleunigte ihren Pulsschlag.

Er stellte sich direkt vor sie hin. Nur wenige Zentimeter trennten sie noch. »Wenn ich Sie in diesem bestimmten Fach unterrichten sollte«, entgegnete er leise, »dann würde ich Sie in die Arme nehmen, und zwar so ...« Seinen Worten folgte die Tat. Er schlang einen Arm um ihre Taille und zog sie dicht an seinen Körper.

Eine Welle von nie gekannten Empfindungen erfaßte Alysson. Sie machten ihr ebenso zu schaffen wie sein überraschendes Vorgehen. Sie mußte diesem Mann recht geben. Er war nicht mit Gervase zu vergleichen — und die Gefühle, die er in ihr wachrief, hatten ebenfalls nichts mit denen gemein, die sie bei Gervases Umarmung empfand. Alysson war benommen von seiner Kühnheit und seiner bodenlosen Frechheit, vor allem aber von diesem gestählten männlichen Körper, der nur aus Muskeln zu bestehen schien. Und sie war entsetzt, daß er sie erregte und herausforderte. Männer der Tat hatte sie schon immer bewundert, und sie war neugierig, ob seine mitreißende Umarmung eine Fortsetzung haben würde.

Unwillkürlich stellte sie sich vor, wie sich dieser feste Mund auf ihren Lippen anfühlen würde ...

Zum Glück gewann der Verstand die Oberhand. Mit voller Kraft stemmte sie sich gegen seine Brust.

Aber er weigerte sich, sie loszulassen. Er gab nicht nach und hielt sie aufreizend gelassen fest. Mit einem Arm hielt er sie umschlungen, mit dem anderen streichelte er jetzt die empfindsamste Stelle an ihrem Hals.

Ihr war, als galoppiere ihr Verstand davon. Das Herz raste, als sie seinen Atem auf dem Gesicht spürte. Es war hoffnungslos. Gegen ihren Willen sehnte Alysson seinen Kuß herbei ...

Dann ertasteten seine Finger die Stelle an ihrem Hals, wo der Puls schlug, und drückten zu.

Sie wurde steif wie ein Brett. Würde er sie küssen oder erwürgen? Zitternd vor Angst klammerte sie sich an ihrem Fächer fest.

»Sie begehen einen Fehler«, flüsterte er kaum hörbar, »wenn Sie den Oberst heiraten. In seinen Adern fließt das Erbe eines Mörders.«

Der Fächer brach auseinander. Seine Worte erschreckten sie. Mörder? Was meinte er damit? Hatte sie es mit einem Verrückten zu tun? Von Panik ergriffen preßte sie ihre Handflächen gegen den harten Brustkorb. Als er sie plötzlich freigab, machte sie einen schwankenden Schritt rückwärts.

Sie stand jetzt einfach da und starrte ihn an. Das Herz klopfte ihr bis zum Hals. Der Atem ging stoßweise. Er rührte sich nicht und beobachtete sie wortlos. Im Halbdunkel des Gartens kam ihr sein Gesicht wie eine steinerne Maske vor.

Langsam, mit großer Kraftanstrengung gelang es ihr, drei weitere Schritte zurückzugehen, um der hypnotischen Kraft seines Blicks zu entkommen.

Sie raffte ihre leichten, seidenen Röcke und rannte die Stufen hinauf, um sich in Gervases Haus in Sicherheit zu bringen. Als sie keuchend vor den wehenden Vorhängen am Eingang zum Salon stand, schickte sie einen angstvollen Blick über die Schulter und suchte den Garten ab.

Er stand noch immer dort. Ein schmaler Schatten in der Nacht.

An allen Gliedern bebend ging Alysson ins Haus. Ausgerechnet sie, die sich vor nichts und niemandem fürchtete, hatte Reißaus genommen, als ob ihr der Leibhaftige auf den Fersen wäre.

Der Mann, den sie im Garten zurückgelassen hatte, verharrte noch eine Weile regungslos an der gleichen Stelle und versuchte Herr seiner widersprüchlichen Gefühle zu werden.

Zunächst diese unvorhergesehene Anziehung. Er dachte, er hätte seine Vorliebe für alles Europäische abgelegt, wie Kleidung, Pferde, Frauen. Als er wieder in seine Heimat zu den Berbern zurückgekehrt war und seinen alten Namen Jafar el-Saleh angenommen hatte, hatte er sich von allem freigemacht, was der Kultur seines Volkes nicht angehörte. Rücksichtslos hatte er sämtliche Erinnerungen an sein früheres Leben ausgemerzt, auch den Lebensstil und die Sitten, die man ihm während seiner Verbannung in England beigebracht hatte. Gnadenlos hatte er sein Denken und Handeln von all diesem Ballast gereinigt, um ein würdiger Anführer seines Stammes zu werden. Dieser Vorsatz aber war vorhin leicht ins Wanken geraten, als er Alysson Vickery durch die leichten Seidenvorhänge beobachtete. Und später, als er sie dann in dem mit Fackeln beleuchteten Gartenhof entdeckte, hatte ihm ihr Anblick den Atem verschlagen. Das seidige Gewebe ihres Abendkleides schimmerte bei jedem Schritt, als sie die Stufen hinunterging. Die nackte Haut von Hals und Schultern schien wie von innen zu leuchten. Sie war die Verführung selbst — anziehend und herausfordernd. Und er hatte die Hitze in seinen Lenden gespürt ...

Dann kam noch etwas völlig Unvorhergesehenes hinzu: Er kannte sie! Sie war das kleine verzweifelte Mädchen von damals, das ihn mit Eicheln beworfen hatte, diese kleine wilde Göre, der er vor Jahren gut zugesprochen hatte. Ja, sie war es. Jafar hatte nicht den geringsten Zweifel daran. Diese großen, trotzigen, grauen Augen konnte man nicht vergessen. Jetzt war kein Kummer mehr in ihnen zu entdecken, statt dessen sprachen Stolz und messerscharfe Intelligenz aus ihnen. Sie hatte einen offenen Blick, im Gegensatz zu den unterwürfigen Frauen des Orients.

Außerdem besaß sie immer noch ihren Widerspruchsgeist. Es war eine Art von Trotz, der einerseits für sie einnahm, aber dann auch wieder abstieß. Mit einem Schlag, wie bei einem Überraschungsangriff, war es ihr gelungen, seine männliche Neugier und Lust anzustacheln. Noch nie hatte ihn eine Frau derart von oben herab behandelt. Sie hatte ihn nicht nur ausgelacht, sondern ihn auch noch zu einem Kuß herausgefordert. Ein Jammer, daß er ihr den Kuß schuldig bleiben mußte. Er verdrängte den unsinnigen Wunsch, das spöttische Lachen von ihren weichen, einladenden Lippen zu küssen.

Zu diesen unerwünschten Tatsachen kam noch ein gewisses Gefühl des Unbehagens hinzu. Die Feststellung, daß sie die Verlobte des Mannes war, den er umzubringen gedachte, brachte ihn aus dem Lot. Es beunruhigte sein Gewissen, daß er sie zum Werkzeug seiner Rache machen würde. Er hatte versucht, sie zu warnen, doch ohne Erfolg. Sie hatte seine Bedenken wie die des Oberst de Bourmont einfach nicht ernst genommen. Allen Gefahren zum Trotz bestand Alysson darauf, das Landesinnere zu bereisen. Verwundert schüttelte Jafar den Kopf. Diese junge Dame war nicht nur mutig, sie hatte auch einen starken Willen.

Zu guter Letzt gesellte sich noch ein drittes Übel hinzu. Er bedauerte es zutiefst, sie in seine persönliche Rache zu verwickeln.

Aber all diese Gründe reichten nicht aus, um sein Vorhaben aufzugeben.

Die Wangenmuskeln spannten sich, als er seinen Entschluß bekräftigte. Nein, ihretwegen würde er seine Pläne nicht umstoßen. Auf diesen Augenblick hatte er zu lange gewartet.

Mit grimmiger Entschlossenheit wehrte er seine Befürchtungen ab und verschwand im Schatten der Nacht.

Kapitel 2

Chand war krank.

Am zweiten Reisetag wurde Alyssons Diener von einer mysteriösen Krankheit befallen, die sich in Magenschmerzen und erhöhter Temperatur äußerte. Der Leutnant, der das Kommando über ihre Eskorte führte, litt ebenfalls unter den gleichen Symptomen. Die Ursache kannte man nicht, aber man nahm an, daß beide etwas Unbekömmliches gegessen hatten. Abgesehen von Chand und dem Leutnant war die kleine Reisegesellschaft aber wohlauf.

Alysson hätte die Exkursion am liebsten sofort abgebrochen. Solange Chand nicht auf den Beinen war, würde ihr das ganze Unternehmen keine Freude machen. Aber dieses eine Mal teilte Onkel Honoré ihre Ansicht nicht. Nachdem sie bereits so weit gekommen waren, untermauerte er seinen Vorschlag, sollten sie doch nicht ausgerechnet jetzt aufgeben. Er drängte sie, mit ihm das Land zu besichtigen, das er an der Küste erwerben wollte. Anschließend könne sie ja sofort nach Algier zurückkehren. Und damit hatte er nicht unrecht.

Also wurde beschlossen, Chand und den Leutnant mit einem arabischen Diener im Camp zurückzulassen. Sollten sie bald wiederhergestellt sein, könnten sie nachkommen. Ansonsten würden sie gemeinsam die Rückreise nach Algier antreten und auf den langen, anstrengenden Ausflug in die Wüste verzichten.

Alysson mußte sich mit dem neuen Plan zufriedengeben. Sie sorgte sich um Chand, der wie sie bisher niemals krank gewesen war. Seine unerwartete Übelkeit erfüllte sie mit einer nicht näher zu deutenden Vorahnung. Vielleicht war die Warnung des unverschämten Fremden, den sie vor zwei Nächten in Gervases Garten getroffen hatte, ein böses Omen. Bei der Erinnerung an ihn überlief sie unwillkürlich ein Schauder, und als sie sich von ihrem treuen Diener verabschiedete, fragte sie sich, was auf dieser Reise wohl noch schiefgehen würde.

Chand war ebenfalls beunruhigt. Sein Gesicht war merkwürdig blaß und mehr vor Sorge als vor Schmerz verzogen. »Allah möge mir vergeben«, brachte er mühsam hervor. »Ich habe Euch im Stich gelassen, Memsahib.«

»Du lieber Himmel, Chand, du kannst doch nichts dafür. Es ist doch nicht deine Schuld, daß du krank geworden bist.«

»Memsahib werden vorsichtig sein?«

»Natürlich. Ich verspreche es dir.«

Es war beinahe Mittag, als sie ihre Zelte abbrachen und weiterzogen. Alysson ritt neben ihrem Onkel. Die Hitze des Tages hatte voll eingesetzt. Gestern am frühen Vormittag, als sie die saftig grünen Hügel hinter Algier hinabgeritten waren, wehte noch ein frischer kühlender Wind, und sie hatten eine erstaunlich große Wegstrecke zurückgelegt. Gegen Nachmittag war die kleine Karawane mit Pferden und Packeseln von der höher gelegenen, bergigen Küstenregion in das fruchtbare breite Tal hinabgezogen, das die französischen Kolonisten besiedelt hatten.

Die Ebene von Algier war so, wie sie sich Alysson immer vorgestellt hatte. So weit das Auge reichte fruchtbares Ackerland, das sich in fast gleichmäßigen Hügelwellen bis zu den Bergen hinzog. Wilde Feigen- und Olivenbäume wuchsen hier in Hülle und Fülle. Heute wie gestern ritten sie an endlosen Orangenhainen vorbei und an sorgsam mit Hirse, Weizen und Gerste bestellten Feldern. Unter der afrikanischen Sonne würde die Ernte gut gedeihen, dachte sie, und ihre Stimmung verbesserte sich ein wenig. Onkel Honoré hatte das ideale Weinanbaugebiet gefunden.

Allerdings würde sie sich selbst nie in dieser doch etwas langweiligen Region niederlassen. Ihr Blick schweifte weiter nach Süden. In der Ferne konnte sie die Umrisse eines Gebirges sehen, das man Tell-Atlas nannte. Genau dorthin zog es sie. Dorthin und weiter, so das unwirtliche Land begann, die fernen Steppen des Hochlandes und die trockene Wüste.

Für diese Reise war sie mit ihrem enganliegenden Jackett

aus blauem Serge, kniekurzen blauen Hosen und besonders festen Lederstiefeln gut ausgerüstet. Ein Hut mit breiter Krempe schützte das Gesicht vor der sengenden Sonne und die Augen vor dem flirrenden Licht. Diese eher männliche Kleidung war eine Notwendigkeit. In den dichten, immergrünen Wäldern und im Gebirge wäre ein langer Reitrock völlig unpassend gewesen.

Sie ritt im Herrensitz auf einem bequemen, sicheren Sattel, der eigens für sie angefertigt worden war. Ihr Pferd, eine graue Araberstute, war die reinste Freude. Das Tier war lebhaft und aufmerksam und gut zu reiten.

Sie waren erst eine kurze Strecke geritten, als sie den Reiter zum ersten Mal bemerkte. Halbversteckt im Schatten eines Tamarindenbaumes stand er in der Nähe des Pfades, den sie eingeschlagen hatten. Er war wie ein Einheimischer gekleidet und trug einen schwarzen Turban. Regungslos saß er auf einem mächtigen Rappen. Er beobachtete sie. Alysson konnte es sich nicht verkneifen, sich beim Vorbeireiten nach ihm umzuschauen. Eine Stunde später richtete sich ihre Aufmerksamkeit erneut auf diesen Reiter. Diesmal befand er sich auf der Kuppe eines Hügels, und seine dunkle Silhouette hob sich malerisch gegen den azurblauen Himmel ab.

Reiter und Pferd waren still und schweigsam wie die Wüste.

Alysson war beunruhigt, als sie die lange Flinte sah, die der Reiter über der Schulter trug. Ihre Besorgnis war lächerlich, natürlich; Araber trugen immer solche Waffen. Trotzdem tastete ihre Hand unwillkürlich nach der zweischüssigen Pistole in ihrer Satteltasche.

Der nächste Augenblick bewies, daß ihre Vorsichtsmaßnahme begründet war, denn der Reiter riß plötzlich die Waffe von der Schulter. Instinktiv schloß sich ihre Hand um den Perlmuttgriff ihrer Waffe.

Aber sie hatte keinen Grund, sie zu gebrauchen. In einer Staubwolke setzten sich Roß und Reiter in Galopp. Der schwarze Burnus blähte sich im Wind, als sie hinter dem Berghügel verschwanden.

Kurz darauf hörte sie einen Schuß.

Als die französische Eskorte die Gewehre anlegte, hielt der arabische Führer beschwichtigend die Hand in die Höhe. »Er jagt Wildschweine«, erklärte er.

Die Soldaten nahmen die Gewehre herunter. Alysson beruhigte sich wieder, Onkel Honoré aber stieß einen gallischen Fluch aus, dann beschimpfte er diese gottverdammten Wilden, die nichts anderes im Sinn hätten, als friedliche Menschen zu erschrecken.

Am späten Nachmittag führte sie der Weg zwischen zwei Anhöhen hindurch, die mit wilden Feigenbäumen bewachsen waren. Alyssons Gedanken weilten bei Chand und seiner sonderbaren Erkrankung, als das Unheil begann. Eine Salve von Gewehrschüssen ließ sie zusammenfahren.

Aus dem Schutz der Bäume stürzte eine Horde schwarz gekleideter Männer hervor und kreiste die kleine Reisegesellschaft in mörderischem Galopp ein.

Ein wildes Durcheinander entstand. Der Angriff erfolgte so überraschend, daß der französischen Eskorte nichts anderes übrigblieb, als um Alysson und ihren Onkel einen schützenden Kreis zu bilden. Sie selbst hatte alle Hände voll zu tun, ihre Stute zu zügeln und Onkel Honoré zuzurufen, er solle seinen Kopf unten halten.

Es dauerte nicht lange, bis sich der Tumult gelegt hatte. Als sich die Staubwolke verzog, sah Allyson, daß sie, Onkel Honoré und die Franzosen von drei Dutzend schwerbewaffneten Reitern umzingelt waren.

Keiner schien verletzt zu sein, stellte sie erleichtert fest. Das Gesicht ihres Onkels hatte sich vor Wut puterrot gefärbt. Nachdem sie sich überzeugt hatte, daß er unversehrt war, wandte sie sich ihren Angreifern zu.

Sie trugen schwarze Umhänge. Kopf und Gesicht waren von baumwollenen Tüchern verhüllt, bis auf schmale Schlitze, aus denen dunkle Augenpaare wie die Klingen der Säbel aufblitzten, die ohne Scheide am Gürtel der Männer hingen.

Alysson war froh, sich im Schutz der französischen Eskorte zu wissen. Sie hatte also keinen Grund, sich zu fürchten ... noch nicht.

Dann entdeckte sie den schwarzen Reiter. Es war der Mann, den sie bereits zweimal an diesem Tag gesehen hatte. Das Herz klopfte ihr in rasenden Schlägen bis zum Hals. Hatte er sie verfolgt?

Er ritt einen mächtigen Rappen mit kraftvollem Nacken und langem Schweif. Wie bei den anderen war auch sein Gesicht von einem schwarzen Schal verdeckt.

Als er mit gedämpfter Stimme einen Befehl erteilte, verstand sie kein Wort. Es war kein Arabisch, dessen war sie sich gewiß. Vielleicht war es die Sprache der Berber, die sie nicht kannte.

Tatsächlich, das müssen Berber sein, schloß Alysson, als sie drei Männer erblickte, die keine Tücher trugen. Im Gegensatz zu dunkelhäutigen Beduinen, die Onkel Honoré als Führer angeheuert hatte, waren die drei Männer hellhäutig. Die Gesichter waren kantig geschnitten. Ihr schlanker, hoher Wuchs verlieh ihnen eine stolze aufrecht Haltung. Alysson hatte von diesen tapferen Kriegern gehört, die in den Bergen lebten. Vor Jahrhunderten hatten sich die Berber hier angesiedelt, bis die Araber kamen und das Land eroberten.

Sie hätte die Männer nach dem Grund ihres Überfalls gefragt, wäre ihr Onkel Honoré nicht zuvorgekommen, der sich jetzt im schönsten Französisch nach ihren Absichten erkundigte. Alysson hatte angenommen, der dunkle Reiter sei der Anführer, statt dessen aber antwortete ein rotbärtiger Berber neben ihm.

Er lächelte freundlich und hielt die Hände an den Mund. »*Salam alaikum*«, grüßte er auf arabisch und wiederholte die Worte dann auf französisch. »Friede sei mit euch.«

»Zum Donnerwetter noch mal, was fällt euch ein, uns hier zu überfallen?« empörte sich Honoré, ohne sich um östliche Begrüßungsformen zu scheren.

Es wäre außerdem ziemlich unangebracht gewesen, Höflichkeiten auszutauschen, während der scharfe Rauch aus den Musketen noch in der Luft hing, die Pferde unruhig mit den Hufen stampften und die Nüstern blähten. Alysson aber war bereit einzulenken, da sie mit fremden Gebräuchen besser vertraut war als Onkel Honoré.

»*Alaikum es-salam*«, antwortete sie und hoffte, daß man das leichte Zittern der Hände nicht bemerkte. »Ihr werdet meinem Onkel hoffentlich vergeben«, setzte sie auf französisch hinzu, »wenn er sich nach dem Grund unseres unfreiwilligen Halts erkundigte. Leider läßt Ihr Vorgehen kaum auf friedliche Absichten schließen, da wir ...«

Der dunkle Reiter unterbrach sie und erteilte einen weiteren Befehl in der ihr fremden Sprache.

»Werfen Sie Ihre Waffen weg«, riet der Rotbärtige, »und Ihnen geschieht nichts.«

Alysson wollte glattweg ablehnen, aber als sie ihre Araber sah, die mit Ausnahme des ältesten vor Angst schlotterten, schwieg sie. Der Graubärtige schien vielmehr mit der derzeitigen Lage außerordentlich zufrieden zu sein. Das selbstgefällige Grinsen verriet ihn.

Ohnmächtige Wut stieg in ihr auf, als ihr klar wurde, daß dieser Schurke sie in einen Hinterhalt geführt hatte. Alyssons Augen wurden zu Schlitzen, als sie ihm einen wütenden Blick zuwarf.

Der alte Araber begriff sofort und überschüttete die Berber mit einem Schwall von Protesten. Seine Worte aber klangen hohl und künstlich, so daß Alysson ihn mit einer unwirschen Geste zum Schweigen brachte. Sie war wütend auf sich. Wie konnte sie so töricht und blind gewesen sein, in eine Falle zu tappen! Sie ärgerte sich mehr über sich selbst als über das Dilemma, in dem sie augenblicklich steckten. Setzten sie sich zur Wehr, so konnte das den Tod bedeuten. Auf keinen Fall aber würde sie die Waffe wegwerfen. Sie mußte sich etwas einfallen lassen, um diesen unverschämten Kerlen einen Strich durch die Rechnung zu machen, und zwar schnell, bevor die französische Eskorte sie im Stich ließ.

So weit sie es beurteilen konnte, saßen die Franzosen bereits unruhig in ihren Sätteln. Da sie nicht wußten, wie es weitergehen sollte, blickten sie zu Alysson, als ob sie von ihr Anweisungen erwarteten.

Alysson knirschte über so viel Feigheit mit den Zähnen. Guter Rat war jetzt teuer. Im nächsten Moment ertönte ein Schuß, der Onkel Honorés Hut zu Boden fegte und die nervösen europäischen Pferde scheuen ließ.

Sie zuckte zusammen und blickte erschrocken um sich. Die Kugel hätte ihrem geliebten Onkelchen das Leben kosten können. Honorés Mund stand vor Überraschung offen, und die Zornesröte war einer wächsernen Blässe gewichen.

Alyssons Blick flog zu dem dunklen Reiter, der gemächlich die Waffe lud. Der schwarze Hengst stand bewegungslos wie ein Fels unter ihm.

Spannung lag in der Luft, nur das Knarren der ledernen Sättel und das Klirren der Zaumzeuge unterbrach die Stille. Angestrengt beobachtete sie den schwarz verhüllten Berber. Das verdeckte Gesicht gab ihr nicht den kleinsten Hinweis darauf, ob er sich ihrer ohnmächtigen Wut und Verachtung bewußt war. Sein leichter Umgang mit dem schweren Gewehr, seine Treffsicherheit und die Kaltblütigkeit, mit der er soeben den Schuß abgegeben hatte, untermauerten eine weitere Tatsache, die man ihr über das Berbervolk erzählt hatte. Sie waren ausgezeichnete Schützen.

Alysson war bestürzt. Ihre kleine Karawane würde sich ergeben müssen. Wenn es zum Kampf kam, dann würden ihre hasenfüßigen französischen Beschützer den wilden Berbern nicht standhalten können. Außerdem durfte sie nicht das Leben ihres Onkels aufs Spiel setzen. »Lieber Gott, was soll ich tun?« sagte sie leise.

In diesem Moment ergriff der bärtige Berber das Wort. In einem freundlichen, fast ehrerbietigen Ton wandte er sich an die französischen Soldaten. Er legte ihnen die Sachlage dar und appellierte an ihre Vernunft. »Sie können unbesorgt sein, wir wollen Ihnen nichts Böses. Wir wollen nur die Frau.«

Nur sie? Um Gottes willen, warum? Alysson schoß alles mögliche durch den Kopf. Ja! Das war die Antwort auf ihr

Stoßgebet. Wenn es ihr gelang, aus diesem Durcheinander von Pferden und Reitern zu verschwinden, würden die Berber ihr zweifellos nachsetzen. Dadurch lenkte sie die Reiter ab, und Onkel Honoré konnte das Kommando über die Eskorte übernehmen. Allein hätte sie außerdem eine bessere Chance, die Pläne der maskierten Männer zu vereiteln. Sie war eine ausgezeichnete Reiterin. Vielleicht gelang es ihr, in den Schutz der Berge zu entkommen, wenn sie nicht vorher erschossen wurde. Aber wenn den Berbern an ihr gelegen war, dann würden sie nicht schießen, folgerte sie weiter.

All dies wirbelte durch Alyssons Kopf, während Onkel Honoré jetzt in Aktion trat. Auch wenn er dem Tode nur knapp entronnen war, griff er wild entschlossen in das Geschehen ein. Mit einem gotteslästerlichen Fluch auf den Lippen versuchte er sein Pferd zwischen Alysson und die Berber zu drängen, um sich schützend vor seine Nichte zu stellen. Alyssons Herz schmolz vor Liebe zu ihm. Dieser alte, an Bequemlichkeit gewöhnte Mann war der einzige, der den Mut hatte, sie zu verteidigen. Tränen der Rührung rannen ihr über die Wange. Jetzt. Sie mußte jetzt ausbrechen, ehe ihn die nächste Kugel in die Schläfe treffen würde.

Honorés Vordrängen war in diesem Augenblick das beste Ablenkungsmanöver. Sie lenkte ihre graue Stute seitwärts, bis sie eine Lücke zwischen den anderen Pferden entdeckte. Dann riß sie den Kopf des Pferdes herum, verpaßte ihm mit der Reitgerte einen heftigen Schlag und bohrte die Fersen in seine Flanken. Das erschrockene Pferd wieherte, stieg auf die Hinterbeine und schoß dann durch die Reihen der Franzosen und Berber hindurch.

Der rasende Galopp des Pferdes beflügelte sie. Tief über seinen Hals gebeugt, feuerte sie es mit Koseworten an. Gleichzeitig versuchte sie die verschreckte Stute zu beruhigen und ihr das Gefühl der Führung zu geben.

Sie verließen den Weg und erklommen einen Hügel, der mit dornigem Gestrüpp und alten Olivenbäumen bewachsen war. Beim Hinabreiten entdeckte Alysson einen schmalen Graben.

Zu spät, dachte sie, aber dann spürte sie, wie die Stute zum Sprung ansetzte.

Mit einem riesigen Satz nahmen sie das Hindernis. Pferd und Reiterin befanden sich jetzt auf offenem Gelände und zogen eine lange Staubwolke hinter sich her.

Erschrocken blickte sie über die Schulter, als sie hinter sich herannahenden Hufschlag hörte. Ein einziger Reiter folgte ihr.

Der dunkle Reiter mit dem pechschwarzen Hengst!

Ihr Herzschlag setzte einen Moment aus. Waren alle Anstrengungen vergeblich gewesen? Warum hatte er die Verfolgung allein aufgenommen? Was war in der Zwischenzeit mit Onkel Honoré geschehen? Was hatte dieser Teufel mit ihr vor?

Die aufsteigende Angst verlieh Alysson neue Kraft. Entschlossen holte sie mit der Peitsche aus und trieb die Stute an. Der Hut flog ihr vom Kopf, aber sie achtete nicht darauf. Ungefähr fünfhundert Meter von ihr türmten sich ein paar zerklüftete Felsen auf, die ihr vielleicht Schutz bieten könnten, falls sie diese noch rechtzeitig erreichte.

Sie warf einen weiteren Blick zurück zu dem Hengst, der ihr unbarmherzig in scharfem Galopp folgte. Das schwarze hochbeinige Pferd war kräftig gebaut. Es stammte aus einer Berberzucht, das sah man ihm an. Diese Pferde überholten sogar den Wind ...

Wie töricht von ihr zu glauben, sie könne den Berbern entkommen! Aber sie gab nicht auf und langte nach der Pistole in der Satteltasche. Wenigstens ein kleiner Schutz, dachte sie dankbar.

Ihr Atem ging jetzt stoßweise, als sie zu den Felsen kam. Gleich war sie da. Nur noch zwanzig Meter. Zehn. Das Hämmern der Hufe dröhnte ihr im Kopf, und sie glaubte den heißen Atem des Hengstes im Nacken zu spüren.

Alysson erreichte die Felsen mit einem Sekundenvorsprung. Sie setzte ihr ganzes reiterliches Können ein, um das steigende Pferd zu parieren. Ihr Herz pochte wie wahnsinnig, als sie sich von dem Pferderücken schwang und hinter einem Findling Schutz suchte. Jetzt hieß es Ruhe bewahren. Sie atmete tief durch. Mit der Pistole im Anschlag erwartete sie ihren Angreifer. Wenn es sein mußte, würde sie ihn erschießen.

Ungefähr drei Meter vor ihr riß der schwarze Reiter sein Pferd hoch, so daß es kurz vor ihr auf der Hinterhand zum Stehen kam. Sie legte auf ihn an.

Dann sah sie sein Gesicht.

Das breite Ende des Tuches, das um den Mund gebunden war, hatte sich gelöst und war heruntergerutscht. Allmächtiger, dachte sie überwältigt. Der Fremde aus dem Garten! Sofort erkannte sie das stolze, kantige Gesicht wieder. Es war der gleiche Mann, der ihr vor zwei Abenden begegnet war. Zuerst hatte sie sich furchtbar vor ihm erschrocken, und dann hätte sie sich beinahe von ihm küssen lassen.

Konnte sie einen Menschen umbringen, mit dem sie sich unterhalten hatte, auch wenn es eher unangenehme Belangslosigkeiten waren? Der Mund wurde ihr trocken, während sie fieberhaft eine Antwort auf die vielen Fragen suchte, die ihr durch den Kopf wirbelten. Warum verfolgte er sie? Warum fürchtete sie ihn? Was hatte er mit ihr vor?

Mit zitternder Hand hob sie die Pistole.

Ein belustigtes Lächeln veränderte das starre Gesicht des Fremden. Er hatte ihr Dilemma erkannt und nahm sie einfach nicht ernst. Ja, er machte nicht einmal Anstalten, nach seinem Gewehr zu greifen, das in einem Futteral am Sattel hing. Statt dessen beugte er sich vor und flüsterte dem Hengst etwas ins Ohr, so als ob er das Tier an dieser amüsanten Situation teilnehmen lassen wollte. Alysson biß die Zähne zusammen. Als er sich wieder aufrichtete, zielte sie, diesmal genau auf das Herz.

Er lachte. Er lachte tatsächlich. Es war ein tiefes, kehliges Lachen. Die weißen Zähne blitzten in der Sonne. Dann ging er zum Angriff über, ohne die auf ihn gerichtete Waffe zu beachten.

Wütend über die Geringschätzung ihrer Drohung war sie zu allem entschlossen.

Außerdem befand sie sich in unmittelbarer Gefahr. Es war Notwehr. Sie drückte ab.

Aber sie hatte zu lange gezögert. Der Schuß verfehlte sein Ziel und streifte ihn nur am Arm.

Eine zweite Gelegenheit zu schießen bot sich nicht mehr.

Der Berber bewegte sein Pferd auf sie zu und zwang sie auszuweichen. Sie ging drei, vier Schritte rückwärts, stolperte, konnte sich gerade noch abstützen. Die Waffe glitt zu Boden. Im nächsten Augenblick sprang er vom Pferd und stürzte sich auf sie. Merkwürdigerweise stellte Allyson noch fest, daß er es vermied, sich mit seinem ganzen Gewicht auf sie zu werfen. Trotzdem konnte sie nur keuchend Luft holen, als sie unter seinem ganzen Körper auf dem Rücken lag. Seine sehnigen Finger hielten ihre Handgelenke über dem Kopf fest.

Zum ersten Mal in ihrem Leben verspürte sie echte Todesangst. Entsetzliche, lähmende Angst. Sein Körper war gestrafft, jeder einzelne Muskel bedeutete Gefahr. Sie spürte es bis auf die Haut. Diese unmittelbare Gefahr war so fühlbar wie die Wärme seines Körpers.

Alysson wimmerte verzweifelt wie ein Tier, das in der Falle saß, als sie sich gegen die männliche Übermacht wehrte.

»Hören Sie auf!« befahl er, »ich tue Ihnen nichts.« Es war das angenehm fließende Französisch, das sie an die Begegnung im Gartenhof erinnerte.

Bei dieser Versicherung ließ die Angst nach. Sie wehrte sich nicht mehr. Ihr Herzschlag beruhigte sich langsam, obwohl sie weiter nach Atem rang. Die goldfarbenen Augen über ihr blickten sie unentwegt an. Was hatte er mit ihr vor? Mein Gott, was würde dieser Wilde mit ihr tun? Diese Augen waren gnadenlos und unbarmherzig.

Diese unheimlichen Augen! Sie hielten sie in ihrem Bann, bis er sich aufsetzte und ihre Handgelenke freigab. Sein volles Gewicht lastete jetzt auf ihren Hüften. Die Lippen zogen sich zu einer strengen Linie zusammen, als er seinen Burnus — der weite Mantelumhang der Berber — ein Stück hochschob und auf den linken Arm blickte. Der Ärmel seiner baumwollenen Tunika hatte sich mit einer schmierigen dunklen Nässe vollgesogen.

Blut. Sie hatte ihn verwundet. Jetzt würde er sich an ihr rächen.

Alysson hielt den Atem an, als er den Schal wegzog, den er um den Hals trug. Stocksteif vor Angst sah sie zu, wie er versuchte, von dem Tuch einen Streifen abzureißen.

Er will sich nur die Wunde verbinden, stellte sie erleichtert fest. Mit den Zähnen hielt er ein Ende des Tuches fest und wickelte das andere um den Arm. Dann versuchte er einen Knoten zu machen. Spontan bot sie ihm ihre Hilfe bei diesem schwierigen und gewiß auch schmerzhaften Unterfangen an, aber offensichtlich legte er keinen Wert darauf. Die raschen, geübten Bewegungen ließen den Schluß zu, daß er es gewohnt war, sich selbst zu helfen.

Und das stimmte ja auch, sagte sich Alysson. Schließlich war er ein Krieger, Angehöriger eines wilden, barbarischen Berberstammes, der ein Leben lang kämpfte und tötete. Sie konnte es sich nicht leisten, einem Mann gegenüber rücksichtsvoll zu sein, der sie im Augenblick völlig in seiner Gewalt hatte.

Verstohlen betrachtete sie sein Gesicht. Es zeigte erbarmungslose Härte und Grausamkeit. Wie damals, als sie ihn beim flackernden Licht der Fackeln gemustert hatte. Sein Anblick ließ sie schaudern.

»Was ... was haben Sie mit mir vor?« fragte sie stockend und ärgerte sich über ihre zitternde Stimme.

Anstelle einer Antwort blickte er auf und heftete seine flammenden Augen erneut auf sie. Diese Augen. Diese beängstigenden, unergründlichen Augen, die sie jetzt aus der Nähe betrachtete. Zwei Bernsteine mit dunkelgoldenen Tupfen. Die Iris glich der eines Falken. Es fiel ihr schwer, sich von ihnen loszureißen.

Zu ihrer Erleichterung senkte er die Augen und widmete sich dem verletzten Arm. Als der Verband fertig war, griff er in eine Tasche an seinem Gürtel, holte eine lange Wollschnur hervor und band ihr die Handgelenke zusammen.

Also war er auf ihre Gefangennahme vorbereitet, stellte Alysson fest. Er hatte alles geplant.

Wie verschlagen und heimtückisch er war, dachte sie bitter. Wie ein jagendes Raubtier hatte er sie von ihrer Herde getrennt. Sie war für ihn eine leichte Beute gewesen. Wie lächerlich dumm war doch ihr Plan, sich von ihrer Gruppe und der Sicherheit, die sie trotz allem bot, zu entfernen. Jetzt war sie allein auf sich gestellt, und es bestand kaum eine Chance, daß man sie finden würde. Sie konnte nur hoffen, daß ihr Fluchtversuch nicht umsonst gewesen war und Onkel Honoré gerettet wurde und daß es ihr irgendwie gelang, diesem Wahnsinnigen zu entkommen.

Die Hände waren fachmännisch gefesselt und der Berber erhob sich. Mit einiger Anstrengung kam sie auf die Knie. Aber sie hatte nicht mit der Reaktion ihres Körpers auf die ausgestandene Angst gerechnet. Sie zitterte am ganzen Leib. Arme und Beine versagten den Dienst. Im Kopf drehte sich alles. Und er stand über ihr. Groß und drohend in der schwarzen Tracht der Wüstensöhne.

Endlich gelang es ihr, sich aufzurichten. Sie torkelte einen Schritt zurück.

»Eine Flucht ist zwecklos«, riet er ihr ungerührt. »Ich müßte Sie nur wieder einfangen.«

Sie hörte die unterschwellige Drohung heraus. Ohnmächtig mußte sie zusehen, wie er ihre Pistole aufhob. Mit einer raschen Bewegung entfernte er die zweite Kugel aus der Waffe und verstaute sie in der Tasche neben seinem juwelenbesetzten Dolch. Dann trat er zu ihr.

Wie gelähmt stand sie vor ihm — bis er sie berührte. Laut schreiend schlug sie wild um sich und trat nach ihm. Mit den gefesselten Händen konnte sie nicht viel ausrichten. Seine Arme umfingen sie und preßten sie an sich. Sie fühlte sich wie in einer eisernen Klammer, die jede Bewegung unmöglich machte.

»Nein! Lassen Sie mich los! Bitte!« Aber es half nichts.

Erschöpft fügte sie sich schließlich. Am ganzen Körper zitternd sah sie ihn an.

»Wehren Sie sich nicht«, mahnte er in diesem leisen, unbarmherzigen Ton. »Sie werden sich nur weh tun.«

Sie gab es auf. Geschwächt und niedergeschlagen sank sie zu Boden.

Er beugte sich zu ihr nieder, hob sie auf, als wäre sie leicht wie ein Kind, und trug sie zu ihrem Pferd.

Sie ließ es mit sich geschehen und biß auf die Unterlippe, um nicht zu schreien und zu weinen. Regungslos lag sie in seinen Armen und erkannte seine Überlegenheit an. Sie würde nichts gewinnen, wenn sie sich ihm widersetzte. Im Augenblick mußte sie sich wohl oder übel in ihr Schicksal fügen. Er hatte die Oberhand ... noch.

Er setzte sie auf die Stute, erlaubte ihr aber nicht die Zügel zu nehmen. Statt dessen warf er sie über den Rücken des Tieres und führte die Stute zu seinem Hengst. Sorgfältig befestigte er das Ende der Zügel am Sattelknauf und schwang sich auf seinen Rappen.

Als er sie kurz über die Schulter anblickte, erwachte Alysson aus ihrer Benommenheit. »Wohin ... bringen Sie ... mich?« Die Worte kamen ziemlich krächzend aus dem Hals, und es war ihr peinlich, daß die Stimme so jämmerlich klang.

Er gab keine Antwort, aber das hatte sie auch nicht erwartet. Dann langte er in eine der großen Ledertaschen, die links und rechts vom Sattel herabhingen, und zog ein langes schwarzes Tuch hervor.

»Verhüllen Sie damit Kopf und Gesicht«, sagte er knapp und reichte es ihr. »Zum Schutz gegen die Sonne.«

Am liebsten hätte sie ihm das Tuch ins Gesicht geschlagen. Was sie benötigte, war Schutz vor *ihm* und nicht vor der Sonne. Aber sie war keine Närrin. Er hatte recht. Lehnte sie die Kopfbedeckung ab, wäre sie die Leidtragende. Andernfalls würde sie einen Sonnenbrand oder Schlimmeres davontragen. Schließlich benötigte sie all ihre Kräfte, wenn es ihr gelingen sollte, sich von diesem Barbaren zu befreien.

Mit gelassener Anmut nahm sie das Tuch entgegen und versuchte zu tun, worum er sie gebeten hatte. Die gefesselten Hände machten aber den Versuch, sich eine Kopfbedekkung anzufertigen, zunichte. Nachdem er ihr eine Weile zugesehen hatte, ritt er den Hengst neben die Stute und nahm ihr das Tuch aus den Händen.

Als er es ihr um das Haar legte, schloß sie die Augen. Wenn sie ihn nicht ansah, würde sein bezwingender Blick keine Macht über sie haben. Trotzdem spürte sie, daß er ihr Gesicht betrachtete, als er den *Haik* um ihren Kopf zusammenraffte und die Enden um den Nacken schlang, so daß Kinn und Mund von den weichen Falten verborgen wurden. Seine Nähe und die leichte Berührung verwirrten Alysson, und sie bemühte sich die Fassung zu bewahren.

»Ich werde Ihnen nichts tun«, sagte er wieder in diesem leisen, sonderbaren Ton, und sie wußte, daß Gefahr im Anzug war.

Trotzig wandte sie das Gesicht ab. Mehr konnte sie nicht tun. Sie glaubte ihm nicht. Seine Versicherungen waren für sie bedeutungslos.

Er überprüfte den Sitz des *Haiks*, dann brachen sie auf. Die Stute folgte willig, als er den Rappen zu einem scharfen Galopp antrieb. Eine Sekunde lang dachte Alysson daran, sich vom Pferd fallen zu lassen und zu Fuß zu fliehen, aber dann verwarf sie den Gedanken. Das wäre töricht. Auch wenn sie den Sturz heil überstand, würde er sie einholen, quer über den Sattel legen und festbinden. Die Fesseln an den Handgelenken waren unangenehm genug.

Sie versuchte festzustellen, wohin sie ritten. Wahrscheinlich weiter in der Richtung, die sie bei ihrer Flucht eingeschlagen hatte, auf das Gebirge zu nach Süden. Das nahm sie jedenfalls an. Die kriegerischen Berberstämme lebten in dem unzugänglichen Bergland. Sie erinnerte sich, daß Gervase ihr das erzählt hatte. Diese Vorstellung war für sie alles andere als beruhigend.

Die Entfernung zwischen ihrem Onkel Honoré und der Karawane wurde immer größer. Und sie konnte nichts dagegen tun. Noch nie in ihrem Leben war sie sich so hilflos vorgekommen. Ein übermächtiges Gefühl der Angst drohte sie zu lähmen. Aber sie mußte wieder Herr ihrer selbst werden. Sie mußte nachdenken und sich an alles erinnern, was sie über die Berber gehört hatte und dieses Wissen zu ihrem Vorteil nutzen. Sie hatte viel vorteilhaftes über dieses Volk erfahren. Gervase achtete und bewunderte die Berber. In ihrer Verhaltensweise waren sie manchen Europäern nicht unähnlich, im Gegensatz zu den verschlagenen Mauren in den Städten und den arabischen Beduinen in den Ebenen. Was hatte Gervase doch gesagt? Die Berber seien für ihre Ehrlichkeit, Gastfreundschaft und Freundlichkeit bekannt. Von all dem, dachte Alysson mit einem bitteren Blick auf den Reiter vor ihr, hat er noch nie etwas gehört.

Außerdem lobte man ihren Mut. Den hatte er zweifellos. Er spottete dem Tod, als er sie gefangennahm, und lachte bei ihrem Versuch, ihn zu erschießen. Durch ihre Entführung hatte er den Zorn der französischen Regierung auf sich gezogen. Nicht, daß er Gegenmaßnahmen fürchtete. Die Berber hatten sich bisher allen Bestrebungen der *Armée d'Afrique,* sie zur Raison zu bringen, widersetzt. Das hatte Gervase ihr erklärt. Sie hatten ihr eigenes Gesetz, und die Bemühungen des Bureaux Arabes, die Stammesfehden in zivilisierter Form beizulegen, wurden so gut wie nicht beachtet.

Und dann waren da noch die offenen Rechnungen aus dem erst kürzlich beendeten Krieg. Noch vor wenigen Tagen hatte sie den Bericht eines Offiziers der Fremdenlegion über die entsetzlichen Schlachten gegen die Araber gehört. »Es ist besser«, meinte der Legionär, »beim ersten Angriff zu fallen, als in Gefangenschaft zu geraten. Kein Mensch überlebt die Folterungen der arabischen Horden. Deswegen töten wir unsere Verwundeten lieber, als sie den Feinden zu überlassen.«

Alyssons Blick heftete sich auf den dunkel gekleideten Berber, der vor ihr galoppierte. Würde er sie foltern? Er hatte ihr versichert, er würde ihr nichts tun. Vielleicht erwartete sie ein noch schlimmeres Schicksal.

Im Land der Berber wurden weißen Frauen als Konkubinen oder Sklavinnen verkauft ... Könnte sie diese Erniedrigung ertragen? Spielzeug eines Barbaren zu sein? Oder vieler Männer?

Eine neue Welle der Angst schlug über Alysson zusammen. Sie rang um Beherrschung und preßte die gefesselten Hände ineinander, damit sie zu zittern aufhörten. Sie hatte nur selten in ihrem Leben geweint, aber jetzt waren Tränen eine willkommene Erlösung gewesen. Trotzdem erschien es ihr nicht angeraten, sich die leiseste Schwäche vor ihrem Peiniger anmerken zu lassen. Er war hart und unbarmherzig, und sie hatte seine Körperkraft zu spüren bekommen. Allein das Funkeln in den Augen und die Schärfe der Stimme zeigten, daß mit ihm nicht zu spaßen war.

Verzagt blickte sich Alysson um. Wenn es ihr gelingen sollte, zu Onkel Honoré und der Eskorte zurückzufinden, mußte sie sich jeden Markierungspunkt in der Landschaft genau einprägen. Das Terrain wurde auffallend hügelig. Sie näherten sich dem Gebirge, wie sie mit Bestürzung bemerkte. Bald würden sie die Ebene von Algier hinter sich lassen und damit die zivilisierte Welt.

Bei dem Gedanken an ihren Onkel jedoch vergaß sie ihren eigenen Kummer. Was war mit ihm geschehen? Was hatte dieser schwarze Reiter ihm getan?

In unverändert schnellem Galopp ritten sie noch mehrere Meilen weiter, bis Alysson die Ungewißheit um Onkel Honorés Schicksal nicht länger ertragen konnte.

Sie nahm allen Mut zusammen und preschte mit der Stute an die Seite des scharf galoppierenden Rappen. Der Berber wandte den Kopf zu ihr. Laut schreiend versuchte sie das gleichmäßige Donnern der Hufe zu übertönen. Vergeblich. Also beugte sie sich so weit sie konnte nach vorn und ergriff den Zügel ihres Pferdes, mit dem Erfolg, daß die Stute auf den Rappen prallte.

»Was haben Sie mit meinem Onkel gemacht?« fragte Alysson atemlos auf englisch. Sie hatte vergessen, daß sie bis jetzt immer französisch miteinander gesprochen hatten. Er zuckte verständnislos mit den Schultern und ließ die Pferde in eine langsamere Gangart übergehen.

»Sie ... Sie brutaler Kerl! Wenn Sie ihm etwas zuleide getan haben, werde ich dafür sorgen, daß man Sie aufhängt.«

»Entweder Sie sprechen französisch oder Sie schweigen.«

Sie blitzte ihn wütend an, atmete tief durch und wiederholte das Ganze auf französisch. »Also gut. Was haben Sie mit meinem Onkel gemacht?«

»Überhaupt nichts. Er konnte unbehelligt seines Weges gehen, sobald ich Sie in meiner Gewalt hatte.«

Konnte sie ihm glauben? Prüfend blickte sie ihm ins Gesicht. Seine Augen glänzten topasfarben und blickten so scharf wie die eines Raubvogels, der seine Beute erspäht hat — und so starr. Das waren keine Augen, die logen.

Die Spannung in Nacken und Schultern ließ nach. Eine Erleichterung und ein großer Trost. Er wollte Onkel Honoré nicht. Also brauchte sie sich seinetwegen keine Sorgen zu machen.

Aber Onkel Honoré würde ihretwegen Todesängste ausstehen! fiel ihr plötzlich ein. Sie mußte sich aus dieser Lage befreien, bevor er unüberlegt handelte.

Aber zuerst mußte sie herausfinden, warum dieser schwarzgekleidete Teufel sie entführt hatte. Vielleicht ließ er mit sich reden und gab sie frei? Sie schöpfte neue Hoffnung. Ja, sie würde mit ihm verhandeln.

»Warum machen Sie sich eigentlich die Mühe, mich zu entführen?« fragte sie so gleichgültig wie möglich. »Wenn Sie Lösegeld für mich verlangen, wird mein Onkel bereit sein, jeden Preis zu zahlen, um mich wieder unversehrt zurückzuerhalten.«

»Es geht mir nicht um Geld.« Stimme und Gesicht des Berbers waren ausdruckslos wie immer.

»Um was geht es dann? Was wollen Sie?«

Er schwieg. Die einzige Antwort war eine lange, beklemmende Stille.

»Die französische Eskorte wird die Verfolgung aufnehmen. Wahrscheinlich sind sie uns bereits auf den Fersen. Man wird Sie wie einen tollwütigen Hund abknallen.«

»Das bezweifle ich.« Er machte eine abwehrende Handbewegung, als sähe er die verängstigten Franzosen wieder vor sich. »Ihre Eskorte ist wohl nicht gerade ein Musterbeispiel für Tapferkeit, sonst hätte sie ihren Schützling nicht kampflos aufgegeben. Sie hatte nicht mehr Disziplin als eine Herde Schafe.«

Obwohl sie seine Ansicht teilte, veranlaßte sie der herablassende Ton des Berbers, ihre französische Eskorte zu verteidigen. »Es war nicht die Schuld der Soldaten. Es war niemand da, der ihnen eine Order gab. Der befehlshabende Leutnant war erkrankt und wurde ...«

In diesem Augenblick dämmerte ihr, was vorgefallen sein mußte. Der Leutnant war genau an diesem Morgen erkrankt. Wie auch Chand ... O Gott ... Chand.

Schrecken und panische Angst standen in Allysons Gesicht, als sie ihn flehentlich ansah. »Chand ... mein Diener ... bitte, Sie haben ihn doch nicht vergiften lassen?«

»Nein.« Der Berber schüttelte den Kopf. »Ihr Diener ist unversehrt. Das Kraut, das unter sein Essen gemischt wurde, setzte ihn nur außer Gefecht. In wenigen Tagen wird er wieder wohlauf sein. Aber dann ist es zu spät. Er wird Sie nicht mehr finden.«

Es dauerte eine Weile, bis sie die volle Bedeutung seiner Worte begriff. Alyssons Empfindungen schwankten zwischen Bestürzung und Verachtung. Dieser Mann hatte ihre Entführung in allen Einzelheiten geplant. »Verdammter Bastard!« zischte sie.

Sein harter Mund verzog sich zu einem kaum sichtbaren Lächeln.

»Eine solche Sprache steht einer jungen Dame nicht an, *ma belle.*«

Alyssons Finger ballten sich zur Faust. »Ich hätte Sie umbringen sollen, als ich noch die Möglichkeit hatte.«

»Ja, ganz richtig.«

Dieses Zugeständnis machte sie stutzig. »Beim nächsten Mal werde ich Sie nicht verfehlen.«

Welch mutige Worte! Der Berber erwies ihrer Bemerkung den Respekt, den sie verdiente: Er zog nur die Achseln hoch. »Anstatt mich zu verwünschen, sollten Sie mir dankbar sein. Ich erweise Ihnen einen großen Dienst, da ich Sie von Bourmont fortbringe. Sie werden ihn nicht heiraten. Ich warnte Sie neulich davor.«

»In dieser Nacht redeten Sie nur Unsinn und fantasierten etwas von einem Mörder.«

»Ich fantasiere nicht.« Sein Blick heftete sich fest auf sie. »Und es war kein Unsinn.«

Die Stimme hatte jetzt wieder diesen metallisch kalten Ton angenommen, der Alysson schaudern machte. »Warum nennen Sie Gervase einen Mörder? Was hat er Ihnen angetan?«

Der Berber schwieg.

»Ihr Plan wird scheitern. Gervase wird mich retten — und er wird mit der gesamten französischen Armee anrücken.«

Er blickte sie mit einem kalten Lächeln an. »Ich hoffe zuversichtlich, daß die französische Armee für Sie aufmarschiert und der gute Colonel ebenfalls auf der Bildfläche erscheint. Es wird mir ein Vergnügen sein, ihn willkommen zu heißen.«

Das letzte Quentchen Mut, das Alysson noch aufgebracht hätte, verflog bei seinem Lächeln und sie verfiel in ein brütendes Schweigen.

Jafar betrachtete die hübsche Gefangene an seiner Seite mit unfreiwilliger Bewunderung. Weder hatte sie mit Tränen versucht ihn zu rühren, noch hatte sie ihn um Gnade angefleht. Statt dessen hatte sie ihm die Stirn geboten und Antworten auf ihre Fragen verlangt.

Auch wenn sie jetzt schwieg, so hieß es nicht, daß sie klein beigegeben hatte. Sie würde jede Gelegenheit nutzen, um sich gegen ihn aufzulehnen, und sie würde nicht lockerlassen, bis sie den Grund für ihre Entführung erfahren hatte.

Er hatte allerdings noch nicht beschlossen, wie weit er sie einweihen würde. Sie würde seine Beweggründe niemals begreifen. Aus Rache zu töten war nicht mit ihren Vorstellungen von Moral vereinbar. Aber er hatte nichts mehr mit dem zivilisierten Engländer gemein, der ihr vor sieben Jahren begegnet war. Nicolas Sterling gehörte der Vergangenheit an.

Nach seiner Rückkehr nach Algerien schloß er sich — wie es seine Absicht gewesen war — dem Widerstand gegen die französische Fremdherrschaft an. In den folgenden Jahren war es ihm mit eiserner Härte und Zielstrebigkeit gelungen, die Nachfolge seines Vaters anzutreten. Er wurde das Oberhaupt des führenden Stammes. Jetzt war er ein Caid — der erste Verwalter seiner Provinz. In dieser Eigenschaft hatte er vor dem arabischen Emir, Abd el-Kader, den Treueeid abgelegt.

Aber das zweite Ziel, das er sich gesetzt hatte, war noch nicht erreicht. Bisher war ihm die Möglichkeit, den Tod seiner Eltern zu rächen, verwehrt worden. Als er England verließ und zu seinem Berberstamm zurückkehrte, war General Louis Auguste de Bourmont, dem er Rache geschworen hatte, bereits tot. Die bitteren Erinnerungen aber, die ihn in seinen Träumen verfolgten, ließen ihn den Schwur nicht vergessen.

Er erinnerte sich noch genau an die Einzelheiten dieses schrecklichen Tages. Auch jetzt, siebzehn Jahre später, verspürte er wieder diese ohnmächtige Wut, als seine Eltern brutal von ihm weggerissen worden waren. In allen Poren saß noch der Haß gegen den General, der das sinnlose Abschlachten befohlen hatte.

Nein, niemals würde er den Namen Bourmont vergessen.

Erst jetzt hatte sich ihm die Gelegenheit geboten, den Tod seiner Eltern zu rächen. Der Sohn des Generals war in das Land der Berber gekommen.

Als Oberst Gervase de Bourmont den Fuß auf afrikanischen Boden gesetzt hatte, war sein Leben verwirkt. Der Sohn sollte für die Sünden seines Vaters büßen.

Nach Auffassung der Berber war ein solches Vorgehen keineswegs verwerflich. Blutrache war für Jafars Stammesbrüder eine Pflicht. Es war der einzig ehrenhafte Weg für einen Berberhäuptling.

Für ihn war bis jetzt nur offen geblieben, wie er seinen

Schwur in die Tat umsetzen sollte. Natürlich hätte er den Oberst in den Straßen von Algier töten können oder in seinen Amtsräumen. Es wäre einfach gewesen, einen Mörder zu dingen und ihm diese Aufgabe zu überlassen. Aber diese Sache mußte er selbst ausführen.

Bedenkenlos würde er dem Oberst eine Kugel in den Kopf jagen oder einen Dolch ins Herz stoßen, aber damit wäre der Gerechtigkeit nicht Genüge getan, wenn er dem Franzosen einen so schnellen Tod erlaubte. Dieser Mann sollte so leiden, wie seine Mutter gelitten hatte. Er sollte die todbringende Klinge fürchten und über den Tod nachsinnen, während der Saft des Lebens aus ihm rann.

Wie groß wäre auch die Genugtuung, wenn die französische Armee in diese Unternehmen hineingezogen würde und sich dadurch die innenpolitischen Spannungen verschärften. Gervase de Bourmont mit seinen Soldaten in die Wüste zu locken, wo loyale arabische Truppen sie in einen Kampf verwickeln würden — was für ein Triumph!

Natürlich hätte er den Oberst anstelle von Miss Vickery gefangennehmen können. Es hätte zum gleichen Ergebnis geführt. Aber um wieviel mehr würde der Oberst sich gedemütigt fühlen, wenn er die Frau, die er liebte und heiraten wollte, in der Gewalt seines Gegners wußte.

Die Falle war aufgestellt. Der Köder war die hübsche Braut des Obersten.

Jafars Blick fiel erneut auf seine Gefangene. Er hatte die Wahrheit gesagt. Er hatte ihr einen Dienst erwiesen. Besser er trennte sie jetzt von Bourmont als nach der Hochzeit, denn er hätte sie nur zur Witwe gemacht.

Außerdem hatte er ihr noch einen weiteren Gefallen getan, aber das würde sie nie erfahren. Er hatte ihrem indischen Diener das Leben gerettet. Dieser ihr so treu ergebene Mann hätte sein Leben geopfert, um die Entführung seiner Herrin zu verhindern.

Es war reine Freundlichkeit seinerseits gewesen, Chand für einige Tage auszuschalten. Der arabische Fremdenführer war gut bezahlt worden, daß er Miss Vickerys Diener sowie den befehlshabenden Leutnant der Eskorte mit einer List in den Krankenstand versetzte.

Nach all dem war Miss Vickerys Entführung ein Kinderspiel gewesen. Alles verlief nach Plan — nur die junge Dame machte eine Ausnahme, mußte sich Jafar mit einem grimmigen Lächeln eingestehen. Der pochende Schmerz im Arm war der beste Beweis dafür. Er hätte sie ernst nehmen sollen, als sie sagte, sie sei ein guter Schütze, und er hätte ihren Mut nicht unterschätzen dürfen. Sie war voller Überraschungen — ganz anders als die Frauen in diesem Land, ganz gleich, ob sie Berberinnen oder Araberinnen waren.

Nein, sie war stolz, hübsch, trotzig ... Sie ließ sich auch dann nicht einschüchtern, wenn sie Angst hatte, dachte er, und erinnerte sich des wilden Ausdrucks in den Augen, als sie ihn angriff, und der Verzweiflung, als sie entdeckte, daß sie seine Gefangene war.

Vor sieben Jahren besaßen diese angsterfüllten grauen Augen die Kraft, ihn zu rühren. Auch jetzt gelang es ihnen, eine zarte Saite in seinem Herzen anzuschlagen.

Er mußte sich vor dem Beschützerinstinkt, den sie in ihm erweckte, hüten. Jafar nahm sich das fest vor, als er die Pferde zum Galopp antrieb. Es war ihr bereits gelungen, die Richtigkeit seines Vorhabens, sie für seinen Rachefeldzug zu benutzen, in Frage zu stellen.

Von seinem Vorsatz würde sie ihn allerdings niemals abbringen.

Aber trotzdem, er mußte auf der Hut sein.

Kapitel 3

Die gleichbleibend schnelle Gangart, die er Roß und Reiter abverlangte, zehrte an Alyssons Kräften. Sie ritten auch dann kaum langsamer, als sie den hügeligen Teil des Tell-Atlas erreichten. Mit jeder Meile, die sie zurücklegten, mit jeder Erhebung, die sie bezwangen, schwanden Alyssons

Hoffnungen. Ihre französische Eskorte würde sie in den Bergen niemals finden. Dort gab es zu viele Schlupfwinkel.

Sie warf einen verstohlenen Blick auf den schwarzgekleideten Teufel, der sie entführt hatte. Ab und zu hatte er die Richtung ein wenig gewechselt und sich nach Süden oder Osten gewandt, aber er war sich seiner Sache sicher und lockerte nicht einmal die Zügel ihrer Stute.

Sie setzten den Anstieg fort, kamen durch Wälder, die sich allmählich lichteten und in niedrigeres Buschwerk übergingen. Eine Stunde später war alles kahl geworden. Kreidefelsen und rötlicher Sandstein türmten sich zwischen engen und schroffen Schluchten auf, die einem Unkundigen den sicheren Tod bringen würden. Die Pferde konnten sich jetzt wohl oder übel nur langsam fortbewegen.

Erhitzt und müde hing Alysson im Sattel, als ihr Pferd sich auf einem abschüssigen Pfad durch lockeres Geröll mühte. Noch vor wenigen Stunden war sie darauf versessen gewesen, das steinige unwegsame Land zu erforschen. So schnell ändern sich die Dinge!

Aber sogleich hatte Alysson diesen Gedanken vertrieben. Es half nichts. Sie mußte jetzt tapfer sein und sich bewähren. Sie war allein; nur ihr Instinkt und Überlebenswille würden sie leiten. Es hatte keinen Zweck, auf eine Gelegenheit zur Flucht zu warten, sie mußte sie selbst herbeiführen. Er hatte ihr gestattet, das eigene Pferd zu reiten. Das war schon ein Pluspunkt. Und da sie seine Geisel war, würde er gewiß nicht so unvorsichtig sein, ihr eine Verletzung zuzufügen.

Das hieß allerdings nicht, daß sie nur um ihr Wohlbefinden besorgt war. Der quälende Durst und die Fesseln am Handgelenk machten ihr zwar sehr zu schaffen, aber kleinkriegen ließ sie sich davon nicht. Außerdem spürte sie noch ein weiteres Unbehagen, nur ließ es ihre Erziehung nicht zu, daß sie als Dame darüber sprach. Als sie in ein ödes Tal hinabritten, das von kahlen Felsen umsäumt war, entschied sie, daß es endlich an der Zeit war, eine Rast einzulegen.

»Bitte, ich muß anhalten.«

Bei dieser unerwarteten Ankündigung, die einem langen schweigsamen Ritt gefolgt war, hielt der Berber die Pferde sofort an. Als sein abwägender Blick sie traf, hielt sie ihm tapfer stand. »Wollen Sie mich verdursten lassen? Seit einer Ewigkeit habe ich nichts mehr zu trinken bekommen.«

Sein harter Mund zeigte so etwas wie ein reuiges Lächeln. »Ich vergaß, daß Sie nur die Annehmlichkeiten des Lebens kennen und nicht an Entbehrungen gewöhnt sind.« Er griff nach dem Wasserschlauch aus Ziegenleder und reichte ihn ihr. »Verzeihen Sie, wenn ich Ihnen weder Tee noch Schokolade anbieten kann.«

Alysson unterdrückte eine passende Erwiderung und nahm den Lederschlauch entgegen. Sie hielt ihn an die Lippen und trank gierig. Das Wasser war lauwarm und schmeckte eigenartig, aber für die ausgetrocknete Kehle war es wie Balsam.

Als sie ihm das Behältnis zurückreichte, nahm der Berber ebenfalls einen kräftigen Schluck und befestigte den Schlauch wieder an seinem Sattel. Er wollte gerade losreiten, als Alysson all ihren Mut zusammennahm.

»Warten Sie.«

Er zögerte und sah sie fragend an.

»Ich möchte einen Augenblick allein sein«, sagte sie steif. Sie spürte, wie sie unter seinem prüfenden Blick verlegen wurde, gab aber nicht nach.

Glücklicherweise verstand er sie, ohne eine weitere Erklärung zu verlangen. Er nickte. »Wir werden gleich anhalten, um die Pferde zu tränken. Sie können dann für sich sein.« Alysson mußte sich damit zufriedengeben. Wo er in dieser gottverlassenen Gegend Wasser finden wollte, war ihr ein Rätsel.

Aber er machte seine Worte wahr. In weniger als zehn Minuten bogen sie in eine kleine Schlucht ein, in der sich eine saftige grüne Vegetation breitmachte. Ein schwacher, aber stetiger Wasserstrahl schoß aus einer Felsspalte, wie Alysson zu ihrer Überraschung feststellte.

Offensichtlich drängte sich hier eine Quelle ans Tageslicht.

Schweigend sah sie zu, wie der Berber abstieg und zu ihr trat. Als er die Hände an ihre Taille legte, zuckte Alysson zusammen. Die Berührung dieses Barbaren war ihr zuwider. In diesem Augenblick wurde ihr wieder schmerzlich bewußt, daß sie der Gnade und Willkür dieses Menschen hilflos ausgeliefert war. Zu allem Übel spürte sie auch noch seine kraftvolle männliche Vitalität, die sie auf unerklärliche Weise erregte.

Sein Lächeln war beinahe so spöttisch wie die Bemerkung, die jetzt unweigerlich kam. »Vor mir haben Sie doch keine Angst, oder? Sicherlich nicht, schließlich brüsteten Sie sich damit, daß Sie weder Tod noch Teufel fürchten.«

Alysson hob trotzig das Kinn. »Ich hatte nicht erwartet, daß ich in die Hände heimtückischer, feiger Banditen fallen würde.«

»Jetzt sind Sie eines Besseren belehrt worden«, bemerkte er ungerührt und umfaßte ihre Taille. Unwillkürlich stemmte sie sich gegen ihn und versteifte Rücken und Arme. Beschwichtigend, als ob er es mit einem verängstigten Kind oder scheuen Pferd zu tun hätte, erklärte er ihr, daß sie von ihm bestimmt nichts zu befürchten habe, solange sie ihm gehorche.

Ihm gehorchen? Lieber würde sie ihm die Augen auskratzen und nahm sich vor, das bei der erstbesten Gelegenheit zu tun. Nur widerstrebend ertrug sie es, daß er sie aus dem Sattel hob. Sobald sie die Füße am Boden hatte, versuchte sie wegzulaufen.

Aber sie war schwächer, als sie angenommen hatte. In der Hast von ihm wegzukommen, wäre sie beinahe gestolpert. Als seine Hand sie am Arm packte, um einen Sturz zu verhindern, riß sich Alysson von ihm los. Das Herz klopfte ihr bis zum Hals. »Fassen Sie mich nicht an!«

Ohne ein Wort ließ er sie los. Mit einem leichten Achselzucken drehte er sich um und faßte nach den Zügeln.

Zitternd und atemlos beobachtete Alysson, wie er die Pferde zum Tränken an die Quelle führte. Vorsichtig dehnte sie die verkrampften Glieder und hielt nach einem versteckten Plätzchen Ausschau, wo sie sich erleichtern konnte. Vielleicht ergab sich auch eine Möglichkeit zur Flucht.

Bei dieser Vorstellung schoß ihr ein waghalsiger Plan durch den Kopf. Zu Fuß war sie verloren, aber wenn es ihr gelänge, ihm ihr Pferd zu entwenden ...

Der Entführer schenkte ihr kaum Aufmerksamkeit, so sicher schien er seiner selbst zu sein. Sein ganzes Gebaren strotzte vor Selbstgefälligkeit. Zweifellos war er überzeugt, daß sie vor einem Fluchtversuch zurückschrecken würde. Nun, sie würde es ihm zeigen. Er hatte es nicht mit einer schwachen Frau zu tun, die beim ersten Anzeichen von Gefahr in Ohnmacht fiel.

Aber zuerst mußte sie einige Vorkehrungen treffen.

Sie bemühte sich verbindlich zu erscheinen und trat ihm mitleidheischend entgegen. Als er sich mit einer hochgezogenen Braue zu ihr umdrehte, hielt sie ihm die gefesselten Hände entgegen. »Könnten Sie mich davon befreien? So kann ich nicht ...«

Sie stockte und wich seinen goldgesprenkelten Augen aus. Ihr Anliegen war unmißverständlich. Wie sollte sie mit dem umständlichen Verschluß der Reithose zurechtkommen? Die Röte, die ihr dabei in die Wangen stieg, war ganz natürlich.

Sie fühlte sich höchst unbehaglich, als er sie eine Weile wortlos musterte. Auch wenn sie es vermied, seinen Blick zu erwidern, so war sie doch verunsichert. Zum Teufel noch mal, was war nur in sie gefahren! Wieso brachte sie dieser Mann ständig in Verlegenheit?

Als das Schweigen anhielt, wagte sie einen Blick auf ihr Gegenüber. Sein Gesicht war durch den schwarzen Turban halbverdeckt und ließ nicht erkennen, was hinter der Stirn vorging.

»Wohin sollte ich hier denn gehen?« sagte sie und deutete mit dem Kinn auf die umliegenden Felswände.

Als er immer noch nicht antwortete, versuchte sie es ein zweites Mal. »Bitte ... die Fesseln tun mir weh.«

Na endlich! Er packte sie bei den Handgelenken und hielt sie hoch. Was hatte die kleine steile Falte zwischen den Augenbrauen beim Anblick ihrer zerschundenen Haut zu bedeuten? Argwohn, Ärger oder Reue?

Ohne ein einziges Wort zu verlieren, faßte er in eine Falte seines Burnus und holte den geschwungenen Dolch aus dem Gürtel. Alysson konnte nicht verhindern, daß sie einen kurzen Schrei ausstieß, als die Klinge in der Nachmittagssonne aufblitzte.

»Seien Sie still«, befahl er. Der Ton war barsch, die angespannten Gesichtszüge aber lockerten sich ein wenig, als er die Schnur an den Gelenken durchschnitt und sie befreite.

Kaum war dies geschehen, trat Alysson zurück und rieb sich die schmerzhaften Stellen. »Vielen Dank«, sagte sie erleichtert.

»Beeilen Sie sich, Mademoiselle«, gab ihr Entführer zur Antwort. »Bis zum Anbruch der Nacht haben wir noch einen weiten Weg vor uns.«

Zum ersten Mal tat Alysson freiwillig das, worum er sie gebeten hatte. Sie schlüpfte hinter einen zerklüfteten Felsen und war rasch mit ihrer Verrichtung fertig. Er wartete bereits mit den Pferden auf sie. Wie zuvor half er ihr auf die graue Stute, aber diesmal ließ es Alysson willig geschehen, bis zu dem Moment, wo er sich abwandte, um die Zügel der Stute an seinem Sattel zu befestigen.

Jetzt oder nie! Das war die Gelegenheit, auf die sie gewartet hatte. Mit einem scharfen Ruck riß sie ihm die Zügel aus der Hand und stieß eine Verwünschung gegen ihn aus. Geistesgegenwärtig verpaßte sie dem schwarzen Hengst mit den losen Zügelenden einen klatschenden Schlag auf die Kruppe, damit er den Weg freimachte. Als der Hengst sich aufbäumte und davonstob, trieb sie ihr Tier zu einem scharfen Galopp an. Es war zwar nicht einfach, die Stute mit einem Zügel zu reiten, aber jetzt kam es auf Schnelligkeit an und nicht auf die Richtung.

Ein paar Herzschläge lang genoß sie das köstliche Gefühl der Freiheit. Dann hörte Alysson einen schrillen Pfiff. Erschrocken wandte sie sich um und sah aus den Augenwinkeln, wie der Rappe gehorsam zu seinem Herrn zurückkam.

Mit einem riesigen Satz sprang der Berber in den Sattel und nahm die Verfolgung auf. Wie eine schwarze Fahne blähten sich der schwarze Burnus hinter ihm auf.

Alysson trieb das Pferd zu größerer Eile an — es war hoffnungslos. In kürzester Zeit holte sie der schwarze Reiter ein. Mühelos, als ob er eine reife Pflaume vom Ast pflückte, zog er sie vor sich auf den Sattel.

Sie wand sich wie eine Wildkatze, fauchte ihn an und schlug blind auf ihn ein. »Gemeiner Feigling! Sich an wehrlosen Frauen zu vergreifen!«

Ihr Widerstand führte zu nichts. Er brachte sein Reittier zum Stehen, legte beide Arme um sie, so daß sie sich nicht mehr rühren konnte, und hielt sie wie in einem Schraubstock fest.

»Teufel! Ungeheuer! Widerling!« schluchzte sie gegen seine Brust und wollte sich noch immer nicht geschlagen geben.

»Ein Grund mehr, um sich meinen Anordnungen zu fügen«, erklärte er mit bedrohlich scharfer Stimme.

»Lassen Sie mich los!«

»Nein, Mademoiselle. Ich kann Sie nicht mehr Ihrem Pferd anvertrauen. Sie werden mit mir reiten.«

»Nein! Niemals. Ich will nicht!«

Er hielt sie fester umklammert und preßte ihr die Rippen derart zusammen, daß sie kaum Luft bekam. »Geben Sie auf?«

Was für eine Wahl blieb ihr? Sie hörte auf, sich zu wehren, und nickte.

Sofort lockerte er den Griff.

Nach Luft ringend, schloß sie gottergeben die Augen. Halb aufrecht, halb liegend saß sie am Schoß ihres Entführers, und ihr Herz flog noch immer. Sie weigerte sich, die Tränen wahrzunehmen, die ihr heiß über die Wangen liefen, als er den Hengst antrieb und der Stute nachsetzte. Was hatte ihr der Fluchtversuch gebracht? fragte Alysson sich und versuchte Ordnung in ihre Gedanken zu bringen. Er war mißlungen und hatte ihr zudem noch die Peinlichkeit beschert, mit einem Barbaren ein Pferd zu teilen. Ihre Lage war mehr als mißlich, denn der Berbersattel war nicht für zwei Reiter gemacht. Der hohe Sattelknauf grub sich bei jeder Begegnung des Hengstes in ihre linke Hüfte.

Nach und nach wurde sich Alysson einer ganz anderen Empfindung bewußt — die männliche Wärme strahlte auf sie über und trieb ihr die Hitze ins Gesicht. Sie versuchte ihren Sitz zu verändern und eine aufrechte Haltung einzunehmen, um nicht mehr die festen Schenkel des Mannes unter sich zu spüren. Aber er hinderte sie daran, umfaßte sie fester und befahl ihr, sich ruhig zu verhalten.

Erst als sie sich nicht mehr rührte, versuchte er ihr das Sitzen bequemer zu machen. Er drehte sie ein wenig seitwärts. Ihre Hüften ruhten wieder auf der Biegung seiner Schenkel, der Kopf lag in der Schulterbeuge. Obwohl er ihr entgegengekommen war, hielt sich Alysson steif wie ein Stock. Wut und Auflehnung mischten sich in die Empfindungen, die sie der verwirrenden körperlichen Nähe des Mannes zuschrieb.

Alysson ertrug es kaum, daß sie sich nicht besser in der Gewalt hatte. Mit eisernem Willen gelang es ihr, das pochende Herz zu beruhigen. Man konnte sie demütigen, aber nicht bezwingen. Was er auch im Schilde führte, sie würde seine Pläne durchkreuzen, schwor sie sich. Bei der nächstbesten Gelegenheit würde ihr die Flucht doch gelingen.

Alysson gab sich dieser tröstlichen Aussicht hin und duldete schweigend seine Umklammerung. Als sie zur Stute kamen, neigte er sich ein wenig vor, um die Zügel zu ergreifen und sie wieder an seinem Sattel zu befestigen. Dann fiel er sofort wieder in einen scharfen Galopp, und die graue Stute folgte ihm reiterlos.

Wieder ritten sie einen steil ansteigenden Pfad hinauf. Schnaubend erreichten die Pferde die felsige Anhöhe. Die Landschaft vor ihnen war plötzlich eine völlig andere geworden. Der karge, trockene Boden hatte sich in einen grünen Teppich verwandelt; anscheinend regnete es hier öfters. Bald hatten sie einen Zedernwald erreicht und tauchten aus der nachmittäglichen Hitze in den kühlenden Schatten ein.

Alysson merkte, wie sie schauderte. Der Abend würde schnell hereinbrechen, und mit der aufziehenden Dunkelheit sank ihr der Mut.

Sie hätte ihr ganzes Vermögen dafür gegeben, um wieder in Algier in der sicheren Nähe ihres Onkels und ihres Verlobten zu sein, inmitten der schlagkräftigen französischen Armee. Aber Geld würde ihr nicht helfen, das hatte der wilde Berber bereits erklärt.

Sie hätte auf Chand hören sollen. Tausend Mal hatte der indische Diener sie gewarnt, daß sie sich bei diesem Abenteuer unnötig in Gefahr begeben würde, aber sie hatte seine Ermahnungen in den Wind geschlagen. Und Gervase. Zwei Nächte waren erst vergangen, als er ihr ins Gewissen redete und sie bat, dieses Unternehmen zu lassen, aber er war auf taube Ohren gestoßen. Wie bereute sie das jetzt!

Alysson biß sich auf die zitternde Unterlippe und blickte aus gesenkten Augenlidern verstohlen in das Gesicht des Fremden. Seine Miene verriet nichts über ihr Schicksal. Der Ausdruck war starr und unergründlich.

Als ob er wußte, daß sie ihn beobachtete, sah er zu ihr herab. Alysson hatte Mühe, ein Schaudern zu unterdrücken, als sie der Blick seiner goldgesprenkelten Augen traf. Unbarmherzig und kalt. Was hatte er mit ihr vor, wenn es erst einmal dunkel war? Sie löste den Blick von ihm und konzentrierte sich ganz darauf, ihre Ängste in Schach zu halten.

Auch Jafars Augen schweiften ab. Die Tränenspuren auf den blassen Wangen hatten ihn mehr getroffen, als er zugeben mochte. Er hatte nicht vorgehabt, ihr in irgendeiner Weise Schaden zuzufügen — und würde es auch nicht tun, solange er die Führung behalten würde, ohne seinen Plan zu gefährden. Er wappnete sein Herz gegen das heimtückische Mitgefühl und zwang sich, die Nähe und Wärme des weiblichen Körpers zu ignorieren, die seine Willenskraft auf eine harte Probe stellten.

Die Sonne brannte rot und golden vom Horizont, als sie endlich die Pferde anhielten. »Wir werden hier übernachten«, erklärte er. Und wieder diese wohlklingende Stimme!

Alysson öffnete die Augen und blickte sich um. Das Tal hatte sich geweitet. Flach und baumlos mit Gestrüpp und Gras bewachsen lag es vor ihnen. Weder Häuser noch Zelte waren zu sehen. Also hatte er vor, unter den Sternen im Freien zu nächtigen, folgerte sie. Mühsam unterdrückte sie ihre bösen Vorahnungen.

Sie fuhr zusammen, als seine Arme sich wie ein Ring unter ihrem Busen schlossen.

Dann hielt er plötzlich in der Bewegung inne. »Ich hoffe doch, Sie werden nicht wieder auf mich losgehen.«

Erleichtert begriff sie, daß er ihr aus dem Sattel helfen wollte. Sie schluckte die Angst hinunter und schüttelte den Kopf. Sie war viel zu müde, um sich gegen ihn aufzulehnen. Der Kopf tat ihr weh, Nacken und Schultern waren steif.

Vielleicht wußte er um ihre Erschöpfung, denn er wirkte beinahe fürsorglich, als er ihr vom Pferd half. Alysson sank an der Stelle, wo sie aufkam, in die Knie, aber sie ließ ihren Entführer nicht aus den Augen und beobachtete ihn mißtrauisch beim Absteigen. Er machte aber keine Anstalten, sich ihr zu nähern.

Statt dessen kümmerte er sich um die Pferde und band die Fesseln mit einem wollenen Strick zusammen, so daß sie nicht weglaufen konnten. Dann nahm er ihnen Zügel und Zaumzeug ab und hängte der Stute einen Hafersack um. Den Hengst fütterte er selbst und hielt ihm mit der hohlen Hand Gerste und Hafer ans Maul.

Erstaunlicherweise fraß das Tier diese kleinen Portionen und legte die besten Manieren an den Tag. Dabei redete der Berber in seiner unbekannten Sprache mit dem Tier. Die Stimme klang sanft und beruhigend und paßte nicht zu seinem sonst so rücksichtslosen und schroffen Benehmen.

Der Singsang seiner Worte machte Alysson gegen ihren Willen schläfrig. Die Stimme zog sie in ihren Bann. Sonderbar.

Offensichtlich war er diesem edlen Hengst sehr zugetan. Aber das Volk der Berber schätzte Pferde über alles, erinnerte sich Alysson. Von allen Besitztümern war es das wertvollste Gut. Und dieser Hengst war ein Prachtexemplar, auch wenn er etwas verwildert aussah. Der kühn geschwungene Hals, der edle Kopf und die samtenen Nüstern zeugten von einer ausgezeichneten Abstammung, während die feuchten, weit auseinanderstehenden Augen Intelligenz und Mut verrieten.

Leider konnte sie nicht verhindern, daß ihr Blick auch zu dem Besitzer des Hengstes wanderte. Die Hände waren kräftig und mit den schlanken Fingern auffallend schön. Der Mann bewegte sich leichtfüßig. Die Gestalt unter den schwarzen Gewändern war biegsam und sehnig ...

Alysson schreckte aus ihren verwirrenden Gedanken auf. Das durfte nicht sein! Auf keinen Fall durfte sie der gefährlichen Anziehung dieses Mannes nachgeben. Es wäre ihr Verderben. Sie mußte ständig auf das Schlimmste gefaßt sein.

Sie lenkte ihre Gedanken in sicherere Bahnen und beobachtete, wie der Mann den Pferden den Sattel abnahm und sie trocken rieb. Hoffnung stieg in ihr auf, als sie die silberbeschlagene Flinte neben seinem Sattel sah. Wenn es ihr gelingen sollte, die Waffe zu erreichen und auf ihn zu richten ... Sie durfte jetzt durch nichts verraten, was ihr durch den Kopf ging.

Umständlich beschäftigte sie sich mit dem Tuch, das er ihr als Kopfbedeckung gegeben hatte. Sie band es ab und legte es sich um die Schulter. Dann bemühte sie sich, das Haar wieder aufzustecken, das sich aus dem Knoten gelöst hatte und ihr in dicken Strähnen ins Gesicht fiel. Als der Berber die Pferde versorgt hatte, war Alysson wieder vollständig gefaßt und wirkte gelassen und teilnahmslos.

Aber sie bekam es doch wieder mit der Angst zu tun, als er seinen Burnus auf der Erde ausbreitete, wenige Schritte von den Pferden entfernt. »Sie können hier sitzen.«

Alysson sah ihn argwöhnisch an. Unter der Wüstenkleidung trug er eine gegürtete, knielange Tunika, Pumphosen und weiche Lederstiefel. »Warum?« Ihre Stimme zitterte. Sie traute ihm nicht über den Weg.

»Damit Sie etwas essen können. Ich habe nicht die Absicht, Sie verhungern zu lassen, Sie brauchen keine Angst vor mir zu haben«, fügte er hinzu, als sie still blieb.

»Ich habe keine Angst.« Aber das war gelogen. Sie fürchtete sich vor ihm. Entschlossen hob Alysson das Kinn und sah ihn an. Hinter der Maske der Hochmütigkeit versuchte sie ihre Furcht zu verbergen.

Einer seiner Mundwinkel verzog sich ungläubig, aber er widersprach nicht. Statt dessen setzte er sich mit überkreuzten Beinen auf den Burnus und wickelte ein Eßpaket aus. Ein braunes, scheibenähnliches Gebilde kam zum Vorschein, das einem Brotfladen ähnlich sah, dann ein flachgedrückter, weißer Kloß, der sich als Ziegenkäse entpuppte.

»Kommen Sie her. Essen Sie eine Kleinigkeit«, forderte er sie freundlich auf.

Alysson lief das Wasser im Mund zusammen. Bis jetzt war ihr nicht bewußt gewesen, wie hungrig sie war. Aber diese Genugtuung würde sie ihm nicht bereiten. Nein, das würde sie sich nicht anmerken lassen! Sie folgte seiner Aufforderung nicht und blieb, wo sie war.

Er aß schweigend und schenkte seinem starrköpfigen Gegenüber keine Aufmerksamkeit. Seine Absicht lag auf der Hand. Wenn sie zu essen wünschte, mußte sie zu ihm kommen.

Bereits nach kurzer Zeit überdachte Alysson ihre Entscheidung. Es wäre dumm, aus Furcht und Stolz nichts zu essen. Schließlich mußte sie bei Kräften bleiben, wenn ihr die Flucht gelingen sollte.

Sie gab ihrem Herzen einen Stoß, stand auf und ging zu ihm. Vorsichtig kniete sie sich neben seinen Burnus, darauf gefaßt, sich bei der kleinsten Bewegung des Berbers zurückzuziehen. Aber er reichte ihr nur den Hirsefladen und ein Stück Käse und eine Weile später den Ziegenlederschlauch mit dem Wasser.

Alysson kaute das harte Brot und blickte ihn argwöhnisch durch die Wimpern an. Mit dem Hereinbrechen der Abenddämmerung schien er sein kaltes herrisches Gebaren verloren zu haben. Das schwindende goldene Licht milderte die kantigen Gesichtszüge und ließ die hohen, stolzen Wangenknochen und die Grübchen um den Mund nicht so scharf hervortreten.

Schweigend beendeten sie das karge Mahl. Nachdem er Brot- und Käsereste in ein Leinentuch gewickelt hatte, überprüfte der Mann den notdürftig angelegten Verband an seinem linken Arm. Auch aus einiger Entfernung konnte Alysson erkennen, daß die schwarze Bandage blutverkrustet war.

Völlig unerwartet hob er seinen verwundeten Arm und hielt ihn in ihre Richtung. »Würden Sie den Knoten aufmachen?«

Erschreckt sah Alysson ihn an. Ihre erste Regung war, ihn zum Teufel zu wünschen und es ihm auch zu sagen. Aber es war offensichtlich, daß er nicht allein damit fertig werden würde.

Ungeschickt wischte sie sich die Brotkrumen von den Fingern und rutschte auf Knien näher an ihn heran. Mit linkischen, unsicheren Bewegungen nahm sie ihm langsam den Verband ab. Durch den Riß im Ärmel der Tunika konnte sie die Einschußstelle ihrer Kugel deutlich erkennen. Die Verletzung schien nicht gefährlich tief, aber sie mußte sehr schmerzhaft sein. Als er den Ärmel hochrollte, um die Wunde freizulegen, ließ er sich jedenfalls keinen Schmerz anmerken.

»Das muß gesäubert werden«, bemerkte er ohne die Stimme zu erheben und reichte ihr den Wasserbeutel. »Gießen Sie Wasser darüber.«

Alysson paßte es nicht, daß er glaubte, er könne sie herumkommandieren. Schließlich war sie nicht seine Dienerin, die seine Anordnungen beflissen befolgte. Sie starrte auf den Beutel und weigerte sich, ihn entgegenzunehmen.

»Das ist Ihre erste Lektion in Gehorsam.« Das sagte er ruhig und auf eine Art, die keinen Widerspruch duldete. Es dauerte einen Augenblick, bis sie den Sinn seiner Worte begriffen hatte. Ihr Blick begegnete dem seinen. Das war ernst gemeint, stellte sie fest.

Mindestens ein Dutzend beißender Bemerkungen lagen

ihr auf der Zunge. Mit ätzendem Spott wollte sie ihn vernichten, aber leider kamen nur gestotterte Wortfetzen über die Lippen. »Sie ... Sie eingebildeter Barbar! Wenn Sie glauben, daß ... daß ich ... daß Sie ... daß ...« Wütend ballte sie die Hände zur Faust.

»Sie haben den Schaden angerichtet und sind dafür verantwortlich. Es ist Ihre Pflicht, ihn wiedergutzumachen. Das ist Gesetz in diesem Land.«

»Auf Ihre Gesetze pfeife ich.«

Ein Muskel spannte sich in seiner Wange. »Ja, als bornierte Europäerin kennen Sie nur Ihre eigenen Gesetze an. Aber Sie werden noch dazulernen müssen.«

»Den Teufel werde ich!«

Alyssons Kinn schob sich herausfordernd nach oben, während sich ihrer beider Blicke einen stummen Zweikampf lieferten. Das kalte Funkeln seiner Augen war fast unerträglich, aber sie hielt sich tapfer.

»Haben Sie darüber nachgedacht, was Sie mir angetan haben?« fragte sie verbittert. »Habe ich Sie gebeten, mich zu entführen?«

»Die Wunde. Ich warte.«

Alysson knirschte mit den Zähnen. »Da können Sie lange warten. Erst wenn es in der Hölle gefriert, bin ich vielleicht bereit, Ihrem Wunsch nachzukommen.«

Gelassen hielt er ihr weiter den Wasserschlauch hin. Der befehlende Blick, der diese stumme Aufforderung begleitete, ließ die angestaute Wut ausbrechen. Zornig riß sie ihm den Lederschlauch aus der Hand und schleuderte ihn in hohem Bogen fort. Ungefähr zwanzig Fuß von ihnen entfernt landete er platschend auf dem Boden und tränkte die durstige Erde.

»Dummes Weib!« Mit einem gezischten Fluch kam er auf die Knie und griff nach ihr. Angstvoll wich Allyson zurück, hielt die Arme schützend hoch, um seinen Schlag abzufangen. Aber es geschah nichts. Seine sehnigen Finger umspannten ihren Oberarm. Mit der anderen Hand zwang er sie das Kinn zu heben und ihm ins Gesicht zu sehen. Diese

Goldaugen! Sie waren stolz und starr wie die eines Falken, und sie flößten ihr Furcht ein.

»Leider besitzen Sie nicht die Intelligenz, die ich Ihnen zuschrieb«, stieß er verärgert hervor. »Es ist töricht in diesem Land, Wasser zu vergeuden. Ohne Wasser zu sein, könnte für einen Menschen den Tod bedeuten.«

Alysson bedauerte bereits diesen selbstzerstörerischen Akt der Rebellion und gab ihm innerlich recht, aber sie war nicht mehr Herr ihrer fünf Sinne. Sie wollte ihn anbrüllen, diesen wilden Teufel mit den Fäusten bearbeiten und ihn zwingen, sie freizugeben. »Das ist mir vollkommen gleichgültig!« zeterte sie. »Wenn es in meiner Macht stünde, Sie sterben zu lassen, hielte mich nichts davon ab.«

Der Berber musterte sie kalt und abschätzend. Es war nur ein kurzer Moment, aber ihr kam es wie eine Ewigkeit vor. Dann glätteten sich seine angespannten Züge ein wenig. »Ich werde Ihnen entgegenkommen«, meinte er schließlich, »weil Sie Engländerin sind. Aber Sie müssen lernen, mir zu gehorchen. Um Ihretwillen hoffe ich, daß Sie gelehrig sind. Von nun an werden Sie, wenn Sie durstig sind, höflich um einen Schluck Wasser bitten. Und Sie werden sich meiner Wunde ohne Widerspruch annehmen.«

Der Griff um ihren Arm lockerte sich. Sofort schüttelte Alyson seine Hand ab und sprang auf die Füße. »Wenn es nach mir geht, kann Ihr Arm verrotten!«

Er stand jetzt ebenfalls auf und erreichte, daß Alysson angsterfüllt zurücktrat. Aber er holte nur den Wasserschlauch und reinigte die Wunde selbst. Alysson war erstaunt und erleichtert, daß er sie nicht beachtete, aber sie wußte, der Machtkampf war noch keineswegs beendet. Er war zu sehr davon überzeugt, daß sie klein beigeben würde, dachte Alysson, aber da hatte er sich getäuscht! Nie und nimmer würde sie sich von diesem Ekel kleinkriegen lassen.

Sie sah zu, wie er die Wunde auswusch, den Ziegenlederschlauch verschloß und ihn zu dem Haufen mit den übrigen Ausrüstungsgegenständen trug. Dann überraschte er sie erneut, als er seinen Turban abnahm. Auch in dem schwächer werdenden Licht der Dämmerung war der helle Goldton seines Haars nicht zu übersehen. Er mußte Abkömmling einer hellhäutigen Berberrasse sein. Dieser barbarischen Rasse, ergänzte sie schnell.

»Ich möchte, daß Sie Ihre Stiefel ausziehen.«

Dieser Befehl war so obenhin gesagt, als ob er vom Wetter oder einer unbedeutenden Begebenheit spräche. Ihr blieb die Sprache weg. Als er sich umdrehte, warf Alysson ihm einen Blick zu, der ihm deutlich zu verstehen gab, daß er den Verstand verloren habe.

»Ohne Schuhwerk kommen Sie weniger in Versuchung, das Weite zu suchen.«

»Soll Sie doch der Henker holen!«

»Ich sage das nicht ein zweites Mal. Wenn Sie die Stiefel nicht ausziehen, werde ich nachhelfen.«

In ohnmächtiger Wut blitzte sie ihn an. Er würde sie also zum Gehorsam zwingen, und es würde ihm zudem noch Vergnügen bereiten. Um sich diese Erniedrigung zu ersparen, kam Alysson seiner Aufforderung nach. Sie setzte sich auf den rauhen Grasboden, riß sich die Stiefel von den Füßen und warf sie zur Seite. Dann blickte sie herausfordernd zu ihm auf.

»Und jetzt legen Sie Ihr Jackett ab.«

»Was?« Ungläubig starrte sie ihn an, bekam es aber sofort mit der Angst zu tun.

»Warum? Was haben Sie jetzt schon wieder vor?«

»Nichts.«

»Warum? Ohne meine Jacke werde ich mich zu Tode frieren. Sie haben wohl kaum vor, ein Lagerfeuer zu machen.«

»Erfrieren werden Sie nicht, das versichere ich Ihnen. Sie wickeln sich in meinen Burnus ein und werden versuchen zu schlafen.«

»Oh, wie aufmerksam von Ihnen.«

Er zog die Achseln hoch. »Zweckmäßig würde ich sagen. Tun Sie, was ich Ihnen gesagt habe.«

Sie biß die Zähne aufeinander und bedachte ihn im stillen mit gotteslästerlichen Schimpfworten, aber sie tat, was er verlangte. Sie zog die Jacke aus und legte sich auf den Burnus. Sie fröstelte, als sie die kühle Abendbrise durch den dünnen Stoff ihrer Bluse spürte. Es wurde rasch dunkel und kalt.

»Und nun das Hemd.«

Jetzt blickte sie ihn mit aufgerissenen Augen an. Sie war zutiefst erschrocken. »Das ist doch nicht Ihr Ernst?«

»O doch.«

»Wieso? Damit Sie sich an mir vergehen können?«

Kaum hatte sie die Worte ausgesprochen, bereute sie es bitterlich und verfluchte sich insgeheim auf französisch und englisch. Es war äußerst dämlich, ihm solche Gedanken in den Kopf zu setzen.

Aber er reagierte nicht so, wie sie erwartet hatte. Der harte Mund kräuselte sich zu einem eher belustigten Lächeln. »Ihre Ehre ist bei mir gut aufgehoben, *ma belle.* Im Gegensatz zu den Europäern steht mir nicht der Sinn danach, eine wehrlose Frau zu vergewaltigen.« Eine Augenbraue zog sich in die Höhe, als er ihren zweifelnden Blick sah. »Ich möchte nur sichergehen, daß Sie keinen Fluchtversuch unternehmen. Die Etikette würde einer englischen Lady nie erlauben, sich in dieser Aufmachung zu zeigen. Also, ziehen Sie jetzt das Hemd aus, sonst muß ich es selber tun.«

Kalte Angst packte sie. Die Entfernung zwischen ihr und dem Gewehr war zu groß. Ausgeschlossen. Nie würde sie die Waffe vor ihm erreichen. Um das Unvermeidliche so lange wie möglich hinauszuzögern, sprach sie einfach aus, was ihr in den Sinn kam. »Wie kann ich sicher sein, daß Sie nicht ... daß Sie ...«

»Daß ich die Situation ausnützen könnte? Ich gebe Ihnen mein Wort.«

»Ich glaube Ihnen nicht!«

»Was Sie glauben oder nicht glauben, ist unwesentlich.« Wieder lag dieser scharfe, befehlsgewohnte Unterton in seiner Stimme. »Also los, Miss Vickery, ich warte.«

Unmöglich! Sie konnte sich nicht vor ihm ausziehen, auch nachdem er ihr versprochen hatte, nicht über sie herzufallen. Mochte es Feigheit vor dem Feind sein, es war ihr nicht möglich. Erneut schielte sie zur Waffe hinüber. Auch wenn der Versuch fehlschlug, sie wollte es wagen.

Er *schlug fehl.* Kaum hatte sie zum Sprung nach der Waffe angesetzt, als der Berber ihr den Weg abschnitt. Wie eine Mauer aus Stahl türmte sich sein Oberkörper vor ihr auf.

In wachsender Angst schlug und trat sie ziellos auf ihn ein. Als ihre Faust seine Wunde traf, stöhnte er vor Schmerz auf. Aber als sie mit dem bloßen Fuß voller Kraft gegen sein hartes Schienbein trat, war es an ihr, einen Schmerzensschrei auszustoßen. Es dauerte nicht lange, und der Überlegenere gewann die Oberhand. Er hob sie mit beiden Armen hoch, ohne sich durch ihr wildes Gezappel stören zu lassen, und trug sie zu dem ausgebreiteten Burnus.

Als er neben ihr niederkniete, versuchte sie erneut, sich von ihm loszureißen. Ihre Anstrengungen waren vergebens. Ihr blieb nur ein ohnmächtiges Schluchzen übrig. Der Berber preßte ihre Arme fest auf die Rippen, bis sie sich beruhigt hatte.

»Es würde für Sie viel einfacher sein, wenn sie einsähen, daß es sinnlos ist, sich gegen mich zu wehren.«

Ohne viel Federlesens beugte er sich über sie und schickte sich an, die vielen kleinen Knöpfe ihrer Bluse zu öffnen. Wie lästige Insekten wehrte er ihre Hände ab, als sie dazwischenfahren wollte. Alysson kniff die Augenlider zusammen, um die Tränen der Angst und Erniedrigung zurückzuhalten.

»Ich sagte Ihnen doch, daß ich Ihnen nichts antun werde«, murmelte er. Seine tiefe, beherrschte Stimme weckte sie aus ihrer Benommenheit. »Jedenfalls nicht, solange sie mir gehorchen.«

Da lag der Hase im Pfeffer! Wenn sie sich seinen Wünschen fügte, sich kampflos ergab, ihm zu Willen war, dann würde er sie nicht schlagen oder Schlimmeres mit ihr tun. Nun, durch seine Drohungen würde sie sich nicht einschüchtern lassen! Bestimmt nicht! Niemals würde sie ihre Gefangennahme widerstandslos hinnehmen. Bei jeder passenden Gelegenheit würde sie sich zur Wehr setzen. Mit aller Kraft.

Im Augenblick jedoch mußte sie sich geschlagen geben. Sie lag steif und hilflos da, als er sie vorsichtig anhob, um die Bluse abzustreifen. Sie biß die Zähne aufeinander, als er den Oberkörper freimachte und sie der kalten Nachtluft aussetzte. Sie fror, und ihre Brustwarzen zogen sich unter dem leinenen Leibchen zusammen.

Plötzlich schien Alyssons Entführer zu einer Statue erstarrt zu sein. Ängstlich blickte sie zu ihm auf und merkte, daß seine Goldaugen auf ihre Brüste gerichtet waren.

Noch nie war sich Alysson mehr bewußt gewesen, eine Frau zu sein. Sie errötete heftig, schlang hastig die Arme um sich und versuchte den Busen zu bedecken. »Ich hasse Sie!« zischte sie voller Verachtung.

Er knüllte ihre Bluse zusammen und warf sie achtlos beiseite. Mit einem gleichgültigen Achselzucken wanderte sein Blick ihren Körper entlang. »Seien Sie froh, daß ich Ihnen erlaube, Ihre Reithosen anzubehalten.«

In seiner Stimme schien jetzt ein leicht belustigter Ton mitzuschwingen, aber als sie zu ihm aufsah, war in seinem Gesicht nichts dergleichen zu lesen.

»Eine Frau sollte ihre Weiblichkeit nicht verbergen«, bemerkte er nebenbei. »Sie könnten viel von den Frauen meines Stammes lernen. Sie würden Ihnen erklären, daß einer Frau keine andere Wahl bleibt, als sich den Wünschen des Mannes zu fügen.« Dieses Mal hatte sie sich nicht getäuscht. Er machte sich über sie lustig. Offensichtlich wollte er sie provozieren. Am liebsten hätte sie jetzt auf ihn eingeschlagen.

Aber gerade in diesem Augenblick streckte er sich der Länge nach auf dem Burnus neben ihr aus. Er tat es langsam wie eine Katze, die sich auf die Lauer legt. Mit dem Oberkörper streifte er ihren linken Arm. Das in die Schatten der Nacht getauchte Gesicht war dem ihren sehr nah. Alysson spannte alle Muskeln an.

Sie war ihm ausgesetzt. Wenn es ihm gefiel, sein Wort zu

brechen, hätte sie kaum eine Chance, sich seiner zu erwehren.

Um ihre Angst zu verbergen, spielte sie die Überlegene. »Ich habe nicht die Absicht, mich Ihren Wünschen zu fügen«, antwortete sie so verächtlich wie möglich. »Und eine x-beliebige Frau bin ich schon gar nicht.«

»O nein. Sie sind eine junge Dame, eine wohlhabende und wohlerzogene Engländerin. Von Geburt an verwöhnt und verhätschelt. Ich bezweifle, daß Sie in Ihrem Leben einen Tag lang gearbeitet haben.«

Gegen diese Feststellung konnte sie nichts einwenden. Sie entsprach der Wahrheit. Ja, sie war gewohnt, daß man ihr jede Bitte erfüllte und daß sie von ihrer Dienerschaft verwöhnt wurde. Und sie verstand sich darauf, stets ihren Willen durchzusetzen, vor allem bei Männern, die darauf erpicht waren, ihr jeden Wunsch von den Augen abzulesen. Sie erkannte aber instinktiv, daß sie hier einen Mann vor sich hatte, dem sie ihren Willen nicht aufzwingen konnte. Sie senkte den Blick und schlang die Arme um den Oberkörper, um sich so einigermaßen warm zu halten. Dieser Mann erzürnte, ängstigte und demütigte sie. Dafür würde er büßen müssen.

Als sie zitterte, langte er über sie hinüber und ergriff den äußersten Zipfel des Burnus. Alysson schreckte sofort auf, als sich dabei sein Oberkörper auf sie legte. »Kommen Sie mir nicht zu nahe!«

Er ließ eine Weile verstreichen, blickte schweigend auf sie herab und führte sein Vorhaben aus. Rasch zog er den Burnus über ihre nackten Schultern und klemmte den Saum unter ihrem Arm fest.

Er wollte sie nur zudecken, dämmerte es Allyson. »Oh, natürlich, ich verstehe«, sagte er wieder mit dieser sanft klingenden Stimme, die den spöttischen Unterton nicht verbarg. »Sie möchten nicht, daß Ihre lilienweiße Haut von einem ›unzivilisierten Araber‹ beschmutzt wird.«

Es ist ungerecht, so von mir zu denken, grübelte sie. Es hatte nichts mit seiner Rasse zu tun, wenn sie nicht wollte, daß er sie berührte. Im Gegensatz zu den meisten Europäern betrachtete sie die Araber wegen ihrer Hautfarbe nicht als niedere Rasse. Außerdem war er gar keiner.

»Sie mögen unzivilisiert sein, aber Sie sind kein Araber«, stieß sie hervor. »Sie sind Berber.«

Eine gespielte Bewunderung zeigte sich in seinen Augen. »Meinen Glückwunsch. Wenigstens kennen Sie den Unterschied. Die meisten Ihrer Rasse sind dazu nicht imstande.«

Verärgert über seinen herausfordernden Sarkasmus wandte sie das Gesicht ab. Sie konnte seinen Anblick nicht mehr ertragen. »Lassen Sie mich in Frieden.«

Ein Gentleman hätte ihren Wunsch respektiert und sich zurückgezogen. Auch wenn er kein Gentleman war, so hatte sie doch gehofft, daß er den Hinweis verstand und sie in Ruhe ließ. Aber er dachte nicht daran.

»Ich warte«, ahmte sie seinen Befehlston von vorhin nach. »Ich möchte jetzt schlafen.«

»Bitte, tun Sie sich keinen Zwang an.«

»Erst, wenn Sie sich entfernt haben!«

»Ich werde hierbleiben.«

Alyssons Kopf flog herum. Empört funkelte sie ihn an. »Sie haben gesagt, wenn ich meine Jacke ausziehe, bekomme ich Ihren Burnus.«

»Er ist für uns beide groß genug. Wir werden ihn uns teilen.«

Sie rang nach Luft. »Sie wollen doch nicht etwa sagen, daß wir zusammen schlafen?«

»Wieso nicht?«

»Das ... das gehört sich nicht«, stotterte Alysson in höchster Not. Alles in ihr sträubte sich. Ihr Ruf war ihr bisher ziemlich gleichgültig gewesen, aber das war hier nicht der springende Punkt. Sie würde Scham und Sittsamkeit gerne zu Hilfe nehmen, wenn sie sich damit von diesem heidnischen Burschen schützen konnte. »Ich weiß doch noch nicht einmal, wie Sie heißen«, widersprach sie schwach. »Wie kann ich da neben Ihnen schlafen?«

Ein kehliges Lachen war zu hören, das aber gleich unterdrückt wurde. »Sie können mich Jafar nennen. Macht das die Umstände für Sie nun erträglicher, nachdem wir uns vorgestellt haben?«

»Nein, selbstverständlich nicht!«

»Vergessen Sie nicht, daß Sie meine Gefangene sind und daß Ihnen nichts anderes übrigbleibt, als sich meinen Wünschen zu fügen. Vielleicht beruhigt das Ihr Gewissen.«

Bei diesen Worten setzte er sich auf und suchte etwas in seiner Tasche. Alysson schluckte ihr Widerwort hinunter und blickte gebannt auf seine Hüfte. Im Sternenlicht der Nacht blinkten die Steine seines juwelenbesetzten Dolches auf.

Als sie wieder aufsah, lächelte Jafar, und eine Reihe perlenweißer Zähne kam zum Vorschein. Mit übertriebener Sorgfalt zog er den Dolch aus dem Gürtel und legte ihn außerhalb ihrer Reichweite neben sich ins Gras. Ärgerlich preßte Alysson die Lippen zusammen.

Dann faßte er zu ihren Füßen hinunter und packte sie am Fußgelenk.

Beinahe hätte sie laut aufgeschrien. »Was fällt Ihnen ein!« rief sie aus und schnellte in die Höhe.

Er schob ihre Hände weg. »Um ganz sicher zu sein. Ich sagte Ihnen ja, ich möchte nicht, daß Sie mir weglaufen.«

Vor Schreck gelähmt sah sie zu, wie er einen langen Wollstrick um ihren linken Fuß verknotete. Wie einem Tier wollte er ihr Fußfesseln anlegen!

»Sie ... Sie ... unverschämter ...!« Sie stockte und verschluckte sich an ihren eigenen Worten.

Aber er band ihr die Füße nicht zusammen. Statt dessen band er ihr Fußgelenk an das seine. Sollte sie versuchen, den Knoten während der Nacht aufzumachen, würde er bei der geringsten Bewegung aufwachen und ihre Flucht vereiteln.

In grenzenloser Wut ballte sie die Fäuste derart fest zusammen, daß sich die Fingernägel in die Handflächen gruben. »Bei Gott, das schwöre ich Ihnen, Sie werden den Tag noch verfluchen, an dem Sie mir begegnet sind.«

»Allah wird mit Ihrer Not mehr Mitleid haben als Ihr Christengott.«

Diese Blasphemie raubte ihr den Atem. Jafar benutzte diesen Augenblick, um sie mit sanfter Gewalt auf den Boden zu drücken. Zu ihrem Entsetzen legte er jetzt die Arme um ihren Körper und wickelte sie beide in den Burnus ein. Alyssons war in seiner Umarmung wie in einem Schraubstock gefangen; ihr Kopf ruhte auf seinem gesunden Arm, die Nase preßte sich gegen seine Brust.

Steif und regungslos verharrte sie in dieser Stellung und wünschte ihm die Pest an den Hals. Hoffentlich fing sie jetzt nicht zu zittern an. Sie spürte die stahlharten Muskeln durch ihre dünne Kleidung, atmete den Geruch des männlichen Körpers ein, der sie an Pferde und den Wüstenwind denken ließ — und da war noch etwas anderes, das nach Moschus roch, aber eher angenehm. Jedenfalls war es etwas höchst Beunruhigendes.

Lieber Gott, so konnte sie doch nicht einschlafen, auch wenn sie noch so müde war!

»Hoffentlich schmerzt Ihre Wunde sehr«, erklärte Alysson, als ihr Mut wieder langsam zurückkehrte. »So sehr, daß es unerträglich ist.«

»Das ist es, aber ich werde es überleben. Schlafen Sie jetzt, *Ehuresch*.«

Sie verstand das Wort nicht, wollte ihn aber nicht nach dessen Bedeutung fragen. Es kochte weiter in ihr, aber endlich schloß sie ermattet die Augen. Wie sie ihn haßte! Es widerstrebte ihr, daß seine Wärme wohl tat und daß sein Körper sie vor der Kälte der Nacht schützte. Sie wollte seinen Schutz nicht. Sie wollte nichts mit ihm zu tun haben.

Alysson fand keinen Schlaf. Zu viel ging ihr durch den Kopf. Bei der kleinsten Bewegung des Berbers versteifte sich ihr Körper. Es dauerte fast eine Stunde, bis Jafar fühlte, wie sich ihre Gliedmaßen entspannten. Ihr Atem ging flach und unregelmäßig, aber sie war endlich eingeschlafen.

Erst jetzt ließ Jafars Wachsamkeit nach. Er bemühte sich, an etwas anderes zu denken als an die junge Frau in seinen

Armen. Alles in allem war er mit dem Tag zufrieden. Er hatte seinen Plan ohne große Schwierigkeiten durchführen können. Die Verlobte seines Feindes war in seiner Gewalt. Schon bald würde er sein Ziel erreichen. Er zweifelte nicht daran, daß der Oberst kommen würde, um sich seinen Schatz zurückzuholen.

Ja. Sie war ein Schatz. Jafar schmunzelte in der Dunkelheit, als er daran dachte, daß sie mehr sein wollte als nur eine x-beliebige Frau. Nein, Miss Alysson Vickery war zweifellos einzigartig. Und unberechenbar. Einmal die fauchende Tigerin und dann wieder die verängstigte Taube.

Die Erinnerung an ihre Ausbrüche ließ das Lächeln aus seinem Gesicht schwinden. Es gefiel ihm nicht, daß sie sich vor ihm fürchtete, daß sie seine Nähe angstvoll mied. Ihr trotziges Aufbegehren war ihm lieber, so lästig es auch war.

Ehuresch hatte er sie in seiner Sprache genannt. Die Widerspenstige. Sie war widerspenstig, weil sie verletzbar war. Und sie war reizend. Sie hatte etwas Ungebärdiges, Wagemutiges an sich. Eine Wildheit, die äußerst anziehend war. Er stellte sich vor, wie sie im Bett sein würde, wenn sich ihre Wildheit in Leidenschaft entlud.

In diesem Augenblick schnaubte der Hengst, und Jafar hob den Kopf. Mit wachsamen Augen suchte er die Dunkelheit ab, sah aber nur die beiden friedlich grasenden Pferde.

Mit einem Seufzer ließ Jafar den Kopf zurücksinken. Der Arm schmerzte, aber das war nichts Neues. Er war oft im Kampf verwundet worden.

Schlimmer war der Gedanke daran, eine schöne, junge Frau im Arm zu haben — ausgerechnet diese wunderschöne, junge Frau — und seine männlichen Lüste nicht befriedigen zu können. Aber dennoch empfand er ein reines, beglückendes Gefühl, Alysson auf diese Art im Arm zu halten.

Ohne sie aufzuwecken verlagerte er seinen Körper, so daß sie sich bequemer an ihn schmiegen konnte. Ein Fehler, gestand er sich sofort ein, denn jetzt spürte er ihre vollen, weichen Brüste an seinem Oberkörper, und ein schlankes Knie hatte sich unbewußt zwischen seine heißen Schenkel geschoben.

Er schloß die Augen, fand aber keinen Schlaf.

Ach ja, es war qualvoll, aber schön.

Er war allein. Nur die Sterne und der Wind und diese widerborstige Schöne waren bei ihm.

Kapitel 4

Der östliche Himmel erhellte sich in rosaroten und graublauen Schattierungen, als Alysson erwachte und die frische Kühle des Morgens auf der Haut spürte. Schlaftrunken zog sie den Burnus enger um sich. Ohne sich dessen gewahr zu sein, fehlte ihr die gleichmäßige Wärme, die sie während der Nacht umgeben hatte.

Das Aufklingen von Metall durchdrang den Schleier unruhiger Träume. Einen Augenblick später wurde ihr plötzlich bewußt, daß sie allein unter dem Burnus lag. Vorsichtig öffnete sie die Augen. Der Berber, dieser rücksichtslose Wilde, der sie brutal entführt hatte und der sich Jafar nannte, sattelte die Pferde.

Er schien ihren prüfenden Blick bemerkt zu haben und schaute über die Schulter zu ihr. Goldbraune Bartstoppeln sprossen in seinem Gesicht, wie Alysson bemerkte. Damit sah er recht ungepflegt aus. Auch Jafar betrachtete sie eine Weile schweigend, und wieder fühlte sie sich auf unerklärliche Weise verunsichert.

Alysson senkte den Blick und hätte den Kopf am liebsten unter dem Burnus versteckt. Die Erinnerung daran, daß sie gezwungen war, sich vor ihm auszuziehen, brachte Farbe in ihre Wangen und beschleunigte den Puls. Es war ungewohnt für sie, sich einem fremden Willen unterzuordnen, aber dieser Teufel wußte seine Macht auszunutzen. Er hatte sie gedemütigt und ihre Hilflosigkeit mit allen Konsequenzen bloßgestellt. Zu allem Übel fühlte sie sich nach der

Nacht auf dem harten Erdboden wie zerschlagen. Beinahe jede Stunde war sie aufgewacht und hatte wieder seine beunruhigende Nähe gespürt. Wie konnte dieser wilde Barbar ihr nur derart zusetzen? dachte sie ärgerlich. Noch nie hatte ein Mann so auf ihren Nerven herumgetanzt. Noch nie zuvor war ihr männliche Nähe so bewußt geworden, samt ihrer eigenen Weiblichkeit.

Sie versuchte diese Gedanken abzuschütteln und wieder einen klaren Kopf zu bekommen. Am besten, sie beachtete diesen Mann nicht und sah über ihn hinweg. Ohne ein Wort zu verlieren stand sie gemächlich auf und zog sich an. Dankbar nahm sie zur Kenntnis, daß er ihr ohne weiteres gestattete, in einiger Entfernung ihren privaten Bedürfnissen nachzukommen. Weniger dankbar war sie allerdings, als er ihr ein Stück Brot mit Ziegenkäse zum Frühstück anbot, denn seine Großzügigkeit erstreckte sich nicht auf den Wasserschlauch, der am Sattel des Hengstes hing.

Offensichtlich wartete er darauf, daß sie um einen Schluck Wasser bitten würde. Diese Genugtuung wollte sie ihm aber nicht bereiten. Nicht im Traum dachte sie daran, ihn danach zu fragen oder seinen dünkelhaften Launen nachzugeben.

Zu ihrer Überraschung stellte sie fest, daß er beabsichtigte, sie auf ihrem eigenen Pferd reiten zu lassen. Wahrscheinlich nur, um seinen kostbaren Hengst zu schonen, folgerte sie, und nicht aus Nächstenliebe. Als er ihr jedoch beim Aufsitzen helfen wollte, trat sie zurück und funkelte ihn aus graublauen Augen an. »Das kann ich allein.«

Ein Muskel verzog sich an seiner Wange, aber er entgegnete nichts.

Gekonnt schwang sich Alysson in den Sattel. Als auch Jafar aufgesessen war, nahm er ihre Zügel und sie ritten los. Alysson heftete ihren Blick interessiert auf alles, nur nicht auf ihn. Sie war fest entschlossen, ihren verhaßten Begleiter zu übersehen und seinem unverschämten Ansinnen vom Vortag nicht nachzukommen.

Die Entschlossenheit geriet aber ins Wanken, als sie wenig später an einer Quelle vorbeiritten. Voller Verlangen beobachtete sie, wie er die Pferde tränkte und den Ziegenlederschlauch mit frischem Wasser füllte.

Unwillkürlich fuhr sie mit der Zunge über die Lippen. Ein strenger Blick traf sie und war ein Hinweis darauf, daß sie keine Chance hatte. »Sie kennen die Bedingungen«, meinte er gelassen. »Sie brauchen nur höflich um einen Schluck Wasser zu bitten und sich bereit zu erklären, meine Wunde zu pflegen. Sie können dann nach Herzenslust Ihren Durst stillen.«

»Ich habe keinen Durst«, log Alysson.

Ständig versuchte sie sich das während des fortschreitenden Morgens einzureden. Der Aufstieg war jetzt beendet, und sie verließen die verhältnismäßig kühle Bergregion. Vor ihnen lag eine weite Ebene mit wenigen Erhebungen. Sie hatten das Hochplateau erreicht.

Als die sengende gelbe Sonne auf sie herunterbrannte, wiederholte sie ihre Lüge wie einen Refrain: Ich habe keinen Durst. Ich habe keinen Durst. Gegen Mittag war Alysson so weit, ihre Qualen einzugestehen. Ihr war entsetzlich heiß. Der Staub drohte sie zu ersticken, und sie starb fast vor Durst. Wie sehnte sie sich nach einem langen, kühlen Schluck Wasser! Sie wollte baden. Sie wollte ein weiches Bett. Und mehr als alles andere wünschte sie sich jetzt im Besitz einer Waffe zu sein, die sie gegen ihren Peiniger erheben konnte. Im Augenblick gäbe es nichts Schöneres für sie, als ihn tausend kleine Tode sterben zu lassen.

Eine arabische Foltermethode fiel ihr dabei ein. Im Wüstensand würde sie ihn mit ausgestreckten Gliedmaßen an vier Pfähle fesseln, den Körper mit Honig bestreichen und ihn den Ameisen zum Fraß überlassen.

Es half nichts. Sie ritten weiter, Stunde um Stunde. Alysson merkte, wie ihre Kräfte schwanden. Das Verlangen nach Wasser erschöpfte sie, und die Hoffnung auf Flucht oder Befreiung sank mit jeder Meile, die sie unter der unbarmherzigen Sonne zurücklegten.

Sie konnte nur beten, daß Onkel Honoré heil in Algier angekommen war, anstatt die Suche nach ihr aufzunehmen. Er wäre diesen harten Anforderungen nicht gewachsen und würde gut daran tun, ihre Befreiung in Gervases Hände zu legen.

Am Nachmittag ging das Tafelland in eine grasbewachsene Steppe über. In der Ferne entdeckte sie vereinzelte Schaf- und Ziegenherden, aber der Berber hielt nicht auf die ersten Anzeichen menschlicher Siedlungen zu.

Am späten Nachmittag legten sie die zweite Pause ein, um die Pferde zu tränken. Erneut flammte ihre Wut gegen Jafar auf. Er versuchte sie umzubringen. Um die Tiere war er rührend besorgt, verlangsamte sogar von Zeit zu Zeit die Gangart, damit sie sich erholen konnten. Und bevor er sie tränkte, wartete er eine Weile, bis sie abgekühlt waren. Auch ließ er sie nach dem Trinken eine Zeitlang im Schritt gehen, bevor er sie wieder antrieb.

Als sie den bernsteinfarbenen Blick des Berbers auffing, wurde ihr Rücken kerzengerade. Sie wußte nicht, wie lange die ausgetrocknete Kehle und die geschwollenen Lippen durchhalten würden, aber mit dieser Haltung wollte sie ihm zu verstehen geben, daß sie nicht bereit war einzulenken.

Ihr Stolz schwand jedoch, als der Berber sie weiter in das Landesinnere führte. Sie biß die Zähne zusammen, um nicht aufzugeben. Am liebsten hätte sie ihn angeschrien, mit den Fäusten auf ihn eingeschlagen und ihn gebeten, sie freizulassen, aber der gestrige Tag hatte ihr bewiesen, daß es sinnlos war, gegen ihn anzukämpfen. Er kannte kein Erbarmen, außerdem duldete er nicht, daß man sich seinen Wünschen widersetzte.

Sie unterdrückte einen zornigen Aufschrei und starrte ihn an. In diesem Augenblick haßte sie ihn derart, daß sie über sich erschrak.

Jafar bemerkte zwar diesen bösen, giftigen Blick, ließ sich aber nicht beeindrucken. Er wußte, wie sie litt, und insgeheim bewunderte er ihre Willensstärke, auch wenn er sich andererseits darüber ärgerte.

Ein wenig später sah er, wie sie die Schultern vor Müdigkeit und Verzweiflung hängen ließ. Er hielt die Pferde an und war entschlossen, diese sinnlose Kraftprobe zu beenden. Gut, er wollte ihr eine Lektion erteilen in der Annahme, daß sie viel früher aufgeben würde. Aber sie sollte nicht noch länger leiden, außerdem wollte er ihre Qual nicht länger mit ansehen. Er band den Wasserschlauch ab und reichte ihn ihr. »Hier, trinken Sie.«

Alysson sah den Behälter mit dem kostbaren Naß voll Verlangen an, blickte aber trotzig zu Jafar auf. »Ich will nicht.«

»Seien Sie nicht töricht.« Er schraubte den Verschluß ab und hielt ihn an ihre Lippen. »Ihr Eigensinn bringt Sie noch um, und für mich sind Sie dann wertlos.«

Alysson wollte ihm den Schlauch ins Gesicht schleudern, aber als ein Tropfen des lebensspendenden Naß ihre Lippen benetzte, gab sie auf. Gierig öffnete sie den Mund und verschluckte sich fast.

»Langsam«, warnte Jafar und zog für einen Augenblick den Schlauch zurück. Erst nach einer kleinen Pause ließ er sie weitertrinken, zwang sie aber immer wieder, kleine Schlucke zu machen. Dann nahm er ihr den Schlauch aus der Hand, noch bevor ihr Durst restlos gestillt war. »Sie können später mehr bekommen. Wenn Sie jetzt zu viel trinken, werden Sie krank.«

Alysson errötete. Schweigend wandte sie das Gesicht ab. Er hatte weder ein Wort über ihr schmähliches Nachgeben verloren, noch verlangt, daß sie ihn um einen Schluck Wasser bat, aber das änderte nichts an ihrer Erniedrigung. Es war eine Niederlage, auch wenn er als erster eingelenkt hatte. Schön, er hatte es nur getan, weil er sie für seine Pläne lebend brauchte, aber er hatte sie den ganzen Ernst ihrer Lage spüren lassen — ihre Hilflosigkeit, ihr Ausgeliefertsein. Es hatte keinen Sinn, sich gegen seine Übermacht zu wehren. Je eher sie diese Tatsache einsah, desto besser würde es ihr ergehen.

Sie ritten noch eine weitere Stunde, bevor die Sonne unterging. In der Ferne deutete sich zur Linken eine Gebirgskette an, und davor — etwas weiter südlich — machte sie ein golden schimmerndes Flußbett aus. Dann entdeckte sie eine dorfähnliche Ansiedlung, die sich in den Schutz der Hügel bettete. Aber dieser Hoffnungsschimmer war nur von kurzer Dauer. Sie befand sich im Land der Berber, und von ihnen war keine Hilfe zu erwarten.

Das Nachtlager schlugen sie im Schutze von knorrigen Tamariskensträuchern und Pistazienbäumen auf. Einige Schritte weiter entfernt sprudelte eine klare Quelle aus dem steinigen Boden. Wie am vorhergehenden Abend versorgte Jafar die Pferde, nahm ihnen die Sättel ab und legte ihnen Fußfesseln an. Dann bereitete er das Abendessen und reichte ihr den Wasserbeutel. Allerdings hatte sie sich diesmal überwinden können und ihn um Wasser gebeten.

»Kann ich einen Schluck Wasser haben?« murmelte sie, da ihr der Bissen Brot, den sie essen wollte, im trockenen Halse steckengeblieben war.

Jafar blickte sie verwundert an. »Was haben Sie eben gesagt?«

»Ich sagte eben, kann ich *bitte* einen Schluck Wasser haben.«

Die Worte klangen höflich, der Ton war eisig. Zögernd hob er eine Augenbraue. »Und meine Wunde?«

»Ich werde mich darum kümmern.«

»Ausgezeichnet«, antwortete er mild und vermied es, auch nur eine Spur von Triumph zu zeigen.

Als sie das karge, aber nahrhafte Mahl beendet hatten, verstaute er die Reste in seiner Satteltasche und entnahm ihr verschiedene Utensilien, einschließlich eines Stücks Seife und eines Handtuches. Seife? dachte sie überrascht, sie mußte europäisch sein.

Anscheinend hatte er vor, sich in der Quelle zu waschen, schloß Alysson, da er diese Dinge am Rande der kleinen wassergefüllten Mulde niederlegte. Da sie ihm ihr Wort gegeben hatte, war sie ihm gefolgt, blieb aber plötzlich stehen, als er seine Tunika auszog. Der unerwartete Anblick seines Körpers verschlug Alysson den Atem. Die Arme waren kräftig und muskulös, der Brustkorb mit goldfarbenem Flaum bedeckt. Und dann bemerkte sie die schmale Linie der blonden Härchen, die unterhalb des Bauchnabels in seinem Hosenbund verschwand.

Ihre Reaktion war ein deutliches Warnzeichen. Natürlich hatte sie Männer ohne Hemd schon öfters gesehen. Aber noch keiner hatte bisher ein derartiges Flattern in der Magengegend bewirkt. Vielleicht weil keiner von ihnen so viel ... Männlichkeit ausstrahlte.

Alysson wandte den Blick ab und zwang sich, an seine Seite zu treten. Sie spürte die Hitze in die Wangen steigen und hoffte, er würde ihre Verwirrung nicht bemerken.

»Sie brauchen mir nur den Arm zu waschen, *ma belle*«, sagte er mit einem kehligen Lachen, »und nicht mehr.«

Alysson biß sich auf die Lippen, um nicht ausfallend zu werden, dafür ging sie nicht besonders sanft mit ihm um, als sie das getrocknete Blut von der Wunde abwusch. Zu ihrem Bedauern war nichts entzündet, also würde die Verletzung auch nicht eitern. Ja, sie begann bereits zu heilen. An den Rändern war neue, rosige Haut nachgewachsen. Eine breite, häßliche Narbe würde jedenfalls zurückbleiben, das stand fest. Aber sie würde nicht sonderlich auffallen, da sein Oberkörper von Narben aller Art übersät war.

Die spöttische Bemerkung und der nackte Körper bereiteten ihr Unbehagen, und sie beeilte sich, die Wunde mit einem sauberen Stück Leinen zu verbinden. Sobald es möglich war, zog sie sich auf den einigermaßen sicheren Burnus zurück, den er auf dem Boden ausgebreitet hatte.

Dort wartete sie darauf, daß Jafar seine Rasur mit Hilfe des kleinen Handspiegels und des Rasiermessers beendete. Zumindest war seine abendliche Körperpflege nicht von barbarischen Sitten geprägt, dachte sie im stillen und warf einen Seitenblick auf ihren Entführer.

Es war ein Fehler, ihn anzusehen. Die Strahlen der untergehenden Sonne verschönten den halbnackten Körper auf eine Art und Weise, wie sie es nur von Gemälden Rembrandts kannte. Gegen ihren Willen beobachtete sie, wie das dunkelgoldene Licht mit den Muskeln des geschmeidigen Körpers spielte.

Erst als er sich zu ihr umwandte und das frisch rasierte Gesicht mit einem Tuch abwischte, war der Bann gebrochen; Alysson gelang es, den Blick von ihm zu lösen und die Gleichgültige zu spielen.

»Ich würde gerne baden«, sagte sie schärfer als beabsichtigt. »Und zwar allein«, fügte sie für den Fall hinzu, daß er sie nicht verstanden hatte.

Zu ihrer Überraschung nickte er zustimmend. Doch die nachfolgenden Worte ließen Alysson erschrocken zusammenfahren. »Aber Ihre Kleider werde ich bei mir behalten.«

Sie blickte ihn ungläubig an. »Falls Sie erwarten, ich ziehe mich vor Ihnen aus, sind Sie auf dem Holzweg.«

»Wenn Sie baden wollen, werden Sie tun, was ich sage. Ich möchte nicht, daß Sie einen Fluchtversuch unternehmen, kaum daß ich Ihnen den Rücken zuwende.«

»Sie werden sich umdrehen?« fragte Alysson hoffnungsvoll. Er zögerte. »Ja, wenn Sie so schamhaft sind.« Dann streckte er die Hand aus. »Ihre Kleider, Mademoiselle.«

Das entsprach zwar nicht ihrer Auffassung von Schamhaftigkeit, aber sie riß sich zusammen. »Ein Gentleman sind Sie gewiß nicht.«

»Jedenfalls gehöre ich nicht zu der Kategorie von Gentlemen, die Sie bewundern. Mit Männern wie Ihrem Verlobten, dem Colonel, möchte ich nicht verglichen werden.«

»Oh, keine Sorge. Niemand würde Sie in die Klasse einordnen, der Gervase angehört. *Er* ist ein Ehrenmann.«

»Offensichtlich sind unsere Auffassungen über die Auslegung des Begriffes Ehre verschieden, aber dieses Thema möchte ich jetzt nicht weiter vertiefen. Also, *ma chère,* ich warte.«

»Ich hasse Sie!« zischte Alysson.

»Das sagten Sie bereits.«

Da sie wußte, daß er nicht nachgeben würde, holte sie tief Luft. Langsam und widerstrebend tat sie wie geheißen. Zuerst zog sie die Stiefel aus, dann das Jackett und schließlich die Reithose.

Jetzt aber zögerte sie. Die Wangen wurden flammend rot.

Nur mit Leibchen und langen Schlüpfern bekleidet stand sie vor ihm. Langsam aber völlig uninteressiert wanderte sein Blick ihren Körper entlang. Sie versuchte den Kopf hoch zu tragen und abweisend und stolz zu wirken, während sich die Knie in Gummi verwandelt hatten.

Zu ihrem Erstaunen hatte Jafar Mitleid mit ihr und sah weg. Alysson atmete vor Erleichterung laut aus, als er hinter den Tamariskensträuchern verschwand. Rasch streifte sie die restlichen Hüllen ab, kniete an der Quelle nieder und schrubbte sich mit seinem Seifenstück am ganzen Körper ab. Das Wasser war erfrischend kalt, aber in der Abendbrise fröstelte ihr ein wenig. Da sie nicht ahnte, wann sich wieder eine Gelegenheit zu baden bieten würde, nahm sie die Haarnadel heraus und wusch das Haar.

Hinter dem Gebüsch schärfte Jafar seinen Dolch. Das war alles, was er tun konnte, um sich von der badenden jungen Frau abzulenken. Das Bild von Alyssons schlankem Körper tauchte vor ihm auf. Rosig schimmerte die nasse Haut im Licht der untergehenden Sonne. Aber dann bezwang er seine Fantasie und fragte sich, ob sie seine Großzügigkeit ausnützen und fliehen werde. Wäre es nicht besser, er schaute nach? Andererseits hatte er ihr versprochen, sie könne ein paar Augenblicke allein sein.

Unzufrieden mit sich schüttelte Jafar den Kopf. Zweimal hatte er ihr bereits nachgegeben und das wider seine bessere Einsicht. Er mußte strenger mit ihr sein. Wenn er nicht aufpaßte, würde er am Ende noch nach ihrer Pfeife tanzen.

Außerdem, stellte er grimmig fest, vergaß er manchmal die Umstände, die sie miteinander verbanden. Einmal hatte er sich sogar dabei ertappt, daß er um ein Haar englisch mit seiner Gefangenen gesprochen hätte. Die Folgen wären katastrophal gewesen! Wenn sie das Geheimnis seiner britischen Abstammung lüftete, würde sie irgendwann eine Verbindung zwischen Nicolas Sterling und Jafar, dem Berber, herstellen. Im Augenblick war er froh, daß sie sich nicht daran erinnerte, ihm vor langer Zeit in England begegnet zu sein.

Als er ihr mehr als genügend Zeit gelassen hatte, das Bad

zu beenden, ging er zum Lagerplatz zurück. Er fand Alysson in ihren Unterkleidern am Quellfluß kniend. Mit den Fingern kämmte sie die nassen Haarsträhnen aus. Das Haar fiel nur zum Teil auf den Rücken und war nicht annähernd so lang wie bei algerischen Frauen.

Eine Weile beobachtete er sie schweigend. Als er bemerkte, daß sie bei dem kalten Abendwind fror, hätte er sie am liebsten gewärmt — mit seinem Körper, seinen Händen, seinem Mund.

»Sind Sie jetzt endlich fertig, Mademoiselle?« fragte er ziemlich mürrisch, was er eigentlich nicht beabsichtigt hatte.

Alysson fuhr auf, wandte sich um und blickte ihn wachsam an. Befehlend streckte Jafar eine Hand aus. »Kommen Sie, es ist Zeit, schlafen zu gehen.«

Sie starrte ihn an. »Wollen Sie sich kein Hemd anziehen?« Jafar zog eine Braue hoch. »Ich meine, es könnte Ihnen doch kalt werden«, stammelte sie.

Sein Lächeln war mehr ein Schmunzeln. »Wieso? Wenn ich Sie als Wärmflasche habe?«

Die leichte Röte, die ihr jetzt in die Wangen stieg, ist entzückend, dachte Jafar bei sich, obwohl die grauen Augen Blitze nach ihm schleuderten. Ihre Blicke trafen sich. »Fürchten Sie sich vor mir?«

Diese anmaßende Bemerkung brachte sie wieder auf den Boden der Tatsachen zurück. »Nein, natürlich nicht!« erklärte sie und reckte das Kinn so weit es ging nach oben.

Natürlich hatte sie Angst. Neben einem halbnackten Wilden zu schlafen war entsetzlich. Er hatte ihr noch nicht einmal die Reithose ausgehändigt. Wieder fühlte sie sich seiner Willkür ausgeliefert, als er sie neben sich auf den Burnus zog und die Fußgelenke wieder aneinanderfesselte. Alysson machte sich steif wie ein Brett, als er die Arme um sie legte, sie mit dem Rücken an sich zog und ihren Kopf auf den gesunden Oberarm bettete.

Zu ihrer Überraschung breitete er ihre feuchten Haarsträhnen aus, damit sie schneller trockneten. Diese Geste war freundschaftlich und fürsorglich, aber Alysson blieb weiterhin angespannt in der warmen Mulde seines Körpers liegen. Wie verhaßt ihr das alles war! Die männliche Nähe war einfach unerträglich.

Trotzdem, seine Umarmung war warm und irgendwie tröstlich. An ihrem Rücken konnte sie sein Herz ganz regelmäßig schlagen hören.

Alysson stieß einen schläfrigen Seufzer aus. Sie war müder als sie dachte.

Es war sehr früh am nächsten Morgen, als sie die Augen aufschlug und in zwei Bernsteinaugen blickte, die auf sie gerichtet waren. Jafar, dachte sie verschlafen, und ein merkwürdiges Gefühl des Friedens und Behagens erfüllte sie. Einen Augenblick lang, noch ehe ihr Verstand zurückkehrte, konnte sie sich über diese Empfindungen nur wundern. Es war genau das Gefühl der Geborgenheit und Wärme, das sie aus ihren Träumen kannte. Wie abwegig. Noch abwegiger waren Bruchstücke einer immer wiederkehrenden Erinnerung, die ihr Hirn narrte. Sie konnte die Vorstellung nicht loswerden, ihm schon einmal begegnet zu sein. Die Augen, die Gesichtszüge und sogar die Stimme kamen ihr bekannt vor. In den Augen schimmerte jetzt allerdings Verlangen auf. Das war etwas ganz Neues ...

Befremden, ja Bestürzung erfüllten sie. Jafar lag lang ausgestreckt neben ihr, den Kopf auf einen Ellbogen gestützt, und betrachtete sie seelenruhig. Offensichtlich hatte er das auch schon getan, als sie noch schlief.

Ehe sie den Mund öffnen konnte, um etwas zu sagen, hielt er eine Strähne ihres kastanienbraunen Haares in die Höhe, das jetzt trocken und seidig über ihren Schultern lag. »Sie sollten es lose hängen lassen, anstatt aufzustecken.«

Schneller als ein aufgeschrecktes Kaninchen schob Alysson den Burnus beiseite und sprang auf die Beine. »Es geht Sie nichts an, wie ich mein Haar trage!« Aufgebracht marschierte sie zu der Quelle und suchte nach den Haarnadeln, die sie am vorhergehenden Abend dort gelassen hatte.

»Wenigstens zwingen Sie ihm keine Löckchen auf.«

»Es ist zu schwierig, das Haar zu einer Lockenfrisur zu

arrangieren.« Alysson versuchte ihre Fassung wiederzugewinnen. »Ich bin häufig ohne Zofe.«

Er blieb träge liegen und beobachtete sie. Sein Kompliment hatte sie aus dem Konzept gebracht, und zu ihrem Mißvergnügen waren die Hände beim Auskämmen der Haarsträhnen diesmal ungeschickter.

»Wenn wir mein Lager erreicht haben, werde ich dafür sorgen, daß Sie genügend Kämme haben.«

Alysson blickte ihn möglichst unverfänglich an. Seine Großzügigkeit interessierte sie weit weniger als der Ort, wohin er sie führen würde.

»Wo ist das Lager?«

»Einen Tagesritt von hier entfernt, am Rande der Wüste.« Als sie schwieg, hob er fragend eine Augenbraue. »Sie wollten doch die Wüste sehen, oder nicht?«

»Nicht in Ihrer Gesellschaft.«

Sie sah, wie er den Mund verzog, aber er sagte nichts darauf. Die alte Feindseligkeit zwischen ihnen flackerte erneut auf. Das konnte Alysson nur recht sein. Es gefiel ihr ganz und gar nicht, wenn er sie liebenswürdig oder fürsorglich behandelte. Es war wesentlich einfacher für sie, sich immer wieder ins Gedächtnis zu rufen, wie sehr sie ihn verachtete und daß er nichts anders als ein wilder Barbar war.

So gut es ging war es Alysson gelungen, das Haar im Nacken zu einem Knoten aufzustecken. Dann ging sie zu den Sätteln und suchte ihre Kleidungsstücke zusammen. Bis auf einen Stiefel hatte sie alles gefunden.

Beim Anziehen umklammerte er plötzlich ihr Handgelenk, fest, aber nicht schmerzhaft. Sie hatte nicht gehört, daß er sich bewegt hatte. Alysson wich zurück und sah befremdet zu ihm auf. Wollte er ihr verbieten, sich anzuziehen?

»In diesem Land«, erklärte Jafar warnend, »müssen Sie vorsichtig sein. Bald werden wir die Wüste erreichen. Wenn Sie überleben wollen, müssen Sie wachsam sein ... Suchen Sie jedes Kleidungsstück nach Skorpionen und Schlangen ab. Klopfen Sie Ihre Sachen ab, bevor Sie sich ankleiden.«

Also hatte er nicht vor, sie halbnackt weiterreiten zu lassen, dachte Alysson erleichtert. Trotzdem wäre es ihr lieber, gegen ein Heer giftiger Tiere anzutreten als seinen Goldaugen standzuhalten, wenn sie sich so unterlegen fühlte.

Ihre Erleichterung war von kurzer Dauer. Auch wenn er ihr gestattet hatte, Kleidung und Kopfbedeckung, den *Haik,* zu tragen, steigerte sich das Gefühl des Ausgeliefertseins und der Hilflosigkeit von Stunde zu Stunde.

Bald ging die Steppe in einen bröckligen und felsdurchsetzten Boden über, der ab und zu mit dornigem Gesträuch bewachsen war. Ein Europäer würde dieses Land als Wüste bezeichnen, dachte Alysson, aber sie wußte, das waren erst die Vorboten der Sahara.

Eine Weile später, als Jafar die Pferde langsamer gehen ließ, achtete sie mehr auf ihre Umgebung. Wenn sie ausfindig machte, wo sie sich jetzt befand, könnte sie sich vielleicht zusammenreimen, wohin er sie führte.

Neugieriger als an den beiden vorangegangenen Tagen blickte sie sich um. Aus der unwirtlichen Ebene vor ihr erhoben sich in einiger Entfernung mehrere plateauförmige Felsen. »Wo sind wir?« fragte sie so gleichgültig wie möglich.

Jafar hüllte sich in Schweigen. Seine widerspenstige Gefangene brauchte nicht zu wissen, daß sie in Jebel Selat waren. Es war ratsam, ihr jede Information vorzuenthalten, die sie zu ihrem Vorteil nutzen könnte. »Warum wollen Sie das wissen?« fragte er nach einer Weile.

Sie verstand seine Vorsicht sehr gut. Leider ließ sie sich zu einer unklugen Antwort verleiten. »Wenn die französische Armee zu meiner Befreiung anrückt, möchte ich dem Colonel sagen können, wo er Sie finden kann.«

Ein Muskel seiner Wange spannte sich, als er sie durchbohrend anblickte.

Alysson seufzte müde. Sie hätte besser den Mund halten sollen. Wenn es doch nicht so heiß wäre! Wieso mußte sie auch in dieses gottverdammte Land reisen!

Wenigstens war dieser wilde Kerl jetzt gezwungen, in dem

unwegsamen Gelände langsamer zu reiten. Behutsam führte er ihre Stute über kahle, glatte Felsplatten, Geröll und tiefe Mulden. Im Verlauf des Vormittags wuchs Alyssons Unbehagen. Die sengende Sonne schien erbarmungslos auf sie herab, und die zunehmende Hitze zerrte an ihren Nerven.

»Das schwebte mir keineswegs vor«, murmelte Alysson, »als ich den Ausflug in die Wüste plante. Ich hätte nicht erwartet, daß dieses Land so abweisend ist.«

Jafar blickte zu seiner Begleiterin. »Wenn die Wüste nach dem Regen blüht, werden Sie von ihr träumen.«

»Bestimmt nicht«, entgegnete sie und schüttelte abweisend den Kopf. »Algerien werde ich nichts Schönes mehr abgewinnen. Es ist einfach zu heiß.«

Anstelle einer Antwort löste er den Verschluß des Ziegenlederschlauchs und tröpfelte Wasser auf ein Baumwolltuch. »Wischen Sie sich das Gesicht ab«, befahl er und hielt ihr das Tuch entgegen.

Es fühlte sich angenehm kühl auf ihrer verschwitzten Stirn an, aber das versöhnte sie keineswegs. »Wenn ich schon entführt werden mußte, warum dann nicht während der Regenzeit?«

Das Lächeln, das ihre Bemerkung ausgelöst hatte, stand ihm gut. »Das ist die Regenzeit, *ma belle.*«

Alysson warf ihm einen wütenden Blick zu.

Die Gegend wurde jetzt noch unzugänglicher, falls das überhaupt noch möglich war. Sie bahnten sich ihren Weg durch meterhohe Buckel aus rotem und grauem Sandstein und passierten enge Schluchten, die mit verkümmerten Aleppo-Kiefern bewachsen waren. Der Wind erhob sich und wirbelte sandigen Staub auf.

»Könnten wir nicht anhalten und Rast machen?«

»Bald«, antwortete Jafar knapp. »Bedecken Sie das Gesicht.«

Sein ›bald‹ zog sich viele Stunden hin. Sie verließen die Hügel und ritten zügig über eine mit Gestrüpp bewachsene Ebene, die mit einer weißlichgrauen Salzschicht bedeckt war. Skorpione, Eidechsen und anderes Getier versuchten sich eilig vor galoppierenden Pferdehufen in Sicherheit zu bringen.

Unter anderen Umständen wäre Alysson vielleicht von der wilden, gnadenlosen Schönheit des Landes beeindruckt gewesen. Aber die Hitze und die endlose Monotonie, das ermüdende Tempo und der ewig aufwirbelnde Sand zehrten an ihren Kräften.

Zuweilen meinte Alysson, ihre Augen täuschten sie. Im Osten tauchte ab und zu ein Schimmern auf, das wie die Wasseroberfläche eines großen Sees aussah.

Erschrocken fuhr Alysson zusammen, als sie merkte, daß sie nahe daran war einzuschlafen. Ihr Kopf war nach vorne gesackt, und sie wäre um ein Haar aus dem Sattel gerutscht.

Jafar erkannte die Gefahr. Er hob sie von der Stute und setzte sie vor sich auf sein Pferd. Sie versuchte wieder sich zu wehren, aber er befahl ihr leise und knapp, sich ruhig zu verhalten. »So können Sie sich ausruhen.«

Alysson seufzte ermattet, als sie den Kopf an seine Schulter bettete. Offensichtlich war es ihr zur Gewohnheit geworden, in seinen Armen zu schlafen, stellte sie resigniert fest und schloß die Augen.

Es war Nachmittag, als sie erwachte. Der anwehende Sand war jetzt dichter geworden. In der stickigen Luft vernahm sie sonderbare Geräusche und ihr fiel auf, daß der Hengst langsamer ging. Schlaftrunken setzte sie sich auf.

Der Anblick, der sich jetzt ihren Augen bot, ließ das Herz höher schlagen. Mit der Hand schützte sie sich vor der blendenden Helligkeit. Fassungslos heftete sie den Blick auf einen kühlen grünen Hain aus breitgefächerten Palmen, unter deren Schutz Oleander, Tamarinden und Pistazienbäume wuchsen. Vor ihnen, in der kargen Wildnis, lag eine Oase.

In diesem kleinen Paradies suchten auch andere Erquickung. In der Nähe des Brunnens standen ungefähr zwei Dutzend Kamele, die von Nomaden in langen Gewändern bewacht wurden.

Die Menschen gerieten bei Jafars und Alyssons Ankunft in Bewegung. Es waren Araber der Wüste, nahm Alysson an, und betrachtete sie voll Neugierde. Sie hatten feine Gliedmaßen, glänzendes dichtes Haar und einen olivfarbenen Teint. Die Augen waren dunkel und feucht, und die Nasen ließen einen an den Schnabel eines Adlers denken. Alysson fragte sich, wie sie reagieren würden, wenn sie sich ihnen freiwillig auslieferte. Es war durchaus möglich, daß sie sich bereit erklärten, sie vor ihrem Entführer zu schützen. Andererseits könnten sie ihr gegenüber auch völlige Gleichgültigkeit an den Tag legen.

Der scharfe Blick, mit dem die Nomaden sie musterten, verunsicherte Alysson, und sie fragte sich, ob sie etwas falsch gemacht hatte. Vielleicht war die Tatsache, daß sie auf dem Schoß eines Mannes saß, nach Nomadensitte genauso verwerflich wie in ihrer Welt. Alysson versuchte sich so züchtig wie möglich zurechtzusetzen. Sofort spürte sie, wie sich die Muskeln in Jafars Arm spannten, den er locker um ihre Mitte geschlungen hatte. Auch die Schenkel, die sie trugen, wurden härter.

Jafar fluchte insgeheim, einmal wegen der ungebetenen Bewegung des weiblichen Körpers auf seinem Schoß, und zweitens, weil er die arabische Karawane erkannte. Es waren Sklavenhändler und Räuber. Verschlagene Kerle, die keine Skrupel kannten. Jafar wußte mit Sicherheit, daß sie seine junge Gefangene nicht aus Neugier betrachteten. Im Land der Berber brachten europäische Frauen viel Geld.

Jedenfalls war er im Augenblick nicht um Alyssons Sicherheit besorgt. Diese Händler fürchteten ihn und seine Stellung zu sehr, um ihn anzugreifen, aber trotzdem spannten sich die Finger um den Griff seines Dolches.

»Geben Sie keinen Mucks von sich«, murmelte Jafar. »Schlagen Sie die Augen nieder, wie es sich für eine Frau gehört.«

Diese anmaßende Aufforderung paßte ihr nicht, aber sie fügte sich und beobachtete nun heimlich — und nicht ohne Angst —, wie Jafar den Blick gebieterisch auf die Nomaden heftete. Zu ihrem Erstaunen wandte einer nach dem anderen die Augen von ihm ab.

Jafar hielt die Pferde im kühlen Schatten einer hohen Dattelpalme an und half Alysson beim Absteigen. »Setzen Sie sich auf den Boden und verhalten Sie sich still.« Er hoffte, Alysson würde ihre Widerborstigkeit für einen Augenblick vergessen und fügsam sein. Sollte sie versuchen, seine Autorität vor den Arabern zu untergraben, mußte er die junge Frau zwingen, sich seinem Willen zu beugen. Diese Sklavenhändler kannten nur ein Gesetz: Macht. Einer Frau zu gestatten, sich seinen Wünschen zu widersetzen, würde als Schwäche ausgelegt werden — mit fatalen Folgen.

Er hatte Alyssons rebellische Ader richtig eingeschätzt. Kaum war sie vom Pferd gestiegen, stemmte sie die Hände in die Hüften und starrte ihn an.

Jafar packte sie beim Arm und drückte sie in die Knie. Das hätte ins Auge gehen können! Genau in diesem Moment trat ein kleiner, bärtiger Araber auf Jafar zu. Mit blumenreichen Begrüßungsworten machte der Araber einen tiefen Salam, so tief, daß seine Nase fast den Boden berührte, ehe er die Stirn an den Saum von Jafars schwarzen Burnus legte.

Alysson verfolge die Szene gespannt. Jafar antwortete auf arabisch, und sie verstand kaum etwas.

Mit wohltönender Stimme tauschten sie einige Worte aus. Als der Araber schließlich aufstand, klatschte er in die Hände. Drei Knaben liefen auf diesen Befehl auf die Neuankömmlinge zu. Einer trug eine Schale mit Kamelmilch, ein anderer goldglänzende Datteln auf einem Palmenblatt, und der dritte brachte eine handgewebte Matte. Sie legten ihre Gaben ab und knieten vor Jafars Füßen nieder.

Diese Ehrerbietung verwunderte Alysson, und sie warf Jafar einen fragenden Blick zu. Anscheinend war er in der arabischen Welt ein bedeutender Mann.

»Sind Sie so etwas wie ein Scheich?« wollte sie wissen, als die Araber sich zurückgezogen hatten.

»Shaky ist arabisch«, erklärte Jafar, dann setzte er sich mit gekreuzten Beinen auf die Matte und bedeutete ihr, es ihm nachzutun.

»Schön, dann sind Sie eben ein Berberscheich.«

»Ich bin ein Stammesführer, ja.«

»Und wie haben Sie diesen Leuten meine Anwesenheit erklärt?«

Ein amüsiertes Lächeln huschte über sein Gesicht, als er die Gaben der Araber betrachtete. »Der Anführer der Berber hat nur seinem Sultan Rede und Antwort zu stehen.«

Anführer? Ihre Vorahnung bestätigte sich, und sie wurde nachdenklich.

Diese Gelegenheit nutzte er und drückte ihr ein paar Datteln in die Hand. »Jetzt dürfen Sie mich füttern«, erklärte Jafar und sah sie abwartend von der Seite an.

Die grauen Augen weiteten sich entrüstet. »Sie füttern? Zum Teufel noch mal, wie komme ich dazu!«

»Weil ich es wünsche, und weil es unsere arabischen Freunde dort drüben erwarten.«

Sie warf einen Blick über seine Schulter und stellte fest, daß sie tatsächlich von den Arabern beobachtet wurden. »Da können Sie lange warten.«

»Sie machen einen Fehler. Diese Männer sind Sklavenhändler. Sie werden Sie im Handumdrehen verkaufen.«

»Sklavenhändler! Sie glauben doch nicht, ich werde mich den Wünschen dieser Barbaren beugen?«

»Ihre Fügsamkeit würde nicht als Erniedrigung ausgelegt werden. Hier in diesem Land hat nur der Starke das Sagen. Sie sind meine Gefangene. Ich bin Ihr Gebieter, und Sie haben mir Gehorsam zu leisten.«

»Scheren Sie sich zum Teufel!« entgegnete Alysson barsch und kniete sich hin.

»Hinsetzen!«

»Ich denke nicht daran.«

Sein Blick war durchdringend. »Ich fürchte, Sie haben Ihre Lektion verlernt«, erwiderte er leise.

Alyssons Wangen wurden rot vor Entrüstung. Diese Überheblichkeit hatte sie derart herausgefordert, daß sie die Hand erhob, um ihn zu schlagen. Ohne weiteres fing er sie ab und drückte sie gegen seine Brust. »Das ist nicht sehr klug, *chèrie*«, sagte er in einem Ton, daß es ihr kalt den Rükken herunterlief. Wie eine Schlange das Kaninchen, bannte er sie mit den Augen und gab ihre Hand nicht frei. Der Blick war so durchdringend, daß es schmerzte; goldene Punkte schienen in der bernsteinfarbenen Iris zu tanzen.

Seine Stimme war jetzt noch einen Ton leiser geworden, aber so eindringlich, daß es sie ängstigte. »Nehmen Sie sich in acht, Gefangene, oder ich verkaufe Sie als Sklavin.«

Alysson blickte ihn voller Abscheu an. Dieser Mensch war roh und gefühllos, und sicher unsagbarer Grausamkeiten fähig. Trotzdem zog sie es vor, bei dem Teufel zu bleiben, den sie kannte, als es mit neuen Peinigern aufzunehmen, aber sie würde ihm nicht die Genugtuung einer völligen Unterwerfung bereiten. In einem Anflug von Stolz reckte sie das Kinn nach oben. »Ich bin nicht die Sklavin eines Mannes.«

»Nein«, meinte er, »ich denke nicht, aber Sie werden tun, was ich Ihnen sage. Nur ich allein kann verhindern, daß Sie den Rest Ihres Lebens in einem orientalischen Harem verbringen werden.«

Ein langes Schweigen entstand, bis Alysson schließlich nickte.

Als Jafar ihre Hand freigab, nahm sie eine Dattel und hielt sie hoch. Er wartete jedoch, bis sie ihm die Frucht an die Lippen hielt.

Ihr blieb nichts anderes übrig, als ihm zähneknirschend zu gehorchen.

Er aß die Dattel, spuckte den Stein in die Handfläche und warf ihn in den Sand.

Alyssons reichte ihm eine zweite und warf dabei unwillkürlich einen ängstlichen Blick zu den Sklavenhändlern hinüber. »Sie würden mich doch nicht an diese Unmenschen verkaufen, oder?«

Seine Antwort ließ auf sich warten, war aber keineswegs vertrauenerweckend. »Nein, ich brauche Sie für meine eigenen Zwecke.«

Sie schob ihm eine weitere Frucht in den Mund, bevor er die vorhergehende aufgegessen hatte, und hoffte, er würde daran ersticken.

Jafar quittierte dies nur mit einem Achselzucken. »Schade. Sie würden einen guten Preis einbringen, denn Sie sind noch Jungfrau.«

Alysson schnappte nach Luft. »Woher wissen Sie ...« Sie brach rasch ab, denn sie hatte nicht die geringste Lust, mit ihm über ihre Unschuld zu diskutieren.

»Woher ich das weiß?« Ein beinahe selbstzufriedenes Lächeln spielte um seine Mundwinkel. »Das ist eine logische Schlußfolgerung, wenn einem die Sitten und Gebräuche der Europäer bekannt sind, vor allem im Hinblick auf unverheiratete Frauen. Und Ihr Aufbrausen bestätigt nur meine Annahme.«

Während sie innerlich vor Wut tobte, ließ er seinen Blick abwägend über ihre Brüste und Hüften gleiten. Er schätzte noch immer ihren Wert als Sklavin ab, nur um sie zu reizen und zu ängstigen, dessen war sich Alysson sicher.

»Wenn man Sie gut füttert, um Ihre weiblichen Kurven noch ein wenig ansprechender zu gestalten, dürften Sie einen Höchstpreis erzielen. Das heißt, wenn es Ihnen gelingen sollte, fügsam und willig zu sein.«

Mit ihrem Blick hätte sie die Kamelmilch, die er trank, zum Kochen bringen können. »Sie sind verrückt, wenn Sie glauben, ich wäre unterwürfig wie eine Orientalin.«

»Ich glaube, daß man Ihnen als Sklavin sehr bald Ihre rebellische Natur ausgetrieben hätte. Ein Tag Arbeit in einem Harem würde Sie lehren, sich unterzuordnen. Außerdem würden Sie erfahren, wie das Leben wirklich aussieht.«

Seine deutliche Sprache jagte ihr Angst ein. »Haben Sie etwa vor, mich in einen Harem zu sperren?«

»*Harem* ist ebenfalls ein arabisches Wort.«

»Kommen Sie mir jetzt nicht mit sprachlichen Feinheiten!« entgegnete sie heftig und versuchte nicht den Kopf zu verlieren. »Werde ich Ihre Konkubine oder werde ich es nicht?«

»Möchten Sie gern meine Konkubine werden?«

Alysson starrte ihn an. Angst und Verwirrung standen ihr ins Gesicht geschrieben.

»Wenn ich Sie in meinen Harem aufnähme, würde ich es

zu meinem eigenen Vergnügen tun und Ihnen zum Ausgleich ebenfalls Freude bereiten.«

»W ... w ... Was meinen Sie damit?«

»Sie werden doch sicherlich wissen, was zwischen einem Mann und einer Frau vor sich geht?«

Alysson benetzte nervös die Lippen.

»Vielleicht sollte ich Ihnen einen Vorgeschmack davon geben.« Sein Blick blieb an ihrem Mund hängen. »Sie hatten mich dazu aufgefordert, Sie in der Kunst des Küssens zu unterweisen. Erinnern Sie sich?«

Als er die Handfläche sanft um Alyssons Kinn legte, meinte sie bereits die Wildheit seines Kusses zu spüren, ohne daß er ihre Lippen berührt hatte.

Nur mit Mühe gelang es ihr, aus der trockenen Kehle eine Antwort hervorzupressen. »Erschrecken Sie Ihre Opfer immer so? Es verursacht Ihnen eine perverse Genugtuung, nicht wahr?«

Alysson riß allen Mut zusammen und hielt seinem Blick stand. »Ich mag Ihre Gefangene sein«, erklärte sie würdevoll, »aber ich bin nicht ihre Sklavin. Und ich werde niemals Ihre Konkubine werden.«

Der Druck der Finger um ihr Kinn verstärkte sich ein wenig. »Trotzdem werden Sie mich als Ihren Gebieter anerkennen.«

Seine Stimme war zu einem Flüstern geworden, trotzdem klang sie gefährlich genug. Alysson merkte, wie sie am ganzen Leibe zitterte.

Endlich verlor der Blick etwas von seiner Schärfe, und Jafar gab langsam das Kinn frei. »Ich habe genug gegessen. Bedienen Sie sich jetzt.«

Alysson verkniff sich die Antwort, die sie jetzt gerne gegeben hätte. Im Augenblick hatte sie nicht die Nerven, ihm weiter zu widersprechen, obwohl seine Herablassung, seine Überheblichkeit und sein unvorstellbarer Hochmut sie vor Zorn erbeben ließ.

Wahrscheinlich war er bei seinen Gefolgsleuten tatsächlich so etwas wie ein großer Krieger und Stammesführer, der

Macht über Leben und Tod hatte, auch über das Leben seiner Gefangenen.

Alysson ertrug seinen forschenden Blick, während sie aß. Datteln und Kamelmilch waren zwar eine willkommene Abwechslung von Fladenbrot und Ziegenkäse, aber trotzdem konnte sie die Köstlichkeiten kaum hinunterschlucken.

Unter gesenkten Wimpern beobachtete sie Jafar verzagt. Was hatte dieser Mann mit ihr vor? Ihr Schicksal lag in den Händen eines unbarmherzigen Berberscheichs, der sich durch nichts beirren ließ. Obwohl er ein ungehobelter Wilder war, hatten seine Gesichtszüge etwas Edles, und er sah gut aus, das mußte Alysson sich eingestehen. Die ausdrucksvollen Augen zeugten von Intelligenz und hatten sie schon mehrmals das Fürchten gelehrt. Er war ein Mann, der es gewohnt war, sich durchzusetzen. Das hieß auch, daß er die Pläne, die sie betrafen, erfolgreich ausführen würde.

»Kommen Sie, es ist Zeit weiterzureiten.«

Jafars gelassener Befehlston ließ Alysson aus ihrer Niedergeschlagenheit hochfahren. Sie sah, daß er sich erhoben hatte und eine Hand ausstreckte, um ihr aufzuhelfen.

»Ist es noch weit bis zu Ihrem Lager?« fragte sie und war über ihre Kühnheit erstaunt.

»Nur noch wenige Stunden.«

Langsam und widerstrebend folgte sie ihm zu den Pferden. Sie fürchtete den bevorstehenden Ritt weniger als das Ende der Reise.

Das Gefühl, sich in das Unvermeidliche fügen zu müssen, machte sie elend. Ihre Ohnmacht und Niedergeschlagenheit nahmen zu, je näher sie dem Rande der Sahara kamen. Rund um sie erstreckte sich eine trostlose gelbgraue Fläche, über der ein sengender, blauer Himmel brütete. Der Sommer war längst vorbei, dennoch war die grausame Hitze fast unerträglich.

Ihre Lebensgeister verließen sie, und der Kopf fiel vornüber.

»Wir sind bald am Ziel«, hörte sie Jafar von weit her sagen.

Der Tonfall war freundlich, und ihr schien einen Moment, als ob eine Spur von Mitleid mitschwang.

Sofort drückte sie den Rücken durch und war entschlossen, sich nicht von ihm bemitleiden zu lassen.

Nach einer weiteren Stunde lastete die Ausweglosigkeit ihrer Lage wie ein Mahlstein auf Körper und Seele. In einiger Entfernung rechts von ihr gewahrte sie einen weiteren Höhenzug. Zu ihrer Linken schimmerte eine bläuliche Wasserfläche auf.

Die Luftspiegelung war durch mehrere gelbrote Sanddünen entstanden. Hinter ihr verlor sich die Wüste in einer unendlichen Ferne, die nur hier und da von Gestrüpp unterbrochen wurde.

Eine halbe Stunde später erreichten sie ihr Ziel. Erst als Alysson die Augen gegen die blendende Helligkeit schützte, entdeckte sie eine Ansammlung von dunklen Zelten, deren Fahnen im Winde flatterten.

Ein Kriegslager, dachte Alysson voll böser Vorahnung. Es erweckte den Anschein, als ob ihr wilder Krieger hier am Ende der Welt eine kleine Armee versammelt hätte.

Erschöpft und kraftlos blickte sie zu Jafar.

Im nächsten Augenblick war die Luft von lauten Rufen erfüllt. Reiter galoppierten herbei, um ihren Anführer zu begrüßen. Alysson war zu müde, um sich vor der wilden Horde zu fürchten, die die beiden Ankömmlinge johlend umzingelten. Wolken von Wüstensand stoben auf, Schüsse wurden in die Luft gefeuert.

Die alte Wut stieg jedoch wieder in ihr auf, als sie den rotbärtigen Berber wiedererkannte, der die Reisegesellschaft ihres Onkels mit seinen Kumpanen aufgehalten hatte.

Waren wirklich erst zwei Tage vergangen? Es kam ihr wie eine Ewigkeit vor. Der Rotbart beachtete sie jedoch nicht. Er nickte ihr kurz zu und begann eine längere Unterhaltung mit Jafar — wahrscheinlich berichtete er ihm, was in der Zwischenzeit vorgefallen war, vermutete Alysson.

Jafar hörte ihm aufmerksam zu, stellte hin und wieder eine Frage oder machte eine Bemerkung, als er seinem

Unterführer zum Lager folgte. Kein einziges Mal blickte er zu Alysson, obwohl er noch immer die Zügel der Stute in der Hand hielt, und sie hoffte, er hätte ihre Anwesenheit ganz vergessen. Aber das war nur ein frommer Wunsch.

»Willkommen in meinem Lager, Miss Vickery«, sagte er ohne besondere Betonung.

Als sie schwieg, glitt er geschmeidig aus dem Sattel seines Hengstes und kam an ihre Seite, um ihr vom Pferd zu helfen.

Einen Augenblick lang verließ Alysson der Mut. Sie blieb sitzen, wo sie war, und starrte in Jafars goldene Augen.

Als sich die Hände enger um ihre Mitte schlossen, gab sie ihrem Verstand einen Ruck. Sie holte tief Luft, schwang ein Bein über den Sattelknauf und ließ sich hinunterhelfen. Er hatte versprochen, ihr kein Leid zuzufügen. An diesen Strohhalm klammerte sie sich jetzt.

Aber trotzdem wurde sie das würgende Gefühl nicht los, daß dies erst der Anfang ihrer Prüfungen war.

Kapitel 5

Zögernd blieb Alysson vor dem Zelteingang stehen und spähte vorsichtig hinein. Als erstes fielen ihr die doppelten, aus schwarzem Ziegenleder gespannten Wände auf und das hohe Dach, das von schlanken Holzpfählen gestützt wurde. Die Unterkunft war geräumig und groß, wie es einem Stammesführer zukommt, aber wie bei den Soldaten üblich nur spärlich möbliert.

Auf den dicken Teppichen, die auf dem Sandfußboden ausgebreitet waren, lagen große Sitzkissen zwischen niedrigen Tischchen verstreut herum.

Mit einem kleinen Schubs in den Rücken half Jafar nach, und Alysson trat ein. Als sich ihre Augen an das dämmrige Licht gewöhnt hatten, bemerkte sie die Öllampe, die an der Firststange herunterhing. An den hohen Stützpfosten waren zahlreiche Haken angebracht, an denen Sättel, Kriegsgerät und andere Utensilien hingen.

Neugierig wanderten Alyssons Augen weiter umher und machten plötzlich erschrocken halt. Ein hochgewachsener Berber mit Turban trat ihr entgegen. In den Armen hielt er Säbel, Dolche, Pistolen und Gewehre. Trotz der sperrigen schweren Last gelang dem jungen Mann ein höflicher Salam. Als Jafar einen leisen Befehl aussprach, verschwand er gehorsam. Alysson fing jedoch einen Ausdruck der Überraschung in den blauen Augen auf, als er schwerbeladen an ihr vorbeischritt.

Sofort stellte Alysson die verschiedensten Vermutungen über ihn an. Vielleicht war ihm befohlen worden, dieses Zelt als ihre Bleibe herzurichten und die Waffen zu entfernen. Würde das hier ihr Gefängnis werden?

Fragend drehte sie sich zu Jafar um, aber aus seinen steinernen Gesichtszügen war nichs abzulesen.

Er mied ihren Blick, durchquerte den Raum und zog einen wollenen Vorhang zur Seite, hinter dem sich ein weiteres geräumiges Gemach befand. »Entschuldigen Sie mich jetzt, Mademoiselle, ich habe noch einiges zu tun«, erklärte er beiläufig. »Wenn Sie wünschen, können Sie hier ruhen.«

Widerstrebend folgte ihm Alysson. War das Jafars Schlafnische? An den Stützbalken hingen verschiedene Kleidungsstücke. Eine gestreifte Wolldecke lag ordentlich zusammengefaltet auf einer strohgeflochtenen, bettähnlichen Matte.

»Ich schicke Ihnen einen Diener, der sich um Ihre Wünsche kümmern wird«, sagte er und wandte sich zum Gehen.

Aus Ärger, daß er sie so knapp entließ, brachte Alysson kein Wort über die Lippen. Außerdem verzieh sie es sich nicht, daß sie ihn in diesem Augenblick am liebsten gebeten hätte, sie in dieser fremden Umgebung nicht allein zu lassen. Aber es war zu spät, Jafar war bereits aus dem Zelt gegangen.

Allein gelassen blickte sie sich in dem Schlafraum um. In einer Ecke entdeckte sie ein Holzkohlebecken, daneben einen kleinen Tisch mit einer Kanne und einem Waschbecken. Darunter stand zu ihrer Überraschung ein glasiertes, mit einem Deckel versehenes Gefäß, das offensichtlich ein Nachttopf war. Sollte sie den benützen? Hatte Jafar vor, sie hier für die Dauer ihrer Gefangenschaft festzuhalten?

Ihr Blick wanderte wieder zu der Schlafmatte. Sie war zu aufgeregt, um sich darauf auszuruhen, wie er vorgeschlagen hatte. Selbst wenn dem nicht so gewesen wäre, sie konnte sich nicht in sein Bett legen und sie konnte unmöglich hierbleiben!

Kurz entschlossen kehrte Alysson in das große Gemach zurück, das allem Anschein nach als Empfangs- und Aufenthaltsraum diente. Sie hörte ein Pferd wiehern und trat zum Zelteingang. Mehrere Pferde waren neben dem Eingang angebunden, einschließlich ihrer grauen Stute und Jafars schwarzem Berberhengst. Aber ihre Hoffnungen, sich ein Pferd zu stehlen und zu fliehen, wurden sofort zunichte gemacht. Der blauäugige Berber bewachte den Zelteingang und die Pferde.

Als er Alysson entdeckte, versperrte er ihr sofort mit der Muskete den Weg. »*Eskana*«, sagte er und bedeutete ihr zurückzugehen. Auch ohne Dolmetscher begriff sie, daß es ihr verboten war, das Zelt zu verlassen.

Die nächsten Minuten verbrachte sie damit, den großen Aufenthaltsraum genauer zu erkunden. Vielleicht hatte der blauäugige Berber eine Waffe übersehen und zurückgelassen? In einer abgelegenen Nische entdeckte sie Jafars Arbeitsplatz. Der kniehohe Tisch war mit Landkarten und in Leder gebundenen Folianten in arabischer Schrift übersät, und zu ihrer Verwunderung mit verschiedenen französischen Zeitschriften und Magazinen.

Sie fragte sich, wozu sie ihm wohl dienten, und machte sich Gedanken darüber, was er mit ihr vorhatte. Erschöpft sank sie auf eines der großen weichen Kissen und wartete auf die Rückkehr Jafars. Nur mit Anstrengung gelang es ihr, die Nerven im Zaum zu halten. Es war nur natürlich, daß ihr Entführer sie bewachen ließ, deswegen brauchte sie nicht zu verzweifeln. Wenn sie es klug anstellte, könnte ihr die Flucht gelingen, überlegte sie. Dann bestand auch noch die Möglichkeit, daß sie einen der Berber bestechen konnte, um Gervase eine Nachricht zukommen zu lassen. Außerdem konnte Onkel Honoré zum gegenwärtigen Zeitpunkt bereits in Algier eingetroffen sein und Gervase von ihrer Entführung berichtet haben. Mit ein wenig Glück würde Gervase sie hier im Lager der Berber bald mit seinen Soldaten aufgespürt haben. Daran mußte sie einfach glauben.

Ihre trüben Gedanken wurden unterbrochen, als ein ungefähr zehnjähriger Junge in das Zelt humpelte und ein Tablett hereintrug. Alysson fuhr zusammen, als sie ihn vor sich sah. Das Kind war nicht nur lahm. Eine Gesichtshälfte war von Narben entstellt. Die Wunden waren schlecht verheilt und die Haut noch gerötet.

Der Junge blickte sie zornig an. Was nahm sich diese europäische Frau heraus? Ihr stand es nicht zu, ihn zu bemitleiden. Alysson erkannte sofort, daß er es als beleidigend empfand, von ihr angestarrt zu werden, und versuchte möglichst unbeteiligt auszusehen. Die Miene des Jungen blieb aber finster, als er sich herabbeugte und das Tablett auf das niedrige Tischchen vor ihr abstellte.

»Mein Herr hat mich geheißen, Euch aufzutragen«, sagte der Junge mit unverhohlenem Haß.

Seine Worte erstaunten sie maßlos, nicht weil sie voller Feindseligkeit waren, sondern weil sie in fließendem, akzentfreiem Französisch gesprochen waren.

»Mein Herr befiehlt Euch zu essen«, fügte der Junge hinzu, bevor er sich abwandte und die Lampen anzündete.

Alysson blickte kaum auf die Speisen, die auf dem Tablett standen; ihre Gedanken überschlugen sich. Wenn dieser Junge sich mit ihr verständigen konnte, dann war es möglich, sich mit ihm anzufreunden und ihn zu überreden, Gervase eine Nachricht zu übermitteln.

Sie war sich noch im unklaren darüber, wie sie es anfangen sollte, und beobachtete den jungen Diener unauffällig. Entgegenkommend wirkte er nicht, und an einer Unterhaltung mit ihr schien ihm nicht besonders gelegen zu sein. Als er seine Arbeit verrichtet hatte, verlor er kein weiteres Wort und wandte sich zum Gehen.

»Warte«, rief Alysson ihm nach. »Wieso sprichst du französisch?«

»In Algier hat man mich gezwungen, dem Feind zu dienen.« Der Junge spuckte diese Worte beinahe aus und fügte dann zischend auf arabisch hinzu: »Brüder des Ungeziefers.« Es lag auf der Hand, daß dieser gemurmelte Fluch den Franzosen galt. »Das haben sie mir angetan.« Er wies auf das Gesicht und den verkrüppelten rechten Fuß.

Das Mitleid mußte ihr ins Gesicht geschrieben sein, denn er reckte seine schmalen Schultern und richtete sich in seiner ganzen kindlichen Größe auf. Sie wünschte die richtigen Worte zu finden, um den Jungen zu trösten.

»Wie heißt du?« fragte sie freundlich und versuchte ihr Mitleid zu verbergen.

Er blickte sie wachsam an. »Ich heiße Mahmoud.«

»Und ich heiße Alysson Vickery. Ich bin Engländerin.«

Mahmoud war erstaunt, daß sie ihm ihren Namen nannte, aber er blieb abweisend. »Auch wenn Ihr aus England stammt, einem Muslim ist es nicht gestattet, Ungläubige zu bedienen.«

»Es tut mir leid, daß man dich geheißen hat, mir zu Diensten zu sein. Vielleicht ist es hilfreich, dich daran zu erinnern, daß ich mich hier gegen meinen Willen aufhalte.«

Einen Augenblick lang schien er darüber nachzudenken, aber dann zog er die Stirn erneut in Falten. »Mein Herr wünscht, daß Ihr die Speisen eßt.« Er machte auf dem Absatz kehrt und verließ mit erstaunlicher Würde das Zelt, obwohl er das Bein nachzog.

Alysson unterdrückte einen Seufzer und wendete ihre Aufmerksamkeit den Dingen auf dem Tablett zu. Ein irdener Krug enthielt kühles Wasser, ein zweiter köstlichen Fruchtsaft; in einer flachen Holzschale türmten sich Feigen, Orangen und Datteln.

Sie trug das Wasser in den Nebenraum und wusch sich

in dem bereitstehenden Becken den Staub vom Gesicht. Es überraschte sie, daß man einer einzelnen Person so viel Wasser zugeteilt hatte, aber vielleicht befand sich ganz in der Nähe des Zeltlagers eine Quelle.

Sie kehrte in den Hauptraum zurück, trank genußvoll einen Becher Fruchtsaft, aß eine Orange und fühlte sich herrlich erfrischt. Jafar ließ sich noch immer nicht blicken, obwohl es draußen bereits dunkel wurde. Müde ringelte sie sich auf einem der weichen Kissen zusammen und schloß für eine Weile die Augen.

So fand sie Jafar eine halbe Stunde später. Ihr Kopf war etwas vom Kissen abgerutscht, die Wange ruhte auf einer schlanken Hand.

Stehend betrachtete er sie eine Weile. Anrührend unschuldig sah sie im Schlaf in dem goldenen Lampenlicht aus. Jetzt hatte sie gar nichts von der fauchenden Wildkatze an sich, die ihm während des langen Ritts durch die Wüste so hart zugesetzt hatte.

Ein unerwünschter Gedanke machte sich in ihm breit. Er fühlte sich schuldig, das wurde ihm jetzt klar. Er benutzte sie im Kampf gegen seinen Erzfeind. Aber es war jetzt zu spät, um sich darüber Rechenschaft abzulegen. Die Ereignisse hatten bereits ihren Lauf genommen.

Vorsichtig beugte sich Jafar herab, um sie zu wecken. Er strich ihr eine Haarsträhne aus dem Gesicht und widerstand der Versuchung, die Lippen auf die kleine Mulde am Hals zu legen, in der man den Puls in kleinen Wellen pochen sah. Statt dessen berührte er sacht ihren Arm.

Alysson wachte jäh auf. Da sie Jafar so nah vor sich sah, versuchte sie auf die Füße zu springen, machte aber den Fehler, sich auf der Tischkante abzustützen. Auf diese Art und Weise fand sie heraus, daß der Tisch aus einer losen Platte bestand, die auf zwei hölzernen Böcken lag. Der Tisch konnte also leicht auseinandergenommen werden, wenn die Berber ihre Zelte abbrechen wollten. Der leere Steinkrug flog durch die Gegend, und die Früchte purzelten über die Teppiche.

Ein amüsiertes Lächeln lag auf Jafars Lippen, als er bemerkte, daß eine Dattel sich unter einer seiner Landkarten versteckt hatte. »Lassen Sie nur«, meinte er, als Alysson sich anschickte, Krug und Früchte aufzuräumen. »Mahmoud wird das besorgen, wenn er das Abendessen bringt.«

Alysson gehorchte nicht. Einerseits wollte sie den jungen Diener nicht unnötig bemühen und sich etwas Bewegung verschaffen, andererseits dachte sie nicht daran, dem Wunsch ihres Entführers nachzukommen.

Während er den Kopf über den Eigensinn seiner Gefangenen schüttelte, zog er sich in den Nebenraum zurück, um sich zu waschen. Wenige Minuten später kehrte er in das große Zimmer zurück. Er trug eine ärmellose weiße Tunika, gebauschte, weiße Hosen und Stiefel aus weichem, karmesinrotem Leder.

Gleich darauf humpelte Mahmoud herein und trug den ersten Gang des Abendessens auf. Mit einem grimmigen Seitenblick auf Alysson breitete er auf dem Teppich zu ihren Füßen das Tischtuch aus und stellte die Teller vor ihnen ab. In Gegenwart seines Herrn war Mahmoud höflich und zuvorkommend zu ihr. Er nannte sie *saiyda* — Madame — auf arabisch. Jafar nannte er Lord.

Wenn man Herrn und Diener zusammen sah, wurde einem klar, daß es Alysson auf keinen Fall gelingen würde, sich mit Mahmoud anzufreunden. Der Junge betete seinen Herrn an.

Das Abendessen war reichhaltiger als die Mahlzeiten, die sie bis jetzt mit Jafar eingenommen hatte. Zunächst wurden ihnen kleine Gläser mit Pfefferminztee gereicht, der süß, heiß und dicklich war. Dann gab es Brot mit Käse und Oliven und gekochte Bohnen, die in Essig und Öl eingelegt waren. Alysson beobachtete, wie Jafar die Bohnen nach arabischer Sitte mit den Fingern der rechten Hand aß. Sie bevorzugte aber den hölzernen Löffel, der für sie gedeckt war.

Alysson hatte bereits einige Bissen verzehrt, als ihr einfiel, daß es nicht üblich war, mit einem Mann an einem Tisch zu essen. In orientalischen Kulturen aßen die Frauen getrennt von den Männern, und zwar nach ihnen. Das Stück Käse, das sie schluckte, blieb ihr im Hals stecken. Warum machte Jafar bei ihr eine Ausnahme? Hatte er einen besonderen Grund dafür?

»Ich gestehe«, meinte sie ein wenig nervös, als Mahmoud sich zurückgezogen hatte, »daß es mich überrascht, mit Ihnen zu speisen. Soweit mir bekannt ist, nehmen bei den Berbern Männer und Frauen die Mahlzeiten nicht gemeinsam ein.«

Jafar blickte sie nachdenklich an, gab aber seine eigenen Gedanken nicht preis. »Ich sagte Ihnen schon vorhin, daß ich bereit bin, gewisse Zugeständnisse an Ihre europäische Erziehung zu machen. Solange Sie sich gehorsam und anpassungsfähig zeigen, werde ich Ihnen mehr Freiheit zugestehen als einer Frau meines Volkes.«

Die Arroganz dieser Bemerkung ließ sie innerlich aufbrausen. »Sie meinen wohl, ich sollte mich durch diese erwiesene Gunst hochgeehrt fühlen?«

»Allerdings«, erwiderte er lächelnd.

Gerade in diesem Augenblick kam der Junge wieder herein und brachte zwei Schalen mit Linsensuppe und zum Nachtisch Brot mit Honig. Alysson stellte keine Fragen mehr und hüllte sich im weiteren Verlauf der Mahlzeit in Schweigen. Sie wartete auf eine günstige Gelegenheit, um Jafar zu fragen, was er mit ihr vorhabe. Wenn er zu ihr hinübersah, begegnete sie seinem Blick mit Ablehnung und Verachtung.

Endlich kam der passende Moment. Als Mahmoud jedem von ihnen eine winzige Tasse dickflüssigen schwarzen Kaffee reichte und zwei Wasserschälchen zum Waschen der Finger vor ihnen abstellte, entließ Jafar den Diener mit einer Handbewegung.

Alysson wünschte sich plötzlich, daß sie den Jungen zurückrufen könne. Jetzt, wo sie mit Jafar allein war, tauchten wieder ihre alten Befürchtungen auf. Sie mochte nicht, was der weiche Schein der Öllampen mit ihrem Gegenüber machte. Sein Haar glänzte wie dunkles Gold, und die Bernsteinaugen leuchteten geheimnisvoll auf. Sogar seine Kleidung wirkte beunruhigend auf sie. Der sehnige straffe Körper kam in der Tunika besser zur Geltung. Die vermummte schwarze Wüstengestalt mit flatterndem Burnus hatte sich in einen wohlgebauten, gutaussehenden Mann verwandelt.

Kurz entschlossen ging sie zum Angriff über. Das war immer noch die beste Verteidigung.

»Ich bin überrascht, daß Sie hier in der Wüste Wasser zum Waschen vergeuden«, erklärte sie schroff und dachte dabei an seine grausame Forderung. »Gestern mußte ich mir jeden Schluck Wasser von Ihnen erbitten.«

Mit der Kaffeetasse in der Hand lehnte sich Jafar auf ein Kissen zurück und stützte sich dabei auf dem Ellbogen ab. »Sauberkeit wird in meiner Religion großgeschrieben. Es ist bei uns Brauch, so oft wie möglich zu baden, wenn wir das Wasser dafür erübrigen können. In diesem Fall ist es möglich, da mein Zeltplatz über einen artesischen Brunnen verfügt.« Nach einer kurzen Pause lächelte er spöttisch. »Von Ihren Legionären eigenhändig gegraben, möchte ich noch hinzufügen.«

Die Ironie war Alysson nicht entgangen. Natürlich belustigte es ihn, daß das französische Militär ihm bei der Durchführung seiner Pläne half, wenn auch unwissentlich.

Die Kenntnis von einem Brunnen beruhigte sie ebenfalls nicht. Er brauchte eine ergiebige Wasserstelle, wenn er vorhatte, einige Zeit an diesem Ort zu bleiben.

»Wann werden Sie mir sagen, was Sie mit mir vorhaben?« fragte Alysson.

Er zögerte einen Augenblick und sah sie offen an. »Sie können sich als mein Gast betrachten.«

»Ihr Gast?« Alysson blickte ihn fassungslos an. »Und wie lange betrachten Sie mich als Ihren Gast?«

»Bis ich Sie nicht mehr benötige.«

»Und wann wird das sein?«

Jafar hob die Schultern. Sein Gesichtsausdruck war undurchdringlich, und Alysson preßte die Lippen aufeinander, um ihn nicht anzuschreien. »Sie wollen mir also nicht einmal sagen, warum Sie mich hier festhalten?«

»Ihre Anwesenheit ist aus bestimmten Gründen erforderlich.«

Sein ruhiger Ton war entnervend. Ungläubig starrte sie ihn an. Warum legte er auf ihre Anwesenheit Wert? Eine sinnlose Frage, denn es war ganz offensichtlich, daß er ihr darauf keine aufrichtige Antwort geben würde. »Wollen Sie mir dann bitte wenigstens sagen, was ich in der Zwischenzeit tun soll?«

»Sie können sich frei in meinem Zelt bewegen.« Er beschrieb mit der Tasse einen Kreis. »Ich entschuldige mich für diese bescheidene Behausung und die magere Verköstigung. Eine verwöhnte Erbin wie Sie ist Besseres gewöhnt, aber Sie werden hier nicht unter Unbequemlichkeiten leiden. Sie werden genügend Bedienung haben, die Ihre Wünsche erfüllt.«

Alysson setzte sich kerzengerade auf. Gewiß, sie war verwöhnt und verzärtelt worden, aber ihr paßte nicht der Ton, in dem er ihr das vorhielt. »Ihre Großzügigkeit ist überwältigend. Jedoch entspricht diese Unterbringung wohl kaum meinen Ansprüchen. Zu meinem Bedauern kann ich Ihre Gastfreundschaft bei allem Respekt leider nicht annehmen.«

»Ich fürchte«, entgegnete er gelassen, »Sie haben keine Wahl, meine stolze Undankbare.«

»Undankbar!« Alysson reckte das Kinn nach oben. Die Wangen röteten sich vor Zorn. »Sie erwarten wohl Dankbarkeit von mir, weil Sie die Reisegesellschaft meines Onkels überfielen und mich gewaltsam entführten, mich in dieses gottverlassene Wüstenkaff schleppten und mich hier aus unbekanntem Grund festhalten? Was für ein Mensch sind Sie eigentlich? Nur ein Feigling und Dieb würde eine Frau auf diese unglaubliche Weise behandeln.«

Einen Augenblick lang dachte Alysson, sie wäre zu weit gegangen. Jafar antwortete nicht. Er blieb unbeweglich sitzen. Er schien die Ruhe selbst zu sein. Aber hinter dieser lässigen Haltung versteckte sich eine raubtierhafte Wachsamkeit, die sie warnte, sich auf diesem gefährlichen Terrain weiterzuwagen.

»Es wäre gut, wenn sich Mademoiselle an eins erinnern würde«, entgegnete er tonlos. »Hier bin ich der Herr, und Sie werden tun, was ich sage.«

Am liebsten hätte sie ihm eine schallende Ohrfeige verpaßt, aber dazu fehlte ihr der Mut. Statt dessen warf sie ihm einen vernichtenden Blick zu. »Ich erkenne Sie nicht als Autorität an.« Es wäre klüger gewesen, ihre Feindseligkeiten zu verbergen, das war ihr klar, aber es war immer noch besser, als klein beizugeben. »Ich werde Sie weder füttern noch werde ich Ihre Wunde versorgen! Von mir aus können Sie an Ihrer Wunde eingehen.«

»In der Wüste eitern offene Verletzungen selten. Diese Hoffnung können Sie also begraben.«

»Wie bedauerlich.«

Die Bernsteinaugen verengten sich, aber das verräterische Flackern in der goldenen Tiefe ließ auf Belustigung schließen. »Sie sollten sich glücklich schätzen, daß ich nicht von Ihnen verlange, mir die Füße zu waschen, wie es die Beduinenfrauen für ihre Männer tun.«

»Wenn Sie auch nur eine Sekunde erwarten ...« Alysson sprang auf, stemmte die Hände in die Hüften und blitzte ihn empört an. Die Füße waschen, auch das noch!

Jafar sah sie eine Weile an und dachte, daß ihr der Zorn herrlich zu Gesicht stand. Ein angedeutetes Lächeln lag um seinen Mund. »Die meisten Männer meines Volkes schätzen bei einer Frau Sanftmut und Ergebenheit am meisten, mir aber gefällt eine geistreiche Frau.«

Als ihr klar wurde, daß er sie bewußt provozierte, wäre Alysson vor Wut beinahe geplatzt. Oh, wenn sie jetzt nur eine Waffe hätte!

Mit königlicher Gelassenheit übersah Jafar ihren Zorn und schlürfte den Rest seines Kaffees. Anschließend erhob er sich, trat zum Eingang des Zeltes und blickte mit dem Rükken zu ihr auf das Zeltlager. Ein Herrscher, der auf sein Reich blickt, dachte Alysson spöttisch und verfluchte insgeheim die maßlose Überheblichkeit, die sämtliche Handlungen dieses Mannes begleitete.

Jafar verfolgte ähnliche Gedanken, obwohl sie mehr Alyssons aufrührerischen Geist betrafen. Er hätte es vorgezogen, daß sie weinen und wehklagen würde und ihn um Mitleid anflehte, wie man es von einer Frau erwarten konnte. Es wäre ihm erspart geblieben, der Anziehungskraft dieser schönen jungen Frau ständig zu widerstehen. Ja, manchmal überkam ihn sogar das Verlangen, sie in den Arm zu nehmen und zu trösten, oder sie gar freizulassen.

Stumm schüttelte er den Kopf und schalt sich einen Dummkopf. Er mußte sich nur wieder vor Augen halten, wie Alysson Vickery vor vier Tagen bei dem ihr zu Ehren gegebenen Empfang von Bewunderern umringt auf der Terrasse stand. Jeder männliche Gast, ob jung oder alt, war unwiderstehlich von ihr angezogen worden. Und ihr Onkel war vernarrt in sie, während Gervase Bourmont — dieser verhaßte Galan — derart verliebt in seine entzückende Verlobte war, daß er ihren Wünschen wider besseres Wissen nachgegeben und ihr die gefährliche Exkursion in die Wüste gestattet hatte.

Jafars Kiefermuskeln spannten sich. Nein, er würde keinem dieser geistlosen Trottel nacheifern und sich den Launen und Wünschen dieser jungen Dame unterwerfen.

»Es ist Zeit, sich zurückzuziehen«, sagte er ruhig und war entschlossen, ihren Ärger nicht zur Kenntnis zu nehmen. »Ich schlage vor, Sie machen sich zum Schlafengehen zurecht.« Auch wenn er mit dem Rücken zu ihr sprach, konnte er Alyssons Anspannung spüren.

»Sie können doch unmöglich meinen . . .«

Jafar blickte über seine Schulter und bemerkte Alyssons weit aufgerissene Augen. Er konnte jede Regung aus ihrem ausdrucksvollen Gesicht ablesen, als sie plötzlich begriff, daß sie mit ihm das Bett teilen sollte. Wut, Enttäuschung, Trotz, Verzweiflung lösten sich in rascher Folge ab.

Jafar hob eine Augenbraue und wartete. Dieses Stück hatten sie bereits geprobt, und das Ergebnis würde dasselbe sein.

Zu seiner Überraschung kapitulierte sie wortlos, aber die

Hände ballten sich zu Fäusten, als sie sich hastig umwandte und in den anliegenden Raum ging.

Jafar seufzte. Wenn ihm eine zweite Möglichkeit geblieben wäre, hätte er sie genutzt. Wäre Alysson gefügiger gewesen, hätte er sie bei den wenigen unverheirateten Frauen, die im Zeltlager Dienste verrichteten, unterbringen können. Aber ihr war nicht zu trauen. Sie würde wieder einen Fluchtversuch unternehmen. Es half nichts, er mußte sie Tag und Nacht im Auge behalten.

Jafar beugte sich herab und sicherte den Eingang zum Zelt für die Dauer der Nacht ab. Die kommenden Wochen würden wenig erfreulich sein. Noch nie hatte er eine widerspenstige Frau in seinem Zelt gehabt, und diese Miss Vickery war besonders widerspenstig. Sie würde seine Geduld auf eine harte Probe stellen.

Da er keine Geräusche aus seinem Schlafquartier vernahm, trat er ein. Stocksteif und völlig angekleidet stand sie da und starrte auf die Holzkohlenpfanne. Während des Abendessens hatte Mahmoud das Zimmer für die Nacht hergerichtet, das Öl in der Lampe nachgefüllt und die Holzkohle entzündet, um die frostige Kälte der Wüstennacht zu mildern. Jafar brauchte das Feuer nicht, denn er hatte ein gut Teil seines Lebens in diesem schwierigen Klima zugebracht. Er vermutete nur, daß sein lieblicher zarter Gast die glimmende Holzkohle der Wärme seiner Arme vorziehen würde. Er hatte sein Bestes getan, um ihr die gewohnten Annehmlichkeiten zu bereiten, auch wenn sie diese Tatsache nicht einmal bemerken würde.

Alysson erstarrte bei seinem Eintritt und blickte ihn aus grauverschleierten Augen an, die ihn an den Rauch eines Buschfeuers erinnerten.

»Meine kleine Tigerin«, sagte Jafar sanft. »Ihre Zeit hier wird angenehmer vergehen, wenn Sie sich in Ihr Schicksal fügen.«

Alysson spürte wieder die vertraute Angst in sich aufsteigen. Welches Schicksal war damit gemeint? Kam jetzt der Augenblick, wo er sie vergewaltigen würde?

Er wollte, daß sie ihre Kleider ablegte, das wußte sie. Seine Augen bedeuteten es ihr mit einem unausgesprochenen Befehl. Innerlich schrie sie vor Zorn und Erniedrigung auf, aber sie gehorchte und entledigte sich langsam der Jacke, der Stiefel, der Reithose und Strümpfe.

»Legen Sie sich ins Bett«, sagte er dann.

Höchst widerstrebend ging sie zu Bett, zog das Leinentuch bis ans Kinn und blickte ihn ängstlich an.

Zum Glück löschte er die Lampe, bevor er sich auskleidete. Die glimmenden Kohlen ließen seine Umrisse erkennen. Rotgolden tanzte das Licht auf dem nackten Rücken und den Schultern, auf denen sich die kräftigen Muskeln abzeichneten.

Bis auf die Hose nackt trat dieser geschmeidige, schlanke Körper bedrohlich auf sie zu. Alysson erbebte vor Angst. Bis zum Tod würde sie ihn bekämpfen, sollte er es wagen sie anzurühren . . .

Er setzte sich neben sie und faßte nach ihrem nackten Fußknöchel unter der Decke. Mit einem Aufschrei fuhr Alysson hoch.

Aber er band nur ihr Bein an dem seinen fest, so wie er es in allen Nächten ihrer Gefangenschaft getan hatte. Erleichtert seufzte sie auf. Diesmal war die Fessel nicht aus Wolle, sondern Seide. Das konnte sie auf der Haut fühlen.

Als er die Enden fest verknotet hatte, blickte er zu ihr auf. Die Bernsteinaugen spiegelten das flackernde Feuer wider. Alysson hielt den Atem an. Ihr Herz pochte. Seine kräftigen Hände, die roh und gewalttätig zupacken konnten, waren sonderbar zart, als er ihre Schultern umfaßte und sie wieder in die Kissen drückte.

Großer Gott, was hatte er jetzt vor? Sie biß sich auf die Lippen, um nicht aufzuschreien. Jedenfalls würde sie weder um ihre Tugend noch um ihr Leben betteln.

Aber er streckte sich nur der Länge nach auf der Bettstatt aus. Er lag auf dem Rücken, den Kopf auf einem Arm. Mit einem Ruck zog er ein Ende der Decke aus ihrem Klammergriff und deckte sich zu. »Schlafen Sie gut, Gefangene.«

Diese Bemerkung kam für sie völlig unerwartet. Sprachlos starrte sie in der Dunkelheit zu ihm hinüber, während sich in ihrer Brust große Erleichterung, aber auch Verwirrung mischten.

Warum in aller Welt hatte er sie hier in sein Wüstenlager verschleppt? Und wenn er sie nicht zu seiner Konkubine machen wollte, warum hatte er sie dann entführt?

Kapitel 6

Zu Alyssons großer Erleichterung war Jafar bereits aufgestanden, als sie erwachte. Mahmoud brachte ihr Wasser zum Waschen und das Frühstück.

Wie erwartet bestand es aus Couscous, dem traditionellen Gericht der Berber, das aus gekochter Weizengrütze zubereitet wurde. Zur Morgenmahlzeit wurde der Couscous, der zu kleinen Bällchen geformt war, mit Milch und Honig zubereitet und mit Datteln, Mandeln und heißem, süßem Pfefferminztee gereicht.

Die wohlschmeckende Mahlzeit und der erholsame Schlaf ließen sie die Strapazen der letzten Tage beinahe vergessen. Sie schenkte sich eine dritte Tasse Tee ein und beobachtete Mahmoud, der mit verdrossenem Gesicht seinen morgendlichen Pflichten nachging. Er fegte die Teppiche, lüftete die Decken der Schlafstatt, füllte das Öl in den Lampen nach und beschäftigte sich anschließend ausgiebig mit der Garderobe seines Herrn.

Von draußen drangen die Geräusche betriebsamer Geschäftigkeit zu ihr herein. Zwischen den unzähligen schwarzen Zelten erblickte sie Dutzende von Berbern, die ihr Tagwerk verrichteten.

Hinter dem Lager breitete sich die endlose Wüste aus, die jetzt silbern aufschimmerte, nachdem die Sonnenstrahlen die letzten Spuren der Morgenkühle getilgt hatten.

Vor dem Zelt erspähte Allyson den schlanken blauäugigen

Berber, den sie vom vorhergehenden Tag kannte. Er schien sie noch immer zu bewachen, selbst wen er mit der Pflege der Pferde beschäftigt war. Auch hier wurden die Pferde wie in zivilisierten Ländern sorgfältig gestriegelt und Zaumzeug und Sättel auf Hochglanz geputzt.

Dieser Mann war eine Art Stallmeister, entschied Alysson, während Mahmoud den Leibdiener oder Kammerdiener darstellte. Geschickt versuchte sie Mahmoud in ein Gespräch zu verwickeln, um etwas über Jafars Pläne zu erfahren. Aber alles, was sie dem Jungen entlocken konnte, war, daß Jafar el-Saleh ein mächtiger Lord sei, der dem Sultan Abd el-Kader, dem Beschützer der Gläubigen, diene.

Mahmoud war gerade aus dem Zelt gehumpelt, als Alysson bemerkte, daß man sie beobachtete. Sie blickte auf und entdeckte ein halbes Dutzend junger Frauen, die den Zelteingang umstanden und sie wie ein exotisches Tier bei einem Wanderzirkus beäugten. Alysson hob das Kinn und blickte sie ihrerseits voller Interesse an. Keine der Frauen war verschleiert, und sie konnte ihre edlen, stolzen Gesichtszüge sehen. Die Augen waren mandelförmig, die Nasen gerade und schmal und die Gesichtshaut hell und samten. Zwei von ihnen trugen eine Tätowierung auf der Stirn. Es waren Berberinnen, das war Alysson klar. Berberfrauen verschleierten ihre Gesichter nicht, wie es bei den arabischen Beduinen der Brauch war. Alle trugen farbenfrohe sariähnliche Gewänder, kunstvoll gebundene Kopftücher und Dutzende von Silberketten und Anhängern. Eine der tätowierten Frauen, offensichtlich die älteste aus der Gruppe, trat schüchtern vor, verneigte sich vor Alysson und zeigte dann auf sich. »Tahar.«

Das mußte der Name der Frau sein, schloß Alysson und lächelte sie an. »Ich heiße Alysson. Al-ysson.«

»Ail-son«, wiederholte die Berberin strahlend und nickte mit dem Kopf.

Als die anderen daraufhin in ein vergnügtes Kichern ausbrachen, klatschte Tahar in die Hände. Sofort schwärmten die Frauen in das Zelt mit Armladungen von Kleidern und

Zubehör. Alysson wurde von den Frauen umringt und in das Schlafgemach gedrängt.

»*Kehmee ekkas*«, befahl Tahar, als sich der Vorhang hinter ihnen schloß.

Alysson blickte sie verdutzt an.

»Wollen Sie bitte?« fragte die Frau in fehlerhaftem Französisch.

Sie schien sehr stolz zu sein, diese fremde Sprache zu sprechen, und wurde von den anderen gebührend bewundert, denn sie nickten aufgeregt. Alysson war beeindruckt, da sie nicht ein Wort der Berbersprache beherrschte. Trotzdem konnte sie aber das Französisch der Frau nicht verstehen.

Sie schüttelte den Kopf und machte eine fragende Handbewegung. »Es tut mir leid, aber ich verstehe nicht, was Sie meinen. *Was* soll ich machen?«

»*Esdig*«, erklärte Tahar und zerrte an der Jacke der Ausländerin.

Erst jetzt begriff Alysson, daß sie sich ausziehen sollte. Sofort trat sie zurück, blickte Tahar streng an und schüttelte verneinend den Kopf. »Ich ziehe meine Kleider nicht aus.«

»Esdig, esdig!« riefen die Frauen eindringlich.

Aber als Tahar den Rand ihres Jacketts ergriff und daran rieb, verstand Alysson, daß die Frauen ihre Kleidung waschen wollten.

Lächelnd nickte sie ihnen zu. »Oh, ich verstehe! Ich bin Ihnen sehr dankbar, wenn Sie sich um die Reinigung meiner Kleidung kümmern.«

In der folgenden Stunde vertraute sich Alysson den flinken Händen der Berberfrauen an, die sie nach Landessitte kleideten und schmückten.

Zunächst zog man ihr über die bloße Haut ein langes Hemd aus feinem weißem Leinen, darüber kam ein blau-rot gestreiftes Tuch, das kunstvoll wie eine Tunika um die Hüften geschlungen wurde. Der Tunikarock wurde mit einer Schärpe umwunden und von Schulterbändern gehalten. Alyssons Füße steckten sie in weiche Ledersandalen und reichten ihr dazu ein Paar gelber Babouches — leichte Schuhe mit nach oben gebogener Spitze.

Als man ihr Kämme für das Haar gab, erinnerte sich Alysson an Jafars Versprechen, sie ausreichend damit zu versorgen. Unfreiwillig mußte sie seine Zuvorkommenheit anerkennen. Anscheinend hatte seine Hochwohlgeboren den arbeitsreichen Tagesablauf unterbrochen und dafür gesorgt, daß man sich in angemessener Form um ihre Toilette kümmerte.

Nachdem das Haar geflochten und aufgesteckt worden war, gab Tahar ihr einen Zweig und bedeutete ihr, darauf zu kauen. Sie nannte ihn *souak*. Um dem Atem einen angenehmen Duft zu geben, entnahm Alysson der Zeichensprache der Berberfrauen. Dann rieben sie ihr mit einer duftenden Creme aus Kräutern das sonnenverbrannte Gesicht ein. Kleine Töpfe und Fläschchen enthielten eine Paste, mit denen Alysson Augenlider und Augenbrauen schwarz nachziehen sollte, sowie Henna — eine rotbraune Masse, mit der die Berberfrauen Hände, Füße und die Stirn bemalten.

Alysson wehrte sich allerdings energisch, als die Frauen versuchten, sie mit dieser Art von Kosmetik zu verschönern. Sie würde sich weder das Gesicht bemalen, noch den Körper mit heidnischen Zeichen versehen oder sich die Brustwarzen rot färben, was anscheinend von ihr gewünscht wurde. Aber dafür gestattete sie den Berberfrauen mit Freuden, daß sie ihr einen Kopfschmuck in leuchtenden Farben aufsetzten.

Es gab noch eine Menge weiterer Kleidungsstücke, über deren Verwendung sich Alysson nicht im klaren war. Mit Tahars dürftigem Französisch und beredter Zeichensprache auf beiden Seiten klappte die Verständigung einigermaßen. Die Frauen lachten Alysson gutmütig aus, als sie das Berberwort für jedes Kleidungsstück erfragte und wiederholte. Zu ihrer Überraschung genoß es Alysson, sich mit diesen fröhlichen Frauen auszutauschen, ja, es ging sogar so weit, daß sie ganz vergaß, die Gefangene des obersten Berberkriegers zu sein. Sie bedauerte es, daß dieses fröhliche Zwischenspiel zu Ende ging, und bedankte sich herzlich für die Gaben. Als die Frauen sich verabschiedeten, gab sie ihnen zu verstehen, daß ihr Besuch jederzeit willkommen sei.

Als Alysson wieder allein war, begutachtete sie die Kleidungsstücke, die diese fröhliche Schar für sie zurückgelassen hatte. Unter dem Stapel entdeckte sie einen Anzug, der ihr im Augenblick passender schien — eine weite Brokathose, zu der eine Bluse und ein kurzes, langärmliges Bolero gehörten. Darin würde sie sich wohler fühlen, befand Alysson, denn diese Kleidungsstücke waren ihrer Reithose und dem Jackett nicht unähnlich.

Sie zog die Tunika und das Hemd aus, stieg in die Pluderhose und amüsierte sich darüber, wie ihre schmalen Hüften und Beine darin verschwanden. Als sie versuchte, eine Schärpe als Gürtel zu verwenden, bemerkte sie, daß sich noch jemand im Zelt befand.

Erstaunt entdeckte sie Jafar im Zelteingang. Beim Eintreten hatte er den Vorhang zur Seite geschoben und starrte wie ein Adler auf ihre entblößte Brust.

Mit einem Aufschrei ließ sie die Schärpe fallen und bedeckte den Busen mit Armen und Händen.

»Wunderschön«, kam es langsam über seine Lippen — und es war kein Französisch. Alysson war dermaßen überrascht, als sie die englischen Worte hörte, daß sie ihren Zorn über sein ungebetenes Auftauchen vergaß. »Sie sprechen englisch!« rief sie überrascht.

Obwohl Jafar tat, als hätte er diese Bemerkung überhört, verfluchte er insgeheim diesen dummen Ausrutscher. Schließlich wollte er auf keinen Fall, daß seine entzückende Gefangene ihn wiedererkannte. In Zukunft mußte er noch viel vorsichtiger sein. Sie war zu klug, um länger hingehalten zu werden, wenn ihm weitere Fehler unterliefen.

Er begegnete ihrem Blick so gleichgültig wie möglich, zuckte mit den Achseln und meinte auf französisch: »Ich kenne ein paar Worte Ihrer Sprache.«

Der herablassende Ton brachte Alysson wieder zur Besinnung.

»Eine Unverschämtheit, hier so hereinzuplatzen!« stieß sie wütend hervor. »Gehen Sie sofort hinaus!«

»Aber das ist mein Zelt, *ma belle.*« Langsam ging er auf sie zu. Sein Körper bekam etwas Katzenhaftes, als sich die langen Beine in Bewegung setzten. In panischer Angst versuchte Alysson ihm auszuweichen, aber bereits nach drei Schritten stand sie an der Zeltwand. Sie saß in der Falle. Das Herz schlug ihr bis zum Hals. Wenn er nur einen Schritt näher kam, würde sie zuschlagen ...

Aber gegen Jafar kam sie nicht an. Mit Leichtigkeit erwehrte er sich ihrer, packte sie am Arm und hielt sie fest. Dann zog er den anderen Arm von ihrem Oberkörper weg; der Blick auf die zarte Fülle ihrer Brüste war frei.

Wie in Erz gegossen stand Alysson vor ihm. Sie war zu entsetzt über sein Tun, zu erschrocken über seinen begehrlichen Blick, um sich zu verteidigen. Sie erzitterte, als die Bernsteinaugen auf ihr ruhten. Gelähmt, aber doch merkwürdig erregt, senkte Alysson den Blick. Sie erduldete die Bewunderung des Mannes zitternd, aber mit Stolz, demütig, aber doch voller Trotz.

Jafar sah, wie sie errötete und ihre unschuldige Verwirrung zu verbergen suchte. Langsam ließ er den Blick an ihrer Gestalt entlanggleiten, betrachtete die junge rosaschimmernde Haut, die kleinen, aber voll erblühten Brüste und die schmale Taille, die am Bund der seidenen Pluderhose endete. Sie war nicht so üppig gebaut wie die Frauen seines Volkes, besaß aber noch genügend Rundungen, um die Hand eines hungrigen Mannes zu füllen. Sonderbarerweise erregte ihn der Anblick der Berberkleidung ebenso wie der ihrer seidigen nackten Haut. Kopfschmuck und Pluderhosen löschten die Engländerin in ihr aus und machten sie zum Teil seines Lebens und seiner Traditionen.

»Sie sind eine Augenweide«, flüsterte er auf französisch. Seine Stimme klang eindringlich und sanft.

Gegen ihren Willen öffnete Alysson langsam die Augen und blickte Jafar an. Ihr schien, als ob er bereits von ihr Besitz ergriffen hätte. Sie wollte losschreien, ihre Empörung kundtun, ihn bitten zu gehen. Aber sie brachte nicht ein Wort hervor. Die Kehle war ihr wie zugeschnürt. Erst als seine Fingerspitzen ihre nackte Schulter berührten, fand sie die Stimme wieder.

»Tun Sie das nicht«, flüsterte sie. »Ich will nicht, daß Sie ...«

»Tatsächlich, *ma belle*?« Das sinnliche Lächeln sagte deutlich, daß er ihr kein Wort glaubte. »Ich würde sagen, Sie wollen es doch. Ihr Körper verrät Sie. Ihre Brüste verlangen nach meiner Berührung.«

Ihr schien, als ob seine samtene Stimme sie schmeichelnd umfing und sie in verbotene Gefilde lockte. Ein befremdliches, unbekanntes Gefühl der Lust stieg in ihr auf.

Er hielt noch immer ihr Handgelenk fest, als er mit einer Fingerspitze der Wölbung der linken Brust folgte und zart über deren Mitte stehenblieb. »Sehen Sie, wie Sie darauf antworten?«

Sie holte tief Luft und versuchte die Glut zu löschen, die diese tückische Berührung in ihrem Leib ausgelöst hatte.

»Ich würde sagen, es ist an der Zeit, daß ich Sie weiter in der Kunst des Küssens unterrichte.«

Bei dieser Ankündigung öffneten sich ihre Lippen zum Widerspruch, aber zu ihrer Schande fand sie keine Worte. Sie hatte nicht einmal die Kraft, zu sprechen oder sich zu bewegen. Die Innenfläche seiner Hand legte sich zärtlich auf ihre Wange, während die Bernsteinaugen wie brennende Fackeln aufleuchteten.

Sie konnte nicht wegsehen.

Alyssons Augen saugten sich an den kühn geschwungenen Lippen fest, als er langsam, sehr langsam den Kopf beugte. Sie konnte seinen Atem auf der Haut spüren. Er war warm und betäubend. Dann schloß sich sein Mund über dem ihren, erobernd und besitzergreifend.

Sie atmete rasch durch und versuchte noch einmal, sich ihm zu entziehen, aber Jafar nahm rücksichtslos seinen Vorteil wahr, berührte mit der Zunge die halbgeöffneten Lippen und spürte tastend und herausfordernd ihrer Süße nach.

Eine Woge erregender Gefühle schwappte über sie hinweg. Dieser Kuß sagte ihr, daß er sie besitzen wollte und eine Erwiderung forderte. Niemals zuvor hatte sie Ähnliches erlebt. Niemals, auch nicht bei Gervase. Das war ein echter Kuß, dämmerte es Alysson im Unterbewußtsein. Danach hatte sie sich bei Gervase gesehnt, nach einem Kuß, der sie erregte, der wilde unbekannte Sehnsüchte in ihr wachrief und das Herz rasen ließ. Von der Intensität des Kusses überwältigt, stieß sie unfreiwillig einen Seufzer aus.

Dieser Laut war genau die Aufforderung, die Jafar benötigte. Mit gekonnter Verführung drang seine Zunge tiefer in ihren Mund ein. Er wandte sein ganzes Können an, um ihren Widerstand zu brechen.

Alysson taumelte. Tausende von Empfindungen überwältigten sie. Sie müßte ihn zurückstoßen, verwünschen und verabscheuen, aber statt dessen fühlte sie den fordernden Körper des Mannes, der sich ihr entgegendrängte. Hilflos sank sie gegen ihn.

Sein Kuß nahm kein Ende, gestattete ihr keine Atempause. Es gab kein Entkommen mehr … und sie wollte es auch nicht.

Ein Zittern bemächtigte sich ihrer Glieder. Sie war sich nicht mehr bewußt, was sie tat. Sie umklammerte seine Oberarme und hielt sich wie eine Ertrinkende an ihm fest, und als nach wenigen rasenden Herzschlägen eine Hand kosend über ihre Brust strich, merkte sie nicht, wie sie leise aufstöhnte.

Jafar erkannte diesen zitternden Ton der Lust und spürte, wie sein Körper leidenschaftlich antwortete. Langsam brach er den Kuß ab und hob den Kopf, um sie anzusehen. Die Lider waren halb geschlossen. Verschleiert und verwirrt blickten ihn die Augen einer Frau an, die nach ihm verlangte.

Sie war kurz davor, sich hinzugeben, aber trotzdem fürchtete sie sich vor ihm, und ihr Herz flatterte wie ein gefangener Vogel.

Noch ehe sie Herr ihrer Sinne werden konnte, legten sich Jafars Lippen leicht wie eine Feder auf die kleine Mulde an ihrem Hals, wanderten von dort aus weiter bis zum Ansatz ihrer Brust. Während er mit der Hand die zarte Wölbung umfing, fand seine Zunge die aufgerichtete Knospe und umspielte sie.

Seine erotischen Verführungskünste zogen sie immer mehr in seinen Bann und ließen sie erneut aufstöhnen. »Was geschieht nur mit mir«, murmelte sie, bevor sich der Mund um die Knospe schloß.

Alysson meinte, dieses unglaubliche Geschehen würde sie umbringen. Von unbekannten Lustgefühlen überwältigt, grub sie die Finger in die Muskeln seines Armes.

Der Atem war ihr weggeblieben, alle Willenskraft schien sie verlassen zu haben. Sie wußte, daß sie ihm Einhalt gebieten mußte, aber eine verräterische Stimme flüsterte ihr ein, daß er diese unsäglich schöne Folter fortsetzen möge.

»Wie verachtenswürdig ... von Ihnen ...«, brachte sie mühsam hervor, »mich auf diese Art zu zwingen ...«

Er hielt einen Augenblick inne. »Zwingen?« Das Wort war ein einziges Fragezeichen.

Dieser Vorwurf rief Unwillen in Jafar hervor. Er atmete tief durch. Sein Körper brannte noch, aber das Verlangen war nicht mehr so drängend wie im Augenblick zuvor.

Um sein erhitztes Blut abzukühlen, nahm er die Lippen langsam von ihrer süßen Brust. Ebenso langsam richtete er sich auf und blickte sie an. »Ich würde eine Frau niemals zwingen, *chérie.* Das war nie nötig. Und dich zwinge ich jetzt auch nicht.«

Er hat recht, gestand sich Alysson beschämt ein. Sie hatte seinen Kuß herbeigesehnt und ihn lustvoll empfangen. »Nein ...« flüsterte sie.

Das schwache Lächeln war ohne jeden Humor. »Die englische Erziehung hat Sie verbogen. Sie erkennen das Verlangen nicht, selbst wenn Sie es spüren.«

Mit einem Laut, der einem Schluchzen gleichkam, entzog sie sich seinen Armen. Wäre sie etwas besonnener gewesen, hätte es sie überrascht, daß Jafar sie so leicht freigab. Im Augenblick konnte sie aber nur daran denken, was sie getan hatte und welche Freiheiten sie ihm bereits erlaubt hatte.

Wie konnte sie Gervase vergessen! Wie war es möglich, daß sie ihn hinterging? Sie war ihm versprochen. Gervase hatte ihr seine Liebe, sein Vertrauen geschenkt, und kaum hatte sie ihm den Rücken gekehrt, überließ sie sich den Zärtlichkeiten eines anderen Mannes, eines wildfremden Mannes.

Sie wünschte, sie könnte sich in Luft auflösen oder unsichtbar machen. Verzweifelt suchte sie in dem Kleiderhaufen nach einer passenden Bedeckung. Ein bestickter Kaftan bot sich an. Rasch zog sie ihn über und drehte sich zu Jafar um. Sie war nervös und angespannt.

Jafars Gesichtszüge wirkten teilnahmslos, bis auf die schmale Linie seines Mundes — der einzige Hinweis auf sein unerfülltes Verlangen. »Es besteht kein Grund für Sie, Mademoiselle, Ihre Tugend so entschlossen zu verteidigen.«

»Ach nein? Soll ich meinem Verderben widerstandslos entgegensehen?«

Er hob nur die Achseln. Es war eine gleichgültige Geste. »Sie sollten über Ihre Situation nachdenken, dann würden Sie einsehen, daß Sie in den Augen Ihrer Gesellschaft bereits ruiniert sind, und das nur, weil Sie von einem ›wilden Araber‹ entführt wurden. Allein Ihre Anwesenheit in meinem Zelt ist bereits Ihr Verderben.«

»Das ist nicht wahr«, entgegnete sie trotzig, aber ihre Stimme zitterte.

»Tatsächlich? Glauben Sie, ich wüßte nicht Bescheid, welche Maßstäbe in Ihrer Gesellschaft gesetzt werden?« Seine Stimme wurde eine Oktave tiefer. »Glauben Sie wirklich und wahrhaftig, Ihr Franzose will Sie jetzt noch, nachdem Sie meine Küsse kennen? Glauben Sie, er sei noch bereit, Sie zu heiraten?«

»Gervase wird es nichts bedeuten, daß Sie mich geküßt haben!« schrie sie. Innerlich war sie sich allerdings nicht im klaren, ob ihr Protest echt war.

Jafars Blick und Tonfall wurden kühl. »Wenn ich Sie mir

zu eigen machen würde, Sie auf mein Lager legte und es mir zwischen Ihren süßen Schenkeln bequem machte, so wäre es ihm gewiß nicht recht. Ganz und gar nicht, würde ich sagen. Kein zivilisierter Europäer, der Oberst eingeschlossen, würde Sie danach noch heiraten.«

Alysson blickte Jafar sprachlos an. Es dauerte eine Weile, bis sie sich von dieser Drohung erholt hatte und eine Antwort hervorbrachte. »Nein ... da täuschen Sie sich ... Gervase würde mich nicht im Stich lassen.«

»Oh, Bourmont wird Sie suchen, das steht fest. Das verlangt seine Ehre. Aber wenn es ihm gelingt, Sie zu befreien und Ihre Entführung zu rächen, wird er Sie wie etwas Wertloses, Beschmutztes wegwerfen.«

»Da sind Sie im Irrtum ... Gervase liebt mich. Es ... es würde ihm nichts ausmachen, wenn Sie mir etwas angetan hätten.«

Als Jafar sie zweifelnd musterte und spöttisch eine Augenbraue hinaufzog, plusterte sich Alysson wie ein Vogel auf und blickte ihn voller Trotz an.

Gegen seinen Willen zollte er der jungen Frau Bewunderung, wie sie da so stolz vor ihm stand. Es war ungemein tapfer von ihr, dachte Jafar, seinem Verlangen standzuhalten und ihn abzuweisen. Er begehrte sie ... Er begehrte diese Frau mit einer Wildheit, die ihn überraschte. Aber er war zivilisiert genug, um darauf zu warten, daß sie sich ihm freiwillig gab.

Mit einer zynischen Mundbewegung schüttelte Jafar den Kopf. Jeder Mann seines Stammes hätte ihren Widerstand gebrochen und sie zu seiner Sklavin gemacht. Er hätte sie gezwungen, seinen körperlichen Bedürfnissen nachzukommen, und ihren herrlichen Leib zu seiner — und ihrer — Lust benutzt.

Außerdem war er nach den Gesetzen seines Stammes im Recht, wenn er sich auf diese Art an seinem Feind rächte.

Jafars Rache aber erstreckte sich nicht darauf, eine vor Angst schlotternde Jungfrau zu mißbrauchen. Er hatte sie entführt, aber er würde sich nicht an ihr vergehen. Sie war unberührt, und wenn er an ihrem Verlobten Rache nehmen wollte, würde er sie verschonen — es sei denn, sie gab sich ihm freiwillig hin.

Das hieß, daß er nichts unversucht lassen würde, um sie nach allen Regeln der Kunst zu erobern.

»Ich denke«, sagte Jafar nachsichtig, »daß Sie die Toleranz des Obersten überschätzen. Wären Sie meine zukünftige Braut, würde ich jeden Mann umbringen, der Sie berührt.«

»*Ihre* Braut?« entgegnete Alysson giftig. »Dem Himmel sei Dank, daß diese Möglichkeit völlig ausgeschlossen ist.«

Diesmal drückte sein Lächeln echte Belustigung aus. »Es ist ganz offensichtlich, daß noch kein Mann Ihren weiblichen Körper erweckt hat, *ma belle.* Sie wissen nicht um die Wonnen des Fleisches, sonst hätten Sie sich meinen Liebkosungen nicht widersetzt.«

Wieder diese gottverdammte Anmaßung! Sie war empört. »Für mich sind Sie ein wilder Barbar. Ihre Zärtlichkeiten erdulde ich nur, wenn Sie mir Gewalt antun.«

»Oh, ich werde Sie bekommen, meine Liebe, aber nicht unter Zwang.« Sein Ton war eher beiläufig, so, als ob es sich um eine Selbstverständlichkeit handle, aber Alysson hatte die schreckliche Vorstellung, daß er ihr damit ein Versprechen gegeben hatte.

»Sie werden sich mir freiwillig hingeben.«

Alyssons Finger ballten sich zu Fäusten. Vor Wut kochend richtete sie sich hoch auf. »Anscheinend haben Sie den Verstand verloren. Ich werde mich Ihnen niemals hingeben.«

»Aber das werden Sie, *chérie.* Ich werde Ihr Geliebter und Ihr Gebieter sein, und zu Bourmont werden Sie nicht als Jungfrau zurückkehren.«

Die Gewißheit, mit der er diese Erklärung von sich gab, erschütterte sie.

»Und Sie werden meine Berührung lieben«, fügte er leise hinzu.

Wie gebannt blickte sie in die Bernsteinaugen, als er einen Schritt auf sie zuging. »Ich habe die Absicht, meine wilde Tigerin, Sie mit Geduld und Zartheit zu zähmen, und Sie werden mir die ungestüme Leidenschaft entgegenbringen, die ich in Ihnen vermute.« Absichtlich streckte er eine Hand nach ihrer Brust aus.

»Nicht!« Sie zuckte jäh zurück, als ob seine Finger glühende Kohlen wären. »Von mir aus können Sie so zart sein, wie Sie wollen, ich werde Ihnen niemals auch nur irgend etwas entgegenbringen!«

»Glauben Sie das?« Die Augen wanderten über Alyssons Gestalt und verweilten dann besitzergreifend auf den sanften Wölbungen, die sich jetzt unter dem kostbaren Stoff des Kaftans verbargen. »Ich wette, daß Sie sich irren. Der Tag wird kommen, an dem Sie mich um meine Liebkosungen bitten.« Mit einem herausfordernden Lächeln berührte er eine der Brustwarzen unter dem Brokat.

Alysson gelang es zwar mit letzter Kraft, den Laut zu unterdrücken, der sich aus ihrer Kehle löste, aber sie konnte nicht verhindern, daß ihr Körper von oben bis unten erschauerte.

Er lachte leise in sich hinein, als er ihre Reaktion bemerkte. Zu ihrem Entsetzen jagte der kehlige Ton seiner Stimme wieder eine Welle der Erregung durch ihren Körper. »O ja, meine kleine Tigerin, ob du es willst oder nicht, wir werden ein Liebespaar.«

Er warf noch einen letzten begehrenden Blick auf die schlanke Gestalt, bevor er sich plötzlich umdrehte und das Zelt verließ. Alysson sah ihm entgeistert nach und bedauerte heftig, daß sie ihn mit ihrer Pistole nur in den Arm und nicht mitten ins Herz getroffen hatte.

Nachdem er gegangen war, stand sie eine Weile regungslos da. Fieberschauer und eisige Kältewellen setzten ihrem Körper zu.

Wir werden ein Liebespaar . . . Sie werden nicht als Jungfrau zu Bourmont zurückkehren. Die Worte hallten in ihr wider und wirbelten in ihrer Fantasie erotische Bilder auf. Sie sah sich nackt in Jafars Armen liegen, die Körper waren eng ineinander verschlungen. Nur mühsam gelang es ihr, dieses Bild zu verscheuchen, aber der Moschusduft seiner Haut und der erregende Geschmack seiner Lippen ließen sich nicht fortdenken.

Mit einem erstickten Fluch schlug sie die Arme um sich und versuchte der schamlosen Erregung Herr zu werden, die sich ihrer bemächtigt hatte.

Kapitel 7

Wir werden ein Liebespaar.

Diese unverschämte Behauptung wollte Alysson einfach nicht aus dem Kopf gehen. Auch wenn sie sich noch so sehr bemühte, sie konnte sie nicht vergessen. Sie war entsetzt, daß sie dieser unliebsame Zwischenfall so völlig aus dem Gleichgewicht gebracht hatte. Noch kein Mann hatte sie auf diese Art geküßt und dieses unbekannte Begehren in ihr geweckt. Noch kein Mann hatte ihr verkündet, daß sie sich ihm einmal freiwillig hingeben würde und an seinen Zärtlichkeiten Gefallen fände.

Der Tag wird kommen, an dem Sie mich um meine Liebkosungen bitten.

Allein die Unverschämtheit dieser Erklärung brachte Alyssons Blut zum Kochen, andererseits mußte sie sich aber auch eingestehen, daß sich eine neue, beklemmende Angst in ihr breitmachte. Es hatte nur eines Kusses bedurft, um ihr zu zeigen, daß dieser Berber die Macht besaß, seine Voraussage wahrzumachen. Eindeutig hatte er damit bewiesen, daß er Verlangen in ihr wecken konnte und sie Gervase vergessen ließ. Zudem hegte sie die Befürchtung, daß ihr Entführer es bei der nächstbesten Gelegenheit fertigbringen würde, ihre Leidenschaft erneut zu entfachen. Dann wäre sie verloren. Die Wahrscheinlichkeit, daß sie alle Schranken fallen lassen würde, war zu groß.

Die einzige Hoffnung, erkannte Alysson, bestand einzig und allein darin, ihm niemals diese Gelegenheit zu geben. Sie mußte sich von ihm fernhalten. Das würde sich jedoch bei der Beengtheit des Zeltes und Jafars Anordnung, das Lager mit ihm zu teilen, nur schwer durchführen lassen.

Entschlossen versuchte sie seine Anwesenheit zu übersehen. In der folgenden Zeit weigerte sich Alysson, mit ihm zu sprechen oder von ihm Notiz zu nehmen. Ohne Widerworte schluckte sie seine unvermeidlichen provokanten Bemerkungen hinunter, mit der festen Absicht, nicht am ausgelegten Köder anzubeißen. Als er Komplimente über ihr Aussehen machte und sagte, daß sie die Tracht des Landes gut zu tragen verstünde, kehrte ihm Alysson den Rücken zu und bedauerte insgeheim, daß sie Tahar und den anderen Berberfrauen gestattet hatte, ihre englischen Kleidungsstücke mitzunehmen.

Darüber hinaus gab sie sich alle Mühe, so unausstehlich wie möglich zu sein, und versuchte die ihrem Charakter eigenen Anlagen zu unterdrücken. Da dieser Berber einmal erklärt hatte, er schätze geistreiche Frauen, spielte sie die Naive. Und da er ihr außerdem angekündigt hatte, sie müsse ›gezähmt‹ werden und brauche eine starke Hand, machte sie auf unterwürfig, ohne aber jemals den Gedanken an eine Flucht aufzugeben.

Auch wenn sie es noch so sehr herbeiwünschte, war sie sich darüber im klaren, daß eine Flucht schwierig sein würde. Es war ihr nicht erlaubt, Jafars Zelt zu verlassen, und somit war es unmöglich geworden, eine Waffe in die Hand zu bekommen oder das Zelt und seine Umgebung näher zu erkunden. Obwohl Jafars Pferde vor dem Zelt angepflockt waren, wurden sie von dem blauäugigen Stallmeister bewacht, der, wie sie später erfuhr, Saful hieß.

Doch gelang es Alysson irgendwie, ihre Zuversicht zu behalten. Sie würde sich nicht unterkriegen lassen. Ihre Entführung würde auf keinen Fall unbemerkt bleiben. Zweifelsohne würden Gervase und Onkel Honoré bereits zum gegenwärtigen Zeitpunkt nach ihr suchen. Sie würden eine hohe Belohnung für ihre Auffindung und wohlbehaltene Rückkehr aussetzen, und jeder in dieser weiten Wildnis — wie zum Beispiel die Sklavenhändler — wäre geldgierig genug, sich diese Belohnung nicht entgehen zu lassen. Früher oder später würde Gervase erfahren, wo man sie gefangenhielt, und dieser gottverdammte Berberfürst würde endlich die Abreibung bekommen, die er verdient hatte.

Als die erste Woche ihrer Gefangenschaft im Berberlager zu Ende ging, hatte sie sich an einen festen Tagesablauf gewöhnt. Die Berber waren Frühaufsteher und gingen bei Sonnenuntergang schlafen. Der Tagesrhythmus wurde durch die Gebete und Mahlzeiten bestimmt. Das leichte Abendessen nahm Jafar zuweilen mit ihr ein. Ab und zu hielt er auch Beratungen in seinem Zelt ab, dann war sie die ganze Zeit sich selbst überlassen. Abgesehen von der Einsamkeit ihres Gefangenendaseins wurde Alysson anständig behandelt. Sie wurde wie eine Prinzessin gekleidet, beköstigt und bedient. Mahmoud kam seinen Pflichten nur widerwillig nach. Er benahm sich zwar höflich, konnte seinen Haß gegen die Europäer aber nur schwer verbergen. Die dumpfe Hitze am Nachmittag und das Fehlen jeglicher Unterhaltung setzten ihr am meisten zu. Aber wenn sie nahe daran war, sich bei Jafar darüber zu beklagen, hielt sie ihr Stolz davon ab.

Langeweile, Einsamkeit und die sich einschleichende Verzweiflung wurden ihre vertrauten Begleiter, und — auch wenn Alysson sich das nicht eingestehen mochte — die Angst.

Die Angst, daß Jafar seine Drohung wahr machen könne und ihr Geliebter würde.

Eine Sorge war ihr allerdings genommen. Jafar würde sie nicht vergewaltigen. Die Erklärung, daß er noch nie eine Frau zur Liebe zwingen mußte, glaubte ihm Alysson aufs Wort. Seine Männlichkeit und die wilde Schönheit seines Äußeren, die mit einem kühlen, abweisenden Gebaren verbunden war, machte diesen Mann ihres Wissens nach für die meisten Frauen unwiderstehlich. Trotz der besten Vorsätze fühlte auch sie selbst sich zu ihm hingezogen.

Auch wenn er sie nicht zwingen würde, so stand die Gewißheit, daß seine Worte sich erfüllen würden, in seinen

Augen geschrieben. Obwohl in der Zwischenzeit mit keiner Silbe darüber gesprochen wurde, deutete alles darauf hin, daß sich seine Voraussage erfüllen würde.

Er wollte sie verführen.

Diese Vorstellung ängstigte sie, hielt sie aber gleichzeitig in einer sonderbaren körperlichen Spannung. Oft ertappte sie sich dabei, wie sie im Zelt auf und ab ging, und versuchte dieses unerträgliche Gefühl abzuschütteln.

Würden ihre Nerven dieser Belastungsprobe standhalten? In Jafars Gegenwart mußte sie ständig auf der Hut sein, und wenn er morgens das Zelt verlassen hatte, wußte sie nie, wann er zurückkehren würde. Da er das Zelt lautlos wie ein Raubtier betrat, war sie niemals vorgewarnt. Sie sprang jedesmal auf, wenn der Berber auftauchte. Seine Anwesenheit erdrückte sie, während die scharfen Adleraugen sie wie eine Beute abtasteten und die stumme Botschaft *Wir werden ein Liebespaar* signalisierten.

Diese unbarmherzige Hartnäckigkeit ließ ihr keinen Frieden. Obwohl sie beschlossen hatte, ihn nicht zu beachten, war ihr dies manchmal unmöglich geworden.

Seine Zuvorkommenheit alarmierte Alysson jedoch am meisten. Er war äußerst höflich, und seine Manieren waren so untadelig wie die eines europäischen Gentleman. In diesen Augenblicken ließ er sie vergessen, daß er ein skrupelloser Wilder war. Leider ließ dann auch ihre Wachsamkeit ihm gegenüber nach.

Aber nur bis zum Einbruch der Nacht. Voller Bitterkeit wurde ihr wieder bewußt, daß sie Jafars Gefangene war und ihm wehrlos ausgeliefert war, wenn er verlangte, daß sie sich vor dem Schlafengehen in seiner Gegenwart auszog.

Die erste Nacht nach dem Kuß und seinen verheerenden Folgen brachte Alysson an den Rand eines Zusammenbruchs. Wie ein orientalischer Potentat lehnte sich Jafar auf seiner Schlafstatt an einen Berg seidener Kissen und verfolgte jede ihrer Bewegungen.

»Benötigen Sie Hilfe, um Ihre Kleider abzulegen?« fragte er, als sie zögerte. Er hatte in einem leicht neckenden Tonfall gesprochen, aber das Feuer in seinen Augen sagte ihr, daß er nur zu gern die Gelegenheit ergriffen hätte, sie eigenhändig zu entkleiden. Leider ließ sich Alysson von dieser Bemerkung ködern, obwohl sie sich geschworen hatte, ihm so wenig Beachtung wie möglich zu schenken.

»Hätten Sie mich doch nur an diese arabischen Sklavenhändler verkauft«, stieß sie zwischen zusammengebissenen Zähnen hervor, »dann müßte ich mich nicht auf diese entwürdigende Weise von Ihnen anstarren lassen.«

Er hob die Schultern und machte mit den Händen eine ausholende Bewegung. »Genau das würde eintreten, wenn Sie als Sklavin verkauft worden wären — nur mit dem Unterschied, daß man Ihnen die Kleider heruntergerissen hätte. Ihr nackter Körper wäre dann vielen Augen preisgegeben und nicht nur einem Augenpaar.«

Alysson biß die Zähne aufeinander, um nicht zu antworten, zu fluchen oder ihn anzuschreien, wie sie es jetzt am liebsten getan hätte.

Als sie schwieg, senkte sich Jafars Stimme und ging in ein kaum hörbares Murmeln über. »Niemals würde ich einem anderen Mann gestatten, Sie anzusehen. Ihre Vorzüge sind nur für mich bestimmt.«

Wieder gelang es ihr, einen Fluch zu unterdrücken. Trotzdem war es nicht sehr tröstlich, daß er sich dieses Vorrecht herausnahm. Und es paßte auch nicht so recht in ihr Konzept, als sie am anderen Morgen aufwachte und entsetzt feststellte, daß sie sich an Jafars Körper schmiegte und zu allem Übel auch noch wie selbstverständlich eine Hand auf seine Brust gelegt hatte. Darüber hinaus bemerkte sie zu ihrem Schrecken, daß er sich im Schlaf bewegte. Er rollte auf sie zu, schlang einen Arm besitzergreifend um ihren Oberkörper, zog ein Bein hoch und schob es zwischen ihre Schenkel.

Sie stand Todesängste aus. Wenn er jetzt aufwachte? Sie wagte nicht, sich zu bewegen. Stocksteif lag sie da. Verwirrende Hitze durchpulste sie. Und es kam noch schlimmer. Ein skandalöses Gefühl erfaßte sie. Begehren. Gegen ihren

Willen empfand ihr Körper ein beschämendes Sehnen. Nach Jafar.

Begehren.

Sie erkannte dieses Gefühl. Am Tag zuvor hatte er es in ihr erweckt, als er sie in die Arme genommen und geküßt und ihrem Körper gezeigt hatte, welches Echo er damit hervorrufen konnte. Und nun war es wieder soweit. Die Brustwarzen hatten sich aufgerichtet und schmerzten, die Haut war empfindsam geworden, der Atem ging flach und viel zu schnell, und die versteckte Nische zwischen den Schenkeln wurde von einem nicht zu erklärenden Verlangen durchzogen.

Unbeweglich an seiner Seite zu liegen und sich an seine heißen Lippen zu erinnern, wurde für sie zur Qual und machte das Drängen in ihr nur noch schlimmer. Sie wünschte, daß er sie berühre, jetzt, damit diese Folter endlich aufhöre.

Unfähig, ihre Gefühle zu unterdrücken, seufzte Alysson leise auf. Zum ersten Mal in ihrem Leben war sie der Macht ihrer eigenen Sexualität ausgesetzt, und sie verachtete sich und diese vertrackte Hilflosigkeit, mit der ihr Körper darauf antwortete. Die entfesselten Gefühle entsetzten sie. Es war erniedrigend. Wie konnte sie nur derart auf diesen Barbaren reagieren? Wie konnte sie Gervase nur so leichtfertig vergessen und das Versprechen, das sie diesem verehrten, langjährigen Freund gegeben hatte? Gervase konnte zumindest von ihr erwarten, daß sie sich ihm gegenüber loyal verhielt. Aber dieser verräterische Körper machte alles zunichte und stiftete sie zum Betrug an ihm und sich selbst an.

Mit großer Anstrengung stellte sie sich schlafend, als Jafar erwachte. Nicht die geringste Regung zeigen, sagte sie sich, denn dieser unverschämte Kerl drückte ihr jetzt, ehe er aufstand, einen leichten Kuß auf die Schläfe.

Am dritten Morgen wachte sie etwas später auf. Als sie verschlafen die Augen aufschlug, war sie auf den Anblick, der sich ihr bot, nicht vorbereitet. Splitternackt stand Jafar mit dem Rücken zu ihr.

Er schien sich ihrer nicht bewußt zu sein, als er sich nach der morgendlichen Wäsche abtrocknete. Sein Körper war formvollendet, stellte sie benommen fest. Die goldbraune Haut war von Kampfesnarben übersät. Die Fleischwunde an seinem Arm, die von ihrer Kugel herrührte, war beinahe verheilt. Die kräftigen breiten Schultern betonten die schmalen Hüften mit den festen Gesäßbacken. Die Beine waren die eines Reiters, stark und muskulös. Dann wandte er sich um.

Als ihr Blick sich langsam senkte, zauderte sie. Atemlos starrte sie auf das schattige Dreieck zwischen den nackten Schenkeln. Seine Männlichkeit war voll erweckt und zeigte stolz ihre Kraft und Größe.

Anscheinend war ihm Alyssons neugieriger Blick nicht entgangen. Als er ihr Erstaunen bemerkte, meinte er lächelnd: »Mit Ihnen zu schlafen bringt diese Nebenwirkungen.« Ein trockener Humor schwang in seinem Ton mit.

Wenn sie doch nur das brennende Gesicht in den Kissen verstecken könnte! Es war ihr nicht möglich. Sie mußte ihn immerfort anstarren. Das Aufleuchten seiner Augen war eine Warnung. Jetzt hieß es auf der Hut zu sein.

Ohne Hast griff er nach seiner Tunika, streifte sie über und ließ sie dabei nicht aus den Augen. Auch wenn er sie nicht berührte, spürte sie seine Hände auf der Haut. Ihr Körper schien darauf zu warten, daß Jafar sein Versprechen wahr mache.

Endlich gelang es ihr, den Blick von ihm loszureißen und ihm den Rücken zuzukehren. Niemals wollte sie sich einem solchen Mann hingeben, schwor sie sich. Aber allen guten Vorsätzen zum Trotz hatte der Anblick seiner Nacktheit wieder dieses unbegreifliche Verlangen in ihr geschürt.

Die ständige Hochspannung, in der sie sich befand, wurde an einem der kommenden Vormittage unterbrochen. Mindestens zum zwölften Male versuchte sie eines der französischen Journale zu lesen, die zu ihrer Lektüre bereitlagen, aber die Erinnerung an Jafars nackten Körper verfolgte sie und brachte ihre Bemühungen zum Scheitern. Schließlich gab sie es auf. Mit einem leisen Fluch sprang Alysson auf und schleuderte die Blätter durch das Zelt. In diesem Augenblick humpelte Mahmoud durch den Eingang.

Vor Schreck aufjaulend ließ der Junge den irdenen Krug fallen, duckte sich blitzschnell und hielt den Arm vor das Gesicht, als ob er einen Schlag abwehren wolle.

Die Zeitung hatte ihn um gut fünf Fuß verfehlt, trotzdem war Alysson das Ganze hochnotpeinlich. »Oh, Mahmoud, verzeih. Ich habe dich nicht bemerkt. Es tut mir leid.«

Sie ging einen großen Schritt auf ihn zu und streckte ihm entschuldigend die rechte Hand entgegen, aber der Diener ließ sich zu Boden fallen. Zusammengekrümmt blieb die schmächtige Gestalt auf dem Teppich liegen. Mahmouds Hände bedeckten den mit einem Turban umwundenen Kopf. Wie angewurzelt blieb Alysson stehen, als sie auf den vor Angst schlotternden Körper blickte.

Besorgt kniete sie sich auf den Teppich neben ihn und berührte zögernd die Schulter des Jungen. »Mahmoud, es tut mir leid. Steh auf, bitte. Es tut mir leid, daß ich dich erschreckt habe. Ich wollte die Zeitschrift nicht auf dich werfen. Das war nicht meine Absicht. Glaube mir.«

Es dauerte eine Weile, bis der Junge vorsichtig den Kopf zur Seite drehte und sie anschaute. Er war schneeweiß im Gesicht; die roten Narben traten jetzt noch deutlicher hervor. In seinen Augen las sie Furcht und Trotz.

»Sie ... Sie werden mich nicht schlagen?«

»Nein, natürlich nicht. Wieso kommst du darauf?«

»Aber ich habe den Krug fallen lassen.«

»Ja, aber nur, weil ich dich erschreckt habe.« Sie bückte sich und begutachtete den irdenen Krug. »Sieh mal, er ist nicht zerbrochen. Andernfalls wäre es ausschließlich meine Schuld gewesen. Es war unrecht von mir, meine schlechte Laune an dir auszulassen, auch wenn es völlig unbeabsichtigt geschah. Und wenn es noch einmal vorkommen sollte, dann mache mich bitte darauf aufmerksam.«

Mahmouds ängstlicher Blick wechselte in Erstaunen über, als er sich auf die Knie erhob. »Das würde ich nie wagen,

Mylady. Mein Herr wäre aufgebracht, wenn ich es wagen würde, auch nur ein Sterbenswörtchen gegen Sie zu sagen.«

Alysson lächelte, aber es war ein trauriges Lächeln. »Du müßtest meinen Diener Chand kennenlernen. Er widerspricht mir andauernd, und wenn er keine Widerworte findet, schilt er mit mir.«

»Und Sie schlagen ihn nicht?«

»Großer Gott, nein! Warum sollte ich?«

»Weil Mylady das Recht dazu hat. Der Herr kann seinen Diener schlagen, er kann ihn töten, er kann mit ihm machen, was er will.«

»In eurem Land mag das der Brauch sein, aber bei uns macht man das nicht. Nicht im Traum würde mir einfallen, Chand zu schlagen.«

Mahmoud konnte sich darauf keinen rechten Vers machen. »Aber meine französische Herrin hat mich oft geschlagen.«

Das ernüchterte Alysson. »Eine Ausnahme. Nicht alle Europäer sind gleich. Das kann ich guten Gewissens sagen. Ich würde dich nicht schlagen. Niemals. Auch wenn du hundert Tonkrüge zerbrichst. Es gibt keinen Grund, dich vor mir zu fürchten.«

»Ich fürchte mich nicht vor Ihnen.« Mahmoud war in seiner Ehre getroffen. Der Junge streckte die magere Brust vor und blitzte sie an.

»Nein … Natürlich nicht«, besänftigte sie ihn und merkte, daß sie einen Fehler gemacht hatte.

Sein Aufbegehren verebbte, und er kam wieder auf die Füße. In diesem Augenblick verlor er das Gleichgewicht und wäre um ein Haar wieder zu Boden gestürzt. Als Alysson ihn bei seinem knochigen Arm packte, um ihn festzuhalten, blickte er sie verlegen an und senkte den Kopf. Der Junge schämte sich seiner Behinderung, erkannte sie. Eine Welle von Mitleid ergriff sie.

Sie tat so, als sei nichts geschehen, und reichte ihm den Krug.

Mahmoud schaute an ihr vorbei, als er das Gefäß mit

einem gemurmelten Dank entgegennahm. Dann wandte er sich ab und humpelte in das angrenzende Zimmer.

Alysson folgte ihm mit den Augen und stand langsam auf. Erst jetzt war ihr aufgefallen, daß Mahmoud immer bestrebt war, ihr die vernarbte Gesichtshälfte nicht zu zeigen. Aber sie hatte ja auch kaum darauf geachtet. Seit ihrer Ankunft im Lager der Berber hatte ihre Aufmerksamkeit nur ihren eigenen Sorgen gegolten.

Sie wollte ihren Mangel an Mitgefühl wiedergutmachen und folgte Mahmoud in das Schlafgemach.

»Wie steht es denn mit deinem Herrn?« fragte sie ihn und war bemüht, ihr Interesse nicht zu verraten. »Hat dich dein Herr jemals geschlagen?«

Mahmouds Blick war vernichtend, dann schüttelte er heftig den Kopf. »Nein, der Lord hat nie eine Hand gegen mich erhoben. Ihm verdanke ich mein Leben. Er hat mich vor den Franzosen gerettet und mir weitere Folterqualen erspart.«

»Oh, Mahmoud ...« Alysson spürte ein Würgen in der Kehle, als ihr bewußt wurde, was dieser Junge bereits in seinem kurzen Leben hatte erleiden müssen. Wie gerne hätte sie ihn jetzt getröstet, den Arm um den schmächtigen Körper gelegt und ihm versprochen, daß sie ihn von nun an beschützen würde. Aber selbst wenn er die Anteilnahme einer Ungläubigen geduldet hätte — was zu bezweifeln war —, konnte sie ihr Versprechen nicht wahr machen. Ihr Schicksal, wie das des Jungen, war zum jetzigen Zeitpunkt ungewiß.

»Und deine Familie?« fragte sie leise. »Was ist aus deinen Eltern geworden?«

Das Gesicht des Jungen wurde nachdenklich. »Meinen Vater kenne ich nicht. Meine Mutter ... wurde von den Franzosen verschleppt. Ich weiß nicht, was aus ihr geworden ist.«

»Dann konnte dir also keiner helfen?«

»Ich brauche keine Hilfe, solange mein Herr für mich da ist.« Der Junge fiel wieder in seine alte Feindseligkeit zurück, Alysson gab es auf, weiter in ihn zu dringen. Ihre Anteilnahme war nicht erwünscht. Sie überließ Mahmoud seinen Aufgaben, ging zum Zelteingang und setzte sich auf den weichen Teppich.

Hinter dem Lager erstreckte sich in der Ferne die endlose, unberührte Wüste — Wellen aus gelbem Sand in einem leeren Meer. In den Augen eines Fremden ein bedrohliches Bild. Nicht der leiseste Windhauch fächelte Alysson Kühlung zu. Flirrender Dunst stieg bereits am Vormittag von dem heißen, ausgetrockneten Boden auf. Am wolkenlosen blauen Himmel stand die glühend heiße Sonnenscheibe.

Sonderbarerweise empfand Alysson das Wüstenland nicht mehr als so grausam und bedrohlich wie noch vor wenigen Augenblicken. Jetzt, nachdem sie Mahmouds Leidensgeschichte vernommen hatte, war die Last ihrer Gefangenschaft nicht mehr so schwer zu ertragen.

Es schnürte ihr die Kehle zu, als sie an den verängstigten Jungen dachte, der zitternd vor ihr am Boden lag. Nichts, was sie bisher erfahren hatte, erfüllte sie so mit Scham. Es machte sie ganz elend, wenn sie daran dachte, mit welcher Würde er ihr erklärte, sich nicht zu fürchten und wie er sich bemühte, das verkrüppelte Bein und die entsetzlichen Narben vor ihr zu verbergen.

Sie schloß die Augen, um nicht mehr daran erinnert zu werden, und legte im stillen einen weiteren Schwur ab. Während ihres Aufenthalts im Berberlager, so schwor sie sich, würde sie alles daran setzen, Mahmouds Abneigung gegen sie abzubauen. Auch wenn sie nicht auf seine Freundschaft hoffen durfte, so konnte sie vielleicht sein Vertrauen erringen. Vielleicht gelang es ihr auch zu beweisen, daß nicht alle Europäer schlecht sind. Ja, dessen war sie sich jetzt sicher, wenn sie behutsam genug vorging, würde Mahmoud seine Feindseligkeit ihr gegenüber aufgeben. Schließlich war es ihr bisher immer gelungen, einen Mann mit ihrem Charme zu bezaubern, das heißt, bis auf einen Mann ... seinen Herrn. Aber sie wollte nicht schon wieder an Jafar denken.

Zu gerne hätte sie die Geschichte gehört, wie Jafar den jungen Mahmoud vor den Franzosen gerettet hatte. Vielleicht war ihr Entführer nicht so grausam und unerbittlich, wie sie es sich einbildete. Vielleicht erging es ihr mit Jafar ähnlich wie mit ihrer Einstellung zur Wüste ... Ihm lag offensichtlich sehr viel am Wohlergehen des Jungen, davon abgesehen, hatte er für Hunderte von Stammesmitgliedern zu sorgen. Wieviel Zuwendung konnte er eigentlich einem Kind schenken, das nur sein Diener war?

Wie einsam mußte dieses verwaiste Kind sein! Mahmoud brauchte dringend jemanden wie Honoré, der es nur um seiner selbst willen ins Herz schließen würde.

Alyssons Gedanken schweiften unwillkürlich zu ihrem geliebten Onkel. Im Verlauf der letzten Jahre hatte sie ihm zwar viel Kummer bereitet, aber im Hinblick auf ihre Entführung waren es Nichtigkeiten. Er bangte jetzt um ihr Leben. Um ihm diese qualvolle Ungewißheit zu ersparen, wäre sie im Augenblick zu allem bereit. Zu allem. Sie würde Gervase heiraten, ja, sogar ein normales häusliches Leben mit ihm führen. Hätte sie seinem Wunsch sofort Folge geleistet, so säße sie jetzt nicht in dieser elenden Falle.

Ihre Lippen verzogen sich zu einem traurigen Lächeln, als sie bemerkte, wo sie mit ihren Gedanken gelandet war. Wie entzückt wäre Honoré jetzt, erführe er von ihrer Sinnesänderung. Nur zu gut erinnerte sie sich an seine Vorwürfe, die er mit mürrischer Stimme hervorgebracht hatte. Sie lehne ernstgemeinte Anträge ab, vertriebe die Verehrer durch ihr unkonventionelles Benehmen, und so weiter und so fort.

Bon Dieu! Warum kannst du dich nicht wie andere junge Mädchen aufführen? Du solltest erröten und schüchtern lächeln, wenn ein junger Mann dir den Hof macht. Wie soll ich es jemals fertigbringen, einen Wildfang wie dich unter die Haube zu bringen?

Auch wenn er sich so ereiferte, im Grunde wollte er nur ihr Glück. Nach einer niederschmetternden Erfahrung mit einem ihrer Verehrer hatte er keinen Druck mehr auf sie ausgeübt.

Als sie sechzehn Lenze zählte, machte ihr der Bruder einer Mitschülerin den Hof. Damals fühlte sie sich sehr geehrt, von einem gutaussehenden jungen Earl hofiert zu werden und war bemüht, sich seiner aristokratischen Welt anzupassen, die ihr bis jetzt verwehrt worden war. Sie schenkte seinen Liebesbeteuerungen Glauben, bis ... ja bis sie zufälligerweise ein Gespräch mithörte, das der junge Earl mit seiner Schwester führte. »Wenn ich erst einmal die Hand auf ihr Vermögen gelegt habe, brauche ich nicht mehr den Aufmerksamen zu mimen und um diesen gewöhnlichen Emporkömmling herumzutanzen.«

Gewöhnlicher Emporkömmling! Selbst jetzt schmerzte sie die Erinnerung daran noch immer.

Aber sie hatte wenigstens Onkel Honoré, zu dem sie sich mit ihrem Kummer flüchten konnte. Wie ein Vater hatte er sie getröstet und ihr verwundetes Herz geheilt. Erst dann ließ er sie wieder in die Welt zurückgehen. Sie war weiser geworden und den Menschen gegenüber mißtrauischer. *Eines Tages wirst du einen Mann finden, den du liebst.* Das hatte er ihr damals gesagt.

Dieser Mann sollte Gervase sein. Aber dann verlor er doch ein wenig die Hoffnung, daß sich sein Traum erfüllen würde.

Alysson wurde aus ihren Gedanken gerissen, als Mahmoud an ihr vorbeihumpelte.

»Mahmoud«, sprach sie ihn freundlich an.

Der Junge wandte sich nur halb um und vermied es, seine rechte Wange zu zeigen.

»Danke, daß du dich so nett um mich kümmerst.«

Die dunklen Augen verengten sich mißtrauisch. »Das gehört zu meinen Aufgaben.«

»Trotzdem bedanke ich mich. Du machst mir dadurch meine Gefangenschaft erträglicher.«

Der merkwürdig verwirrte Ausdruck im Gesicht des Jungen entlockte Alysson ungewollt ein kleines Schmunzeln.

Während der kommenden Tage schien ihre Gefangenschaft tatsächlich erträglicher geworden zu sein. Auch wenn sie weiterhin nicht mit Jafar sprach oder seine Anwesenheit zur Kenntnis nahm, so erinnerte sie sich immer wieder daran, daß Jafar dem jungen Mahmoud das Leben gerettet hatte. Vielleicht war Jafar doch nicht der kriegerische Barbar, den sie fürchtete.

Und doch, so sagte sie sich, verfolgte er mit unheimlicher Zielstrebigkeit seinen Plan und machte sich damit zum Herrn über ihr Schicksal. Außerdem beunruhigte sie seine Wildheit, die wohl Erbgut der Berber war. Stolz gehörte ebenfalls dazu. Auch die Krieger, die sie in der ersten Woche beobachten konnte, teilten dieses Erbe. Selbst die wenigen Frauen, die sie gesehen hatte, trugen eine stolze Würde zur Schau. Jafar jedoch besaß eine königliche Ausstrahlung, die nur mächtigen Männern zu eigen war. Daß ihm seine Berber treu ergeben waren, wurde offensichtlich, wenn er sich mit seinem Stamm traf. Aus dem rückwärtigen Gemach des Zeltes konnte Alysson die Versammlungen verfolgen, die Jafar im Empfangsraum abhielt. In seiner Wüstentracht saß er mit gekreuzten Beinen auf den schweren Teppichen und hörte aufmerksam zu, ohne auch nur einen Gesichtsmuskel zu bewegen. Dann antwortete er entweder in der Sprache der Araber oder der Berber. Nie hob er die Stimme, nie verlor er die Beherrschung und nie verriet er seine Gemütslage. Seine Autorität war unangefochten, seine Entscheidung Gebot. Alysson hegte keine Zweifel, daß ein Befehl von ihm widerspruchslos ausgeführt wurde.

Anhand der Beobachtungen, die sie während der Sitzungen machte, konnte sich Alysson ein Bild von seinem Alltag machen.

Tagsüber war Jafar ununterbrochen beschäftigt. Oft beriet er sich mit seinen Unterführern. Alysson vermutete, daß es um einen Überfall auf die Franzosen ging, und folgte diesen Lagebesprechungen besonders aufmerksam, obwohl sie von zwanzig Wörtern nur ein Wort verstand.

Den Großteil seiner Zeit verbrachte er auf dem Pferderücken, ob es mit Arbeit oder Vergnügen zu tun hatte, entzog sich ihrer Kenntnis. Manchmal, wenn sie am äußeren Zelteingang saß und das Treiben im Lager beobachtete, konnte sie Jafar erspähen, der eines seiner Pferde im Galopp abritt; aus unerklärlichen Gründen bereitete es ihr keine Schwierigkeiten, ihn unter den anderen hochgewachsenen und dunkelgewandeten Berbern auszumachen. Ständig war er mit der Dressur seiner feurigen Pferde beschäftigt oder nahm an den wilden Berberspielen teil, die zu Pferde ausgetragen wurden. Er schien auch mit Falken zu jagen, schloß sie aus den erbeuteten Vögeln, die bei seiner Rückkehr am Sattel hingen.

Abends las er, befaßte sich mit seinen Landkarten oder reinigte seine Waffen. Diese Tätigkeiten bestärkten ihre Befürchtungen, daß er einen Feldzug oder eine kriegerische Aktion plane, und ihr wurde wieder bewußt, daß er als Anführer einer gut ausgebildeten Reiterschar nichts Gutes im Schilde führte.

Die finstere Entschlossenheit, mit der er die Durchführung seines Vorhabens verfolgte, verließ ihn nicht, es sei denn — so schien es Alysson —, er zog sich zum Gebet zurück. Im Gegensatz zu den Beduinen, so hatte Alysson gehört, waren die meisten Berber nicht besonders religiös. Jafar sprach seine Gebete mit schlichter Aufrichtigkeit.

Konnte dieser Mann ihr Böses wollen? fragte sich Alysson in solchen Momenten. Bis auf seine Drohung, ihr Geliebter zu werden, hatte er ihr noch keinen Schaden zugefügt. Aber wenn er kein Lösegeld erpressen wollte, was hatte er dann mit ihr vor?

Zum hundertsten Mal ließ sie sich diese Frage durch den Kopf gehen, als sie an einem Spätnachmittag Jafar und seine Berber am Rande des Lagers zu Pferde trainieren sah.

Durch das Zeltdach und die traditionelle Kopfbedeckung, den *Haik,* vor den schräg einfallenden Strahlen der Sonne geschützt, sah sie zwei Berbern zu, die ihre Reitkünste unter Beweis stellten. Ihr Wächter Saful hatte sich in angemessener Entfernung von ihr postiert, ölte ein Gewehr und schien sie kaum zu beachten.

Es war ein grandioses Schauspiel, wie zwei Berber mit blitzenden Klingen aufeinander zuritten, sich umkreisten und in wildem Galopp auseinanderstieben, um sich wieder säbelschwingend zu begegnen. Am Rande des Übungsplatzes zogen mehrere Berber in gestrecktem Galopp ihre Runden und hoben dabei Tücher vom Boden auf. Am eindrucksvollsten war es jedoch, wenn ein Pferd eine Levade machte, während der Reiter seine Muskete hoch in die Luft warf und wieder auffing.

Die Berber waren Meister im Reiten. Alysson konnte die Darbietungen nur wie ein Wunder bestaunen. Die herrlichen Pferde waren hervorragend zugeritten und verstanden sich auf allerlei Künste, wie zum Beispiel sofort stehenzubleiben, wenn der Reiter die Zügel fallen ließ.

Es mußte Jahre gedauert haben, um einem Pferd diesen Gehorsam beizubringen. Während der letzten Woche konnte Alysson sich davon überzeugen, mit wieviel Geduld und Einfühlungsvermögen die Berber mit ihren Pferden umgingen. Es stimmte also, was man sich erzählte: Die Berber lieben ihre Pferde wie ihre eigenen Kinder.

Jafar aber fiel ihr immer wieder auf. Er war ein ausgezeichneter Reiter und schien im Sattel geboren zu sein. Er machte nicht nur eine gute Figur zu Pferde, sondern übertraf auch alle anderen an Können und Geschicklichkeit. Sogar ein ungeübtes Auge hätte das festgestellt.

Mit angehaltenem Atem verfolgte sie die erstaunlichen Kunststücke, die Jafar vorführte. So trieb er das Tier zu vollem Galopp an, nahm die Füße aus den Steigbügeln, stützte sich mit der Hand kurz am Pferderücken ab, stellte sich im Sattel auf und feuerte dann genau in die Mitte einer Zielscheibe.

In diesem Augenblick spürte Alysson, daß jemand hinter ihr stand. Zu ihrer Überraschung hatte Mahmoud seine Arbeit unterbrochen und sich zu ihr gesellt, um die Reiterspiele mit anzusehen. Auch er verfolgte Jafars Vorführungen voller Spannung und Bewunderung.

»Ich wünschte, ich könnte so reiten«, entfuhr es Alysson im nächsten Augenblick. Ihr war nicht bewußt, daß sie laut gesprochen hatte, bis sie Mahmouds bissige Bemerkung hörte.

»Frauen reiten keine Kampfpferde«, sagte er mit männlicher Überlegenheit.

Alyssons Mund verzog sich zu einem Schmunzeln, denn sie konnte sich die passende Antwort nicht verkneifen. »Frauen schießen auch nicht mit Feuerwaffen und kämpfen nicht mit Säbeln, aber ich verstehe mich auf beides.«

Der Junge warf ihr einen mehr als skeptischen Blick zu, den sie mit einem entwaffnenden Lächeln quittierte, ehe sie ihre ganze Aufmerksamkeit wieder den Pferden und ihren tollkühnen Reitern zuwandte. Was für ein Gefühl müßte das sein, in wildem Galopp auf einem dieser prächtigen Berberpferde über die Sanddünen zu reiten — frei und ungebunden, mit wehendem Haar . . .

»Sie können mit dem Säbel kämpfen?« Die Frage enthielt den gleichen ungläubigen Ton wie damals, als sie ihm erklärte, sie würde ihn niemals schlagen.

»Ich fechte mit dem Florett und habe bereits gegen viele Gegner meinen Mann gestanden. Schockiert dich das?«

»Ja. Sie sind eine merkwürdige Dame«, meinte Mahmoud nachdenklich.

Alysson lachte hell auf. »Das habe ich schon öfter zu hören bekommen.«

»Haben Sie viele Männer getötet?«

Auf diese Frage war sie nun wirklich nicht gefaßt. Sie holte tief Luft, als sie erklärte: »Nein, leider keinen einzigen. Du etwa?«

»Nein«, antwortete Mahmoud betrübt.

Der Junge wurde einsilbig, während Alysson sich überlegte, wie sie ihn zum Reden bringen könnte. »Kannst du ein Streitroß reiten?« fragte sie ihn schließlich.

Damit hatte sie wohl genau das Richtige getroffen, denn Mahmouds Gesicht strahlte. »Ich kann sämtliche Pferde unseres Stammes reiten«, antwortete er voller Stolz. »Sogar die Pferde meines Herrn, aber an den Schwarzen läßt er mich nicht ran. Ich kenne viele, viele Tricks. Und mein Bein ist dann nicht mehr schwach . . .«

Plötzlich hielt das Kind verlegen inne, als ob es bereits

zuviel gesagt hätte. »Ich kann reiten«, sagte er kurz angebunden.

»Da würde ich gerne einmal zusehen«, entgegnete sie so gleichgültig wie möglich, um ihn nicht zu drängen.

Mahmoud hob die knochigen Schultern und erklärte, bevor er sich umwandte: »Wenn der Herr es erlaubt.«

Unzufrieden mit den wenigen Fortschritten, die sie bislang gemacht hatte, blickte ihm Alysson bedauernd nach, während die Bemerkung in ihr nachklang. »Wenn der Herr es erlaubt.« Immer lief alles darauf hinaus, dachte sie mit einem Seufzer. Offensichtlich hatte der Herr die Absicht, ihr auch in Zukunft nichts zu erlauben.

Sie saß noch eine Weile sinnend da, sah den Reitern zu, bis sie zu ihren Zelten ritten und die gewohnte Ruhe der Wüste wieder hergestellt war. Um sie herum im Lager begannen die üblichen Tätigkeiten, die zur Vorbereitung auf die Nacht erforderlich waren. Aber sie beachtete das Treiben nicht, sondern ließ ihren Blick versonnen über den weiten Horizont schweifen.

Die rote Glut der untergehenden Sonne war überwältigend. Die Dünenhügel mit den vielen kleinen Furchen im goldenen Sand wurden in ein rosiges Licht getaucht, das langsam verblaßte. Alysson erinnerte sich wieder daran, daß die Schönheit dieser Landschaft den Wunsch in ihr geweckt hatte, Nordafrika zu bereisen. Ein einsames Land ... heimtückisch und grausam ... und doch besaß es eine geheimnisvolle Sinnlichkeit, die sich mit ihrem eigenen Ungestüm und ihrer Freiheitsliebe verband. Es würde ihr nicht schwerfallen, dieses Land zu lieben ...

Ein leiser Hufschlag unterbrach ihre Gedanken. Als Alysson aufblickte, sah sie, daß Jafar mit seinem Rappen zum Zelt ritt.

Wenige Schritte vor dem Eingang ließ er das Pferd anhalten. Er machte keine Anstalten abzuspringen, sondern blickte sie schweigend an. Alysson lief es kalt den Rücken hinunter. Die Bernsteinaugen bekamen wieder diesen warmen feuchten Schimmer. Voller Bewunderung ruhten sie auf der jungen Frau, die in der Tracht der Berber gekleidet war. Alysson trug eine nachtblau und dunkelrot gestreifte Tunika und auf dem Kopf den Haik, der in den Farben auf das weich fallende Gewand abgestimmt war.

Sein Blick wanderte langsam über den Kopfschmuck zu ihrem Gesicht, ihre Schultern hinab und dann weiter. Alysson merkte, daß sie unwillkürlich zitterte. Zu allem Übel hefteten sich Jafars Augen auf ihre Brüste. Sie hatte das Gefühl, als ob sie sich durch das dünne Leinen bis auf die nackte Haut hindurchbrannten. Bestimmt dachte er an den Vorfall vor eine Woche, an jenen Augenblick, in dem er ihren Busen zärtlich mit den Lippen berührt hatte. Bei der Erinnerung daran schwollen die Knospen an und drängten sich gegen den weichen Stoff.

Das Herz raste. Unfähig sich abzuwenden ertrug Alysson hilflos, wie seine Blicke sie abtasteten. Endlich hob Jafar die Augen wieder.

Es bedurfte ihrer ganzen Willenskraft, um sich von diesen heißen, verlangenden Augen abzuwenden. Abwehrend zog sie die Knie an die Brust und umschlang sie mit den Armen. Der Aufruhr, den er in ihrem Körper hervorgerufen hatte, ließ sich allerdings nicht so schnell bekämpfen.

Zum Glück fiel Alysson jetzt ein, daß sie nicht allein waren. Saful war aufgestanden und erwartete respektvoll die Anweisungen seines Herrn.

Das Sattelleder knarrte leicht, als Jafar abstieg und die Zügel seinem Stallmeister übergab. Dann schnallte er die reichverzierte silberne Scheide samt Säbel ab, reichte sie Saful und trat in das Zelt.

Ohne ein Wort zu verlieren lehnte sie sich zurück, um ihn eintreten zu lassen, und blickte in die entgegengesetzte Richtung. Sie konnte Jafars Unwillen förmlich spüren, als er an ihr vorbeiging, und sie war erleichtert, daß er nicht stehenblieb und sie ansprach.

Noch völlig benommen von dem beunruhigenden Zusammentreffen am Zelteingang wandte sie ihre Aufmerksamkeit wieder dem fernen Horizont zu, starrte hinaus in das abnehmende Abendlicht und war sich wieder einmal der Einsamkeit der Wüste bewußt. Aber dann kreisten ihre Gedanken wieder um Jafar.

Wie konnte sie es nur dazu kommen lassen? fragte sie sich. Wieso war es möglich, daß ein einziger Blick Jafars ihre Gefühle derart durcheinanderwirbelte? Wie konnte ihr Körper sie so verraten, gegen ihren Willen? Aus welch unerforschlichem Grund war es möglich, daß ein Mann, der nichts weiter als ein heidnischer Wüstenbewohner war, sie körperlich derart in seinen Bann zog?

Es war nicht recht, ausgerechnet für diesen Mann unschickliche Lüste zu empfinden. Er hatte sie auf gemeine, hinterhältige Art entführt, und wenn sie diesen Gefühlen weiterhin freien Lauf ließ, hinterging sie Gervase. Gervase, dessen Freundschaft und Verehrung ihr so viel bedeuteten.

Alysson schloß die Augen. Heiße Schuldgefühle stiegen in ihr auf. Die kunstvoll verzierte Waffe, die Jafar soeben abgelegt hatte, vermehrte ihren Kummer. Bei seinem Anblick sah sie Gervase wieder vor sich stehen. Wie oft hatte er zu offiziellen Anlässen, bei denen sie zugegen war, einen Säbel getragen.

Damals hatte Gervase sie zum ersten Mal geküßt. Zum ersten Mal hatte er sie als Frau angesehen und nicht als übermütigen Frechdachs. Das war kurz nach dem niederschmetternden Reinfall mit diesem Mitgiftjäger, dem Bruder einer ihrer Schulfreundinnen. Sie war gerade sechzehn geworden. Enttäuscht und gedemütigt verließ sie Hals über Kopf die Schule und suchte bei Onkel Honoré in Frankreich Schutz.

Zur gleichen Zeit befand sich Gervase auf Urlaub in Paris und hatte sich sofort nach Honorés und ihrer Ankunft im Hotel zu einem Besuch angesagt. Alysson begegnete ihm zufällig, als er im Salon der Suite auf Onkel Honoré wartete.

Sie fand, daß Gervase in seiner Ausgehuniform fantastisch aussah. Auf dem Kopf trug er einen mit Federn geschmückten Tschako, an der Seite blitzte ein Säbel. Aber trotzdem konnte sie es sich nicht verkneifen, ihren Schabernack mit ihm zu treiben. Sie wartete, bis er ihr den Rücken zukehrte, schlich sich auf Zehenspitzen an ihn heran und zog den Säbel aus der Scheide.

Gervase wirbelte herum, die Hand auf der leeren Scheide. Als er eine schelmisch lachende Alysson erblickte, ging der erstaunte Ausdruck seines Gesichts in ein Lächeln über, in das sich dann aber sofort gespielter Ärger mischte. »Alysson, du kleines Biest! Begrüßt du mich so, nach drei Monaten?«

Nach einem übertrieben artigen Knicks fuchtelte sie mit dem Säbel in der Luft herum. »Guten Tag, Gervase. Wie nett von dir, daß du mir deinen Säbel leihst. Du bekommst ihn bald wieder. Ich brauche ihn dringend.«

»Um Himmels willen, wozu?«

»Es gibt da einen gemeinen Halunken, dem ich die Kehle aufschlitzen möchte.«

Er lachte. »Tatsächlich, mein blutrünstiges Hexlein? Wer ist denn der arme Teufel, der deinen Zorn auf sich geladen hat?«

»Oh, ein kleiner Nichtsnutz, dem mein Geld wichtiger war als meine Person«, antwortete sie und vermied es, ihre Kränkung und Enttäuschung zu zeigen.

»Ich kann mir keinen Mann vorstellen, der deinem weiblichen Charme nicht erliegt«, meinte Gervase nicht ganz ohne Ironie.

Als sich Alyssons Stirn in Falten legte, unterdrückte er allen Spott und verbeugte sich galant vor ihr. »Nenne mir den Namen des Schurken, und ich werde kurzen Prozeß mit ihm machen.«

»Das kann ich selbst besorgen. Vielen Dank.«

»Daran zweifle ich nicht. Onkel Oliver hat eine ausgezeichnete Fechterin aus dir gemacht.«

»Onkel Oliver hatte recht wenig damit zu tun. Meine Fechtstunden und den Unterricht im Schießen habe ich selbst bezahlt. Als mein Vormund brauchte er mir nur die Erlaubnis dazu zu geben.«

»Jedenfalls wäre ich bei deiner Geschicklichkeit im Umgang mit Waffen bestens beraten, dich zur Verstärkung meines Regiments anzufordern.«

Obwohl dieses Kompliment recht ungeschickt war, gelang ihr ein Lächeln, und als er gebieterisch die Hand ausstreckte, überreichte sie ihm den Säbel. »Pah, statt dessen kann ich den Kerl ja auch erschießen.«

Gervase steckte den Säbel in die Scheide und fuhr ihr gutmütig durch die Locken, wie er es schon Hunderte von Malen getan hatte. Sie schnitt ihm eine Grimasse und wollte sich gerade seiner Hand entziehen, als sie auf ihrem Haar liegenblieb.

Sein Lächeln verschwand, als er sie plötzlich ganz sonderbar anblickte, so als ob er sie zum ersten Mal wahrnehmen würde. Langsam, wie gegen seinen Willen, beugte er sich herab und drückte ihr einen leichten Kuß auf die Lippen. Es war mehr ein Hauch, aber es war ein Kuß.

Erschrocken hielt Alysson die Finger an den Mund und starrte zu ihm hinauf.

»Du bist erwachsener geworden, *petite coquine*«, flüsterte Gervase.

Die Erinnerung an diesen lange zurückliegenden Kuß ließ Alysson nicht los, während sie in die dunkler werdende Wüste hinausblickte. Der erste Kuß von Gervase hatte sie erstaunt, ihr geschmeichelt, aber er hatte sie nicht in den siebenten Himmel gehoben. Nicht wie die Küsse, die dieser unverschämte Berber ihr geraubt hatte.

Was fehlte bei Gervases Kuß? Was ließ sie bei Jafars Küssen taumeln? Sie verstand die Welt nicht mehr. Warum war es einem aufdringlichen Fremden und nicht Gervase gelungen, ihr Verlangen zu wecken?

Sie seufzte und wünschte, sie könnte diese unliebsamen Gedanken verscheuchen.

Der Seufzer war bis zu Jafar im hinteren Teil des Zeltes gedrungen, aber er achtete nicht darauf. Im Augenblick machten ihm seine eigenen Gedanken schwer zu schaffen.

Er verstand die Begierde nur zu gut, die diese verführerische Gefangene in ihm ausgelöst hatte. Die Freude, sie in der Tracht seines Landes am Zelteingang sitzen zu sehen, als ob sie auf seine Rückkehr warte ... Die Qual, Nacht für Nacht neben ihr zu liegen, ohne sie berühren zu dürfen ... Die Erinnerung an den kurzen Augenblick, in dem sie in seinen Armen schmolz und mit aufkeimender Leidenschaft auf seine Küsse geantwortet hatte — all das machte sie so begehrenswert. Der schneeweiße Körper, geheimnisvoll und verlockend, die aufgerichteten Knospen, die juwelenbesetzten Ornamente ...

Er wollte die köstliche Wärme ihrer Brüste auf seinen Lippen spüren, ihre Küsse kosten, das innere Feuer und die Seele dieser Frau in sich aufnehmen.

Eines war Jafar klargeworden: Das Verlangen nach der schönen Gefangenen umnebelte seinen Verstand. Immer wieder merkte er, wie er einige seiner unzähligen Verpflichtungen aufschieben wollte, wie er sich morgens beim Aufwachen nur ungern von ihr trennte. Seltsamerweise weckte der Anblick einiger verirrter Strähnen ihres kastanienbraunen Haars auf seinem Kissen unerwünschte Beschützerinstinkte in ihm. Er hätte stundenlang neben ihr liegen können, einfach nur um ihr nahe zu sein.

Und wenn er fort mußte, sehnte er sich nach dem Ende des Tages, wenn er mit ihr zusammensein würde. Was eigentlich unsinnig war, wie sich Jafar nüchtern eingestand, wenn man die Feindseligkeit ihrer Beziehung in Betracht zog. Seine schöne Gefangene behandelte ihn wie Luft oder hüllte sich in finsteres abweisendes Schweigen.

Der Wunsch, ständig mit einer Frau zusammensein zu wollen, war eine völlig neue Erfahrung für ihn. Vor allem mit einer, die ihn ablehnte und die einem anderen Mann gehörte.

Am Morgen war es am schlimmsten. Es wäre so einfach gewesen, sie im Schlaf zu nehmen, sich auf sie zu rollen, langsam in sie einzudringen und sich in ihrem süßen Hafen zu verlieren.

Aber er wollte, daß sie sich ihm freiwillig schenkte. Er wollte, daß sie sich ihm hingab, ohne ihren Stolz zu verlieren. Er wollte sie lehren, was Lust bedeutet, aber vor allem wollte er sie vergessen lassen, daß sie Gervase de Bourmont versprochen war, seinem verhaßten Feind.

Ein Ziel, das er wohl niemals erreichen würde.

Kapitel 8

Unterwürfigkeit war nicht gerade Alyssons Stärke, aber um ihrer Gesundheit willen war sie bereit, ihren Stolz hintenanzustellen. An diesem Abend wollte sie Jafar bitten, ihr ab und zu einen Ausritt zu gestatten. Sie mußte jetzt nur den günstigsten Augenblick abpassen, um ihre Bitte vorzutragen. Die Reste des Abendessens waren abgeräumt worden. Mahmoud hatte das Zelt verlassen.

Alysson nippte an einem Täßchen Kaffee und blickte verstohlen zu Jafar hinüber. Träge der Länge nach ausgestreckt lag er wie ein Kater auf den weichen Polsterkissen und las eine Zeitung. Das Blatt war so aufgeschlagen, daß das Licht der Lampe darauf fiel. Der Berber las regelmäßig französische Zeitungen, das nahm sie jedenfalls an. Nur um sich zu beschäftigen, hatte sie in der vergangenen Woche beinahe jeden Artikel zweimal gelesen, auch wenn manche von ihnen über einen Monat alt waren.

Es überraschte sie, daß ein Kriegsherr der Berber sich für Nachrichten aus Frankreich interessierte. Aber schließlich war er, das mußte Alysson sich eingestehen, ein höchst ungewöhnlicher Mensch. Sie wußte nie so recht, was sie bei ihm erwartete. Würde sie den befehlsgewohnten Barbaren aus der Wüste vor sich haben oder den zuvorkommenden feinsinnigen Gentleman? Im Augenblick jedenfalls wirkte er sehr zivilisiert. Er hatte den Turban abgenommen. Einige Haarsträhnen fielen ihm ins Gesicht und schimmerten im Lampenlicht wie goldener Honig.

Wenn man seine sonnengebräunte Haut vergaß, könnte man ihn für einen Europäer halten, überlegte sie, aber vielleicht rührte das nur daher, weil er ihr merkwürdigerweise bekannt vorkam.

Der Schein der Lampe ließ seine hageren Gesichtszüge weicher erscheinen — ein verwirrender wie täuschender Effekt. Er sah jünger und sanfter aus, als er in Wirklichkeit war. Und doch konnte er so zärtlich sein! Alysson verlor sich in Erinnerungen, als sie an seine Küsse dachte. Beschämt schüttelte sich Alysson. Es hatte nicht mehr viel gefehlt, und sie hätte sich diesem Mann hingegeben!

»Warum lesen Sie diese Zeitungen?« fragte sie plötzlich. Sie wollte eine unverfängliche Unterhaltung beginnen, um sich der beunruhigenden Wirkung ihres Gegenübers zu entziehen.

Jafar blickte auf, eine Augenbraue hochgezogen, als ob es ihn erstaune, daß sie ihn ansprach. Das war das erste Mal seit Tagen, daß Alysson von sich aus das Wort an ihn richtete.

»Ich möchte über alles auf dem laufenden sein, was sich in Frankreich ereignet«, antwortete er nach einer Weile.

»Warum?«

»Um zu wissen, was die Franzosen mit meinem Land vorhaben, jetzt, wo sie es erobert haben.«

»Sprechen Sie deswegen fließend Französisch?«

Er hob die Schultern. »Nicht nur aus diesem Grund. Abgesehen davon ist es nur klug, die Sprache seines Feindes zu erlernen.«

Gerne hätte Alysson dieses Thema weiterverfolgt, aber sie mochte sich jetzt nicht mit seinen Ansichten auseinandersetzen. Sie wollte wieder frei sein ... und ihn für ihre Entführung büßen lassen.

»Ich habe eine Frage«, unterbrach sie ihn daher unvermittelt. »Würden Sie mir gestatten, am Tag ein oder zwei Stunden auszureiten?«

Er blickte sie lange und nachdenklich an, bevor er ihr antwortete. »Wieso?«

»Weil ich Abwechslung brauche. Dieses Nichtstun macht mich krank. Ich bin es nicht gewohnt, tagelang untätig herumzusitzen. Abgesehen davon verabscheue ich es, um die kleinste Vergünstigung bitten zu müssen.«

»Hat Mahmoud sich nicht um Ihre Wünsche gekümmert?«

»Ja, selbstverständlich. Aber Sie haben mir nicht die geringste Freiheit eingeräumt. Ich darf das Zelt nicht verlassen, darf nicht in Gesellschaft anderer Menschen sein. Ich bin nur auf die Ihre angewiesen, und die schätze ich nicht besonders.«

»Ich werde Ihnen ein paar Frauen zur Unterhaltung schikken, vielleicht Tahar.«

»Danke«, grollte sie, »aber ich brauche *Bewegung.*« Als er nichts darauf sagte, konnte sie nicht länger an sich halten und verlor die Beherrschung. »Haben Sie eine Vorstellung davon, wie vernichtend es ist, hier Tag für Tag eingesperrt zu sein? Nichts anderes zu tun als auf und ab zu gehen und sich zu sorgen, ob man sein Land und die Menschen, die einem lieb sind, jemals wiedersehen wird?«

Ein Muskel zuckte an seiner Wange, aber er blieb völlig ruhig. »Ich werde über Ihre Bitte nachdenken«, meinte Jafar schließlich.

»Warum antworten Sie mir nicht sofort? Haben Sie Angst, ich würde fliehen, wenn Sie mir ein Pferd zum Ausreiten geben?«

Ein Lächeln huschte über seinen Mund. »Dieser Gedanke kam mir allerdings.«

Ihr natürlich auch, aber das verschwieg sie ihm. Es gelang ihr, überzeugend den Kopf zu schütteln. »Es wäre Selbstmord, wenn ich mitten in der Wüste zu entkommen versuchte. Wohin sollte ich auch gehen?«

»Jetzt zum Beispiel könnten Sie zu Bett gehen. Es ist Zeit, sich zurückzuziehen.«

Sie starrte ihn an. Die Augen waren hell geworden und funkelten vor Empörung. »Ach, fahren Sie doch zur Hölle!«

Alysson biß sich auf die Lippen, um weitere gotteslästerliche Flüche, die ihr auf der Zunge lagen, zurückzuhalten. Auf keinen Fall durfte sie sich jetzt hinreißen lassen und ihm etwas Unüberlegtes ins Gesicht schleudern. Sie würde ihn auch kein zweites Mal bitten. Diese Schmach wollte sie sich nicht mehr antun.

Zu ihrem Erstaunen ging Jafar auf einen Teil ihrer Bitte ein.

Am kommenden Morgen erwartete sie Saful, der blauäugige Wächter, vor dem Zelt. Er schwenkte das langläufige Gewehr und gab ihr auf arabisch zu verstehen, daß sie ihn begleiten solle. Mehrere Stunden lang führte Saful sie durch die Stadt der schwarzen Zelte — dem *Duar,* wie die Araber es nannten. Es tat gut, sich nach über einer Woche wieder frei bewegen zu können. Obwohl sie alles, was sie unterwegs sah, faszinierend fand, behielt sie einen klaren Kopf und suchte die Umgebung insgeheim nach einer Fluchtmöglichkeit ab.

Die Anordnung der Zelte bildete, soweit Alysson es überblicken konnte, einen großen Kreis. Pferde und Packtiere waren innerhalb einer bewachten Umzäunung untergebracht. Sie entdeckte mehrere artesische Brunnen, die das Lager ausreichend mit frischem Wasser versorgten, und eine Sickergrube, die als Latrine diente. Also waren die anderen Zelte — mit Ausnahme Jafars — nicht mit einer Einrichtung dieser Art ausgestattet, schloß sie daraus. Das Vorhandensein eines Nachtgeschirrs in seinem Zelt bestätigte nur ihre Annahme, daß er ihre Entführung sorgsam geplant hatte. Er wollte ihr keinen Grund geben, das Zelt zu verlassen.

Und er wollte auch nicht, daß sie ihre europäische Reitkleidung trug. Obwohl sie fast so wie alle Frauen im Lager gekleidet war, folgten ihr neugierige Blicke, die sie freundlich erwiderte.

Die Berber waren gutaussehende Menschen, stellte sie fest. Die Männer, die ihr begegneten, besaßen ein ähnlich feines Adlerprofil wie Jafar. Viele von ihnen trugen dichte Bärte.

Die meisten Berber wurden anscheinend von ihren Frauen versorgt, überlegte sie. Aber dann führte sie Saful in ein Küchenzelt, in dem Frauen verschiedenen Alters die Mahlzeiten für die Soldaten, Knechte und Diener zubereiteten. Als

Saful ihr gestattete, weiter hineinzugehen, entdeckte sie Tahar mit einem Dutzend anderer Frauen bei der Arbeit.

»*Ehla*«, begrüßte sie Tahar mit einem scheuen Lächeln. »Willkommen.«

Alysson erwiderte Tahars Lächeln mit aufrichtiger Freude und sah zu, wie die Frauen die Hauptmahlzeit zubereiteten. Sie kochten über einer offenen Feuerstelle, die mit getrocknetem Kameldung geschürt wurde. Auf einem Grill dampften köstlich duftende Wüstenrebhühner, die Tahar *ketaa* nannte. Daneben wurde in einem Kessel Couscous gerührt, das Nationalgericht der Berber. Diesmal würde er nicht als gesüßte Speise zum Frühstück gereicht werden, sondern als Beigabe zu gedünsteten Lammstückchen und Gemüse.

Nur ungern verließ Alysson die Frauen. Später am Abend, nachdem Saful sie zum Zelt zurückgebracht hatte, gelang es ihr endlich, Mahmoud einiges Wissenswerte über sein Volk aus der Nase zu ziehen. Nur widerwillig und murrend erklärte er sich dazu bereit.

Es waren arabisierte Berber, erfuhr sie, die normalerweise in den Bergen lebten. Alle Männer und die meisten Frauen sprachen fließend Arabisch. Als Wüstenvolk hatten sie die Gebräuche und Sitten der Beduinen übernommen, aber Mahmoud erklärte entschieden, daß sein Volk besser als die Beduinen sei.

»Berber sind *Männer*«, verkündete er stolz und streckte seine Brust so weit nach vorn, daß Alysson sich das Lachen verbeißen mußte.

Aber sie hatte bereits ein ähnliches Lob aus dem Munde eines französischen Legionärs gehört, der die Araber verachtete. Und Gervase hatte gesagt, die Berber wären stolz und unabhängig, unerschrocken und mutig und zeichneten sich im Kampf durch außerordentliche Tapferkeit und Einsatzbereitschaft aus.

Als sie Mahmoud drängte, ihr von den Frauen des Lagers zu berichten, erfuhr sie, daß Tahar die zweite Frau eines Kriegers war, aber Jafar als Hauptköchin diente, da er keine eigenen Frauen hatte.

»Er hat keine Frauen?« wiederholte Alysson neugierig und wollte gar nicht erst darüber nachdenken, wieso sie diese Tatsache interessierte. Und sie erfuhr auch noch etwas anderes, das sie überraschte.

»Der Lord hat auch keine Sklaven in seinem Haushalt«, erzählte der Junge.

»Keine? Normalerweise hält sich ein Berberfürst doch Sklaven.«

»Er erlaubt es nicht.«

»Warum nicht?«

Mahmoud hob die Schultern. Dafür hatte er keine Erklärung.

Aber auch ohne Sklaven stand Jafar eine Schar von Gefolgsleuten zur Verfügung. Hier wurde, wie bei anderen Berberstämmen, streng zwischen Untertanen und Anführern unterschieden. Ersteren oblagen sämtliche Arbeiten, die mit der Hand zu verrichten waren. Den Stammesführern, meist von altem Berberadel, war dies untersagt.

Jafar war ganz entschieden von Adel, auch wenn er es sich nicht nehmen ließ, körperlich zu arbeiten. Jedenfalls war Alysson dieser Meinung. An diesem Abend hatte Jafar seinen Stallmeister mit einem Botengang beauftragt und weggeschickt. Durch die Zeltöffnung konnte sie beobachten, wie er seine Pferde eigenhändig fütterte.

Allen guten Vorsätzen zum Trotz zog es Alysson zum Zelteingang, als sie die Umrisse seiner Gestalt vor dem lavendelfarbenen Abendhimmel sah. Sie setzte sich auf den Teppich, legte die Arme um die Knie und tat, als ob sie in die Dämmerung hinausschaue.

Allmählich wurde es dunkel, und die Sichel des aufgehenden Mondes wurde sichtbar. Eine verwunschene Szenerie, dachte sie und blickte über den *douar* hinaus auf die versilberte Landschaft. Weißes Licht floß über den Sand, sammelte sich in den Mulden und Senken der Dünen und zeichnete die schwarzen Umrisse der Schatten.

Aber dann schweifte ihr Blick wieder zu dem Mann zurück, der sie gegen ihren Willen hierher gebracht hatte. Die herabgesunkene Nacht tauchte alles in Schatten. Nur ein schwaches Licht aus dem Zelt erhellte Jafars Gestalt, während er sich mit seinen Pferden beschäftigte.

Nicht zum ersten Mal seit ihrer Gefangennahme fragte sich Alysson, was für ein Mensch Jafar tatsächlich war.

Er war ein Stammesfürst, so viel wußte sie. Und er war hart und rücksichtslos. Aber war er auch grausam und rachsüchtig? Dessen war sie sich nicht so sicher. Obwohl er stets von vielen Menschen umgeben war, hielt er Abstand zu ihnen. Noch nie hatte sie ihn mit einem seiner Männer lachen oder scherzen sehen. Freundschaft schien er nur seinen Pferden gegenüber zu empfinden. Wenn er nicht einsam war, so war er doch allein. Aber er war der Kriegsherr. Vielleicht erlaubte er keinem seiner Männer ihm näher zu stehen, aus Furcht, ihren Respekt zu verlieren — obwohl diese Erklärung nicht zu passen schien. Ihrer Meinung nach würde man Jafar el-Saleh stets Respekt entgegenbringen, ganz gleich wie eng oder entfernt die Beziehung zu ihm war.

Im Augenblick kam er ihr zugänglicher als sonst vor. Er ließ sich Zeit und ging mit seinem großen schwarzen Hengst wie mit einem verspielten Hund um. Er hatte ihm den Futtersack abgebunden und fütterte das edle Tier mit der Hand. Eine getrocknete Dattel nach der anderen wanderte in das Pferdemaul. Der Hengst war dieses Ritual gewohnt, denn er kaute auf jeder einzelnen Frucht herum und spuckte dann den Kern aus.

Alysson sah den beiden eine Weile zu, bis sie sich überrascht sagen hörte: »Danke ... daß Sie mir heute den Spaziergang durch das Lager erlaubt haben.«

Jafar blickte über die Schulter zu ihr herüber. »Ich habe Ihnen mein Vertrauen geschenkt, weil Sie es verdienen.«

Seine Antwort weckte Ärger und Schuldgefühle in ihr. Ärger, weil er ihr damit wieder eine dieser anmaßenden Lektionen von Gehorsam erteilt hatte, und Schuldgefühle, weil sie sein Vertrauen nicht verdiente, denn so oft wie möglich hatte sie nach einem Fluchtweg Ausschau gehalten.

Sie senkte den Blick und spielte mit dem Rock ihres hellroten Gewandes. Gleich darauf ertappte sie sich aber dabei, wie sie Jafar und den Hengst erneut betrachtete.

Das edle Tier brachte seinem Herrn offensichtlich große Zuneigung entgegen. Voll Übermut rieb es den schmalen Kopf an ihm und knabberte an seinen Fingern. Der Anblick erheiterte Alysson. Dieser kraftvolle schnellfüßige Riese war schließlich als Kampfpferd zugeritten und abgerichtet worden. Das schlanke sehnige Tier war ein reinblütiger Araber, die auf der ganzen Welt berühmt für ihre Schnelligkeit und Ausdauer waren.

Dieses Tier hatte einen kräftigen Körper mit einem langen Schweif und einer dicken Mähne, die nach rechts fiel, weil die Araber rechts aufsteigen. Der schwarze Hengst war nicht so schön wie ihre arabische Stute, die einen feineren Kopf hatte und eine Mähne wie Seide. Aber in diesem unwegsamen Land war Schönheit ein relativer Begriff. Hier hing das Leben eines Menschen oft von den Eigenschaften seines Pferdes ab.

Schnelligkeit, um einem Feind zu entkommen oder ihn zu verfolgen; Ausdauer, um meilenweit über Wüstensand oder Felsenberge zu galoppieren; Mut, um sich einem Gegner im Kampf zu stellen — all das war hier wichtiger als Schönheit.

Jafar rieb jetzt das kurze Fell des Pferdes mit einem wollenen Tuch ab.

»Ihr Pferd«, fragte sie, nachdem sie ihm eine Weile zugesehen hatte, »... wie heißt es?«

»Sherrar. In meiner Sprache heißt das ›Kämpfer‹.«

Alysson lächelte unwillkürlich. ›Kämpfer‹ schien für dieses verspielte und zutrauliche Tier nicht der richtige Name zu sein. »Im Augenblick macht er aber einen ganz anderen Eindruck.«

»Er ist ein feiner Kämpfer«, entgegnete Jafar stolz. »Ich habe ihn selbst aufgezogen.«

Jafar hatte ihr mit jungenhafter Begeisterung geantwortet. Wie alt mochte er sein? fragte sich Alysson. Wahrscheinlich Ende Zwanzig, aber er hatte nichts Jugendliches an sich.

»Ich habe gehört, daß die Wüstenpferde die schnellsten der Welt seien.«

Er nickte. »Im Land der Berber nennt man das Pferd *chareb-er-rehh* — ›Trinker des Windes‹.«

»Wunderschön.«

»Ja.« Er murmelte dem Tier etwas zu. Sofort stellte es die Ohren auf. »Die besten Pferde findet man in den Gebirgen der Sahara, nicht in der Ebene«, fügte Jafar nach einer Weile hinzu.

Seine Stimme war leise und samten dunkel wie die Nacht. Wieder fühlte sich Alysson von ihr angezogen. Unbehaglich schlang sie die Arme fester um die Knie. »Mit Sherrar gehen Sie wie mit einem Sohn um. Warum haben Sie ihn nicht nach sich benannt oder einem Angehörigen Ihrer Familie?«

»Arabische Pferde werden niemals nach einem Menschen benannt. Es wäre ein Sakrileg, Besitztümern den Namen eines unserer Heiligen zu geben.«

»Besitztum? Zählen Sklaven auch dazu?«

Er blickte sie von der Seite an. »Ja, Sklaven auch.«

»Araber geben ihren Sklaven also die gleichen Namen wie ihren Pferden«, bemerkte sie trocken.

»Das trifft teilweise zu. Nur die besten Pferde erhalten einen Namen, während jeder Sklave einen Namen hat.«

»Wie gütig.«

Jafar blickte sie amüsiert lächelnd an. Die Wärme, die von diesem Mann ausging, verfehlte ihre Wirkung nicht. Alysson konnte sich einfach keinen Reim darauf machen, warum ausgerechnet dieser Berber ihr seelisches Gleichgewicht stören mußte. Dieses vertrackte Lächeln! Am liebsten hätte sie jetzt Reißaus genommen. Wenn ihr Entführer den charmanten Gentleman hervorkehrte, war er am gefährlichsten.

Wir werden ein Liebespaar ... Sie werden meine Berührung lieben.

Verwirrt, daß ihr diese Worte nicht aus dem Kopf gingen, bemühte sie sich, möglichst gleichgültig zu sprechen. »Ich nehme an, Ungläubige dürfen auch keinen arabischen Namen tragen.«

»Natürlich nicht.«

»Also existiere ich für Sie nicht. Das war mir immer schon klar.«

»Auf Sie trifft das wohl kaum zu.« Er unterbrach seine Arbeit. »Ich glaube, wenn ich Ihnen einen Namen gäbe, würde ich Sie *Temellal* nennen. Das heißt ›Schönheit‹.«

»Aber ich bin nicht schön.«

Er sah erstaunt auf.

»Das bin ich nicht!«

Als er die aufgerissenen grauen Augen sah, war Jafar klar, daß sie seine Worte als hohles Kompliment aufgefaßt hatte. Aber es war die Wahrheit. Gut, sie war keine klassische Schönheit im Sinn der Bildhauer und Maler und entsprach auch nicht dem faden Äußeren, das die englische Gesellschaft zum Schönheitsideal erhoben hatte, aber sie besaß Feuer und sprühte vor Kraft und Lebensmut, und das machte sie schön. Diese Eigenschaften waren bei einer Frau zu preisen — jedenfalls in seinen Augen.

Alysson war sich nur seines prüfenden Blicks bewußt und errötete. »Aber Sie nannten mich manchmal ›Ehuresh‹«, sagte sie leise. »Ist das ein Wort aus Ihrer Sprache?«

»Ja.« Jafars Mund verzog sich zu einem Lächeln. »In der Übersetzung verliert es etwas, aber sinngemäß bedeutet es ›die Trotzige‹, und das paßt sehr gut zu Ihnen.«

Nach Alyssons Geschmack wurde die Unterhaltung jetzt etwas zu persönlich. »Warum halten Sie keine Sklaven?« fragte sie schnell, um das Thema zu wechseln.

»Was bringt Sie darauf?«

»Mahmoud hat es mir gesagt.«

»Mahmoud hat ein loses Mundwerk.«

»Soll es geheim bleiben?«

»Nein.«

Nachdem er eine Zeitlang geschwiegen hatte, wurde ihr klar, daß er ihr nicht antworten würde. Aber er war guter Stimmung und sie wollte die Gunst der Stunde nutzen, um ihm weitere Fragen zu stellen, zum Beispiel, warum er sie entführt hatte.

»Wenn Sie nicht darüber sprechen wollen«, wagte sie sich vor, »könnten Sie mir dann wenigstens verraten, wie lange Sie mich hier festhalten wollen?«

»Das hängt davon ab ...«

»Wovon?«

»Wenn Ihr Verlobter Sie suchen kommt.«

Erschreckt und verstört verstummte sie.

»Ich bin überzeugt, daß der Oberst Sie jetzt schon suchen wird«, erklärte Jafar mit völlig unbewegtem Gesicht.

»Woher wollen Sie wissen, was Gervase unternehmen wird oder nicht?«

Er hob die Schultern. »Ich habe Spione in der französischen Kolonialverwaltung. Ich bezahle sie gut, damit sie mich über jeden Schritt des Obersten informieren.«

Spione? Das war also der Grund, warum es ihm so leicht gelungen war, sie zu entführen. Ein ungutes Gefühl stieg in ihr auf. »Aber ... aber was habe ich damit zu tun?«

»Ich sagte es Ihnen. Ihre Anwesenheit ist dazu erforderlich.«

»Aber warum? Wozu sollte meine Anwesenheit gut sein?«

Er blieb so lange stumm, daß sie zuerst dachte, er würde nicht antworten. Als er endlich sprach, war sein Ton ruhig und kalt. »Sie gibt unseren Truppen die Möglichkeit, sich der französischen Armee zu stellen.«

Seine Antwort ließ Alysson erschauern. War das der Grund? Ein Kampf mit den Franzosen? Hatte Jafar nicht am Anfang ihrer Gefangennahme erklärt, er hoffe zuversichtlich, daß die französische Armee sie suche? Allen voran der gute Oberst? Sollten die Franzosen in eine Falle gelockt werden? Wenn dem so war, dann diente sie als Köder. Großer Gott.

Sie öffnete den Mund, brachte aber aus der trockenen Kehle keinen Ton hervor. Es dauerte, bis sie sich zum Sprechen zwang. »Sie wollen damit sagen, Sie benützen mich als Lockvogel, um die französische Armee in einen Kampf zu verwickeln?«

»Ja, ich suche den Kampf mit den Franzosen. Ganz recht.«

Zweifellos eine ungerechte Sache. Dieser erbarmungslose Berber würde den Ausgang des Kampfes zu seinen Gunsten wenden. Unzählige Männer würden sterben müssen. Und durch ihre Schuld.

Dieser Gedanke brachte sie zur Verzweiflung.

»Was Sie vorhaben ist abscheulich. Unverantwortlich.« Alyssons Stimme war heiser. »Es ist die Taktik des Feiglings, eine Frau zur Durchführung seiner heimtückischen Pläne zu benutzen.«

Er gab keinerlei Kommentar zu ihrem Tadel ab, da er gerade das kräftige Hinterteil seines Hengstes abrieb.

»Was werden Sie mit mir anfangen, wenn ich meine Schuldigkeit getan habe? Werden Sie mich umbringen? Mich als Sklavin verkaufen?«

Da hielt Jafar inne. Er sah sie über die Schulter hinweg an. Als sich ihre Blicke trafen, zogen sich seine Brauen zusammen. »Nein. Sie werden sofort frei sein und können zu Ihrem Onkel zurückkehren. Im Gegensatz zu den Franzosen verschonen wir Frauen und Kinder.«

»Tatsächlich?« Sie lachte grimmig auf. »Als was bezeichnen Sie dann meine Entführung?«

»Ihnen ist nichts geschehen. Ich habe Ihnen keinen Anlaß gegeben, sich über Ihre Behandlung zu beklagen«, erwiderte er. Es war obenhin gesagt, trotzdem hatte sie den warnenden Unterton nicht überhört. »Sie sind weder vergewaltigt, geschlagen oder gefoltert worden.«

Sie wollte ihm widersprechen, wollte ihm ins Gesicht schreien: *Sie haben mich geküßt! Sie haben mir Ihre Zärtlichkeiten aufgezwungen. Sie haben mir angedroht, daß ich mich Ihnen freiwillig hingeben würde! Daß ich Sie eines Tages begehren würde!* Nein, er hatte ihr nichts angetan. Er hatte sie mit Worten gefoltert. Und jetzt, nachdem sie seine Pläne kannte, stand sie Todesängste aus, daß er sie wahr machen würde.

Ihre Stimme zitterte, als sie ihn fragte: »Und Ihr Sultan, Abd el-Kadar? Ist er mit Ihren barbarischen Methoden einverstanden, unschuldige Gefangene als Köder für eine Falle zu benutzen?«

»Abd el-Kadar begegnet diesen christlichen Gefangenen mit großer Rücksichtnahme, vor allem, wenn es sich um Frauen handelt. Es betrübt ihn sehr, daß sie Opfer unseres Heiligen Krieges werden könnten.«

»Heiliger Krieg!« Alyssons Stimme überschlug sich fast. »Da ist nichts Heiliges an Ihrem Krieg. Wie können Sie unzählige Greueltaten begehen und dann behaupten, es geschah im Namen Gottes?«

»Bei Allah ...« Der leise Fluch durchschnitt die Luft, als Jafar zu ihr herumwirbelte. In vier Sätzen war er bei ihr. Die Hände packten sie bei der Schulter und zerrten sie auf die Füße.

Alles geschah mit erschreckender Schnelligkeit. Versteinert blieb Alysson stehen. Die rasende Wut der Bernsteinaugen bannte sie wie die Schlange das Kaninchen.

Allmählich setzte sich ihr Verstand durch. Also war es ihr schließlich doch gelungen, ihn aus der Fassung zu bringen. Sie zuckte zurück und versuchte einen Schritt rückwärts zu gehen, um sich seinem Griff zu entziehen. Aber er hielt sie eisern fest, als er sie anschrie. »Oh, ihr reichen verwöhnten Europäer! Ihr lebt in einer behüteten Welt ... was wißt ihr schon von den wirklichen Greueltaten! Fragen Sie doch den jungen Mahmoud, wenn Sie etwas über die Barbaren wissen wollen! Der Junge wurde von den Franzosen grausam gefoltert und kam nur knapp mit dem Leben davon.«

Alysson bebte am ganzen Körper. Sein Blick durchbohrte sie, ließ sie nicht los, während seine Stimme in ein abgehacktes Flüstern überging. »Soll ich Ihnen von den anderen Greueltaten berichten, die von Franzosen verübt wurden? Von einer liebgewordenen Gewohnheit ihrer Legionäre? Sie machen Tabakbeutel aus den Brüsten ermordeter Moslemfrauen und prahlen dann damit, wie weich und zart das Leder sei.«

Um seine Worte plastischer zu machen, umfaßte eine Hand ihre Brust. Dieser Berührung hatte nichts mit Sinnlichkeit zu tun, sie war grob und feindselig.

Alyssons Herz raste. Seine flammende Eindringlichkeit

ließ sie befürchten, er selbst wäre zu jeder Art von Vergeltung bereit. Aber endlich ließ er sie los. Sie atmete tief durch; kurz darauf gaben ihre Knie nach und sie sank zu Boden.

Jafar ging zu seinem unruhig schnaubenden Hengst zurück und hob das Tuch auf, das er fallen gelassen hatte.

Alysson blickte ihm angsterfüllt nach. Was würde er als Nächstes tun? Warum war das Gespräch plötzlich entgleist? Sie wünschte, sie hätte dieses Thema nie erwähnt. Aber er war nicht der Mann, der seine Wut an ihr auslassen würde.

»Sie bezeichnen *uns* als Barbaren«, murmelte Jafar. »Natürlich heißen Sie das Vorgehen der Franzosen nicht gut, als sie zur Befriedung unserer Stämme Hunderte von Frauen und Kindern in einer Höhle ersticken ließen. Sie haben doch sicherlich von diesem Zwischenfall gehört, Mademoiselle?«

»J ... ja«, antwortete Alysson. Sie hatte davon gehört. Wie viele ihrer Landsleute war sie von der grausamen Tat eines französischen Obersten entsetzt, der am Eingang einer Höhle Feuer gelegt hatte, in die ungefähr fünfhundert eingeborene Männer, Frauen und Kinder geflohen waren. Dieser Vorfall hatte auch die überzeugtesten Befürworter der französischen Kolonialpolitik erregt und wurde schärfstens verurteilt.

»Beim nächsten Überfall kamen fünfzehnhundert Mohammedaner ums Leben«, sagte Jafar mehr zu sich selbst.

»Beim ... nächsten Mal?«

»Zwei Monate später wiederholte einer Ihrer französischen Obersten dieses Manöver. Sie haben nie davon erfahren, weil es in keiner französischen Zeitung stand.« Jafar schüttelte angeekelt den Kopf. »Erzählen Sie mir nichts von Barbaren.«

Durch seine Anschuldigungen aufgerüttelt, hob Alysson das Kinn und nahm ihren Mut zusammen. »Das entschuldigt aber keineswegs die entsetzlichen Taten, die von Ihrer Seite verübt worden sind. Erst vor ein paar Jahren haben die Araber die französische Garnison in Biskra massakriert.«

Jafar warf ihr einen wütenden Blick zu. »Da handelte es

sich um Soldaten, Männer, deren Beruf es ist zu kämpfen und wenn nötig zu sterben, und das in einem Krieg, den die französische Regierung aus Machtgier vom Zaun gebrochen hatte. Es waren Soldaten, die nicht eine Sekunde zögerten, ganze Dörfer samt ihrer Bewohner niederzubrennen, wenn ich das noch hinzufügen darf.«

»Und was ist mit den unschuldigen französischen Siedlern, die erbarmungslos niedergemetzelt wurden?«

»*Unschuldige* Siedler, die unser Land gestohlen haben und über die blutigen Leichen unserer Leute gingen? Es herrschte Krieg, Miss Vickery. Was haben Sie denn von uns erwartet? Daß wir euch mit offenen Armen empfangen?«

Alysson schwieg nachdenklich. Was sollte dieses sinnlose Blutvergießen? Niemand wurde verschont, weder die Unschuldigen noch die Frauen und Kinder. Die Rechte der Menschen waren auf beiden Seiten mißachtet worden. Und jetzt war, Gott sei Dank, der Krieg vorbei. Wenn dieser Berber doch ein Einsehen hätte!

»Der Krieg ist aus«, sagte Alysson schließlich. »Begreifen Sie das nicht? Sie werden niemals gewinnen.«

Jafars Finger schlossen sich fester um das Tuch. »Mag sein. Aber wir werden niemals aufhören, die Eindringlinge, die unsere Küsten erobert haben, zurückzudrängen.«

»Aber weiteres Blutvergießen wird zu nichts führen. Sehen Sie denn nicht ein, daß es sinnlos ist?«

Er hörte die Angst in Alyssons Stimme, drehte sich um und begegnete ihren verstörten grauen Augen. »Es ist nie sinnlos, gegen die Tyrannei zu kämpfen, Mademoiselle.«

Sie starrte ihn an. Das ebenmäßige Gesicht drückte unendliche Hoffnungslosigkeit aus. Sie verstand nichts mehr. Als Jafar ihre Verzweiflung bemerkte, wünschte er sich plötzlich, sie möge ihn verstehen; seine Beweggründe verstehen, die ihn zu diesem aussichtslosen Kampf gegen die französischen Eroberer trieben. Er wünschte, daß sie begriff, was den Haß in ihm gegen diesen besonderen Feind ausgelöst hatte, diesen furchtbaren Haß, der ihn wie eine schwärende Wunde vergiftete.

»Denken Sie einen Augenblick darüber nach«, sagte er mit verhaltener Stimme, »warum wir die Franzosen hassen. Sie drangen in unser Land ein, überfielen und brandschatzten unsere Dörfer aus reiner Lust am Erobern. Sie zerstörten alles, was ihnen in die Quere kam. Sie verseuchten unsere Brunnen, versengten die Ernte, vergewaltigten und töteten unsere Frauen, machten unsere Kinder zu Waisen, entweihten unsere Moscheen und schändeten unsere Friedhöfe. *Sie* sind die wahren Barbaren, und sie haben dem Volk, das sie zivilisieren wollten, die Barbarei gelehrt.«

Er hielt inne. Ein flammender Blick traf sie. »Aber das ist noch nicht alles. Der Eroberungsfeldzug dauerte ihnen zu lange. Um schneller ans Ziel zu kommen, brachen sie ihre eigenen Friedensverträge und beschlagnahmten privates Eigentum. Dann legten sie der verarmten Bevölkerung Steuern auf und saugten sie aus. Die Schwächsten machten sie zu ihren Dienern. Der Habsucht sind keine Grenzen gesetzt. Die Franzosen sind von unersättlicher Gier besessen. Sie wollen unsere Ebenen, unsere Berge und unsere Städte im Inland. Es gelüstet ihnen nach unseren Pferden, Zelten, Kamelen, Frauen. Sie mißachten unsere Gesetze und Sitten, unsere Religion, und sie erwarten von uns, daß wir alles dulden, was sich die weiße Rasse in ihrer Überheblichkeit anmaßt.«

Jafar murmelte ein Wort in seiner Sprache. Bestimmt ein furchtbarer Fluch. Sein Blick hielt sie weiter gefangen, als er fortfuhr. »Glauben Sie tatsächlich, daß mein Volk den Nakken kampflos unter dem ausländischen Joch beugt? Sich der Oberhoheit der Franzosen unterwirft?«

Die Frage, leise und drohend gestellt, hallte in der Stille wider.

»Sie sagen, der Krieg sei aus«, erklärte Jafar leise. »Ich sage Ihnen, er wird nie vorbei sein. Nicht, solange auch nur ein Franzose auf afrikanischem Boden lebt. Die Franzosen werden unsere Feinde sein – für immer und ewig.«

Alysson schüttelte langsam den Kopf. Den bitteren Haß gegen die Franzosen verstand sie, aber was hatte er gegen

Gervase? »Aber Sie sagen doch nicht nur der französischen Armee den Kampf an, oder? Da steckt doch noch mehr dahinter. Sie verfolgen einen Racheplan. Sie haben es auf Gervase abgesehen, deshalb haben Sie mich entführt.«

Seine goldenen Augen ließen nicht von ihr ab. »Ja.«

Dieses knappe Wort war unerbittlich.

Das flaue Gefühl im Magen verstärkte sich. »Und wenn Gervase mich findet?« Ihre Stimme sank zu einem heiseren Wispern. »Was haben Sie dann mit ihm vor?«

Sofort erstarrte Jafars Gesicht zu einer Maske. Auch in seinen Augen war nichts mehr zu lesen. Er blickte über sie hinweg. Die Verbindung zwischen ihnen war abgerissen. »Der Oberst wird das bekommen, was er verdient.«

Alysson fror plötzlich. Sie stand auf. »Ich hoffe, Sie verkohlen in der Hölle.«

Jafar antwortete ungerührt. »Der Gedanke an Ihre christliche Hölle birgt keine Schrecken für mich, Mademoiselle.«

Alysson ballte die Hände zu Fäusten. In diesem Augenblick haßte sie ihn mit jeder Faser ihres Körpers. Das hatte sie nicht für möglich gehalten. Aber noch mehr haßte sie ihre Hilflosigkeit.

Mit einem Laut, der wie ein Aufschluchzen klang, drehte sie sich um und floh in das Zelt.

Jafar blickte ihr nach und knirschte mit den Zähnen. Die Fingerknöchel waren weiß, so fest hatte er das Tuch umklammert. Kaum war sein Zorn einigermaßen verflogen, machte ihm ihre Verzweiflung zu schaffen. Die Galle stieg ihm hoch bei dem Gedanken, daß sie so viel für diesen französischen Schakal, diesen Gervase de Bourmont, empfand. Es machte ihn krank. Und jetzt mußte Jafar auch noch gegen den Impuls ankämpfen, dieser Frau ins Zelt zu folgen, sie in die Arme zu nehmen und zu trösten.

Aber wie sollte er ihr Trost spenden, wenn er fest entschlossen war, ihren zukünftigen Mann zu töten? Mit einem wüsten Fluch wandte Jafar sich ab und beschäftigte sich weiter mit seinem Pferd.

Kapitel 9

Dichte Staubwolken wirbelten in der heißen Mittagssonne auf, als Alysson die Berber bei ihren Reiterspielen beobachtete. Es schienen sportliche Übungen zu sein, nachdem sie aber von den Plänen ihres Anführers wußte, bekamen sie eine ganz andere Bedeutung.

Sie übten für den Ernstfall. Für Krieg und Tod.

Im Schutz von Jafars Zelt sah sie mit Entsetzen zu, unfähig, den Blick abzuwenden. In dem Augenblick, als Jafar in vollem Galopp auf den Zelteingang zuritt, stand sie auf und ging hinein. Seit jenem Abend vor zwei Tagen, an dem sie von Jafars Plan erfahren hatte, Gervase und seine Truppen in ein Gefecht mit den Berbern zu locken, hatte sie kein Wort mit ihm gewechselt.

Zwei Tage lang tobten Aufruhr und Furcht in ihr und ließen sie nicht zur Ruhe kommen. Sie fand keinen Schlaf und nahm kaum etwas zu sich. Die innere Spannung, die Angst und das Gefühl der Hilflosigkeit hatten sich verzehnfacht. Jetzt stand nicht nur ihr Leben auf dem Spiel. Vom Hörensagen wußte sie, daß die Berber im Kampf zu allem entschlossen waren. Wenn Jafar die Durchführung seines Planes gelang, würden unzählige französische Soldaten fallen. Und Gervase, der Mann, der sie liebte. Und Onkel Honoré.

Mit erbarmungsloser Klarheit erkannte sie plötzlich, was geschehen würde, wenn Onkel Honoré erführe, wo man sie gefangenhielt. Niemals würde Honoré erlauben, daß Gervase sie allein suchte. Obwohl ihm jegliche Voraussetzung fehlte, tagelange Ritte durch die Wüste zu überstehen, würde er Gervase begleiten. Und das könnte seinen Tod bedeuten.

»Das werde ich nicht zulassen!« murmelte Alysson, aber das beklemmende Gefühl in ihrem Inneren paßte nicht so recht zu solch entschlossenen Worten.

Es wäre ihre Schuld, wenn sie ums Leben kamen; ihr Blut würde an Alyssons Händen kleben. Sie allein war dafür verantwortlich. Hätte sie nicht darauf bestanden, ihren Onkel zu begleiten, wäre sie nicht entführt worden, um Jafar als Köder zu dienen.

Wenn sie Honoré nur eine Nachricht zukommen lassen könnte, daß sie wohlauf sei und daß er um ihretwillen nicht zu kommen brauche, wäre sie einigermaßen beruhigt. Gervase war schließlich Soldat, ein tapferer, kampferprobter Offizier, der eine Chance gegen die Berber hatte. Vielleicht hatte er die besseren Karten und konnte sein Schicksal wenden!

Zwei Nächte hatte sie die Sorge um sein Schicksal wach gehalten. Was hatte Jafar mit ihm vor? Wieso wollte er sich an Gervase rächen? Was hatte Gervase getan, um diesen Haß auf sich zu ziehen? Warum hatte Jafar damals gesagt, in Gervases Adern fließe das Blut eines Mörders?

Rache setzt eine frühere Bekanntschaft voraus, demnach mußten sich die beiden Männer kennen. Jafar hatte das angedeutet. Ja, er hatte sogar gesagt, daß Gervase der Grund ihrer Entführung sei.

Er benutzte sie also für seine Rache.

Das hätte sie sich denken können. Jafar hatte sie nur in seine Gewalt gebracht, um ihren Verlobten zu demütigen und ihren Ruf zu ruinieren. Aber damit hätte sie fertig werden können. Ihr Ruf war ihr nie sehr wichtig gewesen, denn sie richtete sich nicht nach gesellschaftlichen Konventionen. Gerne hätte sie ihren guten Namen geopfert, um Gervases Leben zu retten. Ja, sie hätte dem Berber sogar ihren Körper gegeben. Aber jetzt wurde ihr klar, daß ihm das nicht genügte.

Er wollte Gervases Tod. Wie Schuppen fiel es ihr von den Augen. Und sie wußte instinktiv, daß sie seinen Entschluß nicht zu ändern vermochte. Jafar war kein Mann, den man mit Tränen und Bitten umstimmen konnte. An sein Gewissen oder seine Ehre zu appellieren, würde nichts nützen. Hier war nicht England. Sie befand sich in der Wüste, wo die Regeln der Zivilisation nichts galten. Im Land der Berber waren Frauen Eigentum, das man kaufte und verkaufte. Hier nahmen sich die Männer, was sie wollten. Hier machten Männer wie Jafar el-Saleh ihre eigenen Gesetze.

»Guten Tag, *ma belle.*«

Alysson wurde steif, als sie Jafars Stimme hörte. Absichtlich drehte sie ihm den Rücken zu.

Hinter ihr fluchte Jafar leise. Während der letzten beiden Tage hatte ihn seine schöne Gefangene wie eine giftige Viper gemieden. Ihre Verachtung ärgerte ihn maßlos. Dieses beleidigte Schweigen war unerträglich. Und das bei einer Frau! Nur seinem englischen Großvater und dem Sultan gegenüber hatte er Ehrerbietung gezeigt. Aus freien Stücken. Trotzdem glaubte er, Alysson Vickery eine Erklärung schuldig zu sein, warum er sie in seine persönliche Rache einbezog. Er hatte ihr zu erklären versucht, warum er die französischen Eroberer haßte, aber offensichtlich war sie zu starrsinnig, um seine Beweggründe zu begreifen.

Schlimmer als seine Verärgerung war der Stich in seinem Herzen, den er jedesmal spürte, wenn er ihre verstörten Augen sah. Er hatte nicht erwartet, daß es sie so mitnahm. Am liebsten würde er zu ihr gehen, sie in die Arme nehmen und die Traurigkeit von ihrem Gesicht wegküssen. Er wollte ihren Haß gegen ihn vertreiben und durch Lust und Wonnen ersetzen ... Ihre Leidenschaft sollte ihm gelten und nicht diesem verdammten Bourmont.

Entschlossen, keine Schwäche zu zeigen, verschränkte Jafar die Arme vor der Brust. Er konnte nicht zulassen, daß ihr Jammer ihn weich werden ließ. Es stand zu viel auf dem Spiel.

»Allah ist gütig«, meinte er sarkastisch. »Er hat mich mit einer mustergültigen Gefangenen gesegnet.«

Sie antwortete nur mit einem grimmigen Blick unter zusammengezogenen Brauen.

»Eine schweigsame Frau ist mir völlig neu.«

Die Augen und der Tonfall waren spöttisch. Alysson wurde weiß vor Wut. Der Blick, den sie ihm entgegenschleuderte, hätte nasses Reisig in Brand gesetzt.

Jafar ließ sich nicht abschrecken und kam langsam auf sie zu. Als er die Hand hob, um ihr die Wange zu streicheln, zuckte Alysson zurück.

»Wenn Sie mich anrühren, werde ich Sie töten. Das schwöre ich!«

Seine Bernsteinaugen verengten sich. »Sie widersetzen sich mir?« fragte er mit beißender Schärfe.

»Ja, ich wage es, mich Ihnen zu widersetzen, Sie ... Barbar.«

Völlig ungerührt griff er nach Alyssons Kinn und sah sie forschend an. Ihr Gesicht war gerötet, der Ausdruck verängstigt. »Das ist nicht sehr klug, *chérie.* Zwingen Sie mich nicht, Sie für Ihren Trotz zu bestrafen.«

Alysson hielt den Atem an. Sie bebte am ganzen Körper vor ohnmächtiger Angst und vor etwas ganz anderem, das sie sich lieber nicht eingestehen wollte.

»Vielleicht«, fügte Jafar leise hinzu und senkte den Blick auf ihre zitternden Lippen, »sollte ich Sie mit meinen Küssen strafen, da sie Ihnen anscheinend zuwider sind.«

Das Verlangen, das sie sich nicht eingestehen wollte, ergriff jetzt von ihr Besitz. Ihre Haut brannte. Der Herzschlag ging in ein wildes Rasen über. »N ... nein ...«, hauchte sie, aber er schien es überhört zu haben. Seine Finger verließen ihr Kinn. Sanft strich sein Daumen über ihre Unterlippe und streifte das warme feuchte Innere.

»*Temellal*«, flüsterte er. »Meine Schönheit.« *Ich werde Ihr Geliebter sein.* Er hatte diese Worte nicht ausgesprochen, und doch war ihr, als vernehme sie ein leises Wispern. Und doch wünschte sie, daß es dazu käme.

Ihre Gefühle wirbelten durcheinander. Alysson starrte Jafar an. Wie stellte er es nur an, diese Empfindungen in ihr wachzurufen? Wie konnte sie nur einem Mann verfallen, den sie haßte? Wie war es möglich, daß er ihr den Verstand raubte, daß ihr die Knie zitterten und ihr das Herz davongaloppierte? Was gab ihm die Macht, all ihre Vorsätze mit einem Blick seiner Bernsteinaugen zu brechen?

Auch wenn sie sich noch so sehr dagegen wehrte, er zog sie unwiderstehlich an. Sie dachte an seine Küsse von damals, an die brennenden Lippen, die geübten Hände ... Jafar löste eine Flut von Empfindungen in ihr aus, ließ sie vergessen, wer sie war, wer er war. Er brachte ihren eigenen Körper dazu, sie zu hintergehen. Sie *wollte,* daß er sie wieder küßte, sie berührte, sie in seine Arme nahm ...

»Nein«, sagte sie diesmal laut. Die Verzweiflung gab ihr die Kraft zu protestieren.

Sein Gesichtsausdruck war zärtlich, seine Stimme tief und kehlig. »Du solltest mir danken, Telmellal, daß ich dich Bourmont fortnehme. Er paßt nicht zu dir. Und er ist nicht Manns genug, dich zur Frau zu machen.«

Der Gedanke an Gervase und an sein ungewisses Schicksal erfüllte sie mit Schuldgefühlen. Wie konnte sie ihre Verpflichtungen gegenüber Gervase und ihrem geliebten Onkel, ja sogar gegenüber ihrem Land so schnell vergessen? Sie schämte sich zutiefst, als ihr bewußt wurde, wie gefährlich nahe daran sie war, Jafars Verführungskünsten zu erliegen. Mit aller Kraft stemmte sie sich gegen ihn. »Sprechen Sie mir nicht von Gervase!« schrie sie. »Sie sind nicht einmal gut genug, um ihm die Stiefel zu putzen!«

Jafars Kiefermuskeln spannten sich. Aber das war auch alles. Er ließ die Hände sinken, wandte sich ab und verließ das Zelt.

Mit unbeschreiblicher Erleichterung blickte Alysson ihm nach. Dann atmete sie tief durch und schickte sich an, Ordnung in ihre Gedanken zu bringen. Auf keinen Fall durfte sie ihm ins Netz gehen. Erstens wollte sie sich nicht zu einem willenlosen Werkzeug herabsetzen lassen, und zweitens mußte sie seiner verlockenden Männlichkeit widerstehen, um einen klaren Verstand zu behalten.

Es war ihre Pflicht, sich zusammenzureißen, zu denken und zu planen. Sie mußte essen, um bei Kräften zu bleiben. Sie mußte schlafen, um den Strapazen einer möglichen Flucht gewachsen zu sein. Sie mußte Erkundigungen einziehen, Informationen sammeln und auswerten, auch wenn der Nutzen noch so gering war.

Mit diesen Vorsätzen im Kopf fragte sie Mahmoud später an diesem Nachmittag über Jafar und seinen Konflikt mit den Franzosen aus.

Die Unterhaltung kam nur stockend in Gang. Kaum hatte sie die Franzosen erwähnt, zischte Mahmoud einen Fluch. »Zfft! Mögen die Söhne des Schakals elend und verlassen sterben!«

Dafür gelang es ihr wenigstens, dem Jungen ein paar Einzelheiten über seinen Herrn zu entlocken. So wie sie es verstand, war Jafar ein mächtiger *amghar* — der Führer eines großen Berberstammes mit dem Titel eines *caid*. Das bedeutete, daß der Emir der Araber, Abd el-Kader, ihn dazu ermächtigt hatte, offiziell als Vertreter der lose organisierten Stämme der Araber tätig zu sein.

Die mit Stolz vorgetragenen Enthüllungen des Jungen bestätigten nur Alyssons Vermutung. Jafar el-Saleh war ein Urgestein, was Autorität und Furchtlosigkeit anbelangte — ein Berberfürst, der sich der Freiheit und Unabhängigkeit Algeriens verschrieben hatte.

Wenn sie ehrlich mit sich war, so konnte sie es Jafar nicht verübeln, sich seinen Feinden, den Franzosen, zu widersetzen. Sie verstand ihn und bewunderte seine Festigkeit angesichts dieser schwierigen Mission. Er kämpfte für das, woran er glaubte.

Seine unbeirrbare Entschlossenheit, Rache zu üben, erschreckte sie. Sie konnte den Gedanken nicht ertragen, daß sie Mittel zum Zweck sein sollte und ihm dabei half, Gervase oder ihren geliebten Onkel zu töten.

Sie mußte sich etwas einfallen lassen, um Jafar aufzuhalten. Aber wie? Die Loyalität der Stammesangehörigen ihm gegenüber stand außer Frage. Es würde also nicht möglich sein, auch nur einen von ihnen zu überreden oder zu bestechen.

So wie die Dinge lagen, würde es ihr wohl nicht gelingen, Jafar von seinem schrecklichen Plan abzubringen. Ganz gegen ihre optimistische Natur merkte sie, wie sich langsam die Verzweiflung in ihr breitmachte.

Das war jedoch, bevor sie den Dolch stahl.

Es geschah am folgenden Nachmittag während ihres täglichen Rundgangs durch die Zeltstadt. Nach dem Frühstück hatte sie sich mit Mahmoud über die Sprache der Berber unterhalten und ihn dazu bewegen können, ihr einige Worte beizubringen. Wenn sie genügend verstehen würde, so hoffte Alysson insgeheim, wäre sie vielleicht in der Lage, ein paar nützliche Informationen aufzuschnappen.

Sie war eine gelehrige Schülerin und machte rasch Fortschritte. Als ihr blauäugiger Bewacher Saful sie zum Spaziergang abholte, begrüßte sie ihn in seiner Muttersprache, und als sie beim nächsten Mal Tahar im Küchenzelt besuchte, reichten Alyssons Sprachkenntnisse bereits zu einer kleinen Unterhaltung aus. Tahar hatte sie in den vergangenen Tagen zweimal besucht — anscheinend auf Jafars Anordnung —, aber Alysson war zu sehr mit ihren Sorgen um Gervase und Onkel Honoré beschäftigt, um sich über die aufkeimende Freundschaft mit Tahar zu freuen.

Alysson fragte nach dem Namen der dicken Bohnen, die Tahar ihr lachend auf der Hand anbot. Sie zeigte auf dies und das, erkundigte sich wißbegierig nach der Bezeichnung, wiederholte die Worte in der ihr fremden Sprache und erntete das übermütige Gelächter der umstehenden Frauen, die sich über ihre ungeschickte Aussprache amüsierten. Leider winkte ihr Saful jetzt ungeduldig vom Zelteingang zu. Das war das Zeichen zum Gehen.

In diesem Augenblick entdeckte sie den Dolch — eine schmale gebogene Klinge, wie man sie zum Ausbeinen von Fleisch benutzt. Ihr Herz pochte rasend bis zum Hals hinauf. War das die Chance, auf die sie gewartet hatte?

Sie tat so, als bewundere sie eine frisch angerichtete Gemüseplatte, und brachte das Messer unbemerkt an sich. Geschickt ließ sie es in einer Falte ihres Kleides verschwinden. Das Herz schlug immer noch wie wild, als sie einen Bick auf Saful warf. Er hatte nichts bemerkt.

Am liebsten hätte sie aufgejubelt, aber sie ließ sich nichts anmerken, verabschiedete sich von Tahar und den Frauen und setzte in Safuls Begleitung den Rundgang durch das Lager fort. Als sie Jafars Zelt betrat, gelang es ihr nur mühsam, gelassen zu wirken. Außerdem beunruhigte es sie, daß

Jafar nicht zum gemeinsamen Mittagessen erschien. Es war ihr gelungen, sich zu bewaffnen, aber jetzt mußte sie einen kühlen Kopf bewahren und entscheiden, wann sie die Waffe am vorteilhaftesten einsetzen könnte.

Der Dolch bedeutete ihre Freiheit. Damit konnte sie die Wache überwältigen. Dann würde sie sich auf das nächstbeste Pferd schwingen und davongaloppieren. Aber ihre Flucht würde jetzt sofort bemerkt werden. Nein, es wäre besser, die Nacht abzuwarten, wenn alles schlief. Dann wäre Jafar das einzige Hindernis, das ihr im Wege stand.

Und was dann?

Als sie nachdenklich zum Zelt hinausblickte und über die Lösung dieses Problems nachdachte, fiel plötzlich ein schwarzer Schatten über das Lager. Angsterfüllt sah Alysson auf und entdeckte, daß die Sonne hinter schweren schwarzen Wolken verschwunden war.

Wenige Augenblicke später fielen die ersten Tropfen. Sie hatte noch nie einen Regen in der Wüste erlebt. Kurz darauf ergoß sich ein Wolkenbruch über die Zeltstadt und drohte sie fortzuspülen. Genauso plötzlich wie das Unwetter begonnen hatte, verschwand es wieder und die Sonne kam durch. Die Feuchtigkeit stieg in dichten Schwaden aus dem Sand auf. In einer halben Stunde waren Flüsse und Bäche, die das Unwetter mit sich gebracht hatte, wieder versickert. Wie von Zauberhand getrocknet lag die Wüste vor ihr. Nach der vorangegangenen Hitze fröstelte sie jetzt ein wenig.

Unbewußt faßte Alysson nach der scharfen Schneide, die sie in ihrem Kleid versteckt hielt.

Die große Frage stellte sich: Würde sie bereit sein, das Messer gegen einen Menschen zu erheben?

Konnte sie Jafar töten?

Eine Gelegenheit dazu ergab sich am Abend, als Jafar zurückkehrte. Alyssons Nerven waren zum Zerreißen gespannt, aber sie war noch zu keinem Entschluß gekommen.

Verstohlen beobachtete sie Jafar, wie er vor dem Abendbrot seine französischen Journale las. Alysson kniff ärgerlich die Lippen zusammen. Heute abend sah er noch anziehender als sonst aus. Er trug eine himmelblaue *djellaba* — ein langes Gewand aus feiner Wolle — und lehnte in männlich selbstgefälliger Haltung an den weichen Polsterkissen. Die Bernsteinaugen leuchteten im Schein der Lampe, ein paar Haarsträhnen schimmerten wie Gold.

Unwillkürlich wanderte Alyssons Blick über das straffe, schmale Gesicht, über die hohen Wangenknochen, den kühn geschwungenen Mund, den kantigen Kiefer, das energische Kinn. Ja, dieser Mann war durchaus in der Lage, seinen teuflischen Racheplan bis zum Ende durchzuführen — es sei denn, sie könnte ihn davon abhalten.

Ihre Hand zitterte, als sie das Messer berührte. Sie ließ die Hand eine Weile darauf liegen, als brauche sie die Versicherung, die der kühle Stahl ihr gab. Konnte sie es fertigbringen?

Konnte sie die Waffe benutzen, um seine Pläne zu vereiteln? Konnte sie Jafar töten?

Sie war dankbar, als Mahmoud erschien, um das Essen aufzutragen, aber das Flattern im Magen verdarb ihr den Appetit. Sie stocherte auf dem Teller herum und war sich Jafars prüfendem Blick die ganze Zeit über bewußt.

»Es beunruhigt mich, daß Sie nichts essen, *ma belle*«, meinte er schließlich. »Sie sollten etwas mehr auf Ihr Gewicht achten.«

Alysson war jetzt nicht in der Stimmung, auf seinen Scherz einzugehen.

»Zum Teufel noch mal, können Sie mich nicht in Frieden lassen?«

Ohne die Beherrschung zu verlieren, blickte er sie eine Weile an. »Essen Sie auf. Dann sind Sie vielleicht besserer Stimmung.«

Es half nicht. Um ihren guten Willen zu zeigen, würgte sie ein paar Bissen hinunter, aber sie lagen ihr nur schwer im Magen.

Als sie den Teller fortschob, bedeutete Jafar dem Jungen, den Tisch abzuräumen. Mahmoud verbeugte sich tief, tat wie ihm geheißen und entfernte sich.

»So viel ich weiß, hat Mahmoud heute morgen seine Pflichten vernachlässigt, um Sie zu unterhalten«, erklärte Jafar und trank einen Schluck Kaffee.

Der forschende Ton in seiner Stimme ließ Alysson aufblicken. War das eine Rüge? Wollte Jafar Genaueres wissen? Oder hatte er bereits von seinem Diener erfahren, daß er ihr heute morgen ein paar Vokabeln beigebracht hatte? War er über alles unterrichtet, was sich im Lager zutrug?

»So unterhaltsam war es auch wieder nicht«, antwortete sie ausweichend. »Mahmoud brachte mir nur ein paar Brokken in Ihrer Sprache bei.«

»Ich hätte nicht gedacht, daß Sie sich diese Mühe machen.«

Alysson hob die Schultern und versuchte die innere Anspannung zu verbergen. »Ich langweilte mich.«

»Oder beabsichtigen Sie, Vorteile über uns ungebildete Wilde herauszuschlagen?«

»Wollen Sie mir das verübeln? Sie sagten doch selbst, ein Weiser erlernt die Sprache seines Feindes.«

»Richtig.«

Die goldenen Augen wurden dunkel. »Das ist eine gute Strategie. Aber die Kenntnis unserer Sprache wird keinen Einfluß auf Ihre Gefangenschaft haben. Eine Flucht ist nicht möglich. Und ich rate Ihnen, es nicht zu versuchen.«

Die leise ausgesprochene Warnung schien von den Zeltwänden widerzuhallen. Alysson starrte ihn an. Ihr Herzschlag geriet aus dem Takt. Wußte er etwas von dem Messer?

Ein unbehagliches Schweigen breitete sich zwischen ihnen aus. Alysson fürchtete, sie würde es nicht länger durchstehen.

Zu ihrer Verwunderung lehnte sich Jafar bequem in die Kissen zurück und nahm wieder die Zeitschrift auf. Mit dem Rücken zu ihr lieferte er sich ihr völlig sorglos aus.

Sie betrachtete ihn eine Ewigkeit und rang mit sich. Ihr Mund war trocken, als sie in den Falten des Kleides nach dem Messer tastete und den Griff fest umklammerte. Wenn sie nahe genug an ihn herankäme, zum Beispiel unter dem Vorwand, eine bestimmte Zeitung zu suchen, dürfte es nicht so schwierig sein, die Klinge tief zwischen seine Schulterblätter zu stoßen.

Die Innenfläche der Hand, die das Messer wie einen Dolch hielt, wurde feucht. Bei der Vorstellung, wie glatt die scharfe Spitze in sein Fleisch eindringen würde, verspürte sie Übelkeit.

Alysson schloß die Augen und wütete gegen sich selbst. Was war sie doch für ein Feigling! In Indien hatte sie Tiger erlegt, Schwarzbären in Rußland. Und einmal hatte sie sogar einen tollwütigen Wolf erschossen.

Und dieser Wüstenscheich war nicht besser als ein Wolf. Mitleid und Menschlichkeit wurden von seiner Rachsucht verdrängt. Er war eine grausame Bestie, die kaltblütig aus niederen Motiven morden würde.

Aber all das half nichts. Verzweifelt gestand sie sich ein, daß sie es nicht fertigbringen würde. Sie konnte den Mann nicht kaltblütig und hinterrücks ermorden. Nicht ihn.

Mit einem lauten Aufatmen nahm sie die Hand von der Waffe. Sie mußte sich etwas anderes ausdenken. Sie wollte warten, bis Jafar schlief und den Dolch benutzen, um sich von den Fesseln am Fuß zu befreien. Mit ein wenig Glück konnte sie sich unbemerkt aus dem Zelt stehlen, auf das erstbeste Pferd steigen und in die Wüste fliehen. Ehe Jafar erwachte, wäre sie meilenweit weg.

Vorsichtig rieb Alysson die Innenfläche der Hand am Rock des Kleides trocken. Sie war jetzt zu einem Entschluß gekommen — einem Entschluß, der sie sonderbarerweise erleichterte.

Jetzt konnte sie nur noch beten.

Sie lag im Dunkeln, lauschte Jafars gleichmäßigen Atemzügen und beobachtete das schwache, rotgoldene Licht der Holzkohle, das an den Zeltwänden flackerte.

Zwei Stunden zuvor, als Jafar ihr erlaubt hatte, sich ohne sein Dabeisein für die Nacht zurechtzumachen, hatte sie den Dolch unter den Rand der Lagerstatt geschoben. Sie schien völlig gelassen, als Jafar ihr die Seidenkordel um den Knöchel band. Schwieriger allerdings war es, dicht neben ihm zu liegen und sich schlafend zu stellen. Trotzdem mußte sie abwarten, bis sie ganz sicher war, daß sie ihn auch nicht mit der kleinsten Bewegung aufwecken würde.

Eine weitere Stunde verstrich. Jede Minute kam ihr wie eine Ewigkeit vor. Dann schließlich ließ sie die Hand unter die Matte gleiten, um den Dolch an sich zu nehmen.

Der glatte Holzgriff beruhigte sie ein wenig, als sie das Messer hervorzog. Jafar rührte sich nicht.

Sie wartete noch einen endlosen Augenblick ab, während ihr Herz einen Trommelwirbel vollführte. Dann hielt sie den Atem an und setzte sich vorsichtig auf. Jafar hatte sich nicht gerührt. Die nackte Brust hob und senkte sich regelmäßig.

Langsam beugte sie sich vor, zog die Decke Stück um Stück zurück und schob die Klinge zwischen ihre und Jafars Ferse. Mit unendlicher Behutsamkeit durchtrennte sie die Schnur, die sie an Jafar band.

Zum Glück warnte sie ihr siebter Sinn, kurz bevor er sich bewegte. Vor Angst stellten sich die Haare in ihrem Nacken auf. Sie war wie gelähmt. Mit einer unglaublich schnellen Bewegung schlang Jafar einen Arm um ihre Taille und riß sie in die Kissen zurück.

Im nächsten Augenblick verlagerte er das Gewicht und rollte sich auf sie. Ehe sie noch einen Schrei ausstoßen konnte, lag sie wie festgenagelt unter seinem Körper. Seine Finger umspannten die Hand, mit der sie den Dolch hielt.

Zu erschrocken, um auch nur einen Laut hervorzubringen, starrte sie in die goldenen Augen. In dem schwachen Licht sah sie das kantige Kinn, die gewölbten Nasenlöcher, die weißen Zähne.

Aber was sie in seinem Gesichtsausdruck sah, ließ ihr das Blut gerinnen. Dazu kam dieses leise unheilvolle Flüstern. »Ein schwerer Fehler, *chérie.*«

Seine Hand fuhr zu ihrem Hals, blieb auf der Kehle liegen. Er hätte ohne weiteres zudrücken können. Die andere Hand entwand ihr das Messer, das er außer Reichweite auf den Boden warf. »Sie hätten nicht zögern dürfen, als Sie die Chance hatten, mich umzubringen.«

Der harsche kalte Ton nahm ihr den Atem. »Ich ... ich wollte Sie nicht er ... erstechen, ich wollte nur ...« Sie schämte sich, daß sie so jämmerlich stotterte.

Jafars Brauen zogen sich noch enger zusammen. »Nein? Wieso nicht? Das möchte ich gerne wissen. Den ganzen Abend über habe ich Ihnen Gelegenheit dazu gegeben. Ich habe damit gerechnet, daß sie auf mich losgehen werden.«

Alysson erschrak. Er hatte es gewußt. Irgendwie hatte er erfahren, daß sie das Messer gestohlen hatte. Und dann hatte er den Dingen seinen Lauf gelassen und abgewartet.

So gut es ging riß sie sich zusammen und hob das zitternde Kinn. Nie würde sie ihm gegenüber eingestehen, daß ihr der Mut fehlte, ihn zu töten. »Ich bin kein Mörder wie Sie.«

Das war verkehrt. Das hätte sie nicht sagen sollen. Jafars Hand wanderte jetzt über das weiße Linnen ihres Nachthemds und blieb auf ihrer Brust liegen. »Wie töricht von Ihnen, meine Warnung in den Wind zu schlagen.« Seine Berührung hatte nichts Bedrohliches, aber sie bekam trotzdem eine Gänsehaut davon. Sie merkte, daß er seinen Ärger nicht mehr unterdrücken konnte.

»Mittlerweile hätten Sie wissen müssen, daß es nicht ratsam ist, den Zorn Ihres Herrn herauszufordern.«

»Sie sind nicht mein Herr«, zischte sie durch die Zähne.

»Doch«, antwortete er beinahe wütend. »Ich bin Ihr Herr, meine stolze Schönheit. Und die nächste Lektion ist längst überfällig.«

Alysson blickte ihn stumm an. Neue Ängste stiegen in ihr auf. »Was ... was haben Sie vor?«

Seine Augen blickten sie beschwörend an. »Sind Sie nicht eine Frau, um das zu wissen?«

Die geflüsterten Worte klangen heiser und sinnlich. Ein Schauer jagte ihre Wirbelsäule hinunter. Die Augen sagten es ihr und der besitzergreifende Körper über ihr. Es gab keinen Zweifel, was er meinte.

Heute nacht würde er ihr Geliebter werden. Das war ihre gerechte Strafe.

Alysson wurde leichenblaß. »Nein . . .«, flehte sie und stemmte sich ohne Erfolg gegen ihn.

Sofort hielt er ihre Arme fest und preßte seinen Körper noch fester auf den ihren. »Ja, meine wilde Tigerin, du wirst noch lernen, mir zu gehorchen. Jetzt. Heute nacht.« Jafar zögerte einen Augenblick und sah sie an. »Noch vor Tagesbeginn wirst du wissen, was Lust bedeutet.«

»Nein!« schrie sie wieder, bis er seinen Mund auf den ihren senkte.

Das war ein dreister Überfall. Wie eine Besitznahme, mit der er sie strafen wollte. Mit brutaler Sinnlichkeit bohrte sich seine Zunge wie ein glühender Dolch zwischen ihre Lippen in das Innere ihres Mundes und versuchte ihren Widerstand zu brechen.

Völlig benommen hatte Alysson kaum Kraft, um sich gegen ihn zur Wehr zu setzen. Wenn eine Frau mit einem einzigen Kuß besiegt werden konnte, dann war Jafar auf dem richtigen Weg. Er wollte sie haben, heute nacht. Sein Körper sprach eine deutliche Sprache. Er wollte sie unterwerfen, sie beherrschen und besitzen. Sie spürte, wie ohnmächtiger Zorn ihre Kräfte lähmte, aber eine innere Stimme sagte ihr, daß er sie nicht gebrauchte, um sie zu bestrafen, sondern weil er sie begehrte.

Alysson schluchzte laut auf, aber mehr aus Angst vor den Gefühlen, die er in ihr wachrief, als um ihn abzuwehren. Augenblicklich ließ sein ungestümes Drängen nach. Zärtlich ließ er die Lippen über ihr Gesicht gleiten, als wolle er ihre Ängste fortküssen. Mit unterdrückter Leidenschaft kehrte er wieder zu ihrem Mund zurück. Lockend und verführerisch. Alysson empfand wieder die bekannte Reaktion, die sie verhindern wollte, wieder das süße Erwachen ihres Verlangens. Nein, schrie ihr Verstand, aber ihr Körper ließ sich nicht beirren.

Sie rang nach Atem, und als Jafar schließlich den Kopf

hob und sie anblickte, entdeckte sie ein geheimnisvolles Leuchten in seinen Augen.

»Ehuresh«, flüsterte er heiser. »Meine geliebte Widerspenstige.«

Ihre Lippen teilten sich, um zu widersprechen, als er die Bänder an ihrem Hemd löste, aber er kam ihr zuvor und legte sanft die Finger auf ihren Mund.

»Wehre dich nicht gegen mich. Du kannst nicht gewinnen.« Seine Stimme war belegt, als er das Oberteil ihres Hemdes hinunterschob und ihre Brüste entblößte.

Alysson schloß die Augen. Sie empfand Scham, aber sie fügte sich und kämpfte nicht dagegen an, als seine Hand über ihre nackte Haut glitt.

Mit langsamen zärtlichen Bewegungen eroberte er ihre Brust, und als er ihre Knospe einfing, durchfuhr sie ein unerträglich drängendes Gefühl. Auf den folgenden Schmerz, der jetzt in ihrem Leib aufflammte, war sie nicht gefaßt.

Wehre dich, sagte Alysson sich, als er die samtweiche Haut ihrer Brüste mit den Händen umfing. Wehre dich mit aller Kraft, die du noch aufbieten kannst. Vergeblich versuchte sie, sich seinen Liebesspielen zu entziehen. Sie hatte keinen eigenen Willen mehr. Ihr Körper gehorchte ihm. Er hatte recht behalten. Er hatte es vorausgesagt. Sie würden Liebende werden. Wieder hörte sie die Worte von damals. Und jetzt, Gott möge ihr helfen, glaubte sie ihm.

Zitternd ließ sie ihn gewähren, als er ihr das Hemd auszog. Sie lag nackt vor seinen Augen. Wehrlos war sie seinen Händen ausgeliefert. Ihr Herz raste.

Die Bernsteinaugen glitten über ihren Körper. »Wunderschön«, murmelte er. »Du bist wunderschön.« Das kehlige Flüstern klang wie ein Versprechen.

Ohne von ihrer Seite zu weichen, entkleidete er sich mit raschen Bewegungen. Das matte, flackernde Licht zeigte seine vollendete männliche Gestalt. Der Körper war geschmeidig und kraftvoll wie der eines Raubtiers. Dann nahm er sie wieder in seine Arme.

Jafars nackte Haut brannte auf ihr. Jede Mulde und Erhebung seines Körpers paßte sich an sie an. Sie spürte die weiche Berührung seiner behaarten Beine und den harten, muskulösen Oberkörper, der sich auf ihre nackten Brüste bettete. Sie spürte den überwältigenden Beweis seines Verlangens, der sich gegen ihren Bauch preßte. Alysson erstarrte bei der Berührung dieser harten Manneskraft. Lieber Gott, was geschah mit ihr? Was ging in ihr vor? Sie mußte ihn aufhalten.

»Nein ... das kann ich nicht zulassen«, hauchte sie.

»Doch, du kannst, *ma belle.*« Seine Antwort ließ keinerlei Widerspruch zu.

Sie beobachtete das Spiel von Licht und Dunkel in seinen Augen, als er seine Liebkosungen fortsetzte. Seine Bewegungen waren langsam, sehr langsam. Und unglaublich aufregend. Überwältigt von der wundersamen Welt, die sich vor ihr auftat, hielt Alysson still, bis seine Hand zwischen ihre Schenkel fuhr.

»Nein!« stieß sie hervor, hielt ihn am Arm fest, um ihn aufzuhalten.

»Doch.« Jafar senkte den Kopf und küßte sie zärtlich auf den Mundwinkel. »Öffne dich mir, *Ehuresh*. Laß dich von mir ins Paradies entführen.« Seine Finger verschwanden in dem gelockten Vlies, das ihre Scham bedeckte. Seine Lippen lagen jetzt heiß auf ihrem Mund.

Mit einem letzten, verzweifelten Versuch wollte sie ihm ausweichen, aber sein Mund hielt sie gefangen. Er ließ nicht ab von ihr. Sein Kuß war heiß und tief, seine Hände geschickt und erfahren. Jafar erweckte Empfindungen in ihr, die sie nie für möglich gehalten hätte. Vergeblich wehrte sie sich gegen die immer enger werdende Umarmung. Sie wollte bei klarem Verstand bleiben, aber gegen seine Liebeskünste gab es kein Entrinnen. Sie merkte, daß sie seine Schultern umfaßte, ihren Mund dem seinen entgegenbrachte, den Rücken bog, um seinen Händen näher zu sein.

Jafar spürte ihr ungewolltes Nachgeben und teilte langsam ihre Schenkel, die sich hilflos seinen Zärtlichkeiten erschlossen.

Ein Schauer beschämenden Glücksgefühls raste durch Alyssons Körper.

Mit letzter Willenskraft wollte sie sich ihm entwinden, aber sie konnte sich nur noch fester an ihn klammern. Sie spürte die kräftigen Schultern, die warme Haut, ahnte die Spannung, unter der sein Körper stand. Ein Aufleuchten des Verstandes sagte ihr, daß Jafar sich mit eiserner Standhaftigkeit beherrschte. Dann ließen sein hungriger Mund und seine drängende Übermacht ihre Sinne schwinden. Sie war seine willige Gefangene.

Sie hörte, wie sie kleine Lustschreie ausstieß. Dann erstarrte sie, als sich ihr Leib mit glühender Hitze auflud. »Nein«, stöhnte sie auf englisch.

»Ja«, antwortete Jafar in der gleichen Sprache und verstärkte seine Bemühungen.

Das Unbeschreibliche, das er mit seinen Händen und seinem Mund vollbrachte, trieben sie an den Rand des Wahnsinns. Ein Schrei aus Lust und Scham entrang sich Alyssons Kehle. Hitze- und Kälteschauer jagten durch ihren Körper, dann folgte ein Aufbäumen, in dem sich die Raserei entlud.

Jafar ergötzte sich an ihrem Feuer, hielt ihren Körper fest und flüsterte ihren Namen immer wieder voll stolzer Genugtuung. Ihr Körper hatte sich ihm ergeben und war blind seinem Verlangen gefolgt. Endlich hatte er seinen Wunsch wahr gemacht, sie die Süße der Sinnlichkeit kosten zu lassen — ob sie es wollte oder nicht.

Jafar verhielt sich still, bis der letzte kleine Schrei verebbt war. Seine Kiefermuskeln spannten sich vor Lust und Qual, als er seine Stirn gegen die ihre preßte. Es drängte ihn, sich in ihre seidige Wärme zu versenken, endlos lange in ihr zu sein. Obwohl er ihre Unschuld für sich beanspruchte, während er ihr die Freuden der Liebe am eigenen Körper gezeigt hatte, wollte er ihr die Jungfräulichkeit nicht rauben.

Mit großer Willensanstrengung rückte er von ihrem bebenden Körper ab. Sein Leib schrie nach Erfüllung, aber dennoch würde er sie jetzt nicht nehmen. Es war eine Sache des Stolzes. Sie mußte freiwillig zu ihm kommen.

Freiwillig.

Die Vorstellung, daß Alysson sich ihm hingeben würde, wie im Fieber glühend unter ihm liegen würde, war mehr, als er ertragen konnte. Er vermochte nicht mehr an sich zu halten. »Allah sei gnädig ...«, stöhnte er, während sich sein Körper krampfartig zusammenzog. Dann ergoß er sich in das Laken.

Als es überstanden war, lag Jafar ermattet da. Seine Atemzüge waren kurz und abgehackt. Die Haut war feucht vor Schweiß.

Neben ihm lag Alysson zusammengerollt auf ihrer Seite, das Gesicht in den Kissen vergraben. Sie fühlte sich schwach und elend und schluchzte leise vor sich hin. Was war mit ihr geschehen? Wie hatte sie diesem Berber all das erlauben können? Aber sie wollte es sich nicht eingestehen. Am liebsten hätte sie die vergangene halbe Stunde aus ihrem Gedächtnis verbannt. Trotzdem ließ sich aber die Vertrautheit nicht wegwischen, die zwischen ihnen entstanden war. Auch mußte sie sich eingestehen, daß ihr Fluchtversuch kläglich gescheitert war.

Wahrscheinlich würde Jafar früher oder später darauf zu sprechen kommen.

»Woher wußten Sie es?« fragte sie schließlich. Ihre Stimme klang so leise, daß er sie kaum verstand.

Ohne nachzudenken war er sicher, daß sie von dem Messer sprach. Jafar seufzte bedauernd, daß ihn die Wirklichkeit einholte.

»Sie können Ihre Gefühle nicht gut verbergen, *chérie*. Jedesmal wenn Sie mich verstohlen ansahen, war mir klar, daß Sie Ihre Chancen abschätzten. Ich habe mich zu vieler Widersacher entledigt, um diesen Blick nicht zu verstehen.«

Da Alysson nicht antwortete, nahm Jafar an, daß sie insgeheim ihre Ungeschicklichkeit verfluchte. Aber es war nicht nur der abwartende Blick und die Unruhe, die seinen Argwohn geweckt hatten, sondern sein ausgeprägter Sinn für Gefahr. Die Hälfte seines Lebens hatte er damit verbracht, sich in Wachsamkeit zu üben. In diesem Land überlebte man nicht lange, wenn man nicht stets auf Verrat und Gewalt gefaßt war.

Der Anschlag seiner schönen Gefangenen ließ sich allerdings schwer einordnen. Er war sich nicht sicher, ob sie tatsächlich vorgehabt hatte, ihn zu ermorden. Daß sie den Versuch wagen würde, hatte er angenommen. Bestimmt hätte er ebenso gehandelt, wäre er an ihrer Stelle gewesen. Aber sein Herz war härter als das einer Frau. Vor siebzehn Jahren war es hart wie Stein geworden.

Trotzdem wunderte sich Jafar, daß er ihren Fluchtversuch so gelassen hinnahm. Ja, es hätte seine uneingeschränkte Bewunderung für sie geschmälert, wäre sie dieses Wagnis nicht eingegangen.

Langsam drehte er sich auf die andere Seite der Lagerstatt, so daß er sie sehen konnte. All sein Ärger war verflogen, obwohl sein Blut noch erhitzt war. Der Samenerguß hatte ihn vorübergehend erleichtert, aber unerfüllt zurückgelassen.

Die Nacht war noch nicht zu Ende.

Bevor der Morgen graute, würde Sie begreifen, was er schon lange erkannt hatte. Die Anziehungskraft zwischen ihnen ließ sich weder leugnen noch mit Willenskraft verdrängen. Er würde ihr jetzt eine weitere Lektion erteilen.

Entschlossen streckte er den Arm aus, um ihre nackte Schulter zu streicheln. Alysson zuckte wie von einem Skorpion gestochen zurück, aber er ließ sich nicht beirren. Gekonnt ließ er die Finger über die seidenweiche Haut gleiten. Es dauerte nur den Bruchteil einer Sekunde, um ihren Körper erzittern zu lassen.

Behutsam drehte Jafar ihr Gesicht zu ihm hin. Seine Augen glühten wie schmelzender Bernstein, als er sie fest an sich zog und seine Männlichkeit zielstrebig in ihre weiche Mulde bettete. Seine Kühnheit ließ sie aufstöhnen.

»Nein ... bitte nicht«, flehte Alysson atemlos.

»Nein? Ich werde nichts tun, was du nicht möchtest, *ma belle.*« Seine Augen blitzten schelmisch auf. Er würde es fertigbringen, daß sie ihn wollte. Davon war er felsenfest überzeugt.

Wir werden ein Liebespaar. Eines Tages werden Sie mich um meine Zärtlichkeiten bitten.

Wie ein Echo dröhnten diese Worte in ihrem Kopf, als Jafar sich zu ihren Brüsten beugte und sie langsam und ohne zu drängen in einen Taumel ungestümen Verlangens versetzte.

»Ich möchte dich hier küssen«, murmelte er. »Und hier ... und hier ... und dich mit meiner Zunge schmecken ...« Seine heißen Lippen spielten mit ihr und forderten sie heraus. Sie schienen überall zu sein, als sie schwelgend ihr Unwesen trieben. »Verweigere mir dieses Vergnügen nicht, *chérie.* Verweigere *dich* nicht ...«

Alysson zitterte. Wie ein Blitz traf sie die Erkenntnis, daß sie ihn nicht aufhalten wollte. Sie sehnte sich nach seiner Berührung und wollte, daß er sie wieder mit seiner zärtlichen Wildheit küßte ...

Sich ergebend schloß sie die Augen, und als seine Finger die Stelle der heißen Lust fanden, stöhnte sie leise auf und ließ den Kopf zurückfallen.

Das geschah jedoch, bevor sich seine sengenden Küsse den Weg zu ihr bahnten und sein Mund den Platz seiner Hand einnahm.

In ihren Aufschrei mischten sich Entsetzen und Verlegenheit. Ihre Wangen färbten sich feuerrot, als ihr Körper sich aufbäumte und sich ihm zu entwinden suchte.

»Halte still, meine süße Tigerin«, befahl Jafar mit heiserer Stimme, als er ihre um sich schlagenden Hände festhielt und an ihre Seite drückte, während er das weiche nachgebende Fleisch ihrer Weiblichkeit mit wahrer Meisterschaft erforschte. Es dauerte kaum einen Herzschlag lang, als sie einen klagenden Laut von sich gab. Dann senkte er seine Zunge langsam in ihre erwartungsvolle Wärme.

Alysson dachte, sie müsse vor Lust vergehen. »Nein ...«, wimmerte sie mit dem letzten Rest von Verstand, der ihr noch geblieben war. »Nein ... ich will ... nicht.«

Jafar schien nichts zu hören. Statt dessen lachte er auf, leise mit stolzer Genugtuung, als wüßte er, daß sie das nur sagte, um ihren Stolz zu retten.

TEIL ZWEI

Liebe brennt Verlangen in die Augen. Liebe verleiht den Herzen derer, die sie erobern möchte, Zauberkräfte. Ich bete, daß die Liebe nie in mörderischer Absicht zu mir kommt, maßlos und wild.

Euripides

Kapitel 10

Sonnenlicht schien gedämpft unter dem Rand des Zeltes hindurch und vertrieb die Träume der Nacht. Unbarmherzig brachte es ihr Bewußtsein in die Wirklichkeit zurück. Alysson stöhnte auf und barg den Kopf unter das Kissen. Sie wollte sich dem Morgen nicht stellen, aber die Vorkommnisse der Nacht überfielen sie und wühlten Erinnerungen in ihr auf, die zu erniedrigend waren, als daß sie ihnen nachhängen wollte.

Sie hatte Jafar herausgefordert und war gescheitert.

Das allein erklärte ihre Kapitulation jedoch nicht. Wie konnte sie sich Jafar so wollüstig ergeben? Wie war es möglich, daß sie Gervase so niederträchtig hinterging? Ekel packte sie und Scham, weil sie sich ihm so leicht ergeben hatte. Außerdem mußte sie sich zu ihrer großen Schande eingestehen, daß sie in seinen Armen glücklich gewesen war. Wenn sie diesen stümperhaften Fluchtversuch nicht unternommen hätte, wäre er nicht auf den Gedanken verfallen, ihr seine Macht auf so drastische Art zu beweisen. Oh, wenn ... wenn ...!

Alyssons Gedankengänge rissen ab, als sich seine Hand leicht auf ihre entblößte Schulter legte. Vorsichtig hob sie den Kopf und blickte in ein halbgeschlossenes goldenes Augenpaar, das bewundernd auf sie gerichtet war.

»Guten Morgen, *ma belle*«, murmelte Jafar. Es war die gleiche Stimme, die ihr noch vor wenigen Stunden betörende Zärtlichkeiten zugeflüstert hatte.

Alysson schloß fest die Augen. Sie hatte nicht geträumt. Splitterfasernackt lag sie unter der Decke, an Jafars Seite. Ihr Stolz war dahin, ihre Verfassung jämmerlich. Nur weg von hier, dachte sie, aber sie konnte sich nicht einmal rühren, als Jafars Fingerspitze bedächtig das Schlüsselbein entlangwanderte.

»Du brauchst mir gegenüber keine Scheu zu haben«, sagte Jafar ruhig, »oder dir Vorwürfe zu machen. Was zwischen uns geschehen ist, war das Natürlichste der Welt — und unvermeidlich, wie ich es dir bereits angekündigt hatte.«

Ihre Wangen färbten sich flammend rot. Er wußte genau, wie ihr zumute war. Das machte ihn noch gefährlicher. Wenn er ihre Gedanken lesen konnte und im voraus wußte, wie sie reagieren würde, dann war es für ihn ein leichtes gewesen, ihr seinen Willen aufzuzwingen.

»Ich mache mir nicht die geringsten Vorwürfe«, antwortete Alysson kühl. »Sie allein sind verantwortlich für das, was letzte Nacht geschah.«

Fragend hob er eine Braue. »Wenn dich die Vorstellung tröstet, ich hätte dich gegen deinen Willen gezwungen, dann lassen wir es dabei, obwohl wir beide es besser wissen.«

Dann senkte er den Kopf. Steif und starr lag Alysson in den Kissen, als er mit den Lippen die Mundwinkel streifte, den Hals hinunterwanderte und das Haar beiseite strich, das ihm den Weg zu ihren samtenen Schultern versperrte. Sie ließ es stumm geschehen, bis er die Decke herunterzog und sie seinen warmen Atem auf den Brüsten spürte.

»Nein«, hauchte sie. Wie ein Echo schien es aus der Nacht herüberzuhallen.

»Doch«, widersprach Jafar ungerührt. »Ich möchte dich hier ... und hier ... küssen und dich vor Glück seufzen hören.«

Langsam bewegte er sich auf sie zu, legte sich auf sie und preßte ihren Körper behutsam nieder. Alysson spürte seine drängende Männlichkeit, die warme Haut, die muskulösen Schenkel, die sich jetzt zielstrebig zwischen die ihren schoben.

»Nein«, sagte sie erneut, aber diesmal mit festerer Stimme.

»Nein? Ist das alles, was du sagen kannst, mein kleiner Dickkopf?«

»Hol Sie der Henker! Und duzen Sie mich nicht!«

Er lachte in sich hinein. »Na, wenigstens ein Fortschritt. Zwei vollständige Sätze.« Trotz ihrer Proteste senkte sich sein Mund auf die rechte Brustknospe. Dann nahm er sie sanft zwischen die Lippen.

Alyssons Körper erbebte. Wie konnte sie sich seiner erwehren, wenn er ihr den Verstand raubte? Gegen seine unwiderstehliche Sinnlichkeit war kein Kraut gewachsen. Sie war völlig machtlos. Wie eine arme Närrin lag sie verlangend unter ihm und brachte nicht mehr als ein schwaches »Lassen Sie mich aufstehen« zustande.

»Noch nicht«, murmelte Jafar, ohne seine Zärtlichkeiten zu unterbrechen. »Nicht bevor du mir das gibst, was ich will.«

Wie eine Rasende schob Alysson die Hände zwischen ihre Leiber und stieß ihn mit aller Kraft von sich. Zu ihrer Überraschung erreichte sie wenigstens, daß er den Kopf hob. »Was wollen Sie denn eigentlich noch von mir?« schrie sie und keuchte vor Anstrengung. »Gestern nacht haben Sie sich alles geholt.«

»Nicht alles.« Seine Lippen verzogen sich zu einem wissenden Lächeln. Dann hob er die Hand und breitete ihr kastanienbraunes Haar auf dem Kissen aus. »Nicht alles.«

Alyssons Blick heftete sich auf seinen kühn geschwungenen Mund. Erwartete er, daß sie ihn küßte? War es das, was er noch wollte?

»Du kannst aufstehen, wenn du willst«, meinte Jafar gelassen, »aber vorher erwarte ich eine höfliche Begrüßung.«

»Scheren Sie sich zum Teufel!«

Mit einer raschen Bewegung hielt er ihr Kinn mit der Hand fest. »Das genügt mir nicht, meine süße Tigerin. Ich möchte ein freundliches ›Guten Morgen‹ hören.«

Alysson kochte vor Wut. Das sollte wohl wieder eine Lektion in Gehorsam sein. »Wenn ich mich weigere, was dann?«

»Dann werde ich dich hier in meinem Bett behalten. Mir wird einiges einfallen, womit wir uns die Zeit vertreiben können.«

Wie sie es auch drehte und wendete, sie befand sich im Nachteil. »Guten Morgen«, zischte sie wütend.

»Nicht in diesem Ton, *ma belle.* Nicht so, als ob du mir den gestohlenen Dolch ins Herz stoßen wolltest.«

Er wartete schweigend ab. Sein Mund schwebte über ihren Lippen, während sie mit sich rang. Es half nichts, diesen Kampf würde sie verlieren. Sie seufzte ergeben auf. »Guten Morgen«, murmelte sie und unterdrückte ihren Zorn so gut es ging.

Mit einem zufriedenen Lächeln senkte Jafar die Lippen, um sie zu küssen. Rasch versuchte Alysson das Gesicht zur Seite zu drehen, aber er war schneller. Sein Mund legte sich auf den ihren, warm und lockend. Als sie immer noch nicht nachgab, sog er an ihrer Unterlippe.

»Nicht!«

Ein leises, nachsichtiges Lachen war die Antwort. Dann rollte er zur Seite und ließ sie aufstehen. In wilder Hast griff Alysson nach ihren Kleidern. Sie streifte gerade das Hemd über, als Jafars ernste Stimme sie innehalten ließ.

»Gestern nacht haben dich die Freuden, die eine Frau empfinden kann, überrascht und geängstigt. Aber du wirst dich an sie gewöhnen — und an mich.«

»Bestimmt nicht!« entgegnete Alysson eisig.

»O doch. Und du wirst auch nicht mehr wütend auf dich sein.«

»Ich bin nicht wütend auf mich! Sondern auf Sie . . .«

»Du bist erzürnt, weil du deinem Körper nachgegeben hast. Glaube mir, aus dir spricht nur verletzter Stolz.«

Alysson bemühte sich, ihm die Antwort schuldig zu bleiben. Sie biß die Zähne zusammen, als sie eine weiße Tunika aus Baumwolle überstreifte, und sann darüber nach, wie sie diesen verhaßten Berberfürsten in die Knie zwingen konnte, diesen selbstherrlichen Kerl, der sich seiner Macht über Frauen so sicher war.

Jafar unterbrach ihre Gedanken, als er selbstzufrieden auflachte. »Gestern nacht wurde aus der fauchenden Tigerin eine gurrende Taube.«

Das ging zu weit. Wütend wirbelte Alysson zu ihm herum — ein Fehler, wie sie sofort feststellte. Lässig auf einen Berg Kissen gelehnt, die Arme hinter dem Kopf verschränkt, glich Jafar einem orientalischen Scheich in all seiner nackten

Pracht. Das Tageslicht unterstrich die vollendeten Formen seines sehnigen Körpers. Der Anblick nahm ihr den Atem.

Alysson wußte, daß sie wegsehen sollte, aber ehe sie die Augen abwenden konnte, ließ sich Jafar vernehmen: »Du wirst in mir einen nicht allzu strengen Gebieter haben«, sagte er leise, wobei der Blick, der sie jetzt traf, eine verheerendere Wirkung auf sie ausübte als seine geschickten Hände.

Voller Unbehagen wandte sich Alysson um und beschäftigte sich mit ihrem Gürtel. »Niemals werden Sie mein Gebieter sein«, sagte sie kalt. »Ihr Verstand scheint zu versagen, wenn Sie auch nur einen Moment glauben, Sie können mich Ihrem Harem einverleiben. Ich weigere mich, eine Ihrer Konkubinen zu werden.«

»Ich besitze keinen Harem, *chérie*«, entgegnete Jafar trokken.

Sie glaubte ihm nicht. Nicht ein Wort glaubte sie ihm. Kein Muslim in seiner Stellung, mit seiner Macht und seinem Vermögen würde auf eine Schar schöner Frauen verzichten, die sich willig seinen Wünschen fügte.

Aber diese Überlegungen nahmen rasch ein Ende, als sie hörte, wie Jafar vom Bett aufstand und auf sie zukam. Ängstlich wich sie zurück. Wie eine große Katze bewegte er sich auf sie zu und trieb sie in die Enge. Sie konnte nirgendwohin. Es gab keinen Ausweg.

Vergeblich versuchte sie sich der Anziehung seiner körperlichen Nähe zu erwehren. Erschrocken zuckte sie zurück, als er die Hand ausstreckte, um sie am Handgelenk zu packen.

»Lauf nicht vor mir weg, Geliebte.«

Sie traute ihren Ohren nicht und blickte erstaunt auf. Seine Augen funkelten belustigt. »Ich bin nicht Ihre Geliebte!«

»Doch, du bist es. Oh, holde Einfalt!« erwiderte er und machte sich über ihren Trotz lustig. Wie um seinen Standpunkt zu unterstreichen, umfaßte er ihre Brust. Eine besitzergreifende Geste, zärtlich, aber bestimmt.

Alyssons Knie wurden weich. Heiß schoß ihr das Blut durch den Körper. »Nein, lassen Sie das!« wollte sie eben schreien, aber ihr kam nur ein jämmerliches Krächzen über die Lippen.

Er achtete nicht auf ihre Worte und fuhr mit den Fingern der anderen Hand durch ihr schweres glänzendes Haar.

»Bitte ... nicht«, flehte sie.

Ein kehliges Lachen war die Antwort. Dann zog er sie an sich und neigte den Kopf.

Der Kuß war lange und tief und heiß und erregte sie wie in der Nacht zuvor. Sie war ihm ausgeliefert. Zitternd und willenlos ergab sie sich diesem teuflischen Berber.

Einige Herzschläge später nahm Jafar seine Lippen von ihrem Mund, ließ ihn verlangend zurück.

»Du mußt lernen, wie eine Frau einen Mann küßt«, flüsterte er. »Eine Kunst, die uns beiden Freude bereitet.«

Alysson schluckte, als sie ihn mit großen grauen Augen ansah. Die unverschämte Prophezeiung, daß sie ihn eines Tages bitten würde, sie in seine Arme zu nehmen und zu lieben, schien sich zu erfüllen. Bereits jetzt sehnte sie seine Zärtlichkeiten herbei.

Trotzig hob sie den Kopf. »Können Sie sich überhaupt vorstellen, wie sehr ich Sie hasse?«

»Ja, meine Taube, du haßt mich. So sehr, daß dein süßer Leib vor Verlangen bebt, wenn ich dich berühre ...«

Alysson floh in das angrenzende Gemach.

Sie haßte ihn, ja, sie haßte ihn aus ganzem Herzen, dachte sie wütend und wischte sich die Lippen mit dem Handrücken ab. Sie haßte ihn, obgleich sie seine Verführungskünste anerkennen mußte. Auch wenn es ihr im Augenblick gelungen war, sich seiner zu entziehen, suchte sie die Erinnerung an die vergangene Nacht unbarmherzig heim.

Was sich ereignet hatte, war nicht der vollständige Liebesakt gewesen, so viel wußte sie, und auch was es hieß, das Begehren eines Mannes entfacht zu haben. Jafar war nicht so weit gegangen, ihr die Jungfräulichkeit zu nehmen. Diese Zurückhaltung verwunderte sie. Schließlich hatte er ihr deutlich zu verstehen gegeben, daß er ihr Geliebter werden würde.

Geliebter.

Alysson schüttelte den Kopf. Es ließ sich nicht leugnen. Wie eine reife Frucht war sie diesem Räuber in die Arme gefallen, diesem Barbaren, der den Mann töten wollte, dem sie versprochen war und dessen Liebe sie schändlich verraten hatte. Das war unverzeihlich.

Aber sie würde dem ein Ende setzen. Jafar durfte sie nicht als willigen Köder in seinem tödlichen Spiel mißbrauchen.

Sie mußte sich ihm widersetzen und ihre Flucht vorbereiten. Gervases Leben stand auf dem Spiel — und das ihres geliebten Onkels.

Sie machte sich zurecht und ging zum Zeltausgang. Mit einer Hand schützte sie die Augen vor der stechenden Sonne und blickte entzückt auf die Farbenpracht, die sich ihr bot. *Blumen,* dachte sie erstaunt. Der gestrige Regenguß hatte die Wüste erblühen lassen.

Saful, der blauäugige Bewacher, war nirgends zu sehen. Ein gesatteltes Pferd stand unbeaufsichtigt nicht weit vom Zelteingang entfernt. Alysson wollte sich gerade umdrehen, als ihre Aufmerksamkeit von einem Gegenstand gefesselt wurde, der an der Zeltwand lehnte. Die langläufige Muskete blitzte in der Sonne. Es war, als ob sie Alysson anlocken wolle.

Die Augen starrten unverwandt auf die Waffe, schweiften kurz zum Pferd, dann wieder zurück.

Sollte sie es wagen?

Sie dufte nicht zu lange nachdenken; ihr Zögern gestern endete in einer Katastrophe. Die Chance, daß ihr die Flucht gelang, war gering. Aber sie mußte es wagen.

Sie nahm allen Mut zusammen, trat aus dem Schutz des Zeltes und rannte barfuß über den Sand. Blitzschnell riß sie die Muskete an sich und war mit wenigen Sätzen beim Pferd.

Arabischen Pferden wird beigebracht, nicht wegzulaufen, solange die Zügel den Erdboden berühren; gehorsam würden sie sich stunden-, ja tagelang nicht von der Stelle bewegen. Auch dieser Braune machte keine Ausnahme. Er tänzelte nur unruhig hin und her, als sie versuchte, von links aufzusitzen.

»Beim Schwert des Propheten!«

Jafars gezischter Fluch ließ sie aufspringen. Unwillkürlich blickte sie über die Schulter zurück. Jafar stürzte aus dem Zelt.

»Was, im Namen Allahs, fällt dir ein!«

Allen Mut zusammennehmend, riß Alysson die Muskete herum und zielte auf Jafar. Dieses Mal würde sie es nicht dazu kommen lassen, daß er sie entwaffnete. Vorher würde sie ihn erschießen.

»Kommen Sie mir nicht zu nahe!« warnte sie und richtete den Lauf der Muskete auf sein Herz.

Mit versteinertem Gesicht blickte Jafar auf die Mündung der Waffe. Dieses Mal lachte er nicht wie damals, als sie bei ihrem mißlungenen Fluchtversuch die Pistole auf ihn abgefeuert hatte.

»Du wagst viel«, sagte er statt dessen leise, und das klang gefährlicher, als wenn er sie angebrüllt hätte. Dann machte er einen Schritt auf sie zu.

»Rühren Sie sich nicht von der Stelle, oder ich schieße.«

»Dann tu es!«

Alysson starrte Jafar an. Keine Miene regte sich im Gesicht, nur die Augen hatten sich in schmelzendes Gold verwandelt.

»Ich tue es, das schwöre ich! Sie werden mich nicht als Lockvogel für Ihre heimtückische Falle benutzen.«

»Du kannst es nicht verhindern, *chérie.*« Jafar ging einen zweiten Schritt auf sie zu. »Töte mich. Meine Männer werden den Kampf auch ohne mich fortsetzen.«

Das stimmte, erkannte sie betrübt. Der Plan war zu weit gediehen, als daß ihn sein Tod vereiteln könnte.

Langsam, den Finger am Abzug haltend, drehte Alysson das Gewehr zu sich herum, bis der Lauf ihre Brust berührte. »Sie werden mich nicht als Köder mißbrauchen, wenn ich mich erschieße.«

Jafar blieb wie angewurzelt stehen. Die Haut spannte sich

über den Wangenknochen. War sein Gesicht etwas blasser geworden? Sie konnte es nicht sagen.

Ohne sie aus den Augen zu lassen, schüttelte er langsam den Kopf. »Auch dein Tod wäre umsonst. Er wird meinen Plan nicht ändern. Der Oberst wird nicht wissen, daß du tot bist. Er und die französische Armee werden trotzdem kommen.«

Leider hatte er auch in diesem Fall recht, dachte Alysson und war den Tränen nahe.

»Leg die Waffe weg«, sagte Jafar scharf. Sein Ton duldete keinen Widerspruch.

Wie sie es haßte, die Niederlage einzugestehen. Nur widerwillig war sie bereit, ihm einen weiteren Sieg einzuräumen.

Während sie noch überlegte, wie sie diesen Befehl umgehen konnte, wurde ihr die Entscheidung abgenommen. Jafar schnalzte mit den Fingern – es klang fast metallen, und ehe Alysson es sich versah, wurde ihr die Muskete abgenommen. Erstaunt drehte sie sich um und erblickte Saful, der sie vorwurfsvoll ansah.

Ein weiterer schwarz gekleideter Berber, anscheinend der Besitzer des Gewehres und des Pferdes, eilte auf Jafar zu und warf sich vor ihm auf den Boden.

Mit einer knappen Handbewegung unterbrach Jafar die Entschuldigungen des Mannes und erteilte einen Befehl, der so viel bedeutete wie: »Halten Sie jede Waffe von dieser Frau fern!«

»Wie Ihr befehlt, *saiyid*«, antwortete der kauernde Mann, bevor er sich in gebückter Haltung entfernte, unsäglich erleichtert, daß er trotz dieser groben Unachtsamkeit ohne Bestrafung davonkam.

Alysson war überzeugt, daß sie nicht so ungeschoren davonkommen würde. Der Blick aus Jafars Augen ließ sie Schlimmes ahnen. Durch ihre Tat hatte sie ihn an einen Punkt gebracht, wo Mitgefühl und höfliche Umgangsformen ausschieden. So viel war gewiß.

Er packte sie roh bei den Handgelenken und zog sie hinter sich her. Alysson konnte kaum mit ihm Schritt halten und stolperte mehrmals, aber dieser Berber blickte sich nicht einmal nach ihr um, sondern schleifte sie wie ein erlegtes Wild zum Zelt. Als sie das Innere seines Zeltes erreicht hatten, zog er sie durch den Hauptraum weiter in das Schlafquartier und ließ sie so plötzlich los, daß sie beinahe gestürzt wäre.

»Wenn ich dich ansehe«, stieß er zwischen zusammengebissenen Zähnen hervor, »könnte ich schwören, eine intelligente Frau vor mir zu haben, aber ich irre mich. Das war sehr dumm von dir!«

Mit dem letzten ihr noch verbliebenen Quentchen Mut reckte sie das Kinn empor. »Es war durchaus nicht dumm, einen Fluchtversuch zu wagen«, gab sie kühl von sich und rieb sich die schmerzenden Handgelenke.

»Ich spreche nicht von deinem Fluchtversuch. Ich meine deine Drohung, dich umzubringen.«

»Wenn ich der Überzeugung bin, es hätte auch nur den geringsten Sinn, würde ich nicht eine Sekunde zögern«, schwor Alysson. »Ich lasse mich nicht dazu benutzen, die Männer, die ich liebe, in den Tod zu locken! Dann nehme ich mir lieber das Leben.«

Ein kaltes Glitzern stand in Jafars Augen. Langsam ballte er die Hände zur Faust und öffnete sie ebenso langsam wieder. »Allmählich solltest du begriffen haben, daß ich es dir nicht gestatte, dich meinen Wünschen zu widersetzen.«

Als Alysson schwieg, machte er eine abwertende Geste. »Warum erkennst du meine Überlegenheit nicht an? Mußt du ständig versuchen, gegen mich anzugehen? Du befolgst meine Befehle nicht, obwohl du weißt, daß ich dich zum Gehorsam zwingen kann ...«

Er atmete tief durch, um sich zu beruhigen. »Ich möchte dein Wort, daß du nicht wieder versuchst, ein Pferd oder eine Waffe zu entwenden.«

Ihr Kinn zitterte, als Alysson ihm einen vernichtenden Blick zuwarf.

»Sonst ...«

»Sonst sehe ich mich gezwungen, deine Freiheiten erheblich einzuschränken.«

»Dann tun Sie es doch!« Sie schrie ihm ins Gesicht. »Mich machen Ihre Drohungen und abgefeimten Rachepläne krank. Einem Wilden, der keine Ehre im Leibe hat, gebe ich nicht mein Wort! Ich denke nicht daran, Ihnen freiwillig als Pfand zu dienen. Und ich werde jede Möglichkeit zur Flucht nutzen!«

Ohne ein weiteres Wort zu verlieren, drehte sich Jafar auf dem Absatz um und ergriff eine der Seidenschnüre, mit der er sie jede Nacht an sich fesselte. Mit unbewegtem Gesicht packte er sie am Arm und zog sie zur Bettstatt.

Alysson fürchtete eine Wiederholung der vergangenen Nacht und schlug wild um sich, aber wie immer war er der Stärkere. Er zog sie auf das Lager und fesselte sie an Händen und Füßen.

Nur mühsam hielt sie die Tränen zurück. Sie würde ihm nicht die Genugtuung bereiten, sie weinen zu sehen.

Mit sachkundigen, aber trotzdem rücksichtsvollen Bewegungen überprüfte er noch einmal den Sitz der Fesseln. Als er dabei die bloße Haut ihres Knöchels streifte, dachte Alysson unwillkürlich an die Geschehnisse der vergangenen Nacht. Ohne Vorwarnung überfiel sie die Erinnerung an seine Hände, seinen Mund, seinen sehnigen Körper ...

Plötzlich hielten seine Hände still. Jafar blickte ihr in die Augen. Auch er erinnerte sich, erkannte Alysson.

»Laß mich los«, flüsterte sie schwach.

»Nein«, sagte er schließlich und stand langsam auf. »Dich werde ich nicht loslassen. Nicht bevor meine Mission erfüllt ist.«

Ohne sich noch einmal nach ihr umzublicken, verließ er den Schlafraum und ließ den Vorhang hinter sich fallen. Alysson blieb im Halbdunkel zurück.

In ohnmächtiger Wut blickte sie ihm nach. Tränen der Wut und Verzweiflung rannen ihr die Wange hinunter. Wie sie ihn verabscheute! Warum hatte sie nicht sofort abgedrückt? Beim nächsten Mal würde sie ihn erschießen.

Mit Freuden würde sie ihm eine Kugel in sein schwarzes Herz jagen.

Ein Gedanke aber ließ sie nicht los. Sie hatte Jafars Zorn nicht erregt, weil sie fliehen wollte, auch nicht, weil sie gedroht hatte, ihn zu töten, sondern — und das war ihr ein Rätsel — weil sie sich das Leben nehmen wollte.

Kapitel 11

Ohnmächtige Wut und Verzweiflung ließen sie nicht mehr los. Als Jafar zum Mittagessen ins Zelt kam, warf Alysson ihm einen Blick zu, in den sie alle Abscheu und Verachtung dieser Welt gepackt hatte. Sie schwor sich, ihm niemals zu verzeihen, daß er sie erneut gefesselt und ihr damit jede weitere Chance zur Flucht genommen hatte. Wie konnte sie jetzt seinen teuflischen Plan noch vereiteln?

Jafar blieb eisern. Er gestattete ihr nur, die Mahlzeit mit den Händen einzunehmen, dann fesselte er sie wieder und verließ das Zelt.

Ihre Augen sprühten immer noch Gift und Galle, als er am Abend zurückkam. Die Mahlzeit verlief frostig. Alysson aß mit abgewandtem Gesicht und strafte Jafar mit Schweigen. Als sie sich für das Zubettgehen herrichtete, schoß ihr blitzartig etwas durch den Kopf. Wenn er es wagen sollte, sie mit den Händen zu berühren, sie seiner Lust zu unterwerfen oder in ihrem Körper Verlangen zu wecken wie in der vergangenen Nacht, dann würde sie ihm die gelbbraunen Augen auskratzen.

Abgesehen davon, daß er sie an Handgelenken und Fußknöcheln fesselte, machte er keine Anstalten, sie zu berühren.

Dieses Problem hatte sich also gelöst. Nun war Alysson sich ihrer grenzenlosen Wut allein überlassen. Unruhig wälzte sie sich hin und her und gönnte auch ihrem Bettgenossen keinen Schlaf.

»Gib endlich Ruhe«, knurrte Jafar nach ungefähr zwei Stunden. »Du zappelst wie ein Fisch im Netz.«

Alysson lachte schadenfroh in die Dunkelheit. Es freute sie, seinen Schlaf gestört zu haben. Wie sehr würde es ihr behagen, ihm noch weiter zuzusetzen!

»Warum hassen Sie Gervase?« fragte sie plötzlich in der vollen Absicht, ihm unbequeme Fragen zu stellen; auch wollte sie endlich die Antwort auf eine Frage haben, die sie seit Tagen beschäftigte.

»Das hat nichts mit dir zu tun. Versuch jetzt zu schlafen.«

»Nichts mit mir zu tun! Wie können Sie so etwas behaupten, wenn Sie mich entführt haben, um mich als Lockvogel zu benutzen?«

»Politik und Krieg gehen Frauen nichts an.«

Alysson fauchte ihn wütend an. »Daran hätten Sie früher denken sollen, ehe Sie mich in Ihre finsteren Machenschaften zogen. Und diese Angelegenheit hier hat weitreichendere Folgen. Hier geht es um Ihre persönliche Rache an Gervase.«

»Mein Plan richtet sich gegen die französische Armee. Oberst Bourmont ist Kommandeur dieser Armee. Meine Auseinandersetzung mit ihm hat rein militärische Gründe, nichts weiter.«

»Das ist gelogen. Nicht hinter den Franzosen sind Sie her, sondern hinter Gervase. Sie führen einen privaten Rachefeldzug gegen ihn. Aus diesem Grund haben Sie mich entführt — das haben Sie neulich deutlich zum Ausdruck gebracht.«

Als er schwieg, drehte sie den Kopf zu ihm um. In dem schwachen Schein des Holzkohlenfeuers versuchte sie in seinem Gesicht zu lesen.

Die Bernsteinaugen waren geschlossen. Die Arme lagen verschränkt über dem Oberkörper, als ob er fest entschlossen wäre, nicht auf ihre eindringlichen Fragen einzugehen und zu schlafen. Aber Alysson ließ nicht locker. Sie wollte ihn zum Reden bringen. »Es muß doch einen Grund geben, warum Sie ihn hassen. Neulich haben Sie gesagt, ›der

Oberst wird bekommen, was er verdient‹, was haben Sie damit gemeint?«

Jafar hüllte sich in ein beharrliches Schweigen.

»Sie wollen ihn töten, nicht wahr?«

Es dauerte lange, bis Jafar sich zu einer Antwort bewegen ließ. »Ja, ich will ihn töten.«

»Warum?« Das Wort war ein heiseres Flüstern. »Was hat er Ihnen angetan?«

Jafar seufzte gereizt. Es lag auf der Hand, daß seine widerborstige Gefangene dieses Thema nicht fallenlassen würde. Aber vielleicht war es ganz nützlich, wenn sie die Hintergründe erfuhr. Dann spätestens würde sie einsehen, daß er Rache nehmen mußte. Und er konnte verhindern, daß sie damit drohte, selbst Hand an sich zu legen, so wie es diese Närrin heute zu seiner Bestürzung getan hatte. Unwillkürlich spannten sich die Backenknochen, als er sie wieder mit dem Gewehr auf ihre Brust gerichtet sah. Der Atem hatte ihm gestockt, bis man ihr endlich die Waffe abgenommen hatte. Sonderbar, daß er ihretwegen so erschrocken war, schließlich fürchtete er den eigenen Tod nicht.

Er schüttelte die Gedanken daran ab und kehrte zur Wirklichkeit zurück, um Alysson Vickery die Gründe seines Rachefeldzugs zu erklären.

»Um alles zu verstehen«, sagte er ruhig, »mußt du zunächst wissen, was vor siebzehn Jahren geschah, als die Franzosen dieses Land überfielen. Selbst nachdem sie Algier besetzt und die regierenden Häupter verjagt hatten, gaben sich diese Schakale nicht mit der reichen Kriegsbeute zufrieden. Entschlossen, das gesamte Emirat zu erobern, zogen die französischen Truppen unter der Führung eines mächtigen und ehrgeizigen Generals nach Süden in das Innere des Landes.

Zu der damaligen Zeit lebte ein großer *amghar* — ein Berberfürst — ungefähr vom Range eines arabischen Scheichs — in den Bergen. Da er von dem bevorstehenden Einfall der Franzosen nichts ahnte, reiste der Berberfürst mit seiner Frau und seinem jungen Sohn nach Algier. Unterwegs wurde die Karawane von den Franzosen auf Befehl des Generals angegriffen.

Der *amghar* kämpfte wie ein Löwe, um seine Familie zu verteidigen, aber er wurde schwer verwundet. Er hätte überlebt, wenn der General nicht befohlen hätte, den Verletzten zu töten. Als seine Frau auf die Knie sank und um das Leben ihres Gatten bat, überließ er sie den Soldaten, damit sie ihren Spaß mit ihr haben konnten. Ihren *Spaß*.«

Der eindringliche Tonfall ließ keinen Zweifel darüber aufkommen, was mit Spaß gemeint war. Alysson hörte mit wachsender Bestürzung zu. Sie brauchte nicht viel Fantasie, um sich vorzustellen, was mit der Berberin geschehen war. Nach einer Pause fuhr Jafar ruhig fort.

Der *amghar* blieb aber noch lange genug am Leben, um mit anzusehen, wie die Frau, die er mehr als alle anderen Frauen liebte und verehrte, von den Soldaten geschunden und mißbraucht wurde. Der *amghar* wurde Folterqualen unterworfen, die du ...« Er blickte Alysson direkt in die Augen »... die du als barbarisch und verabscheuungswürdig bezeichnen würdest. Ein Feldgeistlicher trat vor den General und bat ihn, Erbarmen mit den Berbern zu haben. Aber der General hörte nicht auf ihn.«

Alysson wollte etwas sagen, aber Jafar hob die Hand und schnitt ihr das Wort ab. »Der Knabe war damals elf Jahre alt. Er versuchte seine Eltern zu retten, aber gegen die Soldaten konnte er nichts ausrichten. Er wurde überwältigt und gezwungen, alles mit anzusehen.«

Ein spitzer Schreckensschrei kam über Alyssons Lippen. Als sie den unterdrückten Schmerz in Jafars Stimme hörte, begriff sie, was er ihr sagen wollte.

»Der elfjährige Junge waren Sie.«

»Ja.« Die Antwort war kaum zu hören. »Ich war der Junge. Der *amghar* war mein Vater, seine Frau meine Mutter.«

Jafar schloß die Augen. Die entsetzlichen Bilder stiegen wieder in seiner Erinnerung auf. Er wollte sich auf den französischen General stürzen, ihn mit eigenen Händen erwürgen, aber die Soldaten hielten ihn eisern fest. »Damals schwor ich, den Mord an meinen Eltern zu rächen«, sagte Jafar leise. »Und wenn ich damit bis ans Ende meines Lebens warten müßte.«

Alysson schwieg. Ihr fehlten die Worte.

Ruhelos hob Jafar einen Arm, legte ihn über die Stirn und erinnerte sich der Vorgänge, die dem Massaker gefolgt waren. Erlebnisse, die sein Leben für immer verändert hatten. Als der Geistliche erfuhr, daß seine Mutter aus einer vornehmen englischen Familie stammte, war Jafar nach England zu seinem herzoglichen Großvater geschickt worden. Für Jafar ein Grund mehr, die Franzosen zu hassen. Sie hatten sein Land besetzt, seine Eltern und Stammesangehörigen abgeschlachtet und jetzt verbannten sie ihn in ein kaltes, fremdes Land. Eines Tages, so schwor er sich, würde er zurückkehren und den französischen General töten.

Trauer und Schmerz suchten ihn wieder heim, aber dann besann er sich und sprach leise in die Stille des Zeltes. »Der Name des Generals war Louis Auguste de Bourmont.«

Alysson stockte der Atem. Sie starrte Jafar an, versuchte in seinem Gesicht zu lesen, aber die Schatten machten es zu einer unkenntlichen Maske. Nur die Augen blitzten wie kalter Stahl.

»Gervase ist der Sohn des Generals«, sagte sie heiser.

»Ja, Gervase de Bourmont ist sein Sohn. Der General starb jämmerlich in seinem Bett, an einer unbedeutenden Krankheit, soviel ich weiß.« Verachtung war deutlich aus Jafars Stimme zu hören.

»Aber«, meinte Alysson vorsichtig und versuchte seine Schlußfolgerung zu begreifen. »Gervase hat nichts mit dem Tod Ihrer Eltern zu tun.«

»In seinen Adern fließt das Blut des Vaters. Das ist Grund genug.«

Das Blut eines Mörders. Sie erinnerte sich daran, was Jafar in jener Nacht im Palmengarten gesagt hatte. Aber das rechtfertigte nicht einen Mord. »Ist es gerecht, einen Menschen für die Tat eines anderen zu töten?« rief Alysson.

»Ja, das ist gerecht. Nach Auffassung meines Volkes ist

Blutrache nicht nur gerecht, sondern unerläßlich. Es ist meine Pflicht, die Rechnung zu begleichen. Auch wenn ich damals meinen Schwur nicht geleistet hätte, bin ich nach den Gesetzen meines Stammes gezwungen, den Mörder meines Vaters zur Rechenschaft zu ziehen.«

Ungläubig starrte Alysson in die goldblitzenden Augen.

»Tröste dich, *ma belle.* Colonel Bourmont ist Soldat, und ich werde ihm die Chance geben, sich ehrenvoll zu verteidigen. Es wird zu einem fairen Kampf kommen, zu einer Schlacht, und das ist mehr, als sein Vater meinem Vater zugestand. Und wer weiß, der Oberst kann mich auch besiegen, wenn es Allahs Wille ist. Versuche jetzt zu schlafen.«

Er drehte sich um, kehrte Alysson den Rücken zu und überließ sie ihren Gedanken. Sie mußte sich jetzt mit ihren widerstreitenden Gefühlen allein auseinandersetzen. Ihr Herz schlug für den Knaben, der gezwungen worden war, den Tod der Eltern mit anzusehen. Sie verstand auch, daß Jafar sich rächen wollte. Aber die rücksichtlose Verurteilung Gervases konnte sie nicht nachvollziehen. Es war barbarisch und unmenschlich, einen Mann für die lange zurückliegenden Untaten seines Vaters zu töten.

Ein Wirrwarr von Gedanken ging ihr durch den Kopf, während sie an die Decke des Zeltes starrte. Wenn sie vorher nicht einschlafen konnte, so war sie jetzt hellwach.

Erst spät in der Nacht fiel sie in einen unruhigen Schlaf.

Das erste, was sie am frühen Morgen vernahm, war Mahmouds Stimme, die etwas schrill durch den Vorhang ertönte.

»Aufwachen, Madame! Der Lord bittet Sie, sich anzuziehen. Wir müssen uns auf den Empfang des Kalifen Ben Hamadi vorbereiten!«

Noch zu verschlafen, um diese Ankündigung zu begreifen, setzte Alysson sich auf und rieb sich die Augen. Die Aufregung in Mahmouds Stimme weckte sie aber gänzlich auf. Wurde das Lager angegriffen? Sehr rasch merkte sie, was vor sich ging. Einer der Generäle des Emirs — ein einflußreicher arabischer Kalif — wurde jeden Augenblick in der Zeltstadt erwartet. Soweit sie verstanden hatte, war Ben Hamadi die rechte Hand Abd el-Kaders persönlich.

»Schnell!« ermahnte Mahmoud sie zum dritten Mal, als sie sich bemühte, die Fesseln aufzuknoten. »Er kommt gleich.«

Sie beeilte sich mit dem Waschen und Ankleiden, weil sie vor den Augen des Generals keinen unvorteilhaften Eindruck machen wollte. Rasch warf sie die blau-rote Tunika über, zupfte den blauen Haik über Kopf und Schultern zurecht und gesellte sich zu Jafar an den Zelteingang.

Er sagte kein Wort, als er ihr Äußeres kurz überprüfte. Das kalte Glitzern seiner Augen ließ sie sofort wieder an die entsetzlichen Dinge denken, die er ihr in der Nacht erzählt hatte. Zu ihrer Überraschung durchströmte sie plötzlich warme Anteilnahme am Schicksal des kleinen Jungen. Was mußte Jafar durchgestanden haben!

Jafar hatte sie an den Händen nicht wieder gefesselt, wahrscheinlich wegen des zu erwartenden Besuchs. Zum Fragen blieb keine Zeit mehr. Ein Trupp von Arabern galoppierte in pfeilförmiger Anordnung auf die Zeltstadt zu.

Kurz darauf kamen die Reiter vor Jafars Zelt zum Stehen. Der Anführer, der auf einem mächtigen Schimmel saß, war eher klein und deutlich als Araber zu erkennen. Er hatte pechschwarze Augen, eine olivfarbene Haut und harte, adlerähnliche Gesichtszüge, die zum Teil unter einem vollen schwarzen Bart versteckt waren. Er war prächtig und kostbar wie ein arabischer Scheich gekleidet. Auf dem Kopf trug er den arabischen *kaffiyeh* — ein Tuch, das um die Stirn von geflochtenen Goldbändern gehalten wurde. Über seine Djelaba aus rotem Wollgewebe fiel ein schneeweißer Burnus.

Der arabische Anführer gab seinem Pferd die Zügel frei, während er wohlwollend über das Lager blickte. Als er schließlich absaß, trat Jafar auf ihn zu.

Mit der rechten Hand auf dem Herzen machte Jafar vor dem Kalifen eine tiefe Verbeugung. »Der Friede sei mit Euch, Hamadi Bey. Möge Allah Euch den Glanz des Ruhms verleihen.«

Alysson hörte angestrengt zu, verstand aber nur den Anfang der blumigen Begrüßung, den Rest der ausgetauschten Höflichkeiten mußte Mahmoud für sie übersetzen.

»Und Euch, Sidi Jafar el-Saleh, möge Allah mit den höchsten Auszeichnungen versehen und Reichtum und Glückseligkeit schenken.«

Nach weiteren Willkommensworten trat Jafar zur Seite, damit die anderen Mitglieder seines Stammes den mächtigen Kalifen begrüßen konnten. Die Berber traten vor ihn, verbeugten sich ehrfurchtsvoll, fielen auf die Knie und küßten den Saum seines Gewandes. Alysson überraschte es nicht, daß Ben Hamadi jedem der Männer freundschaftlich zugetan war. Er redete sie mit *ya aini* — mein Auge — und mit *ya akhi* — mein Bruder — an. Irgendwer hatte ihr einmal erzählt, daß ein Araber jeden anderen Araber als seinen Bruder betrachtet. Sie vermutete, daß dies auch auf die Berber zutraf, da beide Völker durch die gemeinsame Religion verbunden waren.

Alysson war etwas erstaunt, als Jafar ihr ein Zeichen gab. Sie gehorchte widerstrebend und trat einen Schritt nach vorn, damit er sie dem Kalifen vorstellen konnte.

»Dies ist Miss Alysson Vickery, Hamadi Bey«, erklärte Jafar auf französisch. Damit sie das Gesagte verstehen konnte, nahm Alysson an.

»Ah ja, die Engländerin«, bestätigte Ben Hamadi. »Es ist mir eine Ehre, Sie kennenzulernen, Miss Vickery. Ich bin sicher, daß man Sie gut behandelt.« Der Versuch, französisch zu sprechen, bereitete ihm einige Schwierigkeiten.

Alysson blickte in die dunklen, ausdruckslosen Augen des Generals und war sich nicht sicher, was sie auf diese Höflichkeitsfloskel antworten sollte. Sicherlich wollte er nichts von den Widrigkeiten ihrer Gefangenschaft hören, auch wäre es in ihrem eigenen Interesse nicht ratsam, vor diesem mächtigen Mann schlecht über Jafar zu sprechen. Im Augenblick aber war sie sich nur zu deutlich bewußt, wie fest Jafar ihre Taille umfaßte und sie damit zu einer unverfänglichen Antwort zwang. »So gut, wie man es unter den Umständen erwarten kann, Hamadi Bey.«

Er schenkte ihr ein galantes Lächeln. »Es wird mir ein Vergnügen sein, Sie später näher kennenzulernen.« Dann entließ er sie mit einer Handbewegung und wandte sich Jafar zu, um mit ihm auf arabisch eine Lagebesprechung abzuhalten.

Die gebieterische Geste, mit der der Kalif sie entließ, empfand Alysson als anmaßend. Darin hatte er große Ähnlichkeit mit Jafar. Mahmoud hingegen schien recht beeindruckt zu sein, daß dieser hohe General sich herabgelassen hatte, einige Worte mit Alysson zu wechseln. Kalif Sidi Ould Ben Hamadi gehörte zu den Anführern des Heiligen Krieges gegen die Franzosen. Es war der Höhepunkt in Mahmouds kurzem Leben, daß er das Gewand dieses Mannes hatte berühren dürfen. Während des ganzen Morgens trällerte der junge Diener Loblieder auf Ben Hamadi, so daß Alysson sowohl Mahmoud als auch den himmlischen Kalifen samt Seiner Königlichen Aufgeblasenheit, Jafar I., die Pest an den Hals wünschte.

Wenn sie schon die Ankunft Ben Hamadis im Lager der Berber als unangenehm empfand, so beunruhigte sie es noch mehr, daß ein arabischer General in Jafars Zelt erschien. Sie vermutete, daß seine Anwesenheit mit Jafars Plan zusammenhing, die Franzosen zu einer militärischen Auseinandersetzung zu provozieren. Warum wäre der Kalif sonst mit schwerbewaffneten Männern bei den Berbern aufgetaucht? Mahmoud konnte sich ebenfalls keinen Vers darauf machen, oder er wollte nichts ausplaudern.

Am liebsten hätte sie Jafar befragt, aber er hatte anderweitig zu tun. Wahrscheinlich wies er den Gästen ihre Quartiere an. Das ganze Lager war mit den Vorbereitungen für ein großes Bankett beschäftigt, das zu Ehren des Kalifen stattfinden sollte. Eine Gruppe von Jägern war ausgeschickt worden und kehrte mit mehreren erlegten Gazellen zurück. Ein Schaf wurde für die Feier am Bratspieß gegrillt. All dies erfuhr Alysson von Mahmoud, denn ihr war nicht gestattet, Jafars Zelt zu verlassen oder auch nur aus dem Eingang hinauszublicken. Saful bewachte sie, als ob sein Leben davon abhinge. Was vielleicht auch zutraf, dachte sie grimmig und erinnerte sich an Jafars furchterregenden Gesichtsausdruck, als sie am Tag zuvor die Flucht gewagt hatte.

Zu ihrer Überraschung leistete Mahmoud ihr den ganzen Tag Gesellschaft. Vielleicht aus Mitleid, vermutete Alysson. Auch war er gesprächiger als sonst. Freiwillig erteilte er ihr eine weitere Unterrichtsstunde in der Sprache der Berber.

Außerdem betrachtete sie der Junge ständig verstohlen von der Seite, als ob er die Antwort auf ein Rätsel suche. Schließlich platzte er damit heraus und stellte die Frage, die ihn so sehr beschäftigt hatte.

»Warum wenden Sie sich nicht ab, wenn Sie mein Gesicht sehen, Madame? Den feinen französischen Damen war mein Anblick unerträglich. Entsetzt und voller Ekel kehrten sie mir den Rücken zu, wenn ich auftauchte.«

Das hatte Alysson nicht erwartet. Ihr sank das Herz. Die entstellenden Narben machten dem jungen Mahmoud sichtlich zu schaffen.

Sie betrachtete ihn nachdenklich und wünschte, ihn trösten zu können. »Mein Onkel in London ist Arzt«, erklärte sie wahrheitsgemäß. »Und ich habe ihn oft im Krankenhaus besucht. Ich sah viele Patienten, die an Blattern erkrankt waren. Viele Gesichter waren schlimmer entstellt als deines.«

»Schlimmer? Und Sie erschraken nicht bei ihrem Anblick?«

»Zunächst vielleicht, aber ich gewöhnte mich daran.«

»Ich kann mir nicht vorstellen, daß man sich an so viel Häßlichkeit gewöhnt.«

Die stumme Verzweiflung, die in der Stimme des Berberjungen mitschwang, rührte sie. Zu ihrer Verwunderung mußte sie an Jafar denken. Aber es gab ja Vergleichbares zwischen ihnen, stellte sie fest. Mahmoud und Jafar hatten ein ähnliches Schicksal erlitten. In Jafars Seele hatten sich Verbitterung und Haß eingebrannt und ihre Spuren hinterlassen. Mahmouds Wunden waren sichtbar. Das war der Unterschied.

Sie räusperte sich, um den Kloß in ihrer Kehle loszuwerden, und überlegte sorgfältig die Wahl ihrer Worte. »Es gibt wichtigere Dinge als das Aussehen, Mahmoud. Deine Narben machen dich als Menschen weder besser noch schlechter. Das, was in dir vorgeht, ist ausschlaggebend. Mut und Mitleid, Freundlichkeit und Hilfsbereitschaft, daran wird ein Mensch gemessen, nicht an seinem Äußeren.«

Mahmoud blickte sie aus weitgeöffneten Augen an, dann senkte er den Kopf. »Aber mit meinem Gesicht werde ich nie eine Braut finden. Keine Frau wird einen Mann heiraten wollen, der aussieht wie ich.«

»Darin kann ich dir keineswegs zustimmen«, entgegnete Alysson und versuchte neutral zu bleiben. »Deine Narben können sich auch zu deinem Vorteil auswirken. Wenn deine Braut dich heiratet, liebt sie dich um deiner selbst willen. Aus keinem anderen Grund. Glaube mir, ich weiß in diesen Dingen Bescheid. Ich mußte mich ständig vor Verehrern in acht nehmen, die es nur auf mein Geld abgesehen hatten. Mit dieser Ungewißheit bist du nicht belastet.« Sie machte eine Pause und berührte seine Hand mit einer herzlichen Geste. »Eines Tages wirst du eine Frau finden, die deiner wert ist, Mahmoud. Da bin ich ganz sicher.«

Der Junge wandte sich ab und wurde rot vor Verlegenheit. Um ihn zu schonen, wechselte Alysson sofort das Thema und nahm den Sprachunterricht wieder auf. Sie war überzeugt, daß sie ihn getröstet hatte, jedenfalls ein klein wenig. Wenn sie nur mehr für ihn tun könnte. Mahmouds Kummer hatte sie für einen Augenblick ihr eigenes Schicksal vergessen lassen. Zum Bankett war sie nicht eingeladen worden, statt dessen hatte man sie zu einem kleinen Empfang vor dem Essen in das Zelt des Kalifen gebeten, oder besser gesagt, man hatte ihr höflich befohlen, sich dort untertänigst einzufinden.

Es handelte sich anscheinend um einen wichtigen Anlaß, denn Tahar hatte sich von ihren vielen Pflichten losgerissen, um Alysson beim Ankleiden behilflich zu sein. Sie bestand darauf, daß sie das Prachtstück ihrer umfangreichen Garderobe, einen lindgrünen Kaftan aus kostbarem Brokat trug und dazu einen farblich abgestimmten Haik aus elfenbeinfarbener Seide.

Jafar war bereits anwesend, als sie in dem weiträumigen, festlich ausgestatteten Zelt eintraf. Sein bewegungsloses Gesicht sagte ihr leider nichts über den Grund dieser Einladung. Mehr durch seinen kühlen, abweisenden Blick verunsichert als durch die offzielle Begrüßung der Anwesenden, bemühte sich Alysson, Jafar völlig zu übersehen. Als Ben Hamadi Alysson die Ehre zuteil werden ließ, ihr ein Tablett mit süßem Pfefferminztee zu reichen, nahm sie das Täßchen mit einem anmutigen Lächeln entgegen.

Im stillen hatte sie gehofft, den General nach dem Grunde seines Hierseins fragen zu können, aber er wich ihren Fragen mit dem Geschick eines Diplomaten aus und fuhr in seinem keineswegs perfekten Französisch fort, von dem Emir aller nordafrikanischen Araber, von Abd el-Kader, zu erzählen.

»Es sind jetzt fünfzehn Jahre vergangen, Miss Vickery, daß Abd el-Kader zum Anführer aller Gläubigen ernannt wurde. Es gibt keinen, der besser geeignet wäre, den Islam gegen die Ungläubigen zu verteidigen. Seine Vorfahren waren Nachkommen Mohammeds. Sein Vater war ein heiliger Mann. In kurzer Zeit gelang es Abd el-Kader, die Stämme seines Emirats zu vereinen.«

Alysson murmelte einige höfliche Worte. Sie erinnerte sich daran, wie sie zum ersten Mal von Abd el-Kader gehört hatte. Voller Hochachtung und Bewunderung wurde der mächtige Mann in den Salons der Pariser Gesellschaft empfangen. Man riß sich um ihn. Aber das war vor der knappen Niederlage der *Armée d'Afrique* und bevor ganze Divisionen französischer Truppen von den kampfesmutigen Berbern und Arabern aufgerieben wurden. Danach schwärmte in den Salons keine der eleganten Pariserinnen mehr von dem aufregend schönen feurigen Scheich. Aber sie mochte nichts über Abd el-Kader hören. Sie wollte nur herausfinden, welche militärische Strategie Jafar und Ben Hamadi anwenden würden, um Gervase mit seinen Truppen zu schlagen.

Gegen ihren Willen blickte Alysson über den niedrigen Tisch zu Jafar hinüber. Sie war sich sofort im klaren, daß er ihre Gedanken von der Stirn ablesen konnte. Jafar wiederum fühlte sich unbehaglich, als sich die schönen grauglänzenden Augen sorgenvoll auf ihn richteten.

»Wir beten zu Allah, daß er unsere Pläne begünstigen und fördern möge«, ertönte Ben Hamadis Baß. »So wie ihr Christen zu dem Propheten *Aissa*, zu Christus, wie ihr ihn nennt, betet ...«

Alysson hatte nicht zugehört und schreckte aus ihren Gedanken auf, als Ben Hamadi sie ansprach.

»Ich hoffe, ich habe Sie mit meinen Ausführungen nicht ermüdet, Miss Vickery«, meinte der Kalif feierlich. »Eine so überaus reizende junge Dame gelangweilt zu haben, wäre eine Schande für meinen Bart.«

Sie wandte ihren Blick von Jafar ab und zauberte ein Lächeln auf ihre Lippen. »Vergebt mir, Hamadi Bey ... ich fühle mich sehr geehrt, daß Ihr mich in Euer Vertrauen gezogen habt, aber heute war ein langer Tag und ich fühle mich erschöpft. Wenn Ihr mich bitte entschuldigen wollt, möchte ich mich jetzt zurückziehen dürfen.«

Sie ahnte, daß sie mit ihrer Bitte die Etikette verletzt hatte, aber die bohrenden Kopfschmerzen, die sich hinter ihren Augen aufbauten, hinderten sie daran, den langatmigen Erzählungen des Kalifen länger zu folgen.

Zum Glück nahm der keinen Anstoß an ihrer Unhöflichkeit, sondern nickte stumm mit dem Kopf. Sie war entlassen. Ohne Jafar anzusehen, floh Alysson erleichtert in die kühle Nacht hinaus.

Wie gewöhnlich begleitete sie Saful zum Zelt zurück und nahm dann vor dem Eingang Platz. Unruhig wie ein gefangenes Wild ging Alysson im vorderen Gemach des Zeltes auf und ab. Das Unheil nahm unweigerlich seinen Lauf. Wie sollte sie Gervase warnen? Eine dicke schwarze Wolke der Verzweiflung legte sich über sie und schien sie zu ersticken. Sie mußte rasch handeln. Aber was konnte sie tun? Die einzige Möglichkeit, Gervase und Onkel Honoré vor dem

Schlimmsten zu bewahren, war die Flucht. Sie mußte rechtzeitig fliehen, um beide vor Jafars Heimtücke zu warnen. Bisher waren ihre Fluchtversuche fehlgeschlagen. Tag und Nacht wurde sie bewacht, und nach dem letzten gescheiterten Versuch würde Jafar sie wieder an Händen und Füßen fesseln. Auch wenn es ihr gelänge, aus dem Zelt zu entkommen und ein Pferd zu stehlen, so würden sie ein Dutzend Augenpaare beobachten.

Nur jetzt nicht! Jetzt nahmen die Berber an dem Festbankett teil. Jetzt war auch ihr rachedurstiger Entführer beschäftigt.

Ein hoffnungsfroher Blick fiel auf Saful, der mit dem Rücken zu ihr vor dem Zelteingang saß und an einem Stück Holz schnitzte. Im Augenblick war er der einzige, der sie an der Flucht hindern konnte. Wenn es ihr gelang, ihn außer Gefecht zu setzen ...

Rasch huschte sie in den Schlafraum und wechselte eilig die Kleidung. So schnell sie konnte zog sie Hose, Bluse, Reitstiefel und ein langsärmliges Bolero an. Ihre Hände zitterten vor Aufregung. Als sie den irdenen Waschkrug ergriff, wurde sie ganz ruhig. Sie hielt ihn hinter ihrem Rükken versteckt und näherte sich dem nichtsahnenden Saful.

Es fiel ihr schwer, ihm weh zu tun, denn er war immer freundlich zu ihr gewesen. Aber es mußte sein. Eine bessere Gelegenheit würde sich nie wieder bieten. Sie hob den Krug hoch über ihren Kopf.

Ein leises Geräusch mußte Saful im letzten Augenblick gewarnt haben, denn er wollte sich umwenden. Alysson schloß die Augen, biß sich auf die Lippen und ließ den Krug auf seinen Kopf krachen. Das dumpfe Geräusch, das der Aufprall verursachte, war scheußlich. Lautlos sackte Saful in sich zusammen.

Entsetzt starrte sie auf den zusammengesunkenen Mann. Ein würgendes Gefühl stieg ihr in der Kehle auf. Hoffentlich mußte sie sich nicht übergeben. Dann zwang sie sich nachzusehen, wie schwer sie ihn mit dem Krug getroffen hatte. Erleichtert stellte Allyson fest, daß er noch lebte.

Schnell ging sie noch einmal ins Zelt und holte einen schwarzen Burnus mit Kapuze aus dem Schlafbereich. In der Dunkelheit hielt man sie vielleicht für eine Berberin. Jetzt brauchte sie noch Wasser und Verpflegung. Im nächsten Zelt fand sie einen Wasserschlauch, der mit dem kostbaren Naß gefüllt war. In einem anderen Zelt entdeckte sie Brot und Trockenfrüchte, die sie in ein Tuch wickelte. Was sie als den schwierigsten Teil ihres Unternehmens betrachtete, erwies sich als das einfachste. Vor dem gegenüberliegenden Zelt stand eine kleine freundliche Stute mit einem Halfter aus Hanf.

Sie packte den Wasserschlauch und das Tuch mit den Nahrungsmitteln zusammen und legte das Bündel wie eine Satteltasche über den Pferderücken. Dann band sie das Tier los und führte es leise aus dem Lager. Sie wollte nichts riskieren und zog es vor, erst außerhalb der Umfriedung aufzusitzen.

Hinter sich hörte sie Fetzen von Musik und Lachen, lauter aber schlug ihr Herz. Jeden Augenblick rechnete sie mit einem Schrei, der den Berbern ihre Flucht verkünden würde.

Es blieb still.

Mit angehaltenem Atem ging sie dann leise weiter und versuchte in dem weichen Sand so schnell wie möglich voranzukommen. Ihr Stoßgebet bestand nur aus: *bitte, bitte, bitte . . .*

Als sie mehrere hundert Schritte zurückgelegt hatte, hielt sie die Stute an. Sie sah sich vorsichtig um und redete zusammenhanglos auf die Stute ein — dann schwang sich Alysson auf den Rücken des Pferdes.

Die Führleine hielt sie wie einen Zügel und trieb die Stute an. Sie wandte sich bald nach Nordosten. Der Mond erhellte den Weg, als sie zum Ritt durch die endlose Wüste aufbrach.

Kapitel 12

Alysson ritt durch die Nacht, in der einsamen Weite, die durch den langgezogenen Ruf der Schakale noch verlassener wirkte. Funkelnde Diamanten gleich standen die Sterne am Himmel, während sich vor ihr der Sand ins Endlose erstreckte, bleich, geheimnisvoll und ewig.

Die Wüste lag vor ihr — eine der einsamsten Gegenden auf dem Erdball, in deren Grenzenlosigkeit sie sich klein und unbedeutend vorkam, und sonderbarerweise doch als Teil von ihr.

In der nächtlichen Stille lauschte sie ihrem Herzschlag, der den leisen, gleichmäßigen Tritt der Pferdehufe begleitete.

Die Luft war klar und kalt, die Dunkelheit beruhigend. Eine Zeitlang vergaß sie sogar ihre Angst und den Grund ihrer Flucht. Aber dann stellte sie sich wieder ein, diese lähmende Furcht, die sie über die Schulter nach ihrem Verfolger blicken ließ, nach Jafar, nach dem kräftigen schwarzen Hengst.

Lautlos verstrichen die Stunden und ließen sie in eine dumpfe Müdigkeit fallen. Wenn sie merkte, daß sie einnikken wollte, riß sie gewaltsam den Kopf hoch. Um sich wach zu halten, zählte sie die Sterne und sagte Gedichte aus der Kindheit auf. Manchmal mußte sie auch ihr Pferd zügeln, wenn es seinen ungewohnten Reiter abwerfen und ins Berberlager zurückkehren wollte.

Vor Einbruch der Morgendämmerung bäumte sich die Stute plötzlich auf, als ob sie sich vor irgendeinem Spuk erschrocken hätte. Im nächsten Augenblick lag Alysson rücklings im Sand und rang nach Luft.

Als sie ihre Sinne wieder beisammen hatte, erkannte sie schlagartig, was geschehen war. Das Geräusch des sich entfernenden Hufschlags sagte alles. Die Stute galoppierte in Richtung Lager. *Sie hatte kein Pferd.* Hier, in dieser ausgedörrten Wildnis, wo das Leben eines Menschen von der Ausdauer seines Reittiers und vom Wasservorrat abhing!

Wasser.

Wie eine Wahnsinnige tastete sie bei diesem Gedanken nach dem Ziegenlederschlauch. Sie seufzte erleichtert auf, als die Finger das weiche Leder befühlten. Wenigstens hatte sie Wasser.

Dann schweifte ihr Blick zum östlichen Horizont, der sich als breiter, goldener Streifen über den Sanddünen erhellte. Ihr blieb keine Wahl. Sie mußte ihren Weg durch die Wüste zu Fuß fortsetzen. Sie konnte und wollte nicht zu ihrem Entführer zurückkehren.

Auf allen vieren stützte sich Alysson ab und kam nach einiger Anstrengung endlich wieder auf die Beine. Kurz entschlossen warf sie den Wasserbeutel und den Proviantsack über die Schulter und marschierte los. Der Sand war nicht mehr so feinkörnig und weich wie vorhin, sondern grob und griffig — und rauh unter ihren Handflächen, wenn sie stolperte und sich wieder aufrichtete. Bald stand die Sonne wie eine große flammende Scheibe am östlichen Himmel, ein frühes Morgenlicht, das gnadenlose Hitze und weitere Mühsal versprach. Obwohl sie unter den verschiedenen Schichten ihrer Kleidung vor Hitze verging, wollte sie den schützenden Burnus nicht missen. Sie zog die Kapuze weit in das Gesicht, um die Haut vor der Sonne und dem sandigen Wind zu schützen.

Auch wenn es ihr schwerfiel, sie mußte ihren Wasservorrat sorgfältig einteilen. Verdursten war ein qualvoller Tod. Jede halbe Stunde konnte sie sich nur ein paar Tropfen genehmigen. Wenn sie Glück hatte, unterwegs auf einen Brunnen oder eine Quelle zu stoßen, konnte sie ihren Durst stillen.

Es war kein Brunnen in Sicht — nur blauer Himmel, leerer Sand und die gnadenlose Weite der Wüste. Außer davonhuschenden Eidechsen begegnete ihr niemand.

Bald ging der Sand in tonigen Boden über, das dornige Gestrüpp in grünes Buschwerk. Der glasig weiße Dunst blendete sie. Die glühend heiße Luft, die sie in die Lungen atmete, wirkte wie eine Droge auf sie.

Jede einzelne Minute dehnte sich zu eine Ewigkeit aus, als sie sich mühsam weiterschleppte und den quälenden Durst zu vergessen versuchte.

Am frühen Nachmittag wurde ihr die Ausweglosigkeit ihres Unternehmens bewußt. Sie war mutterseelenallein in der Wüste, das Wasser war fast aufgebraucht, ihre Kräfte waren erschöpft, dazu brannte die Sonne erbarmungslos auf sie nieder.

Ihre Lippen waren ausgetrocknet, die Zunge geschwollen, die Kehle ein glühendes Reibeisen. Ab und zu wurde ihr schwarz vor Augen, und wenn sie aufblickte, sah sie hoch über sich die ersten Geier kreisen, die in dem flachen, spärlich mit Büschen bewachsenen Gelände nach Beute suchten. Nach ihr.

Die Gluthitze des endlos langen Tages ließ sie jeden Sinn für Zeit oder Entfernung verlieren. Nur der eiserne Wille weiterzugehen blieb. Aber es gab schwache Momente, in denen sie sich den Tod herbeigewünscht hatte.

Dann geschah das große Wunder. In der Ferne schimmerte es graublau auf. Wasser! Ein Schluchzen löste sich aus ihrer wunden Kehle. Wasser! Das war der See, den sie unterwegs gesehen hatte, als Jafar sie in diese gottverlassene Wüste schleppte. Selig versuchte sie zu diesem kostbaren, lebensspendenden Naß zu rennen, aber sie strauchelte und fiel mit dem Gesicht in den heißen Sand. Die Hoffnung gab ihr neue Kräfte und sie riß sich zusammen, stand auf und zwang sich weiterzugehen. Sie würde sich nicht kleinkriegen lassen. Sie würde überleben!

So fand sie Jafar – zwischen Kameldornen und Jerichorosen hin- und hertaumelnd. In Gedanken stieß sie gotteslästerliche Flüche aus, als der See nicht näher kommen wollte.

»Der Segen Allahs ... Alysson!«

Sie fuhr zusammen und wünschte, sie hätte diesen Ruf und den galoppierenden Hufschlag nur geträumt.

Aber dem war nicht so. Der Hengst war Wirklichkeit, Jafar war Wirklichkeit und die frohe Erleichterung seiner Stimme auch.

Als Jafar bei ihr war, blieb er einige Sekunden bewegungslos im Sattel sitzen und starrte unentwegt in ihr überraschtes, sonnenverbranntes Gesicht. Der halbe Stamm war unterwegs und durchkämmte die Wüste auf der Suche nach ihr, aber damit hatten sie bis zum Tagesanbruch warten müssen. In der Helligkeit konnten sie die Hufspuren leichter verfolgen — leider endeten sie plötzlich. Alysson hatte das Pferd verloren! Als Jafar sich dessen bewußt wurde, mußte er das Schlimmste befürchten. Die Möglichkeit, sie zu finden, bevor sie vor Durst und Hitze starb, war äußerst gering.

Mit Stoßgebeten an seinen und ihren Gott folgte er den Fußspuren, die Alysson im Sand zurückgelassen hatte und die dann später auf dem festen Boden verschwanden. Ein Wunder oder Allahs Wille hatten ihn zu ihr geführt — und die schwarzen kreisenden Vögel am Himmel, die Geier, die ihre Beute aufgespürt hatten.

Das rasende Herz schlug allmählich wieder im gewohnten Rhythmus, die lähmende Angst um sie war gewichen.

Vom Pferderücken aus versuchte Jafar, sie zu sich in den Sattel zu ziehen, aber sie wehrte sich.

»Nein! Fassen Sie mich nicht an!« Krächzend kamen die Worte aus der ausgedörrten Kehle. Sie war zu schwach, um aufrecht zu stehen, aber zu stolz, um zusammenzubrechen, zu starrsinnig, um die Niederlage einzugestehen.

Jafar blickte sie ungläubig an. Sie wäre gestorben, wenn er sie nicht gefunden hätte. Die unsägliche Erleichterung, die er noch kurz zuvor empfunden hatte, wechselte plötzlich in Wut über. Dieser Trotzkopf! Wie konnte sie nur so töricht sein, ihr Leben leichtsinnig in Gefahr zu bringen! Aber war es nicht seine Schuld? Hatte er sie nicht zu dieser Flucht getrieben?

Als sie sich umdrehte, um ihren beschwerlichen Marsch wieder aufzunehmen, hinderte er sie nicht daran. Sollte sie doch ihren Willen haben, andererseits aber wollte er ihren Stolz nicht brechen und bewunderte insgeheim ihr Selbstbewußtsein.

Bald würde sie aufgeben müssen. Lange konnte sie nicht mehr weitergehen.

Langsam folge ihr Jafar zu Pferd. Nach mehreren Pferdelängen versuchte er es ein zweites Mal. »Es ist töricht, so dickköpfig zu sein, *Ehuresh*. Sie werden verdursten, wenn Sie mir nicht erlauben, Ihnen zu helfen.«

Alyssons Kinn fuhr in die Höhe, als sie die Antwort mühsam herauskrächzte. »Nicht ... wenn ... ich den See erreiche.«

Jafars Blick wanderte zu den flirrenden Hitzewellen am Horizont. Er wußte, was sie meinte, was sie erhoffte. Das gleißende Sonnenlicht spiegelte sich in dem salzigen Sumpf des ausgetrockneten Sees und in dem blaugrünen Ufergestrüpp wieder. Es sah wie glitzerndes Wasser aus, aber es war eine Illusion.

»Ich enttäusche Sie nur ungern, *chérie,* aber Chott al Hodna ist kein echter See, sondern eine Salzpfanne. Es sieht nur von der Ferne so aus. Um diese Jahreszeit findet man nur in der Mitte Wasser, aber bis dorthin sind es noch viele Meilen.«

Alysson blieb schwankend stehen. Die Enttäuschung war zu groß für sie. Dicke Tränen quollen ihr aus den Augen. Eine leckte sie mit der Zunge ab, aber den Durst stillte sie nicht.

Dann machte sie einen taumelnden Schritt und sank zu Boden.

Jafar stieß einen leisen Fluch aus und wollte absitzen, um ihr zu helfen. Genau in diesem Augenblick stieß Alysson einen jämmerlichen Schrei aus. Ein kleines, krebsähnliches Tier mit gegabeltem Schwanz huschte von ihr weg.

Kalte Angst packte ihn. Dieser Skorpion gehörte nicht zu seinen harmlosen Vettern aus den Küstengebieten. Dieser hier war größer und dunkler — und tödlich, wie alle Skorpione aus dem Sand der Sahara.

»Alysson!« stieß er heiser hervor, schwang sich vom Pferd und war im Nu an ihrer Seite. »Wurden Sie gestochen?«

Stöhnend vor Schmerz umfaßte sie das rechte Bein, während er neben ihr niederkniete. »J ... ja ... in den ... Oberschenkel.«

Sie versuchte sich aufzusetzen, aber er drückte sie wieder zu Boden. Rasch drehte er sie um, riß den Stoff ihrer Reithose auf, um die rote Stelle auf der Innenseite des Schenkels freizulegen. Als er sah, daß sich der Fleck bereits ausdehnte, setzte sein Herzschlag aus. Sie mußte sterben, wenn er nicht sofort handelte.

Entschlossen zog er den geschwungenen Dolch aus dem Gürtel und herrschte sie an, ruhig zu bleiben, als sie ihn ängstlich abwehren wollte. »Der Schmerz wird jetzt noch größer werden, aber ich muß das Gift aussaugen.«

»Zuerst ... einen Drückverband«, brachte sie zwischen den trockenen Lippen hervor. »Onkel Cedric ... ist Arzt. Er würde ... einen Druckverband ... über der Wunde anlegen.«

Hoffentlich half es! Mit sicheren Händen zog Jafar den Gürtel von ihrer Taille und band ihn so fest es ging um den Schenkel. Ohne weitere Ankündigung schnitt er ein kleines Kreuz über ihrer Wunde in die Haut ein. Alysson biß die Zähne aufeinander, um nicht aufzuschreien. Der Schmerz ließ sie die Peinlichkeit vergessen, daß der Mann sich über ihren entblößten Schenkel beugte. Sie versuchte ihre Gedanken mit anderen Dingen zu beschäftigen, als Jafar den Mund über der Wunde schloß.

Er sog das Gift ein und spie es aus. Diesen Vorgang wiederholte er mehrere Male und versuchte dabei, die mühsam zurückgehaltenen Schmerzenslaute zu überhören, während sich ihre Finger in seinen Schultern vergruben. Er hätte sein Augenlicht dafür gegeben, um ihr das zu ersparen, aber es war die einzige Möglichkeit, um ihr Leben zu retten.

Dann war alles vorbei. Mehr konnte er nicht tun. Er richtete sich auf und blickte hilflos auf die unbewegliche Gestalt, die schwach und bleich mit geschlossenen Augen vor ihm lag.

Vorsichtig schob er einen Arm unter ihre Schulter und stützte sie ab. Willenlos ließ sie es geschehen.

»Allyson.« Seine Stimme klang leise und ernst und zitterte

ein wenig. »Wir müssen ins Lager zurückkehren. Sie brauchen eine Medizin gegen das Gift.«

Er war überrascht und erleichtert, als sie ihm nicht widersprach. Auf ihr schwaches Nicken hin hob er sie vorsichtig auf, als wäre sie eine Figur aus kostbarem Porzellan.

»Jafar ...«, hauchte sie und zupfte schwach an seinem Burnus. Ihre Stimme war so schwach, daß er den Kopf senken mußte, um sie zu verstehen. »Ich ... ich mußte doch die Flucht versuchen.«

»Ja. Ich weiß. Schlafen Sie jetzt, *Temellal*. Sie dürfen sich nicht aufregen.«

Ob sie ihn verstanden hatte, wußte er nicht, denn sie war in seinen Armen ohnmächtig geworden.

Später konnte er nicht mehr sagen, wie er an diesem Tag in das Lager zurückgekommen war. Er erinnerte sich nur noch an den schier endlosen Weg, an den eintönigen Hufschlag, an das Rauschen des Blutes in seinen Ohren, das Frösteln und die betäubende Furcht im Herzen, daß es zu spät sein könnte, um ihr Leben zu retten.

Unablässig trieb er den Hengst an, lobte und ermunterte ihn. Das glänzende schwarze Fell des Tieres war schweißnaß und staubbedeckt, als sie endlich das Lager erreichten. In Alyssons Körper wütete das Fieber. Wie scharfe Peitschenschläge ertönten seine Befehle, die er nach rechts und links an die wartenden Männer austeilte. Dann trug er die Bewußtlose in sein Zelt und legte sie vorsichtig auf das Bett. Es war unnötig, die alte Berberin herbeizurufen, denn sie stand bereits mit den heilenden Kräutern am Zelteingang.

Gastar, so hieß diese Berberin, ging unverzüglich zu Alysson.

»*Dhereth*!« rief Gastar aus, als sie sich die Bißwunde ansah. Ihr weises Greisengesicht verzog sich besorgt. »Sehr schlimm.«

»Rette sie«, sagte Jafar schlicht.

»Wenn Allah es will.«

Gastar puderte die Wunde mit *alhenna* und flößte Alysson eine Opiumtinktur ein, aber Jafar wollte sich weder allein auf die Heilmittel der Wüste verlassen, die sein Stamm seit Jahrhunderten anwendete, noch auf seine inbrünstigen Gebete. Am späten Abend nahm er ein europäisches Medikament zu Hilfe. Von einer Reise nach Algier hatte er ein Medizinfläschchen mit fiebersenkendem Schwefeläther mitgebracht. Mit zitternden Händen flößte er Alysson einen Löffel davon ein.

Er kümmerte sich eigenhändig um Alysson — auch wenn Gastar sich überaus bereitwillig zeigte, die Pflege selbst zu übernehmen —, tröpfelte lauwarmen Tee zwischen die Lippen der Kranken und streichelte geduldig ihre Kehle, um sie zum Schlucken zu bringen. So oft wie möglich badete er den nackten Körper in kühlem Wasser. Wenn sie Schüttelfrost bekam, zog er sie eng an sich und versuchte seine Kraft und Körperwärme auf sie überströmen zu lassen. Wenn sie Schmerzen hatte, tröstete er sie mit zärtlichen Worten, die er ihr auf englisch oder französisch, auf arabisch oder berberisch ins Ohr flüsterte.

Jedesmal, wenn er ihr blasses Gesicht mit den blutleeren Lippen sah, zog sich sein Herz schmerzhaft zusammen. Oft schien es ihm, als atme sie kaum. Sie war schwerkrank und die Haut glühend heiß. Das *thoula* — das Fieber — verbrannte sie bei lebendigem Leib. Und es war seine Schuld. Wenn er sie nicht gefangengenommen hätte, um sie für seine Rachepläne zu benutzen, würde sie jetzt nicht in diesem Zustand vor ihm liegen und um ihr Leben kämpfen.

Am dritten Tag war der Äther aufgebraucht, trotzdem hing ihr Leben noch an einem seidenen Faden. Jafar hielt wie in den Tagen zuvor Wache an ihrem Bett, als sich sein vernachlässigter Gast, der Kalif Ben Hamadi, zu einem Besuch ansagte.

Erschreckt fuhr er aus seinen Gedanken auf. Bevor er sich erhob, zog er die weißen Bettücher bis zu Alyssons Kinn hinauf und deckte den zarten, vom Fieber ausgezehrten Körper sorgsam zu. Dann bat er den Kalifen einzutreten.

Ben Hamadi blickte kurz in Richtung der Kranken, wandte sich Jafar höflich zu und begrüßte ihn mit blumenreichen

Worten auf arabisch. Jafar bot ihm seinerseits die Gastfreundschaft seiner bescheidenen Bleibe an und wünschte ihm den Frieden und Segen Allahs. Auch wenn Alyssons Fieber gesunken war, schwebte sie immer noch in Lebensgefahr. Solange sie nicht über den Berg war, hatte er weder Zeit noch Geduld, sich mit oberflächlichem Geplänkel abzugeben.

Der kluge und geistreiche Araber mußte diese Spannung gespürt haben, denn er setzte sich sogleich mit überkreuzten Beinen auf den mit dicken Teppichen belegten Boden und sah Jafar forschend an.

»Niemals hätte ich es gewagt, die Ruhe Eures Zeltes zu stören, mein Bruder, aber diese Angelegenheit erlaubt keinen Aufschub. Die Gefangene hat einen Großteil Eurer Zeit beansprucht, und wie ich annehme, auch Eurer Gedanken.«

Ein geschickt verhüllter Tadel, dachte Jafar, denn in den vergangenen vier Tagen hatte er seine Pflichten vollkommen vernachlässigt. Aber im Augenblick gingen ihm andere Dinge vor, außerdem stieß er sich an dem Wort ›Gefangene‹. Diese Bezeichnung war kalt und unpersönlich und paßte nicht zu der Beziehung, die er zu der jungen, mutigen Frau gewonnen hatte.

Ärger und Ungeduld waren bei der Unterredung mit dem Kalifen fehl am Platz, und er zwang sich, so gelassen wie möglich zu bleiben. »Ich kann die Engländerin unmöglich allein lassen, wenn sie mit dem Tode ringt, Hamadi Bey. Ihren Tod möchte ich nicht auf mein Gewissen laden. Es würde meine Ehre und die meines Stammes beflecken, wenn ich mich nicht um die Sicherheit eines Gefangenen kümmerte. Darüber hinaus ist sie unschuldig in diese Angelegenheit verwickelt worden. Wenn ich ihr Leben retten kann, tue ich es.«

»Der Tod der Engländerin — oder ihr Leben — liegt in Allahs Hand.«

»Manchmal ist es klug«, erklärte Jafar jede Silbe betonend, »daß der Mensch auf der Erde Allah hilft, damit Sein Wille geschieht.«

Die schwarzen Augen des Kalifen zogen sich zusammen, aber Jafar hielt seinem Blick stand. Was er gerade gesagt hatte, kam in ihrer Religion einer Gotteslästerung gleich, aber er stand dazu. Er warf sich vor, daß Alysson durch seine Schuld Schaden genommen hatte. Er hatte ihre Flucht nicht zu verhindern gewußt, die sie fast das Leben gekostet hatte und immer noch kosten konnte. Das durfte nicht geschehen.

Ben Hamadi mußte seine Entschlossenheit bemerkt haben, denn er hob nachsichtig die Schultern und wechselte das Thema. »Euer Plan hatte Erfolg, *sidi.* Die Gerüchte, die Ihr in die Ohren der Franzosen gestreut habt, tragen Früchte. Colonel Bourmont hat Algier mit einer größeren Streitmacht verlassen.«

Jafar blickte Ben Hamadi ausdruckslos an, als er überrascht feststellen mußte, seinen Todfeind Gervase de Bourmont seit Alyssons Flucht vollkommen vergessen zu haben. Unfaßbar! Bis zu diesem Zeitpunkt war in seinem Leben kein Tag vergangen, an dem er nicht den Namen Bourmont verflucht hatte.

»Die Franzosen werden uns in ungefähr einer Woche erreicht haben«, meinte der Araber, »vielleicht auch weniger.«

Eine Woche. Oder weniger. Nur noch ein paar Tage — eine kurze Spanne Zeit — und die Rache war sein! Seit siebzehn Jahren hatte er diesen Tag herbeigesehnt. Wo blieb die Vorfreude und der süße Vorgeschmack der Vergeltung, die diese Nachricht in ihm wachrufen müßte? Jafar blickte zu Alysson und wußte die Antwort.

»Ich werde die junge Frau zu mir nehmen«, fügte Ben Hamadi hinzu, »wenn sie am Leben bleibt.«

Wenn sie am Leben bleibt. Jafar biß die Zähne zusammen und weigerte sich, die andere Möglichkeit in Betracht zu ziehen. Aber ob es ihm gefiel oder nicht, er war verpflichtet, mit seinem Gast über das Schicksal seiner englischen Gefangenen zu verhandeln. Die Einleitung dazu war bereits am Abend vor Alyssons Flucht erfolgt.

Ben Hamadi hatte nicht die Absicht, in Jafars Lager zu

bleiben. Kurz vor dem Eintreffen der gegnerischen Streitmacht würden sich ihre Truppen teilen und den richtigen Augenblick zum Einschreiten abwarten. Bei diesem Kampf würde Jafar den Angriff führen, während der General der Araber die Flanken der Franzosen umzingeln sollte, um ihnen den Rückzug abzuschneiden.

Was Alysson anbetraf, so hatte Ben Hamadi vorgeschlagen, die Engländerin in sein eigenes Lager zu verlegen. Dort sollte sie von seinen Frauen gepflegt werden, bis sie so weit genesen war, um mit einer Eskorte nach Algier zurückzukehren. Obwohl Jafar Einwände hatte, wies er den Vorschlag nicht sofort von der Hand. Im Lager des Kalifen war sie weitab vom Schlachtgetümmel und sicher aufgehoben. Außerdem befürchtete er, daß seine Entscheidungen durch die Nähe der schönen Gefangenen beeinflußt würden und zuungunsten seines Stammes ausfallen könnten.

Aber dann verwarf er den Plan des Kalifen. Ben Hamadi würde tausend Einwände hervorbringen, aber Alysson war dem Tode noch nicht entronnen, und er wollte die Pflege keinem anderen anvertrauen als sich selbst.

»Sie kann das Lager noch nicht verlassen, Hamadi Bey. Auch wenn sie ... überlebt, wäre sie in den nächsten Wochen zu schwach, um die Reise in Euer Lager anzutreten. Ich werde mich hier um ihr Wohl kümmern.«

»Eure Befürchtungen verfliegen mit dem Wind, mein Bruder. Wenn die Engländerin in meiner Obhut ist, wird es ihr an nichts mangeln.«

»Ich werde sie nicht im Stich lassen.«

Es herrschte Schweigen, während der General sein Gegenüber mit abwägenden Blicken betrachtete. »Es wäre nicht ratsam, zu einer Fremden größere Zuneigung zu fassen«, erwiderte Hamadi schließlich. Es war eine freundliche Warnung.

Jafar blickte zu der jungen Frau, von der sie sprachen. Eine *Fremde*? Aber für ihn war sie keine Fremde. Durch ihre Adern floß das gleiche englische Blut wie in seinen, obwohl er diese Tatsache vergessen wollte. Und sie hatten die Freuden der Liebe geteilt. Nach all den Zärtlichkeiten, die sie in jener unvergessenen Nacht voller Leidenschaft ausgetauscht hatten — Liebkosungen, die es nur zwischen einem Mann und einer Frau gab —, war sie ihm so vertraut wie die Wüste, wie die Berge, die seine Heimat waren. Alysson, mit den trotzigen rauchgrauen Augen. Alysson mit ihrer Leidenschaft und Lebenskraft und dem unbezwingbaren Geist, der sein Innerstes anrührte. In den wenigen Wochen war es ihr gelungen, viele Dinge seines Lebens nebensächlich erscheinen zu lassen.

In diesem Augenblick wurde Alysson unruhig und murmelte etwas Unverständliches. Besorgt beugte sich Jafar über sie und strich ihr eine verirrte Haarsträhne aus der Stirn. »Sei still, kleine Tigerin«, flüsterte er auf englisch.

Das Kosewort brachte ihm den rügenden Blick des Kalifen ein. »Vielleicht ist es nicht sehr klug, sie in ihrer Muttersprache anzureden«, wandte der Araber etwas beunruhigt ein.

Diese Antwort verärgerte Jafar. Herausfordernd richtete er die goldschimmernden Augen auf den Kalifen. »Es beruhigt sie, wenn sie ihre Muttersprache hört.«

Ben Hamadi wich seinem Blick aus. Nach einer Weile entspannte sich das Habichtgesicht des Arabers wieder, und er strich sich über den Kinnbart. Als er sich erhob, um sich zu verabschieden, sprach er eine letzte Warnung aus. »Achtet darauf, mein Bruder, daß Ihr das Wohlergehen Eurer Gefangenen nicht über das Leben Eures Volkes stellt.«

Ungefähr zwei Stunden später schlug Alysson die Augen auf. Nur langsam stellten sich ihre Pupillen auf Jafar ein, der neben ihr saß, das Kinn auf die Hand gestützt.

Wie merkwürdig, war der erste Gedanke, den ihr das umnebelte Hirn eingab. Sie hatte von jenem längst vergangenen Tag in England geträumt, von ihrem Eintreffen in dem herrschaftlichen Anwesen eines englischen Herzogs. Sie war auf eine knorrige alte Eiche geklettert und hatte einen blondhaarigen Fremden mit Eicheln beworfen. Und dann war sie in Tränen ausgebrochen und er hatte sie getröstet.

Alysson schloß die Augen, öffnete sie wieder und blickte ungläubig auf den schwarz gekleideten Mann neben ihr. Das war Jafar, der Berberfürst, und nicht der blonde Engländer aus ihren Träumen.

Irgend etwas stimmte mit diesem Mann nicht. Er hielt den Kopf tief gesenkt und brütete vor sich hin. Die herabgesunkenen Schultern schienen eine sehr schwere Bürde zu tragen.

Mit großer Anstrengung versuchte sie ihn am Knie zu berühren. Jafars Kopf schnellte in die Höhe. Überrascht ergriff er ihre Hand und hielt sie fest umschlossen, während er sie unentwegt anstarrte.

»Allah sei Dank«, brachte er viel später mit heiserer Stimme hervor.

Alysson blickte ihn erstaunt an. Furchtbar sah er aus! Tiefe Linien hatten sich in das müde Gesicht gegraben, dessen Wangen mit einem mehrere Tage alten Bart bedeckt war. Und noch etwas fiel ihr an ihm auf. Wieso dankte er seinem Gott auf englisch? Aber das Nachdenken strengte sie an, und der Gedanke verschwand wieder.

»Ich ... bin nicht ... gestorben?« flüsterte sie und krächzte dabei wie ein Rabe.

Ein vor Glück strahlendes Lächeln erhellte sein Gesicht. »Nein.« Dann befühlte er ihre feuchte Stirn. »Das Fieber ist besiegt. Wie fühlen Sie sich?«

»Durstig ...«

Sofort griff er nach einem Becher mit Tee, dem er einige Tropfen der Opiumtinktur beigefügt hatte. Vorsichtig schob er den Arm unter ihre Schultern, stützte sie und hielt ihr den Becher an die Lippen. »Hier, trinken Sie.«

Merkwürdig, dachte sie wieder. Hatten sie sich jetzt tatsächlich auf englisch unterhalten? Sie nippte am Becher und blickte fragend in die Bernsteinaugen des Berbers. »Habe ich ... Sie getroffen?«

Seine Brauen zogen sich bei dieser seltsamen Frage zusammen. Alysson wollte ihn fragen, ob sie ihn mit Eicheln beworfen hatte, aber sie war zu schwach.

»Nein, *Ehuresh.* Trinken Sie noch einen Schluck.«

Gehorsam tat sie wie ihr geheißen. Diesmal hatte er französisch gesprochen, das hätte sie beschwören können. Aber das Traumbild ließ sie nicht in Ruhe. Jafar sah dem blonden Engländer in ihrem Traum mehr als ähnlich. Und sie hatte ihn vorher englisch sprechen hören, jedenfalls in jener Nacht, in der er sie halbnackt in die Arme genommen hatte. Auf englisch hatte er ihr damals gesagt, wie schön sie sei, auf englisch hatte er ihr leidenschaftliche Zärtlichkeiten ins Ohr geflüstert, als sie sich liebten.

Jafar hatte gesagt, er würde einige Worte ihrer Muttersprache beherrschen, aber ihr schien, daß er mit der englischen Sprache vertrauter war, als er zugeben wollte. Es war natürlich durchaus möglich, daß er Englisch und Französisch gelernt hatte, um die Sprache seiner Feinde zu sprechen ...

Dieser Gedankengang brachte schlagartig die schmerzliche Erinnerung an die vergangenen Wochen zurück. Sein Plan, Gervase in die Wüste zu locken, ihr mißglückter Fluchtversuch ...

Nichts hatte sich geändert. Er hatte immer noch vor, Gervase zu töten. Und es war ihre Schuld. Wenn ihr die Flucht gelungen wäre ...

Alysson schloß die Augen. Dicke Tränen rollten über ihre Wangen. Sie war zu schwach, um an das Kommende zu denken.

»Schlaf, kleine Tigerin.«

Wieder seine Stimme. Leise und freundlich. Sie spürte, wie seine Hand beruhigend über ihre Stirn strich und ließ es geschehen. Sie sehnte den Schlaf herbei, um zu vergessen, und ließ sich willig in seine strahlende Schwärze reißen. Eine Frage nahm sie noch mit, während sie die Dunkelheit umfing. Hatte Jafar wirklich englisch mit ihr gesprochen?

Kapitel 13

Sie hatte versagt. Diese nackte, unabänderliche Wahrheit verfolgte sie während der endlosen Tage ihrer Genesung. Das Wissen um das Scheitern ihrer Flucht setzte ihr beinahe mehr zu als das Fieber. Allzu leicht kamen ihr die Tränen. Sie war ständig durstig. Der Körper schmerzte. Ihre Willenskraft war gebrochen. Schuldgefühle und Angst verzehrten sie. Ihretwegen würde Gervase sterben. Onkel Honoré würde sich auf die Suche nach ihr machen und entweder von der Kugel eines Berbers getroffen oder von einem blindwütigen Araber niedergemetzelt werden.

All dies war mehr als sie ertragen konnte, und so flüchtete sie sich in eine dumpfe Apathie. Tage wurden Nächte und wieder Tage. Alysson aber fand keinen Weg, das entsetzliche Gefühl der Leere und der Niederlage zu bekämpfen, das über sie hereingebrochen war und sie vollkommen lähmte. Das Zwischenspiel ihres Fluchtversuchs und der Rettung durch Jafar erschien ihr wie ein Traum, unwirklich wie die vergangenen Tage.

Sie bedeutete Jafar etwas. Das wußte sie mit Sicherheit. Um wieder zu Kräften zu kommen, fütterte Jafar sie mit den köstlichsten Leckerbissen und flößte ihr frische Fruchtsäfte ein. Wenn das Fieber sie wieder packte, wusch er sie mit kaltem Wasser, und wenn sie zu schwach war, um die Glieder zu bewegen, kleidete er sie geduldig und mit zärtlicher Behutsamkeit an, als wäre sie ein hilfloses Kleinkind.

Diese vollkommene Abhängigkeit schürte ihre Verzweiflung. Der Mann, den sie zu hassen glaubte, hatte sie vor dem sicheren Tode gerettet.

Sie konnte sich auch nicht über die verschiedenen Besucher freuen, die an ihr Krankenlager traten. Tahar saß täglich mehrere Stunden an ihrem Bett und leistete ihr Gesellschaft. Aber auch die gutgemeinten Versuche der Berberin, sich mit ihr zu unterhalten, fruchteten nichts und konnten Alyssons Niedergeschlagenheit nicht durchdringen.

Der blauäugige Saful schien ihr ein Spiegelbild ihrer eigenen Gefühle zu sein, als man ihn zu ihr vorließ. Sie hatte ihn nicht ernstlich verletzt, als sie ihm den Wasserkrug auf den Kopf geschlagen hatte — zumindest nicht körperlich. Sein Stolz und seine Ehre hatten unter dem Schlag weit mehr gelitten. Jafar hatte ihn sofort vom Wachdienst abgezogen und drei Männer an seiner Statt eingesetzt. Die Tatsache, daß sein Herr ihm nicht mehr vertraute, war eine bittere Pille für den getreuen Saful.

»Meine Seele ist traurig und voller Düsternis«, sagte er zu ihr in seiner Sprache. Mahmoud übersetzte für ihn.

Benommen schloß Alysson die Augen. Sie war zu erschöpft, um sich um irgend jemandes Seele zu sorgen, und schon gar nicht um ihre eigene. Ja, vor allem nicht um ihre eigene.

Es sprach für Mahmoud, daß er sie aufheitern wollte. Zu ihrer Unterhaltung brachte er eine zahme Eidechse mit, ein schwarzgestreiftes Reptil, das er ›Fisch des Sandes‹ nannte.

»Seht doch, Madame, ich lasse ihn für Sie tanzen!«

Das Tier schien tatsächlich für sein Futter zu tanzen. Unter normalen Umständen hätte Alysson Mahmoud gebeten, die kleine Echse freizulassen. Es war grausam, dieses Tier in Gefangenschaft zu halten, aber offenbar hatte Mahmoud eine besondere Bindung zu diesem häßlichen Geschöpf entwickelt. Vielleicht weil es sich weder um das vernarbte Gesicht noch um sein verkrüppeltes Bein scherte. Wie auch immer, der Junge und sein schweres Schicksal waren ihr gleichgültig. Ihr eigener Schmerz und ihre Hoffnungslosigkeit waren zu groß.

Diese Dumpfheit war es, die Jafar am meisten beunruhigte. Ihre körperliche Gesundheit ging langsam voran, aber das Strahlen ihrer Augen war verschwunden, das Feuer ihres Geistes erloschen. Nur einmal regten sich ihre Widerstandskraft und ihr Eigensinn wieder, als er sie nach einer langen bewußtlosen Phase baden wollte. Mit einer schwachen mitleiderregenden Geste hatte sie versucht, ihre Nacktheit zu bedecken und ihn aus dem Zelt zu weisen. Aber das hatte sie die wenige Kraft gekostet, die sie besaß, und er hatte die Schlacht gewonnen. Aber der Sieg brachte keine Genugtuung.

Regelmäßig wechselte er den Verband und massierte vorsichtig die Muskeln ihres Oberschenkels, um das Gewebe zu durchbluten und zu festigen. Er fütterte sie, obwohl sie vielleicht ohne seine Hilfe zurechtgekommen wäre. Aber sie hätte dann nur ein Zehntel von dem gegessen, das er durch schiere Sturheit in sie hineinzwang. Und er badete sie weiterhin.

Vier Tage, nachdem das Fieber endlich besiegt war, verhielt sich Alysson starr und unbeweglich, als er die täglichen Hilfsdienste an ihr vornahm. Als er die Gaze vorsichtig von der Wunde entfernte, versuchte sie die Beine von ihm wegzuziehen. Jafar sah sie nur tadelnd an. In seinem Blick lag etwas Beschützendes und bestürzend Vertrautes.

Ergeben wandte sie den Kopf ab, und der Augenblick des Widerstandes war vorüber.

»Das Gewebe ist nicht mehr so rot und geschwollen«, verkündete er froh, als er die Wundränder vorsichtig auswusch.

Sie bedachte ihn mit einem gleichgültigen Schulterzukken. »Du erwähntest bereits, daß Wunden im Wüstenklima schneller heilen.«

Körperliche Wunden wohl, dachte Jafar im stillen. Nicht aber die stumpfe Verzagtheit, die von ihr Besitz ergriffen hatte. Am liebsten hätte er sie kräftig durchgeschüttelt und ihr neues Leben eingehaucht. Er wünschte sich, daß ihr alter Mut, ihr Kampfgeist und ihre Unbezwingbarkeit wieder zurückkehrten, die er vom ersten Augenblick an ihr bewundert hatte. Er wollte wieder die Leidenschaft in ihr wecken, wollte wieder ihre Haut und den Honig zwischen ihren Schenkeln schmecken.

Ganz bewußt schob er das weiße Leinentuch nach oben, so daß es ihre Beine vollkommen freigab. Alysson blickte ihn einen Moment lang erschreckt an, dann schloß sie die Augen. Es kümmerte sie nicht mehr, was er mit ihr tat.

Jafar bezähmte seine aufsteigende Ungeduld. Langsam

schob er das Laken weiter hinauf und glitt mit der Hand über die seidene Haut ihre Bauches. Als sie noch immer nicht reagierte, umfaßte er ihre kleine, wohlgerundete Brust.

Wie zart sich die Knospe anfühlte. Wie blaß und zerbrechlich ihr Körper war. Mit einem Mal hatten seine Gefühle für sie nichts mehr mit Lust zu tun. Die Zärtlichkeit der uneigennützigen Liebe erfüllte ihn. Er mußte dieses Wesen einfach behüten und beschützen — Empfindungen, die im Widerstreit mit seiner kämpferischen Natur standen. Was rief diese Beschützerinstinkte in ihm wach? Er hatte sich nie allzusehr mit dem Gefühlsleben einer Frau beschäftigt, aber jetzt verspürte er plötzlich den Wunsch, sogar das dringende Bedürfnis, sie zu trösten und aufzumuntern und ihr seine eigene Kraft zu geben.

Widerwillig zog er die Hand zurück. Er wollte sie nicht bedrängen und hoffte, daß er ihre Gleichgültigkeit eines Tages überwinden würde.

Am folgenden Tag konnte er einen kleinen Erfolg verbuchen. Als er sie entkleidete und sie seinen Blicken vollkommen nackt ausgeliefert war, protestierte Alysson. Aber es half ihr nichts. Jafar überhörte den leise gemurmelten Fluch und fuhr fort, sie zu waschen.

Alyssons Hände ballten sich zu Fäusten zusammen. »Das kann ich auch alleine«, zischte sie.

»Nein, das können Sie nicht. Sie sind immer noch so schwach wie ein neugeborenes Lamm.«

»Aber es ist nicht schicklich, wenn Sie sich in dieser Weise um mich kümmern!«

Die Andeutung eines Lächelns umspielte seine Lippen. »Allah bewahre mich vor weiblicher Schamhaftigkeit. Meine Augen durften sich bereits an Ihrer Nacktheit weiden, *chérie.* Meine Lippen haben jeden Zentimeter Ihres Leibes gekostet. Es gibt nichts mehr, was Sie vor mir verbergen könnten.«

Eine zarte Röte stieg ihr in die Wangen. Seit Tagen war dies das erste Zeichen von Leben. Jafar blickte auf die Genesende. Eine Welle nie geahnter, fürsorglicher Gefühle durchflutete ihn. »Es macht mir wirklich Freude, Ihnen zu helfen, *Ehuresh*.«

»Ich glaube eher, es macht Ihnen Freude, meinen Widerstandsgeist wachzurufen.«

»So ist es«, gab er ein wenig selbstgefällig zurück. »Sie wiederum haben Ihren Spaß dabei, mich zurückzuweisen. Bei Allah, Sie sind so störrisch wie das Kitz einer schielenden Ziege.«

Sein freundlicher Spott hatte die gewünschte Wirkung. Alysson blitzte ihn an. Wenigstens hatte sie ein Quentchen ihres früheren Kampfgeistes zurückgewonnen. Nun, da er es geschafft hatte, sie zu einer Widerrede zu bewegen, würde er seine Taktik beibehalten. Als er ihren Körper abgetrocknet hatte, kündete er beiläufig an, er werde nun ihr Haar waschen.

Alysson verbot es ihm sofort, schließlich mußte sie sich aber geschlagen geben. Ärgerlich bemerkte sie, daß sie die einfache Verrichtung des Haarewaschens und das Auskämmen der nassen Strähnen viel persönlicher und inniger empfand als das Baden ihres nackten Körpers. Alysson schloß die Augen. Die müde Lustlosigkeit wich allmählich einer aufkeimenden Erregung.

Eingelullt von seinem bedächtigen, zielstrebigen Tun erlaubte Alysson ihm, sie in ein weites Gewand aus weißer Baumwolle zu hüllen. Sie leistete keinen Widerstand, bis er sie plötzlich in seine Arme nahm und aufhob. »Wohin bringen Sie mich?« fragte sie mißtrauisch, als er sie an seine Brust bettete.

»Nur ein wenig an die frische Luft, meine Taube. Hier waren Sie lange genug eingesperrt.«

Er trat vor das Zelt und setzte sie am Eingang ab. Die Spätnachmittagssonne blendete sie nach so langer Krankheit, aber ihre Strahlen wärmten sie und taten ihr wohl.

Jafar breitete ihr Haar über den Schultern aus, damit es trocknete. Dann setzte er sich hinter sie auf den Boden und zog sie an seine Brust. Alysson brachte nicht die Kraft auf, sich ihm zu widersetzen. Die schützenden Arme des Mannes und seine Nähe waren ihr vertraut und beruhigten sie. Einen Augenblick lang vermochte die Wärme seines Körpers sogar das Eis ihrer Seele zu schmelzen. Fast vergaß sie die furchtbare Wirklichkeit, die sie voneinander trennte.

Entspannt und zufrieden schweiften die graublauen Augen in die Weite über den Dächern der Zeltstadt. Auch jetzt, nachdem sie dem Tod ins Angesicht geblickt hatte, war sie von der rauhen Wildheit dieses Landes begeistert. Das überraschte sie. Nach allem, was ihr widerfahren war, sollte sie die Gefahren der Wüste fürchten. Und doch wurde sie das Gefühl nicht los, hierher zu gehören ... hierher in dieses gnadenlose Land ... zu diesem ungestümen Berberfürsten, der sie entführt hatte.

Für diese unvernünftigen Gedanken fand sie keine Erklärung, auch nicht für die träge Gelassenheit, die sie eingelullt hatte und für den Frieden, der in ihre Seele eingekehrt war. Alysson war nicht bereit, dieses seltsame Sehnen zu ergründen, das wie aus heiterem Himmel von ihr Besitz ergriffen hatte. In diesem seligen Augenblick war sie willig die Gefangene in Jafars Armen. Und sie weigerte sich, groß darüber nachzudenken.

Aber so leicht konnte sie den Mann nicht aus ihren Gedanken verscheuchen. Scheinbar unabsichtlich streichelte er ihr Handgelenk mit dem Daumen. Für Alysson aber bedeutete jede zärtliche Berührung einen neuen Schub von Empfindungen, die sie erbeben ließen. Auch wenn sie sich noch so sehr dazu zwang, nie würde es ihr gelingen, seinen Liebkosungen gegenüber gleichgültig zu bleiben. Sie schauderte.

»Ist Ihnen kalt, *chérie*?« Sogar die samten tiefe Stimme vermochte den Puls zu beschleunigen.

»Nein«, erwiderte sie rasch, aber seine Arme umschlossen sie noch fester. Sie fühlte seinen warmen Atem an der Wange. Auch dies trug nicht gerade dazu bei, ihren Gleichmut wiederzufinden.

»Woher wußten Sie, daß man bei einer Giftwunde einen Druckverband anlegen muß?« fragte Jafar in die Stille.

Mit einem Seufzer gab sie sich wieder einmal geschlagen. Wenn Jafar sie unbedingt zum Sprechen bringen wollte, und das schien jetzt der Fall zu sein, mußte sie wohl oder übel antworten. Er würde sie so lange bearbeiten, bis sie den Mund aufmachte. Niemals zuvor war ihr ein Mann begegnet, der derart entschlossen war, seinen Willen durchzusetzen. »Ein Onkel von mir, Cedric, ist Arzt in London. Ich habe ihn manchmal in seinem Krankenhaus besucht.«

»Und ... dieser Onkel Cedric kennt sich mit Skorpionstichen aus?«

»Nein, aber einmal hatte er einen Patienten, der von einer Giftschlange gebissen worden war. Mein Onkel konnte das Leben dieses Mannes retten, entgegen aller Voraussagen. Oh, Sie können sich die entsetzlichen Zustände in den Londoner Hospitälern nicht vorstellen. Der Schmutz! Die schlampigen, oft betrunkenen Frauen, die für die Krankenpflege zuständig waren ...«

»Ich kann mir nur schwerlich vorstellen, daß eine reiche Erbin wie Sie sich freiwillig in diese Niederungen begibt.«

Alysson zuckte nur leicht die Schultern. Sie wollte sich bei ihrem Onkel nützlich machen, um seine Zuneigung zu gewinnen. »Onkel Cedric vertritt die Ansicht, daß Sauberkeit das erste Gebot ist. Nur so könne man weitere Krankheiten vermeiden. Es gelang ihm nicht, die leitenden Ärzte dazu zu bringen, seine Methoden einzuführen. Also spendete ich die notwendigen Mittel, damit er sich ein eigenes Hospital bauen konnte.«

»Eine edle Geste.«

Alysson schüttelte den Kopf. »Nein, eigentlich war es mehr Selbstsucht. Ich habe mehr Geld, als ich je in meinem Leben ausgeben werde, und er konnte etwas sehr Nützliches damit anfangen. Aber hauptsächlich wollte ich dafür sorgen, daß er seinen Traum verwirklichen konnte. Seit sieben Jahren forscht er nach einem Mittel, um die Cholera zu bekämpfen. Ihr müßt wissen, meine Eltern starben an dieser Seuche ...«

Plötzlich wandte sie den Kopf und blickte prüfend zu Jafar

auf. Hatte sie ihm diese Geschichte nicht schon einmal erzählt? Ein höchst eigenartiges Gefühl beschlich sie. Es war unmöglich, und doch ...

Hatte sie ihn damals in England nur im Traum getroffen? Die Ähnlichkeit zwischen dem Berberfürsten und dem blonden Engländer aus ihren Träumen war überraschend, besonders jetzt, da die versinkende Sonne Jafars Haar golden aufschimmern ließ und die Bernsteinaugen noch mehr zum Leuchten brachte.

»Waren Sie jemals in England?« fragte sie und hielt den Atem an, als sein Blick dem ihren begegnete.

Er antwortete nicht sofort, blickte sie aber unverwandt an. »Ja«, erklärte er endlich. »Vor vier Jahren sandte unser Emir eine Abordnung zu Ihrer Königin Viktoria, um für unsere Sache gegen die Franzosen um Unterstützung zu bitten, und um England dazu zu bringen, unsere Unabhängigkeit anzuerkennen. Ich war Mitglied dieser Delegation.«

Alysson starrte ihn ungläubig an. »Ich habe nie etwas davon gehört, daß unsere Regierung die Ihre anerkannt hätte.«

Nun war es an Jafar, mit den Achseln zu zucken. »Weil unsere Bemühungen fruchtlos waren. Wir bekamen nicht einmal eine Audienz. Ihrer Majestät war mehr daran gelegen, die Beziehungen Englands zu den französischen Schakalen zu pflegen, als für die Gerechtigkeit einzutreten.«

Alysson war klug genug, diesen Fehdehandschuh nicht aufzunehmen, selbst wenn sie die Kraft dazu gehabt hätte. »Haben Sie damals unsere Sprache erlernt?« fragte sie in ihrer Muttersprache.

Sie war sicher, daß Jafar sie verstanden hatte, aber er fuhr auf französisch fort. »Nein, die hatte ich schon früher gelernt.«

»Warum tun Sie dann so, als ob Sie nichts verstünden?«

»Weil mir diese Sprache nicht liegt, genauso wenig wie es Ihnen gefiele, arabisch oder berberisch zu sprechen.«

Alysson war sich nicht sicher, ob sie ihm glauben sollte, aber sie lehnte sich wieder an ihn an und dachte über seine Antwort nach.

Jafar war erleichtert, daß sie dieses Thema fallengelassen hatte. So weit es möglich war, wollte er sie nicht belügen, aber er konnte es sich nicht leisten, daß sie seine Identität der französischen Regierung preisgab. Damit wäre der Untergang seines Stammes besiegelt.

Er setzte sich zurecht und legte das Kinn vorsichtig auf Alyssons Haupt. Versunken lauschte er den vertrauten Geräuschen der abendlichen Verrichtungen im Lager, blickte hinaus in die Wüste und ließ die Stimmung des Augenblicks auf sich wirken. Dies war die schönste Zeit des Tages. Die sengende Hitze war vorüber. Die untergehende Sonne ließ den Horizont rotgolden aufflammen. Auch seine Mutter hatte die Abenddämmerung am meisten geliebt.

Die Erinnerung brachte verschwommene Bilder seiner Kindheit zurück. In edler Haltung saß sein Vater vor dem Zelt ... und seine Mutter, eine bildschöne, zarte Frau, blickte ihn voller Liebe und Bewunderung an. Wenn er sich diese heitere, friedliche Zeit ins Gedächtnis zurückrief, geriet er ins Träumen ...

Jafar seufzte leise. Für ihn ein seltenes Vergnügen, sich seinen Träumen hinzugeben. In diesem vom Krieg zerrissenen Land war kein Platz dafür. Alysson mußte ähnliche Gedanken gehabt haben. Nachdenklich unterbrach sie sein Grübeln. »Wenn Ihr Emir Sie zu dieser Abordnung berufen hat, müssen Sie einer seiner treuesten Gefolgsleute sein.«

»Ihm zu dienen ist meine Pflicht.«

»Und für ihn gegen die Franzosen in den Kampf zu ziehen?«

Jafar nickte. »Für einen Moslem ist der Krieg gegen die Christen eine heilige Pflicht.«

»Es ist doch völlig widersinnig, im Namen der Religion Menschen zu töten. Es ist schon schlimm genug, für sie zu sterben.«

»Im moslemischen Glauben ist der Tod nur Beginn eines neuen Lebens«, entgegnete er sanft. »Und hier im Land der Berber ist die Religion das einzige, das die Bevölkerung eint. Abd el-Kader ist die Verkörperung dieses Gedankenguts.

Seine Reformpläne, sein Regierungsprogramm und die Art der Verwaltung sind Bausteine seiner großartigen Vision; Eine arabische Nation unter Allah.«

Langsam schüttelte Alysson den Kopf. »Glauben Sie wirklich, sein Gott werde ihm helfen, die Franzosen zu schlagen?«

»Abd el-Kader ist überzeugt, daß Gott auf seiner Seite ist.«

»Und Sie? Was glauben Sie?«

Es dauerte eine Weile, bis Jafar antwortete. »Er führt einen Heiligen Krieg. Ich kämpfe gegen fremde Eroberer. Die französischen Eindringlinge sind wie der Samum — der heiße Wüstenwind, der Zerstörung und Tod bringt. Wir müssen sie aufhalten, bis zum letzten Atemzug, bis zum letzten Blutstropfen.«

Alysson schwieg nachdenklich. Bedeuteten Jafars Worte, daß ihm die religiösen Beweggründe weniger wichtig waren als sein Haß auf die Franzosen? Er hatte bereits einmal erklärt, er würde Gervase aus Rache töten. Die alte Mutlosigkeit schlich sich wieder ein. Aber diesmal schimmerte ein Funken Hoffnung auf. Jafar war nicht so unbarmherzig und gefühllos, wie sie anfangs gedacht hatte. Er war an ihrer Seite geblieben, als sie dem Tode nahe war, und hatte sie mit Hingabe gepflegt. In diesen Tagen hatte sie Wärme und Menschlichkeit in seinen Augen entdeckt. Und jetzt war es ihr endlich gelungen, in zivilisierter Art und Weise über diesen Krieg zu sprechen. Wenn es ihr gelang, ebenso vernünftig über Gervase zu sprechen, würde es ihr vielleicht gelingen, Jafar von seinem Rascheschwur abzubringen.

»Aber Gervase ist nicht der Eroberer«, entgegnete Alysson leise, aber bestimmt. »Er hat Ihnen nichts angetan.«

»Aber ich bitte Sie, *ma belle,* doch klar zu unterscheiden. Der Oberst ist der Inbegriff französischer Machtgier. Er ist nicht nur ein hochrangiger Militär, sondern auch der Chef des Amtes, das den Auftrag hat, mein Volk zu unterwerfen.«

Sie biß sich auf die Lippen. Wie konnte sie ihn nur überzeugen? Sie wußte, daß Gervase weder die Härte seiner Vorgänger billigte noch die rücksichtslose Vorgehensweise der französischen Regierung, wie etwa die Enteignung arabischer Ländereien bei geringfügigen Verstößen gegen französische Bestimmungen. Tatsächlich hatte Gervase ihr gegenüber die von Frankreich während der Besatzungszeit vertretene Politik der ›verbrannten Erde‹ verurteilt. Bewirtschaftete, erntereife Felder und Obsthaine samt der dazugehörigen Bauernhäuser waren verbrannt worden, um die einheimische Bevölkerung daran zu hindern, Abd el-Kader zu unterstützen. Sie konnte Gervases Entschlossenheit nur bewundern, das Los der unterworfenen Araber und Berber zu erleichtern.

»Ich denke, Sie verurteilen Gervase zu unrecht. Seit seinem Amtsantritt in Algier hat er die Befugnisse seiner Dienststelle dazu genutzt, die Lebensbedingungen Ihres Volkes zu verbessern. Innerhalb der Armee hat er die Stimme der Vernunft gegen die französischen Siedler erhoben, die die Moslems von ihrem angestammten Land vertreiben.«

Sie spürte, wie sich Jafars Körper hinter ihr versteifte, als er versuchte, nicht die Beherrschung zu verlieren. »Selbst wenn es so wäre, würde es keinen Unterschied machen. Meine Auseinandersetzung mit dem Oberst ist rein persönlicher Natur.«

»Sie betraf aber seinen Vater, der nicht mehr am Leben ist. Abgesehen davon bezweifle ich, daß Gervases Vater heute mit seinem Sohn einverstanden wäre. Gervase hat weder seinen Charakter noch seine Ansichten geerbt.«

Jafar schwieg.

Wieder drehte Alysson sich zu ihm um. »Sie haben vom Islam gesprochen. Nun, meine Religion lehrt mich, daß Liebe und Verzeihen wertvoller sind als Krieg und Vergeltung. Was sein Vater dem Ihrigen angetan hat, war schrecklich, das weiß ich. Aber wenn Sie Gervase töten, erweckt es Ihre Eltern nicht wieder zum Leben. Könnten Sie nicht versuchen, das Vergangene zu verzeihen?«

Düster erwiderte Jafar ihren Blick. Ein tränenfeuchtes Augenpaar blickte ihn flehentlich an. »Lieben Sie diesen

Oberst so sehr?« fragte er leise. Die Frage war ihm ungewollt entschlüpft.

Er glaubte ein überraschtes Aufflackern in der grauen Tiefe ihrer Augen bemerkt zu haben, aber er zog die Frage nicht zurück. Ungeduldig wartete er auf die Antwort, ohne sich einzugestehen, wie wichtig sie ihm war.

»Würde es denn eine Rolle spielen?« antwortete sie fast flüsternd.

Ja! Ja, es würde eine Rolle spielen, wollte Jafar rufen. Die Vorstellung, daß diese Frau ihre ganze Liebe seinem Erzfeind schenkte, ließ ein Gefühl aus brodelnder Eifersucht und Enttäuschung in ihm aufsteigen. Es durfte nicht sein, daß sie einen anderen liebte. Sie gehörte ihm.

Die so deutlich ans Licht gekommenen Besitzansprüche erschreckten ihn. Nie zuvor war er einer Frau begegnet, die er ganz für sich haben wollte. In den vergangenen sieben Jahren war er mit kriegerischen Unternehmungen und seinen Aufgaben als Stammesführer beschäftigt gewesen. Nur selten hatte er Zeit, in sich hineinzuhören und seinen Gefühlen nachzugeben. Nie hatte er das Bedürfnis verspürt, Söhne zu zeugen, um ihnen das Erbe seines Stammes abzutreten. Entgegen der Tradition hatte er bis heute weder einen Harem für Konkubinen eingerichtet, noch Ehefrauen genommen. Mit den benachbarten Kurtisanen des benachbarten Beni-Ammer-Stammes oder den arabischen Schönheiten der wandernden Ouled-Anil-Nomaden hatte er sich bisweilen vergnügt; aber er gab sich mit ihnen nie lange genug ab, um von ihren Eifersüchteleien und hinterlistigen Tricks geplagt zu werden, die Frauen manchmal anwenden, um die Aufmerksamkeit ihres Herrn zu erregen.

Alysson Vickery war die einzige Frau, die er tatsächlich besitzen wollte. Besitzen nicht im östlichen Sinne. Obwohl die Gesellschaftsordnung der Berber den Frauen mehr Freiheiten gestattete als die der Araber, wurden die Frauen in östlichen Kulturkreisen im allgemeinen als Eigentum des Mannes betrachtet, die seine Lüste befriedigten und seine Kinder gebaren. Alysson jedoch würde ihm viel mehr bedeuten als das. Er fühlte, daß sie sein Herz, seine Seele und ihn selbst in einer Weise erfüllen und befriedigen würde, wie er es niemals zuvor erfahren hatte.

Jafar spielte mit einer ihrer Locken. Das Haar war jetzt fast trocken und duftete nach den Kräutern, die er dem Wasser beigemischt hatte. Ein sinnenbetörender Duft.

Allein ihr Anblick erweckte den heißen Wunsch in ihm, sie zu küssen, sie zu nehmen. Er wußte, ihre Liebe wäre wild und ungestüm wie die einer Wildkatze, wenn sie sich ihm frei und schrankenlos hingeben würde. Dieser Wunsch ergriff von ihm Besitz. Er wollte ihn erfüllt sehen, mehr als alles andere. Er wollte ihren vor Lust verschleierten Blick sehen, ihren Leib gesegnet von einem Kind ...

Sein Kind. Seine Söhne mit dem stolzen Mut der Mutter; seine Töchter mit ihrer Leidenschaft, ihrer Unabhängigkeit.

Mit einem Mal brachen seine Traumbilder wie ein Kartenhaus zusammen, so plötzlich, daß er erschrak. Niemals würde er mit Alysson Kinder haben. Er mußte seinen Racheeid erfüllen. Er würde den Oberst, ihren Verlobten, töten müssen. Und so bald das geschehen war, hatte er das Glück verwirkt, daß die geliebte Frau freiwillig zu ihm kam.

Jafar bemerkte, daß sie ihn immer noch ansah, mit beinahe flehendem Blick. Mit einem Mal war es ihm gleichgültig, wie tief sie für Gervase de Bourmont empfand.

»Nein, es würde keine Rolle spielen, wie sehr Sie ihn lieben«, meinte er endlich mit rauher Stimme.

Das Flehende ihres Blickes wandelte sich zu Angst. Jafar konnte ihre Seelenqualen kaum ertragen. Zärtlich strich er ihr über die Wange. »Ich darf nicht aufgeben, was meine Pflicht mir befiehlt, nicht einmal für Sie.«

Aus seinen Augen sprach unsägliches Bedauern. Niedergeschmettert blickte sie ihn an. »Und ich«, flüsterte sie, »kann nicht einfach dasitzen und nichts tun, während Sie den Tod der Menschen planen, die mir lieb und teuer geworden sind.«

Er konnte ihrem Blick nicht länger standhalten.

Noch einmal kroch die Verzweiflung in ihr hoch und

ließ ihr Herz zu Eis erstarren. Zitternd wandte sie sich von ihm ab.

Jafar spürte die Kälte, die sie erfaßt hatte. Die Schatten waren schon sehr lang geworden. In der Wüste sank die Temperatur so rasch wie die Sonne hinter den Horizont.

»Kommen Sie, es wird kühl.«

Er hob sie auf und trug sie in das Zelt zurück, aber nicht in das Schlafgemach. Statt dessen bettete er sie auf die weichen Seidenkissen im vorderen Raum. Geschäftig holte er eine wollene Decke herbei, um sie damit zuzudecken, entzündete eine Öllampe und schloß den Eingang vor der abendlichen Kälte.

Nicht zum ersten Mal war Alysson erstaunt über die Fürsorge, die er ihr angedeihen ließ, und die unglaubliche Zärtlichkeit, die zu dem entschlossenen, gnadenlosen anderen Jafar, den sie kannte, in krassem Gegensatz stand.

Gerade in diesem Moment beleuchtete der Schein der Lampe seinen dichten Haarschopf. Der Lichtschimmer machte seine harten Gesichtszüge sanft und weich.

Widerwillig betrachtete sie Jafar, erforschte seine ebenmäßigen Gesichtszüge, als ob sie auf diese Art einen Schlüssel zu seinem rätselhaften Wesen finden könnte. Fast kam es ihr vor, als ob sie zwei verschiedene Männer vor sich hatte. Der eine unerbittlich, zielbewußt und hart, der andere mitfühlend und verletzbar, den eine Aura der Einsamkeit und des Andersseins umgab, die er niemandem mitteilen konnte. Mehr noch, in seiner Seele wohnte eine Traurigkeit, die von dunklen Geheimnissen begleitet war.

Dann erinnerte sie sich an die Schrecken seiner Kindheit. Was war das für ein Gefühl, zusehen zu müssen, wie die eigenen Eltern grausam ermordet wurden? Konnte jemand wie Jafar, der so stolz und unabhängig war, diese Ohnmacht überhaupt ertragen?

Es war nicht recht, ihn dafür zu hassen, daß er diesen Mord rächen wollte, oder dafür, daß er sein Volk vor den gierigen Franzosen schützen wollte. Nein, deswegen konnte sie ihn nicht hassen ...

Alysson schloß die Augen. In ihrem Herzen hatte sie den Versuch, ihn bis ans Ende ihrer Tage zu verabscheuen, aufgegeben, und sie befürchtete, daß sie ihn schließlich doch noch so begehren und lieben würde, wie er es ihr vorausgesagt hatte.

Kapitel 14

»Sie kommen! Sie kommen!« schrie Mahmoud, als er am folgenden Morgen aufgeregt in Jafars Zelt stürmte. »Die Franzosen kommen!«

Bestürzt starrte Alysson den Jungen an und versuchte sich mühsam in den Kissen aufzusetzen. Jetzt war es soweit. Bisher hatte sie immer geglaubt, nur um Gervase und Onkel Honoré bangen zu müssen, wenn der Tag der Schlacht gekommen war. Aber jetzt, nach der lauthals verkündeten Nachricht, daß sich die französische Armee im Anmarsch befand, packte sie schreckliche Angst. Die Angst um Jafar. Es war ihr nie in den Sinn gekommen, daß Jafar im Kampf mit den Franzosen verwundet werden oder gar fallen könnte. Als Kriegsherr der Berber schien er ihr übermächtig und unbesiegbar. Aber er war sterblich; Kugeln und geschärfter Stahl würden sein Fleisch ebenso durchbohren wie das seiner Krieger.

Beschwichtigend hob Alysson die Hand, als Mahmoud trotz seines verkrüppelten Beines einen Freudentanz aufführte. Dann setzte sie ihr ganzes Geschick ein, um nähere Einzelheiten von ihm zu erfahren.

»Allah sei gepriesen! Auf die französischen Schakale werden wir eine *razzia* veranstalten, die ihnen einen gehörigen Denkzettel erteilt!«

Das arabische Wort *razzia,* soviel wußte Alysson, bedeutete Angriff. Die Späher der Berber waren ausgesandt worden, um die Bewegungen des Feindes zu beobachten; jetzt waren sie mit einem umfassenden Bericht zurückgekehrt. Eine Abteilung der französischen Kavallerie war nahe der westlichen Bergkette gesichtet worden. Das Aufgebot bestand aus Hunderten von berittenen Soldaten sowie einem Artilleriezug mit mindestens zwei Kanonen. Alysson fragte sich, ob diese schweren Geschütze wohl für eine Belagerung gedacht waren — eine begründete Vorsichtsmaßnahme, wenn die Franzosen damit rechneten, im bergigen Gelände angegriffen zu werden.

Sehr viel mehr wußte Mahmoud nicht über die Pläne der französischen Armee zu berichten, noch weniger über die Absichten seines Herrn. Er glaubte, daß ein französischer General die Truppe anführe, aber Alysson war sich sicher, daß auch Gervase dabei war.

»Schakale! Hurensöhne!« fluchte der Junge und drohte mit den Fäusten.

Alysson merkte, daß sie nichts Brauchbares mehr aus dem aufgeregten Burschen herausbringen würde und wankte, immer noch auf unsicheren Beinen, zum Eingang des Zeltes. Draußen war der Teufel los. Die Berber bereiteten sich auf das Gefecht vor. In die schrillen Kommandorufe mischte sich lautes Waffengeklirr, als sie die Pferde mit Kriegsrat und Verpflegung beluden. Die Sättel waren hochbepackt. Die Pferde trugen prachtvolle Schabracken und verziertes Zaumzeug mit Scheuklappen, die verhindern sollten, daß sie abgelenkt oder verwirrt wurden.

Das Herz klopfte Alysson bis zum Hals, als sie dieses Treiben beobachtete. In Sekundenschnelle hatte sich das friedliche Berberlager in einen kriegerischen Stützpunkt verwandelt.

Aber konnte sie es ihnen verdenken? Für sie bedeutete Kampf überleben. Vollkommene Treue ihrem Führer gegenüber war ihre Pflicht. Die Söhne der Wüste lebten für ihn und würden auch für ihn sterben, wenn er es befahl.

Einer dieser ergebenen Diener war Saful, das hatte Alysson oft genug beobachten können. Im Anblick war der blauäugige Stallmeister gerade damit beschäftigt, mehrere Pferde zu satteln. Eines davon war Jafars Liebling — ein schwarzer Hengst. Wie es schien, würde Saful die Kriegerschar begleiten. Natürlich war er begierig, in den Kampf zu ziehen, nicht nur um sich zu beweisen, wie Alysson vermutete, sondern auch, um die Scharte wieder auszuwetzen, die ihm das Versagen bei ihrer Bewachung eingebracht hatte.

Jetzt entdeckte sie Jafar, der mit eiligen Schritten geradewegs auf das Zelt zueilte. Um ihm nicht zu begegnen, zog sie sich sofort in den hintersten Winkel zurück. Das half ihr allerdings nicht. Jafar trat in das Zelt. In dem dämmrigen Licht kniff er die Augen ein wenig zusammen und suchte Alysson. Als er sie entdeckt hatte, blieb er stehen. Sein Gesicht war angespannt.

In der Annahme, daß er ihr etwas sagen werde, richtete sie sich auf, aber er schritt wortlos an ihr vorüber und verschwand im Schlafgemach. Nach wenigen Minuten tauchte er wieder auf, ganz in Schwarz gekleidet — lange Hosen, weiche Stiefel, Tunika, Burnus und Turban.

»Zu Ihrem und der anderen Frauen Schutz werde ich zwanzig meiner Männer hier im Lager lassen«, erklärte er schließlich und schloß die Schnalle des Gurtes, der seinen edelsteinbesetzten Säbel hielt.

Alysson widersprach nicht, obgleich sie überzeugt davon war, daß die Männer nicht zu ihrem Schutz, sondern zu ihrer Bewachung abkommandiert waren. Die nächsten Worte Jafars aber erschreckten sie maßlos.

»Meine Männer haben Order, Sie nach Algier zurückzubegleiten, falls ich nicht zurückkehre.«

Entsetzt starrte sie ihn an. Die Tatsache, daß er ihr sicheres Geleit zugesichert hatte, bewegte sie nicht so sehr wie die plötzliche Erkenntnis, daß er ihre unausgesprochenen Ängste in Worte gekleidet hatte. Was war, wenn er in dem Kampf getötet wurde? Sie glaubte, der Boden wanke unter ihren Füßen, als sie die kalte Angst packte. Die Angst um ihn.

Wenn er nicht zurückkehrte ...

Es schnürte ihr die Kehle zu. Dieser furchtbare Gedanke ließ sie in einer dunklen Leere zurück. Sie wandte sich ab. Jafar sollte nicht die Angst in ihren Augen sehen. Eigentlich hatte sie vor, ihn noch einmal zu bitten, Gervase zu schonen. Aber jetzt tauchte ein weiterer Wunsch in ihrem Herzen auf. Innerlich flehte sie zum Himmel, er möge Jafar wohlbehalten zu ihr zurückkehren lassen.

Eine Ewigkeit lang spürte sie seinen Blick auf sich ruhen, als wolle er ihre Seele erforschen. Der Zauber einer unerklärlichen Spannung erfüllte den Raum, und Alysson blickte zu Boden.

Endlich trat Jafar an ihre Seite. Langsam und zögernd ergriff er ihre Hände.

»Alysson ...«

Sie war wie erstarrt und brachte es nicht fertig, ihn anzublicken.

Wieder glaubte sie, er wolle etwas sagen und sich für sein Vorhaben rechtfertigen. Aber er blieb stumm. Es gab nichts mehr zu sagen.

Laut hörbar stieß er den Atem aus und murmelte ein kurzes Lebewohl. Dann drehte Jafar sich um und verließ das Zelt.

Der Schmerz überfiel Alysson mit unerwarteter Schwere. Konnte sie ihn so gehen lassen? In dem Glauben, sie verabscheue ihn? In dem Bewußtsein, es kümmere sie nicht, ob er am Leben blieb oder starb?

Sie versuchte ihm nachzulaufen, aber die schwachen Beine gehorchten ihr nicht. Sie stolperte zum Zelteingang — wie angewurzelt blieb sie stehen.

Diesen Anblick würde sie nie vergessen: Zweihundert Berberkrieger auf tänzelnden Streitrossen; blankpolierte Waffen, die in der Mittagssonne aufblitzten; stolz und aufrecht sitzende, in Schwarz gehüllte Reiter. Die Männer wirkten unbesiegbar wie das Land, in dem sie lebten. In der leichten Brise flatterte das grüne Banner des Heiligen Krieges, daneben Jafars Standarte in Rot und Schwarz.

Jafar hatte seinen prächtigen Rappen bereits bestiegen. Sein Gehabe war gebieterisch und wachsam wie das eines Wüstenfalken.

Bitte, flehte sie insgeheim, bitte, sei vorsichtig.

Als er das Pferd wenden wollte, fiel sein Blick noch einmal auf Alysson. In stummer Trostlosigkeit stand sie am Zelt. Etwas in Jafar krampfte sich zusammen. Wahrscheinlich war es die Furcht davor, daß sie ihn wieder bitten könnte, das Leben ihres Verlobten zu schonen, und doch wartete er noch einen Augenblick ab, während um ihn herum die stampfenden Pferdehufe den Sand aufwirbelten.

»Bitte ...«, flüsterte sie so leise, daß er es kaum hörte. Weitere Worte blieben ihr in der Kehle stecken. Alles blieb ungesagt, als die Tränen ihre wunderschönen Augen füllten. Elend und hilflos sank sie in sich zusammen und preßte eine Hand auf die zitternden Lippen.

Jafars Herz füllte sich mit stechender Bitterkeit, wie er es noch nie zuvor empfunden hatte. Auf ihre Worte konnte er verzichten; sie bettelte um Bourmonts Leben, das war nur zu leicht an ihren Augen abzulesen.

Ruckartig wandte er sein Pferd.

Er blickte nicht mehr zurück, als er seinen Platz an der Spitze der Reiter einnahm. Aber das herzzerreißende Zittern ihrer Mundwinkel, die Angst und Verzweiflung in dem schmalen blassen Antlitz ließen ihm keine Ruhe. Dieses Bild mußte er verscheuchen, bevor er in die Schlacht zog.

Als er mit seinen Kämpfern aus dem Lager ritt, meinte er Alyssons gehetzten Blick im Rücken zu spüren.

Trotz eiserner Bemühungen verfolgte ihn dieser Blick auch weiterhin. Sogar am Abend vor dem Gefecht wurde er den bohrenden Schmerz nicht los.

Ungefähr zwanzig Stunden später quälten sich seine Gedanken noch weiter damit herum, als er mit seinen Männern auf der Hochebene der Ouled-Nail-Berge Stellung bezogen hatte. Auf dem Bauch liegend beobachtete Jafar mit dem Feldstecher die enge Schlucht unter ihm. Seine Kämpfer waren überall — entlang der Felsgrate, in den zerklüfteten Spalten. Vor den Augen des Feindes gut verborgen warteten sie ungeduldig auf den Beginn der Schlacht. Neben ihm lag sein erster Unterführer, Farhat il Tai — derselbe rotbärtige Berber, der vor vier Wochen bei Alyssons Entführung die Aufgabe des Dolmetschers übernommen hatte.

Alysson ... seine widerspenstige, unbeugsame Gefangene. Niemals würde sie ihm verzeihen, wenn er sein Vorhaben ausführte. Niemals würde sie ...

»Wann wird es soweit sein, mein Fürst?« fragte Farhat leise.

Für die Unterbrechung seiner quälenden Gedanken war Jafar dankbar. »Bald. Noch eine Viertelstunde, dann dürften sie dort unten auftauchen.«

Er reichte dem Unterführer den Feldstecher und warf einen Blick auf die angrenzenden Höhen. Dann stellte sich sein Blick wieder auf die Schatten ein, die unter der gleißenden Sonne auf den Felsen tanzten. Die dunklen Umhänge der Berber verschmolzen mit ihnen. Wie er selbst waren seine Leute erprobte, kampferfahrene Krieger.

In den Anfangsjahren des Krieges waren die arabischen Streitkräfte stets Sieger über die französischen Landräuber geblieben. Abd el-Kaders Armee war mehr als vierzigtausend Mann stark. Seine Eisengießereien und Manufakturen hatten die Soldaten mit Kanonen und dem nötigen Kriegsgerät versorgt.

Als die Araber gegen die Armee des Generals Thomas Robert Bugeaud antreten mußten, wendete sich das Blatt. Er trug den Titel Marschall von Frankreich und war Kommandeur der französischen Truppen im Berberland. Bugeaud hatte die Kriegsführung der französischen Armee revolutioniert, indem er die gesamte Infanterie zu berittenen Soldaten machte.

Mit großer Übermacht hatte er Abd el-Kader einige schwere Niederlagen beigebracht. Danach hatte er die erbarmungslose und vollständige Zerstörung des Emirats Algerien in Angriff genommen, einschließlich der brutalen, flächendeckenden Ausrottung der einheimischen Stämme. Abd el-Kaders einst so mächtige Armee war zu einem Häuflein Partisanen zusammengeschmolzen, die sich darauf beschränken mußten, den Feind durch unerwartete Überfälle wie die Unterbrechung von Nachschubwegen in Bedrängnis zu bringen.

Zahlenmäßig gesehen befehligte Jafar eine Truppe, die nur ein Viertel so groß war wie die Streitmacht Gervase de Bourmonts. Aber er hatte das Überraschungsmoment auf seiner Seite und kannte das karstige Bergland wie seine Westentasche. Er und seine Leute hatten sich am wichtigsten Paß des Ouled-Nail-Gebirges verschanzt, einem schmalen Pfad, über den man vom Plateau aus in die Sahara gelangen konnte.

Äußerst umsichtig hatte Jafar das Gerücht ausgestreut, Alysson werde in dem Gebiet des Ouled-Nail-Stammes gefangengehalten. Sein Plan sah vor, den Oberst dazu zu bringen, das Berggebiet durch diese Schlucht zu betreten, deren Enge größere Bewegungen der Reiterei verhinderte. Sobald Bourmont in der Schlucht war, würden seine Männer eine Lawine aus Geröll und Felsbrocken auslösen und damit dem Colonel den Rückweg abschneiden. Wenn das Gefecht begann, würden die Franzosen in diesem Hohlweg festsitzen. Die Falle würde zuschnappen.

Um die Nachhut der französischen Truppe würde sich Kalaif Ben Hamadi kümmern, indem er ihr in die Flanke fiel. Hier in der Schlucht wurden die Berber von Farhat, Jafars erstem Unterführer, befehligt. Jafar wollte vollkommen freie Hand haben, um endlich seinem verhaßten Feind gegenüberzustehen.

»Es ist, wie Sie gesagt haben, mein Fürst«, murmelte Farhat und gab Jafar den Feldstecher zurück. »Der Colonel führt die Kolonne an.«

Durch das Glas musterte Jafar die französischen Soldaten, die sich am Eingang zur Schlucht hintereinander aufreihten. Ungefähr achthundert Männer warten dort unten, alle beritten und in blaue Uniformen aus leichtem Tuch gekleidet. Den Kopf schützten Kepis mit Nackentüchern. Im Anschluß folgte eine Gruppe von Männern, die wie Beduinen gekleidet waren — eine arabische Elitetruppe, die bei der französischen Armee in Sold stand.

Die Streitmacht führte zwei Haubitzen mit sich. Jafars Krieger würden jedoch zu verhindern wissen, daß die Franzosen eine Chance bekamen, sie abzufeuern. Sie warteten jetzt auf Jafars Zeichen, um das Feuer auf die Kolonne zu eröffnen, die sich langsam durch die Felsenschlucht wand.

Jafars Feldstecher machte die Offiziere der Truppe ausfindig. Seine Lippen bildeten eine dünne Linie, als er endlich das Gesicht fand, das er suchte.

Bourmont. Wie ein Dämon schwirrte der Name durch seinen Kopf.

Dann geschah jedoch etwas Merkwürdiges. Der brennende Haß, der stets bei jedem Gedanken an seinen Todfeind aufgeflammt war, wollte sich nicht einstellen. Statt dessen fühlte er sich innerlich wie gelähmt, abgesehen von dem dumpfen Schmerz an der Stelle, wo sich das Herz befand.

Wie war das möglich! Siebzehn lange Jahre hatte er auf diesen Augenblick gewartet. Seit siebzehn Jahren hatte ihn der Entschluß vorangetrieben, den Foltertod seiner geliebten Eltern zu sühnen.

Wieder wollte Jafar die grauenvollen Bilder jenes Tages in sein Gedächtnis zurückrufen. Aber er sah nur Alysson, das bleiche Gesicht und die Traurigkeit in den herrlichen Augen.

Er verwünschte sich selbst und ließ das Fernglas weiter über die Soldaten unter ihm schweifen. Die Schmerzen im Magen nahmen zu, als er ein weiteres vertrautes Gesicht ausmachte, rundlich und wettergegerbt.

Alyssons französischer Onkel. Und daneben ihr indischer Diener.

Das war zu erwarten gewesen, auch wenn er inständig gehofft hatte, sie würden in Algier bleiben. Es war sinnlos und völlig abwegig, den Oberst auf seinem Feldzug zu begleiten, trotzdem konnte er es keinem von beiden verdenken. An ihrer Stelle hätte er ebenfalls versucht, Alysson zu befreien.

Farhat neben ihm verstummte plötzlich. Jafar folgte seinem Blick und entdeckte im Norden, noch weit entfernt, Ben Hamadis Reiterei. Wie eine leichte Wolke schwebte sie über der Ebene. Abd el-Kaders Standarte wehte im Wind, schneeweiß mit einer offenen Hand in der Mitte. Unbemerkt hielt die mächtige Schar genau auf den Feind zu.

Jafar nickte. »Der Zeitpunkt ist gekommen.«

Der Zeitpunkt der Vergeltung.

Gewaltsam verdrängte er jeden Gedanken an Alysson und nahm die eiskalte Ruhe wahr, die jetzt über ihn kam.

Vorsichtig robbte Jafar vom Felsvorsprung zurück und gab seinen Männern leise die letzten Anweisungen. Dann kletterte er mit Farhat den steilen Hang hinunter zu der Stelle, an der sie die Pferde versteckt hatten. Schweigend saßen sie auf.

Und warteten.

Bald wurde die Stille unterbrochen durch das Stampfen eisenbeschlagener Hufe, das die Felswände als mehrfaches Echo zurückwarfen.

Jafar hob die Hand.

Ein prasselndes Donnern ging nieder. Eine Lawine aus Geröll und Steinen stürzte in die Schlucht hinab, begleitet von den lauten Warnschreien und Flüchen der Franzosen.

Blitzschnell senkte Jafar die Hand.

Ohne jedes Zögern eröffneten die Berber das Feuer auf die Feinde. Da der Oberst auf keinen Fall getroffen werden sollte, flogen die Kugeln der ersten Salve über die Köpfe der Franzosen hinweg. Das Vergnügen, Bourmont zu töten, war ausdrücklich dem Stammesführer vorbehalten.

Die Franzosen jedoch bewiesen Ruhe und Disziplin in diesem plötzlichen Durcheinander und hatten ihre steigenden Pferde bald wieder unter Kontrolle.

»*Aux armes!* Aux armes!« erscholl es von überall her. Sofort sammelten sich die Männer in der engen Schlucht. Die Kolonne formierte sich; die Bajonette nach außen gewandt, konnten sich die Männer nach allen Seiten gegen einen Angriff wehren.

Die *razzia* war in der Tat erfolgreich. Heisere Schreie begleiteten den Ansturm der Berber, die ihre wendigen Pferde über den steinigen Felsboden weiter in die Schlucht hineindrängten und dabei aus den Gewehren feuerten oder die blitzenden Säbel schwangen.

Die Schlucht war von Menschen und Pferden überfüllt. Jafar führte seine Männer an, pflügte sich durch das Gedränge französischer Soldaten, fegte Bajonette mit seiner Klinge beiseite. Er fühlte sich plötzlich wohl, sogar gelassen inmitten dieser Schlacht. Weder Kugeln, Säbel noch Bajonette fürchtete er. Seine ganze Aufmerksamkeit war darauf ausgerichtet, den Sohn des Mannes zu erspähen, dem er die Blutrache geschworen hatte.

Als er ihn ausmachte, verteidigte sich Bourmont unglaublich mutig gegen seine Angreifer. Eine Kugel traf den neben ihm kämpfenden Soldaten in die Brust, ein anderer fiel durchbohrt von scharfem Metall. Verletzte Pferde wieherten auf, Pulverqualm umnebelte den Kampfplatz. Jafar kämpfte sich weiter nach vorn, lenkte die Hiebe seiner Gegner ab, zerbrach deren Bajonette.

Im nächsten Augenblick wurde die Lage für die Franzosen bedrohlich. Erfolglos versuchten sie, die vorpreschenden Berber zurückzuschlagen, die auf ihren wendigen Pferden rücksichtslos in ihre Mitte hineinritten. Verwirrt durch diese Taktik, geriet die geschlossene Abwehr der Franzosen aus dem Gefüge und war damit nutzlos. Bevor sie sich zum Gegenangriff sammeln konnten, war ihre Linie ins Wanken geraten, ihre Formation durchbrochen.

Die Berber brachen in lautes Triumphgeschrei aus. Sie hatten ihr Ziel erreicht, die Feinde hinauf in die Hügel zu jagen, damit ihr Anführer den französischen Kommandanten zum Zweikampf zwingen konnte. Jafar nutzte das Glück der Stunde.

Endlich hatte er genügend Raum, um den Oberst mit gezogener Klinge anzugreifen.

Bourmont riß sein Gewehr hoch, um den Schlag abzufangen, der aber ausblieb. Statt dessen trieb Jafar seinen Hengst mit voller Wucht gegen das Pferd Bourmonts. Der Franzose stürzte, sprang sofort wieder auf die Beine und zog seinerseits die Klinge.

Jafar lächelte grimmig. Mit einem Satz stand er neben ihm und griff an. Blitzend traf der Stahl aufeinander.

Schlag auf Schlag trachteten beide, die Oberhand zu gewinnen. Beide wußten, daß dies ein Kampf auf Leben und Tod war.

Lange Zeit errang keiner von beiden einen Vorteil. Bourmont stellte sich als mutiger und unerschrockener Gegner, aber Jafar besaß das größere Können — und die Gewißheit, daß die Gerechtigkeit auf seiner Seite war. Er kämpfte mit all der wilden Entschlossenheit, die Rachedurst und Bitterkeit in ihm hatten wachsen lassen. In seinem Herzen tobte der Haß. Er gierte nach dem Blut seines Todfeindes.

Mit einem Mal wurde der Schlachtenlärm leiser, bis nur noch ab und zu ein vereinzelter Schuß zu hören war. Jafar bemerkte das plötzliche Abflauen des Kampfes. Aus den Augenwinkeln sah er, wie ein Teil seiner Männer den Zweikampf beobachtete. Die Schlacht war vorüber. Viele Franzosen waren gefangengenommen worden. Ein Teil seiner Krieger verfolgte die restlichen Soldaten, die ihr Heil in der Flucht suchten.

Über den Lärm ihrer beider Klingen hinweg hörte er noch ein anderes, ihm hochwillkommenes Geräusch. Von der anderen Seite der Barrikade aus Felsgestein drangen Hochrufe in die Schlucht hinüber. Sie kamen von Ben Hamadis Reitern. Die Nachhut der Franzosen war in die Flucht geschlagen worden!

Jafar war entschlossen, dem Kampf ein Ende zu setzen. Mit einer kraftvollen Armbewegung schlug er dem Oberst den Säbel aus der Hand. Die Wucht des Schlages war so heftig, daß Bourmont das Gleichgewicht verlor und zu Boden ging. Wie erstarrt lag er da und blickte zu dem wild keuchenden, schwarzgekleideten Berber über ihm.

Jafar hob die Klinge zum letzten, tödlichen Hieb.

»Ich räche das Blut meines Vaters!« rief er auf französisch. Düster hallte das Todesurteil von den Wänden der Schlucht zurück.

Gervase de Bourmont blickte stumm zu ihm hinauf. Er

rührte sich nicht. Mit beiden Händen umfaßt hielt Jafar den Säbel hoch über seinem Kopf zum Schlage bereit und blickte in die dunklen Augen des Feindes. Der Blick Bourmonts drückte seine Ergebenheit in das unvermeidliche Schicksal aus, aber keine Furcht. Es war der Blick eines Mannes, der seinem Tod mit Bedauern, aber ohne Angst entgegensieht.

Vielleicht spielte ihm das blendende Sonnenlicht einen Streich. Das Bild des Franzosen verschwamm vor Jafars Augen. Die männlichen Gesichtszüge wurden weich. Die dunklen Augen erhellten sich und verwandelten sich in ein tiefes Graublau.

Einen Herzschlag lang schloß Jafar die Augen. Aber Alyssons Bild verschwand nicht mehr.

Alysson.

Ihre Tränen.

Ihre Qualen.

Ihre Liebe zu diesem Franzosen.

Mit einem gewaltigen Schrei, den ein unermeßlicher Schmerz hervorpreßte, ließ Jafar die Klinge niedersausen. Im allerletzten Augenblick jedoch änderte er ihre Bahn. Tief bohrte sich die Klinge in den Boden, nur eine Handbreit vom Kopf Bourmonts entfernt.

Kapitel 15

Der Lärm weckte Alysson aus unruhigem Schlaf. Hörte sie etwa Gewehrfeuer?

Benommen starrte sie in die Dunkelheit des Zeltes und begriff allmählich, daß es tiefe Nacht war. Warum gab ihr die Unruhe da draußen das Gefühl, daß das ganze Lager hellwach war? *Jafar.* War er zurückgekehrt? Das Herz begann ihr bis zum Hals zu schlagen.

Eilig griff sie nach dem nächstbesten Kleidungsstück, streifte es über das Hemd und verließ das Zelt. Angst und Schwachheit kämpften in ihr. Vor zwei Nächten, als Jafar mit seinen Männern zum Kampf aufgebrochen war, hatte sie nicht mehr geschlafen, und heute nacht war sie nur aus schierer Erschöpfung eingenickt. Außerdem hatte sie nach dem lebensbedrohenden Fieber ihre Kräfte noch längst nicht wiedergewonnen.

Als sie den Vorhang des Zelteinganges hob, bot sich ihr ein Wirrwarr von Pferden und Menschen, die aus der Schlacht heimkehrten. Frauen und Kinder rannten jubelnd auf sie zu. Gewehrschüsse wurden als Willkommensgruß abgefeuert; manche schwenkten Fackeln; alles redete durcheinander. Hatten die Berber gesiegt?

Mit angehaltenem Atem suchte sie in der Menge nach dem Mann, der ihr Schicksal in Händen hielt. Jafar, ihr Entführer. Hatte er überlebt? Hatte er seine Blutrache vollenden können?

Da entdeckte sie ihn. Er ritt genau auf sie zu; stolz nahm er auf seinem Rappen den Jubel und die Willkommensgesten seines Stammes entgegen. Halb unbewußt wurde Alysson gewahr, daß ihr Herzschlag sich um eine Winzigkeit beruhigt hatte. Er war am Leben. Unverletzt kehrte er zu ihr zurück.

Dankbar richtete sie ihren Blick auf Jafar, auf dessen Antlitz, das ihr, gegen alle Vernunft und Klugheit, so liebgeworden war.

Gespanntes Schweigen senkte sich über das Lager, als er den Hengst vor seinem Zelt anhielt. Alysson brachte kein Wort heraus. Sie starrte ihn einfach nur an. Auch Jafar schwieg. Noch immer im Sattel, blickte er auf sie hinunter, kühl, wie unbeteiligt — und undurchschaubar.

So sehr sie auch danach lechzte, zu erfahren, wie es um Gervase stand, wie die Schlacht ausgegangen war, brachte sie es doch nicht über sich, zu fragen und die gefürchtete Antwort zu hören. Sie wollte nicht wissen, daß er tot war, und noch viel weniger, daß Jafar sein Mörder war.

Plötzlich drang ein schwacher Laut an ihr Ohr, ein knurriger Fluch, ganz in ihrer Nähe. Ein Fluch in französischer Sprache.

Einen Moment lang schwankte ihr der Boden unter den Füßen. Sie wagte nicht zu glauben, was sie da eben gehört hatte. Aber wieder durchdrang die fluchend klagende Stimme die Dunkelheit, eine Stimme, die ihr so teuer war wie die Jafars.

»Gütiger Himmel«, flüsterte sie, aufgewühlt in einer Mischung aus Hoffnung und Furcht, »Onkel Honoré.«

Blindlings rannte sie los, stolperte ständig über die langen Falten ihres Burnus, bis sie den Stoff endlich ungeduldig hochraffte. Durch einen Tränenschleier entdeckte sie schließlich ihren geliebten Onkel, dessen silberner Haarschopf im Schein einer Fackel leuchtete. Er lag auf einer Bahre, die von einem Pferd gezogen wurde — eine bewährte Vorrichtung, um Kranke oder Verletzte zu befördern. Auch seine Stimme war schwach, obwohl er vollauf damit beschäftigt war, in markigem Französisch diese Heiden zu verfluchen, die ihn umbringen wollten.

Aufgewühlt blieb sie endlich stehen. Ein Ausruf der Freude drang aus ihrem gequälten Herzen, als sie an seiner Bahre niederkniete. »*Mon oncle*«, flüsterte sie mit belegter Stimme.

Starr vor Staunen hielt er inne. »*Sacre Dieu* . . . Alysson! Mein geliebtes Kind . . .«

Sie schlang die Arme um ihn, als er seine Hände nach ihr ausstreckte; und so hielten sie einander fest, weinten vor Erleichterung, den anderen lebend wiederzusehen. Endlich löste sich Honoré von ihr, stöhnend vor Schmerz sah er sie an. »Ich war krank vor Sorge um dich, mein Kind. Bist du wohlauf?«

Alysson nickte. Während die Tränen über ihr Gesicht strömten, trank sie förmlich den Anblick dieses geliebten Menschen. »Ja, mir geht es gut.«

Noch bevor sie den Satz beenden und nach ihres Onkels Gesundheit fragen konnte, trat ein kleiner, dunkelhäutiger Mann aus dem Schatten hervor und verbeugte sich tief. »Memsahib? Mein Herz ist erfüllt von der Freude, Euch gefunden zu haben.«

»Chand!«

Sie sprang auf die Füße und stürzte auf ihren indischen Diener zu, umarmte ihn, daß er kaum noch atmen konnte, und lachte unter Tränen.

»Memsahib! Das gehört sich doch nicht!« rief Chand aus. Sehr würdevoll schniefte er kurz, als er sich aus ihren Armen befreite, aber sie sah den Schimmer der Tränen in seinen Augen, bevor er wieder seinen normalen Gesichtsausdruck annahm. »Memsahib, ich bitte Euch — sammelt Euch. Euer Onkel ist schwer verwundet.«

Von neuem verängstigt blickte Alysson zu Honoré hinüber. Schwer verwundet? Aber er sah nicht so aus, als ob er schon an der Schwelle des Todes stünde. Blaß vielleicht, und ungehalten, aber nicht im Sterben liegend. Ihr Puls beruhigte sich wieder. Höchstwahrscheinlich übertrieb Chand wieder einmal, wie üblich.

Als sie ihn besorgt ansah, ging der Inder in schnelles, akzentfreies Französisch über. »Gibt es hier einen Ort, an dem ich meinen Herrn pflegen kann?«

»In der Tat, meine Liebe«, fiel Honoré ein, schon wieder kampflustig wie vorhin. »Hast du irgendeinen Einfluß auf diese Barbaren? Sie haben mich einfach auf dieses Ding hier gefesselt und lassen mich nicht runter. Ich wette, daß ich schon fast verblutet bin. Einer dieser arabischen Pestbeulen hat mir seinen Säbel zwischen die Rippen gerammt, als ob er ein Schwein grillen wollte.«

Einfluß? dachte Alysson verzagt. Sie konnte diese Berber von gar nichts überzeugen und am allerwenigsten den Mann, dessen Meinung am meisten galt, dem Herrn des Stammes, dessen Wort hier in dieser Wildnis Gesetz war. Hilflos blickte sie umher, bis er ihren Blick einfing. Jafar war ihr gefolgt und hatte das Geschehen schweigend beobachtet.

Sie erriet unschwer, daß er auch ihr Gespräch mit angehört hatte, denn kaum hatte sie leise flüsternd ein »Bitte ...« angedeutet, als er bereits einen Mann aus der Dunkelheit heranwinkte.

»Gastar wird Euch zur Verfügung stehen«, sagte er kurz, beinahe zornig, bevor er sich wieder abwandte in Richtung seines Zeltes.

Verwirrt blickte Alysson ihm nach. Sie wußte nicht, was in seinem Kopf vorging oder warum er sie nun so brüsk behandelte, da er während ihrer Krankheit so unendlich viel Zärtlichkeit gezeigt hatte. Da kam die alte Berberfrau herbeigeschlurft, die sie während ihres Fiebers ebenfalls versorgt hatte. Als Alysson sie erblickte, empfand sie mit einem Mal Schuld. Sie hatte der Frau nicht dafür gedankt, daß sie ihr das Leben gerettet hatte. Auch für Jafar hatte sie bisher kein Wort des Dankes gehabt, wie ihr jetzt bewußt wurde.

Ihr Blick folgte der aufrechten Gestalt im schwarzen Umhang. Dann zwang sie sich zur Vernunft. Sie mußte einen klaren Kopf behalten und sich erst um ihren Onkel kümmern, bevor sie über Jafars Taten oder sein kaltes Verhalten nachdenken durfte.

So hörte sie beflissen zu, als Gastar einigen Männern Befehle erteilte, obwohl sie nichts verstand, und folgte ihnen, als sie ihren Onkel in ein nahegelegenes Zelt brachten. Nachdem man ihn endlich von seiner Trage losgebunden und auf ein bequemes Lager gebettet hatte, konnte sie jedoch nichts anderes tun als zu warten. Sie und Chand sahen nur zu, wie sich Gastar flink und gewissenhaft ihrem Patienten annahm.

Dies wurde sofort zum Problem. Chand war gekränkt darüber, daß diese alte Frau seine Pflichten übernahm und ihn zum Nichtstun verurteilte. Alysson verhinderte eine Auseinandersetzung nur dadurch, daß sie ihm von Gastars Heilkünsten erzählte. Trotzdem hielt sie den Atem an, als Gastar ihrem Onkel die blutdurchtränkte Binde abnahm, mit der seine Brust verbunden war.

Tiefe Erleichterung durchdrang sie, als sie sah, daß die Verwundung ihres Onkels nicht so schlimm war wie befürchtet. Ein blutiger Schnitt zog sich über seine rechte Brust nach unten, und mindestens zwei Rippen waren gebrochen. Die Wunde war aber sauber und konnte leicht genäht werden. Alysson hielt die Hand ihres Onkels, während Gastar diese notwendige kleine Operation durchführte und dann die Rippen neu verband.

Erst als Honoré eine Arznei erhalten hatte und fest schlief, hatte Alysson Muße, Chand nach dem Hergang des Kampfes zu befragen. So erfuhr sie, daß es nicht schwer gewesen war, den französischen Trupp aufzuspüren.

»Nach dem Kampf war ich gerade damit beschäftigt, die Wunden von Monsieur Larousse zu untersuchen, als der Berberfürst uns erblickte.«

Chand zitterte, als fürchte er sich davor, diesen Moment noch einmal zu durchleben. »Ich dachte, er würde uns alle umbringen. Ich betete zu Allah und wurde erhört, denn statt dessen gab er seinen Männern den Befehl, uns zu helfen.«

»Aber warum?« fragte Alysson. Sie war verwundert darüber, daß Jafar ausgerechnet seinen ärgsten Feinden Hilfe zukommen lassen sollte. »Hat er einen Grund dafür genannt?«

Chand schüttelte den turbanbedeckten Kopf. »Nur daß Monsieur Larousse nicht sterben solle. Es stand mir nicht zu, die Wünsche des Fürsten zu hinterfragen.«

»Natürlich nicht. Was passierte dann?«

»Alle Männer unter seiner Führung kümmerten sich um die Verletzten, sogar um die französischen Soldaten unter ihnen, und begruben die Toten. Dann brachten sie uns hierher — aber nur uns. Es wurden noch andere Gefangene gemacht, aber ich weiß nicht, was aus ihnen geworden ist.« In dem düsteren Ton, in dem er sprach, schwang ein wenig Furcht mit. »Nun haben wir Euch wiedergefunden, Memsahib, und Allah sei Dank dafür — aber jetzt sind wir Gefangene wie Ihr. Was bedeutet dies alles? Wünscht der Berberfürst uns zu foltern?«

Alyssons Antwort kam sehr schnell. »Ich bin überzeugt davon, daß er niemals auch nur im Traum an so etwas denken würde!« Sie konnte zwar nicht für Jafars gute Absichten gegenüber den Franzosen bürgen, aber sie konnte nicht glauben, daß er einen verwundeten Mann und einen unschuldigen Diener quälen würde.

Mit gerunzelter Stirn blickte sie auf ihren geliebten Onkel hinunter, dessen kraftlose Hand sie immer noch festhielt. Sie empfand unendliche Dankbarkeit dafür, daß Jafar ihn zu ihr gebracht hatte, aber warum hatte er das getan? Einfach aus Nächstenliebe? In der Tradition der Nomaden war die Gastfreundschaft sogar einem Feind gegenüber heilige Pflicht. Sie zu versagen, galt als Schande. Vielleicht war das bei den Berbern genauso. Aber das erklärte noch nicht, weshalb Jafar ihren Onkel von den anderen getrennt hatte ... Es sei denn, er plante, auch Honoré als politische Geisel zu benutzen. Das war die einzig sinnvolle Erklärung.

Aber da gab es noch andere Gesichtspunkte, die ihr unerklärlich erschienen. Zum Beispiel, warum Jafar sich die Zeit genommen hatte, die Verwundeten auf der Feindseite zu versorgen und deren Toten zu bestatten.

Der Gedanke daran schnürte ihr die Kehle zusammen. Ihretwegen waren Männer gestorben. Ihr Onkel war knapp mit dem Leben davongekommen, und ihr treuer Diener hatte seine Freiheit geopfert — alles um ihretwillen. »Es tut mir leid, Chand«, flüsterte sie mit zitternder Stimme.

Chand hatte ihre Worte richtig gedeutet, denn aus seinen dunklen Augen sprach Mitleid. »Ihr dürft Euch keine Vorwürfe machen, Memsahib. Die Stämme des Berbervolkes haben die Franzosen bekämpft, bevor Ihr in dieses Land kamt, und sie werden weiterkämpfen, wenn Ihr es wieder verlaßt.«

Seine Logik tröstete sie. Und vielleicht hatte er sogar recht. Sie war für keinen der unzähligen Kämpfe zwischen den Berbern und ihren französischen Besatzern verantwortlich — auch nicht für diesen hier. Seit Jahren schon gärten tief verwurzelte Feindseligkeiten auf beiden Seiten. Jafar wäre jede Gelegenheit recht gewesen, gegen die Franzosen zu kämpfen, und hätte sich diese nicht geboten, würde er eine andere wahrnehmen. Sein Verlangen nach Rache hatte nach Erfüllung verlangt. Sein Haß auf Gervase ...

Mühsam holte Alysson Luft und versuchte, ihren ganzen Mut zusammenzunehmen. Sie fürchtete sich davor, von Gervase zu hören, aber jetzt mußte sie fragen. »Und Gervase ... Colonel Bourmont? Weißt du, was aus ihm geworden ist?«

»Nein, bedauerlicherweise nicht. Wir wurden von ihm und seiner Truppe getrennt.«

Sie schloß die Augen, erleichtert, daß er nicht gesagt hatte, Gervase sei tot. Solange es keine Sicherheit gab, bestand auch noch Hoffnung.

»Ihr seid müde, Memsahib«, mahnte Chand streng. »Warum sucht Ihr jetzt nicht Euer Lager auf? Ich werde bei Eurem Onkel wachen.«

Auch hierin hatte Chand recht. Im Moment konnte sie hier nichts mehr tun. Außerdem mußte sie Jafar sehen.

Also beugte sie sich zu ihrem Onkel hinunter und küßte vorsichtig seine unrasierte Wange. Auch Chand bekam einen Kuß — was ihn sehr in Verlegenheit brachte. »Du mußt aber auch versuchen, etwas zu schlafen«, befahl sie. »Morgen in aller Frühe werde ich kommen und dich ablösen.«

»Wo schlaft Ihr?«

Alysson zögerte. Es war nur natürlich, daß Chand sich um ihre Unterbringung Gedanken machte — nicht nur, damit er sie finden konnte, falls es ihrem Onkel plötzlich schlechtergehen sollte. Vielmehr war es Chand gewohnt, die Nacht vor ihrer Schlafzimmertür zu verbringen. Sie hatte schon lange aufgegeben, ihn von dem abzuhalten, was er für seine Pflicht hielt; ihr Vater hatte ihm aufgetragen, sie zu beschützen, und genau das würde er tun. Und er würde ihre Tugend behüten.

Für einen Moment errötete sie. Wie konnte sie Chand, der sie seit ihrer Kindheit in seiner Obhut hatte, der sie verehrte und liebte wie ein eigenes Kind, eingestehen, daß sie im Zelt ihres Entführers wohnte, daß sie Zärtlichkeiten mit Jafar getauscht hatte, die sonst nur einer Ehefrau oder Geliebten vorbehalten waren?

»Man hat mir ein Zelt zur Verfügung gestellt«, gab sie vor.

»Seid Ihr dort sicher, Memsahib?«

Der besorgte Unterton war ihr vertraut. Beruhigend lächelte sie. »Aber ja, ich bin völlig sicher. Wie du auch, das verspreche ich dir.«

Die Siegesfeiern waren verstummt, als sie ihren Weg durch das Lager nahm. Niemand hielt sie auf, keine Wache folgte ihr, um ihre Flucht zu verhindern. Aber das war auch nicht nötig, erkannte Alysson. Sie würde das Lager niemals verlassen, solange ihr Onkel gefangengehalten wurde. Vielleicht war das Jafars Plan gewesen, als er Onkel Honoré hierhergebracht hatte.

Sie fand Jafar allein in seinem Zelt. Eine Öllampe tauchte den Raum in sanftes, einladendes Licht, und doch blieb Alysson zögernd am Eingang stehen. Einen Moment lang sog sie seinen Anblick in sich auf. Sie war sich darüber im klaren, daß seine unversehrte Rückkehr nicht diesen Freudentaumel in ihr auslösen durfte. Nicht, solange Gervases Schicksal ungewiß war. Nicht, solange Jafar ebensogut ein kaltblütiger Mörder sein konnte. Und doch gelang es ihr nicht, die Wärme zu unterdrücken, die ihr Herz bei seinem Anblick erfüllte.

Trotz alledem wußte sie nicht so recht, wie sie Jafar jetzt gegenübertreten sollte. Er hatte ihr den Rücken zugewandt, den goldenen Blondkopf tief gesenkt — nicht einfach nur in Gedanken. Eher wie ein Mann, der eine schwere Bürde trägt.

Jafar litt ... quälende Gedanken durchfuhren ihn, während er mit seinen schmerzlichen Gefühlen kämpfte. Unerwünschte Schatten aus der Vergangenheit suchten ihn heim, als er die Ereignisse des vergangenen Tages noch einmal vor seinem geistigen Auge vorbeiziehen ließ.

Nach dem Kampf hatte er Alyssons Onkel unter den Toten und Verwundeten gesucht und schwerverletzt geborgen; sofortige Hilfe war unerläßlich. Kurz entschlossen hatte er den Befehl gegeben, den alten Mann und seinen indischen Diener ins Lager zurückzubringen. Er hatte auch die fragenden Gesichter seiner Leute gesehen, als er den Transport anordnete; sie waren erstaunt und erzürnt darüber, einen Franzosen in ihrer Mitte aufnehmen zu müssen.

Aber natürlich wagten sie keine Widerrede.

Vielleicht war es nicht klug gewesen — aber er würde dieselbe Entscheidung wieder treffen. Der lange Rückmarsch nach Algier ohne die nötige Pflege und Ausrüstung hätte sein Leben in ernste Gefahr gebracht.

»Verdammter Idiot.« Jafar verfluchte sich selbst.

Noch vor zwei Monaten hätte er den Tod eines weiteren Franzosen keine Sekunde bedauert. Aber das war, bevor er Alysson Vickery begegnet war. Um ihretwillen hatte er dem Alten geholfen. Er kannte sie bereits gut genug, um zu sehen, wieviel Liebe sie für ihren Onkel empfand. Und nach all dem Leid, das er ihr bis jetzt zugefügt hatte, war er nun um so mehr entschlossen, ihr wenigstens dieses eine Mal etwas Gutes zu tun.

Alysson.

Rasch schloß Jafar die Augen und versuchte das betörende Bild seiner jungen Gefangenen zu verbannen, und doch konnte er ihren Anblick von heute nacht nicht vergessen ... schlaftrunken und verführerisch schön, trotz der tiefen Sorgenfalten in ihrem bleichen Antlitz. War es Angst um ihn gewesen? War ein kleines Quentchen Angst um ihn dabei? Oder bildete er sich ihren erleichterten Blick nur ein, als sie ihn durch einen Tränenschleier ansah?

Er war nicht darauf gefaßt gewesen, daß sie sich dermaßen um ihren Onkel sorgte. Ihre Besorgnis um die Verwundung des älteren Herrn war herzerweichend, und Jafar mußte insgeheim gegen den brennenden Wunsch ankämpfen, sie möge sich ebenso um *ihn* sorgen. Als ihr Tränen über die Wangen liefen, hätte er alles darum gegeben, sie in seine Arme zu nehmen und sie ihren Schmerz vergessen zu lassen. Den Schmerz, den er verursacht hatte.

Diese Tränen hatten an sein Gewissen gerührt und ihn bewogen, im letzten Augenblick die tödliche Klinge abzuwenden. Sie hatten ihn daran gehindert, die geplante Rache zu üben.

Warum? *Warum* hatte er seinen Schwur gebrochen?

Darauf gab es nur eine Antwort. Alysson. Auch das hatte

er um ihretwillen getan. Ihretwegen hatte er das Leben des Mannes verschont, den sie liebte. Ihretwegen hatte er seinen Berbernamen entehrt, sein Geburtsrecht.

Jafars Hände ballten sich krampfartig zusammen. Genau das hatte er immer schon befürchtet. Seit Jahren hatte er dagegen angekämpft, daß sein englisches Blut über das Erbe der Berber siegen würde. Nie hätte er sich träumen lassen, daß er einmal den Schwur der Blutrache brechen würde, der ihm so kostbar war wie sein eigenes Leben.

Und jetzt, dachte Jafar verbittert, mußte er sich Rechenschaft über dieses ungeheuere Versagen geben. Er war nicht nur seinem Gelöbnis untreu geworden, sondern er hatte auch seinen Stamm betrogen. Und dafür würde er den Preis zahlen müssen.

Trotz seines Ranges als Stammesfürst mußte er sich für seine Handlungen verantworten. Er war demokratisch erzogen worden, aber seine Berber folgten nur einem Mann, den sie achteten oder fürchteten. Es entsprach allerdings nicht seiner Natur, Menschen durch Drohungen zum Gehorsam zu zwingen. Er war nicht irgendein Despot, der seine Befehle mit Waffengewalt durchsetzte. Wenn er die Loyalität seines Stammes nicht durch eigene Verdienste erwerben konnte, wollte er nicht dessen Oberhaupt sein.

Aber vielleicht verdiente er es jetzt nicht mehr, an der Spitze seines Volkes zu stehen, nachdem er seinem Todfeind gegenüber Erbarmen gezeigt hatte.

»Jafar?«

Beim Erklingen seines Namens schreckte er auf; er hatte Alyssons leichtfüßige Schritte nicht bemerkt.

Als er sich umdrehte und ihren Augen begegnete, erschrak sie über die tiefe Schwermut, die sein Gesicht verdunkelte. Er schien großen Kummer zu haben.

»Was ist los?« fragte sie ihn besorgt und ging rasch auf ihn zu.

Sofort schwand dieser Ausdruck aus seinem Gesicht.

Mitfühlend strich sie ihm über die stoppelige Wange. Sie wollte ihn trösten.

Es war die erste, spontane Zärtlichkeit, die sie ihm zuteil werden ließ — eine reine Geste des Mitleids.

Jafar wich ruckartig zurück, als ob ihn ihre Berührung verwunden könnte.

Langsam ließ Alysson ihre Hand sinken und spürte, wie sich ihr Magen schmerzhaft zusammenzog. Sie forschte gründlich in Jafars Gesicht, aber sie fand nicht die kleinste Spur der Zärtlichkeit, die einmal darin zu finden war. Ihr war klar, daß sie darauf bestehen konnte, über Gervases Schicksal aufgeklärt zu werden, aber sie brachte diese Frage nicht über ihre Lippen. Zu sehr fürchtete sie sich vor der Wahrheit. Sie fürchtete sich, mit Gervases Tod konfrontiert zu werden und mit Jafars Schuld. Also schob sie die Frage auf.

Eine beklemmende Stille breitete sich zwischen beiden aus ... Alysson wußte nicht, was sie diesem harten, verschlossenen Mann sagen sollte, und Jafar wartete darauf, daß sie die verhängnisvolle Frage über ihren Verlobten stellte. Er konnte das Unausgesprochene in Alyssons Augen lesen: *Was ist mit Gervase? Was hast du mit ihm gemacht?*

Langsam formten sich Jafars Finger zu einer Faust, als er gegen die aufkeimende Eifersucht ankämpfte. Natürlich konnte er es ihr sagen. Im Handumdrehen konnte er ihre Ängste wegwischen und ihr erklären, daß ihr heißgeliebter Gervase am Leben war. Aber er brachte es nicht über sich, diese Worte auszusprechen, denn dann müßte er mit ansehen, wie sich ihre Liebe zu seinem Erzfeind in den graublauen Augen widerspiegelte. Aber die Frage, die dann endlich kam, betraf Gervase de Bourmont nicht.

»Warum hast du meinen Onkel hierhergebracht?« fragte Alysson ruhig.

Für Jafar war es nur eine kleine Erleichterung, daß sie ihre Furcht um Gervase nicht zur Sprache brachte, aber er wollte auch nicht über ihren Onkel sprechen oder darüber, warum er den Franzosen hierhergebracht hatte. Wenn er das tat, würde er seine Schwäche offenbaren. Seine Schwäche für Alysson.

Glücklicherweise war er als Berberfürst nicht gezwungen, ihr Auskunft zu erteilen. Außerdem war sie immer noch seine Gefangene; sie unterstand seinem Befehl.

Jafar wandte sich hastig um und schritt über die weichen Teppiche zum Schlafgemach.

Alysson folgte ihm. Am Vorhang blieb sie stehen und sah zu, wie er den kunstvoll geschmiedeten Säbel ablegte. »Warum, Jafar, warum?«

»Weil ich es wollte.« Er preßte die Worte unwirsch zwischen den Zähnen hervor.

Einen Augenblick verstummte sie und versuchte seine Mißstimmung zu ergründen. »Jafar, bitte ... Mein Onkel ist ein alter Mann ... Und jetzt ist er ernsthaft verwundet. Hast du kein Mitleid mit ihm?«

Er stieß einen leisen Fluch aus und warf ihr einen schneidenden Blick zu. »Ich habe Mitleid mit ihm gezeigt, *Ehuresh*. Wäre es dir lieber gewesen, ich hätte ihn auf dem Schlachtfeld sterben lassen?«

»Nein ... Natürlich nicht.«

In ihrer Aufregung verschränkte Alysson die Finger ineinander. Sie war Jafar unendlich dankbar dafür, aber die Furcht um Gervase blieb.

Sie holte tief Luft. Nicht für sich würde sie bitten, aber sie war bereit, jeden Preis zu zahlen, um ihrem Onkel das Los der Gefangenschaft zu ersparen. Aber im Augenblick gab es nur eines, was sie Jafar als Gegenleistung anbieten konnte. Sie schluckte. Konnte sie sich dazu erniedrigen, sich diesem rachsüchtigen Berberfürsten als Konkubine anzubieten? Einem Mann, den sie nicht kannte ... Aber sie kannte Jafar. Sie wußte, daß er zärtlich, rücksichtsvoll und besorgt sein konnte. Und sie wußte, daß er hart und unerbittlich war ... Und jetzt hoffte sie, daß er ihr Gnade gewährte ...

»Einmal wolltest du, daß ich mit dir schlafe«, flüsterte sie so leise, daß er sie kaum verstand. »Du wolltest, daß ich dir zu Willen bin. Also schön. Ich werde mich dir hingeben. Ich werde dich meinen Gebieter nennen, was immer du wünschst ... Wenn du meinen Onkel freiläßt.«

Auch in dem schwachen Licht sah sie, wie Jafars Kinnmuskeln zuckten. Er blickte sie erstaunt an, aber er schwieg.

Alysson forschte ängstlich in seinem Gesicht und versuchte in dieser versteinerten Maske zu lesen. Wollte er sie noch als Geliebte? Die Strapazen der vergangenen Woche waren ihrer Schönheit bestimmt nicht zuträglich gewesen, aber Jafars sexuelles Verlangen schien stark genug zu sein, um ihre Magerkeit zu übersehen.

»Willst du, daß ich dich darum bitte? Schweigst du deswegen?« Sie stellte sich jetzt genau vor ihn. »Soll ich vor dir auf die Knie sinken? Bitte ich dich nicht inständig genug um die Freilassung meines Onkels und meines Dieners Chand?«

Überrascht über das Angebot und wütend, daß sie bereit war, sich so tief zu erniedrigen, blickte sie Jafar aus blitzenden Augen an. »Meine Antwort ist nein.«

Sein Gesicht verdunkelte sich drohend, so daß sie sich beinahe vor ihm fürchtete, aber sie gab trotzdem nicht klein bei.

»Verstehst du denn nicht? Ich bin bereit, mit dir einen Handel abzuschließen. Ihre Freiheit gegen meine. Laß die beiden frei, und ich gebe mich dir freiwillig hin.«

»Ein Kriegsherr der Berber verhandelt nicht mit einer Frau!« herrschte er sie an und verschanzte sich hinter seiner hohen Stellung.

»Bei deinem Volk mag es so sein, daß eine Frau nicht mit einem Mann verhandelt, aber bei uns ist es gang und gäbe! Das ist wahr, ich kann es beschwören. Es soll so sein, wie du es wünschst. Ich füge mich deinem Willen — aus freien Stücken.«

Die Erstarrung verschwand aus seinem Gesicht. Ein Aufruhr der Gefühle wurde kurz sichtbar, dann verzogen sich seine Züge vor Schmerz.

Ja, es war Schmerz. Schmerz und Schuld. Er sollte sie freilassen, das wußte Jafar. Ein Ehrenmann hätte das sofort getan. Und doch wußte er, daß er es nicht übers Herz bringen würde, sie gehen zu lassen — aus Gründen, die er selbst lieber nicht wissen, geschweige denn sich eingestehen wollte.

Natürlich gab es Gründe genug, sie weiterhin als Gefangene zu betrachten. Wenn er Alysson und Monsieur Larousse in seiner Gewalt hatte, würde es seine Verhandlungsposition den Franzosen gegenüber stärken. Gestern, nach dem Ende der Schlacht, hatte er den geschlagenen Bourmont zum Gefangenen gemacht, um ihn später gegen arabische Kriegsgefangene auszutauschen. Aber solange die Verhandlungen noch nicht abgeschlossen waren, konnte er es sich nicht leisten, auch nur den geringsten Vorteil aus der Hand zu geben. Darüber hinaus wäre sein Stamm niemals damit einverstanden, die Europäer ohne Lösegeld freizugeben. Nicht jetzt. Nicht, nachdem er den Schwur der Blutrache gebrochen hatte.

Tief in seinem Herzen aber wußte er, daß er es nicht ertragen konnte, Alysson in die Arme eines anderen Mannes zu entlassen.

Besonders, wenn es sich bei diesem Mann um seinen Todfeind handelte.

Jafar schloß die Augen und biß sich in bitterer Ironie in die Lippen. Wenn Alysson nicht im Spiel gewesen wäre, hätte er jetzt laut über sich gelacht. Wer anderen eine Grube gräbt, fällt selbst hinein! Aber nun hatte ihn sein Humor gänzlich verlassen. Er hatte sich die Suppe selbst eingebrockt. Warum mußte er seinen Racheschwur auch brechen?

Eines wußte er mit Sicherheit. Niemals würde er Alysson gehen lassen. Sie gehörte ihm. Bei Allah, sie war *sein*.

Aber sie war nicht sein. Das war das Vertrackte an der Geschichte. Weil er seinen Todfeind am Leben ließ, würde diese junge Frau, die so ängstlich vor ihm stand, niemals ihm gehören.

Wut und Verzweiflung wallten in ihm auf. Ihr Blick war entschlossen und trotzig, im krassen Gegensatz zu dem Angebot, das sie ihm eben gemacht hatte. Am liebsten hätte er sie geschlagen und sie bestraft, daß sie ihm seine Schwäche so bewußt werden ließ. »Kannst du es nicht erwarten, mit mir zu schlafen, daß du dich verkaufen willst?« fragte er zynisch.

Ihr Kinn reckte sich in die Höhe. »Mir geht es nur darum, Onkel Honoré weitere Strapazen zu ersparen. Und wenn du der Meinung bist, ich verkaufe mich, bitte sehr. Ich bin freiwillig bereit.«

Freiwillig bereit. Genau das hatte er gewollt, dachte Jafar. Er wollte, daß sie sich ihm zur Gänze ergab, und jetzt bot sie sich ihm an. Ihr Leib für die Freiheit ihres Onkels.

Was für ein Mann ging auf dieses Angebot ein? Welcher Mann schlug ein solches Angebot aus? Er war sich nicht im klaren, ob er die Kraft und den Willen besaß, ihrem Vorschlag zu widerstehen.

Er schöpfte Atem. Mit einiger Selbstbeherrschung zwang er sich zu einer Antwort. »Das Schicksal deines Onkels liegt nicht in deiner Hand.«

»Jafar, bitte ...«

»Nein! Darüber diskutiere ich nicht! Außerdem denke ich nicht daran, mit dir darüber auf diese Art und Weise zu verhandeln.«

Sie blieb eine Weile stumm. Jafar betrachtete das blasse, schöne Gesicht und verstand die quälende Bitte in ihrem Blick nur zu gut.

»Du würdest ... Du würdest ihnen doch nichts antun, oder?« fragte sie endlich.

Das Zittern ihrer Stimme war kaum zu ertragen. Wieder stiegen diese nagenden Schuldgefühle in ihm auf. »Nein«, entgegnete er knapp. »Natürlich wird ihnen nichts geschehen.«

»Aber du willst sie nicht freilassen?«

»Nein.«

»Wieso? Weil du sie hier brauchst? Weil du *mich* hier brauchst? Ist meine Anwesenheit immer noch erforderlich, damit du deinen Rachedurst löschen kannst?«

Das hatte nichts mehr mit Rache zu tun, sagte sich Jafar mit aller Eindringlichkeit — erstaunt über diese Erkenntnis. Wann hatte er Alysson zum ersten Mal nicht mehr als Pfand seiner Rache betrachtet?

Als sie drohte, sich mit dem Gewehr des Berbers das Leben zu nehmen? Als sie der giftige Stachel des Skorpions in Todesgefahr brachte?

Er starrte sie an und dachte an die Zeile eines berberischen Dichters, die er vor Jahren gelesen hatte: *Welch grausame Folter, zu begehren und nicht zu besitzen.* Damals hatte er darüber gelächelt, aber das war vor Alysson. Jetzt brannte er danach, sie zu besitzen.

Alysson verfolgte seinen stummen Kampf und versuchte die Bedeutung zu begreifen. »Wärst du wenigstens bereit, mir zu sagen, was du mit uns vorhast?«

Jafar trat einen Schritt zurück und wandte sich ab. »Du wirst mich zu meinem Stammsitz begleiten und so lange bleiben, bis die Wunden deines Onkels verheilt sind.«

»Ich ... Das verstehe ich nicht.«

»Dein Onkel wird sich in der kühlen Bergluft schneller erholen. Und er wird dort Annehmlichkeiten vorfinden, die er hier ebenso wie du entbehren mußt.« Zögernd fügte er hinzu: »Ihr werdet meine Gäste sein.«

Alysson schüttelte betrübt den Kopf. Es sah Jafar wieder ähnlich, seinen Befehl in eine höfliche Einladung zu kleiden. »Das heißt, wir werden deine Gefangenen sein.«

»Wie du meinst.«

Sie biß sich auf die Unterlippe. »Du sagtest, wenn dieses Manöver vorbei sei, würdest du mir gestatten, nach Algier zurückzukehren. Wenn du diese Mission erfüllt hast, wäre ich frei.«

Ihr entging nicht, wie sich sein Körper bei diesen in aller Ruhe geäußerten Worten straffte. »Ich habe meine Mission nicht erfüllt.«

Alyssons Herzschlag stockte. »Was ... sagtest du da eben?«

Der Blick, den Jafar ihr über die Schulter zuwarf, hätte einen Unbeteiligten in die Flucht geschlagen. »Ich sagte, ich habe versagt. Ich habe deinen heißgeliebten Franzosen nicht getötet.«

Stumm starrte sie ihn an. Sie glaubte, nicht richtig gehört zu haben.

»Gervase lebt?« flüsterte sie heiser.

Jafar antwortete nicht; er stand nur da und ballte die Hände zu Fäusten.

Plötzlich versagten ihr die Beine den Dienst, und sie sank auf die Knie. Sie konnte nicht fassen, was er gesagt hatte. Allmächtiger! Gervase war am Leben!

»Was ... was ist geschehen?« stammelte sie. »Ist Gervase verwundet worden? Hast du ihn gefangengenommen?«

Der klare Glanz seiner Bernsteinaugen erschreckte sie. »Ich habe ihn nicht getötet. Mit dieser Nachricht wirst du doch zufrieden sein.«

»Jafar ... bitte.« Zwei tränennasse Augen flehten ihn an. »Ich muß es wissen.«

Bei diesem jammervollen Blick biß Jafar die Zähne zusammen. Er hätte ihr berichten können, daß Oberst Bourmont mitsamt den anderen französischen Offizieren mittlerweile sicher in Ben Hamadis Lager eingetroffen sein dürfte; auch wenn er dem Oberst das Leben gerettet hatte, dachte er nicht im Traum daran, Bourmont in Alysson Vickerys Nähe zu lassen, auch sollte er auf keinen Fall erfahren, welche Macht sie über ihn, den Berberfürsten, hatte.

Schließlich konnte er ihr die kleine, für sie so wichtige Nachricht nicht vorenthalten. »Er ist mein Gefangener«, erklärte Jafar, »und er ist unverletzt.«

Alysson schloß die Augen. Gervase war gefangen, aber er lebte. Er *lebte!*

Ein Gefühl der Freude und Dankbarkeit erwärmte ihr Herz. Eine Riesenlast war ihr genommen, die sie seit so vielen Tagen getragen hatte. Jafar hatte seinen Todfeind verschont. Er war nicht der grausame Barbar, wie sie befürchtet hatte. Er war kein kaltblütiger Mörder. Er war edel und barmherzig und wundervoll ...

Sie barg ihr Gesicht in den Händen und ergötzte sich an ihrer Freude.

Jafar fluchte.

Ihre aus tiefster Seele kommende Erleichterung, die seinem erbittertsten Feind galt, war unerträglich. In zwei Schritten war er bei ihr, packte sie bei den Oberarmen und zog sie auf die Füße. »Seinetwegen wirst du nicht weinen!«

Erst jetzt wurde sich Alysson der Tränen bewußt, die ihr heiß über die Wangen rannen. Es waren Freudentränen. Sie blickte Jafar stumm an. Die Kehle war ihr wie zugeschnürt.

Als sie nicht antwortete, wurde der Griff fester und schmerzte. Es sah aus, als ob er sie schütteln wollte. »Hör damit auf, hast du verstanden!«

Sie schluckte und versuchte ihre Gefühle unter Kontrolle zu halten. »Und was jetzt? Was wird aus Gervase?«

Jafars Griff verfestigte sich. »Genug! Ich verbiete dir ein für allemal, seinen Namen in meiner Gegenwart zu erwähnen, hast du gehört?«

Alysson nickte langsam. Auch Jafars unverständliche Aufforderung konnte ihre Freude über die gute Nachricht nicht trüben. Sie war von einer lauernden, dunklen Furcht befreit worden und von den erdrückenden Schuldgefühlen, die sie in den letzten Wochen verfolgt hatten.

Durch die versiegenden Tränen blickte sie ihn schweigend an. Die Bernsteinaugen blitzten wütend auf. Eigentlich hätte sie erschrecken müssen, doch sonderbarerweise gab ihr dieser brennende Blick ein Gefühl der Sicherheit.

Noch mehr, er erinnerte sie an jene Nacht. Eine Nacht voller Sinnlichkeit und Begierden, als Jafar ihr gezeigt hatte, was es bedeutete, eine Frau zu sein. Verzweifelt hatte sie versucht, diese Nacht und seine schamlosen Liebkosungen zu vergessen. Zu vergessen, daß sein Körper sie beherrschte und sie vor Wonnen erbeben ließ. Ausgerechnet jetzt erinnerten sich ihr Blut, ihre Nerven, ihr Herz und ihre Haut an die Gefühle, die er in ihr geweckt hatte.

Unwillkürlich zitterte sie. Sie wollte ihn berühren, mußte ihn berühren, mit einer Dringlichkeit, die ihr den Mut gab, die Hände zu erheben und die Finger um seinen Nacken zu legen.

Jafar zuckte augenblicklich zusammen, als ob ihre Hände glühende Nadeln wären, aber er entzog sich ihr nicht.

Alysson trat näher an ihn heran, schmiegte ihren Körper

an ihn. Er wollte sie, das konnte sie spüren. Jafar selbst hatte ihr die Unschuld genommen und sie gelehrt, die Zeichen der männlichen Leidenschaft zu erkennen. Er war erregt, wie es ein Mann nur sein konnte.

Und sie begehrte ihn ebenso. Sie wollte das Versprechen seines Körpers erfüllen, wollte seine heißen Lippen auf ihnen spüren.

Sie blickte in die aufflammenden Bernsteinaugen und bot ihm ihren Mund zum Kuß.

»Alysson, nicht!« Es war ein drohendes Knurren, ein Befehl, eine Bitte. Aber sie gehorchte nicht.

Jafar hatte nicht die Kraft sich ihr zu entziehen und schloß die Augen, um sich wenigstens dem Anblick ihres schönen Gesichts zu entziehen. Der warme Atem, der über seine Lippen strich, ließ seinen letzten Widerstand zusammenbrechen.

Hart preßte sich sein Mund auf den ihren, hungrig und schmerzend. Es war ein Akt der Besitzergreifung, der ihn instinktiv zu dieser Heftigkeit trieb, so als wolle er Alysson seinen Stempel aufdrücken, als wolle er jeden Gedanken an Gervase de Bourmont aus ihrem Kopf und ihrem Herzen vertreiben. Er wollte, daß sie *seinen* Namen flüsterte, unzusammenhängende Worte an seinen Lippen stammelte, laut aufschrie, wenn sie den Höhepunkt mit ihm erreicht hatte.

Die Gewalt seines Kusses erschreckte sie, nicht weil er leidenschaftlich war, sondern weil er damit auch seine Verzweiflung und seinen Schmerz ausdrückte. Seinen Schmerz. Sie antwortete ihm mit einem verlangenden Aufstöhnen und öffnete sich ihm.

Als sie sich ihm hingab, fuhren Jafars Finger durch ihr dichtes Haar. Erregung und Zorn erhitzten sein Blut. Zorn, weil er den Eid der Blutrache nicht gehalten hatte; blinde, rasende Wut, weil sie sich ihm jetzt aus Dankbarkeit hingab und weil er das Leben ihres Verlobten verschont hatte.

Es war Dankbarkeit. Nichts anderes.

Diese furchtbare Erkenntnis war wie Salz auf einer offenen Wunde und brachte Jafar wieder in die Wirklichkeit zurück. Er konnte nicht, er *wollte* nicht, daß sie sich ihm aus Dankbarkeit schenkte. Wie konnte er mit ihr schlafen, wenn der Geist Bourmonts zwischen ihnen war? Er würde seine Selbstachtung verlieren.

Verbittert und mit übermenschlicher Anstrengung trennten sich seine Lippen von ihrem Mund. Dann gruben sich seine Finger in ihre Arme, und er schob sie von sich fort.

Verständnislos sah sie ihn an.

»So möchte ich dich nicht haben, *Ehuresh.*«

Die rauhen, kehligen Worte klatschten wie Eiswasser auf ihre glühenden Wangen. Sie konnte ihn nur stumm anstarren.

Dann gab er sie ganz frei und hob seinen Säbel und den Burnus mit unsicheren Bewegungen auf.

»Jafar ... Warum ...?«

Statt einer Antwort warf er den Burnus über die Schultern.

Alysson sah ihm befremdet nach, als er aus dem Schlafgemach eilte. »Du gehst nicht!«

»Doch!«

Sie folgte ihm mit einigen schwankenden Schritten. »Aber wo willst du hin?«

»Ins Zelt zu meinen Männern! Ich habe schließlich auch ein Gewissen!«

Kapitel 16

»Gäste! Sagt doch dieser Barbar, wir sollen uns als seine Gäste betrachten!« Der alte Herr richtete sich im Krankenbett auf und streckte die Hand nach seiner Nichte aus.

»Onkelchen, bitte, bleib liegen. Rege dich nicht unnötig auf.« Besorgt legte Alysson eine Hand auf Honorés Stirn. Die Haut fühlte sich kühl an. Gott sei Dank, kein Fieber! Seine Verletzung schien ihm nicht über Gebühr zuzusetzen, zudem versicherte er, die Nacht durchgeschlafen zu haben.

Im Gegensatz zu ihr. Den Rest der Nacht hatte sie sich unruhig hin- und hergeworfen. Unzählige Gedanken und Bilder schwirrten ihr durch den Kopf und ließen sie keinen Schlaf finden. In den letzten Stunden war zu viel geschehen. Onkel Honorés Gefangennahme. Gervases Errettung vor dem sicheren Tode. Jafars unerwarteter Sinneswandel. Die Abweisung ihres Kusses ...

Unfaßbar! Jafar hatte ihr sein Zelt allein überlassen; seit ihrer gewaltsamen Entführung schlief sie zum ersten Mal allein. Enttäuscht gestand sie sich ein, daß ihr seine Wärme und Nähe fehlten. Wie allein fühlte sie sich jetzt ohne ihn!

Doch dann siegte die Erschöpfung über das heimliche Sehnen ihres Herzens und Körpers und ließ sie in einen tiefen traumlosen Schlaf fallen. Bei Tagesanbruch war sie aufgewacht. Um ihre innere Unruhe zu überspielen, war sie sogleich zum Zelt ihres Onkels hinübergegangen und fand ihn wach vor.

Honoré war erleichtert und glücklich, als sie ihm die frohe Nachricht brachte, daß Gervase am Leben war, aber der Zorn über die ihm zuteil gewordene Behandlung wurde dadurch um keinen Deut gemildert. Anscheinend hatte Jafar ihren Onkel an diesem Morgen bereits aufgesucht und aufgefordert, ihn zu seinem Stammsitz in den Bergen zu begleiten. Honoré hatte darauf höchst ungehalten reagiert.

»Aber natürlich habe ich zugesagt«, plusterte sich Onkel Honoré auf. »Schließlich konnte ich doch schlecht ablehnen, in meinem Zustand! Es wäre geradezu töricht von mir, diesem Wilden jetzt die Stirn zu bieten.« Er wies mit der Hand auf seine bandagierten Rippen. »Verwundet oder nicht verwundet — es ist auf jeden Fall klüger, mit diesem Teufel keinen Streit vom Zaun zu brechen.«

»Gewiß«, pflichtete ihm Alysson besänftigend bei, aber Honoré beachtete sie nicht.

»Wir werden gleich aufbrechen, noch heute morgen. Er sagte, es sei zu unserem eigenen Schutz, weil dieses Gebiet vor weiteren Angriffen nicht mehr sicher ist. *Peste!* Das kaufe ich ihm nicht ab!«

Alysson tat Jafars Begründung nicht so schnell ab, obwohl auch sie ihre Zweifel hatte, daß Jafar in erster Linie daran gelegen war, seine Gefangenen durch die umgehende Verlegung des Lagers in Sicherheit zu bringen. Auch wenn er aus dem letzten Kampf als Sieger hervorgegangen war, wollte er seinen Stamm auf keinen Fall länger in einem Gelände zurücklassen, das den Franzosen bei einem zweiten Angriff ein leichtes Ziel bot. »Ich würde meinen, er hat nicht so unrecht, Onkelchen. Sollte es zu einem weiteren Gefecht kommen, könnte das Artilleriefeuer für uns gefährlich werden.«

Honoré räusperte sich laut. »Vielleicht. Aber es ist doch der Gipfel der Unverschämtheit, daß uns dieser scheinheilige Kerl als seine Gäste bezeichnet.«

»Ich weiß.« Sie tätschelte ihn auf die Schulter. »Aber immer noch besser, als sein Gefangener zu sein. Wir sind nicht schlecht behandelt worden, vor allem wenn man bedenkt, daß wir seine Feinde sind. Er hätte uns in Ketten legen oder sogar umbringen können.«

Als Alysson klar wurde, was sie da gesagt hatte, huschte ein gequältes Lächeln über ihr Gesicht. Sie verteidigte Jafar und seine Anordnungen und — wie widersinnig — sogar sein Recht, sie als Geiseln festzuhalten. Im Augenblick war es ihr einfach unmöglich, ihn zu verdammen; sein Großmut hatte sie überwältigt. Anstatt gegen ihre Gefangenschaft zu protestieren, war sie eher geneigt, vor ihm auf die Knie zu fallen und ihm zu danken, daß er Gervase verschont hatte.

Außerdem hatte sie mittlerweile gelernt, wie sinnlos es war, sich Jafar zu widersetzen. Wie immer blieb ihr kaum eine andere Wahl, als ihm zu gehorchen. Wenn er beschlossen hatte, daß sie ihn begleiteten, dann würden sie es tun.

»Auf jeden Fall«, erklärte sie ihrem Onkel, »ist es oben in den Bergen angenehmer als hier in der glutheißen Wüste.«

»Bah! Für mich wäre es tausendmal angenehmer, wenn ich mich auf sicherem französischen Boden befände«, entgegnete Honoré in meckerndem Ton.

Plötzlich hielt er inne. Die buschigen Silberbrauen zogen sich finster zusammen. »Was sage ich da?« Langsam drehte ihr Honoré das Haupt auf dem Kissen zu. »Welches Recht habe ich, mich zu beklagen, wenn du bereits seit Wochen diese Gefangenschaft erdulden mußt?« Betroffen ergriff er Alyssons Hand. »Ich bin nicht so verdammt selbstsüchtig, wie es scheint, meine Liebe. Als man dich an jenem Tag von mir fortnahm, dachte ich schon ... So lange kam kein Lebenszeichen von dir.« Honoré hielt inne. Ängstlich forschte er in ihrem Gesicht. »Du hast mir doch die Wahrheit gesagt? Du wurdest doch gut behandelt? Er hat dir nichts angetan?«

Die Pein in den Augen des Onkels sagten ihr deutlicher als Worte, wie sehr er um ihr Leben gebangt hatte und welche Befürchtungen er hegte. Das Zittern in seiner Stimme verriet, daß er ihre Bestätigung brauchte.

Alyssons Kehle schnürte sich plötzlich zusammen. Bedächtig schüttelte sie den Kopf. »Er hat mir nichts angetan, Onkel.«

»Aber du bist blaß und schmal, mein Liebes ... Und die dunklen Ringe unter deinen Augen.«

»Unglücklicherweise wurde ich von einem Skorpion gestochen. Eine Zeitlang war ich krank, aber jetzt geht es mir wieder gut.«

Ein Klappern von draußen ließ Alysson aufblicken. Während sie mit ihrem Onkel gesprochen hatte, liefen die Vorbereitungen für den Aufbruch des Lagers auf Hochtouren.

In diesem Augenblick tauchte Chand im Eingang des Zeltes auf. Tatkräftig wie stets hatte er sich im Lager nach Möglichkeiten umgesehen, die in ihrer Situation hilfreich sein konnten.

Der indische Diener verneigte sich vor seiner Herrin, bevor er ihr die Nachricht von dem bevorstehenden Aufbruch verkündete. »Memsahib, der Berberfürst hat mich gebeten, Euch zu sagen, daß Ihr die nötigen Reisevorbereitungen treffen sollt. Wir brechen in einer Stunde auf. Außerdem soll ich Euch sagen, daß Vorkehrungen getroffen werden, um die Reise für Sahib Larousse so angenehm wie möglich zu gestalten.«

Honoré ließ nur ein grimmiges Knurren hören. Alysson nickte erleichtert. Sie wußte, Jafar würde Wort halten.

Mit einem Kuß auf seine Wange zog sie die Bettdecke über Honorés Schultern. »Onkelchen, ich muß jetzt gehen, aber ich komme so schnell ich kann zurück. Chand, kümmerst du dich solange um ihn?«

»Wie Memsahib wünschen.«

Sie erhob sich rasch, um zu Mahmoud zu gehen. Der Junge würde ihr alles berichten, was er über den gestrigen Kampf und über Gervase wußte — all jene Einzelheiten, die Jafar ihr gestern nacht nicht hatte sagen wollen.

Als sie hinaustrat, empfing sie ein geschäftiges Treiben. Die Berber brachen ihre Zelte ab. Kein Anzeichen von Jafar. Zum Glück entdeckte sie Saful, der die Pferde aufzäumte, während Mahmoud Jafars persönliche Habe zusammentrug.

Mit Befremden bemerkte sie, daß der Junge ihren Gruß mürrisch erwiderte, denn seit ihrer Erkrankung hatte er ihr gegenüber keine Feindseligkeiten mehr gezeigt.

»Möchten Sie, daß ich Ihnen noch weiter diene, Madame?« platzte der Junge heraus.

Alysson blickte ihn offen an. »Ja ... Gibt es einen Grund, warum das nicht der Fall sein sollte?«

»Ihr Diener ist jetzt wieder bei Ihnen.«

»Chand?«

»Sein Name ist mir nicht bekannt.«

Mahmoud wandte sich ab. War der Junge etwa auf Chand eifersüchtig? »Ich brauche dich weiterhin, Mahmoud. Chand kann mich nicht so versorgen, wie du es tust, besonders jetzt, da er sich um meinen Onkel kümmern muß.«

Mahmoud zog die eckigen Schultern hoch. Alysson aber war sich sicher, seine Befürchtungen entkräftet zu haben.

Sie folgte ihm in den rückwärtigen Raum, packte die Kleidungsstücke zusammen, die sie von den Berbern bekommen hatte, und überlegte, ob es geschickt war, Mahmoud jetzt ihre Fragen zu stellen. Sie hörte, wie der Junge neben ihr auf arabisch einige Worte vor sich hinmurmelte, während er die Einrichtungsgegenstände des Zeltes zu einem Haufen zusammentrug. »... blutiger Schlächter ... Bourmont, der Teufel ...«

Das letzte Wort hatte sie deutlich verstanden. Mit klopfendem Herzen zwang sie sich, noch eine Minute zu warten, bevor sie in unverfänglichem Ton sagte: »Gestern abend erzählte Jafar mir, daß er Oberst Bourmont gefangengenommen habe.«

»Ja, Madame.«

Als der Junge ihr einen mißtrauischen Blick zuwarf, nahm Alysson ihre Arbeit wieder auf, um möglichst unbeteiligt zu erscheinen. »Ich muß zugeben, daß ich höchst überrascht war, als ich hörte, der Oberst sei noch am Leben. Dein Herr zog mit der festen Absicht los, ihn zu töten.«

Mahmouds vernarbtes Gesicht zuckte. »Das stimmt. Sie kämpften mit dem Säbel, aber mein Herr versetzte ihm nicht den tödlichen Hieb. Saful hat es mit eigenen Augen gesehen. In unserem Lager hat das großes Aufsehen erregt, und die Männer haben lange darüber palavert.« Der Junge schüttelte ungläubig den Kopf. »Ich verstehe nicht, was sich mein Herr dabei gedacht hat. Sie sind Todfeinde. Aber er wird einen guten Grund gehabt haben«, erklärte Mahmoud als treuergebener Diener. »Jedenfalls ist es Allahs Wille.«

Alyssons Finger schlossen sich unwillkürlich fest um das Baumwolltuch, das sie zusammenfaltete. »Weißt du zufällig, wo sich der Oberst jetzt befindet? Und was Jafar mit ihm vorhat?«

»Mein Herr zieht mich bei diesen Dingen nicht ins Vertrauen«, antwortete Mahmoud geschickt, aber als er Alyssons beunruhigten Blick sah, bot er ihr eine Erklärung an. »Sidi Farhat hat die gefangenen Franzosen zum Lager des Kalifen Ben Hamadi eskortiert. Saful sagte mir, der Oberst und seine Offiziere sollen gegen andere Kriegsgefangene ausgetauscht werden.«

Alysson nickte und packte den Rest der Kleider mit einem Gefühl unendlicher Erleichterung zusammen. Kurz darauf überraschte sie Mahmouds Frage.

»Warum weinen Sie, Madame?« fragte er neugierig.

Erst jetzt bemerkte Alysson, daß ihr Tränen über die Wangen liefen. Sie wischte sich verlegen ab und schenkte Mahmoud ein strahlendes Lächeln. Das erste, aufrichtige Lächeln seit Wochen. »Das sind Freudentränen, Mahmoud.«

Tatsächlich Tränen der Freude, dachte Alysson. Gervase war am Leben, und bald würde er frei sein.

Nachdem sie die Kleider zu Bündeln zusammengeschnürt hatte, half sie Mahmoud beim Abbrechen des großen Zeltes. Sie war bereit, alles zu tun, was man ihr auftrug. Die rötlich schimmernde Morgensonne trat ihren Lauf an. Bald würde sie ihre glühende Bahn am Himmel ziehen und den Berbern zu schaffen machen, die jetzt die Karawane mit Reit- und Packpferden zusammenstellten. Alysson bedeckte den Kopf mit einem Haik und ging zu ihrem Onkel.

Sie entdeckte ihn ungefähr in der Mitte der aufgereihten Karawane in Chands Begleitung. Sie lächelte unwillkürlich, als sie sah, wie komfortabel ihr verletzter Onkel reisen würde. Jafar hatte es an nichts fehlen lassen, denn er hatte ihm sogar eine mit Vorhängen versehene Sänfte zur Verfügung gestellt. Ihr und Chand wurden Reitpferde zugeteilt.

Bei der nächstbesten Gelegenheit berichtete sie Onkel Honoré und Chand, was sie über Gervase erfahren hatte, dann aber verfiel sie in Schweigen. Während sie darauf wartete, daß die Karawane in ihrer endgültigen Formation aufgereiht wurde, bemächtigte sich ihrer eine unbegreifliche Unruhe. Wo war Jafar?

Erst zwanzig Minuten später erblickte sie ihn, als er zu Fuß auf sie zuging. Zu ihrer Überraschung betrachtete sie den Herankommenden mit Freude und neu aufkeimender Zärtlichkeit.

Doch hätte sie die Tiefe ihrer Empfindungen für ihn nicht zu überraschen brauchen. Schon seit einiger Zeit hatte sie eine Erkenntnis gewonnen, die sie nicht wahrhaben wollte. Es ließ sich nicht länger leugnen: Sie sehnte sich nach Jafar. Nach seiner Nähe ... seiner Liebe.

Alysson stieß einen gequälten Seufzer aus. Nein, sie liebte

Jafar nicht. Sie konnte es nicht. Es war unmöglich. Er war der Mann, der sie entführt und Onkel Honoré und Gervase gefangengenommen hatte.

Und gewiß hegte er nicht die geringsten zärtlichen Empfindungen für sie. Eine leichte Röte schoß ihr in die Wangen, als die verwirrenden Geschehnisse der letzten Nacht wieder vor ihr aufstiegen. Sie hatte sich vor Jafar durch ihr Angebot erniedrigt, sich ihm freiwillig hinzugeben, ihm ihren Körper zur Verfügung zu stellen. Das hatte er abgelehnt. Und als sie ihn küssen wollte, hatte er sie abgewehrt und war aus dem Zelt gestürmt, als ob er ihre Berührung nicht ertragen könnte. Die Erinnerung daran ließ sie an sich selbst zweifeln. Verzagt biß sie sich auf die Lippen. Wie konnte sie ihm jetzt in die Augen blicken?

Als Jafar vor ihr stand, war ihre Verlegenheit vollkommen. In seinem frisch rasierten Gesicht waren Ermüdung und Anspannung deutlich zu sehen. Wie gerne hätte sie ihn jetzt in die Arme genommen und seine Sorgenfalten glattgestrichen. Es war offensichtlich, daß auch er eine unruhige Nacht verbracht hatte.

Seine goldenen Augen streiften sie kurz und hefteten sich dann auf ihren Onkel, der in seiner Sänfte bequem an einem weichen Kissen lehnte. »Sind Sie reisefertig?«

»Ja«, antwortete Alysson.

Er blickte sie an. »Ich werde Ihnen beim Aufsitzen helfen.«

Seine Worte waren in einem knappen Befehlston gehalten und ließen ihr keine Zeit, einen Einwand vorzubringen. Kurz entschlossen umfaßte er ihre Taille und hob sie in den Sattel.

Als sie vom Pferderücken auf ihn hinabblickte, konnte sie nicht an sich halten und strich ihm zärtlich über die Wange. »Danke ...«, murmelte sie.

Er blickte sie überrascht an. »Wofür, Mademoiselle?«

»Weil Sie Gervase nicht getötet haben.«

Jafars Gesichtsausdruck verzog sich vor Zorn. »Ich brauche Ihren Dank nicht!«

Wutschnaubend machte er auf dem Absatz kehrt und marschierte zur Spitze der Karawane.

Seine Heftigkeit erstaunte Alysson. Dann erinnerte sie sich an sein Verbot, Gervases Namen in seiner Gegenwart zu erwähnen. Und doch glaubte sie nicht, daß dies der Grund für seine Unbeherrschtheit war.

Chand, der noch nicht aufgesessen war, blickte Jafar ebenfalls fassungslos nach. »Ich verstehe nicht, warum der Berberfürst das getan hat ... Sahib Bourmont zu schonen.«

Hilflos schüttelte Alysson den Kopf. Sie wußte es auch nicht. Wenn sie ehrlich war, so verstand sie Jafar überhaupt nicht mehr.

»Ich glaube nicht, daß Sahib Jafar so zügellos ist, wie ich anfangs dachte«, meinte Chand nachdenklich.

»Nein«, erklärte sie leise, »ich glaube es auch nicht.«

Für die Karawane wurden die Reisebedingungen alsbald äußerst beschwerlich. Der endlose Sand ging in wandernde Dünen über, die sich auftürmten, einen scharfen Grat bildeten und zu steilen Hängen abfielen, die hier und da von dornigem Gestrüpp durchsetzt waren. Am flimmernden Horizont erhob sich ein langgestrecktes Bergmassiv, das nach Süden hin niedriger wurde und mit der Wüste verschmolz. Mahmoud, der neben Alysson ritt, erklärte ihr, daß dieser zerklüftete Rücken das Ouled-Nail-Gebirge sei.

Noch während des Vormittags fragte sich Alysson, ob ihr die Augen einen Streich spielten. Unten am Fuße der Berge erhob sich ein dunkler Palmenhain mit weißen Minaretten. Sie erlitt einen gelinden Schock, als sie nach einer Stunde feststellte, daß es keine Fata Morgana war, sondern eine Oase. Während ihrer Gefangenschaft war sie tagtäglich nur wenige Stunden von der Zivilisation entfernt gewesen! Wenn sie das gewußt hätte, dann wäre ihr die Flucht wahrscheinlich gelungen, anstatt um Haaresbreite in der Wüste umzukommen.

Enttäuscht über die Ungerechtigkeit des Schicksals preßte sie die Lippen aufeinander und schalt sich eine kindische Närrin, die in ihrer Einfalt einem Mann wie Jafar zärtliche Gefühle entgegenbrachte.

Ihre schlechte Laune ließ sich nicht verbergen, auch als sie an der großen Oase angekommen waren, die von Tausenden von Palmen gesäumt war. Durch die Wipfel der Bäume leuchteten die weißen Kuppeln und schlanken Türmchen der Moscheen. Dahinter erhob sich auf einem gelben Felsplateau eine Zitadelle, die über eine Schar von terrassenförmig gebauten, ineinander verschachtelten Lehmhäusern wachte.

Diese einmalig schöne Oase trage den Namen Bou Saada, erklärte ihr Mahmoud. »Das heißt soviel wie ›Stätte des Glücks‹«, fügte der Junge hinzu. Vielleicht, so vermutete Alysson, wegen des fruchtbaren Bodens und der sattgrünen Vegetation — kleine Haine mit Dattelpalmen, die mit goldenen bis korallenroten Fruchtständen behängt waren; Feigenkakteen und blühende Oleander; Aprikosenbäume, Feigenbäume ... Im Vorbeireiten sah Alysson ein Bachbett, in dem das Wasser ruhig dahinfloß. Das steile Ufer war dicht mit Tamariskensträuchern gesäumt.

Obwohl die Karawane am äußersten Rand der Oase einzog, erhaschte Alysson ab und zu einen Blick auf das geschäftige Treiben und Gedränge in den Straßen: Berber, Juden, Beduinen, Nomaden. Händler, Bauern, Scheichs. Frauen, verschleiert und unverschleiert.

»Sehen Sie nicht hin, Madame!« schrie Mahmoud, als Alysson voller Neugier auf eine alte Berberfrau blickte, die einen merkwürdigen Singsang von sich gab. »Das ist eine *kahina*, eine Hexe. Sie wird Ihnen und Ihren Angehörigen Unheil bringen, wenn Sie die Alte zu lange ansehen.«

Alysson lächelte, aber entgegnete nichts, da Mahmoud offensichtlich an die Zauberkraft der Hexen glaubte. Es stimmte also, daß die Berber noch abergläubischer als die Araber waren.

»Ist Bou Saada immer so voller Menschen?« fragte sie statt dessen.

»Das ist möglich. Ich weiß es nicht. Ich bin erst zum zweiten Mal hier. Übrigens soll heute ein Fest stattfinden.«

Bei dieser Vorstellung genoß Alysson die Fremdartigkeit

der Szenerie, der Düfte und Geräusche noch mehr. Aber bald wurde sie von lautem Geschrei und Gefeilsche abgelenkt. Es erscholl aus einem Bazar — einem *suq* —, den es in jedem Dorf und in jeder Oase in Nordafrika gibt.

Auf diesem Markt, erklärte ihr Mahmoud, wollten sie Verpflegung und Vorräte für den langen Ritt zu Jafars Stammsitz in den Bergen einkaufen.

Wie gerne hätte Alysson einen Gang durch den *suq* gemacht, aber sie war noch zu geschwächt, und so kümmerte sie es nicht, daß das Lager der Karawane am Rande der Oase aufgeschlagen wurde.

Alyssons erster Gang galt ihrem Onkel. Trotz seiner komfortablen Sänfte war Honoré unterwegs ziemlich durchgeschüttelt worden und hatte wieder Schmerzen. Sie sorgte dafür, daß Gastar ihm sofort einen Schlaftrunk verabreichte. Daraufhin kehrte sie in Jafars Zelt zurück, um dort die letzten Stunden des Nachmittags zu verbringen; sofort fiel sie in einen tiefen Schlaf.

Sie wußte nicht, wie lange sie geschlafen hatte, aber als sie aufwachte, fühlte sie sich so frisch wie lange nicht mehr. Ihre Kräfte waren zurückgekehrt und versetzten sie in eine merkwürdige Unruhe und Rastlosigkeit.

Um sich davon zu befreien, lief Alysson im Zeltgang auf und ab. Wieder drehten sich ihre Gedanken um diese verteufelte Gefangenschaft. Mehr als alles andere ärgerte es sie, daß sie der Freiheit so nahe gewesen war. Und nun war sie noch hilfloser als zuvor, da sie sich für Onkel Honoré und Chand verantwortlich fühlte. Dieses Zelt und dieses Lager waren immer noch ihr Gefängnis. Daran hatte sich nichts geändert.

Alysson unterbrach ihr ruheloses Auf- und Abgehen und machte vor dem Zelteingang halt. Sehnsüchtig sah sie auf das bunte Treiben hinaus, auf die aufregende, lebendige Welt von Bou Saada.

Der Anblick weckte in ihr das ungestüme Verlangen nach Freiheit. Eine wachsende Unruhe packte sie, so daß sie glaubte, sie müsse innerlich zerbersten. Wieder nahm sie ihre ruhelose Wanderung im Zelt auf — bis sie Jafars Anwesenheit spürte.

Sie blieb stehen, versuchte das Herz zu beruhigen, das mit einem Mal ein rasendes Tempo angeschlagen hatte, und wandte ihm langsam das Gesicht zu. Seit Stunden hatte sie ihn nicht mehr gesehen. Verunsichert warf sie ihm einen fragenden Blick zu. War sein Ärger verflogen?

»Ich dachte, Sie möchten vielleicht etwas von der Stadt sehen?« Er sprach leise und in ruhigem Tonfall. Seine Miene war wie immer undurchdringlich.

Alysson stieß langsam den angehaltenen Atem aus. Die Hälfte ihres Vermögens hätte sie dafür gegeben, um für einen Augenblick den Puls der Freiheit zu spüren.

»Ja, ich würde mir sehr gerne die Stadt ansehen«, erwiderte sie und bemühte sich nicht, ihre Begeisterung zu unterdrücken.

Prüfend betrachtete Jafar sein Gegenüber, das nur in Bluse und Reithose gekleidet war. »Ziehen Sie eines Ihrer besten Gewänder an. In einer Stunde hole ich Sie ab.«

Das brauchte er Alysson nicht zweimal zu sagen. Im Nu hatte sie sich gewaschen. Rasch suchte sie das zweitbeste ihrer Kleider aus — eine rosafarbene Seidentunika mit dem dazu passenden Haik und einem zartblauen wollenen Burnus. Auch nachdem sie noch einmal nach ihrem fest schlummernden Onkel gesehen hatte, war sie eine halbe Stunde früher fertig.

Sie hielt den Atem an, als Jafar endlich eintrat. In der weich fallenden weißen Djellaba und dem dunkelroten Burnus sah er königlich aus.

Hingerissen von seinem Anblick merkte sie erst eine Weile später, daß er sie ebenfalls wortlos anstarrte. Der Glanz der bernsteingelben Augen, meist kalt und gefühllos, war jetzt in ein warmes Leuchten übergegangen. Mit untrüglicher Sicherheit wußte sie, daß ihm ihr Aussehen gefiel und daß er sie vielleicht sogar für schön hielt.

»Kommen Sie, *Temellal.*«

Der heisere Ton seiner Stimme überraschte und beunruhigte sie gleichermaßen, auch die Art und Weise, mit der er ihr wie ein europäischer Gentleman den Arm reichte. Wie konnte sie sich ihm gegenüber unnahbar und abweisend verhalten, wenn er sich so höflich wie ein Europäer benahm?

Der Sonnenuntergang war nicht mehr fern, als sie das Zeltlager verließen und mit raschen Schritten den kurzen Weg zur Oasenstadt einschlugen. In dem betriebsamen Gedränge der schmalen Straßen verlangsamte sich ihre Gangart allerdings sehr bald, denn Alysson blieb alle paar Minuten stehen, wies entzückt auf dies oder jenes, wollte alles auf einmal wissen, so daß Fragen und Begeisterungsrufe nur so aus ihr heraussprudelten. Ihre Freude und Wißbegier zauberte mehr als einmal ein Lächeln in Jafars Gesicht.

Alysson merkte nichts davon. Sie genoß jede Sekunde. Auch wenn Mahmoud ihr nichts von den Festvorbereitungen gesagt hätte, wären ihr die Aufregung und Erwartung, die in der Luft lagen, nicht entgangen. Menschen verschiedenartigsten Aussehens bevölkerten die engen Gassen und Sträßchen, hockten auf den flachen Dächern oder lehnten aus offenen Veranden und Fensterbögen heraus. Als aus der Ferne Musik erscholl — rhythmische Klänge von Trommeln, Trompeten und Tamburins — zupfte sie Jafar am Ärmel wie ein aufgeregtes Kind.

Kurz darauf erreichten sie einen Platz, der von qualmenden Fackeln erleuchtet wurde. In einem Winkel stellte ein Jongleur seine Geschicklichkeit unter Beweis, daneben zeigte ein Messerwerfer sein Können und schleuderte blitzende Messer auf eine dünne Holztafel. In einer anderen Ecke, neben einem meterhohen Holzfeuer, hatten sich Dutzende von Musikanten aufgestellt.

Die schmalen, asketischen Gesichter sagten ihr, daß es Berber waren. Sie trugen weiße Burnusse, die in der Mitte mit dicken Hanfseilen zusammengebunden waren. Ein Teil der Männer sang feierlich ein Gebet, während die anderen Trompete spielten und auf ihre Trommeln und Tamburins schlugen.

In der dritten Ecke saß ein alter Bettler in zerlumpter Kleidung neben zwei Körben, die mit Leinenstreifen umwickelt waren.

»Ein Schlangenbeschwörer«, erklärte Jafar auf Alyssons fragenden Blick hin. Er warf dem Alten eine Silbermünze zu und bestellte eine Vorführung, worauf sich fast augenblicklich eine neugierige Menschenmenge um sie scharte.

Schlangenbeschwörer waren für Alysson nichts Neues, sie hatte sie oft in Indien erlebt, aber was hier geboten wurde, konnte sich mit nichts vergleichen. Aus dem einen Korb zog der Alte eine riesige Eidechse — einen Waran, vermutete sie. Um den Hals des Reptils war ein enges Lederband mit einer Leine gebunden. Er lockerte die Leine und ließ das Tier laufen, um es dann plötzlich wieder zurückzuziehen. Alysson zuckte bei jedem Ruck zusammen.

Zu ihrer Erleichterung beendete er das grausame Spiel und zog aus dem zweiten Korb eine dunkelgelbe, braungesprenkelte Schlange heraus, die dicht hinter den Augen kurze abstehende Hörner trug. Die gefährliche Hornviper hob den Kopf, streckte ihn drohend den Umstehenden entgegen und öffnete weit die Kiefer, um die nadelspitzen Giftzähne zu zeigen.

Sofort wurde Alysson an das tödliche Gift des Skorpions erinnert. Instinktiv schmiegte sie sich an Jafar. Der muskulöse Arm, der sich sogleich um ihre Taille legte, beruhigte sie sofort.

Im nächsten Augenblick hatten sich die beiden Reptilien erspäht. Die kleine Viper erstarrte für den Bruchteil einer Sekunde und griff an. Alysson hielt den Atem an. Trotz ihrer Größe würde die Echse nicht gegen den tödlichen Biß der Schlange gewappnet sein.

Der Kampf war jedoch durchaus nicht einseitig. Die Echse wirbelte herum und versetzte der Viper einen Schlag mit dem Schwanz, sperrte den Rachen weit auf und packte die Viper beim Kopf, als ob sie den kleinen Schädel zermalmen wolle. Geschwind zog der Alte wieder an der Leine und rettete die Viper. Seelenruhig verfrachtete er die beiden

Tiere in ihren Körben und zeigte damit das Ende der Vorstellung an.

»Wie grausam, sie so einzusperren«, murmelte Alysson halblaut vor sich hin.

Neben ihr verstummte Jafar. Er sah sie eine Weile forschend an, bis sie auf ihn aufmerksam wurde und ihn anblickte.

»Gehen wir«, sagte er schließlich. »Sie müssen hungrig sein.«

Der kurze Moment der Traurigkeit war sofort verflogen. Sie lachte hell auf, als sie überrascht feststellte, daß sie zum ersten Mal seit ihrer Erkrankung wieder Appetit hatte. »Ich könnte einen Elefanten verschlingen.«

Im Dämmerlicht des Abends gingen sie durch ein Gewirr von Sträßchen und Gassen, bis sie im Herzen der Stadt angelangt waren. Von hier aus konnten sie das Fest besser überblicken.

Als Jafar vor einer offenen Haustür stehenblieb, vernahm Alysson Geigen- und Gitarrenklänge, in die sich der klagende Laut einer Flöte mischte. Das Lokal hat große Ähnlichkeit mit einer englischen Taverne, dachte sie beim Hineingehen. Wie ein blauer Dunstschleier hing Rauch über dem großen Raum. Dutzende von buntgekleideten Gästen saßen mit überkreuzten Beinen auf dem Fußboden, tranken Kaffee oder rauchten Pfeife.

Ein kleiner dünner Mann begrüßte sie an der Tür — der Besitzer, nahm Alysson an. Mit einer tiefen Verbeugung führte er sie eine steile Treppe hinauf zum offenen Dach. Hier oben hingen geschickt angeordnet kleine Öllämpchen, deren gelbgoldener Schein der ganzen Szenerie etwas Verwunschenes verlieh.

Sie folgten dem Mann zu einer mit dicken Teppichen geschmückten Nische, in der ein niedriger Tisch stand. Als Alysson sich auf ein Kissen an Jafars Seite niederließ, blickte sie neugierig zu einer Gruppe von Musikanten hinüber, die vor ihnen Platz genommen hatten. Außer den Trommeln und Tamburins, die sie bereits kannte, entdeckte sie zwei

Flöten aus Schilfrohr, eine doppelsaitige Laute, die an eine Violine erinnerte, und ein weiteres Instrument, das eher wie ein Dudelsack aussah. Ein Trompetenstoß leitete das Spiel ein.

Erst jetzt fiel Alysson auf, daß sie und Jafar die einzigen Gäste waren. Der Verdacht, daß Jafar für diese musikalische Unterhaltung gesorgt hatte, lag nahe. Fragend blickte sie den blendend aussehenden, rätselhaften Mann an ihrer Seite an. Hatte er das für sie arrangiert? Bei den Berbern war es nicht Sitte, daß die Frauen mit den Männern aßen oder an ihren Vergnügungen teilnahmen. Wahrscheinlich hatte Jafar bei ihr eine Ausnahme gemacht, um sie zu erfreuen. Der Gedanke daran erwärmte ihr das Herz.

Der Wirt bediente sie persönlich. Als ihnen ein Getränk gereicht wurde, tat sie es Jafar nach und trank einen kleinen Schluck. Natürlich mußte sie daraufhin sofort husten. Es brannte furchtbar in der Kehle. Damit hatte sie nicht gerechnet.

»Das ist Arrak«, belehrte sie Jafar. »Aus dem Honig der Dattelpalme. Schmeckt es Ihnen nicht?«

»Doch, doch. Sehr gut. Ich war nur nicht darauf vorbereitet.«

Vorgewarnt nahm sie vorzeitig einen zweiten Schluck des feurigen Getränks. Es war stark und schmeckte zugleich süß und sauer. »Ich dachte, die Mohammedaner trinken keinen Alkohol.«

Jafar schmunzelte. »Die strengen Regeln des Islam wurden in der Sahara etwas gelockert. Abgesehen davon nehmen es die Berber mit ihrer Religion nicht so genau wie die Araber.« Als er ihr Interesse bemerkte, holte er weiter aus. »Wir finden nichts dabei, das Fleisch eines Wildschweins oder anderer Tiere zu essen, die im Koran als unrein gelten. Zum Beispiel ist das Tragen von Tätowierungen dem Koran zufolge streng verboten, bei uns jedoch ist es Sitte. Bei unseren Stämmen gibt es viele Gebräuche, die die Araber nicht teilen. Wir trinken Arrak und Feigenbranntwein ... wir fasten nicht am Ramadan ... wir sind abergläubischer ... die Heiligen werden bei uns mehr verehrt ... wir verachten die Juden nicht ... unsere Feste sind weitaus wilder.«

Fasziniert sah sie ihn an. Aber warum sprach er so ausführlich von den Sitten und Gebräuchen seines Volkes, fragte sie sich. »Mahmoud erzählte mir, daß heute abend ein Fest stattfinden würde.«

»Ja, ganz richtig. Eine Tradition der Moslems — das Bairam-Fest. Sie feiern es zu Ehren des gehorsamen Abrahams, der seinen Sohn Ismael auf Gottes Geheiß in die Wüste schickte.«

Die ersten Gänge des Mahls wurden aufgetragen; sie waren wirklich festlich. Zum Lamm und Huhn wurde eine unbeschreibliche Vielfalt von Gemüsen gereicht — gegrillte Auberginen, Steckrüben, junge Karotten mit Haselnüssen, um nur einiges zu nennen. Dann gab es einen köstlichen Couscous mit geschnetzeltem Lammfleisch, das in Zwiebeln und Nüssen gebraten war. Zum Nachtisch wurde eine malerisch dekorierte Schale mit Datteln, Melonen und Tangerinen auf den Tisch getragen. Gesüßter, starker Kaffee bildete den Abschluß.

Dann erschienen die Tänzer — Frauen mit tätowierter Stirn, geschminkten Wangen und henna-roten Handflächen.

Die zuerst auftretende Tänzerin hatte pechschwarzes Haar und ein schönes, edles Gesicht mit olivfarbenem Teint. Große dunkle Augen blickten verheißungsvoll. Breite Armbänder, Goldketten und prunkvolle Ringe schmückten Arme, Hals und Ohren.

Als die Musik einsetzte, bewegte sie den Körper in einem langsam schwingenden Rhythmus und warf Jafar aus halb geschlossenen Lidern schmachtende Blicke zu, die so eindeutig und vertraut waren, daß Alysson sie nicht mißverstehen konnte.

»Kennen Sie die Frau?« fragte sie Jafar. Es war Eifersucht, heiße, bohrende Eifersucht.

»Ihr Name ist Fatum.«

Seine gleichgültige Antwort befriedigte sie durchaus

nicht. Sie warf Jafar einen verstohlenen Blick zu und hob erwartungsvoll die Brauen.

»Die Frauen aus dem Stamm der Ouled Nail trifft man überall im Gebiet der Berber an«, fügte er erklärend hinzu. »In jeder Stadt sind sie für ihre Tanzkunst berühmt.«

»Ich hätte nie gedacht, daß ihre Männer sie öffentlich tanzen lassen«, murmelte Alysson und dachte daran, wie streng die Araber ihre Frauen vor der Öffentlichkeit abschirmen.

»Ihre Männer erlauben es ihnen nicht nur, sie ermutigen sie dazu.« Jafar lächelte, als sich Alyssons Augen weiteten. »Diese Frauen sind Kurtisanen, *Ehuresh*. Sie verdienen ihren Lebensunterhalt damit und verkaufen ihren ... ehm, ihren Zauber zu einem stolzen Preis überall im Land der Berber. Ehrlich gesagt, die Männer denken sich nichts dabei, wenn sie ihre Frauen und Töchter für so viel Geld verkaufen können.«

Es sind Prostituierte, dachte Alysson entsetzt. »Wie barbarisch.« Mehr brachte sie als Antwort nicht zustande.

»Im Gegenteil. Es geht alles sehr zivilisiert zu. Sie erweisen einen begehrten Dienst und erhalten im Austausch dafür ihren Lohn, den sie ihren Männern nach Hause bringen oder für die Aussteuer sparen, damit sie einmal heiraten können.«

Etwas verdutzt wandte sich Alysson wieder der tanzenden Fatum zu. Als die langsamen ausdrucksvollen Bewegungen plötzlich in eine feurige Sinnlichkeit übergingen, fragte sie sich, welcher Art wohl die Beziehung der Tänzerin zu Jafar war. Sie war heilfroh, als Fatum endlich zu tanzen aufhörte.

Auf Fatum folgte eine zweite Frau mit edlen Gesichtszügen und Glutaugen und demselben kohlrabenschwarzen Haar. Diese Tänzerin trug jedoch einen *chalwar* — Pluderhosen aus Seidenbrokat mit Fransengürtel und ein knappes Samtbolero, das mit Goldfäden bestickt war. Den Kopf zierte ein kleines schwarzes Käppchen; die Füße steckten in zierlichen roten Wildlederschuhen. Auch sie war ähnlich wie Fatum mit üppigen Goldketten, Armbändern und Ohrringen geschmückt.

Das lange schwarze Haar der zweiten Tänzerin wirbelte um den Körper, als sie ihre vollen Rundungen in der jahrhundertealten Darbietung sinnlichen Verlangens bewegte und dem Betrachter die Schönheit und Anmut ihres Körpers zeigte.

»Ich nehme an, Sie kennen sie auch«, meinte Alysson und konnte den spitzen Ton ihrer Stimme nicht vermeiden.

Jafar wandte sich zu ihr um und betrachtete sie forschend mit hochgezogener Augenbraue. Vielleicht blitzte auch so etwas wie Belustigung in seinen Augen auf, als er ihr antwortete. »Sie heißt Barca.«

Entschieden wechselte er aber dann das Thema und erklärte ihr die Bedeutung verschiedener ritueller Elemente. Während Fatum den Tanz des Taschentuchs aufgeführt hatte, war dies der Tanz des Schwertes. Als nächstes trat eine Gruppe halbwilder Frauen des Ouled-Nail-Stammes auf. Singend und tanzend erzählten sie von Heldentum und Liebe.

Fatum und Barca waren jetzt wieder an der Reihe und führten verschiedene Wüstentänze auf. Weich und geschmeidig bogen sie ihre jungen festen Körper im Rhythmus der Musik. Eine entfesselte, beinahe gewalttätige Sinnlichkeit ging von ihnen aus. Und nicht nur das. Mit verführerischen Blicken und Bewegungen umgarnten sie Jafar, was Alysson als ungemein störend empfand. Wenn die beiden Schönheiten bisher noch nicht in Jafars Bett gelegen hatten, dann war jetzt der Augenblick gekommen.

Wahrscheinlich, dachte Alysson und preßte die Lippen aufeinander, hatte Jafar nicht gelogen, wenn er behauptete, keine Konkubinen zu haben. Wenn diese beiden glutäugigen Damen stets verfügbar waren, konnte er sich den Stall mit festen Geliebten sparen.

Bis auf die künstlerischen Elemente des Tanzes schenkte ihr Begleiter den beiden Frauen kaum Aufmerksamkeit, auch nicht ihren verheißungsvollen Blicken. Wenn er erotische Gedanken hatte, so kreisten sie einzig und allein um die junge Frau, die neben ihm saß. Und wenn er eine Erregung verspürte, dann wurde sie einzig und allein von Alysson Vickery verursacht.

Und er war erregt. Ihre Nähe, ihr Duft wirkten wie ein Elixier auf ihn. Auch jetzt, wo sie ruhig neben ihm saß, spürte er ihre lebendige, erregende Ausstrahlung, die andere Frauen matt und farblos erscheinen ließ.

Unwillkürlich wanderte Jafars Blick zu Alysson hinüber. Zärtlich streichelte er sie mit den Augen. Sie war so anders als die Frauen dieses Landes, ohne bei einem Vergleich schlecht abzuschneiden. Sie war nicht nur wild und leidenschaftlich wie eine Tochter der Wüste, sondern besaß auch den Stolz und Unternehmungsgeist der Frauen des Atlas-Gebirges. Die ihr innewohnende Vitalität belebte seine Sinne und fachte seine eigenen Fantasien an.

Sein Blut erhitzte sich, als er sie nackt vor sich sah — in seinen Armen liegend. Ihr schlanker fester Leib, die weichen wohlgeformten Brüste. Ihr Kuß, voller Verlangen. Bilder, Gefühle, Berührungen — all das raste durch sein Gedächtnis. So wollte er sie wiederhaben. So wollte er sie spüren.

Ausgerechnet in diesem Moment blickte Alysson ihn an. Ihre Blicke trafen sich. Ein Fehler, wie sie sofort feststellte. Das aufflackernde Verlangen erregte sie mehr als eine Berührung. Ihr Atem stockte. Das unverhohlene Verlangen in den goldenen Habichtaugen war zu kraß, zu nackt. Sie mußte wegsehen.

Es war erstaunlich, daß ein Blick, nur ein kurzer Blick Begehren erwecken konnte. Der Funke, der zwischen ihnen übersprang, löste pure Lust und Begierde aus. Sie wollte ihn. Sie begehrte ihn mit jeder Faser ihres Herzens. Damit war die Verwirrung ihrer bittersüßen Gefühle für Jafar noch größer geworden.

Die noch folgenden Darbietungen ließ Alysson ziemlich unbeteiligt an sich vorbeiziehen. Sie war zu sehr damit beschäftigt, die beunruhigenden Gedanken aus ihrem Hirn zu verbannen. Endlich hatte die Tanzerei ein Ende genommen, und sie hoffte, daß die beiden Schönheiten jetzt gehen würden. Zu ihrer Enttäuschung kamen Fatum und Barca zu ihnen herüber und knieten vor Jafar nieder, um sein Lob entgegenzunehmen.

Alysson zwang sich zu einem freundlichen Kompliment über ihr tänzerisches Können, das Jafar übersetzte. Eine Minute lang ertrug sie die scheuen, abschätzenden Seitenblicke der beiden Frauen, die sich mit Jafar in einer Sprache unterhielten, die sie nicht verstand. Ohne ein Wort der Entschuldigung erhob sich Alysson und überquerte die breite Dachterrasse bis zur Brüstung hin. Sie wußte, daß es unhöflich von ihr war, aber sie konnte es nicht eine Sekunde länger ertragen, daß diese beiden Sirenen Jafar betörten und sich höchstwahrscheinlich für die Nacht in seinem Bett verabredeten.

Verstimmt schaute sie auf die belebte Straße hinunter, dann spürte sie, daß er neben ihr stand. Hinter ihr war es ruhig geworden; anscheinend hatte er die Tänzerinnen und die Musikanten entlassen. Aber der Lärm von unten drang lautstark herauf und zerrte an ihren bereits angespannten Nerven.

»Gehört das auch zu Ihren wilden, ausgelassenen Festen?« fragte Alysson schließlich, weil Jafar schwieg.

»Ja. Oft werden Tänze unter freiem Himmel dargeboten. Am Schluß der Vorführungen folgt der Landessitte nach *Leilat el Gholta.* Die Nacht des Irrtums.«

»Irrtum? Wie ist das gemeint?«

»Das weiß keiner so recht. *Leilat el Gholta* ist ein Brauch der Berber, der seine Wurzeln in der Mystik hat. Die Teilnehmer wählen sich am Abend einen Partner aus, dem sie sich dann in der Nacht zu ausschweifenden Vergnügungen hingeben.«

Alysson erblaßte. »Wollen Sie mir damit sagen, daß Ihre Festivität so etwas wie eine Orgie ist?«

Er blickte sie einige Herzschläge lang mit dunklen, unergründlichen Augen an. Dann aber erhellte ein unwiderstehlich strahlendes Lächeln sein Gesicht. »Oh, es *ist* eine Orgie, chérie.«

Alysson hielt den Atem an. Nicht gerade wegen der Eröffnung, die er ihr soeben gemacht hatte, sondern mehr wegen des verrückten Gedankens, der ihr gerade durch den Kopf schoß.

Sie war überrascht, daß sie plötzlich am ganzen Körper zitterte. Aber wahrscheinlich war die kühle Nachtluft die Ursache. In der Wüste sinken die Temperaturen drastisch, sobald die Sonne untergegangen ist. Ihr Rücken spannte sich, als Jafar um sie herumfaßte und den Burnus fester um ihre Schultern zog.

»Sie zittern ja. Ich will Sie . . .«

Sein Zögern berührte sie seltsam. *Nach Hause bringen* wollte er sagen, dessen war sie sich sicher. Aber sie konnte die erotischen Bilder, die sein abgebrochener Satz heraufbeschwor, nicht verdrängen. *Er wollte sie.*

Alysson schalt sich innerlich eine Törin. Ausgeschlossen, daß Jafar damit meinte, er wolle mit ihr schlafen. Statt dessen würde er sie höflich zu seinem Zelt zurückbringen und wie in der vorhergehenden Nacht nicht bei ihr bleiben. Er würde hinausgehen, um sie allein schlafen zu lassen. Sie würde einsam zurückbleiben mit dem Schmerz ihrer unerfüllten Sehnsucht. Zweifellos würde er anschließend wieder in dieser Taverne einkehren und sich an den ›begehrten Diensten‹ erfreuen, die ihm die beiden schönen Kurtisanen vom Ouled-Nail-Stamm allzu willig anbieten würden.

Falls sie ihn nicht daran hinderte.

Bei dem Gedanken ballte Alysson die Finger zur Faust, bis sich die Nägel in die Handfläche bohrten. Aber sie mußte der Wahrheit ins Auge sehen. In einer Hinsicht unterschied sie sich durch nichts von diesen Kurtisanen. Sie *wollte* Jafar.
»Dürfen Ungläubige an der Nacht des Irrtums teilnehmen?«

»Ich denke schon. Wieso fragen Sie?«

Sie atmete tief durch. Das war nicht das erste Mal, daß sie sich von ihrem ungebärdigen Herzen lenken ließ. »Weil«, antwortete Alysson und versuchte einen leichten Plauderton beizubehalten, »ich die Vorstellung, eine Orgie zu feiern, faszinierend finde. Dürfen die Teilnehmer einen beliebigen Partner nach ihrem Wunsch auswählen?«

Sie spürte, wie Jafars Blick sie durchbohrte. »Ja. Es gibt keine Regeln, die die Wahl betreffen. Es spielt keine Rolle, ob der Partner verheiratet oder ein Unbekannter ist.«

»Spielt es eine Rolle, ob der Auswählende ein Mann oder eine Frau ist?«

Eine längere Pause entstand, bevor ein »Nein« über Jafars Lippen kam.

»Also«, sagte Alysson und brachte es irgendwie fertig, mit unveränderter Stimme weiterzusprechen, obwohl sie vor Erregung zitterte, ». . . wenn es keinen Unterschied macht, dann fällt meine Wahl auf Sie.«

Kapitel 17

Der Lärm der Feiernden nahm zu und betonte das Schweigen, das zwischen den beiden jungen Leuten herrschte, als sie durch die überfüllten Straßen den Rückweg zum Berberlager antraten. Jafar war weder auf ihren Vorschlag eingegangen, noch hatte er ein Wort über ihre frivole Ankündigung verloren.

Alysson hatte keine Ahnung, was in seinem Kopf vorging. Jedesmal, wenn sie ihm in das Gesicht sah, entdeckte sie nur ein Sammelsurium von Schatten und harten Linien. Sie war ihm nicht gleichgültig, soviel konnte sie jedenfalls daraus lesen. Er hatte einen Arm um ihre Schultern gelegt, um sie vor dem Gedränge der Menschen zu schützen. Die andere Hand lag auf dem juwelenbesetzten Dolch an seiner Hüfte. Das enge Nebeneinandergehen ließ sie die verhaltene, bedrohliche Kraft seiner gespannten Muskeln spüren, und sie verglich ihn unwillkürlich mit einer jagenden Raubkatze, die zum Sprung ansetzte.

Sie selbst war äußerlich ruhig und beherrscht. Die heutige

Nacht würde anders verlaufen. Heute nacht würde sie nicht allein schlafen.

Es war still um sie geworden, als sie Jafars Zelt erreichten, so still, daß Alysson das aufgeregte Pochen ihres Herzens hören konnte. Die Öllämpchen, die während ihrer Abwesenheit weitergebrannt hatten, warfen zu ihrer Begrüßung einen goldenen Lichtschein auf das luxuriöse Innere des Zeltes. Jafar geleitete sie hinein und blieb dann stehen.

Ohne ein Wort zu verlieren, wandte er sich dem Ausgang zu.

Alyssons Magen zog sich schmerzhaft zusammen. »Jafar ... warten Sie!«

Er blieb unvermittelt stehen; die Augen ruhten fragend auf ihr.

Alysson ballte die Hände zusammen. Sie konnte nur noch daran denken, daß er zu diesen Frauen zurückkehren und mit ihnen schlafen würde und nicht mit ihr. »Bitte ... gehen Sie nicht.«

Eine Ewigkeit verging, bevor er sein Schweigen brach. In seinen Augen entdeckte sie ein metallisches Leuchten, das das goldene Rund der Iris aufblitzen ließ. »Ich sagte es Ihnen bereits, *Ehuresh*, ich brauche Ihren Dank nicht.«

Sie hatte ihn nicht mißverstanden; Jafar war der Meinung, sie würde sich ihm hingeben, weil er ihren Verlobten verschont hatte. Aber ihre Gefühle hatten im Augenblick nichts mit Dankbarkeit zu tun. Seit Stunden hatte sie nicht einmal an Gervase gedacht, was sicherlich recht schandbar war.

»Nein.« Alysson schüttelte den Kopf. Sie war weiß Gott sehr dankbar, daß er Gervase nicht getötet hatte, aber gegen die Gefühle, die sie für diesen Berber empfand, war sie machtlos. Nein, mit Dankbarkeit hatte das nicht im entferntesten zu tun. »Nein«, wiederholte sie jetzt mit festerer Stimme. »Nicht aus Dankbarkeit. Ich möchte Sie aus freien Stücken ... als meinen Geliebten.«

Wieso glaubte er ihr nicht? Verwirrt wie ein Schulmädchen stand sie ihm gegenüber und wartete auf eine Entgegnung. Sie hatte ihr Herz auf die Waagschale gelegt und harrte der Dinge, die kommen würden.

Endlich! Anstelle einer Antwort griff Jafar hinter sich und ließ die Zeltklappe am Eingang herunter. Mit einem klatschenden Laut fiel sie herab und schloß die beiden vom Rest der Welt ab. »Ich wollte nicht gehen«, sagte er schlicht.

Wieder fing ihr Herz das altbekannte Rasen an; das Atmen fiel ihr schwer.

Auch Jafar schien an Atemnot zu leiden, als er langsam auf sie zukam. Als er dicht vor ihr stand, schob er die Kapuze des Burnus aus ihrem Gesicht. Beinahe andächtig barg er die Hände in ihrem Haar und sog ihren Duft ein, die Bernsteinaugen aber blieben fest auf ihren Mund gerichtet.

Dann senkte er den Kopf.

Es war kein zarter Kuß; sie schmeckte Hitze, Gefahr, Dunkelheit … und einen Hunger, der dem ihren gleichkam. Obwohl Jafar ihren Kopf festhielt, um seinen Kuß zu vertiefen, leistete sie keinen Widerstand. Ihre Lippen gaben seiner ungestümen Einladung nach, während ihre Arme sich selbständig machten und seinen Nacken umschlangen.

Seine Zähne spielten mit ihrer Unterlippe, nagten an ihr, zärtlich, herausfordernd, ungeduldig, bis er sie wie eine süße weiche Frucht saugend in seinen Mund zog. Ein leiser hoher Ton löste sich aus ihrer Kehle.

Auf diesen kleinen erregten Schrei hin benahm sich Jafar wie ein Wahnsinniger. Rasche kleine Küsse bedeckten ihren schlanken Hals, der sich ihm anmutig entgegenbog. Seine Lippen wanderten suchend weiter über ihre Tunika, bis sie sich endlich um die reife Krone ihrer Brust schlossen.

Alysson sog den Atem ein. Auch durch die seidenen Gewänder hindurch konnte sie das Brennen seines Mundes spüren, das sich wie ein Feuer über ihrem Körper ausbreitete.

Eine Sekunde lang dachte sie daran, wie es Jafars Geliebten wohl gelungen war, diese Flut von Gefühlen zu überstehen. Dann verscheuchte sie den Gedanken. Es war müßig, sich darüber den Kopf zu zerbrechen, wie viele Frauen vor ihr das Paradies in seinen Armen gefunden hatten. Heute nacht war sie die Auserwählte, diejenige, die sein Verlangen erregte.

Mit einer schwungvollen Bewegung zog sie den Turban von seinem Kopf und ließ ihn achtlos auf den Boden fallen. Zitternd wühlten ihre Finger in seinem dunkelgoldenen Haar, als sie sich willenlos seiner leidenschaftlichen Umarmung hingab.

Schließlich hob Jafar den Kopf, um Luft zu holen.

Benommen und überwältigt blickte Alysson ihn an. Das zärtliche Lächeln seiner Goldaugen war verschwunden und hatte einem lodernden Feuer Platz gemacht.

»Zieh mich aus.« Der rauhe Ton seiner Stimme ließ sie erschauern. »Nicht hier«, fügte Jafar hinzu, als sie nach seinem Gürtel faßte.

Mit flatternden Händen kam Alysson seiner Aufforderung nach, faßte ihn bei der Hand und führte ihn in das abgedunkelte Schlafgemach. Dann griff sie nach dem juwelenbesetzten Dolch, ließ ihn zu Boden fallen und öffnete den Gürtel.

Vor Aufregung und Unachtsamkeit verfingen sich die zitternden Hände in den weiten Falten seiner Kleidung. Sie hatte nur Augen für Jafar. Sie begehrte diesen Mann mit jeder Faser ihres Körpers, so daß sie dachte, sie müsse sterben, wenn er sie nicht bald küßte.

Aber sie war einfach zu langsam und ungeschickt. Als sie sich damit abmühte, seine Djellaba abzustreifen, griff Jafar ein. Ungeduldig zog er sie über den Kopf und entblößte seinen Oberkörper vor ihren staunenden Augen. Überwältigt von der Schönheit des Mannes hob sie unwillkürlich eine Hand. So wie sie Atem holen mußte, um zu leben, mußte sie ihn berühren.

Vorsichtig wanderten ihre Finger über seine Brust und erforschten die Oberfläche der erhitzten Haut; zaghaft glitten sie über stahlharte Muskeln, behaarte Mulden und Wölbungen. Als ihre Erregung fast unerträglich wurde, unterbrach sie ihr Tun.

Ihre neugierig tastenden Bewegungen blieben nicht ohne Wirkung auf Jafar. Er murmelte etwas Unverständliches, preßte die Kiefer zusammen, als ob er Schmerzen hätte, und ging mit einigen Schritten außer Reichweite, um sich vollends zu entkleiden.

Alysson stockte der Atem. In prachtvoller Nacktheit kam er auf sie zu. Schwankend versuchte sie sich auf den Beinen zu halten. Sie konnte nur stumm auf seine stolze Männlichkeit starren.

Wie betäubt beugte sie sich nieder, zog ihre Schuhe aus und legte den Gürtel ab. Aber als ihre Kleider an der Reihe waren, zögerte sie und scheute unwillkürlich davor zurück, ihren Körper zu entblößen.

Jafar ließ die Augen nicht von ihr. Es schien, als warte er nur darauf, ihre versteckten Geheimnisse aufzudecken.

Zitternd folgte Alysson seiner stummen Aufforderung. In dieser Nacht würden Geheimnisse keinen Platz haben.

Sie hörte seine schnellen Atemzüge, als sie hüllenlos vor ihm stand. Forschend wanderten seine Augen über ihren Körper, sogen ihre Nacktheit ein und berührten sie intimer, als Hände es vermochten.

Dann aber tauchte ein Besitzergreifen in ihnen auf, als er die Hand nach ihr ausstreckte. Es waren die Augen eines Jägers, der seiner Beute sicher war.

Alysson war überrascht, als er sie nicht in seine Arme nahm. Statt dessen strich seine Hand wie eine Feder über ihren Bauch, dann tiefer, bis zu dem kastanienbraunen, seidigen Nest zwischen ihren Schenkeln.

»Oh … mein Gott …« Alysson schnappte nach Luft. Ein Gefühl unsäglicher Lust durchströmte sie, so daß ihre Beine unter ihr nachzugeben drohten. Wie einen Rettungsanker umfaßte sie Jafars Schultern und hielt sich fest.

Doch das hinderte ihn nicht, seine geschickten Liebkosungen fortzusetzen, die ihr beinahe den Verstand raubten. Seine Miene drückte zärtliche Sinnlichkeit aus, als er ihren bebenden Körper betrachtete. Alysson wußte nicht, ob sie diese köstliche Folter auch noch einen Herzschlag länger ertragen konnte. Keuchend füllte sie die Lungen mit Atemluft und schloß die Augen.

Wenige Herzschläge später vernahm sie wie aus weiter Ferne einen heiseren Befehl. »Berühre mich, *Ehuresh* ...«

Wie ein willenloser Handlanger ließ sie die Finger über den kräftigen Oberkörper gleiten, über den festen Bauch, die schmalen Hüften, bis sie am Hort seiner Männlichkeit anlangten. Verlangend drängte er sich an ihre Finger, seidig und warm und so machtvoll, daß ihr Leib schmerzte. Jafar mußte ähnliche Qualen durchmachen, dachte Alysson. Das leise Aufstöhnen, das tief aus seiner Kehle kam, sagte ihr, wie sehr ihn ihre zärtliche Berührung marterte.

Endlich legten sich seine Arme um sie. Zielstrebig fuhren seine Hände ihren Rücken hinunter, umfaßten ihre hintere Rundung und preßten sie an sich, so daß sie seine Hitze und Stärke fühlen konnte.

»Ich will dich, *Ehuresh*«, flüsterte er heiser. »Ich möchte mit dir alles machen, was jemals ein Mann mit einer Frau gemacht hat ...«

Seine Lippen legten sich auf die ihren, und dann gab es keine Worte mehr. Sein Mund verschmolz mit dem ihren und ihre Zungen trafen sich, umtanzten sich. Leidenschaft und Begierde flossen durch ihre Körper, dunkel und süß. Das Feuer, das in ihm brannte, hatte auch auf sie übergegriffen.

Versunken im Meer seiner Küsse, klammerte sie sich an ihn, als er sie auf die Liegestatt zuschob. Dann legte er sie auf die weichen Kissen und bedeckte sie mit seinem Körper.

»Jafar ...« Ihr blieb gerade noch Zeit, seinen Namen zu flüstern, als er ihren Mund mit Küssen verschloß. Seine ungestüme Leidenschaft riß sie mit. Wie eine Verankerung, die sich im Wüstenwind löst, wurde ein unbekannter, unerforschter Winkel in ihr frei. Hier regierte nicht der Verstand, nur eine wilde, zügellose Alysson Vickery. Wie auf Schwingen fühlte sie sich davongetragen, als sie sich gegen ihn drängte.

Jafar antwortete ihr mit wachsender Lust. Während die

Finger in ihr seidiges Nest glitten, tauchte die Zunge in ihren Mund ein.

Wärme breitete sich in ihrem Blut aus. Eine wunderbare Schwäche durchpulste ihre geheimsten Winkel. Als er ihr eine Ewigkeit später erlaubte, Atem zu schöpfen, stöhnte sie auf, warf den Kopf zurück und bot ihm instinktiv ihren Hals und ihre Brüste dar.

Ohne einen Augenblick zu zögern, kam er ihrem Wunsch nach. Zärtlich glitten seine Lippen über ihre Seidenhaut, eine glühend heiße Spur hinterlassend. Ihre Brüste schmerzten, schwollen bei seiner Berührung an. Heiß streifte sein Atem über sie und versetzte sie in eine fast unerträgliche Erregung.

»Jafar, bitte . . .«, flehte sie völlig außer sich. Doch seine Antwort war nur ein heiseres Flüstern zusammenhangloser Worte. Seine Stimme schien aus weiter Ferne zu kommen. Aus Sehnsucht war Verlangen geworden. Aus Verlangen der Drang nach Erfüllung.

Ihre Hände eilten blind über seinen festen Körper. Noch nie hatte es sie danach verlangt, einen Mann auf diese Art zu berühren. Sie wollte ihn haben, ihn in sich aufnehmen, auch wenn es ihren Tod bedeuten sollte. Wäre sie bei klarem Verstand gewesen, so hätte sie ihre hemmungslose Hingabe abgestoßen. Aber jetzt hatte sie die Schranken durchbrochen und die Angst überwunden, sich an ihn zu verlieren. Seine drängenden, erregenden Liebkosungen hatten ihr jede Furcht genommen.

Sie kam ihm bereitwillig entgegen, bewegte ihre Hüften, beugte sich hinauf, als seine Finger ihre geheime Weiblichkeit fanden und sie streichelten, damit sie für ihn bereit war.

Hilflos schloß sie die Augen. Ihr Kopf bewegte sich hin und her. Aber je mehr ihr Begehren wuchs, desto sanfter wurden seine Berührungen. Es war kaum zu glauben, aber er schien seine Beherrschung wiederzugewinnen, während sie hoffnungslos dahinschmolz.

Und doch kam sein Begehren dem ihren gleich, das wußte sie mit Sicherheit. Sie spürte sein unwillkürliches Zittern, als er ihre Beine sanft auseinanderschob, mit dem Ziel, ihre Unschuld zu fordern. Sein kampferprobter Körper bebte vor Leidenschaft. Es war ihr unbegreiflich, daß dieser stolze, harte und rücksichtslose Mann in die Knie gezwungen werden konnte, weil er sie begehrte.

In einer Ecke ihres Herzens spürte Alysson ein sonderbares Gefühl der Demut. Ihre Fähigkeit, Jafar so verletzbar zu machen, befremdete und erstaunte sie, erfüllte sie aber zugleich mit dem Wissen, unbesiegbar zu sein. Als er sich zwischen ihre Schenkel legte, ließ sie ihr Herz antworten. Ohne Scham und Furcht bot sie sich ihm dar, hob die Hüften, um ihn zu empfangen und sich mit ihm zu vereinen, so wie die Natur es wollte.

Obwohl er langsam in sie eintauchte, wurde sie plötzlich steif. Einen Augenblick lang setzte ihr Atem aus. Ein stechender Schmerz durchfuhr sie. Mit einem festen Stoß hatte er ihr jungfräuliches Bollwerk erobert.

Jafar verhielt sich jetzt ganz still. Mit unendlicher Zärtlichkeit blickte er in Alyssons Gesicht. »Möchtest du, daß ich aufhöre?« murmelte er in einwandfreiem Englisch, aber Alysson war zu weit von dieser Erde entfernt, um diese sonderbare Tatsache zu bemerken.

»Nein ... nein, bitte ... nicht aufhören!« Das leise Gestammel war ein Befehl, eine Bitte.

Er lächelte ... Ein sinnliches, zärtliches Lächeln, das ihrem Herzen Flügel verlieh. »Niemals, *Ehuresh.*«

Dann bewegte er sich mit unendlicher Vorsicht weiter in ihr und bedeckte ihr Gesicht mit leidenschaftlichen Küssen. Langsam drang er tiefer in sie und sie nahm ihn vollkommen auf.

Alysson stieß einen lustvollen Laut aus. Sie hatte nicht gewußt, wie leer sie war, bis er sie füllte. Sie hatte nicht gewußt, wie allein sie war, bis er ein Teil von ihr wurde. Ein wunderbares Gefühl des Heil- und Ganzseins erfaßte sie, und sie wußte, daß nur Jafar ihr das geben konnte. Der Schmerz war vergangen, geblieben war eine pochende, pulsierende Freude.

»Sieh mich an«, verlangte Jafar heiser. Welch unnötiger Wunsch! Niemals hätte sie sich von ihm abwenden können, auch wenn ihr Leben davon abgehangen hätte.

Forschend blickte er in ihre verklärten Augen, als er sich zurückzog, um wieder voll in sie einzutauchen. Alyssons Ich, ihre Seele und ihr Körper öffneten sich diesem alles verzehrenden Gefühl. Heiß und fiebernd lag sie unter ihm, sah Licht und Dunkel in seinen Augen, als sein Körper mit dem ihren spielte, ihn quälte und erregte, um sie zum Höhepunkt zu treiben. Ihre Körper bewegten sich jetzt im gleichen Rhythmus. Unerbittlich tauchte er in sie ein, bis beide eins wurden in der Erlösung, die sie nur gemeinsam finden konnten.

»Meine geliebte Tigerin ...«, flüsterte Jafar, als ihre Lustschreie in ein Schluchzen erfüllter Freude übergingen. Für sie war ihre Vereinigung die Feier des Lebens an sich. Und für ihn bedeutete ihre Hingabe ein kostbares Geschenk, das er in Ehren halten wollte.

»Du bist mein«, flüsterte er dann besitzergreifend in ihr Ohr.

Ja! Sie wollte die Antwort hinausschreien, aber sie hatte keinen Atem mehr. Ihr blieb nichts anderes übrig, als sich mit einem glückseligen Lächeln der Welt der Wärme und des Lichts anzuvertrauen, die Jafar für sie geschaffen hatte. In seinen Armen war sie zur Frau geworden.

»Alysson ...«, flüsterte Jafar noch einmal, bevor er sie in das neue Paradies mitnahm.

Die Rückkehr auf diese Erde, die viele, viele Augenblicke später stattfand, war für Jafar ein wenig mühsam. Er fühlte sich, als ob Körper und Seele in tausend Stücke zerborsten wären, und war sich nicht sicher, ob er sie wieder zusammensetzen konnte.

Eine Zeitlang lag er unbeweglich neben Alysson, die sich eng an ihn geschmiegt hatte. Sein Atem ging unregelmäßig, seine Glieder waren heiß und träge. Sein Herz war voller Zärtlichkeit, so daß er glaubte, er müsse überlaufen.

Aber dann kam doch Leben in ihn. Mit den Lippen streifte

er ihre feuchte Schläfe, ihre weiche Wange und die kleine Mulde am Ende des Halses und wartete darauf, daß sich sein Herzschlag beruhigen würde.

Ein vager Gedanke ging ihm durch den Kopf, der langsam Gestalt annahm. Er hatte verlangt, daß sie sich ihm hingab, aber sie hatte sich ihm freiwillig gegeben und er hatte dieses Geschenk angenommen.

Er hatte sie besessen und sie hatte ihn besessen.

Ein etwas verworrender Gedankengang, vielleicht, aber es waren kostbare Augenblicke, die sie zusammengeschmiedet hatten — körperlich, seelisch und geistig. Hatte Alysson ebenso das Unermeßliche, Seelenerschütternde ihres Einsseins erlebt wie er? Sein Leben konnte er jedenfalls darauf verwetten, daß sie körperliche Lust empfunden hatte. Aber hatte es ihr mehr als das bedeutet?

Das leise Seufzen, das sie halb zufrieden, halb erschöpft von sich gab, ersetzte nicht die Antwort, die er hören wollte.

Jafars eigener Seufzer war weitaus tiefer und schwerer, als er Alyssons widerstandlosen Körper umschlang. Im Augenblick war sie die seine. Aber als er ihren müden, zufriedenen Leib an sich preßte, mußte er sich die unumstößliche Wahrheit eingestehen.

Der Liebesakt allein hatte Alysson nicht zu der seinen gemacht.

TEIL DREI

Laßt es alle wissen
Der Sturm der Liebe kann töten!
Bei Allah! Wenn dem so ist, habe
Ich nicht lange zu leben. Nie mehr
Wird die Sonne über mir scheinen!

Berberischer Dichter

Kapitel 18

Die Geräusche der morgendlichen Betriebsamkeit im Lager weckten Alysson aus dem Schlaf. Sie war allein, aber nicht einsam. Wie konnte sie auch einsam sein, wenn die köstlichen Erinnerungen der vergangenen Nacht bei ihr waren?

Nur widerwillig schlug sie die Augen auf, um sich gleich wieder tiefer in den Kissen zu vergraben. Ihr fehlten seine erregenden Zärtlichkeiten und die Wärme seines Körpers.

Noch vor der Morgendämmerung hatte Jafar das Zelt verlassen. Mit einer sanften Liebkosung und einem letzten Kuß hatte er sich aus der Umarmung ihres schläfrigen Körpers gelöst. Auf ihren gemurmelten Protest hin hatte er ihr flüsternd erklärt, er wolle ihren Ruf schützen und ihr die Vorwürfe Onkel Honorés ersparen. Aber sie hatte nur die Hälfte verstanden.

Als sie sich gemächlich räkelte und einen süßen, ziehenden Schmerz in jedem Muskel spürte, begriff sie, was Jafar damit gemeint hatte. Um den äußeren Schein zu wahren, durfte man ihn nicht in ihrem Bett finden.

Bei dieser Vorstellung mußte sie lächeln. Daß ein Stammesfürst der Berber Rücksicht auf die Gefühle eines alten, verwundeten Franzosen nahm, wollte so gar nicht zu Jafar passen. In der Zwischenzeit aber hatte sie erkannt, daß er nicht der rücksichtslose Wilde war, für den sie ihn anfangs gehalten hatte. Sie war ihm dankbar, daß er ihre Bindung vor Onkel Honoré geheimhalten wollte.

Sie waren ein Liebespaar.

Ihr Lächeln wurde weicher bei dem Gedanken an die gemeinsame Nacht. Sie hatte sich einen Geliebten genommen. Einen unbeschreiblich sinnlichen Mann, der sie zum Gipfel der Erfüllung brachte, so wie sie es niemals für möglich gehalten hatte. Ein überaus maskuliner Mann, der sie in die neue, beglückende Welt des Frauseins geführt hatte. Das

Wissen darum erweckte in ihr keine Scham, nur Zufriedenheit. Sie war jetzt eine Frau; Jafar hatte sie dazu gemacht. Während dieser Nacht hatte er ihr gezeigt, was es für eine Frau bedeutete, von einem richtigen Mann geliebt zu werden.

Er war nicht der sanfte Liebhaber, außer beim ersten Mal. Er war feurig, einfallsreich, wild und aufregend und in der Liebe so rücksichtslos wie in der Schlacht. Er hatte alles von ihr verlangt, nicht nur ihren Körper, sondern auch ihre Seele.

Mit einem Mal erlosch ihr Lächeln. Es gab keinen Zweifel mehr — sie war in Jafar verliebt. Das neue Gefühl war noch zu zart wie ein junges Pflänzchen, um es zu prüfen und auseinanderzupflücken. Auch die aufkeimenden Schuldgefühle wollte sie jetzt nicht näher untersuchen. Sie hatte Gervase betrogen. Vorsätzlich, aus freien Stücken. Mit dem Barbaren, der ihn und *sie* gefangengenommen hatte; in dessen Macht es stand, über beider Leben und Tod zu entscheiden. Ein Grund, nicht besonders stolz auf sich zu sein.

Von einer plötzlichen Unruhe ergriffen, warf Alysson die Bettdecke zurück und stöhnte auf, als sie den zarten Schmelz in den Schenkeln spürte. Etwas vorsichtiger erhob sie sich jetzt von der Liegestatt, wusch sich rasch und kleidete sich an. So gut es ging half sie Mahmoud beim Zusammenpacken und Abbrechen des Zeltes und bei den Vorbereitungen für den langen Ritt, der vor ihnen lag. Ständig war sie dabei bemüht, ihre Gedanken in Schach zu halten, aber seine Küsse und Umarmungen brachten sich immer wieder in Erinnerung. Als sie Onkel Honoré und Chand aufsuchte, war ein neues Leuchten in ihre Augen getreten, das die dunklen Ringe darunter Lügen strafte.

Trotzdem gelang es ihr, sich einigermaßen unauffällig zu betragen, bis die Karawane aufbruchbereit war und Jafar mit seinem schwarzen Hengst nach vorn ritt. Auf das, was jetzt kommen würde, war sie nicht vorbereitet.

Ihr Herzschlag setzte aus. Der Puls wollte ihr davonrasen, während sie sich bemühte, die zitternden Hände ruhig zu halten. Ihr wurde abwechselnd heiß und kalt, als sie in die goldenen Augen des Geliebten blickte, und als sich seine kühngeschwungenen Lippen zu einem Lächeln öffneten, glaubte sie den Geschmack seines Mundes, seiner Haut zu spüren.

Jafar konnte ihre Verwirrung nicht entgangen sein, dachte sie atemlos. Die sexuelle Spannung, die sich sofort wieder zwischen ihnen aufbaute, war so mächtig, so spürbar, daß Alysson meinte, die Luft um sie herum müsse zu knistern anfangen. Als sich sein Blick auf ihre leicht geschwollenen Lippen heftete, wußte sie, daß Jafar ernstlich erwog, sie auf der Stelle zu küssen. Ein Schauer neuer Wonnen erfaßte sie und brachte sie derart aus dem Gleichgewicht, daß sie nicht mehr klar denken konnte.

»Guten Morgen, Mademoiselle Vickery«, sagte er, als wäre nichts geschehen.

Das kleine Tremolo seiner leicht belegten Stimme machten den förmlichen Gruß erträglich. Wie konnte er nur so steif und korrekt sein, wenn ihr seine Liebkosungen wieder gegenwärtig waren und sie ihn zwischen ihren Schenkeln spüren konnte?

Sie wußte nicht, ob sie seinen Gruß erwidert hatte, jedenfalls hatte sie seine höfliche Anfrage über das Befinden ihres Onkels kaum verstanden. Und als er sich nach ihrem eigenen Befinden erkundigte, hörte sie sich einige Sätze sagen und hoffte nur, daß es kein Gestammel war.

»Kannst du reiten?« fragte er leise, so daß es weder ihr Onkel noch der Diener hören konnten.

Alysson blickte ihn erstaunt an. »Ja, natürlich. Warum nicht?«

Er lächelte belustigt und blickte sie zärtlich an. »Ich könnte mir denken, daß der Ritt auf einem Pferderücken dir im Augenblick einige Unbequemlichkeiten bereiten dürfte.«

Als sie schließlich begriff, was er damit meinte, stieg ihr die Röte in die Wangen.

»N ... nein, es ist alles in Ordnung«, stotterte sie, sehr zu ihrem Ärger.

»Sehr gut. Aber bitte sage es mir, damit ich Vorkehrungen treffen kann.«

»Ja ... natürlich ... danke.«

Zu ihrer großen Enttäuschung küßte er sie nicht. Als er schließlich zur Spitze der Karawane weiterritt, stand Alysson wie betäubt da und blickte ihm nach. Ihr Körper bebte vor unerfülltem Verlangen.

Rasch bestieg sie ihr Pferd und versuchte ihrer fünf Sinne wieder Herr zu werden.

Sie waren volle drei Tage unterwegs, bis sie Jafars Stammsitz in den Bergen erreicht hatten.

Zu Alyssons Überraschung ritten sie nach Norden, dann wieder nach Osten und kreuzten wieder die Stelle, wo sie die ersten drei Wochen ihrer Gefangenschaft verbracht hatte. Nachdem sie die Wüste hinter sich gelassen hatten, gelangten sie auf das Hochplateau und zogen an dem Salzsee vorbei, den sie bei ihrem mißglückten Fluchtversuch gesehen hatte. Sie ritten, wie ihr schien, auf die blauen Berge vor ihnen zu, die mit dunklem Gestrüpp gesprenkelt waren. Die erste Nacht kampierten sie am Fuße der Bergkette.

Alysson schlief allein. Verlangen, enttäuschte Hoffnungen und Sehnsüchte begleiteten sie in den Schlaf. Ihre Nerven schienen blank zu liegen. Sie war Jafar so nahe, ohne ihn zu berühren, zu küssen und seinen harten Körper auf dem ihren zu spüren. Und doch wagte sie es nicht, irgendeine Form von Vertrautheit zu zeigen. Nicht, wenn ihr Onkel so nahe war und Chand wie eine Glucke um sie herumstolzierte.

Für Jafar war die Reise ebenso unerträglich wie für sie. Hundertmal am Tag dachte er an sie; und genauso oft wollte er sie in seine Arme nehmen.

Um des äußeren Scheins willen hielt er sich von ihr fern; er wollte sie nicht vor ihrem Onkel bloßstellen. Ständig beobachtete er Alysson von weitem. Wenn er sie ungezwungen plaudernd und fröhlich in Gesellschaft des alten Herrn und ihres indischen Dieners sah, neidete er den beiden den vertrauten Umgang mit Alysson.

Er beanspruchte diese Vertrautheit für sich. Ihren süßen Leib besessen zu haben, war nicht genug. Sogar ihre freiwillige Hingabe reichte ihm nicht. Er wollte Alysson für sich allein haben, mit einer Beharrlichkeit, die fast an Besessenheit grenzte.

Jedenfalls würde sie noch eine Zeitlang in seiner Nähe bleiben, bis die Verwundung des Onkels verheilt war. Dann würde er sich dazu zwingen müssen, sie freizugeben.

Seine Eigensucht war nicht lobenswert, gewiß nicht, ebensowenig sie zu rechtfertigen. In ihren Augen hatte er Fragen aufschimmern sehen, die er nicht beantworten konnte, Fragen, die er nicht wahrheitsgemäß beantworten konnte. Der Gesundheitszustand ihres Onkels würde als Grund genügen müssen.

Wenn er ihre Freilassung verzögerte, blieb ihm wenigstens etwas mehr Zeit, um ihren guten Ruf zu schützen. Das war er ihr schuldig. Er wußte zu gut, was die prüden, arroganten Engländer von einer unverheirateten jungen Frau hielten, die einen Monat lang die Gefangene eines Berberscheichs gewesen war. Eine gefallene Frau. Eine *Hure.*

Trotz ihres Reichtums würde man sie schneiden, so wie man seine Mutter verachtet hatte. Jafar lief auch jetzt noch die Galle über, wenn er an die Scheinheiligkeit dieser Gesellschaft dachte.

Nein, das konnte er Alysson nicht zumuten. Sie bedeutete ihm zu viel. *Zu viel.* Er wollte sie von der Bösartigkeit der Menschen abschirmen, wenn es irgendwie möglich war. Vielleicht fand sich ein Ausweg. In der englischen Gesellschaft besaß er einigen Einfluß, dank seines blaublütigen Großvaters.

Wenn es ihm gelang, eine ältere europäische Dame untadeligen Rufs zu finden, die bereit war zu beschwören, daß Alysson während ihres Aufenthalts im Berberlager ständig in weiblicher Obhut war, dann konnte man die Giftpfeile dieser allzu kritischen Gesellschaft abwehren. Aber das brauchte Zeit und Planung. Und während dieser Zeit mußte sie bei ihm bleiben.

Die Lösung aller Probleme wäre natürlich die Heirat.

Jafars Gesicht verzog sich schmerzlich, als ihn sein Gewissen wieder zur Vernunft rief. Ein Ehrenmann würde die junge Dame heiraten, die er kompromittiert hatte. Alysson einen Heiratsantrag zu machen, stand nicht zur Debatte. Die letzten sieben Jahre seines Lebens war er bemüht gewesen, sich von dem Makel seiner englischen Abstammung zu reinigen und diesen Teil seiner Vergangenheit auszulöschen. Heiratete er eine Engländerin, so würde er alles wieder zunichte machen.

Die Verantwortung für sein Volk stand an erster Stelle. Als *amghar* war er verpflichtet, in erster Linie die Interessen seines Stammes zu wahren. Wenn er jemals heiraten sollte, dann die Tochter eines Scheichs aus einem der benachbarten Stämme, um dadurch das Bündnis der Berber gegen ihre Feinde zu stärken.

Nach seinem Verrat auf dem Schlachtfeld war es jetzt noch vordringlicher geworden, seine Aufgaben zu erfüllen. Bei dem Gedanken daran spannten sich Jafars Kiefermuskeln. Wenn er in seinem Heimatort in den Bergen eintraf, würde er sich für seine Handlung vor dem Stammesrat verantworten müssen. Auch wenn man ihn freisprach, würde er sich sein Versagen niemals verzeihen. Ein zweites Mal würde er das Vertrauen seines Stammes nicht mißbrauchen.

Nein, er wußte, wo seine Pflichten waren. Es war ausgeschlossen, daß er eine Ausländerin zur Frau nahm.

Aber wenn Alysson gleich nach ihrer Rückkehr einen anderen heiratete ...

Bei dem Gedanken ballten sich seine Hände zu Fäusten, aber er zwang sich, diese Möglichkeit in Betracht zu ziehen. Wäre sein Erzfeind, der Oberst, noch bereit, eine junge Frau zu heiraten, deren Ruf befleckt war? Aber ja. Kein Mann, der seine Sinne beisammen hatte, würde eine Alysson Vickery aus so armseligen Gründen aufgeben. *Er* bestimmt nicht.

Aber vielleicht war er nicht mehr bei Verstand — jedenfalls nicht, wenn Alysson ins Spiel kam. Ihretwegen hatte er einen heiligen Schwur gebrochen, seinem Namen und seinem Volk Unehre gebracht. Man brauchte ihm nur zuzusehen. Jetzt schleppte er sie auch noch in seine Festung in den Bergen, wo er sie so lange bei sich behalten wollte, bis er sich entschließen konnte, sie freizugeben.

Die Zeit in den Bergen würde er zu nutzen wissen. Soweit es seine Aufgaben zuließen, würde er dafür sorgen, daß sie sich unter seinen Stammesangehörigen heimisch fühlte. Und dann würde er alles in seiner Macht Stehende tun, damit sie die Liebe zu seinem Todfeind, Gervase de Bourmont, vergaß.

Mit grimmiger Entschlossenheit verscheuchte Jafar seine finsteren Gedanken. Trotzdem, diese eine zynische Frage ließ sich nicht vom Tisch fegen.

Hielt er Alysson gefangen, oder sie ihn?

Am Nachmittag des zweiten Tages ihrer Reise begann der Aufstieg in die Berge. Hinter der ersten Anhöhe breitete sich eine fruchtbare Ebene aus, dann kam der nächste Berg, dann wieder ein fruchtbares Tal. So ging es eine Weile weiter, bis sie schließlich nur noch auf schmalen Pfaden über zerklüftetes Gestein weiterzogen.

Die Sonne stand immer noch leuchtend hell am Himmel, aber in der Höhe hatte sie ihre sengende Hitze verloren. Die niedrigen Brombeer- und Wacholdersträucher wurden von Steineichenwäldern abgelöst — immergrüne Bäume, die an riesige Stechpalmen erinnerten. Am Nachmittag des dritten Tages wich das luftige Blattwerk ehrwürdigen Zedern.

Mit einem Blick hinauf zu dem grünen Dach der uralten Riesen sog Alysson die klare Luft des Hochlands tief in die Lungen. Ihre Lebensfreude war wieder zurückgekehrt. Wie konnte es auch anders sein? Um sie herum tat sich eine einmalig schöne Bergwelt auf, dunkelrot und zerklüftet. Lerchen und Schwalben kreisten am blauen Himmel und ließen sie den gefährlichen Gebirgspfad unter den Hufen ihres Pferdes vergessen.

Eine Stunde später, nachdem sie einen Engpaß durchquert hatten, ritt Mahmoud an ihre Seite.

»Mein Herr bittet Sie, mit ihm zu reiten«, richtete der Junge ihr aus.

Alyssons Herz setzte ein paar Takte aus. Dann blickte sie auf die zugezogene Sänfte, in der ihr Onkel schlief, lächelte Chand entschuldigend zu und ritt zur Spitze der Karawane.

Jafar, dessen Gesichtsausdruck merkwürdig gefaßt wirkte, wartete auf sie. Seit fast drei Tagen, seit der Nacht ihrer Vereinigung, hatten sie kaum ein vertrautes Wort miteinander gewechselt, aber er schien auch jetzt nicht zu einem Gespräch bereit zu sein. Sein Schweigen verwirrte sie, aber auch das konnte ihre heitere Laune nicht verderben. Sie war zufrieden, ihm so nahe zu sein.

In Gedanken versunken ritten sie bergan. Erst spät am Tag brach sie das Schweigen. Ein schmaler, abschüssiger Pfad schlängelte sich einen Steilhang entlang, der auf der einen Seite ungefähr dreihundert Fuß abfiel.

»Ein Glück, daß ich schwindelfrei bin«, bemerkte Alysson und blickte vorsichtig über Jafars Schulter.

»Gibt es eigentlich etwas, wovor du dich nicht fürchtest, *ma belle?*«

Bei dieser Frage funkelten ihre Augen verschmitzt auf. Den doppelten Sinn seiner Worte hatte sie allerdings nicht verstanden. »O doch«, antwortete sie übermütig. »Vor einigen Wochen habe ich gelernt, Skorpionen mit großem Respekt zu begegnen.«

Jafar lächelte.

»Diese Berge«, sagte Alysson und wünschte, er würde sie weiter so anlächeln, als wäre sie etwas besonders Liebenswertes, »diese Berge sind schwer zugänglich. Für einen Fremden dürfte es unmöglich sein, sich in dieser Felsenwildnis zurechtzufinden, es sei denn, er hat einen kundigen Führer. Ein Feind hätte keine Chance, hier ungehindert durchzukommen.«

Jafar nickte. »Das Biban-Gebirge bildet eine natürliche Barriere. Bei jedem feindlichen Überfall haben die Berber die Ebenen verlassen, um ihre Häuser in den Bergen zu verteidigen. Mit Erfolg.«

»Ist das hier das Biban-Gebirge?«

»Ja.«

Sie wartete darauf, daß er ihr mehr darüber erzählen würde, aber als er verstummte, ritt sie schweigend neben ihm weiter. Es war eine angenehme, freundschaftliche Stille, die sie nicht unterbrechen wollte.

Die Sonne versank langsam hinter dem Horizont, als sie auf einem Berggipfel standen und in ein weites Tal blickten. Unter ihnen erstreckten sich Terrassenfelder, die bis auf die goldgelben Hafer- und Weizenstoppeln abgeerntet waren. Oberhalb der Äcker, an den Hang geschmiegt, lag eine Stadt. Es schienen mehrere hundert Häuser zu sein, die sich wie Schwalbennester übereinandertürmten. Die Felsenstadt wurde von dicken, mit Wachtürmen gespickten Steinmauern umgeben, an deren Fuß eine reiche Vegetation wuchs. Die steinbewehrte Stadt glänzte golden in den Strahlen der untergehenden Sonne und bot dem Betrachter einen unvergeßlich schönen Anblick.

»Das ist das Land der Beni Abess«, sagte Jafar leise.

Alysson war der bewegte Ton seiner Stimme nicht entgangen, und sie wandte sich zu ihm um. Er hatte sie die ganze Zeit angespannt beobachtet, so als ob er ihren Beifall erwarte. Sie dachte über seine Worte nach und fragte sich, ob sie irgend etwas übersehen hatte. »Es ist traumhaft hier«, antwortete sie schließlich. »Das Land sieht sehr fruchtbar aus.« Seltsam, er schien erleichtert.

Sie hatte die Wahrheit gesagt, grübelte Alysson. Als sie näher ritten, konnte sie Obsthaine mit Walnuß-, Aprikosen- und Feigenbäumen ausmachen, die sich unterhalb der Festungsmauern befanden. Auf einer Seite stürzte ein wilder Bach durch sein schmales Bett am Berghang und betrieb ein Wasserrad — offensichtlich eine Mühle, in der Korn gemahlen wurde. Dann entdeckte sie grauweiße Rauchwolken, die sich aus den Schornsteinen der vielen Häuser kringelten.

Kein Zweifel, es war Zeit zum Abendessen, überlegte Alysson, als sich plötzlich eine Menschenschar aus der Stadt bewegte, um den heimkehrenden Berber zu begrüßen. Männer, Frauen, Kinder, Hunde — aufgeregte Rufe, fröhliches Lachen und Kindergeschrei verursachten einen ohrenbetäubenden Lärm.

In der Menge leuchteten die verschiedensten Farben auf. Die Männer trugen bunte wollene Djellabas und Umhänge, die Frauen dunkle Gewänder mit breiten farbenfrohen Schärpen. Die einfarbigen Haiks waren kunstvoll über Kopf und Schultern geschlungen.

Als Alysson in die stolzen, beinahe asketischen Gesichter blickte, wußte sie, daß diese Menschen Berber waren. Die unverschleierten Frauen waren weißhäutig, die Männer hatten hellblondes Haar, blaue oder graue Augen und rote Bärte. Als die Karawane vorbeizog, grüßten sie ihren Herrn mit würdevollem, aber nicht untertänigem Respekt.

Die Begrüßung, die ihr zuteil wurde, war jedoch ganz anderer Natur. Nur einige betrachteten sie freundlich oder neugierig, die übrigen eher mißtrauisch und abweisend. Ein leises Unbehagen beschlich sie, als sie merkte, daß sie hier nicht willkommen war.

Plötzlich fühlte sie sich verlassen und allein. Unbewußt lenkte sie ihr Pferd näher an Jafar heran — bis sie merkte, daß er sie die ganze Zeit nicht aus den Augen gelassen hatte. Um ihr Mißbehagen zu verbergen, zauberte sie ein strahlendes Lächeln hervor. »Du hättest mich warnen sollen, daß ich hier zur Schau gestellt werde«, flüsterte sie ihm leise zu, »dann hätte ich mich besser zurechtgemacht, um mich von dir als vorbildliche Gefangene vorführen zu lassen.«

Die feine Bewegung seiner Mundwinkel sagte ihr nicht, ob er sich über diese kleine Spitze ärgerte oder amüsierte. Jedenfalls hatte sie damit die beabsichtigte Wirkung erzielt, denn er wandte den Blick von ihr ab.

Kurz darauf kamen sie am Stadtwall an, der aus unbehauenen Steinen und Mörtel gebaut war. Steinerne Türme wachten über alles, auch jener, durch dessen hohes, eisenbewehrtes Tor sie ritten. Hinter dem Tor befand sich ein großes Rund, das von Bäumen umsäumt war. In England wäre dies die Dorfwiese gewesen, aber hier wuchs kein Gras. Der Boden bestand aus festgestampfter Erde.

Als sie die Mitte des Platzes erreicht hatten, ließ Jafar die Karawane anhalten und richtete ein paar Worte an die versammelte Menge. Wahrscheinlich berichtete er vom Sieg seiner Krieger über die Franzosen, vermutete Alysson. Sicherlich hatten sie die triumphale Nachricht bereits vernommen, aber das Echo ihrer Hochrufe hallte trotzdem über die Berge.

Alysson konnte sich dem Jubel nicht anschließen. Als Jafar endlich sein Pferd wendete, um ihre Stute wegzuführen, war sie erleichtert. Sie ritten durch verschiedene Torbögen und Durchgänge, die eher dunklen kühlen Tunnels glichen als Straßen. Dahinter, am anderen Ende der Stadt, abgesondert von den anderen Häusern, erhob sich ein riesiges Steingebäude, das den Betrachter sofort an ein maurisches Schloß denken ließ. Wahrscheinlich gehört es einem wohlhabenden Händler, dachte Alysson, da es sogar seine eigene Wasserversorgung hatte. Glitzernd und sprühend stürzte ein Bach in Kaskaden die Felsklippen an der Rückseite des Hauses hinab und verschwand hinter einer hohen, grünbewachsenen Mauer.

Jafar brachte seinen Hengst vor einer breiten, mit wertvollen Schnitzereien verzierten Holztür zum Stehen und sah Alysson an. »Willkommen in meinem Haus, Miss Vickery.«

Sie wußte nicht, ob sie ihm danken oder eine schnippische Bemerkung darüber machen sollte, daß sie gegen ihren Willen sein Gast war. Bevor sie sich für die passende Entgegnung entscheiden konnte, wurde die Tür von einer blondhaarigen Frau aufgerissen, die auf die Straße sprang. Aufjubelnd lief sie auf Jafar zu und küßte ihm die Hände.

Die große wohlgestaltete Frau trug einen langen Haik aus blauer Seide, der in der Taille wie eine Bluse mit einem goldenen Gürtel und einer juwelenbesetzten Schließe zusammengehalten wurde. Arme, Ohren und Hals waren nicht mit Silber, sondern mit Gold geschmückt. Sie war so schön, daß Alysson zu atmen vergaß. Und es wurde noch schlimmer. Die laszive, erotische Ausstrahlung dieser Frau erinnerte sie an die beiden Kurtisanen in der Oase von Bou Saada.

Bestürzt riß sich Alysson von diesem Anblick los und blickte nachdenklich zu Jafar hinüber. Mahmoud hatte ihr gesagt, daß Jafar keine Frau habe, aber dieses Weib war bestimmt nicht seine Schwester. Dafür benahm sie sich ihm gegenüber zu vertraulich, zu aufdringlich und zu schamlos.

Diese Frau war Jafars Konkubine, das sah ein Blinder.

Das Herz sank ihr in die Nähe der Knie, während die glückliche Stimmung, die sie seit dem Zusammensein mit Jafar erfüllt hatte, in alle vier Winde zerstob.

Kapitel 19

Sie hieß Zohra, und Alysson konnte sie vom ersten Augenblick an nicht leiden. Diese Berberschönheit umgurrte Jafar ständig und meldete auch sonst ziemlich deutlich ältere Rechte auf den Hausherrn an.

Die Abneigung war gegenseitig. Kaum hatte die blonde Zohra den englischen Neuankömmling erspäht, blitzte unverhohlene Feindseligkeit in den blauen Augen auf.

Zum Glück hatte Zohra um des lieben Friedens willen ihre Bleibe nicht in Jafars Haus aufgeschlagen.

»Sie gehört einem anderen Stamm an«, erklärte Jafar, nachdem er die blonde Sirene verabschiedet hatte. »Zohra wohnt bei ihrem Cousin, wenn sie in der Stadt zu Besuch ist.«

Alysson war vor Eifersucht elend zumute, und sie versuchte sie mühsam hinter einem frostigen Lächeln zu verbergen. Sie war erleichtert, als sie von diesem Arrangement erfuhr, denn sie konnte und würde es nicht ertragen, daß Jafar in ihrem Beisein um seine glutäugige Geliebte herumschwänzelte. Sie wäre sich wie eine Törin vorgekommen. Aber war sie das nicht bereits?

Wie einfältig von ihr zu glauben, sie sei die einzige Frau in Jafars Leben. Die Schamesröte stieg ihr ins Gesicht, wenn sie an ihr lüsternes Verlangen dachte. Wie ein fügsames, gefallsüchtiges Hündchen kam sie sich vor. Mit einem Mal fühlte sie sich wieder als Gefangene, obwohl Jafar ihr keinen Grund dazu gab.

»Betrachte das als dein Zuhause«, sagte Jafar, als sie seine Burg betraten, und so meinte er es auch. Alysson merkte bald, daß sich die Gastfreundschaft der Berber mit der weltbekannten Gastfreundschaft der Mohammedaner messen konnte; als Gast brauchte man nur bewundernd auf einen Gegenstand zu zeigen, und schon bekam man ihn geschenkt.

Und hier gab es viel zu bewundern. Das Äußere der Anlage war eher schlicht und abweisend, aber war man durch das Eingangsportal getreten, tat sich eine andere Welt auf — eine östliche Welt mit Mosaikfußböden, filigranen Arabesken und unzähligen Marmortreppen. Jafar führte sie durch das Haus, nachdem der verletzte Onkel bequem untergebracht worden war.

Jafars Bergfestung, so stellte Alysson fest, war um einen riesigen Innenhof gebaut. Der Wirtschaftsbereich lag unten, der Wohn- und Aufenthaltsbereich im ersten Stock. Die breiten, terrassenförmigen Dächer mit den zierlichen Balustraden luden zu Mußestunden ein oder wurden für Mahlzeiten unter freiem Himmel genutzt. Im vorderen Flügel befanden sich mindestens ein Dutzend Gästezimmer; die privaten Gemächer und Amtsräume des Hausherrn nahmen den rechten Seitenflügel ein; die Dienstbotenunterkünfte und der Bereich der Frauen — in dieser Welt als Harem bezeichnet — beanspruchten den Rest des Gebäudes. Ein gewölbter Durchgang, so sagte man ihr, führe zu einem angrenzenden Hof, der einzig und allein einer großzügigen Anlage gemauerter Stallungen vorbehalten war. Am Anfang und Ende des langen Flures entdeckte sie zwei von Jafars Kriegern, die Wache hielten.

»Passen sie auf, daß ich nicht fliehe«, fragte Alysson mit spöttischem Unterton, »oder hast du sie hier aufgestellt, damit niemand deine Pferde stiehlt?«

Jafar warf ihr einen kühlen Blick zu. »Du, *Ehuresh,* bist die einzige mit der lästigen Angewohnheit, sich mit meinen Pferden aus dem Staub zu machen.« Als sie ihn scharf anblickte, kräuselten sich seine Mundwinkel zu einem typisch männlich überlegenen Lächeln. »Um die Wahrheit zu sagen, Diebstahl ist in unserer Gesellschaft kein Problem, die Bestrafung ist hart. Aber ein Mann in meiner Position muß mit Mordanschlägen rechnen.«

Der Gedanke, daß dieser Mann in der Blüte seines Lebens durch die Hand eines Verräters enden könnte, ließ sie bestürzt verstummen.

»Aus diesem Grund«, fügte er hinzu, »muß ich dich bitten, das Haus niemals ohne Eskorte zu verlassen. Mahmoud wird sich darum kümmern.«

»Ich darf das Haus verlassen?«

»Gewiß. Du bist hier Gast.«

Sie sah ihn ungläubig an. »Willst du mir damit sagen, daß ich überall hingehen kann, wohin ich möchte? Daß ich tun und lassen kann, was ich will?«

Jafar lächelte schwach. »Ja, *Ehuresh.* Zu deiner Sicherheit bekommst du eine bewaffnete Eskorte, ansonsten steht es dir frei zu tun, was du möchtest. Du mußt nur fragen.«

»Danke.«

Er verbeugte sich leicht. »Zu meinem größten Bedauern werden mich meine Pflichten eine Zeitlang daran hindern, für deine Unterhaltung zu sorgen. Während meiner Abwesenheit hat sich einiges angehäuft, das ich jetzt erledigen muß.«

Jafar führte sie weiter durch das Haus. Fast jedes Zimmer, das sie betrat, roch nach dem Zedernholz der alten Deckenbalken. Das einzige, was zu ihrem Bedauern fehlte, war ausreichend Licht. Die Bogenfenster waren schmal und tief gebaut, um die Hitze und die nächtliche Kälte aus den Bergen fernzuhalten — obwohl genügend Tonlampen und Holzkohlenöfchen herumstanden. Die Wände waren weiß gestrichen und mit Seidenstoffen reich geschmückt. Die Einrichtung war äußerst spärlich und enthielt nur die notwendigsten Möbelstücke: Dicke Teppiche und bemalte Binsenmatten, darauf ab und zu ein Diwan oder ein niedriger Holztisch.

Das Zimmer Onkel Honorés im Gästetrakt war einfach, aber sehr luxuriös ausgestattet, fand Alysson. Rechts und links des breiten Flurs, den ein zierliches Muster aus kleinen bunten Kacheln säumte, lagen ungefähr sechs Gästezimmer, die durch hohe Falttüren zugänglich waren.

»Das ist dein Zimmer«, sagte Jafar und blieb vor einer der Türen stehen.

Alysson nickte überrascht. »Du hast also nicht vor, mich im Frauentrakt einzukerkern?«

Obwohl es mehr ein nachsichtiges Lächeln war, entdeckte sie die darin versteckte Sinnlichkeit. »Ich sagte doch, *chérie,* daß ich auf deine englische Erziehung Rücksicht nehmen werde. Außerdem nehme ich an, daß du gerne in der Nähe deines Onkels bleiben möchtest. Wenn es dir lieber ist, kannst du natürlich gern in meinem Harem übernachten.«

Der rauhe, erotische Unterton in seiner Stimme war nicht zu überhören und ließ Alysson zu ihrem Unmut erröten. Hastig stieß sie hervor: »Nein, dieses Zimmer ist mir sehr angenehm.«

»Ausgezeichnet. Ich lasse dich jetzt allein, damit du dich etwas frischmachen kannst. Wäre es dir recht, wenn wir uns in einer Stunde zum Dinner treffen? Deinen Onkel eingeschlossen, wenn es sein Befinden erlaubt.«

Als Jafar gegangen war, blickte sich Alysson neugierig um. Die Bettmatte aus bemalten Binsen war mit verschiedenen Teppichen belegt, darüber lagen fein gewebte Decken und Quilts aus farbiger Seide. Der Boden war mit weichen Teppichen bedeckt. Die vielen bunten Samt- und Brokatkissen gaben dem Raum etwas Einladendes. Aber dann wanderten Alyssons Augen wieder zum Bett zurück. Nachts würde das flüsternde Plätschern des Springbrunnens im Innenhof zu ihr heraufdringen. Aber dann stellte sich die beunruhigende Frage, ob sie hier allein liegen würde?

Ihr Diener machte weiteres Nachdenken überflüssig und löste das Problem auf seine Art. Chand weigerte sich nämlich, seine Herrin allein zu lassen. Wie er es gewohnt war, nächtigte er vor ihrer Tür. Anscheinend hatte er beschlossen, sein Lebtag nie wieder von ihrer Seite zu weichen.

Der Gedanke, daß er damit vielleicht ihre Ehre schützen wollte, entlastete Alysson und wärmte ihr das Herz. Wenn Jafar die Absicht gehabt *hätte,* ihr Bett aufzusuchen, wäre der ganze Haushalt geweckt worden. Außerdem brauchte sie jetzt Zeit, um mit ihren Gefühlen ins reine zu kommen, bevor sie die Liebesbeziehung, die sie in seinem Zelt in der Oase begonnen hatten, fortsetzten. Im Augenblick fühlte sie sich Jafar zu sehr ausgesetzt, um einen vernünftigen Beschluß für die Zukunft fassen zu können.

Alysson hatte keine Anzeichen bemerkt, daß Jafar ihre Nähe gesucht hätte. Natürlich trafen sie sich abends beim Essen, aber — davon einmal abgesehen — hatte sie in den ersten Tagen seit ihrer Ankunft herzlich wenig von ihm gesehen. Wie er es ihr bereits angekündigt hatte, verbrachte er den Großteil seiner Zeit mit stammespolitischen Dingen, die während seiner langen Abwesenheit unerledigt geblieben waren.

Bekümmert stellte Alysson fest, daß er ihr fehlte. Onkel Honoré schlief noch sehr viel, und Chand war etwas einsilbig geworden.

Da sie Zeit im Überfluß hatte, genoß sie Mahmouds Gesellschaft. Der junge Diener war tagsüber ständig um sie, gab ihr bereitwillig über Jafar und die Gepflogenheiten seines Stammes Auskunft und unterrichtete sie weiterhin in der Sprache der Berber.

Das Leben hier oben in der Bergfestung ließ sich kaum mit ihrer Gefangenschaft im Wüstenlager vergleichen. Die kleine in die Felsen geschmiegte Stadt stand ihr für tägliche Besuche frei, obwohl sie es nach dem ersten Versuch aufgegeben hatte, die engen, gewundenen Sträßchen weiter zu erforschen. Ohne Jafar an ihrer Seiten fühlte sie sich beklommen, wenn sie den stechenden und manchmal feindseligen Blicken der Einheimischen begegnete.

Aber nicht alle waren unfreundlich. Tahar, die junge Frau, mit der sie sich in den ersten Tagen ihrer Gefangenschaft ein wenig angefreundet hatte, war entgegenkommend und kameradschaftlich wie stets. Auf der Suche nach weiblicher Gesellschaft verbrachte Alysson täglich mehrere Stunden bei Tahar, die in der Küche des Hausherrn arbeitete. Der lange Raum war durch niedrige, mit Stuckornamenten verzierte Bänke und Regale aufgeteilt, die in das Mauerwerk einbezogen waren. Vielleicht machte sie sich auch aus Trotz in der Küche nützlich, gestand Alysson sich ein, denn Jafar hatte sie einmal als verhätschelt und verwöhnt bezeichnet und ihr vorgeworfen, im Leben niemals gearbeitet zu haben. Jetzt wollte sie ihm zeigen, daß sie niedere Arbeit nicht fürchtete. Zu ihrer Überraschung machte ihr die neue Aufgabe viel Freude, natürlich auch Tahars Gesellschaft. Die wenigen französischen Brocken ihrer neuen Freundin und ihr eigener wachsender Wortschatz in der Sprache der Araber und Berber machten bald eine ziemlich flüssige Unterhaltung möglich und festigten ihre Freundschaft.

Trotzdem konnte sie das Ende des Tages kaum erwarten, wenn sie Jafar sah. Abends beim Essen benahm er sich ihrem Onkel gegenüber als vorbildlicher Gastgeber. Er achtete darauf, daß es ihm an nichts fehlte, verwickelte ihn in anregende Gespräche und sorgte für beider Unterhaltung. Sonderbarerweise war Jafar bemüht, Onkel Honoré zu gefallen und spielte den charmanten Hausherrn. Aber als sie Jafar aus der Nähe betrachtete, wirkte er müde und abgespannt und manchmal zerstreut. Sie nahm an, daß der lange anstrengende Tag seinen Tribut verlangte.

Der Innenhof, entdeckte sie bald, war der schönste Platz im ganzen Haus. Auf dem riesigen Viereck standen mehrere Springbrunnen mit modernen Schalen, die von Oleander und Mandelbäumen umwachsen waren. An den Nachmittagen ging Alysson gerne unter den Bäumen spazieren oder setzte sich gegen die herbstliche Kühle warm eingepackt auf eine der Steinbänke und ließ sich von der Sonne bescheinen.

Und hier fand sie einen neuen Freund. Jafar hielt sich einige nubische Windhunde. Einer dieser hohen, schlanken Hunde — eine junge Hündin — hatte sich Alysson angeschlossen und folgte ihr bei den Spaziergängen.

In diesem Hof begegnete ihr auch Zohra einige Tage nach ihrer Ankunft, und Alysson lernte, wie notwendig es war, auf der Hut zu sein. Die schöne Berberin mit der hellen Haut und dem blonden Haar sah harmlos aus, hinter ihrer unschuldigen Sanftheit aber verbarg sich das Wesen eines giftigen Skorpions.

Zohra sprach ziemlich gut französisch, und sie begrüßte Alysson ausgesucht höflich und freundlich. Kaum aber waren die ersten blumenreichen Floskeln gewechselt, kam Zohra sofort auf Jafar zu sprechen.

»Es ist eine große Ehre für Sie, daß der Fürst Sie mit so viel Aufmerksamkeit bedenkt«, erklärte sie mit einem falschen, spitzen Ton. »Er betrachtet Sie mit Wohlgefallen.«

Über so viel Offenheit verdutzt, zog Alysson fragend eine Augenbraue in die Höhe.

Als die Antwort ausblieb, wechselte die schöne Berberin die Taktik. »Der *saiyid* ist ein wunderbarer Liebhaber, nicht wahr? Zudem ist er berückend schön, finden Sie nicht auch?«

Diese Bemerkung saß. Ein tiefer stechender Schmerz durchfuhr Alyssons Brust. Jafar *war* ein wunderbarer Liebhaber, aber die Bestätigung aus Zohras Mund zu hören, tat weh. Trotzdem war Alyssons Reaktion völlig ungerechtfertigt, wenn sie daran dachte, welch unsicheren Platz sie in Jafars Leben einnahm. Sie durfte sich jetzt nicht zu einer schnippischen Antwort hinreißen lassen.

»In meiner Heimat«, entgegnete sie knapp, »spricht eine Dame nicht in der Öffentlichkeit von ihrem Liebhaber, und niemals würde sie derart persönliche Dinge einem Fremden gegenüber erwähnen.«

Zohra hob graziös die schönen Schultern und ließ ihre Goldketten und Armbänder klimpern. Ihr Mund verzog sich verächtlich. »Frauen meines Landes sind nicht so prüde und selbstgefällig, noch sind wir in der Liebe so kalt wie ihr. Schon sehr jung lehrt man uns die Kunst, einem Mann zu gefallen und sein Herz zu gewinnen.«

»Die Frauen *meines* Landes sind zu stolz, um das Herz eines Mannes mit einer anderen zu teilen.«

»Zu stolz? Aber Stolz können Sie sich nicht leisten, meine Teuerste. Sie sind nichts weiter als seine Gefangene.«

Alysson biß die Zähne aufeinander. »Wenn Sie mich jetzt entschuldigen, ich habe im Augenblick Wichtigeres zu tun, als mich mit Ihnen zu unterhalten.«

Sie erhob sich und schritt aufrecht und mit erhobenem Kopf davon. Aber kaum hatte sie sich in die Abgeschiedenheit ihres Schlafzimmers zurückgezogen, sackte sie wie ein Häufchen Elend zusammen. Ihre Kehle war zugeschnürt, während sie gleichzeitig den höchst unchristlichen Drang verspürte, Zohra die schönen blauen Augen auszukratzen.

Sie tadelte sich selbst. Nie in ihrem Leben war sie auf eine andere Frau eifersüchtig gewesen, und damit wollte sie gar nicht erst anfangen. Ebensowenig würde sie so weit gehen, mit dieser Blonden um Jafars Zuneigung zu wetteifern.

Es war ein kleiner Trost, daß Mahmoud nicht gut auf Zohra zu sprechen war und hinter vorgehaltener Hand über sie schimpfte. »Diese Teufelin« und »Tochter einer sturen Kamelkuh.« Außerdem hatte Zohra Mahmoud stets auf grausame Art spüren lassen, daß er verkrüppelt war. Es tat Alyssons Herz wohl, als Mahmoud sie ab jetzt respektvoll mit *lallah* anredete, einem Titel, der nur hochgestellten Araberinnen gebührte.

Zohra, erfuhr Alysson von Mahmoud, kam aus dem benachbarten Stamm der Beni Ammer und war eine Kurtisane ersten Ranges, wie die Tänzerinnen von Ouled Nail, denen Alysson in Bou Saada begegnet war. Zweifellos kamen die Zauberkünste dieser Dame bei Jafar uneingeschränkt zur Geltung.

Das erklärte, warum er abends nicht zu ihr gekommen war, dachte Alysson kleinlaut. Wenn er sich der Dienste dieser liebreizenden, erfahrenen Kurtisane erfreute, warum sollte er dann noch an *ihr* Gefallen finden? Schließlich war sie nur Jafars Gefangene. Und obendrein noch eine Ausländerin.

Eine neue Welle der Verzweiflung schwappte über sie. Sie hatte keinen festen Platz in Jafars Leben, auch keine Zukunft. Sie mußte verrückt gewesen sein, die Wirklichkeit zu vergessen und ihr Herz über ihren Verstand regieren zu lassen.

Alysson kämpfte tapfer gegen die trübsinnigen Gedanken an, als sie am gleichen Abend auf der Terrasse am äußeren Ende von Jafars Empfangsraum spazierenging. Sie war allein. Chand half ihrem Onkel beim Umkleiden für das Abendessen.

Die Terrasse war ein Meisterwerk der Baukunst. Sie lag auf einem vorstehenden Felsen. An der Südseite brauste schäumend ein Wasserfall hinunter und erfreute das Auge durch seine glitzernden Kaskaden, die man von in den Fels gehauenen Steinbänken aus betrachten konnte. Unter ihr lag das traumhaft schöne Tal von Jafars Stamm, der Beni Abess.

In pastellzarten Rottönen ging die Sonne am Horizont unter; Alysson stand nur widerstrebend auf, um hineinzugehen. Als sie sich umwandte, sah sie Jafar im Türeingang seines Amtsraumes stehen. Es war unfaßbar, wie seine Gegenwart die Terrasse sofort erfüllte und zum Leben erweckte.

Er trug ein leicht fließendes Gewand aus Seide, das seine sehnige männliche Gestalt betonte. Der Turban fehlte. Als er auf die Terrasse ging, verfing sich das letzte rötliche Sonnenlicht in seinem hellen dichten Haar. Wie eine Erscheinung starrte sie an. Wieder spürte sie die bohrenden Stiche ihres Verlangens.

Erst als er näher kam, bemerkte sie die scharfen Falten um Augen und Mund. Er hatte Sorgen, das sah sie, aber als er vor ihr stehenblieb und ihre Finger an seine Lippen führte, waren die Schatten verschwunden.

»Ich fürchte, ich habe dich in den letzten Tagen vernachlässigt, *chérie,* und hoffe, daß dein Herz mir verzeiht.«

Es stimmte, Alysson hatte sich vernachlässigt gefühlt, aber sie hätte es nie zugegeben. »Mahmoud hat mir Gesellschaft geleistet«, antwortete sie statt dessen.

»Zohra wird heute abend für dich und deinen Onkel auftreten. Ich hoffe, es macht dir Freude. Sie ist eine ausgezeichnete Tänzerin.«

Ein Lob der Kurtisane war das letzte, was Alysson jetzt hören wollte, und ihr entschlüpfte eine ungeschickte Bemerkung. »So weit ich mich erinnere, sagtest du doch, du hättest keine Konkubinen.«

»Das ist richtig.« Jafar lächelte kurz und hielt sie mit seinen Bernsteinaugen fest. »Bist du eifersüchtig auf Zohra, meine trotzige Tigerin? Soll ich sie fortschicken?«

Belustigung, sogar Zufriedenheit schwang in seiner Stimme. Alysson aber ärgerte es, daß er ihre Gedanken so schnell las und daß er sich darüber lustig machte. »Schläfst du mit ihr?« Diese Frage konnte sie sich nicht verkneifen, auch wenn sie die Antwort fürchtete.

»Nein, *Ehuresh.*« Seine Antwort war knapp und unzweideutig.

»Aber vorher hast du es getan.«

Zu ihrer Verblüffung legte Jafar sanft eine Hand auf ihre Wange. Mit dem Zeigefinger strich er die feine Linie ihres Kiefers entlang. Das Gold seiner Augen wurde einen Ton dunkler.

»Wäre das von Bedeutung?«

Die Frage war wie ein gemurmeltes Ausatmen, ein sinnliches Flüstern, das Alyssons Puls beschleunigte. Wütend über die Unbeherrschtheit ihres Körpers zuckte sie mit einem gefauchten »Nein, natürlich nicht!« zurück, um sich dann etwas gelassener der herrlichen Aussicht auf das Tal zuzuwenden. Sie kehrte ihm den Rücken zu und blickte ihn über die Schulter an. »Es ist mir vollkommen gleichgültig, was du mit ihr tust. Ich fragte aus reiner Neugierde, weiter nichts.«

Natürlich war es keine reine Neugierde, und das genau war ihr Problem. Sie sehnte sich nach Jafars Berührung. Sie wünschte, daß er sie wieder besaß wie in jener Nacht — ausgerechnet sie! Sie, der Freiheit und Unabhängigkeit über alles ging. Diese ohnmächtige Sehnsucht nach ihm erschreckte sie.

Auch wenn sie sich das jetzt wieder vorbetete, sie war ihm hilflos ausgeliefert.

Die guten Vorsätze nutzten nichts. Sofort spürte sie seine Wärme in ihrem Rücken, als er sich hinter sie stellte und seine starken Arme zärtlich um ihre Taille legte. Dann folgte ein kleiner Kuß auf ihre Schläfe. Alyssons Knie zitterten.

»Du hast mir nachts in meinen Armen gefehlt, *ma belle,* und in meinem Bett.«

Sie fuhr sich mit der Zunge über die trockenen Lippen. Er hatte ihr auch gefehlt, mehr, als sie es sich jemals vorgestellt hätte.

»Komm heute nacht zu mir, *Ehuresh.*«

»Du ...« Sie räusperte sich, bevor sie weitersprechen konnte. »Du willst, daß ich zu dir in dein Schlafzimmer komme?«

»Bedenke, *chérie,* wenn wir den äußeren Schein wahren wollen, kann ich nicht zu dir kommen. Nicht, wenn dein Onkel nebenan schläft und dein Diener den Wachhund spielt.«

Er lud sie in seine Gemächer ein, in sein Bett? Er beorderte sie zu seinem Vergnügen zu sich? So wie er sich eine seiner Konkubinen bestellen würde? So wie er Zohra kommen lassen würde?

Neue Zweifel packten sie wie ein Kälteschauer. Alysson schloß die Augen. Sah Jafar in ihr nur eine seiner Konkubinen? Bedeutete sie ihm nicht mehr? Der schmerzliche Gedanke rief wieder den alten Widerstreit in ihr wach. Wie konnte sie einen Mann begehren, der sie gegen ihren Willen gefangenhielt? Wie konnte sie einen wilden Berberfürsten lieben, der alles Europäische verachtete? Einen Mann, der Gervase beinahe getötet hätte?

Die Erinnerung dämpfte ihre überhitzten Gefühle. Wie konnte sie Jafar leidenschaftlich umarmen, wenn Gervases Schicksal so ungewiß war?

Sie mußte ihm gegenüber stark bleiben und jede körperliche Nähe vermeiden, bevor sie ihm ganz verfiel. Bevor er ihr Herz und ihre Seele einfing, so wie er ihren Körper bereits eingefangen hatte.

»Hast du vergessen, daß ich verlobt bin?« flüsterte sie fast mehr zu sich selbst.

Jafars Rücken versteifte sich, als ob er einen Schlag erhalten hätte. Langsam zog er die Arme von ihr weg. Dann trat er einen Schritt zurück.

Aus dem bedrohlichen Schweigen schloß sie, daß er um Beherrschung rang. Doch dann faßte sie allen Mut zusammen und blickte ihn an. Eine starre Maske hatte sich über sein Gesicht ausgebreitet. Aber sie mußte das Messer noch tiefer hineinstoßen, wenn sie ihren Entschluß wahr machen wollte.

»Wie lange noch«, zwang sie sich zu sagen, »werden mein Onkel und ich deine Gäste sein? Willst du uns bis in alle Ewigkeit hierbehalten?«

Wenn sie nicht alles täuschte, huschte ein dunkler Schmerzensschatten über Jafars Bernsteinaugen. Die Kiefermuskeln spannte sich, als er zu der steinernen Brüstung schritt und über das Tal blickte.

»Ich kann dich noch nicht freilassen«, erklärte er schließlich. Durch das Brausen des Wasserfalls war seine Stimme kaum zu hören.

»Warum ... warum nicht?«

Er lachte müde. »Weil ich im Augenblick mit der französischen Regierung über einen Austausch von Kriegsgefangenen verhandle. Dein Hiersein stärkt meine Verhandlungsposition. Verzichte ich auf diesen Vorteil, so kann es vielen Menschen das Leben kosten.«

Jetzt war es an Alysson, das Messer zu spüren. Jafar hatte sie von Anfang an benutzt. Er hatte sie als Köder eingesetzt, um die französische Armee anzulocken, und jetzt gebrauchte er sie, um Vorteile für sich herauszuschinden und seine Feinde in die Knie zu zwingen. Das war alles, was sie ihm bedeutete — ein Vorteil, den es zu nutzen galt.

Alysson grub die Fingernägel in die Hand, bis die Schmerzen den Schmerz ihres Herzens betäubten. Ihre Entscheidung war richtig gewesen, Jafars Einladung, das Bett mit ihm zu teilen, abzuweisen. Auch wenn sie hoffnungslos in ihn verliebt war, würde sie nicht so weit gehen, ihm auch noch ihren Körper zur Verfügung zu stellen.

»Zählt Gervase zu den Gefangenen, die ausgetauscht werden?« fragte sie nach einer Weile.

Nach einer kleinen Pause nickte er.

»Also dann«, sagte Alysson mit einem mißglückten Lächeln, »dann werde ich es ertragen können, noch etwas länger dein Gast zu sein. Können wir jetzt zu Tisch gehen?«

Zohra war eine ausgezeichnete Tänzerin; Jafar hatte nicht zuviel versprochen. Die Vorstellung, die sie an diesem Abend für seine Gäste gab, war sehenswert. Als echter Franzose wußte Honoré Larousse die blitzenden blauen Augen, das wirbelnde Blondhaar und die berückenden Rundungen zu schätzen. Die Vorstellung, daß Jafar mit dieser Berberschönheit schlief, schmerzte sehr.

Gegen ihren Willen wanderten ihre Augen zu ihm. Merkwürdig, seine Aufmerksamkeit galt nicht der berauschenden Kurtisane, sondern ihr selbst. Mit in Falten gezogener Stirn betrachtete er sie nachdenklich.

Als Zohras Auftritt beendet war, erhob sich Jafar und verwandelte sich wieder in den charmanten Gastgeber. In der kommenden Woche hätte niemand seinen Gästen gegenüber zuvorkommender sein können.

Auf seine Frage räumte Alysson ein, nur wenig von der Stadt gesehen zu haben. Am Nachmittag des gleichen Tages führte er sie durch den Ort, erklärte ihr Sitten und Gebräuche und die Kultur seines Stammes, ohne dabei seinen Stolz zu verbergen.

Männer wie Frauen der Beni Abess arbeiteten hart, das

sah Alysson. Die Männer bestellten die Felder und zogen die Pferde auf, während die Frauen große Geschicklichkeit beim Töpfern und Weben bewiesen. Für Muße blieb wenig Zeit, besonders bei den Frauen. Wenn sie nicht am Herd standen oder Putzarbeit machten, holten sie Wasser aus den Ziehbrunnen oder wuschen am Fluß Wäsche. Trotzdem hatten sie mehr Freiheiten als die Araberinnen, erfuhr Alysson. Berberfrauen mußten in Gesellschaft der Männer nicht schweigen oder die Augen unterwürfig zu Boden senken wie ihre arabischen Schwestern. Wenn sie Jafars Ausführungen glauben konnte, so herrschte die Berberin über den Haushalt und nicht ihr Ehemann.

Von einer Dachterrasse aus zeigte Jafar ihr seine herrlichen Pferde, die auf dem Dorfplatz zugeritten wurden. Alysson war hingerissen, als sie sah, wie sie die schwierigen Schrittwechsel probten.

Jafar führte sie auch durch seine Stallungen. Das hatte sie einer spöttischen Bemerkung zu verdanken, mit der sie eine Unterhaltung zwischen Honoré und Jafar kommentierte. Ihr Onkel erwähnte die Schwierigkeiten, die die französische Kavallerie auf dem steinigen Boden in Nordafrika hatte.

»Was machen deine wilden Krieger eigentlich, wenn sie nicht kämpfen?« fragte sie zynisch und hoffte damit Jafars wachsenden Einfluß auf Onkel Honoré zu unterbinden.

Jafar schickte ihr einen kühlen Blick. »Dann erfreuen wir uns der Jagd, der Liebe und der Pferde, *Ehuresh*; wenn du es wünscht, werde ich dir morgen meine Pferde zeigen.«

Alysson neigte hoheitsvoll den Kopf und täuschte Gleichgültigkeit vor, aber am nächsten Morgen, als sie durch Jafars Ställe gingen, konnte sie sich nicht zurückhalten und ließ ihrer Begeisterung über die herrlichen Pferde freien Lauf. Aufmerksam und mit wachsender Bewunderung lauschte sie Jafars Erklärungen, und als er sagte, sein Stamm züchte die besten Pferde des Landes, glaubte sie ihm aufs Wort.

Eine schneeweiße Stute hatte es ihr besonders angetan. Als sie mit einem Ausruf der Bewunderung vor dem Tier stehenblieb, schenkte es ihr Jafar auf der Stelle, ohne auf ihre Einwände zu hören.

Sie dankte ihm mit einem anmutigen Lächeln und folgte ihm weiter auf dem Rundgang durch die Stallungen. In einem kleineren Abteil stand ein magerer, knochiger kastanienbrauner Hengst. Das Pferd schien bösartig zu sein, denn es schnaubte furchtbar und benahm sich auch sonst recht wild und scharrte ungeduldig mit dem Vorderhuf am Boden — bis es Jafar witterte. Sanft wie ein Lamm tänzelte es auf Jafar zu.

Merkwürdig, irgendwie kam ihr das Tier bekannt vor, trotzdem war sie sich sicher, daß es nicht eines der Pferde war, die Jafar in die Wüste mitgenommen hatte. »Hat dieses feurige Roß auch einen Namen?« fragte sie leise, als der Hengst den Kopf an Jafars Brust rieb.

»Atoo. Das heißt ›Wind‹.« Jafar warf ihr einen sonderbaren Blick zu, den sie nicht zu deuten wußte.

Sekunden später allerdings hatte sie den Hengst vergessen, als Jafar zu ihrer größten Freude die Stute satteln ließ, damit sie ausreiten konnte. Zwei unvergeßliche Stunden lang erkundete sie das unwegsame Gelände und schwelgte in dem Gefühl, endlich frei zu sein. Mit geröteten Wangen und leuchtenden Augen kehrte sie von ihrem Ritt zurück.

Am anderen Morgen jedoch schlug die Stimmung um. Als Mahmoud ihr das Frühstück brachte, erschien er ihr noch mißmutiger als sonst, und sie fragte ihn, was ihn bekümmere.

»Der Rat versammelt sich in zwölf Tagen.«

»So?«

Mahmouds vernarbtes Gesicht verfinsterte sich. »Der Rat kann den Herrn als *amghar elbarood* absetzen. Man wirft ihm Pflichtverletzung und den Bruch der Stammesregeln vor und er muß seine Unschuld beweisen.«

Alysson spürte einen Eisklumpen in ihrem Magen.

»Willst du damit sagen, Jafar soll dafür bestraft werden, daß er einem Feind gegenüber Gnade erwies?«

Mahmoud nickte betrübt. »Ich weiß nicht, was geschehen wird. Es liegt in Allahs Hand.«

Als sie den Jungen bekniete, ihr mehr über die Gesetze der Berber zu erzählen, verstand sie allmählich, warum Jafar so wenig Zeit für private Dinge hatte. Er war nicht nur Kriegsherr und Oberhaupt seines Stammes, sondern hatte außerdem den Rang eines *caid* inne, der vom Emir ernannt wurde. Nur einem *caid* stand es zu, einen roten Burnus zu tragen, wurde Alysson belehrt. Aber das war auch die einzige einfache Regel, die sie bei den Gesetzen der Berber feststellte.

Sollte Jafar zum Abdanken gezwungen werden, so kam es einer mittleren Katastrophe gleich, überlegte Alysson. Während seiner Herrschaft hatte er ein unter sich uneiniges Volk zusammengeschmiedet, um es gegen die überlegene Macht fremder Eindringlinge und Eroberer zu stärken. Es wäre eine Ironie des Schicksals, wenn er jetzt nicht nur gegen die Franzosen, sondern auch gegen sein eigenes Volk kämpfen müßte.

Das also hatte ihn die ganze Zeit über bedrückt. Sie wollte ihn darauf ansprechen, fand aber während des ganzen Tages keine Gelegenheit dazu. Und am nächsten Tag erwartete sie eine weitere Auseinandersetzung mit Zohra.

Die schöne Blonde lauerte ihr wie eine Spinne im Innenhof auf. Da Alysson aber keineswegs die Absicht hatte, ihr ins Netz zu gehen, wollte sie ohne sie zu beachten an ihr vorbeigehen. Da zischte sie Zohra warnend an.

»Sie sollten von hier verschwinden, meine Liebe, bevor Ihnen etwas Übles zustößt.«

Alysson blieb stehen, drehte sich langsam zu ihr um und blickte sie aus zusammengekniffenen Augen an. »Etwas Übles? Wagen Sie es, mir zu drohen, Zohra? Ich könnte mir vorstellen, daß der große *amghar* nicht damit einverstanden ist, wenn Sie seinen Gast so behandeln.«

Zohras blaue Augen blickten einen Moment erschrocken drein, aber dann kehrte die Feindseligkeit wieder unvermindert zurück. »Sie haben ihn verhext, aber er wird Sie nie zu seiner Frau machen, auch wenn Sie noch so sehr mit Ihrem großen Reichtum winken! Sie sind eine Ungläubige, eine Fremde. Er wird eine aus seinem Volk heiraten. Eine, die seinem Namen Ehre bringt und seinem Stamm nützt. Sie haben ihm nur Schande gebracht! Sie bedeuten ihm nichts, weniger als nichts!«

Verdammtes Weib! Alysson kochte vor Wut und ballte die Hände zu Fäusten. Diese Berberhexe hatte ihr nicht nur den inneren Frieden geraubt, sondern auch noch die Frechheit gehabt, ihr zu drohen!

Je länger sie darüber nachdachte, desto wütender wurde sie. Kurz entschlossen machte sie auf dem Absatz kehrt und marschierte quer über den Hof, geradewegs auf Jafars Versammlungshalle zu, in der sich zahlreiche Berber eingefunden hatten.

Er blickte erstaunt auf, wie übrigens jeder Mann in diesem Raum. Die plötzliche Stille sagte ihr mehr als Worte, daß ihr Verhalten schlicht unmöglich war, aber Alysson war im Augenblick zu aufgebracht, um darüber nachzudenken, was Jafars Stamm von ihr hielt.

»Ich bitte um Gehör«, sagte sie mit fester Stimme und blieb kurz hinter der Tür stehen, »wenn du ein paar Minuten für mich übrig hast.«

Die Bestürzung in Jafars Gesicht war nicht zu übersehen, als der die versammelten Berber mit einer kurzen Handbewegung entließ.

Der Saal leerte sich umgehend. Während die Männer im Gänsemarsch auf den Hof hinaustraten, wurde sich Alysson ihres Fehlers bewußt. Eine verlegene Röte stieg ihr ins Gesicht. Jetzt hatte sie Jafars ungeteilte Aufmerksamkeit, so wie es ihr Wunsch war, aber wenn sie sich über Zohra beschwerte, würde er sie für eifersüchtig halten.

Als er sie zu sich nach vorn bat, ließ sie sich langsam neben ihm auf dem Teppich nieder und suchte fieberhaft nach einem Vorwand für ihre Störung.

»Mahmoud sagte, du müßtest dich wahrscheinlich vor dem Rat verantworten, weil du Gervase verschont hast.«

Jafar schien sie mißverstanden zu haben, denn sein Gesicht wurde wieder maskenhaft starr. »Sei unbesorgt, meine Meinungsverschiedenheit mit dem Rat wird Bourmonts Freilassung nicht im Wege stehen. Ich habe mein Wort gegeben, daß deinem Oberst kein Haar gekrümmt wird und daß sich auch nichts daran ändert, wenn meine Absetzung beschlossen wird.«

»Darum geht es mir nicht«, widersprach Alysson erregt. »Ich finde es höchst ungerecht, daß man jemanden schwer bestraft, nur weil er einem Feind gegenüber Nachsicht zeigte.«

Jafar warf ihr einen prüfenden Blick zu, als ob es ihn überraschte, daß sie sich seinetwegen entrüstete.

Aber es war seinetwegen. Der Gedanke, daß ein Mann bestraft wurde, weil er ein Menschenleben rettete, war ihr unerträglich.

Langsam schüttelte er den Kopf und blickte von ihr weg. »Du mißt Gerechtigkeit mit den Maßstäben der Europäer, *Ehuresh*. Der Rat sieht meine Vorgehensweise in einem anderen Licht . . . bestenfalls bewertet er sie als Schwäche, schlimmstenfalls als Verrat. Ein schwacher Führer kann nicht regieren. Ein verräterischer Führer kann nicht leben.«

»Du bist kein Verräter!« rief Alysson empört und ballte die Hände zu Fäusten.

»Nein?« Sein Lächeln war schwach, fast ein wenig hilflos. »Ich habe geschworen, den Tod meiner Eltern zu rächen, aber ich habe versagt. Ich habe das Gelübde der Blutrache gebrochen.«

Er blickte sie wieder an. Alysson machte einen tiefen Atemzug. Es schmerzte sie zu sehr, als sie die ungewollte Bitte in seinen Augen las. Es war eine Bitte um Verständnis.

Das würde er von ihr bekommen. Sie kannte zwar die meisten Sitten und Gesetze des Landes nicht, aber sie hatte mit diesem Mann geschlafen. Sie konnte den Kummer, der seine Seele bedrückte, nachvollziehen. Die Sorge, das Bedauern. Sie konnte es ihm nachempfinden, wie sehr sein Versagen ihn schmerzte. Nicht nur, weil er die Macht und die Position, die er innehatte, verlieren würde, sondern weil er seinen Glauben und sich selbst entehrt hatte.

Er hatte es für Gervase getan. Wegen Gervase könnte Jafars Leben aus den Grundfesten gerissen werden.

Die Ungerechtigkeit machte sie elend. Verzweifelt wünschte sie, es möge etwas geben, um den Schmerz seiner Seele zu lindern. »Du hast ein Menschenleben gerettet!« murmelte sie aufgebracht. »Das kann doch nicht falsch sein.«

Er wande den Blick ab und starrte in die Ferne.

»Das kann es nicht!«

Jafar zuckte bei dieser aus tiefster Überzeugung gesprochenen Bemerkung zusammen. Daß sie ihn verteidigte, bewegte ihn sehr, aber den Trost, den sie ihm anbot, konnte er nicht annehmen.

Das Schweigen zwischen ihnen zögerte sich hinaus.

»Nun ...«, sagte sie schließlich hilflos und fügte dann nach einer längeren Pause hinzu: »Ich gehe wohl lieber. Verzeih mir bitte, wenn ich dich gestört habe.«

Langsam stand Alysson auf. An der Tür blieb sie noch einmal kurz stehen und blickte über ihre Schulter zurück. »Jafar?« fragte sie und ihre Stimme schwebte wie ein leises Echo durch den leeren Saal. »Was wird dann geschehen ... wenn die Gefangenen ausgetauscht sind?«

Jafar wollte sich dieser Frage nicht stellen, noch den anderen, die daraus entstanden. Wie würde Alysson reagieren, wenn ihr Verlobter frei war? Würde sie ihre eigene Freiheit verlangen? Eine Freiheit, die Jafar ihr zu geben nicht bereit war.

Doch war der besorgte Unterton in ihrer Stimme nicht zu überhören und Jafar mußte ihr eine Antwort geben. »Ich sagte dir doch, deinem Gervase wird nichts geschehen«, kam es grimmig über Jafars Lippen und er zwang sich, sie anzusehen.

Seltsamerweise schien sie nicht besonders erleichtert zu sein, statt dessen blickte sie ihn fragend an. »Suchst du immer noch Rache für das, was sein Vater deinen Eltern angetan hat?«

Ihre beharrliche Angst um seinen verdammten Todfeind brachte Jafar in Rage, aber er atmete tief durch und beherrschte sich. »Nein ... davon habe ich Abstand genommen.«

»Aber du wirst den Kampf niemals aufgeben?«

Jafar schüttelte den Kopf. Solange er atmete, würde der Krieg für ihn nicht beendet sein. Auch wenn man ihn entmachtete, würde er nicht von seinem Lebensziel abweichen, sein Land von den fremden Eindringlingen zu befreien.

»Ein Verräter hätte sich seinem Volk niemals so mit Leib und Seele verschrieben«, erklärte sie leise, bevor sie hinausging und ihn allein ließ.

Diese Worte gingen ihm nicht aus dem Kopf und schlichen sich verführerisch in sein Gewissen ein. Er konnte Alyssons Begründung nicht akzeptieren, auch wenn er es von ganzem Herzen wünschte.

Am liebsten hätte Alysson die Ratsversammlung gebeten, die ungerechten Anschuldigungen neu zu überdenken. Was Jafar getan hatte, war kein Verrat; es war richtig und gut. Er hatte sein Volk nicht betrogen, indem er einem Feind das Leben schenkte. An seiner Überzeugung hatte sich nichts geändert.

Zwei Tage lang hing Alysson diesen Gedanken nach, als sie eine umwerfende Entdeckung machte.

Am frühen Vormittag war Jafar mit seinen Männern bereits zur Jagd aufgebrochen — eine Einladung dazu hatte sie nicht erhalten, obwohl sie liebend gerne daran teilgenommen hätte. Anscheinend hatten Frauen im Land der Berber nichts bei der Jagd zu suchen.

Nach ihrem letzten ausgedehnten Ritt war Alysson doppelt enttäuscht, daß man sie übergangen hatte. Zu ihrem Trost änderte sich das Wetter, dicke Wolken zogen auf und hingen regenschwer in den Bergen, fast wie im schottischen Hochland, dachte sie.

Sie verbrachte den Morgen damit, ihrem Onkel vorzulesen. Nachdem sie das französische Buch zu Ende gelesen hatte, schlenderte sie in das obere Stockwerk zu Jafars Privatgemächern hinauf, um sich in seiner Bibliothek ein weiteres Buch zum Vorlesen auszusuchen.

Das Zimmer war bequemer und geschmackvoller ausgestattet als die übrigen dieses prächtigen Hauses. Dutzende von ledergebundenen Folianten füllten die Regale und Nischen der Wände. Sehr zu ihrer Überraschung entdeckte sie neben arabischen und französischen Schriftstellern ein Buch mit englischer Poesie, die Lord Byron verfaßt hatte, der melancholische und romantische britische Adelige, der vor ungefähr zwanzig Jahren an der Seite der griechischen Freiheitskämpfer gegen die Türken gekämpft hatte.

Neugierig setzte sich Alysson auf einen Diwan und blätterte das dünne Bändchen durch. Als sie die erste Seite aufschlug, erstarrte ihre Hand. Hier, auf der ersten Seite stand in schwungvollen Schriftzügen der Name *Nicholas Sterling.* Die beiden Worte schienen ihr ins Gesicht zu springen, während ihr Herz in ein unregelmäßiges Schlagen überging.

Sterling war der Familienname der Herzöge von Moreland.

Vor sieben Jahren war sie im Haus des Herzogs zu Besuch gewesen. Ein blondhaariger Unbekannter hatte sie damals getröstet.

Während ihrer lebensgefährlichen Erkrankung hatte sie diesen Fremden im Traum gesehen — ein Bild, das Balsam für ihre Seele war und sich irgendwie mit Jafar vermischte.

Verwirrt und ungläubig starrte Alysson die Schriftzüge an und versuchte die Puzzlestücke zusammenzusetzen. Ausgerechnet in diesem Augenblick vernahm sie vertraute Schritte. Als sie aufschaute, stand Jafar in der Tür, die Goldaugen forschend auf sie gerichtet. Sein Ausdruck war wachsam und verschlossen zugleich.

Kapitel 20

»*Du* warst das«, sagte sie vorwurfsvoll. Ihre Stimme war nur ein Flüstern.

»Ja«, antwortete Jafar und hielt ihrem fragenden Blick stand.

»Aber ich verstehe nicht ...«

»Meine Mutter war Engländerin. Ihr Vater — mein Großvater — ist Robert Sterling, der Herzog von Moreland.«

Vor Staunen brachte Alysson kein Wort heraus. Jafar hatte englisch gesprochen, ein tadelloses, kultiviertes Englisch, wie man es nicht im Selbststudium lernen konnte.

»Und ... wie bist du hierhergekommen ... Wie kam es, daß du das Oberhaupt deines Stammes wurdest?« fragte sie verwirrt.

Mit einem Seufzer setzte sich Jafar neben sie auf den Diwan. »Das will ich dir gerne erzählen. Es war vor vielen Jahren. Meine Mutter war noch ein junges Mädchen, und sie weigerte sich, den Mann zu heiraten, den ihr Vater für sie ausgesucht hatte. Sie ging sogar so weit, auf einem Schiff nach Sizilien zu fliehen, wo sie so lange bleiben wollte, bis ihr Vater schließlich einlenkte. Allerdings kam sie nie an ihrem Ziel an, denn das Schiff wurde von berberischen Piraten gekapert, die meine Mutter nach Algier brachten und dort als Sklavin verkauften.«

Als Sklavin! Alysson schauderte. »Wie grauenhaft«, sagte sie und dachte an die schrecklichen Geschichten über Frauen aus Europa, die in orientalischen Harems gefangengehalten wurden.

»Aber sie hatte Glück im Unglück, denn sie war jung und schön und brachte ihrem Verkäufer ein hübsches Sümmchen ein«, fuhr Jafar fort. »Ein Kriegsherr aus dem Volke der Berber kaufte sie und brachte sie zu seiner Festung in den Bergen. Dann verliebte er sich in sie und heiratete sie, obwohl sie Christin war. Später schenkte sie ihm einen Sohn.«

»Und das warst du?«

Jafar nickte, aber sein Blick schien in weite Ferne gerückt, als durchwanderte er alte Erinnerungen. »Ich bekam den Namen Jafar nach dem Piraten, der das Schiff meiner Mutter gekapert hatte.«

»Du wurdest nach einem *Piraten* benannt?«

Um seine Lippen spielte ein kleines Lächeln. »Jafar nannte mich mein Vater. Meine Mutter nannte mich Nicholas. Ich wurde zu einem Berberkrieger erzogen, aber meine Mutter sorgte stets dafür, daß ich meine englische Abstammung nicht vergaß.«

Jafar hielt einen Augenblick inne, bevor er leise fortfuhr. »Sie war sehr glücklich hier, obwohl sie immer hoffte, einmal nach Hause zurückkehren zu können, um ihren Vater wiederzusehen. ›Wenn wir nach England fahren‹, war einer ihrer Lieblingssätze.« Jafar lächelte wieder, dieses Mal ein wenig traurig. »Aber ohne mich wollte sie nicht reisen, und mein Vater erlaubte nicht, daß ich mitfuhr. Wahrscheinlich befürchtete er, daß ich durch den Einfluß meiner englischen Verwandten verdorben werden könnte. Diese würden mir den Reichtum und die Privilegien bieten, die er mir hatte versagen müssen.«

»Und bist du schließlich doch einmal nach England gefahren?«

»Ja.« Sein Ton klang hart. »Als nach dem Tod meiner Eltern bekannt wurde, daß in meinen Adern auch englisches Blut fließt, wurde ich zu meinem aristokratischen Großvater nach England geschickt. Dort blieb ich dann zehn Jahre.«

Zehn Jahre, das mußte ja eine Ewigkeit für ihn gewesen sein, dachte Alysson. Aus dem niedergeschlagenen Tonfall des Mannes war die Angst herauszuhören, die der Junge gehabt haben mußte.

»Du kannst das vielleicht verstehen«, sagte Jafar und sah sie so forschend an, daß sie überrascht war. »Geld und Titel, die mein Großvater mir bot, bedeuteten mir nichts. Ich war hier aufgewachsen, in einer anderen Welt. Ich war der Erbe meines Vaters. Hier hatte es mir an nichts gefehlt — ich mußte nur sagen ›tu dies‹ oder ›tu jenes‹, und es wurde für mich getan. Hier war meine Familie, waren meine Freunde, hier kannte ich mich aus. England dagegen war mir fremd, ein kaltes Land mit Menschen, die mich verachteten.«

Alysson sah ihn voller Mitgefühl an. Sie selbst stammte zwar nicht aus der Oberschicht, aber sie hatte ähnliches durchgemacht. Lebhaft konnte sie sich vorstellen, welchen Vorurteilen und welcher Verachtung er bei der hochmütigen britischen Aristokratie seiner Abstammung wegen ausgesetzt gewesen war. Aufgrund ihrer einfachen Herkunft hatte sie dasselbe Schicksal erlitten. »Man gehört eben nie ganz zu ihnen.«

Jafar nickte. »Ja, ich blieb immer der Außenseiter, und ich wurde auch nie der wohlerzogene junge Gentleman, den mein Großvater so gerne aus mir gemacht hätte. Man kann seine Herkunft nicht einfach dadurch abstreifen, daß man in einem anderen Land ist. In England zu leben, macht einen nicht gleich zum Engländer.«

Nein, dachte Alysson bei sich, ein Engländer würde Jafar nie werden. Nicht mit dem ungestümen Blut der Berberkrieger in seinen Adern. Und doch war er auch nicht durch und durch Berber. Hätte sie ihn aufmerksamer beobachtet, so wären ihr die Anzeichen europäischer Erziehung in seinem Verhalten sicher aufgefallen, zum Beispiel die Art und Weise, wie er sie, eine Frau, behandelte. Er hatte es weitgehend verstanden, seine Vergangenheit vor ihr zu verbergen, andererseits hätten ihr die englischen Brocken zu denken geben müssen, die ihm von Zeit zu Zeit herausgerutscht waren, ganz zu schweigen von weiteren Anzeichen.

»Und was geschah dann? Warum hast du England den Rücken gekehrt und bist wieder hierhergekommen?«

»Hier herrschte Krieg. Dies ist mein Land, meine Heimat. Ich mußte einfach zurückkehren. Und genau an dem Tag, an dem ich von meinem Großvater Abschied genommen hatte, sah ich dich zum ersten Mal, wie du in dem Baum saßest und mich mit Eicheln bewarfst.«

Ihre Gedanken schweiften zurück. Sie erinnerte sich an den Tag, als sei es gestern gewesen. Nun wurde ihr auch klar, warum der braune Hengst in Jafars Stall ihr so vertraut vorgekommen war. Es war dasselbe ungestüme Tier, das er damals in England geritten hatte und das so oft in ihren Träumen erschienen war. Und Jafar war der Fremde gewesen, der sie an jenem längst vergangenen Tag getröstet und ihr geholfen hatte, ihren Kummer besser zu ertragen.

Er war der Mann, der vor sieben Jahren ihr Leben so entscheidend beeinflußt hatte. Nicht zuletzt seinen Ratschlägen verdankte sie es, daß die schwierigen Jahre zwischen Jungmädchenzeit und Erwachsenwerden eine Zeit des Glücks für sie geworden waren.

Es würde ein Weilchen dauern, bis sie sich an diesen Gedanken gewöhnt hatte.

Ihr Blick suchte den seinen, mit neuen Augen sah sie ihn an. Das Licht der Lampe flackerte und warf faszinierende Schatten auf seine scharfgeschnittenen Züge, aus denen klar die Autorität dessen sprach, der zum Herrscher geboren war ... und die Entschlossenheit des Mannes, der in Liebe und Haß gleichermaßen kompromißlos war. Nun, da sie wußte, wer er war, wurde ihr vieles bewußt, was ihr immer rätselhaft erschienen war, Dinge, die sich aus seiner zwiespältigen Herkunft und unterschiedlichen Erziehung erklärten. So war ihr etwa sein Verhalten, seine Art, wie er anderen gegenübertrat, zuweilen abendländisch erschienen. Und wie oft hatte sie sich gewundert, daß er immer allein zu sein schien, selbst unter seinen eigenen Leuten. Er war ein Wanderer zwischen zwei Welten, Berber und Engländer zugleich, halb aus diesem Kulturkreis, halb aus einem anderen, und gehörte vielleicht keinem wirklich an. In seiner Seele kämpfte die Sinnlichkeit des Orientalen gegen den kühlen Pragmatismus des britischen Aristokraten, und zweifellos hatte er von beiden Seiten ein gerüttelt Maß an Stolz und Arroganz mitbekommen. Mochte er sein englisches Erbe auch noch so entschieden verleugnen, es war doch ein wesentlicher Teil von ihm.

»Und hast du deinen Großvater je wiedergesehen?« fragte sie schließlich.

»Ja, ich habe ihn dann noch ein zweites Mal besucht«, entgegnete Jafar mit einem Seufzer. »1843 hatte sich das Kriegsglück gewendet. Abd el-Kaders Armee stand kurz vor der Niederlage, und die französische Kolonialmacht war entschlossen, auch das letzte Aufflackern von Rebellion niederzuschlagen. Ziel der französischen Machthaber war es nicht nur, Macht und Einfluß unserer Scheichs und Volksvertreter einzuschränken, sondern sie waren sogar eifrig bemüht, unsere ganze Kultur auszulöschen. Ich selbst stand an der Spitze einer Delegation, die nach England reiste, um Königin Victoria zu ersuchen, die Araber in ihrem Kampf gegen die Franzosen zu unterstützen, doch blieben unsere Bemühungen leider ohne Erfolg.«

Schweigend blickte Alysson ihn an und dachte an die bitteren Worte, die Jafar über die Leiden seines Volkes unter der Herrschaft der französischen Kolonialmacht ihr gegenüber einmal geäußert hatte. Schon damals hatte er seine Machtlosigkeit beklagt, daß er seinem Volk nicht besser helfen und es nicht davor bewahren konnte, unter dem Stiefel französischer Vorherrschaft zermalmt zu werden. Geradezu physisch litt er darunter, daß sein Land unter der französischen Knute stand. Sie spürte seine Qual, die stumme Wut über seine Hilflosigkeit, und das Herz krampfte sich ihr zusammen. Wie gerne hätte sie ihn getröstet und wußte doch nicht wie.

Eines allerdings konnte sie: Ihm danken für den Trost, den er ihr damals gespendet hatte.

»Du hast mir damals neue Hoffnung gegeben«, sagte sie ruhig. »Du hast mir geraten, mich meinen Onkeln unentbehrlich zu machen, mich so zu verhalten, daß sie mich akzeptieren, und diesen Rat habe ich auch befolgt. Dein Taschentuch habe ich übrigens immer noch.«

Die Bitterkeit war auf einmal aus Jafars Miene verschwunden. Mit sanftem Blick sah er sie an. »Ich bin neugierig, wie du meinen Rat in die Tat umgesetzt hast.«

»Ich habe mich einfach den Wünschen meiner Onkel angepaßt und die Rolle gespielt, die sie von mir erwarteten — Reisegefährtin, Stütze, Tochter.«

»Wie schön, daß deine letzten Jahre in England nicht so schlimm wurden, wie du befürchtet hattest.«

»Nun, ganz so unbeschwert war diese Zeit dann doch nicht.« Alysson zog eine kleine Grimasse. »Von dem Moment an, an dem ich mit meinem indischen Diener im Internat erschien, war ich die Außenseiterin. Chand hatte unvorsichtigerweise durchblicken lassen, daß er zu Allah betete, und prompt wurde er als Heide gebrandmarkt. Ich selbst galt als gottloses, chaotisches Schreckgespenst.«

Ein Anflug von Lächeln huschte über Jafars Züge. »Ich kann mir lebhaft vorstellen, wie du einige empfindsame Gemüter schockiert haben wirst. Du warst schon damals eine ziemlich streitsüchtige junge Dame, wenn ich mich recht erinnere.«

Alysson zuckte nur leicht die Achseln. Noch immer konnte sie nicht mit Gelassenheit an jene Zeit denken. Ein aufmüpfiges, ungehorsames und unelegantes junges Ding war sie gewesen, gegen alle Widerstände entschlossen, der sogenannten feinen Gesellschaft, die sie nicht als ihresgleichen akzeptierte, auf der Nase herumzutanzen. »Ich ließ ihre Verachtung einfach nicht an mich herankommen und wollte auch nicht, daß meine Onkel etwas merkten. Allmählich gewöhnte ich mich sogar an meine Außenseiterrolle.«

Sie erzählte dies leichthin, doch Jafar konnte die Verletztheit aus ihren Worten heraushören.

»Ich stand ja nicht ganze ohne Mittel da«, fuhr Alysson fort. »Reichtum kann einem Zugang zu den höchsten Kreisen verschaffen. Sogar bei Hofe wurde ich vorgestellt. Nicht, daß ich darauf erpicht gewesen wäre, aber Onkel Cedric hielt es für einen gelungenen Coup, wenn ich vor der Queen einen Hofknicks machen würde.«

»Reichtum kann sicher mitunter von Vorteil sein«, stimmte er neidlos zu.

Alysson verstummte erneut, während ihre Gedanken wieder in die Vergangenheit zurückkehrten. Sie war in Luxus und Reichtum aufgewachsen, doch Geld war kein Mittel gegen Einsamkeit. Reichtum hatte sie nie für den großen Segen gehalten, der ihm im allgemeinen nachgesagt wird. Bald schon hatte sie erkennen müssen, daß es auch ein Fluch sein konnte, über die Maßen reich zu sein ... wenn man zum Beispiel von verarmten Aristokraten und Erbschleichern ausgenutzt zu werden drohte, wenn man den vermeintlichen Segen mit Einsamkeit bezahlen mußte und nie genau wußte, wem man vertrauen konnte oder wem man sein Herz schenken durfte. Aber nur wegen ihres Reichtums tolerierte sie die feine Gesellschaft und sah ihr so gut wie alles nach, selbst ihre Wildheit.

Alysson schauderte und versuchte, ihre Gedanken wieder auf die Gegenwart zu richten. Aber wie kam es, daß sie das Thema gewechselt hatten? Sie hatten doch über ihn gesprochen, nicht über sie.

»Schade, daß ich nicht wußte, daß du halber Engländer bist«, sagte sie schließlich. »Es hätte mir meine Gefangenschaft um vieles leichter gemacht.«

Die Wehmut in ihrer Stimme traf Jafar hart. Ein Gefühl von Reue und Schuld erfaßte ihn, wenn er daran dachte, wieviel Kummer und Leid er Alysson zugefügt hatte. Er hatte sie gefangengenommen, sie erniedrigt, ja sogar in Lebensgefahr gebracht. Er hatte gegen ihre Landsleute gekämpft und um ein Haar den Mann getötet, den sie liebte. Und beinahe hätte er noch den Tod ihres geliebten Onkels auf sein Gewissen geladen. Dann hatte er ihr die Unschuld geraubt, sie um ihren guten Ruf gebracht, sie gesellschaftlich ruiniert und damit wahrscheinlich ihre Zukunft zerstört.

Zu Beginn seines Rachefeldzuges mochte es noch Gründe gegeben haben, die sein feindliches, unzivilisiertes Verhalten ihr gegenüber rechtfertigten. Jetzt allerdings standen die Dinge anders. Jetzt hätte er sie am liebsten in die Arme genommen und sie um Verzeihung gebeten für alles, was er ihr angetan hatte.

Er starrte auf Alysson hinunter und wunderte sich selbst über die verwirrende Sanftmut, die sie in ihm wachrief. Ein Gefühl wie dieses hatte er noch nie empfunden, gegenüber keiner anderen Frau. Wie leicht könnte sie sich in sein Herz schleichen ... Nein, zu spät, es war bereits geschehen. War sie ihm denn schon so sehr ans Herz gewachsen, daß ihr Schicksal ihm wichtiger war als sein eigenes? Würde er sie überhaupt noch freigeben können? Unwillkürlich drängte sich das Wort *Liebe* in sein Bewußtsein. War es denn Liebe, was er für sie empfand?

Wie ein Dolchstoß durchfuhr ihn die Frage, und nicht weniger heftig traf in die Konsequenz, die daraus folgte. Wenn er sie wirklich liebte, dann würde er ihr Glück über das seine stellen. Wenn er sie wirklich liebte, würde er sie freilassen.

Doch weder über seine Gefühle zu seiner jungen, widerspenstigen Gefangenen noch über ihre Freilassung wollte er weiter nachdenken, und so kam ihm Alyssons ernste Frage nicht ungelegen.

»Wie steht dein Volk zu der Tatsache, daß du halber Engländer bist?«

»Bisher hatte ich damit keine Schwierigkeiten. Aber seit neuestem werden mir egoistische Motive unterstellt, weil ich meinen Eid, Blutrache zu üben, gebrochen habe. Ein Mitglied des Stammesrates äußerte die Vermutung, daß ich wegen meiner Herkunft mit den Europäern sympathisiert haben könnte.«

»Das ist völliger Unsinn«, warf Alysson ein. »Ich jedenfalls habe nie bemerkt, daß du dich Europäern gegenüber besonders zuvorkommend verhalten hättest.«

Er lächelte matt. »Nun, diese Anschuldigung wird vor dem Rat auch bewiesen werden müssen. Ich werde meine Position nicht so ohne weiteres aufgeben.«

»Gut.«

Es wärmte ihm das Herz, daß sie so offensichtlich seine Partei ergriff, doch ihre nächsten Worte machten dieses Gefühl gleich wieder zunichte.

»Du hast einmal gesagt, mit uns als Geiseln hättest du eine bessere Verhandlungsposition gegenüber den Franzosen, und ich vermute auch, daß deine Landsleute es dir übelgenommen hätten, wenn du uns so ohne weiteres freigelassen hättest.«

Jafar wich ihrem Blick aus. »Sicher hat das meine Entscheidung, euch hier festzuhalten, mit beeinflußt. Zweifellos hätte ich um meine Vorrangstellung fürchten müssen, wenn ich euch fortgelassen hätte, ohne dagegen im Austausch möglichst viele meiner Landsleute aus französischer Gefangenschaft freizubekommen.«

Jafar war sich seiner Heuchelei zwar bewußt, aber unfähig, sich die wahren Beweggründe dafür einzugestehen, weshalb er seine Gefangene nicht gehen lassen wollte; er erhob sich und ging zur Tür. Alyssons nächste Frage hielt ihn jedoch davon ab, den Raum zu verlassen.

»Jafar ... warum durfte ich denn nicht wissen, wer du bist? Warum hast du es mir nicht früher gesagt?«

Er hielt inne und warf ihr einen Blick zu, den sie nicht deuten konnte. »Wenn dir meine Identität bekannt gewesen wäre, hättest du mich und mein Volk an deinen Verlobten verraten können.«

»Und du meinst wohl, jetzt würde ich das nicht mehr tun?«

Würdest du es wirklich fertigbringen, mich zu verraten, Ehuresh? dachte er stumm. Und laut sagte er: »Das dürfte jetzt keine Rolle mehr spielen. Bourmont hat mir zugesagt, daß er keine Aktion zu deiner Befreiung unternehmen wird, wenn er selbst erst einmal frei ist. Er hat alle Ansprüche auf dich aufgegeben, nachdem ich ihm zugesichert hatte, daß dir kein Leid geschehen wird.«

Alysson ließ die Augen sinken, konnte aber nicht verhindern, daß Jafar ihre Enttäuschung darüber bemerkte, daß ihr feiner Oberst sie im Stich gelassen hatte.

»Er hatte keine andere Wahl«, sagte Jafar und war sich der Ironie bewußt, daß er seinen Erzfeind in Schutz nahm. »Seine Truppen hatten gerade eine empfindliche Niederlage erlitten. Viele seiner Soldaten waren verwundet und brauchten ärztliche Hilfe. Und ich hatte gerade sein Leben geschont, obwohl ich ihn nach unseren Gesetzen hätte töten müssen.«

Bei diesen Worten hob sie den Kopf, mit großen, grauen

Augen blickte sie ihn verwirrt und fragend an. »Und warum hast du ihn nicht getötet?«

Jafar zögerte. »Deinetwegen«, gab er leise zur Antwort. »Mir blieb keine andere Wahl.«

Die folgende Woche über hatte Alysson reichlich Stoff zum Nachdenken; zunächst einmal über Jafars Abstammung, dann über die Frage, weshalb er Gervase verschont hatte und was das mit ihr zu tun haben könnte. Des weiteren die Vorwürfe, die man gegen ihn erhob, und schließlich ihr Verhältnis zueinander.

Nicht wegen Gervase hatte er auf die Blutrache verzichtet, sondern ihretwegen, weil ihm an ihr lag. Ja, sie war der Grund, weshalb er sein Gelübde gebrochen hatte, und nun stand seine Vorrangstellung, seine ganze Zukunft auf dem Spiel. Ein Gefühl tiefer Dankbarkeit durchströmte sie.

Seit sie von seiner Herkunft erfahren hatte, hatte sich äußerlich nichts zwischen ihnen geändert, und doch fühlte sie sich Jafar näher, mit seinen Gedanken und Gefühlen viel mehr vertraut. Er jedoch behandelte sie seit ihrer Unterhaltung in der Bibliothek nicht anders als vorher. Nach wie vor sprach er in Gegenwart anderer französisch mit ihr und spielte weiterhin den aufmerksamen Gastgeber, der alle Hebel in Bewegung setzte, um sie zu unterhalten und ihr jeden Wunsch zu erfüllen.

Und doch war sie immer noch seine Gefangene.

Noch immer hatte sie keinen Platz in seinem Leben und wußte nicht, wie es weitergehen sollte. Sie war ihm auch keineswegs ebenbürtig. Während Jafar ein Berberprinz und englischer Aristokrat war, floß in ihren Adern nur einfaches, bürgerliches Blut — und ihr einziger Anspruch auf Blaublütigkeit ließ sich allenfalls von ihrer adeligen französischen Großmutter herleiten. Zu allem Übel haftete ihr von der Vaterseite her noch das etwas anrüchige Flair der Kaufmannsgilde an.

Und wie unterschiedlich war das Umfeld, in dem sie beide aufgewachsen waren. Jafar hatte zwar einen Großteil seiner

Jugend in England verbracht, aber wie er selbst zugab, hatte er sich dort immer als Außenseiter gefühlt. Und sie würde niemals hierher passen, in diese Berberkultur mit der fremden Religion, den ungewohnten Sitten und Gebräuchen.

Nein, eine gemeinsame Zukunft konnte es für sie nicht geben. Das, so schalt sie sich, mußte sie sich ganz schnell aus dem Kopf schlagen. Nicht in ihren kühnsten Träumen durfte sie sich einbilden, daß Jafar eine Europäerin heiraten würde, wo sie doch genau wußte, daß er alles, was europäisch war, ablehnte. Bereits jetzt stellten seine Landsleute ihm peinliche Fragen über seine wahren Ziele. Man würde ihn beschuldigen, gemeinsame Sache mit dem Feind zu machen, sollte er eine Heirat mit ihr auch nur in Erwägung ziehen.

Außerdem hatte Zohra ihr erzählt, Jafar habe die Absicht, sich seine Braut aus seinem eigenen Volk zu wählen. Eines Nachmittags in der Küche hatte Alysson dieses Thema vorsichtig zur Sprache gebracht, und Tahar hatte Zohras Vermutung gleich bestätigt.

»Ja, der Herr muß eine Jungfrau von Stand zur Frau nehmen. Das ist seine Pflicht.«

»Eine Berberin?«

»Ja, oder eine Araberin.«

»Aber keine Europäerin?«

Tahar sah sie erstaunt an. »Der Herr würde nie eine Fremde heiraten.«

»Soviel ich weiß, war Jafars Mutter eine Fremde, nicht wahr? Sein Vater jedenfalls hat sich eine fremde Frau genommen.«

Tahar zuckte nur mit den Achseln. »Das war vor dem Krieg.«

Die Endgültigkeit dieser einfachen Erklärung der Berberfrau tat Alysson weh. *Vor dem Krieg.*

Natürlich hatte der Krieg vieles verändert. Er war auch die Ursache dafür, daß Jafar seine englische Abstammung verleugnete. Nein, eine fremde Frau würde er nicht wollen. Die Fremden waren brutale Mörder, die sein geliebtes Heimatland erobert und unterdrückt hatten. Und selbst wenn er so weit ginge, sich über dieses schwerwiegende Hindernis hinwegzusetzen, so würde *sie* jedenfalls nicht die Frau sein, die er erwählte. Nicht nur die Kultur, die sie repräsentierte, verachtete er, sondern auch für sie persönlich standen die Dinge ziemlich schlecht — sie war so gar nicht wie die orientalischen Frauen. Unterwürfig und fügsam würde sie nie sein, weder gegenüber Jafar noch gegenüber einem anderen Mann. Zu lange schon hatte sie ein unabhängiges und selbständiges Leben geführt.

Nein, Jafar mochte sie zwar im Moment begehren, aber sie zu lieben, dazu würde er sich nie durchringen können. Er würde sich nur ihres Körpers bedienen, wenn sie dies zuließ, und das wäre alles, das wäre dann das Ende.

Falls sie es zuließ. Sie war sich keineswegs sicher, ob sie seine Geliebte sein wollte, selbst wenn er sie darum bäte. Außerdem hatte Jafar auch nicht die leiseste Andeutung gemacht, daß er eine langfristige Beziehung zu ihr wünschte, sei diese nun ehrbar oder nicht.

Eines Abends — es war bereits Alyssons dritte Woche in Jafars Bergfestung — sollte Zohra die Burgbewohner wieder mit ihren Tanzkünsten unterhalten. Nur ungern nahm Alysson an der Darbietung teil, war dann aber froh, daß sie ihr schönstes Gewand angelegt hatte. Die neue Robe, die Tahar ihr aus schwerem, gelbem Samt genäht hatte, trug wesentlich zur Stärkung ihres Selbstbewußtseins bei, das einigermaßen erschüttert war, wie sie sich eingestehen mußte.

Am nächsten Morgen drohte ihr auch noch dieser letzte Rest von Selbstbewußtsein abhanden zu kommen. Um sich die Beine etwas zu vertreten, schlenderte Alysson über den Burghof, während Jafar im Salon Besucher empfing. Von dem jungen Windhund, mit dem sie Freundschaft geschlossen hatte, fehlte jede Spur. In einer Ecke des Hofes entdeckte sie eine verhutzelte, alte Berberfrau, die singend und ein Amulett schwenkend auf dem Boden hockte. Alysson machte einen Bogen um sie, um sie in ihrer Andacht nicht zu stören. Dann setzte sie sich auf eine Marmorbank und hielt das Gesicht in die wärmenden Strahlen der Morgensonne.

Plötzlich bemerkte sie, wie Mahmoud aufgeregt auf sie zulief. »Gehen Sie schnell weg, *Lallah!* Bitte, Sie müssen sofort von hier weg!«

Alysson machte die Augen auf und blickte ihn verwundert an. Um die häßliche rote Narbe herum war sein Gesicht ganz kreidebleich. Er rang die Hände, als säße ihm die Angst im Nacken.

»Die alte Frau«, stieß er hervor, »ist eine *Kahina!* Eine Hexe! Sie ist die Herrin der Djinns — der bösen Geister — und sie wird einen Fluch über Sie aussprechen! Sie dürfen nicht hierbleiben!«

Alysson warf einen zweifelnden Blick hinüber zu der harmlos aussehenden Alten. Daß die Berber sehr abergläubisch waren, hatte sie gehört, aber sie glaubte nicht an solchen Unsinn.

Angesichts ihres Zögerns schien Mahmoud völlig aus dem Häuschen zu geraten. In seiner Not setzte er sich sogar über seine Stellung als Dienstbote hinweg. Aufgeregt packte er Alysson an der Hand, versuchte sie mit aller Kraft wegzuziehen und flehte sie an, den Hof zu verlassen.

In diesem Moment trat Zohra aus dem Schatten eines Feigenbaumes. Ihre Augen blitzten vor Bosheit. »Mach, daß du wegkommst!« herrschte sie Mahmoud in der Berbersprache an und wedelte mit der Hand, um ihn zu vertreiben.

Alysson sprang auf, um ihn zu verteidigen, doch bevor sie noch ein Wort sagen konnte, machte Mahmoud zu ihrer Verwunderung kehrt und lief davon, so rasch seine schwachen Beinchen es ihm erlaubten.

Aber nicht um Alysson ihrem Schicksal zu überlassen, war er davongerannt, sondern um seinen Herrn zu Hilfe zu holen. Zohra blieb kaum Zeit, Alysson einen haßerfüllten Blick zuzuwerfen, als Jafar schon mit großen Schritten aus dem Haus trat und mit wehendem Gewand auf die Frauen zueilte. Schon von weitem nahm Alysson den Zorn in seinen Zügen wahr.

Als er die Frauen erreicht hatte, hörte die *Kahina* zu singen auf, und Zohra wich unwillkürlich einen Schritt zurück.

»Was soll das bedeuten?« fragte Jafar die Berberschönheit mit bebender Stimme.

Alysson verstand zwar nur einige Brocken der nun folgenden Unterhaltung, aber genug, um mitzubekommen, was geschehen war. Die alte Zauberin war von Zohra angeheuert worden, um über die ›ungläubige englische Frau‹ einen Fluch auszusprechen.

Mahmoud, der in den Hof zurückgekehrt war, rückte näher an Alysson heran. »Ich bin gerade noch zur rechten Zeit gekommen«, flüsterte er furchtsam, »bevor die *Kahina* die bösen Geister anrufen und den großen Fluch über Sie sprechen konnte. Aber der Herr wird es verhindern, Allah sei Dank.« Trotz seines Vertrauens in Jafars Macht stellte sich Mahmoud mit seinem mageren Körper schützend zwischen Alysson und die Hexe.

Bei dieser rührenden Geste des Jungen wurde Alysson ganz warm ums Herz. Zum Dank und um ihn zu beruhigen, legte sie ihm die Hand auf die Schulter und versuchte, der hitzigen Unterhaltung zu folgen, die sich nun zwischen Jafar und Zohra entspann.

Nie zuvor hatte sie Jafar so wütend gesehen, nicht einmal als sie gedroht hatte, sich umbringen zu wollen. Zohra, die angesichts seines Zornesausbruchs zwar eingeschüchtert wirkte, machte keinerlei Anstalten, den Herrn um Verzeihung zu bitten. Mehr als einmal warf sie stolz den Kopf in den Nacken, und aus ihren Augen blitzte die Rebellion, während sie über ihre Rivalin herzog.

»Sie ist böse, Herr!« schrie sie und deutete auf Alysson.

»Sie ist unschuldig, und sie ist hier, weil ich es will!«

»Sie hat Sie verhext! Sie ist keine von uns! Sie haben sie zu Ihrer Frau gemacht und Ihr Volk verraten. Die Djinns des Wahnsinns haben Ihnen den Verstand verwirrt.«

»Genug!« hallte Jafars Befehl durch die plötzliche Stille im Burghof. Er deutete auf Zohra. »Du, Weib, bist nicht länger geduldet in meinem Haus, in diesem Dorf! Verschwinde so-

fort von hier, bevor ich dich auch noch aus der Provinz verbanne.«

Zohras Tiraden verstummten allmählich, als sie einsehen mußte, daß sie zu weit gegangen war. Mit offenem Mund und völlig entgeistert starrte sie Jafar an. »Vergeben Sie mir meine lose Zunge, o Herr ... Ich wollte nicht ungehorsam sein.«

»Ich wiederhole meine Worte nicht«, warnte er leise mit todernster Stimme.

Zohra schien endlich begriffen zu haben, daß er es ernst meinte, denn sie begann ihren Rückzug. In sicherer Entfernung beim Torbogen, der zur Straße hinausführte, hielt sie inne. Die Fäuste geballt, spuckte sie auf den Boden. »Ich verfluche sie!« schrie Zohra so laut, daß alles es hören konnten, die sich inzwischen auf dem Burghof versammelt hatten. »Ich verfluche des *saiyid* treulose Frau! Möge der böse Blick sie treffen und alles zerstören, was ihr lieb ist!« Dann machte sie auf dem Absatz kehrt und floh zum Tor hinaus.

In der Stille, die nun folgte, begann Alysson zu zittern — nicht nur wegen Zohras giftiger Worte. Weit mehr machte ihr zu schaffen, daß sie sich wieder einmal zwischen Jafar und sein Volk gedrängt hatte.

Sie warf ihm einen beschwörenden Blick zu und merkte, daß auch er sie ansah. »Es tut mir leid, Jafar«, sagte sie mit Bedauern in der Stimme. »Ich wollte dir keine Schwierigkeiten machen.«

»Dich trifft keine Schuld«, erwiderte er grimmig.

Dann wandte er den Blick von ihr ab und jagte in scharfem Befehlston die alte Zauberin vom Hof. Mit einer ungeduldigen Handbewegung entließ er darauf alle Bittsteller und Gefolgsleute außer Mahmoud. »Melde Saful, daß er die Falken vorbereiten und das Pferd der Dame satteln soll«, befahl er seinem jungen Diener, bevor er sich wieder an Alysson wandte. »Du wirst mich auf die Jagd begleiten.« Auf ihren fragenden Blick hin hob Jafar eine seiner goldenen Brauen. »Hast du nicht einmal den Wunsch geäußert, mit auf die Jagd gehen zu dürfen?«

»Ja, aber ... du brauchst dich nicht verpflichtet zu fühlen, mich mitzunehmen ...«

»Eines Tages, *Ehuresh*«, unterbrach er sie, »wirst du lernen müssen, dich meinen Wünschen zu fügen. Und jetzt wünsche ich die Unbill wiedergutzumachen, die dir in meinem Hause widerfahren ist.« Plötzlich wurden seine harten Züge weich, und er lächelte sie mit zärtlichem, eindeutig sinnlichen Ausdruck an. »Aber jetzt geh und zieh dir etwas anderes an, *chérie,* etwas Passendes zum Reiten.«

Alysson zögerte nur kurz. Dann machte sie kehrt und tat wie geheißen. Nach der langen Zeit, in der sie sich nur mit ›weiblichen‹ Tätigkeiten hatte beschäftigen dürfen, drängte es sie nun, den engen Grenzen zu entfliehen, die ihr als Frau gesetzt waren.

Während sie nach oben rannte, um sich umzukleiden, wuchs ihre Vorfreude über die bevorstehende Jagd und das Vergnügen, ein paar Stunden lang Jafars Gesellschaft genießen zu können. Und für eine kurze Weile gelang es ihr sogar, die Sorgen um Jafars Verteidigung vor dem Stammesrat und das ungute Gefühl zu verdrängen, das Zohras Fluch in ihr wachgerufen hatte.

Kapitel 21

Es war ein schöner Tag gewesen, ein beglückender Moment im Leben, den sie für immer im Herzen behalten und an den sie denken wollte, wenn die Jugend vorüber und die einsamen Jahre des Alters gekommen waren.

Die Sonne lachte vom Himmel, die frische Herbstluft war durchzogen vom warmen Geruch der Pferde und dem scharfen Duft der Zedern. Die Jagdgesellschaft war klein. Jafar hatte die Windhunde zu Hause gelassen und außer Alysson nur drei Diener, seinen Falkner und ein paar Jagdfalken mitgenommen.

Alysson, die mit ihrem Onkel Oliver früher des öfteren

auf Falkenjagd gegangen war, machte eine ganz gute Figur. Bald schon bemerkte sie Jafars bewundernden Blick.

Aber auch sie konnte die Augen nicht von ihm lassen.

Es war stets eine Freude, ihn zu beobachten und ihm nahe zu sein, und auch jetzt bewunderte sie wieder Jafars kraftvolle Vitalität und seine Selbstsicherheit in allem, was er tat. Im Sattel seines feurigen Berberrosses, den stolzen, goldäugigen Falken auf dem Handgelenk, bot er einen geradezu herrlichen Anblick. Es war faszinierend, wenn der Falke die Flügel ausbreitete und sich in die Lüfte erhob oder sich mit ausgestreckten Klauen auf seine Beute stürzte.

Anscheinend hielt Jafar Alysson immer noch für ein verzärteltes Ding, das stets ein behütetes Leben geführt hatte, denn als sie in einen dichten Eichenwald hineinritten und vielsagende Borstenbüschel an einem Baumstamm entdeckten, befahl er ihr, sich hinter ihm zu halten.

Als sie kurz darauf auf einen wilden Eber stießen, riß Jafar sein Gewehr hoch. Mit einem einzigen Schuß, der direkt hinter dem Ohr traf, streckte er das schwarze Tier nieder. Nur ein Berber brachte es fertig, mit solcher Treffsicherheit aus dem Sattel heraus zu schießen, dachte Alysson bewundernd.

Als Jafar die Diener vorausschickte, wurde ihr plötzlich klar, daß er sie nicht allein des Jagdvergnügens wegen mitgenommen hatte. Mit unverhohlener Sinnlichkeit lächelte er sie an und schlug einen Weg ein, der sie immer weiter von jeder Zivilisation wegführte.

Weiter ging es über einen kleinen Hügel hinab in ein zerklüftetes Tal, wo Oleander, Brombeersträucher und Weißdorn in so dichtem Gestrüpp wuchsen, daß sie sich gegenseitig fast erstickten. Ein klarer, heller Wasserfall stürzte von einem Felsen tief hinunter in einen kleinen Teich.

»Wie schön!« rief Alysson atemlos beim Anblick der silbernen Kaskaden.

»Ja«, antwortete Jafar mit leiser, tiefer Stimme. Sein Tonfall ließ sie unwillkürlich den Kopf wenden, und sie bemerkte, daß er sie unverwandt angesehen hatte, mit einem Blick so heiß wie geschmolzenes Gold. Sie schauderte, während ihr Herz in freudiger Erwartung klopfte.

Wortlos sprang Jafar aus dem Sattel und trat zu ihr, um ihr vom Pferd zu helfen. Dann nahm er sie bei der Hand und führte sie den Hügel hinauf zu einer kleinen, von Buschwerk halb verdeckten Höhle.

Wie warm der Fels vom Sonnenschein war, stellte Alysson in ihrer Aufregung gerade noch fest, denn ihr Hauptaugenmerk galt Jafar. Ohne Umschweife breitete er seinen Burnus auf dem harten Höhlengrund aus und nahm den Turban vom Kopf. Als er sich nach ihr umdrehte, war seine Gestalt von Sonnenstrahlen umgeben. Sein dunkelblondes Haar glänzte wie gesponnenes Gold und unterstrich noch das glühende Verlangen in seinem Blick.

»Willst du dich mir immer noch verweigern, *Ehuresh?*« fragte er sie mit ruhiger Stimme.

Alysson wußte, daß ihr die Antwort in den Augen geschrieben stand; sich ihm zu verweigern wäre so unmöglich gewesen wie auf den nächsten Atemzug zu verzichten. Jetzt war es nicht mehr wichtig, ob sie seine Geisel war und Gervase sein Gefangener. Jetzt war nicht die Zeit, an die Vergangenheit zu denken oder an die Zukunft, an Schuld oder Verrat, an Recht oder Unrecht.

Hier zählte nur noch dieser Mann, dieser Augenblick, dieses tiefe Gefühl, dieses zehrende Verlangen.

Sie hörte, wie er den Atem einsog, als er den Ausdruck auf ihrem Gesicht sah, und in atemlosem Flehen flüsterte sie leise seinen Namen. Da nahm er sie in die Arme und küßte sie mit solcher Inbrunst, daß ihr ganz schwindlig wurde.

Seine Lippen waren heiß, seine Zunge drängte sich in ihren Mund, während er ihr den Haik vom Kopf zog, um ihr Gesicht für seine Lippen freizumachen. Wild und fordernd, fast verzweifelt waren seine Küsse, doch Alysson verstand, denn sie empfand wie er. Wie er sehnte sie sich danach, berührt, genommen und erfüllt zu werden.

Mit einer Heftigkeit, die der seinen in nichts nachstand, erwiderte sie Jafars Umarmung, und sie vernahm sein leises

Stöhnen. Die Arme fest um sie geschlungen preßte er sie so eng an sich, daß es ihr eigentlich hätte weh tun müssen, und doch empfand sie keinen Schmerz. Nur das Verlangen fühlte sie, das seinen Körper durchschauderte, fühlte, wie sein Herz heftig gegen das ihre schlug, spürte die harte Männlichkeit, die sich ihr entgegendrängte.

Ein Gefühl unendlicher Lust durchströmte sie. Wie im Fieber versuchte sie, sich enger an ihn zu schmiegen; ihre Finger gruben sich in die gespannten Muskeln seiner Schultern. Hunger war ein zu schwacher Ausdruck für die wilde Begierde, die sie verspürte. Nie zuvor hatte sie ähnliches empfunden — solch drängendes, animalisches, unerbittliches und unendliches Verlangen, das ihren Körper wie ein Schmerz durchfuhr.

Stoßweise atmend nahm Jafar seine Lippen von den ihren, aber seine Finger fuhren durch ihr Haar und hielten ihr Gesicht umfangen.

»Weißt du, wie lange ich schon auf diesen Moment gewartet habe?« flüsterte er heiser, »wie sehr ich dich begehre?«

»Ja«, ihre Stimme klang rauh. »Auch ich will dich, schon so lange.«

Mehr als diese Antwort brauchte Jafar nicht.

Ungeduldig zerrte er an ihren Kleidern, riß ihr Haik, Überwurf und die weite Reithose vom Leib und schob ihr das dünne Hemd hoch, bis ihre nackten Brüste für seine Lippen freilagen. Mit einem Krächzen der Leidenschaft bog er sie über seinen Arm nach hinten, damit seine brennenden Lippen sich an ihren Brustwarzen ergötzen konnten, bis diese hart wurden und ihr weh taten.

»Jafar . . . bitte . . .«, flehte sie.

Ihrem Bitten nachgebend hob er den Kopf. In seinen Augen war nichts als primitive Lust, als er ihr das Hemd abstreifte, sie auf die Arme hob und sie nackt wie sie war auf die notdürtig bereitete Lagerstatt legte. Neben ihr kniend riß er sich den Überwurf herunter. Zu ungeduldig, um sich auch der Beinkleider zu entledigen, legte er sich gleich zu Alysson auf den Boden, bedeckte mit seinem Körper den ihren, küßte mit hartem Mund ihre Lippen. Tief drang seine Zunge ein, während seine Finger die Weiblichkeit zwischen ihren Schenkeln suchten. Wie Honig war sie mit ihrer feuchten, köstlichen Wärme, und ganz für ihn bereit. Leise stöhnend stieg er aus seiner Hose, schob Alysson unter seinen liebesbereiten Körper und drückte ihr mit seinem muskulösen Schenkel die Beine auseinander.

Alysson spürte ihn schwer und heiß zwischen ihren Beinen ... spürte, wie seine harte und doch samtweiche Männlichkeit Einlaß heischte. Freudig öffnete sie sich ihm und begann zu wimmern, als er sie ganz ausfüllte, und Tränen der Lust stiegen ihr in die Augen. Während der harte, glühende, pulsierende Speer in sie eindrang, konnte sie nicht anders als die Beine hinter seinem Rücken zu verschränken und die Nägel in seinen Schultern zu vergraben.

Er stieß tiefer, immer tiefer, bis es nicht mehr weiterging. Alyssons unwillkürliches, lustvolles Stöhnen brachte ihn fast um den Verstand. Mit beiden Händen packte er ihre Hüften, hob sie hoch und drang triumphierend erneut in sie ein. Das brennende Verlangen in seinen Lenden nach den langen Tagen und Nächten der Enthaltsamkeit, als er sie weder berühren noch streicheln, noch sich in ihrer samtfeuchten Hitze verlieren durfte, war mehr, als er ertragen konnte. Sein Körper barst fast von dem Drang, sie besitzen zu dürfen.

Mit krächzender Stimme stieß er sinnlose Worte gegen ihren Mund aus, während seine Bewegungen immer heftiger, immer rhythmischer wurden. Alysson schluchzte, ohne es zu merken.

Langsam, befahl sich Jafar — doch es war vergebens. Heftig, unkontrollierbar raste sein Blut. Alysson hatte ihn oft einen Wilden genannt, und genauso fühlte er sich jetzt — wild und kriegerisch. Aber auch sie stand ihm an Ungestüm in nichts nach, ihre Hüften bewegten sich im selben Rhythmus, paarten sich mit seinen.

Außer sich vor Lust wand und bog und spannte sich ihr Körper im Versuch, sich seinen zuckenden, unkontrollierten Bewegungen so gut wie möglich anzupassen.

Und da war sie, die unausweichliche, erschütternde, wunderbar süße Erlösung. Er vernahm ihre verzückten Schreie, fühlte sie schaudern, und im selben Moment zuckte auch sein Körper in einem harten, quälenden Zittern. Ein heiserer Laut entrang sich seiner Kehle, als er mit einem heftigen letzten Stoß sich endlos in sie verströmte.

Mehrere Augenblicke lang lag er völlig reglos da, während die Schauder abebbten und das alles verschlingende Verlangen allmählich der Ruhe wich. Jetzt erst bemerkte er die nachmittägliche Brise, die über die feuchtwarme Haut seines Rückens strich, wurde er sich bewußt, daß er Alyssons zarte Gestalt unter sich förmlich begrub.

Langsam, behutsam glitt er von ihr herunter, zog sie an sich und wickelte fürsorglich seinen Burnus um ihrer beiden Körper. Ihr zufriedener Seufzer war das Echo der Gefühle, die auch er empfand.

Eine geraume Weile lagen sie ruhig und engumschlungen da, und ihre Herzen schlugen im selben Takt. Leicht strich sein Finger über ihre nackte Hüfte. Die Geste, die noch Augenblicke zuvor die lustvollsten Gefühle in ihr geweckt hatte, war jetzt nur noch zart und liebevoll.

Wenig später öffnete Alysson langsam die Augen. Ihr Blick fiel auf die silbernen Streifen des Wasserfalls in der Nähe des Höhleneingangs. Ein warmes Gefühl der Zärtlichkeit erfaßte sie, das nicht weniger atemberaubend war als die wilde Lust, die sie gerade empfunden hatte.

Sie drehte den Kopf zu ihm hin und küßte ihn auf die warme Haut an seiner Schulter. Ihre Lippen nahmen den salzigen Geschmack seiner Erregung und Befriedigung wahr.

»Weißt du eigentlich, daß du immer englisch sprichst, wenn du mich liebst?« murmelte sie.

Ein faules Lächeln lag um seine Augen und verwandelte sie in sonnendurchfluteten Bernstein. »Ach ja?«

»Mmmm ... immer. Aber heute fiel es mir besonders auf.«

Er stützte sich auf, um mit zufriedenem Blick ihren erhitzten, zerzausten Kopf zu betrachten. »Ich scheine mich völlig zu vergessen, wenn ich mit dir zusammen bin, *Ehuresh*.«

Wie gerne hätte Alysson geglaubt, daß sie Jafar so sehr faszinierte, daß er seine eiserne Selbstdisziplin vergaß. »Heute früh ... da habe ich sehr gut verstanden, daß Zohra mich beschuldigte, ich hätte dich verhext«, sagte Alysson zögernd. »Sie nannte mich deine Frau.«

Statt einer Antwort schloß Jafar die Augen. Das Thema Zohra war für ihn eigentlich erledigt, aber er war zu faul und zufrieden, um verärgert zu sein. Außerdem gefiel ihm der Gedanke, daß Alysson auf seine früheren Affären eifersüchtig sein könnte.

»Bin ich deine Frau, Jafar?«

Ein merkwürdiger, leidenschaftsloser Ausdruck zog über sein Gesicht, als er über ihre Frage nachdachte. Er ahnte, daß Alysson in mancher Hinsicht seelenverwandt mit ihm war, vom Schicksal so allein gelassen wie er. Doch erst heute hatte er etwas Erstaunliches festgestellt. Wenn Alysson bei ihm war, schien die Einsamkeit zu verschwinden, die seit dem Tod seiner geliebten Eltern sein ständiger Begleiter gewesen war. Alysson erfüllte sein Leben auf eine Weise, wie er sie bis zum heutigen Tage nicht bekannt hatte. Als er im Burghof Alysson vor Zohras Anschuldigungen in Schutz genommen hatte, da hatte er plötzlich gemerkt, welches Gefühl der Heimat, der Zugehörigkeit, des Besitzenwollens er für sie empfand. Er wollte das Recht, sie beschützen zu dürfen, ihre Liebe und ihre Zukunft mit ihr teilen. Er wollte der Vater ihrer Kinder, der Mittelpunkt ihres Lebens sein, genau wie sie zum Zentrum seiner Welt geworden war.

Doch dieses Recht konnte sich niemand einfach nehmen, es mußte einem freiwillig gewährt werden.

»Wenn du meine Frau wärst«, lautete seine rätselhafte Antwort, »dann würdest du nicht von hier weggehen wollen.«

»Was soll das heißen?« Ihre Augen suchten seinen Blick. »Du erwartest doch wohl nicht von mir, daß ich dir sage, wie gerne ich deine Gefangene bin.«

Jafar seufzte. Es soll heißen, grübelte er, daß sie sich aus freiem Willen entscheiden sollte, ob sie bei ihm bleiben wollte oder nicht. Denn bisher hatte sie sich dazu mit keinem

Wort geäußert. Als er keine Antwort gab, biß sich Alysson auf die Lippe, die von seinen feurigen Küssen immer noch schmerzte. »Tahar hat mir gesagt, daß du ein Mädchen von Geblüt von einem Nachbarstamm heiraten wirst.«

»Ja.« Wieder seufzte er. »Man erwartet von mir, daß ich bei der Wahl meiner zukünftigen Frau politischen Überlegungen Rechnung trage. Als *amghar* ist es meine Pflicht, die Bande meines Volkes durch eine Eheschließung zu festigen.«

»Oh.«

Die stumme Enttäuschung, die er aus ihrem Ton herauszuhören glaubte, ließ Jafars Herz vor Hoffnung höher schlagen. Doch vielleicht deutete er viel zuviel in diese kleine Silbe hinein. Selbst eine noch so offen zur Schau gestellte Eifersucht war noch lange kein Beweis dafür, daß eine Frau tiefere Gefühle hegte. Gefühle wie Liebe, zum Beispiel.

Jafars Unterkiefer verspannte sich. Wie sollte Alysson ihn auch lieben, nach all dem, was er ihr angetan hat? Er hatte sie verführt, ihr die Unschuld geraubt. In schamloser Weise hatte er versucht, in ihr Lust zu wecken und sie einem anderen abspenstig zu machen. Mit der einen Sache zumindest schien er Erfolg gehabt zu haben. Er ahnte, daß er, was die Lust anging, eine gewisse Macht über sie hatte, die weit über die Macht des Herrn über seine Gefangene hinausging. Die Anziehungskraft zwischen ihnen war so stark, daß sie sie weder verleugnen noch ihr widerstehen konnten. Und daß sie hier in seinen Armen lag, jetzt in diesem Augenblick, war der Beweis dafür.

Doch Lust war eine Sache und Liebe eine andere. Ihn zu lieben, dazu würde er sie niemals zwingen können. Mochten sie sich im Augenblick noch so sehr zueinander hingezogen fühlen, bloße körperliche Lust war eine zu unsichere Basis, um darauf eine Zukunft zu bauen.

Und was ihre Frage anging: Nein, zu seiner Frau konnte er sie nicht machen. Und als seine Konkubine würde sie nicht hierbleiben wollen. Allein sie darum zu bitten, wäre schon eine Beleidigung.

Sie heiraten? Seine Religion erlaubte ihm zwar, mehrere Frauen zu haben, doch Alysson würde sich niemals mit einer Nebenrolle zufriedengeben, soweit kannte er sie schon.

Mehr würde er ihr jedoch nicht bieten können. Seine erste Frau müßte ein Mädchen von einem Nachbarstamm sein. Auf seine eigenen Wünsche kam es dabei nicht an, die hatte er den Bedürfnissen seines Volkes unterzuordnen.

Guten Gewissens könnte er Alysson ohnehin nicht vorschlagen, ihr Leben hier zu verbringen, mit ihm zusammen in diesem wilden Land. Schon der Gedanke daran verbot sich. Was könnte er ihr anderes bieten als Krieg und Entbehrung und ein Leben in einer anderen Kultur, in der sie immer eine Fremde blieb?

Und selbst wenn er sie heiraten *dürfte* so bestand stets die Gefahr, daß er in den Kriegshandlungen umkäme, und was sollte dann aus ihr werden? Sie würde allein hier zurückbleiben, fern von ihren Verwandten, abgeschnitten von ihrem gewohnten Leben.

Nein, ohne ihn würde sie viel besser dran sein, unter ihresgleichen, an der Seite eines Mannes, der ihr eine sichere Zukunft bieten konnte.

An der Seite von Gervase de Bourmont.

Unwilkürlich, wie um sie festzuhalten, schloß Jafar seine Arme enger um sie. Der Gedanke, daß sein Erzfeind oder irgendein anderer Mann bekommen sollte, was er gerade genossen hatte, dieselbe Ekstase und Befriedigung, dieselbe Lust und Wärme, dieser Gedanke brachte Jafars Blut in Wallung. Und doch würde er sich an diese Vorstellung gewöhnen und sich damit abfinden müssen.

Alyssons Schicksal lag allein in seiner Hand. Er könnte sie für immer als seine Gefangene hierbehalten oder ihr die Freiheit wiedergeben und sie zu dem Mann zurückschicken, den sie zu lieben vorgab, zu Gervase de Bourmont.

Dem stand schließlich nichts mehr im Wege. Erst gestern hatte er die Nachricht von seinem Unterführer Farhat bekommen, daß die Verhandlungen mit der französischen Kolonialregierung zufriedenstellend verliefen. Der Gefangenenaustausch ging zügig voran. Wenn diese Aktion abgeschlossen war, gab es nicht den geringsten Grund mehr, Alysson und ihren Onkel als Faustpfand zurückzuhalten.

Und die Briefe, die er an hochgestellte Freunde seines Großvaters in England geschrieben hatte, würden auch eines Tages ihre Wirkung zeigen. Damit hoffte er, Alysson die Rückkehr nach Algier zu erleichtern, ihren guten Ruf soweit zu festigen, daß sie unter dem, was geschehen war, nicht allzusehr würde leiden müssen.

Nun hing alles davon ab, ob er seinen Egoismus überwinden könnte, dachte Jafar grimmig. Aber wie sollte er es übers Herz bringen, sie zurückzuschicken?

»Jafar? Hast du ... hast du dir schon eine Braut ausgesucht?«

Jafar fühlte einen Stich in der Brust. Darüber wollte er im Augenblick ebensowenig nachdenken wie über die Frage, ob er Alysson fortgehen lassen sollte. Jetzt wollte er nichts weiter, als die Freude genießen, Alysson wohlig und warm in den Armen zu halten.

»Darüber möchte ich jetzt nicht sprechen, *chérie.*«

»Wenn ich es aber möchte?«

Er blinzelte mit einem Auge und bemerkte die gespielte Strenge in ihren Zügen. »Keine Widerrede, sonst muß der Herr dich züchtigen.«

»O nein, das wird er nicht tun«, konterte Alysson. Er würde ihr niemals weh tun, dessen war sie sich sicher. Ein Lächeln huschte über ihr Gesicht, als sie an seine liebevolle Pflege während ihrer Krankheit dachte. Nein, niemals würde er ihr absichtlich Schmerzen zufügen.

Jafar bemerkte ihr Lächeln und zog eine Augenbraue hoch. »Du scheinst mein Mißbehagen nicht gebührend ernst zu nehmen.«

Mit gespielter Pflichtschuldigkeit senkte sie den Kopf. Wie zufällig strich sie ihm mit den Fingern über die Narbe, die ihre Kugel auf seinem muskulösen Arm hinterlassen hatte. »Und du nimmst *mich* nicht ernst. Denke immer daran, daß ich bei der nächsten Gelegenheit wieder auf dich schießen werde, und ein zweites Mal werde ich mein Ziel nicht verfehlen.«

Er lachte leise. »Das klingt schon eher nach meiner Tigerin die kratzt und beißt ... Wenn sie nicht gerade in meinen Armen schnurrt.« In seinem Ton schwang so viel männliche Selbstgefälligkeit mit, daß er ihren Widerspruch geradezu herausforderte.

»Tigerin ... *Ehuresh* ... Das sind nicht gerade schmeichelhafte Bezeichnungen für mich.«

Jafar drehte sich langsam in ihren Armen um, um ihr voll ins Gesicht zu sehen. »Was möchtest du denn hören, etwa zärtliche Kosenamen? Wie wäre es mit ›Rose der Morgenröte‹ oder ›Perle der Lust‹?«

Sein schmeichlerischer Ton hätte Steine erweichen können. Alysson war halb zum Lachen zumute, halb hätte sie ihm eine herunterhauen können, so sehr ärgerte sie sich, daß er ihre Klage nicht ernst nahm. »Du würdest mich schon beeindrucken, wenn du diese Beziehungen wirklich ernst meintest«, entgegnete sie mit einer kleinen Grimasse.

»Aber ich meine sie wirklich ernst.« In seinen Zügen spiegelten sich die maskuline Kompromißlosigkeit und die kühle Amüsiertheit, die sie bei ihm allmählich kannte. »Du bist ein Stern im Paradies, ein Juwel in des Sultans Schatzkammer ...«

»Und Geliebte«, warf sie ernüchternd ein.

Der amüsierte Ausdruck in seinem Gesicht verschwand allmählich. »Ja, auch Geliebte.«

So ernüchternd diese Tatsache auch war, so sehr wünschte sie sich doch, Jafars Geliebte zu sein, die Geliebte dieses umwerfend maskulinen, schönen, wilden Mannes mit dem weichen Kern. Leider verhinderte die harte Wirklichkeit, daß sie Liebende werden konnten.

»Und Gefangene«, vervollständigte sie die Aufzählung.

Jafar sah sie einen Moment lang an, dann schüttelte er bedächtig den Kopf, und sein Ausdruck wurde wieder weicher. »Heute nicht, *Ehuresh*. Heute bin ich völlig in deiner Gewalt.«

»Wirklich?« fragte sie skeptisch.

»O ja, voll und ganz.«

Die Aussichten, die sich ihr damit plötzlich eröffneten, beflügelten ihre Fantasie. Nachdenklich sah sie ihn an. »Gut, ich fände es ausgesprochen anregend, wenn du zur Abwechslung einmal *mein* Gefangener wärst.«

Sein breites, sinnliches Lächeln ging ihr durch und durch. »Einverstanden, heute nachmittag will ich einmal dein Sklave sein, *chérie*«, versprach er galant.

Alysson ließ sich von seinem friedfertigen Gesichtsausdruck und der zur Schau gestellten Unterwürfigkeit nicht täuschen. Aber sie war Frau genug, um sich von seinem Angebot anregen zu lassen. Aufreizend sah sie ihm direkt ins Gesicht, und aus ihren glänzenden Augen sprach nicht nur die Bereitschaft, es mit ihm aufzunehmen, sondern auch die blanke Lust. »Du hast ja immer noch etwas an«, stellte sie provozierend fest. »Zieh dich aus«, befahl sie, »ich will dich sehen.«

Er zögerte nur eine Sekunde und tat, wie ihm geheißen. Mit einem Schulterzucken fügte er sich in sein Schicksal und befreite sich aus Alyssons Armen, warf den Burnus zur Seite, zog im Sitzen seine Stiefel aus und erhob sich, um die Beinkleider abzulegen.

Alysson konnte nicht anders, sie mußte Jafar ansehen, wie er da über ihr stand, die Beine leicht auseinandergestellt, ganz gnadenlose, geballte Kraft und geschmeidige Eleganz; sein bloßer Anblick erregte sie. Magisch angezogen glitten ihre Blicke nach oben über seinen muskulösen Körper, strichen die langen, goldbraunen Beine entlang bis zu der harten, hervorstehenden Männlichkeit, dem untrüglichen Zeichen seines Begehrens.

»Siehst du, was du mit mir machst, mein Juwel?« klagte er teils amüsiert, teils ernst. »Wie du mich leiden machst?«

Erschrocken sah sie, wie Jafar nach unten griff, um sein schwellendes Geschlecht in die Hand zu nehmen, wie seine sonnengebräunten Finger sich um den dicken Schaft legten, um die blasse, rotüberhauchte Haut. Und noch entsetzter war sie über seine skandalöse Frage. »Willst du vielleicht, daß ich dir auch ein bißchen weh tue und dich dies spüren lasse?«

Schockiert über die nackte Begierde, die sie bei dieser Frage durchströmte, hielt Alysson den Atem an. Langsam hob sie den Blick zu Jafars schmalen, ausdrucksvollem Gesicht. In seinen Zügen stand die pure Leidenschaft.

Ihre Augen versenkten sich ineinander, ihr Blick verschleiert, seiner heiß. Alysson schauderte über den unverhohlenen Hunger, den sie in seinen goldenen Augen sah.

Ohne sie aus den Augen zu lassen, legte er sich wieder zu ihr hin und stützte sich auf den Ellboten. Ohne Hast schob er den Burnus weg, bis sie nackt dalag.

»Befiel mir, und ich stehe zu deiner Verfügung, Geliebte«, wiederholte Jafar heiser. »Sag mir, was du gerne hättest.«

»Küß mich«, flüsterte Alysson, kaum noch fähig, laut zu sprechen.

Willig seufzte er und senkte seine Lippen auf ihren Mund herab. Wie im Fieber schlossen sich ihre Arme um ihn, doch nur um kurz darauf die Wärme seiner Haut zu erkunden, ihm forschend über … die Brust … den muskulösen Bauch … die Lenden zu streichen. Er schnappte nach Luft, als ihre Finger neugierig über die pulsierende Spitze seiner Männlichkeit glitten. Lustvoll kostete sie das Gefühl aus, ihn überall, wo sie nur wollte, berühren zu können, bis Jafar mit einem kleinen Fluch ihre Handgelenke packte und ihr mit einer Hand die Arme über den Kopf streckte und sie dort festhielt.

Damit war sie außer Gefecht gesetzt und sein Angebot, ihr gefügig sein zu wollen, schon wieder hinfällig. Doch Alysson war längst über den Punkt hinaus, wo es noch darauf ankam, wer der Gebieter war und wer der Sklave. Nichts anderes fühlte sie mehr als dieses schwindelerregende Gefühl, langsam verführt zu werden.

Mit einer Serie köstlicher Küsse glitten seine Lippen über ihren Mund, ihren Hals und weiter hinunter zu ihren Brüsten, um sich lüstern an ihnen zu ergötzen.

Stöhnend bäumte sich Alysson auf und ergab sich ganz seinen Liebkosungen. Sie fühlte, wie ihre Brustwarzen anschwollen und die geringste Berührung seiner Zunge ihr Schauer über den Rücken jagten.

Was nun begann, kam einer süßen Folter gleich. Mit nicht mehr als den leisesten Liebkosungen, mit seinem warmen Atem und kleinen, sanften Bissen neckte er sie, offenbar entschlossen, sie langsam zum Wahnsinn zu treiben. Der Verzweiflung nahe küßte sie jede Stelle an ihm, deren sie habhaft werden konnte, grub ihre Zähne sanft in seine Schulter und kostete die warme, sinnlich duftende Haut. All dies vermochte jedoch nicht, Jafar von seinem Tun abzubringen.

»Jafar . . . bitte, ich ertrage es nicht länger«, flehte sie schließlich. Als er immer noch nicht aufhören wollte, befreite sie ihre Hände aus seinem Griff, fuhr ihm mit den Fingern in die Haare und zog daran, bis er gezwungen war, den Kopf zu heben. »Jafar, bitte . . .«

Dunkel und leidenschaftlich glänzten seine Augen, als er zu ihr hinunterblickte. »Schließlich hast du mich verhext, daß ich dich begehre«, sagte er leise. »Deshalb ist es auch nur recht und billig, wenn ich alles tue, damit auch du mich begehrst.«

»Aber ich begehre dich doch«, entgegnete sie atemlos.

Zufrieden mit dieser Antwort drehte er sich plötzlich auf den Rücken und setzte sie rittlings mit gespreizten Beinen über seine Hüften. Lächelnd sah er zu, wie sie vor Freude über ihre dominante Stellung errötete, wie sich ihre Augen verschleierten, als er sie langsam weiter hinunterschob und sie auf seine steil aufragende Männlichkeit setzte, und vernahm ihren befriedigten Seufzer. Als er tief in sie eingedrungen war, hörte er auf, sich zu bewegen. Er konnte das pulsierende Verlangen spüren, das sich um ihn herum ausbreitete, ihn festhielt. *Meine Gefangene,* dachte er, während sein Fleisch immer stärker anschwoll. Sie war zwar seine Geisel, doch in Wahrheit war er derjenige, der mit seidenen Fesseln der Lust an sie gekettet war.

»Jafar!« beklagte sie sich über seine Reglosigkeit.

Gehorsam begannen seine Hüften einen langsamen, stoßenden Druck nach oben. »Ist es gut so, Geliebte?« fragte er sie mit rauher Stimme.

»Ja ... du ... machst es richtig!«

»Du hast ja Muskeln, von denen ich noch gar nichts wußte«, murmelte er heiser und freute sich an ihrem verwirrten, lustvollen Ausdruck. »Spanne sie an und halte mich mit ihnen fest.«

Unwillkürlich spannte sie die Muskeln in ihrem Inneren um seine Männlichkeit an, und er reagierte mit leisem Stöhnen.

Doch noch immer war er nicht bereit, seine Bewegungen zu intensivieren. Bis zum endgültigen und erschütternden Moment der Ekstase behielt er die Kontrolle über sich. Bis dahin waren seine Bewegungen so köstlich langsam, daß sie fast den Verstand verlor.

Es schien, als habe er vor, sie den ganzen goldenen Nachmittag über vor Verlangen wahnsinnig zu machen. Mehrmals ließ er ihren Körper vor Begierde erzittern, während er ihr zeigte, wie sie ihm Lust bereiten konnte.

Dann wieder spielten sie ein Liebespaar ... alberne, erotische Spiele, bei denen Alysson immer wieder errötete. Und immer wieder zeigte Jafar ihr, daß er sie begehrte, leicht entflammbar und immer wieder liebesbereit. Seine Leidenschaft erfüllte ihr hungerndes weibliches Herz.

Doch was er ihr versagte, das waren Worte der Liebe, nur mit seinem Körper drückte er seine Gefühle aus.

Doch dies war der einzige Mißton, der einzige Gedanke an die rauhe Wirlichkeit, der den zauberhaften Tag überschattete.

Kapitel 22

Die Wirklichkeit holte sie ein, als sie am Abend zu Hause eintrafen. Onkel Honoré wartete bereits ungeduldig auf sie. Mit den Decken kämpfend lag er auf seinem Krankenbett, und man sah ihm an, daß er lieber im Zimmer auf- und abgegangen wäre, wenn seine Verletzung es ihm erlaubt hätte. Sein Gesicht war puterrot vor Sorge und Enttäuschung.

Schlagartig wurde Alysson klar, daß er alles über Jafar und sie wußte.

Zwei Gefühle begleiteten diese Erkenntnis — Verlegenheit und Bedauern; Verlegenheit, weil ihr Körper von der Liebe noch glühte und ihre Seele von der Erinnerung an den Nachmittag noch bebte, Bedauern, weil sie gerne verhindert hätte, daß ihr Onkel vom Verlust ihrer Unschuld erfuhr. Honoré hatte so sehr gehofft, daß sie ihre Gefangenschaft unbeschadet würde überstehen können. Um ihn nicht zu beunruhigen, hatte sie ihm nicht die ganze Wahrheit über ihre Zeit mit Jafar erzählt. Wahrscheinlich hätte er sich sonst verpflichtet gefühlt, ihre Ehre zu verteidigen und Jafar zum Duell gefordert oder etwas ähnlich Törichtes getan, was ihn das Leben hätte kosten können.

Als Honoré sie jetzt mit sorgenvollem Blick ansah, gab Alysson das Versteckspiel auf. Neben seinem Bett auf die Knie sinkend ergriff sie seine Hand. Sie mußte ihrem Onkel klarmachen, daß sie sich Jafar aus freien Stücken hingegeben hatte.

»Er hat mich zu nichts gezwungen, Onkel«, sagte sie ruhig. »Ich habe es freiwillig getan.«

»*Sacre Dieu* . . .« Honoré starrte sie an. »Wie konntest du nur, Alysson? Der Mann ist ein Wilder, ein Barbar.«

»O nein, keineswegs. Er ist genauso zivilisiert wie du und ich. Außerdem ist er der Sohn von . . .« Alysson hielt plötzlich inne. Wie gerne hätte sie ihrem Onkel von Jafars englischer Abstammung erzählt, aber bevor Jafar nicht seine Zustimmung dazu gab, hatte sie kein Recht dazu. »Er ist in Europa aufgewachsen«, beendete sie lahm den Satz.

»Als ob das eine Rolle spielt! Er ist ein Heide und Mörder!«

»Nein, das ist er nicht!«

»O doch! Er und seine wilden Horden haben ganze Regimenter französischer Soldaten abgeschlachtet! Und beinahe hätte er auch noch den Mann getötet, den du hättest heiraten können! Hast du Gervase denn ganz vergessen?«

»Nein.« Sie zog ihre Hand aus seinem Griff, denn wieder flackerte das Schuldgefühl auf. »Ich habe nichts vergessen.«

»Alysson …« Honoré machte nur eine hilflose Geste. »Du weißt, ich liebe dich wie mein eigen Fleisch und Blut. Ich will ja nur das Beste für dich. Am liebsten würde ich dies alles nur für einen weiteren deiner wilden Streiche halten. Aber offenbar hat dich die schwere Zeit, die du durchgemacht hast, ziemlich durcheinandergebracht.«

Alysson blickte zur Seite, in ihrem Hals saß ein Kloß. »Ich will ihn haben. Wäre das denn ein so großer Fehler?«

Honoré reckte die Faust in die Luft. »Ja, das wäre es mit Sicherheit! Welche Zukunft würde dich denn erwarten?«

»Ich … weiß nicht.«

Honoré schüttelte sorgenvoll den Kopf. »Ihr beide seid zu verschieden. Ihr kommt aus ganz unterschiedlichen Welten. Es würde niemals gutgehen.«

Alysson gab keine Antwort.

»Zu welch einer Schreckensreise unser Besuch hier geworden ist«, murmelte Honoré schließlich. »Ich wünschte, wir wären nie in dieses unheilige Land gekommen.«

Alysson war da ganz anderer Meinung. Wenn sie nicht nach Algerien gekommen wäre, hätte sie Jafar nie kennengelernt, sich nie verliebt und nie diese Erfüllung als Frau erlebt. Auf der anderen Seite konnte sie die Besorgtheit ihres Onkels auch nicht ganz von sich weisen. Auch sie mußte sich fragen, welche Zukunft sie an Jafars Seite erwartete. Dieser Frage war sie bisher ausgewichen, jetzt aber sollte sie der alles beherrschende Gedanke werden. Sie liebte Jafar, aber sie wußte nicht, ob er ihre Liebe jemals erwidern würde. Es gab so vieles, was sie trennte. Selbst wenn sie bereit wäre, ihr früheres Leben aufzugeben, um mit ihm wenigstens zusammenleben zu können — ihre Familie, ihre Religion, ihre gesamte Kultur — würde Jafar sie überhaupt wollen, sie, eine Engländerin? Und wenn ja, in welcher Rolle? Sie konnte sich nicht vorstellen, daß er ausgerechnet eine Frau aus England haben wollte, da er doch seiner englischen Herkunft abgeschworen hatte. Außerdem waren es Europäer, also Leute wie sie, die den Mord an seinen Eltern und die Eroberung seines Landes auf dem Gewissen hatten.

Allein der Gedanke, daß Jafar sie zur Frau nehmen könnte, war schon vermessen. Er hatte nie von Ehe gesprochen, nicht einmal von Liebe. Und seine Pflicht gebot ihm, ein Mädchen aus seinem eigenen Volk zu heiraten.

Was er wohl mit seiner rätselhaften Bemerkung gemeint hatte, fragte sich Alysson. *Wenn du meine Frau wärst, dann würdest du nicht von hier weggehen wollen.* Wollte er damit andeuten, daß die Entscheidung bei ihr lag? O nein, er würde es ihr sicher nicht freistellen, ob sie gehen wollte oder nicht. Sie wußte ja, wie besitzergreifend er war. Was ihm einmal gehörte, das gab er so schnell nicht wieder her. An jenem Nachmittag am Wasserfall zum Beispiel hatte er ihr auch nur im Scherz angeboten, für kurze Zeit ihr Sklave zu sein. Es war zwar sehr schön gewesen, ihn beim Liebesspiel ganz in ihrer Gewalt zu haben, aber ihre angebliche Macht hing ganz allein von seinem Gutdünken ab, er hatte sie ihr gewährt. Und auch Jafars Prophezeiung, daß sie ihn eines Tages Gebieter nennen würde, hatte sie nicht vergessen.

Aber solch eine Beziehung wollte sie nicht. Sie wollte Gleichberechtigung, nicht ein Verhältnis wie zwischen Herr und Sklavin. Aber was sie wollte, zählte anscheinend nicht. Immer mehr wurde ihr klar, daß ihr Glück einzig und allein in Jafars Hand lag.

Die Warnungen ihres Onkels, daß es für sie mit Jafar keine Zukunft geben könne, hatte sie in den Wind geschlagen, aber darauf kam es inzwischen gar nicht mehr an. Es war zwar sehr traurig, aber sie hatte keinerlei Stolz mehr. Sie wäre sogar bereit, als seine Geliebte bei ihm zu bleiben, wenn er sie darum bäte.

Aber auf diese Bitte wartete sie vergebens.

Die Zeit nach dem zauberhaften Liebesnachmittag wurde für Alysson zur Tortur. Sie wußte nicht, was sie tun und was sie denken sollte, so widerstrebend waren ihre Gefühle. Nur ihr Selbstwertgefühl hielt sie davon ab, ihm ihre Liebe zu gestehen. Welch erbärmliches Bild würde sie abgeben, wenn sie ihn anflehte, bei ihm bleiben zu dürfen, und er es dann ablehnte. Oder wenn er nach einer Weile ihrer überdrüssig wäre und sich einer anderen Frau zuwenden würde. Sein Mitleid wäre ebenso unerträglich wie seine Gleichgültigkeit. So schwieg sie lieber, schwieg genauso hartnäckig wie er.

Wie gerne hätte sie versucht, die trüben Gedanken auf dem Rücken eines schnellen Pferdes zu vertreiben. Doch das Wetter war kalt und unangenehm geworden, Novemberstürme bliesen und peitschten den Regen über das Land. Vor allem aber hatte Jafar ihr verboten, ohne seine Begleitung das Haus zu verlassen, denn wie es hieß, streifte wieder einmal ein Löwe auf der Suche nach Beute durch die Berge. Alysson wäre trotzdem gerne ausgeritten, aber Jafar blieb hart. Nach der schweren Vergiftung durch den Skorpionstich wollte er auf keinen Fall zulassen, daß sie sich ein zweites Mal in Lebensgefahr begab.

Nach ihrer Berechnung mußte es etwa Ende November sein, als ein Ereignis eintrat, das sie von ihren eigenen Sorgen ablenkte, weil Jafars Schicksal davon abhing. Alysson war auf das flache Dach von Jafars Berberfestung hinaufgestiegen, um ein wenig mit sich allein zu sein. Von ihrem hohen Standpunkt aus konnte sie beobachten, wie dunkelgekleidete Männer auf den Dorfplatz zuströmten. Mit einem unguten Vorgefühl eilte sie ins Haus hinunter, wo ihr als erster Mahmoud über den Weg lief, das einzige männliche Wesen, das sich noch im Hause aufhielt. Der Stammesrat trat zusammen, um über die gegen Jafar erhobenen Anschuldigungen abzustimmen, und Mahmoud war noch zu jung, um daran teilzunehmen. Alysson wurde blaß, als sie davon erfuhr, dann aber straffte sie entschlossen die Schultern. »Ich möchte auch zu der Versammlung gehen, Mahmoud. Willst du mich begleiten?« Sie hatte den Satz noch nicht beendet, als sie schon kehrtmachte und raschen Schrittes den Burghof durchquerte.

»Sie? Aber Sie sind doch eine Frau, *Lallah!*«

»Was spielt das für eine Rolle?« gab sie ungeduldig zur Antwort und eilte so rasch davon, daß Mahmoud Mühe hatte, mit ihr Schritt zu halten.

»Frauen ist es nicht gestattet, ohne besondere Einladung an der Versammlung teilzunehmen.«

Als Alysson bemerkte, daß der Junge nicht mithalten konnte, hielt sie inne, um auf ihn zu warten. »Ich möchte zur Verteidigung deines Herrn sprechen, mit oder ohne Einladung. Aber ich brauche dich als Dolmetscher. Kommst du nun mit mir oder nicht?«

Auf den Zügen des Jungen spiegelte sich der Kampf wider, der in seinem Inneren tobte. Durfte er seinem Herrn ungehorsam werden? Aber schließlich wäre es ja nur zu seinem Besten. »Oh, *Lallah,* ich traue mich nicht«, jammerte er.

»Dann gehe ich eben allein.«

Damit war die Sache entschieden; Mahmoud ging mit zum Dorfplatz.

Die Krieger, die Jafars Haus bewachten, ließen sie ungehindert passieren, aber als sie sich der Menschenmenge näherten, verlangsamte Alysson ihren Schritt und zog die Kapuze ihres Burnus tiefer in die Stirn, um ihr Gesicht zu verbergen. Es gelang ihr auch, längere Zeit unentdeckt zu bleiben. Fast alle Männer von Jafars Stamm waren anwesend, erklärte Mahmoud flüsternd, dazu noch die Würdenträger aller benachbarten Stämme. Glücklicherweise saßen alle mit dem Rücken zu ihr und richteten ihre Aufmerksamkeit auf die Sprecher in der Mitte der Versammlung. Jafar konnte sie nicht sehen, aber von Zeit zu Zeit hörte sie ihn sprechen. Und mit Mahmouds Hilfe gelang es ihr, der Beratung in großen Zügen zu folgen.

Als Hauptankläger trat ein Mann auf, der offenbar ein Vetter von Zohra und ein *Caid* eines benachbarten Stammes war. Sein Vorwurf an Jafar lautete auf Bruch des Schwurs der Blutrache.

»Sie haben es versäumt, den Tod Ihres Vaters zu rächen«, schleuderte Zohras Vetter Jafar mit durchdringender Stimme entgegen.

Jafar begann seine Verteidigung mit der Erklärung, warum er das Leben seines früheren Todfeindes verschont hatte.

»Meines Vaters Tod war bereits mehrfach gerächt. In der Schlacht war genügend Blut geflossen.«

Als sich um Alysson herum plötzlich ein Chor von Flüsterstimmen erhob, wußte sie, daß sie entdeckt worden war. Hundert Augenpaare starrten sie an. Wie es gekommen war, ebbte das Geflüster wieder ab, während das Meer der Krieger sich langsam teilte, um für die ranghöchsten Ratsmitglieder Platz zu machen. An den finsteren Mienen der Männer konnte sie ablesen, daß man ihr die Störung der Versammlung übelnahm. Zohras Vetter und einige andere schienen über ihre Anwesenheit sogar höchst aufgebracht zu sein.

Was Jafar von alldem hielt, vermochte sie nicht zu sagen. Als er sie entdeckte, verengten sich seine Augen einen Moment lang zu schmalen Schlitzen, mehr ließ er sich nicht anmerken. Möglicherweise hatte er ihr einen so ungeheuerlichen Schritt sogar zugetraut, dachte Alysson nervös. Er stand nur da und wartete, mit seinem scharlachroten Umhang jeder Zoll ein Fürst, ganz majestätischer Krieger und Herr der Lage. Angezogen von der Macht, die von seinen goldenen Augen ausging, machte Alysson ein paar Schritte nach vorn, während Mahmoud unglücklich hinterdreintrottete.

»Ich bitte um Erlaubnis, zum Rat sprechen zu dürfen«, sagte sie schließlich bei Jafar angekommen, und sie war froh, daß ihre Stimme nicht zitterte.

»Zu welchem Zweck, Mademoiselle?« Sein kühler Ton verriet kein Gefühl und keinerlei Ermunterung für sie.

Zerknirscht überlegte Alysson, daß es vielleicht doch töricht gewesen war, in die Angelegenheiten des Rates eingreifen zu wollen, aber untätig zusehen, welch hohen Preis Jafar dafür bezahlen sollte, daß er Gnade vor Recht hatte ergehen lassen, das konnte sie ebensowenig. »Ich möchte zu Ihrer Verteidigung sprechen. Gleich welche persönlichen Gründe Sie geleitet haben mögen, Gervase de Bourmont das Leben zu schenken, politisch gesehen war das ein äußerst kluger Zug. Bourmont ist einer der wenigen französischen Regierungsvertreter, die Ihrer Sache positiv gegenüberstehen. Er könnte Ihnen helfen. Ich bin der Meinung, Ihre Stammesfürsten sollten das wissen, bevor sie Sie verurteilen.«

Einen Augenblick lang nahm Jafars Gesicht einen sanften Zug an. Ob er sich über ihre leidenschaftliche Verteidigung freute oder ungehalten war, konnte sie nicht erkennen. »Sie haben keine Veranlassung, hier zu sein, *Ehuresh.*«

Sie wollte gerade protestieren, doch seine nächsten Worte hielten sie davon ab. Erneut hob Jafar die Stimme, um zum Rat zu sprechen. »Bourmont ist ein guter Mann«, sagte er klar und deutlich in seiner Sprache.

Zuerst glaubte Alysson, sie hätte ihn mißverstanden, obwohl sie die Sprache der Berber inzwischen schon recht gut beherrschte, doch dann bestätigte ihr Mahmouds Übersetzung ins Französische, daß sie richtig gehört hatte. Ihre Augen weiteten sich in ungläubigem Staunen. Konnte es wirklich sein, daß Jafar seinen Todfeind verteidigte?

»Dieser Franzose unterscheidet sich von den anderen«, tat er den Versammelten kund. »Er hat seine Stellung nicht dazu benutzt, uns in Armut und Abhängigkeit zu stürzen, sondern um unserem Volk zu helfen. Die Engländerin hier hat sich bei mir für sein Leben eingesetzt und seine Unschuld beschworen, und ich habe ihr geglaubt. Gervase de Bourmont ist nicht wie sein Vater. Deshalb hat er auch nicht sein Leben verwirkt.«

Überrascht, verwundert, aber auch mit großer Freude folgte Alysson Jafars Worten. *Gervase de Bourmont ist nicht wie sein Vater,* hatte Jafar gesagt, und er sollte auch nicht für die Sünden seines Vaters sterben müssen. Es war für Jafar sicher nicht leicht, ein so großmütiges Zugeständnis zu machen, dachte Alysson und konnte den Blick nicht von ihm wenden, während er mit seiner Verteidigung fortfuhr. »Bourmonts Gefangennahme erweist sich für unsere Sache sogar als segensreich. Wir werden ihn gegen zahlreiche unserer Kriegsgefangenen austauschen. Damit werden viele Krieger des Emirs am Leben bleiben und weiterkämpfen können.«

Nachdem die Versammelten diesen Punkt ausführlich erörtert hatten, wobei Mahmoud so gut er konnte alles übersetzte, stand Alysson plötzlich selbst im Mittelpunkt des Interesses.

»Die ungläubige Engländerin hat einen schlechten Einfluß auf Sidi Jafar!« rief Zohras Vetter. Zornig erwiderte Jafar, daß er es ablehne, zu diesem Thema Stellung zu nehmen.

»Hier handelt es sich um nichts weiter als um eine Frau«, wies er seinen Ankläger in schneidendem Ton zurecht, »und ich betrachte es als eine ungeheuerliche Beleidigung, mir zu unterstellen, ich hätte mich durch sie beeinflussen lassen. Außerdem ist sie meine Gefangene, und ich kann mit ihr machen, was ich will. Es steht Ihnen frei, mich abzuwählen, aber weiter geht Ihre Befugnis nicht. Sie werden mir nicht vorschreiben, welche Frauen ich zu nehmen oder welche Gäste ich in mein Haus zu laden habe. Wenn Sie einen anderen Anführer wollen, werde ich abtreten, aber ich verlange, daß hier nichts weiter verhandelt wird als der Sachverhalt, der Anlaß unserer Versammlung ist.«

Alysson war so beschäftigt mit den neuerlichen Vorwürfen, die Zohras Vetter Jafar entgegengeschleudert hatte, daß sie gar nicht wahrgenommen hatte, daß Jafar sie offenbar von hier wegschickte. Sie versuchte, sich ganz ruhig zu verhalten und dem Fortgang der Debatte zu folgen.

Die Versammlung wandte sich schließlich wieder dem ursprünglichen Thema zu, nämlich der Frage, ob Jafar die Stammesgesetze gebrochen hatte, indem er das Leben des Mörders seines Vaters schonte. Ein ernst dreinblickender, schwarzbärtiger Mann brachte schließlich mit einem Wort des Propheten Mohammed ein neues Argument in die Diskussion. »›Vermeidet, wo irgend möglich, den Vollzug einer verhängten Strafe‹, sagt der Prophet, ›und laßt beim leisesten Zweifel den Mann laufen. Denn es ist besser, der Ritter irrt bei der Begnadigung als bei der Bestrafung.‹«

Gebannt verfolgte Alysson die Debatte. Als Jafar erneut das Wort an sie richtete, zuckte sie zusammen.

»Sie, Mademoiselle«, sagte er höflich, »bitte ich nun, in mein Haus zurückzukehren. Wir haben hier noch Geschäfte zu erledigen.«

Sein ruhiger, bestimmter Ton ließ keine Widerrede zu. Alysson, die allmählich einsah, daß sie mit ihrer Anwesenheit nichts mehr ausrichten würde, errötete und senkte den Kopf. Ihre Aussage hatte Jafar nichts genützt, sondern höchstens seinen Widersachern, die ihm unterstellten, er habe sich von einer Ungläubigen beeinflussen lassen, neues Pulver geliefert.

Eine Entschuldigung murmelnd zog sich Alysson so unauffällig wie möglich zurück, nicht jedoch ohne Mahmoud gebeten zu haben, noch zu bleiben, um ihr später über den Ausgang der Verhandlung berichten zu können.

Zu Jafars Haus zurückgekehrt, wartete sie im Innenhof ungeduldig auf den Urteilsspruch. Aber erst zwei Stunden später kam Mahmoud eilig auf sie zugehumpelt. Mit einem begeisterten Wortschwall in der Berbersprache begann er, linkisch im Kreise herumzuhüpfen. Erschrocken erhob sich Alysson von ihrem Sitz und versuchte die Jagdhündin zu ihren Füßen zu beruhigen, die den Jungen zähnefletschend anknurrte.

»Der Rat hat sein Urteil gesprochen!« rief Mahmoud nun auf französisch aus. »Der Herr ist in allen Anklagepunkten freigesprochen worden! Er bleibt unser *Amghar el-Barood!*«

Lächelnd sah sie den Jungen an. Ein wunderbares Gefühl der Erleichterung durchströmte sie. Jafar war in seiner Stellung als Kriegsherr bestätigt worden. Man hatte ihn nicht abgesetzt, nur weil er Milde gezeigt hatte.

»Dem Himmel sei Dank«, murmelte sie, aus tiefster Seele dankbar. Dann befahl sie Mahmoud, sich neben sie zu setzen und ihr genau zu berichten, was vorgefallen war, nachdem sie die Versammlung verlassen hatte.

Wie der Junge ihr bestätigte, hatte ihr Versuch, Jafar zu entlasten, wenig bewegt. Erst die vom Herrn selbst vorgetragenen Argumente hatten beim Stammesrat einen Meinungsumschwung bewirkt, und man hatte eingesehen, daß der Austausch von Gefangenen für die Sache der Berber wichtiger war, als das Blut eines Mannes zu vergießen. Am Ende hatte sich die Versammlung fast einstimmig für Jafar ausgesprochen. Jafar hatte seinen Rang als *Amghar el-Barood* behalten.

Sie dankte Mahmoud für die Überbringung der guten Nachricht und blieb, als er gegangen war, noch eine Weile sitzen, um nachzudenken und mit sich ins reine zu kommen.

Als sie kurze Zeit später Schritte hörte, hob sie den Kopf und blickte geradewegs in Jafars Augen. Irgendwie brachte sie es fertig zu sprechen. »Ich bin so froh, daß du den Stammesrat überzeugen konntest, Jafar.«

»Danke. Das bin ich auch.« Halb zärtlich, halb ernst sagte er sanft: »Dein Verteidigungsversuch wäre nicht nötig gewesen, *Ehuresh*.«

»Ja ... Das habe ich auch gemerkt.«

»Aber ich rechne es mir als Ehre an, daß du es versucht hast.«

Alysson blickte ihn an und war sich nicht sicher, ob er seine Worte ernst meinte.

Als er den Arm ausstreckte, um ihr liebevoll die Hand auf die Wange zu legen, schloß sie die Augen, denn sie mußte an seine Äußerung vor der ganzen Versammlung denken. *Hier handelt es sich um nichts weiter als um eine Frau ... und ich betrachte es als eine ungeheure Beleidigung, mir zu unterstellen, ich hätte mich durch sie beeinflussen lassen.* Jetzt war sie sich ganz sicher, Jafar wollte weder ihre Liebe noch ihre Einmischung in seine Angelegenheiten.

Als er sich schließlich abwandte, hielt sie ihn nicht zurück. Aber sie fühlte sich plötzlich von aller Welt verlassen.

Ihre Hilfe hatte er nicht gebraucht, im Gegenteil, sie hatte ihm nur geschadet.

Die Freude, die sie über seinen Freispruch empfunden hatte, wich einer anderen Empfindung, dem Gefühl der Verzagtheit. Oh ja, ihr Onkel hatte recht gehabt. Eine Zukunft an Jafars Seite würde es für sie nicht geben. Eine kleine Weile lang hatte sie sich dieser schönen Illusion hingegeben.

Nein, sie mußten sich trennen.

Ernüchtert riß Alysson sich zusammen, schluckte und versuchte, die heißen Tränen, die ihr in die Augen stiegen, zurückzudrängen. Jetzt mußte sie stark sein. Um seinetwillen und auch um ihrer selbst willen mußte sie dem heimtückischen, hinterhältigen Wunsch entsagen, der sie glauben machen wollte, daß sie zusammen ein Leben aufbauen könnten. Ihre Leidenschaft füreinander und ihre Liebe zu ihm waren dafür nicht genug.

Wenigstens hatte sie von ihm kein Kind empfangen, dachte Alysson düster. Sie war sich sicher, daß sie nicht schwanger war, denn ihre monatliche Regel hatte kurz nach ihrem letzten Stelldichein eingesetzt. Dafür mußte sie dankbar sein, denn soweit sie Jafar kannte, würde er sie nie fortgehen lassen, wenn sie von ihm schwanger wäre. Und fortgehen mußte sie. Sie mußte ihn verlassen, solange sie noch in der Lage war, ihn zu vergessen. Irgendwie mußte sie dieser unmöglichen, aussichtslosen Liebe entfliehen, die sie zu verzehren drohte. Als spürte sie Alyssons Verzweiflung, hob die Jagdhündin den schmalen Kopf, schnüffelte an Alyssons kalter Hand und leckte ihr mit offensichtlichem Mitgefühl die Finger. Gedankenverloren streichelte Alysson der Hündin den Kopf mit dem seidigen Fell, aber die freundliche Geste des Tieres vermochte sie nicht zu trösten. Viel mehr als dies würde nötig sein, um die tiefe Verzweiflung zu verjagen und den Schmerz in ihrem Herzen zu lindern.

Kapitel 23

Die Gelegenheit für Alysson, die Freiheit wiederzuerlangen, ergab sich plötzlich und überraschend. Es war der erste Dezember, ein Tag, der von zwei beunruhigenden Ereignissen überschattet war.

Zuerst kam die schreckliche Nachricht, daß der Löwe wieder einmal durch die Berge streifte und in der Nacht eine Frau aus einem Nachbarstamm angefallen und getötet hatte. Mahmoud schilderte Alysson die grausigen Einzelheiten des Vorfalls, während er ihr das Frühstück servierte.

»*Ezim ezher*«, sagte der Junge feierlich und voller Ehrfurcht. »Der Löwe hat gebrüllt.«

Alysson, der der Appetit vergangen war, schob den Teller von sich, während Mahmoud sich weiter über das Thema ausließ. Die Berber, so erzählte er, hatten größten Respekt vor dem König der Tiere, den sie *Sidi* nannten, was soviel wie Herrscher oder Gebieter bedeutete. Die Menschen von Jafars Stamm vertrauten jedoch darauf, daß ihr Herr den Löwen aufspüren und zur Strecke bringen würde. Tatsächlich traf Jafar bereits Vorbereitungen zur Jagd auf das gefährliche Tier, das schon seit längerer Zeit die ganze Gegend in Angst und Schrecken versetzte.

Kurz vor seinem Aufbruch trat ein anderes Ereignis ein, das Alysson mit einer unguten Vorahnung erfüllte. Von der Westgrenze des Landes strömten Boten herbei, die sofort in Jafars Empfangszimmer geführt wurden. Sie brachten die Nachricht, daß der Sultan von Marokko den Anführer der Berber, den edlen Abd el-Kader, an die Franzosen verraten habe. Jeden Moment könnte Abd el-Kader gezwungen sein, das marokkanische Exil wieder zu verlassen und nach Algerien zurückzukehren.

Diese Nachricht traf Alysson wie ein Schlag. Umgeben von dem Luxus und den Annehmlichkeiten im Hause Jafars hatte sie in den vergangenen drei Wochen fast vergessen, daß im Lande immer noch Krieg herrschte. Erst die Nachricht von den bedrückenden Entwicklungen in Marokko brachte sie unsanft in die Wirklichkeit zurück. Für Jafar war der Konflikt noch keineswegs ausgestanden, er wußte, welche Gefahr seinem Volk weiterhin drohte.

Kurz nach den Boten traf Jafars arabischer Freund, Kalif Ben Hamadi, ein. Der General war auf dem Rückweg aus den östlichen Provinzen, wo er um Unterstützung für Abd el-Kader geworben hatte, und da Jafars Bergfestung nicht weit von der Straße nach Constantine lag, hatte Ben Hamadi den Umweg zu Jafar gemacht, um mit ihm das Schicksal ihres gemeinsamen Anführers zu erörtern.

Wegen der Anwesenheit des Gastes mußte Jafar die geplante Löwenjagd verschieben, und der General und er zogen sich für einige Stunden zu Gesprächen unter vier Augen zurück. Nach der Unterredung sollte nach guter Tradition und wie damals bei Ben Hamadis Besuch in Jafars Lager ein Festmahl zu Ehren des Gastes stattfinden, zu dem dieses Mal auch Alysson und ihr Onkel Honoré geladen waren. Alysson war sich bewußt, daß dies für sie beide eine große Ehre bedeutete, nur Honoré schien das nicht merken zu wollen. Wegen seiner Schmerzen, vielleicht aber auch, weil er der Reiterei des Kalifen seine Verwundung zuschrieb, starrte er während des gesamten Festmahles den arabischen General nur stumm an und antwortete, wenn er angesprochen wurde, mit einer Gereiztheit, die an Grobheit grenzte.

Trotz der köstlichen Speisen, die die Diener servierten, war die Atmosphäre den ganzen Nachmittag über gespannt. Den ersten Gang bildeten Täubchen, mit Oliven gefüllte gebratene Hühner und eine wohlschmeckende Fleischpastete, darauf folgten Hammelcouscous, Auberginen, weiße Rüben und Trauben. Alysson war jedoch so aufgeregt, daß sie kaum merkte, was sie aß.

Im Gegensatz zu ihrem schmollenden Onkel lächelte sie den Kalifen liebreizend an und antwortete mit dem gebotenen Respekt, wenn dieser das Wort an sie richtete. Die ausgesuchte Höflichkeit, die sie an den Tag legte, war ein untrügliches Zeichen dafür, wie sehr die Beziehung zu Jafar sie verändert hatte. Bei Ben Hamadis erstem Besuch vor wenigen Wochen hatte sie seine Artigkeiten noch zurückgewiesen und seinen Lobeshymnen über Abd el-Kader kaum zugehört. Dieses Mal jedoch lauschte sie gebannt, wie er berichtete, daß dem Berberführer die Verbannung aus Marokko drohe. Jafars Zukunft und die seines Volkes hingen unmittelbar vom Schicksal ihres Anführers ab.

»Der verräterische Sultan von Marokko hat mit den Franzosen gemeinsame Sache gemacht«, erklärte ihr Ben Hamadi. »Er lehnt es ab, Abd el-Kader weiterhin Zuflucht in Marokko zu gewähren, und hat sogar gedroht, er werde ihn gewaltsam aus seinem Lande vertreiben. Abd el-Kader steht jetzt vor der Entscheidung, ob er den Kampf gegen die marokkanische und die mit ihr verbündete französische Armee wagen soll.«

Alysson suchte über den niedrigen Tisch hinweg Jafars Blick.

»Werden Sie ihn mit Ihren Männern bei diesem Kampf unterstützen?« fragte sie mit einem Kloß im Hals.

»Bis jetzt hat er seine Getreuen noch nicht gerufen«, war Jafars ausweichende Antwort.

»Aber wenn er es tut, werden Sie gehen.«

»Das wissen Sie genau.«

Sie verstummte, obwohl sie ihn am liebsten beschworen hätte, sein Vorhaben noch einmal zu überdenken. Aber sie wußte, daß sie ihn weder durch Worte noch durch Taten von seinen Plänen würde abbringen können. Den Freiheitskampf würde er niemals aufgeben, und schon gar nicht, solange sein Emir und sein Land ihn brauchten.

Als Jafar unvermittelt das Thema wechselte, fragte sich Alysson beunruhigt, ob er sie immer noch verdächtigte, die Pläne der arabischen Truppen auskundschaften zu wollen, um sie dann an Gervase zu verraten.

Verstrickt in ihre trüben Gedanken bemerkte sie zunächst gar nicht, daß Ben Hamadi sie ansprach. »Ich kann mir denken, wie erleichtert Sie sind, daß Ihr Verlobter, Colonel Bourmont, freigelassen wurde, Miss Vickery.«

Freigelassen? Gervase? Schockiert wandte Alysson den

Kopf zu Jafar hin und starrte ihn an. »Gervase ist *frei?*« fragte sie heiser.

Mit einem Blick, den sie nicht zu deuten vermochte, sah Jafar sie an. »Ja. Er wurde vergangene Woche gegen zwei Dutzend unserer gefangenen Krieger ausgetauscht.«

»Aber das haben Sie mir gar nicht erzählt.«

»Ich habe es auch gerade erst erfahren. Mein Unterführer Farhat traf gestern mit der Nachricht ein.«

Alysson sah ihn verwirrt an. »Dann lassen Sie uns jetzt auch gehen?« fragte sie mit zittriger Stimme.

Jafars Lippen wurden schmal. »Wie ich schon einmal sagte, werden Sie hierbleiben, bis die Wunden Ihres Onkels vollständig verheilt sind.«

»So viel ich weiß, ist er schon wieder hergestellt, daß er reisen kann.«

»Das stimmt«, bestätigte Honoré. »Auf einem Pferd werde ich mich zwar noch nicht halten können, aber wenn Sie mir wieder die Sänfte zur Verfügung stellen, dann komme ich schon zurecht.«

Alysson wollte dem gerade zustimmen, als sie einen Blick von Jafar auffing, der sie zum Schweigen brachte. »Darüber unterhalten wir uns später, *Ehuresh*.«

Dies war ein unmißverständlicher Befehl, das Thema fallenzulassen, und sie wußte, jede Widerrede würde zwecklos sein. Die Tischgesellschaft wandte sich daraufhin wieder dem Mahle zu, doch Alysson war so aufgewühlt, daß sie keinen Bissen mehr herunterbrachte.

Schließlich kam man auf das tragische Ereignis mit dem Löwen zu sprechen und die verschiedenen Möglichkeiten, die Bestie zu erlegen. Der General selbst klärte Alysson über die beiden Methoden der Löwenjagd auf, die die Berber anwandten.

»Die erste Methode besteht darin, daß man eine tiefe Grube gräbt und sie mit Zweigen abdeckt. Dann bindet man eine junge Ziege oder ein Kalb an einem nahegelegenen Baum fest. Aus einem sicheren Versteck heraus beobachten die Jäger die Grube, bis der Köder den Löwen angelockt hat.

Die zweite Möglichkeit, Mademoiselle, ist, mit einer großen Zahl von Treibern zu Fuß und zu Pferd das Revier des Löwen weiträumig zu umzingeln und den Kreis immer enger zu ziehen. Die unberittenen Treiber und ihre Hunde rücken in erster Reihe vor, um mit ihren Speeren das Tier im Unterholz aufzustöbern, während die Jäger zu Pferde, das Gewehr im Anschlag, in zweiter Reihe folgen.«

Nun meldete sich auch Honoré wieder zu Wort. Ziemlich spöttisch bemerkte er: »Ich sehe nicht ein, wozu solche umständlichen Vorbereitungen nötig sein sollten. Meine Nichte hat in Indien Tiger gejagt mit nichts weiter ausgerüstet als mit einem Gewehr.«

Ben Hamadi, selbst ein leidenschaftlicher Jäger, der sich auf seine Schießkünste einiges einbildete, blickte Alysson neugierig und ungläubig an. »Ist das wahr?«

Alysson warf ihrem Onkel einen vorwurfsvollen Blick zu. In Begleitung ihres Onkels Oliver hatte sie einmal mit einem einzigen Schuß einen bengalischen Tiger erlegt. Im Grunde war sie aber gar nicht so stolz darauf, ein so herrliches Tier getötet zu haben. »Ja, Hamadi Bey, es ist wahr«, antwortete sie widerstrebend. »Ein anderer Onkel von mir ist Jäger und berühmt für seine Treffsicherheit. Er hat mir eine Menge über die Großwildjagd beigebracht.«

Auf Ben Hamadis dunklen, scharfkantigen Zügen erschien so etwas wie Bewunderung. »Die Frauen meines Landes haben nicht soviel Mut und Geschick.«

»Ich erinnere daran, daß Miss Vickery auch nicht aus unserem Land stammt«, warf Jafar kühl ein.

Alysson hätte gerne hinzugefügt, daß den Frauen seines Landes auch nur selten Gelegenheit geboten würde, ihren Mut und ihr Geschick unter Beweis zu stellen, aber sie verkniff sich die Bemerkung. »Meine Fähigkeiten auf diesem Gebiet sind eher bescheiden«, sagte sie statt dessen mit orientalisch anmutender Unterwürfigkeit.

Mit ihren Enthüllungen schien Alysson jedoch die Neugier des Kalifen geweckt zu haben. Seinen Bart streichelnd sah er sie nachdenklich an. Nach einem kurzen, fast verschlagen zu nennenden Blick auf seinen Gastgeber wandte sich Ben Hamadi wieder an Alysson. »Vielleicht würden Sie uns diese Fähigkeit gerne einmal demonstrieren, Miss Vickery. Jafar el-Saleh wäre sicher froh, wenn dieser Menschenfresser, der die Bevölkerung in Schrecken versetzt, zur Strecke gebracht wird. Wenn Sie es fertigbringen, die Bestie zu töten, schenkt Ihnen der *Saiyid* zum Dank vielleicht die Freiheit wieder.«

Sie hatte ihre Zweifel, ob Jafar sich auf einen solchen Handel einlassen würde, und blickte ihn mit ihren grauen Augen fragend an. Die Muskeln an seinem Unterkiefer verspannten sich. Mit dem Ausdruck der Wachsamkeit auf seinen harten Zügen sah er aus wie einer seiner Jagdfalken. Sie war keineswegs überrascht, als er ablehnte.

»Ich kann es nicht zulassen, daß sich Miss Vickery in eine solche Gefahr begibt, Hamadi Bey«, erklärte Jafar mit fester Stimme, wobei er Alysson nicht aus den Augen ließ.

»Dem stimme ich zu«, sagte Onkel Honoré mit etwas weniger Nachdruck. »Das ist vielleicht doch etwas zu gefährlich für dich, meine Liebe.«

Vielleicht war es gefährlich, dachte Alysson, aber das sollte sie von dem Vorhaben nicht abbringen. Hier bot sich die einmalige Gelegenheit, die Freiheit wiederzuerlangen. Sie mußte sich der Herausforderung des Kalifen stellen, das war sie ihrem Onkel schuldig. Sie hoffte nur, Jafar würde seine Zustimmung dazu geben.

»Das mag ja sein, aber ich würde gerne die Gelegenheit beim Schopf packen und versuchen, den Löwen zu erlegen«, erklärte sie und kämpfte gegen das Zittern in ihrer Stimme an.

Sie sah, wie in Jafars Gesicht ein Muskel zuckte. Dann hatte er seine Züge wieder so weit unter Kontrolle, daß sie keinerlei Regung mehr verrieten. »Die Bestie hat bereits einen Menschen getötet. Das Risiko wäre zu groß.«

Zu ihrem Erstaunen ergriff Kalif Ben Hamadi ihre Partei.

»Sie haben es ja selbst aus ihrem Munde gehört, *Sidi*«, ließ der General nicht locker, »sie ist eine erfahrene Jägerin. Wollen Sie sich wirklich der Chance berauben, ihre Freiheit wiederzuerlangen?«

Ja! wollte Jafar hinausschreien, aber gleichzeitig mußte er den geschickten Versuch des Kalifen bewundern, ihn wie eine Marionette zu steuern. Jafar ahnte, daß Ben Hamadi nicht damit einverstanden war, daß er Alysson und ihren Onkel immer noch gefangenhielt. Der General hatte dies zwar nicht ausdrücklich gesagt, aber erst am Vormittag hatte er in einer Anspielung seine Verwunderung über Jafars ungewöhnliches Zögern ausgedrückt, die Engländerin freizulassen, zumal es keinen ersichtlichen Grund mehr gab, sie weiterhin als Gefangene zu halten.

Natürlich würde sich Ben Hamadi hüten, Jafars Tun unverhohlen zu tadeln, aber mit der Klugheit und Gerissenheit, die ihn zu einem der von Abd el-Kader meistgeschätzten Generäle gemacht hatten, war es dem Kalifen gelungen, soeben die Bedingungen für Alyssons Freilassung vorzuschlagen und öffentlich zu verkünden, und diesem Vorschlag würde sich Jafar schwerlich widersetzen können, zumal er Abd el-Kader — und damit auch seinem Kalifen Ben Hamadi — treue Gefolgschaft geschworen hatte. Und welchen vernünftigen Grund gab es denn noch, Alysson weiterhin gefangenzuhalten, außer seinen eigenen, egoistischen Motiven?

Jafar fühlte, wie sich seine Hand unwillkürlich zur Faust ballte. Wochenlang hatte er der schmerzlichen Vorstellung, sie zu verlieren, auszuweichen versucht. Und jetzt plötzlich war dies nicht mehr nur eine reine Vorstellung.

Mit dem unangenehmen Gefühl eigener Machtlosigkeit fiel ihm ein altes Berbersprichwort ein. Einen wilden Vogel kann man fangen und in einen Käfig sperren, aber bei der ersten Gelegenheit fliegt er einem für immer davon. Als seine Gefangene würde er Alysson noch eine Zeitlang halten können, vielleicht sogar für immer. Die Entscheidung, ob sie bleiben oder gehen wollte, würde jedoch bei ihr liegen. Sie allein mußte das bestimmen.

Nach allem, was er ihr angetan hatte, war er ihr zumindest

diese Entscheidungsfreiheit schuldig. Wenn Alysson bei ihm bleiben sollte, dann mußte sie das aus freien Stücken tun und nicht, weil er sie dazu zwang.

Aber wie es schien, wünschte sie das gar nicht.

»Ich würde die Gelegenheit begrüßen, für meinen Onkel und mich die Freiheit zurückzugewinnen«, sagte sie ein zweites Mal mit ruhiger Stimme.

Jafar versuchte sich zu entspannen, langsam lösten sich seine verkrampften Finger. »Sehr gut«, sagte er schließlich mit leiser, tonloser Stimme. »Sie allein haben das zu entscheiden.«

Honoré sah Alysson zuerst besorgt, dann mit zunehmender Freude an, denn allmählich dämmerte ihm, daß sie ihrer Freiheit nähergekommen waren. Nur Alysson teilte das Hochgefühl ihres Onkels nicht. Sie fühlte sich, als habe ihr eine Riesenhand das Herz im Leibe zerschmettert.

Jafar erwiderte ihren Blick mit harter, ausdrucksloser Miene. Es kam ihm so vor, als seien sie beide die einzigen Menschen im Raum, der plötzlich kalt und unwirtlich war, und fast schauderte ihn. Hilflos starrte Alysson in seine kühlen, bernsteinfarbenen Augen, die Unverbindlichkeit, die in ihnen lag, war grausam, die Gleichgültigkeit, die sie ausstrahlten, entmutigend.

Kalif Ben Hamadi brach das Schweigen zwischen ihnen. »Gut«, stellte er zufrieden fest. »Das wäre also abgemacht. Wenn es Miss Vickery gelingt, den Löwen zur Strecke zu bringen, dann sollen sie und ihr Onkel frei sein.«

Noch vor Einbruch der Dunkelheit brach die Jagdgesellschaft auf, um den *Ezim* zu erlegen. Da der Löwe als nachtaktives Tier seiner Beute meist in der Dunkelheit nachstellt, war der Zeitpunkt günstig gewählt.

Alysson vermutete, daß sich das Tier inzwischen in höher gelegene Regionen zurückgezogen hatte. Man hoffte jedoch, noch bei Tageslicht sein Versteck in den Bergen ausfinden zu machen. Für die eigentliche Jagd würde dann später der Schein des Vollmonds ausreichen. In Begleitung eines einzigen Gehilfen, der die Munition und ein zweites Gewehr trug, wollte Alysson sich dem Versteck dann allein nähern.

Dabei war sie sich durchaus bewußt, welcher Gefahr sie sich aussetzte. Der Löwe kann mit seinem donnerartigen Gebrüll sein Opfer vor Schreck lähmen. Wenn er sich in Gefahr fühlt, kann er selbst in aussichtslosen Situationen angreifen. Von ihrem Onkel Oliver wußte sie, daß der König der Tiere Menschen nur angreift, wenn er sehr hungrig ist oder gereizt wurde, oder wenn er, geschwächt durch Alter oder Krankheit, nicht mehr in der Lage ist, stärkeres Wild zu jagen. Aber dieses Tier hatte bereits eine Frau angefallen und getötet. Alysson war froh, daß Jafar mit dabei war. Sie hätte die Expedition zwar auch allein durchgeführt, aber Jafar hatte das nicht zugelassen.

Verstohlen beobachtete sie ihn, wie er neben ihr auf seinem edlen Hengst herritt. Sein Gesicht war verschlossen, seine Augen verrieten keine Emotion, nur eiserne Entschlossenheit. Sie schauderte und wußte nicht, ob vor der Dezemberkälte oder vor Jafars abweisendem Blick.

Hinter ihr ritt Saful in respektvollem Abstand von einer Pferdelänge. Zu ihrer Verwunderung hatte er sich freiwillig zu ihrer Begleitung bei der Jagd gemeldet. Vielleicht, nahm Alysson an, wollte der junge Krieger vor seinem Herrn wiedergutmachen, daß er sie vor einigen Wochen hatte entkommen lassen. Offenbar litt er immer noch unter der Schmach, daß er sich von einer Frau hatte übertölpeln lassen.

In seinem Sattel neben Alysson schlug Jafar sich mit ähnlichen Sorgen herum. Es ging ihm gegen sämtliche männlichen Prinzipien, daß er zusehen mußte, wie eine Frau, und ausgerechnet diese Frau, ihr Leben aufs Spiel setzte. Die Vorstellung, welcher großen Gefahr Alysson ausgesetzt war, ließ ihm das Blut in den Adern gefrieren.

Jafar lenkte den Blick auf die schöne, trotzige junge Frau, die die Ursache seiner Seelenqualen war. Wie würde sie reagieren, wenn er ihr seine Liebe gestehen und sie bitten würde, ihn nicht zu verlassen, wenn er sie auffordern würde, ihre Familie und ihr ganzes früheres Leben aufzugeben, um sich dafür eine unsichere, von Krieg bedrohte Zukunft einzuhandeln? Was würde sie sagen, wenn er vor ihren Augen zuerst eine andere Frau heiraten würde, wenn die Söhne der anderen Vorrang vor ihren hätten? Denn mehr war es nicht, was er ihr bieten konnte.

Es sei denn, *er* verließe seinen Stamm und sein Leben hier und gäbe alles auf, wofür er immer gekämpft hatte. Nur dann könnte er Anspruch auf sie erheben und ihr geben, was ihr zustand.

Vor diesen peinigenden, verräterischen Gedanken mußte er die Augen schließen.

Mit einem stummen, bitteren Lachen über sich selbst dachte er daran, wie der Kalif vor ihm erkannt hatte, welche Gefahr Alysson für ihn darstellte, eine Gefahr, die er sich einfach nicht hatte eingestehen wollen. Sie war sein schwacher Punkt, seine Achillesferse. Sie war der erste Mensch, der ihn dazu bringen konnte, daß er seine Pflicht vernachlässigte und sein Volk im Stich ließ. Ein Wort von ihr würde genügen, und er würde alles hinwerfen, würde seine Ehre und Schuldigkeit aufs Spiel setzen. Bei der leisesten Andeutung, daß sie bei ihm bleiben wollte, würde er seine Vergangenheit, seine Zukunft und die Treue zu seinem Land aufgeben, ja wegwerfen.

Aber außer daß sie ihn merken ließ, daß sie die körperliche Liebe mit ihm genoß, schien er nicht mehr erwarten zu können. Wenigstens ihrer körperlichen Reaktion konnte er sich sicher sein. Er hatte ihr gezeigt, was die Leidenschaft ist, die die Dichter priesen, die aber nur wenige Sterbliche je erleben. Vielleicht war es ihm auch gelungen, sie für kurze Zeit ihre Liebe zu Bourmont vergessen zu lassen. Sobald sie jedoch wieder in ihrer gewohnten Umgebung wäre, würde diese Liebe wiedererwachen. Sie würde ihr Glück in den Armen seines Feindes finden, im Schoße ihres eigenen Volkes.

Und die Chance, dieses Glück zu finden, durfte er ihr nicht nehmen.

Trübsinnige Gedanken wie diese gingen Jafar noch immer durch den Kopf, als der Tag sich schon dem Ende zuneigte.

Sie sprachen kein Wort, während sie durch einen immer düster werdenden Wald aus riesigen Zedernbäumen ritten. Nur der gedämpfte Hufschlag der Pferde durchbrach die Stille.

Ein Gefühl der Enge legte sich Alysson auf die Brust. Aufrecht wie Wächter standen die Stämme der stark duftenden Zedern, und ihre Äste hingen so tief, daß das schwindende Licht des Tages sie kaum zu durchdringen vermochte. Erleichtert atmete sie auf, als der Wald endlich hinter ihnen lag. Hier draußen erschien es ihr wärmer, obwohl ein scharfer Wind pfiff und die letzten Strahlen der Sonne schon schräg und schwach fielen.

Immer steiler und schroffer wurde das Gelände, und die zähen Berberpferde, an solche Bedingungen gewöhnt, suchten mit den Hufen vorsichtig Halt auf den abschüssigen, steinigen Pfaden.

Die Dämmerung war schon hereingebrochen, als sie endlich die Gegend erreichten, wo der Löwe die Frau angefallen hatte.

Alles schien wie ausgestorben. Wahrscheinlich wagten sich die verängstigten Bergbewohner nicht mehr aus ihren Behausungen, dachte Alysson nervös, und ihre Unruhe nahm zu, je dunkler es wurde.

Als Safuls Pferd plötzlich schnaubte, fuhr Alysson zusammen. Verstohlen blickte sie sich nach ihren beiden Begleitern um, die ihre Gewehre über der Schulter trugen; sie hoffte, daß sie ihre Unsicherheit nicht bemerkt hatten.

»Der Unterschlupf ist wahrscheinlich dort oben«, meinte Jafar knapp und wies auf die zerklüfteten Felsen in nordöstliche Richtung.

Bald begann der beschwerliche Aufstieg in das sich vor ihnen auftürmende Bergmassiv. Über schmale Felsvorsprünge und steinige Abhänge hinweg erreichten sie eine Schlucht, die so eng war, daß sie im Gänsemarsch hintereinander herreiten mußten.

»Halte dich hinter mir«, befahl Jafar Alysson und übernahm die Führung.

Durch die dunklen Schatten der Felswände lenkten sie ihre Pferde vorsichtig auf dem kaum noch erkennbaren Pfad. Plötzlich spürte Alysson, wie ihr Pferd die Muskeln anspannte. Als die Stute unruhig zur Seite auswich, versuchte Alysson angestrengt, mit den Augen die Finsternis zu durchdringen. Das Felsplateau direkt über ihnen war mit dichtem Dornengestrüpp bewachsen, ein idealer Ort für einen Hinterhalt.

Mochte sie auch ängstlich erscheinen, sie tastete nach ihrem Gewehr, zog es aus dem Gewehrschuh aus dem Sattel, überprüfte die Patrone und legte sich die schwere Waffe in die Armbeuge, was ihr sogleich ein Gefühl der Sicherheit gab. In dem Moment, wo sie den Finger an den Abzug legte, vernahm sie einen leisen, grollenden Ton, mehr ein Schnurren als ein Knurren.

Vor Schreck blieb Alysson fast das Herz stehen. Sie riß den Kopf hoch und blickte nach oben — geradewegs in ein Paar wilder, goldener Augen, die im fahlen Licht zu ihnen herabglühten.

Halb betäubt vor Angst nahm sie wahr, wie der Löwe sich sprungbereit machte und ihr Pferd in wilder Furcht scheute. Jafars Hengst stellte sich auf die Hinterhand, worauf Alysons Pferd nach links ausbrach und ihr beinahe das Bein gegen die Felswand gequetscht hätte. Alles, was Alysson jetzt noch sah, war ein lohfarbener Körper mit einem langen Schwanz, spitze Zähne und scharfe, zum Angriff ausgefahrene Klauen, eine riesige, goldene Masse, die zum Sprung in die Tiefe ansetzte.

Und mit einem furchtbaren Brüllen, das allen das Blut in den Adern gefrieren ließ, sprang die Bestie vom Felsen und stürzte sich direkt auf Jafar.

Kapitel 24

Alysson blieb keine Zeit zum Denken und zum Zielen, keine Zeit, gegen die lähmende Angst anzukämpfen, als der Löwe mit fürchterlichem Gebrüll vom Felsen sprang. Nur ihrem Instinkt folgend hob sie den Lauf ihres Gewehres und schoß.

Das Krachen des Schusses übertönte die Schreie und das wilde Schnauben der Pferde. Im selben Moment zuckte der goldene Körper des Löwen in die Luft und fiel mit einem dumpfen Schlag zu Boden.

Heftig atmend, mit wild pochendem Herzen versuchte sie, ihr verstörtes Pferd zu beruhigen und sich ihre Beute anzusehen. Der tödliche Angriff war abgewehrt, so plötzlich, wie er gekommen war. Sie hatte ins Schwarze getroffen. Sie hatte den Löwen im Sprung erlegt.

Alysson sah zu Jafar hin. In seiner Hand blitzte eine gebogene Klinge aus Stahl. Um den Angriff abzuwehren, hatte er gerade noch seinen Krummdolch ziehen können, doch hätte ihm diese Waffe in der engen Schlucht wenig genützt. Der von oben angreifende Löwe hätte ihn sicherlich verletzt, ja vielleicht sogar getötet.

Jafar hatte offenbar erkannt, welcher Gefahr er ausgesetzt gewesen war. Während er sein scheuendes Pferd beruhigte, suchte sein Blick den ihren. In der Dunkelheit konnte Alysson den Ausdruck in seinen Augen nicht erkennen.

»Ich schulde dir jetzt wohl großen Dank, *Ehuresh*«, sagte Jafar nicht ohne Bedauern.

Alysson brachte kein Wort hervor. Überrascht stellte sie fest, daß sie zitterte; die Vorstellung, daß Jafar zerfetzt und zerfleischt hätte sein können, wollte ihr nicht aus dem Sinn. Mit weichen Knien glitt sie vom Pferd. Was sie jetzt brauchte, war das Gefühl festen Bodens unter den Füßen.

Saful, der ebenfalls vom Pferd gesprungen war, näherte sich vorsichtig dem Körper des Tieres. Mit dem Gewehrlauf stieß er ihn an, zaghaft zuerst, schließlich fester, und rollte dann den Kopf zur Seite. Keine Frage. Der König der Wüste war tot. Die Kugel hatte ihn direkt zwischen die Augen getroffen.

Ein reiner Zufallstreffer, dachte Alysson. Selbst wenn sie vorher hundert Mal geübt hätte, ein so exakter Schuß wäre ihr unter normalen Umständen nie geglückt.

Sie zuckte zusammen, als ein zweiter Schuß die Stille zerriß. Nach guter Berbertradition hatte Saful sein Gewehr triumphierend hochgerissen und es über den im Staub liegenden Feind abgefeuert. Unfähig, ihrem Zittern Einhalt zu gebieten, sank Alysson auf die Knie.

Dankbar für die starken Arme, die sie hochzogen, vergrub Alysson mit einem Schluchzen das Gesicht an Jafars Schulter und versuchte, aus seiner Nähe Trost zu schöpfen.

Beruhigend strich er ihr über den Rücken und murmelte zärtliche, unverständliche Worte in der Sprache der Berber. Es waren Worte, die nichts von den Gefühlen preisgaben, die ihn in seinem Innersten quälten.

Tief in seinem Herzen mischte sich Stolz mit Dankbarkeit, Stolz über Alyssons mutige Tat und Dankbarkeit über ihre rasche Reaktion, die ihm das Leben gerettet hatte. Doch der peinigende Gedanke an den bevorstehenden Verlust war stärker als alle positiven Gefühle.

Die Entscheidung war gefallen. Vor versammelter Runde hatte er sein Wort gegeben. Ihre Freiheit gegen den toten Löwen. Jetzt mußte er sie gehen lassen.

Schmerz stieg in ihm hoch, so heftig und quälend, daß er die Augen schließen mußte. Wie gerne hätte er sein Versprechen zurückgenommen, wie gerne ...

Doch alles Wünschen nützte ihm nichts. Nichts könnte Alyssons Entschluß, ihn zu verlassen, noch ändern.

Doch welch bittere Ironie: Was sie heute getan hatte, würde etwas bewirken, was er nicht vorhergesehen hatte. Er kannte die Berber. Wenn sich Alyssons mutige Tat bei seinem Volk erst einmal herumgesprochen hatte, würden alle sie gleich ins Herz schließen. Dann wäre sie nicht mehr die verhaßte Europäerin. Seine Leute würden sie akzeptieren, vielleicht nicht gerade als seine erste Frau, aber auf jeden

Fall würden sie Alysson uneingeschränkt und freudig in ihrem Stamm aufnehmen.

Er lachte, ein stummes, hoffnungsloses Lachen. Nur leider wäre sie dann nicht mehr hier, um das zu erleben.

Erst geraume Zeit später bemerkte Jafar, daß sein Diener etwas abseits stand und geduldig auf seinen Befehl wartete. Er schluckte einen bitteren Seufzer hinunter, gab Alysson aus seinen Armen frei, trat einen Schritt zurück und nickte.

Saful trat vor und streckte Alysson einen blutverschmierten, behaarten Gegenstand entgegen.

»Dies gebührt Ihnen, *Lallah*«, sagte Saful mit Ehrfurcht in der Stimme. Er hatte der toten Bergkatze die dicken, gepolsterten Pfoten abgeschnitten und hielt der Schützin nun die rechte Vordertatze hin.

Entsetzt starrte Alysson auf die grausige Trophäe.

»Diese Trophäe hast du dir wirklich verdient, Alysson«, erklärte Jafar leise auf englisch. »Unsere Frauen hängen ihren Kindern die Klauen von erlegten Löwen oder anderen Tieren als Amulett um den Hals, damit sie ihnen Kraft und Mut verleihen. Und manche junge Braut macht ihrem frischgebackenen Ehemann ein solches Geschenk.«

Ehemann. Alysson schloß die Augen. Jafars Worte klangen hohl in ihren Ohren. Nie würde sie ihm ein solches Geschenk machen dürfen. Sie hatte ihren Teil der Abmachung erfüllt. Sie hatte den Löwen getötet, und nun mußte sie gehen.

Warum nur, o Gott, *warum* hatte sie sich auf diesen Handel eingelassen? Wie sehr bedauerte sie das jetzt. Wie sehr wünschte sie, daß sie diesen Schuß nie abgegeben hätte!

Aber sie hätte gar nicht anders handeln können. Niemals hätte sie zusehen können, wie Jafar etwas zustieß, nicht solange ihr das Herz im Leibe schlug. Die schreckliche Ironie dieser unseligen Abmachung wurde ihr mit einem Mal bewußt. Dadurch, daß sie Jafar das Leben gerettet hatte, hatte sie auch die geringste Chance verspielt, mit ihm zusammenleben zu können.

Wehmütig sah sie Jafar an. Ein einziges Wort von ihm würde genügen, und sie würde bei ihm bleiben, selbst unter seinen Bedingungen. Aber er sagte kein Wort.

Warum sagte er denn nichts? Glaubte er vielleicht auch nicht an eine gemeinsame Zukunft? Oder fürchtete er, daß sie ihm noch mehr schaden könnte, wenn sie bei ihm bliebe?

Empfand er denn gar nichts für sie? *Wollte* er denn, daß sie ginge?

»Glaubst du, du kannst schon wieder reiten? Wir sollten uns möglichst bald auf den Heimweg machen.«

Bei Jafars ruhiger, leidenschaftsloser Frage packte Alysson ein Gefühl der Verzweiflung. Am liebsten hätte sie sich in einer dunklen Ecke verkrochen und im Schlaf Linderung für ihr schmerzendes Herz gesucht, aber sie nickte nur müde und nahm Jafars Steighilfe an. Tapfer versuchte sie während des langen Heimritts die trüben Gedanken zu verdrängen.

Bald lugte der Mond hinter den Wolken hervor, tauchte die schroffen Umrisse des Gebirges in kaltes Licht und beleuchtete schwach ihren Weg. Ein paar Stunden später trafen sie im Triumphzug zu Hause ein, den toten Löwen in einer Decke mit sich führend. Freudenrufe und Gewehrsalven empfingen sie, das ganze Dorf war auf den Beinen, um sie willkommen zu heißen. Alle freuten sich, daß die Bestie endlich tot war und die jungen Leute sich nicht mehr fürchten mußten, wenn sie nachts unterwegs waren.

Nur Alysson und Jafar teilten die allgemeine Freude nicht. Der Gedanke an ihre aussichtslose Zukunft überschattete alles andere.

Nie, nicht seit Menschengedenken, hatte es in ihrem Stamm so etwas gegeben. Eine Frau hatte einen Löwen erlegt!

Wie mutig die Ungläubige war, ganz erstaunlich! Sie hatte den *Ezim* getötet und dem Herrn das Leben gerettet!

Tags darauf wurde zu Alyssons Ehren ein Fest gefeiert. Bis in die Nacht wurde gegessen, getrunken und ihre Kühnheit und Geschicklichkeit besungen. Doch die Frau, der die Ehrungen galten, versäumte den größten Teil der Festlichkeiten. Sie war bereits mit den Vorbereitungen für ihre Abreise beschäftigt. Gleich am nächsten Tag wollte sie mit ihrem Onkel und ihrem indischen Diener die Heimreise nach Algier antreten. Der Kalif selbst wollte sie einen Teil des Weges begleiten.

In Wahrheit gab es jedoch nur wenig vorzubereiten. Mehr als ihre Kleider hatte Alysson nicht einzupacken, und selbst diese Aufgabe erledigte zum größten Teil ihr Diener Chand, der vor Freude ganz außer sich war. Die letzten Stunden, die ihr blieben, verbrachte Alysson damit, sich von allen zu verabschieden, die sie während ihrer Gefangenschaft betreut und bedient hatten und die ihr in den vergangenen zwei Monaten so sehr ans Herz gewachsen waren … Tahar, die freundliche junge Frau, die ihr mit Rat und Tat zur Seite gestanden hatte, Saful, ihr getreuer Wächter, Gastar, die weise alte Kräuterfrau, die sie mit ihrem Wissen gesund gepflegt hatte, Mahmoud, der verkrüppelte, stolze Junge, dessen innere Narben tiefer waren als die Narben in seinem Gesicht.

Von allen war Mahmoud ihr der engste und liebste Vertraute geworden. Trotz seines Hasses auf die Europäer und seiner anfänglichen Unwilligkeit hatte er sie schließlich akzeptiert und ihr die Gefangenschaft erträglicher gemacht. Er war für sie das Bindeglied zu der fremden Welt gewesen, in der sie sich so plötzlich wiedergefunden hatte. Er hatte ihre neugierigen Fragen über sein Volk beantwortet und ihr auch sonst so manches erzählt. Aber, was noch viel wichtiger war, er hatte ihre Sehnsucht gestillt, die Sehnsucht, möglichst alles über seinen Herrn zu erfahren. Sogar vor dem Fluch der Zauberin hatte er sie zu schützen versucht. Wie sollte sie nicht Zärtlichkeit und Rührung gegenüber einem Kind empfinden, das sie vor den Drohungen einer Hexe bewahren wollte?

Vielleicht rührte ihre Zuneigung zu Mahmoud aber auch daher, daß sie in ihm etwas von Jafar zu sehen glaubte, von dem zornigen jungen Mann, der er einmal gewesen sein mußte.

Wie sie so vor Mahmoud stand, fand Alysson vor Schmerzen in der Kehle kaum Worte des Abschieds. »Ich danke dir, daß du in den vergangenen Wochen so gut für mich gesorgt hast«, sagte er mit unsicherer Stimme.

Mahmoud wich ihrem Blick aus. »Ach, das war nichts. Es war nur meine Pflicht, Ihnen zu dienen, wie mein Herr es befahl.«

Trotz seiner verdrießlichen Antwort war Alysson sich sicher, daß Mahmoud sie ebensosehr vermissen würde wie sie ihn. Lächelnd hielt sie ihm die Löwenklaue hin, die Saful ihr überreicht hatte. »Ich bitte dich, dies als Zeichen meiner Dankbarkeit anzunehmen.«

Mißtrauisch beäugte der Junge das Geschenk, dann hellte sich sein vernarbtes Gesicht plötzlich auf, und ehrfürchtig stieß er hervor: »Oh, *Lallah* ...«

Fast furchtsam nahm er das Geschenk entgegen und betrachtete es andächtig. Dann preßte er es an seine magere Brust und sah Alysson an. »Sie erweisen mir eine große Ehre.«

Durch einen Tränenschleier hindurch mußte Alysson lächeln. Am liebsten hätte sie Mahmoud in die Arme genommen und fest an sich gedrückt, aber weibliche Liebesbezeugungen wie diese hätten einen angehenden jungen Krieger wahrscheinlich beleidigt und in Verlegenheit gebracht. Schließlich legte sie ihm nur kurz den Arm um die Schulter und drückte sie ein bißchen.

Nach diesem schweren Abschied ging sie in ihr Zimmer zurück und versuchte, ein paar Stunden zu schlafen, aber der Festlärm, der vom Dorf heraufschallte, und der nagende Schmerz in ihrer Brust ließen sie keine Ruhe finden.

Unter einem Berg von Decken, zusammengerollt wie ein Säugling, lag Alysson auf ihrer Schlafstatt. Lieber Gott, wie sollte sie es nur fertigbringen, Jafar zu verlassen? Wie konnte sie den Schmerz ertragen, der ihr das Herz bluten ließ? Sie fühlte sich, als würde sie bei lebendigem Leib langsam in Stücke gerissen. Und nichts auf der Welt gab es, das sie von diesem Schmerz befreien konnte.

In dieser Nacht ging sie zu ihm. Eine Macht, die stärker war als sie selbst, trieb sie dazu.

Die Stunde war spät — weit nach Mitternacht — und im Hause schliefen bereits alle, als Alysson sich auf den Weg durch die Dunkelheit zu den Räumen des Hausherrn machte. Die Wächter, die sie kannten, ließen sie passieren. Durch die Bibliothek betrat sie leise Jafars Wohnräume. Die Tür zu seinem Schlafgemach stand offen, und ein schwacher Lichtschimmer drang daraus hervor.

Als Alysson an der Schwelle innehielt, sah sie, daß das Licht von einer schwach brennenden Lampe herrührte. Ihr Blick fiel auf Jafars Lagerstatt, ein typisches Berberbett, kein Bett nach arabischer Art, sondern ein hölzerner Rahmen, auf dem mehrere Lagen Teppiche und Kissen lagen. Es stand in einer Ecke neben einer großen geschnitzten Truhe aus Sandelholz mit Elfenbeinintarsien. In einer anderen Ecke des Zimmers befand sich eine kleine Kohlenpfanne, deren Glut den Raum erwärmte.

Jafar war noch wach. Er lehnte an einem hohen, gitterbewehrten Fenster und starrte schweigend vor sich hin. Als Alysson näher kam, drehte er rasch den Kopf wie ein wildes Tier, das Gefahr wittert, und seine Hand fuhr automatisch zum Dolch an seinem Gürtel.

Erschrocken gab Alysson einen kleinen Laut von sich. Nicht weniger überrascht war Jafar, als sie einen Moment später den Burnus von den Schultern treifte und ihn zu Boden gleiten ließ. Sie trug ein Gewand aus schimmernder Seide, unter dem sich die Kurven und Schatten ihres Körpers klar abzeichneten.

Atemlose Stille erfüllte den Raum, als sie einander ansahen.

Einen Augenblick lang schien es Alysson, als habe sie auf Jafars harten und gewöhnlich arroganten Zügen einen Ausdruck der Verletzlichkeit gesehen. Was sie sich aber nicht nur einbildete, das war die Müdigkeit in seinen Augen. Als sie Jafar in diesem Zustand sah, mit dem angestrengten Gesichtsausdruck, den eingefallenen Wangen und dem matten

Blick, da fragte sie sich, ob er vielleicht nicht ebenfalls einen Anflug jenes pochenden Schmerzes fühlte, der ihr Innerstes zermürbte. Als jedoch seine Stimme leise und sanft durch die Dunkelheit des Raumes zu ihr drang, verwarf sie den Gedanken wieder. »Du hättest nicht kommen sollen, *Ehuresh*.«

»Ich bin nur gekommen ... um Adieu zu sagen ...« Alysson hielt inne, erschrocken über die Dumpfheit, aber auch die Hoffnung, die in ihrer Stimme lagen.

Plötzlich kam er auf sie zu und blieb dicht vor ihr stehen. Sanft nahm er ihr Gesicht in beide Hände, blickte zu ihr herab und versuchte die Schatten zu erforschen, die ihre Augen in rätselhaftes Dunkel hüllten.

»Was willst du von mir?« fragte er heiser. Aus seiner Stimme war die Gleichgültigkeit gewichen, und jede Silbe bebte vor Emotion.

Alyssons Herz begann wie wild zu pochen. Was sie von ihm wollte? Sie wollte ihn lieben. Seine Lippen wollte sie spüren, so sehr, daß sie bereit war, auch den Schmerz in Kauf zu nehmen. Die Erinnerung an ihn wollte sie mit sich nehmen in die trüben Jahre, die nun kommen würden. Heute nacht wenigstens wollte sie glauben, daß alles gut werden könnte zwischen ihnen.

»Ich will die Erinnerung an dich in meinem Herzen behalten ...« flüsterte sie und hob die Lippen, um seinen Kuß herauszufordern.

Mit einem heiseren Seufzer gab Jafar nach. Er zog sie in die Arme, hart traf sein Mund auf ihre Lippen.

Verzweiflung lag in diesem Kuß, das spürte Alysson wie durch einen Schleier. Sie fühlte es daran, wie sein Mund ihre Lippen nahm, seine heiße Zunge fordernd eindrang, sein harter Körper sich gegen ihren preßte — und sie sah es in seinen flammenden, suchenden Augen, als er für kurze Zeit von ihr abließ.

Unverhüllte Begierde sprach aus seinem Blick, als er ihr das dünne Gewand und sich die Djellaba vom Körper streifte, Alysson aufhob, zum Bett trug und sich neben sie legte.

Und ohne sich und ihr eine Pause zum Atemholen zu gönnen, faßten seine Hände in ihr Haar, deckte sein Körper ihren zu.

Er zeigte keinerlei Zärtlichkeit, und sie verlangte keine. Es war ein Augenblick der nackten Wahrheit zwischen ihnen, ein Moment, in dem die Begierde alles andere beherrschte, sein Verlangen, sie in Besitz zu nehmen, ihr Wunsch, von ihm genommen zu werden.

Animalische Leidenschaft war ihre Antwort auf seine fordernde Wildheit. Blind suchten ihre Hände sein dichtes Haar, und hungrig bäumte sich ihr geschmeidiger Körper zu seinen kräftigen Lenden auf.

Und mit seiner ganzen Verzweiflung drang er in sie ein. So stark war das Gefühl, daß sie glaubte, daran zugrunde gehen zu müssen. Ohne es zu merken, warf sie den Kopf hin und her, und als das Verlangen übergroß wurde, grub sie die Nägel in seinen Rücken, schluchzte sie seinen Namen und flehte ihn an, ihre Qual zu beenden. Wie zur Antwort packte Jafar ihre Hüften und drang noch tiefer ein, noch härter, bis sie, fast außer sich, unter ihm erzitterte. Ihr lauter Schrei der Leidenschaft machte den letzten Rest an Selbstbeherrschung zunichte, der ihm noch geblieben war. Mit einem heiseren Schrei spannte Jafar die Muskeln und bäumte sich auf, und aus den Tiefen seiner Seele rief sein Mund ihren Namen.

Dann lagen sie keuchend da, ihre Glieder entwanden und lösten sich, ihr wilder Herzschlag kam allmählich zur Ruhe. Langsam, als müsse er sich für immer von ihr trennen, als sei er gezwungen, sich eines seiner Glieder vom Körper zu reißen, zog Jafar sich schließlich von ihr zurück.

Matt, mit ähnlicher Empfindung des Verzichts, drehte sich Alysson auf die Seite, um ihn anzusehen. Inmitten der üppigen Kissen lag Jafar ausgestreckt auf dem Rücken, einen Arm über der Stirn, die Augen geschlossen.

Mein furchtloser Berbergeliebter, dachte sie mit einer Mischung aus Kummer und Sehnsucht. Langsam, ohne jede Scheu, ließ sie den Blick über seinen Körper wandern, sog mit den Augen die Schönheit seines Körpers ein. Mit seiner muskulösen Gestalt, bedeckt von einem Flaum, der im Licht der Lampe golden schimmerte, glich er dem Löwen, den sie in den Bergen erlegt hatte, ein lohfarbenes, unbezähmbares Tier.

Sie hob den Blick, um sich im Halbdunkel Jafars sinnliche Züge einzuprägen. Diesen Anblick wollte sie für immer im Gedächtnis behalten.

Sie bedauerte es nicht, daß sie zu ihm gegangen war, daß sie sich ihm hingegeben hatte, denn sie selbst hatte es so gewollt; allzu viele Jahre der Entbehrung lagen wie eine dürre, öde Wüste vor ihr.

In diesem Moment bewegte sich Jafar. Als habe er ihren Blick gespürt, ballte er die Hand zur Faust, ohne die Augen zu öffnen.

»So, *Ehuresh,* nun wirst du mich immer als der im Gedächtnis behalten, der ich wirklich bin ... ein kalter, herzloser Unmensch ... ein wilder Heide.«

Die Bitterkeit in dem leisen Lachen, das seine Bemerkung begleitete, griff Alysson ans Herz. »Nein«, flüsterte sie.

Da nahm er den Arm herunter und wandte den Kopf, um sie anzusehen. Seine Augen glänzten rebellisch wie die eines gefangenen Falken und verbargen doch nicht ein anderes, mächtigeres Gefühl. Deutlich sah Alysson in ihnen auch Schmerz und Verlorenheit.

Jetzt erkannte sie den wirklichen Jafar, schwankend zwischen gegensätzlichen Gefühlen, zerrissen von Konflikten. Sie spürte seine Verzweiflung, seine Verletzlichkeit und Verbitterung.

»Nein«, widersprach Alysson heftig. »Du bist weder kalt noch herzlos ... und auch kein Wilder. Du bist nur ein Mann ... der für das kämpft, woran er glaubt, auch gegen alle Widerstände.«

Seine Lippen kräuselten sich wie zu einem Lächeln. *Ach, Ehuresh,* dachte er niedergeschlagen, *sogar darin widersprichst du mir noch.* Doch ein ungebetener Schmerz legte sich ihm auf die Brust, weil sie ihn so leidenschaftlich verteidigte.

Vielleicht empfand sie ja doch etwas für ihn, vielleicht würde sogar ein Teil von ihr — der physische Teil, den er die Leidenschaft gelehrt hatte — unter dem Abschied von ihm leiden. Was er jedoch von Alysson wollte, ging weit über das Körperliche hinaus. Er wollte ihr Herz. Und das würde er nie bekommen.

Langsam hob er die Hand und strich zärtlich mit dem Finger über die zarte Linie ihres Kinns. *Bleib bei mir,* flehte er wortlos und ohne Hoffnung.

Sag mir doch endlich, daß ich bei dir bleiben soll, bat Alysson ebenso stumm und starrte ihn unglücklich an.

Wirst du ihn heiraten, wenn du zurück bist?

Warum läßt du mich gehen?

Jafar sah, wie sich ihre Augen mit Fragen füllten, und er wußte, sie war zu stolz, um sie auszusprechen. Aber gleich darauf dachte er wieder an seinen Erzfeind und wandte die Augen ab. Er selbst schickte Alysson zurück zu ihrem Verlobten, zurück in die Arme des Mannes, den er hätte töten müssen. Und das Gefühl tiefer Verzweiflung, das schon seit Wochen in ihm schwelte, packte ihn nun mit seiner ganzen schrecklichen Macht.

Verzweiflung, dieses Gefühl war ihm nicht fremd, doch eine so tiefe Verletztheit, einen so peinigenden Schmerz hätte er nie erwartet. Und nie hätte er es für möglich gehalten, daß seine widerspenstige junge Gefangene sein Leben, sein Herz so gänzlich in Besitz nehmen würde. Aber es war geschehen. Und er würde verlassen zurückbleiben. Wie sollte er diese Leere ertragen?

Woher sollte er die Kraft nehmen, sie ziehen zu lassen?

Und wenn er sie nicht fortließ? Doch den Gedanken durfte er nicht zulassen. Mit einem Mann aus ihrer Welt würde sie viel glücklicher werden. Das mußte er sich endlich klarmachen. Wenn sie wieder bei ihren Landsleuten war, würde sie ihn bald vergessen haben, und die schwere Zeit ihrer Gefangenschaft wäre in ihrer Erinnerung bald verblaßt, und nichts wäre mehr davon übrig als nur ein böser Traum.

Gegen seinen Willen suchten Jafars Augen Alyssons Blick.

Es hatte so viel Zorn und Unstimmigkeit, so viel Schmerz und Leidenschaft zwischen ihnen gegeben, so viele Dinge waren gesagt worden, so vieles war ungesagt geblieben. Aber was geschehen war, ließ sich nicht ändern. Und nun war es zu spät.

Viel zu früh dämmerte der Morgen.

Wortlos streckte Jafar noch einmal den Arm nach ihr aus und zog sie enger an sich; er wollte nicht, daß sie ihn vergaß.

»Ich möchte, daß du immer an mich denkst«, beschwor er sie, und seine Lippen waren den ihren nah. »Du sollst das Gefühl meiner Hände mit dir nehmen ... meines Körpers an deinem Körper ... den Geschmack meiner Lippen ...«

Und dann gab es keine Worte mehr, als Jafar begann, seinen Schwur in die Tat umzusetzen. Doch keiner sprach die quälenden Gedanken aus, die sein Herz ausfüllte, nur im wilden Akt der Liebe drückte jeder mit seinem Körper aus, was nicht über seine Lippen kam.

Kapitel 25

Begleitet von einer bewaffneten Eskorte trat Alysson die lange Heimreise an. Der Kalif selbst und Jafars erster Unterführer, der bärtige Farhat il Tahib, gaben ihr Geleitschutz. Keinem geringeren hätte Jafar ihre Sicherheit anvertraut.

Es regnete in Strömen, als die kleine Karawane die gefährlichen Gebirgspässe überquerte, aber Alysson spürte nichts von der durchdringenden Kälte. Ihr ganzer Körper war wie betäubt, nur an der Stelle, wo das Herz sitzen mußte, fühlte sie eine schreckliche Leere.

Drei volle Tage dauerte die Reise. Wegen des Regens und mit Rücksicht auf Onkel Honoré schlug man ein gemäßigtes Tempo an. Honoré, dessen Rippen noch nicht soweit wiederhergestellt waren, daß er hätte reiten können, mußte in einer Sänfte getragen werden.

Erst als die ersten Häuser von Algier auftauchten, verließ Ben Hamadi die Gruppe. Der Regen hatte aufgehört, der Himmel war wieder wolkenlos und von jener goldenen Klarheit, die so typisch ist für die Länder rund um das Mittelmeer, und wie bei einem Schmuckstück bildete die Hügelkette um die Stadt mit ihrem satten Smaragdgrün gleichsam die Fassung für den blendend weißen Seehäfen an der tiefblauen Bucht.

Dunkel hoben sich dagegen die engen, steilen Gassen der Stadt ab. Alysson konnte ein Schaudern nicht unterdrücken, als sie durch eines der Tore in der Stadtmauer hinunterritten. Algier, dessen Vergangenheit gezeichnet war von Verrat, Despotismus und grausamer Besetzung erschien ihr auf einmal bedrohlich und verschlossen — so ganz anders als noch vor wenigen Monaten, als sie den ersten, erwartungsvollen Blick auf die Stadt geworfen hatte.

Müde und bedrückt brachte sie ihr Pferd vor dem maurischen Haus zum Stehen, das sie und ihr Onkel für ihren Aufenthalt in Algier gemietet hatten. Auf ihrem Sattel eingesunken wartete sie, bis Chand zu ihr eilte, um ihr herabzuhelfen. War es wirklich erst wenige Monate her, daß sie Algier verlassen und sich auf der Suche nach Erlebnis und Abenteuer in die Wüste aufgemacht hatten? Gefunden hatte sie beides, o ja, zu ihrem großen Leidwesen.

So verloren war sie in ihre trüben Gedanken, daß sie kaum hörte, wie eine vertraute Stimme ihr auf englisch zurief:

»Alysson! Wo um alles in der Welt hast du gesteckt?«

Überrascht hob sie den Kopf und sah einen Mann in westlicher Kleidung aus dem Haus auf sie zulaufen. »Onkel Oliver!« stieß sie hervor.

Im gleichen Augenblick wurde sie vom Pferd gezogen, und zwei starke Arme umfaßten und drückten sie. Vor Freude gleichzeitig lachend und weinend erwiderte Alysson die heftige Umarmung ihres Onkels, so fest sie nur konnte.

Einen Augenblick später hielt er sie auf Armeslänge von sich weg und sah sie mit seinen blauen Augen durchdringend an. »Ist alles in Ordnung, Mädel?« fragte er sie mit eindringlicher Stimme. Ohne ihre Antwort abzuwarten, wandte er sich mit vorwurfsvoller Miene an Honoré. »Was fällt dir ein, sie von einem arabischen Teufel entführen zu lassen?«

Daß ihr englischer Onkel und sein französischer Gegenpart noch nie viel füreinander übriggehabt hatten, war Alysson nicht entgangen. Im Augenblick allerdings kam ihr diese gegenseitige Abneigung besonders ungelegen. Entschlossen wischte sie sich die Tränen vom Gesicht und ergriff Honorés Partei. »Es war nicht seine Schuld, Onkel Oliver! Er hat versucht, mir die Idee mit der Reise auszureden, aber ich habe nicht auf ihn gehört — du läßt dich ja auch von nichts abhalten, wenn du dir einmal eine Expedition in den Kopf gesetzt hast.«

»Wenn ich dabeigewesen wäre, wäre das alles nicht passiert, bei Gott!«

Zerknirscht und mit hochrotem Kopf ließ Honoré den Tadel über sich ergehen, während er aus der Sänfte zu klettern versuchte. Alysson, die sah, wie er sich vor Schmerz krümmte und sich die Rippen hielt, eilte ihm zu Hilfe und warf Oliver über die Schulter einen wütenden Blick zu.

»Ich kenne deine berühmten Fähigkeiten, mit allem fertig zu werden, Onkel, aber es wäre auf dasselbe hinausgelaufen, wenn du mich begleitet hättest, nur mit dem Unterschied, daß du dich wahrscheinlich gleich hättest umbringen lassen! Du kannst sicher sein, daß Onkel Honoré alles in seiner Macht Stehende getan hat, um mich zu befreien — beim Versuch, mich zu beschützen, ist er sogar verwundet worden. Das Geringste, was du jetzt für ihn tun kannst, ist ihm aus der Sänfte zu helfen, anstatt ein solches Donnerwetter über seinem Kopf zu veranstalten.«

Die Wut auf Olivers Zügen schien sich um einige Nuancen abzuschwächen, doch ließ er sich zu keiner Entschuldigung hinreißen, während er Honoré beim Aussteigen half. »Also komm schon herein, verflixter alter Weinpantscher. Cedric wird dich untersuchen wollen.«

»Onkel Cedric ist auch hier?« fragte Alysson verwundert, doch schon wesentlich ruhiger.

»Ja, ja. Komm jetzt ins Haus, dann kannst du uns alles erzählen.«

Sofort wurden die beiden Vermißten ins Haus verfrachtet, wo Alyssons dritter Onkel, der Arzt aus London, ihnen zur Begrüßung entgegenkam. Cedrics Umarmung war zwar wesentlich reservierter als die seines Bruders, aber nicht weniger liebevoll.

Überrascht und gerührt stellte Alysson fest, daß auch er sich offenbar so um sie gesorgt hatte, daß er ihretwegen die weite Reise auf sich genommen hatte. Nichts und niemand hatte ihn bisher von seinem geliebten Hospital wegzulocken vermocht.

Den Neuankömmlingen wurde Zeit gelassen, sich zu erfrischen und einen kleinen Imbiß einzunehmen, bevor man sie einem ausführlichen Verhör unterzog. Eine Stunde später fanden sich alle in dem langen, schmalen Empfangsraum wieder — Onkel Honoré ruhte auf einem Diwan, die anderen beiden Männer ließen sich auf einem Berg Kissen nieder. Alysson, die zu aufgeregt war, um sich zu setzen, blieb stehen.

Befehlsgewohnt übernahm Oliver sofort die Leitung der Unterredung und überschüttete Alysson mit Fragen. Alysson antwortete jedoch ausweichend und machte über ihre Geiselhaft und den Aufenthalt in der Bergfestung ihres Entführers nur vage Angaben. Über Jafar ließ sie sich mit keinem einzigen Wort aus.

In diese Lücke ihres Berichts stieß Oliver als erstes vor.

»Willst du damit sagen, daß du über den Mann, der dich entführt hat, rein gar nichts weißt? Seinen Namen oder wie er aussieht?«

»Leider nicht, Onkel.«

»Dann erzähle uns wenigstens, wo der Überfall passiert ist. Ich werde mich dann gleich auf die Suche nach dem Teufel machen und ihm eine Kugel in sein schwarzes Herz jagen.«

Alysson wurde blaß. »Ich weiß nicht, wo der Überfall geschah. Irgendwo in der Wüste, glaube ich.«

Allmählich betrachtete Oliver sie mit ungläubigem Staunen. »Damit kommst du nicht durch, Mädel. Ich selbst habe dir beigebracht, wie man Entfernungen abschätzt und sich Orientierungspunkte merkt. Du mußt doch irgendeine Vorstellung davon haben, wo man dich festgehalten hat ... wie weit ungefähr von hier und in welcher Richtung.«

»Es tut mir leid, Onkel, aber ich habe keine Ahnung.«

Offenbar mit der Absicht, eine ergiebigere Quelle anzuzapfen, wandte Oliver sich verärgert an Alyssons französischen Onkel. »Honoré?«

Statt der erwünschten Antwort warf der Franzose nur einen nachdenklichen Blick auf Alysson, um dann die Frage mit einem eleganten Achselzucken abzutun. »Ich weiß gar nichts über die Identität des Mannes.«

Oliver, dem allmählich der Kragen platzte, stieß einen Fluch aus. »Mehr hast du nicht zu sagen? Worum handelt es sich hier eigentlich, um eine Verschwörung zur Verschleierung der Wahrheit oder um was sonst? Was, zum Kuckuck, steckt hinter all der Geheimniskrämerei?« wandte er sich wütend an seine Nichte. »Ich denke, ich habe eine Erklärung verdient, nach allem, was ich für dich auf mich genommen habe, mein Kind. Ich habe eigens eine Expedition in die Karibik verschoben, um hierherzukommen und mich an der Suche nach dir zu beteiligen.«

»Ach, verzeih, daß ich dir dein Vergnügen vermasselt habe!« erwiderte Alysson eingeschnappt.

»Alysson, mein Liebes«, warf Cedrid beruhigend ein, »wir waren vor Sorge um dich ganz außer uns. Du wirst sicher verstehen, daß Oliver endlich wissen will, was vorgefallen ist. Er will ja nur dein Bestes.«

Bei diesem Appell zeigte sich Alysson nun doch ein wenig zerknirscht, aber gleichzeitig zweifelte sie nicht daran, daß Onkel Oliver es mit seiner Drohung, Jafar zu erschießen, todernst meinte. Irgend etwas mußte sie unternehmen, um Oliver von seinem Vorhaben abzubringen. Es hatte bereits allzu viele Schwüre und genügend Blutvergießen gegeben.

»Ich weiß, daß du dir um mich Sorgen gemacht hast, Onkel Oliver,und ich bin dir auch sehr dankbar dafür, wirklich. Aber was geschehen ist, ist geschehen. Das läßt sich nicht mehr ändern. Er hat mir kein Leid angetan. Er hat uns sogar mit einer gewissen Zuvorkommenheit behandelt ...«

»Dir kein Leid angetan? Bei Gott, Kind, wie kannst du nur so dastehen und diesen wilden Araber verteidigen?«

»Er ist kein Araber!« brauste Alysson auf. »Und ein Wilder ist er schon gar nicht. Er ist viel zivilisierter als die meisten Europäer, die ich kenne, dich eingeschlossen, Onkel. Und wenn du es genau wissen willst, er ist ein Edelmann und obendrein der Enkel eines Herzogs!«

Angesichts dieser leidenschaftlichen Erklärung wurden Olivers Augen ganz schmal. Alysson, die ihren Fehler sofort eingesehen hatte, biß sich auf die Zunge. Sie hatte schon mehr über Jafar erzählt, als sie eigentlich wollte, ja viel zuviel, wie sich aus dem nachdenklichen Ausdruck auf Olivers Gesicht schließen ließ.

Lange sah er sie forschend an, bevor er sich wieder an sie wandte. »Wir sprechen doch wohl nicht etwa von Nicholas Sterling, oder?«

Ein Blick auf Alyssons Gesicht genügte ihm als Antwort trotz ihres raschen Leugnens. »Ich glaube, ich weiß nicht, was du meinst.«

»O ja, das weißt du sehr genau«, sagte Oliver gedehnt, und Zorn und Enttäuschung wechselten sich auf seinen Zügen ab. »Nur verstehe ich nicht, warum du meinst, mich anlügen zu müssen.« Traurig schüttelte er den Kopf. »Du hast mich bisher noch nie angelogen, Mädel.«

Alysson konnte ihn nur stumm ansehen, in ihrem Hals steckte ein Kloß.

Wieder schüttelte Oliver voll Besorgnis den Kopf. »Ich bin mit dem Herzog von Moreland seit Jahren sehr eng befreundet, mein Kind, und ich weiß genug über seinen Enkel, um mir einen Reim auf alles machen zu können. Der Junge ist halber Engländer und hat sein Erbe ausgeschlagen, um hier in diesem Land zu leben. Moreland hat mir das selbst erzählt. Du kennst Moreland ... wir haben ihm damals einen Besuch abgestattet, kurz nachdem ich dich nach England zurückgebracht hatte.«

O ja, dachte Alysson. Lebhaft erinnerte sie sich noch an den Tag, an dem sie Nicholas ... Jafar zum ersten Mal begegnet war.

Ihr Onkel erwartete offenbar vorerst keine Antwort von ihr, denn laut fuhr er mit seinen Überlegungen fort. »Wenn der junge Sterling ... wirklich Morelands Enkel ist ...« Oliver, der zunächst nachdenklich dreingeblickt hatte, wurde auf einmal dunkelrot vor Wut. »... dann muß ihm ja auch voll und ganz bewußt sein, was er dir angetan hat.« Er sah sie durchdringend an. »Jeder Engländer, der eine junge Dame kompromittiert und auch nur das geringste Ehrgefühl im Leibe hat, würde ihr sofort die Ehe und seinen Namen anbieten.« Sein Ton war streng, sein Tadel unerbittlich.

»Er ist aber kein Engländer«, entgegnete Alysson kaum hörbar. »Und wenn er mich hätte heiraten wollen, hätte er es mir sicher gesagt.«

Oliver sprang auf. »Was er möchte, ist unwichtig! Bei Gott, er wird dich heiraten, und wenn ich ihn eigenhändig vor den Altar schleppen muß!«

»Nein!« Alyssons Ausruf klang wie der Schrei eines verwundeten Tieres, und ihre grauen Augen blickten gequält.

Oliver sah sie verständnislos an. »Was geht hier vor, Alysson? Warum bestehst du drauf, den Mann zu decken? Er hat dich entführt ... Honoré verwundet ... deinen guten Namen in den Schmutz gezogen ... Ich kann nicht verstehen, warum du nicht willst, daß man ihn zur Rechenschaft zieht.«

»Weil«, begann sie zögernd und kämpfte mit den Tränen, »die französische Armee nach ihm suchen und ihn *töten* wird, wenn sie seiner habhaft wird, darum!«

Entsetzt sah Oliver seine Nichte an. Die Tränen, die ihr die Wangen hinunterrannen, waren echt; Alysson gehörte nicht zu den Frauen, die Tränen als Druckmittel verwenden, um ihren Willen durchzusetzen.

»Bitte, Onkel ... du mußt mir versprechen, daß du niemandem etwas sagst ... *bitte.* Ich flehe dich an. Behalte es für dich.«

Oliver ging zu ihr, ergriff mit seinen großen, schlanken Händen ihre Hände und hielt sie fest. »Wie du willst, Kind«, sagte er schließlich hilflos. »Wenn es dir so viel bedeutet, dann lasse ich die Sache auf sich beruhen.«

»Ja, es bedeutet mir sehr viel.«

Das Wiedersehen mit Gervase de Bourmont gestaltete sich viel schwieriger und schmerzlicher als die Unterhaltung mit ihren Onkeln.

Alysson hatte ihren indischen Diener mit der Nachricht über ihre sichere Heimkehr zu Gervase gesandt und ihn bitten lassen, ihr seine Aufwartung zu machen, sobald er es einrichten könne. Sorgfältig wählte sie ihr bestes Tageskleid für die Unterredung. Nach den vielen Wochen, in denen sie die einfache Kleidung der orientalischen Frauen getragen hatte, fühlte sie sich in den rüschenbesetzten Dessous und dem engen Mieder, die sich für die englische Dame von Stand geziemten, reichlich unwohl, aber sie glaubte es Gervase schuldig zu sein, sich angemessen zu kleiden.

Alysson erwartete ihn bereits im Innenhof, als er eine knappe Stunde später eintraf. Sie erhob sich von der Bank, auf der sie gesessen hatte — zögerte dann jedoch, und auch Gervase hielt inne.

Einen Augenblick lang standen sie da und sahen einander stumm an.

»Alysson ...«, sagte Gervase schließlich, und seine Stimme klang heiser und matt.

Wie gealtert er aussieht, dachte sie, und wie müde. Um seinen Mund und zwischen den Augenbrauen hatten sich Sorgenfalten eingegraben, die vorher nicht dagewesen waren. Und ... er sah traurig aus.

Sie unterließ alle zu einer solchen Situation passenden Höflichkeitsfloskeln und sprach ganz aus dem Herzen heraus. »Es tut mir so leid, Gervase.«

Heftig schüttelte er den Kopf. »Sie müssen sich nicht entschuldigen. Sie trifft keine Schuld an dem verdammten ...« Er hielt inne und suchte nach einem anderen Wort. »... dem Racheschwur jenen Mannes.«

»Trotzdem fühle ich mich irgendwie mitschuldig. Sie haben mich vor der Gefahr gewarnt, Sie haben sogar versucht, mich von der Reise abzuhalten.«

»Allerdings hätte ich nie gedacht, daß dieser Verrückte ausgerechnet Sie aufs Korn nehmen würde. Das können Sie mir glauben.«

Alysson verkniff sich die Bemerkung, daß Jafar keineswegs verrückt war. »Das glaube ich Ihnen auch«, sagte sie mit ruhiger Stimme.

Als hielte er ihrem direkten Blick nicht stand, wandte Gervase die Augen ab. »Ich bin es, der Sie um Verzeihung bitten muß.«

»Nein. Was geschehen ist, lag nicht in Ihrer Macht.«

Gervase schwieg lange, doch sie bemerkte den Zorn in seinen Zügen. »Wieviel hat er ihnen gesagt?« fragte er schließlich.

Sie hatte weder vor, ihm Einzelheiten über ihre Entführung zu schildern, noch den gleichen Fehler wie gegenüber ihrem Onkel zu machen und sich über Jafars Vergangenheit auszulassen. »Nicht mehr, als daß er seine Gründe hätte, mich als Geisel zu nehmen, und auch gute Gründe für seine Rache. Aber dann erzählte er mir, daß seine Eltern durch die Hand Ihres Vaters umgekommen seien.«

»Ach ja, der große General Bourmont«, murmelte der junge französische Oberst mit einem Anflug von Bitterkeit. »Der Eroberer von Algier. Vom ersten Tag meiner militärischen Laufbahn an habe ich immer versucht, in die Fußstapfen meines Vaters zu treten ... Obwohl ich leider sagen muß, daß er viele Menschenleben auf dem Gewissen hat. Es fällt mir schwer, auf meinen Vater stolz zu sein.«

»Das kann ich Ihnen nachfühlen«, sagte Alysson aus wirklicher Überzeugung. Seit vielen Jahren kannte sie Gervase als einen liebenswerten, chraktervollen Mann, der so ganz anders war als sein Vater, der General. »Niemand kann Sie verantwortlich machen für die Sünden Ihres Vaters und auch nicht für das, was mir zugestoßen ist. Ich weiß, Sie haben alles getan, um mich zu befreien, und ich habe Ihnen noch nicht einmal dafür gedankt.«'

»Gedankt dafür, daß ich Sie im Stich gelassen habe? Dafür möchte ich keinen Dank.« Enttäuschung und Verbitterung klangen aus seinen Worten.

»Sie haben mich nicht im Stich gelassen.«

»O ja, denn schließlich war ich damit einverstanden, daß man Sie nicht befreite, sondern als Geisel in der Gewalt des Entführers ließ. Wie sollte man das anders nennen als im Stich lassen?«

»Ich würde es Mut zur Entscheidung in einer schwierigen Lage nennen. Verantwortungsgefühl für das Leben Ihrer Männer. Für mich ist das einfach gutes und gesundes menschliches Empfinden.«

»Ah, Alysson ...« Er machte ein paar Schritte auf sie zu, bis er dicht vor ihr stand. Dann nahm er sie in die Arme und drückte sie eng an sich. Sie legte die Wange auf seine trostspendende breite Brust und seufzte, als sie spürte, wie er ihr Haar streichelte.

»Bitte glauben Sie mir«, sagte Gervase mit unsicherer Stimme, »dies alles ändert nichts an meiner Zuneigung zu Ihnen. Ich liebe Sie noch immer. Noch immer wünsche ich mir mehr als alles andere auf der Welt, daß Sie meine Frau werden.«

Alysson schloß die Augen. Mochten seine Züge seit ihrer letzten Begegnung älter und müder wirken, sie hingegen *fühlte* sich älter, viel älter und auch gereifter. Sie war nicht mehr das kleine, unschuldige und in Herzensdingen unerfahrene Mädchen. Sie hatte den Schmerz der Liebe, der unglücklichen, unerwiderten Liebe kennengelernt.

Durch ihre eigene schmerzliche Erfahrung konnte sie sich

voller Mitgefühl in Gervases Lage hineinversetzen. Doch gerade das machte es ihr um so schwerer, zu sagen, was gesagt werden mußte.

»Ich kann Sie nicht heiraten, Gervase«, erklärte sie leise. »Es wäre Ihnen gegenüber unrecht. Ich habe sein Bett mit ihm geteilt.«

Lange Zeit blieb Gervase stumm. »Etwas ähnliches hatte ich befürchtet. *Mon Dieu.* Alysson, wieviel hätte ich dafür gegeben, daß Ihnen das erspart geblieben wäre. Es muß ein Alptraum für Sie gewesen sein, gezwungen zu werden ...« Gervase unterbrach sich, offenbar unfähig, den Gedanken zu Ende zu denken.

Berührt durch die Qual, die aus seiner Stimme sprach, löste sich Alysson von ihm, legte ihm tröstend die Hand auf die Wange und sah ihm mit kummervollem Blick geradewegs in die Augen. »Er hat mich nicht gezwungen, Gervase. Ich ... habe es freiwillig getan.«

In dem langen Schweigen, das nun folgte, starrte Gervase sie entsetzt an.

»Und jetzt verstehen Sie sicher auch ... daß ich Sie nicht heiraten kann.«

»Im Gegenteil, jetzt müssen Sie es erst recht tun, Alysson«, entgegnete er schließlich ruhig. »Sonst wird Sie die Gesellschaft für immer ächten.«

Sie trat einen Schritt zurück und schüttelte den Kopf. »Ich habe mich daran gewöhnt, Gegenstand von Klatsch und Intrigen zu sein. Was die sogenannte Gesellschaft von mir denkt, hat mich nie besonders interessiert. Die einzigen, an deren Meinung mir liegt, sind die Menschen, die ich liebe, meine drei Onkel nämlich — und die wollen mir auch weiter zur Seite stehen.«

»Das will ich auch. Ich hoffe, Sie wissen das. Ich werde Sie immer hochschätzen und verehren ... Liebste.«

Alysson fühlte einen Kloß im Hals, nur mühsam gelang es ihr, die Tränen zu unterdrücken. Soviel Großmut hätte sie von Gervase nicht erwartet, und auch nicht eine so tiefe Zuneigung. Trotz ihres vernichtenden Geständnisses, daß sie sich dem Fremden aus freien Stücken hingegeben hatte, war er anscheinend immer noch bereit, sie zur Frau zu nehmen und mit der Heirat ihre Ehre zu retten. Ja, er schien sogar bereit zu sein, Schmach und Schande auf sich zu nehmen, die unausweichlich kommen würden, wenn die skandalösen Umstände ihrer Entführung sich erst einmal herumgesprochen hatten. Doch sie würde keinesfalls zulassen, daß er ihr ein solches Opfer brachte.

Mit ihren kleinen Händen ergriff sie seine Hand und hielt sie fest.

»Ich wäre schon dankbar, wenn mir Ihre Freundschaft bliebe, Gervase. Aber natürlich fühle ich mich auch sehr geehrt, daß Sie mich immer noch zur Frau haben wollen, das können Sie mir glauben. Nur leider kann ich Ihren Antrag nicht annehmen.«

Sein Gesicht nahm einen schmerzlichen Ausdruck an. »Sie werfen mir also doch vor, daß ich Sie nicht befreit habe, nicht wahr? Ich kann nur versuchen, jetzt alles wiedergutzumachen ...«

»Nein, ich werfe Ihnen gar nichts vor, das habe ich Ihnen bereits gesagt.«

»Ich würde Ihnen ein guter Ehemann sein, *Coquine.*«

»O ja, das glaube ich. Nur leider steht eher zu befürchten, daß ich Ihnen keine gute Frau sein könnte ... Jedenfalls nicht die Frau, die Sie verdienen.«

»*Zut!*« Er trat einen Schritt zurück und ließ ihre Hände los. Erregt fuhr er sich mit der Hand durch das dunkle Haar. »Ich akzeptiere Ihre Weigerung einfach nicht! Ich werde alles versuchen, Sie umzustimmen. Früher oder später werde ich es schon schaffen.«

»Ich werde meine Meinung nicht ändern, Gervase.«

»Was macht Sie so sicher? Einmal waren Sie ja schon bereit, mir eine Chance zu geben.«

Alysson zögerte, die Worte zu sagen, die Gervase nur noch mehr Kummer bereiten würden. Aber vielleicht würde er erst dann ihre Entscheidung akzeptieren.

»Weil ich ihn liebe«, sagte sie schlicht und mußte mit ansehen, wie in Gervases dunklen Augen der schmerzliche Ausdruck der Niederlage aufglomm.

Sie liebte, aber sie wurde nicht wiedergeliebt. Das war die bittere Wahrheit, die Alysson sich in den folgenden Tagen immer wieder klarzumachen versuchte.

Wie zum Selbstschutz und um den Schmerz ein wenig zu lindern, fühlte sich ihr Herz dumpf und wie betäubt an. Von Zeit zu Zeit brachte sie es sogar fertig, mehrere Minuten lang nicht an Jafar zu denken, nicht an die Leidenschaft, die sie zusammen erlebt, die Vertrautheit und die Lust, die sie gemeinsam genossen hatten, und nicht an die schwierige Situation, die sie so eng zusammengeschweißt hatte.

Aber es gab Hoffnung, daß der Schmerz mit der Zeit nachlassen und sie es eines Tages würde schaffen können, ihren stürmischen Berberprinzen ganz zu vergessen. Daß jedoch dieser ersehnte Zustand bald eintreten könnte, würde wohl lange eine Illusion bleiben. Als hätte sich alles gegen sie verschworen, tauchten immer wieder Ereignisse auf, um sie an Jafar zu erinnern.

Zunächst war da am Morgen des folgenden Tages der unerwartete Besuch der Gemahlin des britischen Konsuls in Algier, Lady Jane Wolverton. Die hübsche, goldblonde Lady war so etwas wie die Autorität in puncto Etikette der europäischen Gesellschaft im Lande. Vor ihrer Gefangennahme war ihr Alysson bei verschiedenen gesellschaftlichen Anlässen des öfteren begegnet.

Als man ihr die Visitenkarte der Lady brachte, war Alyssons erste Reaktion, Chand zurückzuschicken und ihr ›bedaure, nicht zu Hause‹ ausrichten zu lassen. Aber die Neugier behielt die Oberhand — und die Lust auf Rebellion und Widerspruch. Sollte Lady Wolverton nur gekommen sein, um sie mit Anspielungen über ihr skandalöses Verhalten zu konfrontieren, so war sie bereit, den Kampf aufzunehmen.

Wie sich jedoch herausstellte, galt der Besuch der Lady keineswegs der Absicht, Kritik zu üben, sondern um Alysson und ihre Onkel persönlich zu einem *Souper musical* am folgenden Abend einzuladen.

Alysson, die etwas ganz anderes erwartet hatte, starrte ihre Besucherin verwundert an. »Es steckt doch nicht etwa Colonel Bourmont hinter dieser Idee?« fragte sie.

Taktvoll überhörte Lady Wolverton die unhöfliche Direktheit der Frage. »Keineswegs, meine Liebe. Mit Ihrem charmanten Verlobten stehe ich gar nicht auf so vertrautem Fuße. Aber natürlich ist er auch auf meiner Gästeliste.«

»Mylady, bitte verzeihen Sie mir, wenn ich Sie korrigieren muß, aber der Colonel und ich sind nicht miteinander verlobt, und wir haben auch nicht die Absicht, es je zu werden.«

Bei dieser Enthüllung hob Lady Wolverton eine Braue, ließ sich aber nicht die Laune verderben. »Ich freue mich, daß Sie zu meiner Unterhaltung kommen können, Miss Vickery. Ich bin ja so gespannt auf Ihren Bericht über Ihre aufregenden Abenteuer — wie Ihre Reisegesellschaft von Banditen überfallen wurde und wie Sie von einem älteren französischen Ehepaar befreit und zu deren Haus gebracht wurden, wo Sie als Gast weilten, bis ihr Onkel Larousse Sie holen kam. Wie romantisch das gewesen sein muß!«

Alysson war sich nicht sicher, ob die Dame übergeschnappt war oder ob sie ihr einfach nur helfen wollte — aus welch unerfindlichen Motiven auch immer.

»Verzeihen Sie noch einmal, Mylady«, begann Alysson erneut und zog eine kleine Grimasse, »aber bei all den Gerüchten, die schon im Umlauf sind, wird kein Mensch diesen Unsinn glauben.«

»Nun, wenn andere das glauben, dann kann ich das auch«, erwiderte Lady Wolverton, und aus ihren blauen Augen blitzte der Schalk. Allmählich jedoch verschwand das Lächeln von ihren Zügen angesichts Alyssons beharrlichem Schweigen. »Ich denke, ich muß Ihnen nicht sagen, meine Liebe, daß es die beste Taktik sein wird, wenn Sie sich so oft wie möglich in der Gesellschaft zeigen und die Verlobung mit Colonel Bourmont noch für einige Zeit aufrechterhalten.

Später können Sie sie ja immer noch stillschweigend auflösen, wenn Gras über die Sache gewachsen ist.«

»Ich bin auch der Meinung«, stimmte Alysson zögernd zu, »daß das im Augenblick die beste Lösung sein wird.«

»Ausgezeichnet! Und Kopf hoch, sage ich immer, und sich nie, nie für etwas entschuldigen. Gut, das hätten wir also. Ich sehe Sie und Ihre Onkel also morgen abend auf meiner Gesellschaft.«

Nach diesen Worten erhob sie sich und rauschte mit raschelnden Seidenröcken aus dem Raum. Am Ausgang hielt sie inne und warf einen Blick über die Schulter zurück. »O ja, vielleicht sollte ich noch erwähnen, daß der Herzog von Moreland ein guter Freund meines Mannes ist und wir seinen charmanten Enkel seit vielen Jahren kennen. Guten Tag, Miss Vickery. Ich freue mich, Sie morgen in meinem Haus willkommen zu heißen.«

Mit einem neuerlichen zuckersüßen Lächeln schwebte die Lady davon und ließ Alysson mit offenem Mund und einer Flut wirrer Gedanken im Kopf stehen. Die Anspielung auf Jafar hatte sie völlig unvorbereitet getroffen und schmerzliche Gefühle und Spekulationen ausgelöst. Hatte er seine Hand mit im Spiel bei Lady Wolvertons wohlgemeinter Absicht, ihren guten Ruf zu retten? Solch großmütiges, uneigennütziges Verhalten würde Jafar durchaus ähnlich sehen.

Flankiert von ihren Onkeln und Gervase, doch ohne große Begeisterung begab sich Alysson am folgenden Abend zur musikalischen Soiree. Dank Lady Wolvertons Geschick, die Gesellschaft zu manipulieren und zu beschwatzen, die Alysson bisher mit Verachtung begegnet war, wurde der Abend weit weniger schlimm, als sie befürchtet hatte. Wie ihre Gastgeberin vorhergesagt hatte, fuhren die Damen ihre Krallen nicht aus, sondern bekundeten in den höchsten Tönen ihr Mitgefühl für Alysson, während die Herren mit frischer Inbrunst schworen, ihren Damenflor besser beschützen und das Land von der Verbrecherplage befreien zu wollen. Normalerweise hätte Alysson über dieses absurde

Schauspiel nur gelacht — doch zu so etwas Unbeschwertem wie einem Lachen war sie im Augenblick nicht fähig.

Kurze Zeit später lösten Nachrichten von der Kriegsfront die Skandalgeschichten um ihre Person ab. Wie ein Sandsturm in der Wüste breitete sich am Tag nach der Soiree unter den Europäern und Mauren im Lande die Kunde aus, daß der aufrührerische Berberführer Abd el-Kader aus Marokko hatte fliehen müssen. Marokkanische und französische Truppen hatten ihn über den Fluß nach Algerien vertrieben.

Kaum kamen Alysson diese Ereignisse zu Ohren, mußte sie schon an Jafar denken, und Angst kroch in ihr hoch. War er dem tapferen Emir zu Hilfe geeilt? Hatte er sich zusammen mit anderen rebellischen Algeriern gegen die französischen Streitkräfte gestellt? Lag er vielleicht sogar schon verwundet und hilflos auf irgendeinem Schlachtfeld? Die Furcht um ihn wuchs von Tag zu Tag. Schließlich schickte sie Chand durch die arabischen Kaffeehäuser und Barbierstuben, um jede noch so kleine Information über Abd el-Kaders Truppenbewegungen zu erhaschen. Selbst zu Gervase ging sie, um ihn zu bitten, sie über die Kriegsereignisse zu unterrichten.

Im übrigen jedoch zog Alysson sich so gut es ging vor der Welt zurück.

Stundenlang saß sie im Innenhof des Hauses und starrte auf das zusammengeknüllte Taschentuch in ihrer Hand. In einer Ecke waren die Initialen NJS eingestickt. Hatte sie früher über ihre Bedeutung gerätselt, so wußte sie jetzt, wofür sie standen.

So sehr es an der Zeit gewesen wäre, ihre Abreise aus Algerien vorzubereiten, so wenig brachte sie es fertig, den Plan in die Tat umzusetzen. Unentschlossenheit, Passivität, Lethargie — Eigenschaften, die normalerweise nicht zu ihr paßten — schienen jetzt ihre ständigen Begleiter zu sein.

Onkel Oliver hatte sie eingeladen, mit ihm in die Karibik zu segeln, doch ihr war die Lust vergangen, auf der Suche nach Abenteuer um die Welt zu reisen. Auch eine Reise nach London, wohin Onkel Cedric so bald wie möglich zurückkehren wollte, fand nicht ihre Begeisterung. Nicht nur in seinem Krankenhaus wurde Cedric dringend benötigt, obendrein stand er auch noch kurz vor der Vollendung einer Studie über die Verbreitung der Cholera durch verseuchtes Trinkwasser.

Zu Alyssons großer Überraschung erklärte dagegen Onkel Honoré, er wolle noch eine Zeitlang in Algerien bleiben. Eigentlich hätte sie erwartet, daß er bei der ersten Gelegenheit nach Hause zurückkehren würde — nach allem, was er durchgemacht hatte. Anscheinend schwebte ihm aber immer noch die Idee vor, in Algerien Weingärten anzulegen. Das Schlimmste, was dieses Land ihm zu bieten hatte, hätte er bereits durchgemacht und überlebt. Im übrigen fühlte er sich sicher genug unter dem Schutz eines der mächtigsten *amghars* der Berber.

Auf Alyssons neugierige Frage, was er damit meine, erklärte ihr Honoré, Jafar habe ihm einen Passierschein mitgegeben, der ihm freies und sicheres Reisen im Lande garantiere. Da sie sich allerdings nicht vorstellen konnte, daß es im Sinne Jafars war, wenn ein Franzose auf algerischem Boden siedelte, konnte dies nur der Versuch einer Wiedergutmachung dafür bedeuten, daß Jafar Honoré in seine Angelegenheiten mit hineingezogen hatte. Aber für ihren Onkel freute sie sich doch. Zunächst plane er, noch einige Monate zu bleiben, doch wenn er dann später zurückkehrte, könne sie ihn gerne nach Frankreich begleiten.

Von Tag zu Tag schob Alysson jedoch die Entscheidung über ihre weitere Zukunft vor sich her. Das Bedürfnis, Abstand zwischen sich und die Quelle ihres Schmerzes zu bringen und möglichst weit fortzugehen, damit das Vergessen endlich beginnen könne, war anscheinend weit weniger stark als der Wunsch, möglichst nah bei ihrem Geliebten zu bleiben.

Weniger schweren Herzens als sonst verabschiedete sie sich von Onkel Cedric. Und als dann Onkel Oliver ebenfalls seine Absicht kundtat, gleich nach Weihnachten aufbrechen zu wollen, war Alysson fast erleichtert. Wie es schien, hatte Oliver seine Rachegelüste immer noch nicht ganz begraben.

»Schließlich hat er dir doch ziemlich geschadet, Mädel«, verkündete Oliver eines Morgens in der Absicht, Alysson aus ihrer Depression herauszuholen. »Ich bin sogar der Meinung, eine Kugel wäre noch zu gut für ihn.«

In ihren seltenen, gefaßteren Momenten neigte Alysson dazu, ihm zuzustimmen. Dann versuchte sie, Jafar zu hassen und sich einzureden, daß er ihrer Liebe nicht würdig sei. Ihren Körper hatte er mißbraucht, ihre Seele verwüstet und auf ihre Gefühle nicht die geringste Rücksicht genommen.

Doch in einer verborgenen Stelle in ihrem Herzen keimte die Hoffnung, daß seine Zuneigung doch echt gewesen war, sie ihm doch etwas bedeutete. Es konnte einfach nicht sein, daß sie sich alles nur eingebildet hatte, die Qualen ihrer letzten gemeinsamen Nacht, die Verzweiflung, die in seinen Augen brannte, seine Küsse, die auch nach Schmerz und nicht nur nach Leidenschaft schmeckten.

Wie schon so oft gingen ihr auch jetzt wieder einmal diese Gedanken im Kopf herum, als sie, kurz vor Weihnachten, auf ihrer Bank im Hof saß. Vom Minarett einer nahegelegenen Moschee hörte man die Falsettstimme des Muezzin die Gläubigen zum Gebet rufen.

In diese friedliche Ruhe platzte Chand, der über den Hof auf seine Herrin zugeeilt kam.

Dankbar für jede Ablenkung von ihren trübsinnigen Gedanken blickte Alysson auf.

»Ich bringe gute Nachricht, Memsahib!« rief der Diener und vergaß dabei vor Aufregung ganz, seinen üblichen Salam zu machen.

»Abd el-Kader hat sich ergeben!«

VIERTER TEIL

Aus der Wüste eile ich zu dir,
Auf feurigem Roß, schnell wie der Wind.
Die Stürme bleiben draußen vor der Tür,
Denn der Sturm der Begierde wütet in mir.

Bayard Taylor
»Beduinenlied«

Kapitel 26

Abd el-Kader hatte sich ergeben! Der aufständische Berberführer war schließlich doch zur Aufgabe gezwungen worden!

Aus den Gerüchten und Nachrichtenfetzen, die Alysson in den folgenden Tagen aufschnappte, konnte sie sich die Ereignisse zusammenreimen, die zu Abd el-Kaders Kapitulation geführt haben mußten. Nach einem raschen und erfolgreichen Gegenangriff gegen die marokkanische Armee hatte er sich nach Algerien zurückgezogen, wo allerdings bereits die französischen Verbände auf ihn warteten. Den einen Feind im Rücken, vom anderen von vorn bedrängt gab es nur zwei Auswege für ihn — entweder die Flucht über die Berge in die Wüste oder sich der siegreichen Übermacht geschlagen zu geben, die ihn über so viele Jahre gnadenlos verfolgt hatte.

Am 21. Dezember eröffnete Abd el-Kader General Lamoricière seine Unterwerfung. Zwei Tage später legte er dem Generalgouverneur von Algerien, Seiner Königlichen Hoheit dem Herzog von Aumâle, feierlich sein Schwert zu Füßen. Als einer der Gründe für Abd el-Kaders Niederlage galt nicht zuletzt die Freiheitsliebe der Berber. Viele der als Nomaden in den Bergen lebenden Berberstämme hatten sich geweigert, sich mit den Arabern gegen die Franzosen zu verbünden. Welche Gründe auch immer zu seiner Niederwerfung geführt haben mochten, Abd el-Kader und seine Armee würden von nun an für die französischen Streitkräfte und die Zivilisten keine Bedrohung mehr darstellen.

Die Aufregung und Erleichterung, die diese Nachricht unter den Franzosen im Lande auslöste, kannte kaum Grenzen, nur Alysson konnte die allgemeine Freude nicht teilen. Sie bedauerte die Niederlage des tapferen Berberführers, der sich fünfzehn Jahre lang den französischen Besatzern widersetzt hatte. Mochte er in der Vergangenheit auch noch so grausam gegen die Fremden in seinem Lande vorgegangen sein, Abd el-Kader blieb dennoch ein großer und heroischer Mann.

Über sein weiteres Schicksal wurde viel spekuliert. Einige wollten wissen, daß Abd el-Kader die Hinrichtung als Verräter drohe. Andere wiederum glaubten, er werde wie ein gewöhnlicher Krimineller in ein Gefängnis geworfen. Gerüchte dieser Art wollten nicht verstummen, obwohl die französische Regierung dem Emir und seiner Familie als eine Bedingung für seine Kapitulation freie Ausreise ins Exil nach Palästina oder Ägypten zugesagt hatte.

Empört und besorgt über die Tatsache, daß Abd el-Kaders Schicksal noch immer ungeklärt war, beschloß Alysson, alles in ihrer Macht Stehende zu tun, um ihm zu helfen. Sie bat Onkel Honoré, sie bei einem Besuch bei Gervase zu dessen Diensträumen zu begleiten.

Das europäische Viertel der Stadt bestand aus nicht viel mehr als einer kleinen Ansammlung von Kasernen- und Stabsgebäuden der französischen Kolonialmacht, die sich um das Hafenbecken drängten. Nach einigem Suchen gelang es ihr schließlich, Gervase in einem der tristen Gebäude aufzuspüren. Nach kurzer Begrüßung teilte der Oberst ihr jedoch mit, er sei sehr beschäftigt und könne nur wenig Zeit für sie erübrigen. Als sie ihn anflehte, er möge Abd el-Kader irgendwie helfen, versprach ihr Gervase, es zu versuchen, meinte jedoch, daß es sehr schwierig sein würde, die Machthaber zu Nachsicht und Milde zu bewegen. Mehr als das Exil für Abd el-Kader würde er wohl nicht erreichen können.

Traurig verließ Alysson Gervases Dienststube und ging mit gesenktem Kopf auf den Kasernenhof hinaus. Ihr Onkel hielt sich noch im Gebäude auf, wo er einen Bekannten getroffen hatte. Nur Chand folgte ihr in gebührendem Abstand.

Zu ihrer Linken vor dem Hintergrund der Berge türmte sich das blendend weiße Häusermeer der Stadt, das sich so eindrucksvoll abhob von dem immergrünen Streifen von Zypressen und Myrten, die die Küste säumten.

Unterhalb des mächtigen Festungswalls zu ihrer Rechten lag das azurblaue Meer, auf dem sich Fischerboote und Handelsschiffe tummelten. In einer anderen Situation wäre sie von der Schönheit dieses Anblicks ergriffen gewesen, jetzt aber war sie zu niedergeschlagen, um sich daran erfreuen zu können.

Gerade wollte sie Luft holen für einen tiefen Seufzer, als sie in einiger Entfernung einen Mann erspähte, der zielbewußt auf eines der Gebäude zuschritt. Beim Anblick des golden glänzenden Haares, das unter seinem eleganten Zylinder hervorlugte, machte ihr Herz einen Satz. *Jafar,* dachte sie benommen, schalt sich dann aber gleich eine Närrin wegen dieser unsinnigen Idee. Sie wünschte sich wohl so sehr, ein Wort mit ihm zu sprechen, einen Blick auf ihn zu erhaschen, daß sie sich schon einbildete, ihn zu sehen — ausgerechnet hier, in dieser Bastion französischer Obrigkeit. Einfach lächerlich, anzunehmen, Jafar könne so töricht sein und freiwillig einen Fuß in die Hochburg seines Feindes setzen.

Sie beobachtete, wie der Mann in einem der Gebäude verschwand. Als sie sich umdrehte, fiel ihr Blick auf eine Gruppe von Pferden. Und eines davon war ein edler, brauner Hengst.

Alysson war sich sicher, daß sie das Pferd schon einmal gesehen hatte, und ohne Zweifel war der junge Mann, der es am Zügel hielt, Jafars Diener Mahmoud.

Ohne einen weiteren Gedanken zu verschwenden, raffte Alysson die Röcke und rannte quer über den Hof. »Mahmoud! Du bist es wirklich!« rief sie und brachte es fertig, den Jungen und das Pferd aufzuscheuchen. »Was in aller Welt machst du hier?« fragte sie Mahmoud, der Schwierigkeiten hatte, Jafars geliebtes Pferd zu beruhigen. »Und ich habe geglaubt, ich würde dich nie wiedersehen.«

»*Lallah*!« Mahmouds vernarbtes Gesicht hellte sich einen Augenblick lang auf, um sich gleich wieder zu verfinstern.

»Ich kenne Sie nicht, *Lallah*. Sie müssen mich mit jemandem verwechseln.«

»Was soll das heißen, du kennst mich nicht — natürlich kennst du mich. Was redest du denn da?«

Mahmouds Stimme sank zu einem Flüstern herab. »Es wäre nicht gut für Sie, wenn man uns zusammen sprechen sieht.«

Verwirrt schaute Alysson sich um und bemerkte, daß sie bereits die neugierigen Blicke verschiedener Passanten auf sich zogen, während wenige Schritte hinter ihr Chand stand und sie beschwörend ansah. »Ich werde so tun, als ob ich den Hengst bewundere, auf den du aufpaßt. Es könnte ja sein, daß ich ihn kaufen will.«

»Aber er steht nicht zum Verkauf, *Lallah*!«

»Das weiß ich, aber es wird auch nicht schaden, wenn man sieht, wie ich Erkundigungen über ihn einziehe. Nun erzähle mir rasch, was euch hierherbringt.«

Mahmoud trat von einem Fuß auf den anderen, während er immer unglücklicher dreinschaute. »Haben Sie denn nicht von der Niederlage unserer Armee gehört?«

»Ja, natürlich ... und es tut mir auch so leid, Mahmoud. Ich wünschte, es wäre anders gekommen.«

»Es hätte anders kommen müssen! Allah hätte nicht zulassen dürfen, daß einige der wahrhaft Gläubigen gemeinsame Sache mit den französischen Ungläubigen machen — diesen widerlichen Söhnen von Schlangen und Skorpionen!«

Alysson murmelte einige zustimmende Worte, um ihn zu beruhigen. »Aber was macht dein Herr hier ... Es war doch Jafar, den ich gerade gesehen habe, nicht wahr?« Als der Junge nicht gleich antwortete, biß sich Alysson auf die Lippe, um ihre Ungeduld zu zähmen. »Mahmoud, bitte, du mußt es mir sagen.«

»Der Herr ist hier wegen des Emirs der Araber, Abd el-Kader.«

»Was soll das heißen?«

»Mehr darf ich nicht sagen.«

Offenbar wollte Mahmoud ihr nicht mehr erzählen, aber

Alysson ließ nicht locker. Als sie weiterbohrte, erfuhr sie, daß Jafar hierhergekommen war, um für den entmachteten Emir die freie Ausreise ins Exil auszuhandeln. Dabei hatte er sich den französischen Behörden gegenüber nicht als Berberkriegsherr, sondern als der Engländer Nicholas Sterling, der Enkel des Herzogs von Moreland, ausgegeben.

Alysson, die sich im Geiste schon das Schlimmste ausmalte, starrte Mahmoud entsetzt an. In der Hoffnung, seinem Emir auf diese Weise nützen zu können, trat Jafar offenbar nicht als Berber auf, sondern warf seine britische Nationalität und seinen aristokratischen Namen in die Waagschale. Aber selbst wenn Jafar sich mit seinem englischen Namen und gekleidet wie ein vornehmer Brite präsentierte, würde Gervase in ihm sicherlich den Berberkrieger erkennen, der sie entführt und ihm nach dem Leben getrachtet hatte. Und dann würde Gervase den Mann, den sie liebte, der französischen Justiz als Feind und Verräter ausliefern.

Ein Gefühl der Furcht kroch Alysson langsam den Rükken hoch. Sie mußte sofort zu Gervase und verhindern, daß er Jafar zu Gesicht bekam.

Nach einer kurzen Anweisung an Mahmoud, hier auf sie zu warten, machte sie auf dem Absatz kehrt und eilte von neuem in das Gebäude, wo Onkel Honoré sich gerade von seinem Bekannten verabschiedete. An dem verblüfften Honoré vorbeieilend, stürmte Alysson in Gervases Büro. Der Colonel war jedoch nicht mehr da. Als sie ihn zu sprechen verlangte, teilte man ihr mit Bedauern mit, daß er in einer wichtigen Konferenz sei und nicht gestört werden dürfe.

Erst als Honoré sie am Arm packte und nach draußen beförderte, gab sie auf. Zu allem Unglück war auch noch Mahmoud mit den Pferden verschwunden. Alysson wollte ihn suchen gehen, aber Honoré meinte barsch, nun sei es genug. Allzu lange, so erklärte ihr Onkel, habe er sich ihren Wünschen gefügt und Jafar durch sein Schweigen gedeckt. Jetzt allerdings, da ihrem Entführer die Festnahme und eine Gerichtsverhandlung drohe, könne er ihn nicht länger schützen.

Alysson blieb also nichts anderes übrig, als ihren Protest herunterzuschlucken und, wenn auch widerwillig, nach Hause zurückzukehren, wo sie nervös und unruhig jeden Augenblick mit der Nachricht rechnete, ihr wagemutiger Geliebter sei festgenommen und in Ketten abgeführt worden.

Ähnliche Befürchtungen hegte auch Jafar.

Um an den Verhandlungen teilnehmen zu können, hatte er bewußt seine Entdeckung riskiert. Da dies jedoch die einzige Chance gewesen war, auf das Schicksal des Emirs Einfluß zu nehmen, hatte er seine Teilnahme an der von seiner Königlichen Hoheit dem Herzog von Aumâle einberufenen Konferenz erklärt, bei der er auf das Gewicht seines Namens und seiner gesellschaftlichen Stellung bauen wollte.

Trotzdem rechnete er damit, daß er im Verlauf der Konferenz festgenommen werden könnte. Er zweifelte nicht daran, daß Colonel Bourmont ihn wiedererkennen würde, und er war bereit, die Konsequenzen auf sich zu nehmen, zumindest später, nach Abschluß der Verhandlung. Was man gegen ihn vorbringen konnte, war nicht allzu gravierend, eigentlich stand lediglich sein Wort gegen das des Colonel. Inständig hoffte Jafar jedoch, daß die Zeit der Abrechnung erst käme, wenn er für die Sache seines Emirs hatte eintreten können.

Gleich zu Beginn der Konferenz merkte er, daß der Colonel in dem Engländer Sterling den Berberkrieger erkannt hatte, der eine unschuldige junge Frau entführt und sie dazu benutzt hatte, einen französischen Truppenverband in die Wüste zu locken, um ihn dort vernichtend zu schlagen.

Obwohl sich die beiden Kontrahenten an den Stirnseiten des langen Konferenztisches in erheblicher Entfernung gegenübersaßen, bemerkte Jafar, wie der Colonel ihn unverwandt ansah, schon während der Eröffnungsrede, aber besonders danach, als er sich erhob, um als Nicholas Sterling das Wort an die Versammelten zu richten.

Kaum hatte er zu sprechen begonnen, als er sah, wie

Bourmonts Gesicht zur Maske erstarrte und allmählich rot anlief.

Und doch sprang der Oberst nicht auf, um anklagend mit dem Finger auf ihn zu zeigen. Ja, Bourmont machte nicht die geringsten Anstalten, ihn bloßzustellen — wohl um die Konferenz nicht zu stören, vermutete Jafar. Dankbar für die Gnadenfrist versuchte Jafar sich zu entspannen und sich auf den Fortgang der Verhandlung zu konzentrieren, war sich aber bewußt, daß der Konflikt mit dem Colonel noch keineswegs ausgestanden war.

Die Diskussion über die Art und Weise, wie mit dem besiegten Berberführer zu verfahren sei, wurde hitzig geführt, nahm aber schließlich in Jafars Augen einen erstaunlichen Verlauf. Niemals hätte er erwartet, daß er sich auf derselben Seite wiederfinden würde wie sein Todfeind, der sich wie er für Milde aussprach. Ganz im Sinne Jafars plädierte erstaunlicherweise auch der Colonel dafür, Abd el-Kader in die Verbannung zu schicken und ihn nicht härter zu bestrafen, was nach der Rechtslage ebenso möglich gewesen wäre. Der Herzog von Aumâle hörte sich mit dem gebotenen Ernst alle Argumente an, bevor er seinen Richterspruch fällte. Zufrieden stellte Jafar fest, daß er für seinen Emir die bestmöglichen Bedingungen hatte herausholen können. Abd el-Kader würde nach Frankreich eskortiert werden, wo der König über sein weiteres Schicksal entscheiden würde.

Als die Konferenz sich auflöste und die Regierungsvertreter und Militärs auseinandergingen, vernahm Jafar an seiner linken Schulter eine schneidende Stimme.

»Ich hätte gerne noch kurz mit Ihnen gesprochen, Monsieur. Unter vier Augen.«

Verwundert drehte Jafar sich um und blickte in die dunklen, durchdringenden Augen seines langjährigen Todfeindes. Mit einem kurzen Nicken folgte Jafar dem Colonel in dessen Diensträume. Aus dem Augenwinkel heraus sah er, daß ein halbes Dutzend Soldaten ihnen in einigem Abstand folgte. Offenbar wollte der Colonel nicht das Risiko eingehen, daß sein Rivale die Flucht ergriff.

Die Unterhaltung sollte jedoch anscheinend auf zivilisierte Weise geführt werden. Der Colonel bot Jafar einen Stuhl und ein Glas Rotwein an, zögerte dann aber. »Sie trinken doch Alkohol, nicht wahr?«

»Gelegentlich«, antwortete Jafar und nahm das Glas entgegen. Bourmonts ungewöhnliche Frage bestätigte nur, was er bereits vermutet hatte; der Colonel wußte, wen er vor sich hatte, denn warum sonst hätte der Franzose soviel Aufhebens um die Frage gemacht, ob Jafars Religion den Genuß von Alkohol zuließ.

In gespannter Erwartung nippte Jafar an dem Wein. Über den Rand seines Glases hinweg beobachtete er sein Gegenüber und versuchte, seine Überraschung zu verbergen. Die französischen Beamten, die er bisher kennengelernt hatte, pflegten den Muselmanen mit Herablassung und Überheblichkeit zu begegnen und die von der französischen Regierung erlassenen Gesetze und Verordnungen mit Hochmut und Strenge umzusetzen.

Colonel Bourmont jedoch ließ außer vielleicht der Strenge keinen der sonst üblichen Charakterzüge erkennen. Jafar blieb aber dennoch auf der Hut und musterte den Franzosen aufmerksam, während er es sich in einem Ohrensessel bequem machte.

»Sollten Sie befürchtet haben, daß ich Sie auffliegen lasse«, sagte Bourmont schließlich, »so können Sie sich beruhigen. Natürlich habe ich Sie erkannt, aber ich werde Schweigen bewahren ... aus zwei Gründen. Sie haben mir in der Schlacht das Leben geschenkt, und das rechne ich Ihnen hoch an. Solche Großmut kann ich Ihnen nicht damit vergelten, daß ich Sie einem Militärtribunal überstelle und Sie womöglich der standrechtlichen Erschießung ausliefere.«

Jafar schwieg lange, bevor er sich zu Bourmonts Erklärung äußerte. »Niemand würde Sie tadeln, wenn Sie auf diese Weise Vergeltung übten«, sagte er nachdenklich.

»Nur ich selbst. Kein Ehrenmann könnte anders handeln. Wie dem auch sei, ich werde immer in Ihrer Schuld stehen, Monsieur.«

»Das Wort ›immer‹ existiert für mich nicht.«

»Gar keine so üble Ansicht.«

Wortlos musterten die beiden Männer einander. »Sie nannten zwei Gründe?« unterbrach Jafar das Schweigen.

»Ja, aber zuerst möchte ich Ihnen eine ungewöhnliche Frage stellen, wenn Sie erlauben. Warum haben Sie mich nicht getötet, als Sie die Gelegenheit dazu hatten? Nach all den Mühen, die sie auf sich genommen haben, dann einfach die Chance verstreichen zu lassen ... Ich gebe zu, ich würde gerne wissen, was Sie dazu bewogen hat.«

Jafar zögerte und blickte auf das Glas in seiner Hand. »Meine Gründe sind rein persönlicher Natur, Colonel. Lassen Sie es sich genug sein, wenn ich Ihnen sage, daß ich der Rache gegen die Familie Bourmont abgeschworen habe.«

»Ganz im Gegenteil!« erwiderte Gervase leise und traurig. »Sie haben Ihre Rache schon gehabt. Sie haben mir Alyssons Liebe genommen.«

Jafars Kopf schnellte hoch, wie wenn ein Wolf eine Witterung aufnimmt. Er starrte Bourmont an, sein Puls ging plötzlich schneller.

»Alysson liebt Sie«, sagte Gervase ruhig. »Wußten Sie das nicht?«

Jafar verschlug es die Sprache. Als er schließlich antwortete, klang seine Stimme merkwürdig heiser. »Verzeihen Sie, wenn ich das nicht glauben kann. Alysson hatte mehrfach Gelegenheit, mir ihre Gefühle zu offenbaren. Sie war es, die den Entschluß faßte, mich zu verlassen.«

»Und doch ist es wahr, leider. Sie selbst hat es mir gesagt. Deshalb hat sie auch meinen Antrag abgelehnt.«

»Sie hat die Ehe mit Ihnen ausgeschlagen?« Seine Stimme war nur noch ein rauhes Flüstern. »Mir war gar nicht zu Ohren gekommen, daß die Verlobung aufgelöst wurde.«

Über Gervases Gesicht huschte ein kurzes, bitteres Lächeln. »Wahrscheinlich einfach deswegen, weil es nie eine Verlobung gegeben hat. Alysson hatte mir versprochen, auf ihrer Expedition in die Wüste über meinen Antrag nachzudenken. Ihre Antwort wollte sie mir nach ihrer Rückkehr geben. Später ... war es dann klüger, so zu tun, als seien wir noch immer verlobt. Wenn ich sie gleich nach ihrer Entführung fallengelassen hätte, wäre sie für immer gesellschaftlich ruiniert gewesen. Ich wollte sie auf jeden Fall vor Schaden bewahren.«

Nach einer langen Pause ergriff Jafar schließlich das Wort. »Sie ... lieben Sie wohl sehr.«

Wieder kam das bittere Lächeln. »Ich halte mir zugute, daß ich selbstlos genug bin, ihr Glück über mein eigenes zu stellen.«

»Dann haben wir viel mehr miteinander gemein, als ich dachte«, sagte Jafar, und seine Stimme klang traurig. »Das Schwierigste, was ich je in meinem Leben tun mußte, war, sie gehen zu lassen.«

»Ah«, murmelte Gervase. »Also hatte ich doch recht. Alysson war der Grund dafür, weshalb Sie mich verschont haben.«

»Ja ... Ich habe es für sie getan.«

»Weil Sie Alysson lieben.«

Jafar wandte den Blick ab. »Ja.«

»Und nun? Was gedenken Sie jetzt zu unternehmen?«

Jafar schloß die Augen und dachte an die letzten Wochen, jene Zeit ohne Hoffnung, daß Alysson je die seine werden könnte. Wie ein wandelnder Leichnam hatte er vor sich hingelebt, ein Gespenst von einem Mann, mutlos und mit gebrochenem Herzen. Deswegen hatte er auch nicht gezögert, sich in die Hochburg seines Feindes zu begeben und sich dem Colonel auf Gedeih und Verderb auszuliefern. Der Gedanke an den Tod barg weniger Schrecken für ihn als die Qual, die das Leben bedeutete. »Darüber habe ich doch nicht nachgedacht ... Ich glaubte, sie wäre für immer für mich verloren.«

»Allem Anschein nach ist sie es nicht. Sie hat Algier noch nicht verlassen, wußten Sie das?«

»Ja, das hatte ich gehört. Aber ich wagte nicht, zu hoffen, es könnte meinetwegen sein.«

Plötzlich beugte sich Gervase nach vorn und blickte sein

Gegenüber forschend an. »Werden Sie auch gut für sie sorgen?«

Jafar erwiderte den direkten Blick des anderen, sein Ausdruck war ein feierliches Versprechen. »Ich würde mein Leben für sie geben.«

Gervase war offenbar geneigt, Jafars Worten zu glauben, und entspannte sich sichtlich. »Dann kann ich jetzt wohl beruhigt sein.« Schließlich lehnte er sich wieder bequem in seinem Sessel zurück und nahm einen Schluck aus seinem Glas. »Alysson war aber nicht der einzige Grund, weshalb ich Sie zu mir bat«, sagte Gervase, das Thema wechselnd. »Ich hätte mit Ihnen auch noch gerne über die Zukunft Ihres Landes gesprochen, falls Ihnen das recht ist.«

Jafar, der hin- und hergerissen war zwischen deprimierten und hoffnungsvollen Gedanken an Alysson, hatte Mühe, sich auf das neue Anliegen des Colonels zu konzentrieren.

»Sie wissen, welche Aufgaben das *Bureaux Arabes* hat?« fragte Bourmont.

Jafar war bekannt, daß das Amt für Arabische Angelegenheiten eingerichtet worden war, um die Beziehungen zwischen der französischen Besatzungsmacht und der algerischen Bevölkerung zu regeln. Die Beamten dieser Unterabteilung der französischen Militärregierung waren Offiziere, deren Aufgabe die Verwaltung der eroberten Landstriche und die Überwachung der Oberhäupter der einzelnen Volksstämme war. Die aus der Türkenzeit stammende Verwaltungshierarchie mit *khalifas, aghas* und *caids* war nicht abgeschafft worden, aber jeder Ebene war ein französischer Nachrichtenoffizier als sogenannter Berater zugeteilt, der jedoch in Wahrheit die eigentlichen Regierungsgeschäfte vollzog wie die Erhebung von Steuern und die Rechtsprechung, wozu er sich eines gefügigen Muselmanen als Sprachrohr bediente.

»Ja, ich bin in groben Zügen über die Tätigkeit des Amtes unterrichtet«, antwortete Jafar.

»Es ist die Institution, mit der die französische Militärregierung die islamische Bevölkerung beherrscht, indem sie ihre Volksvertreter und Stammesräte kontrolliert und in Schach hält.«

Der Oberst war von dem verächtlichen Ton seines Gastes sichtlich unangenehm berührt. »Die Hauptaufgabe der Behörde ist die Assimilation und nicht die Beherrschung. Die Stämme Algeriens sind frei, sich selbst zu regieren, nur bei der Wahl der Oberhäupter und Volksvertreter hat das Amt ein Wort mitzureden. Das ist ein gerechtes und zweckmäßiges System.«

»Das hängt vom jeweiligen Standpunkt ab.«

»Mag sein«, stimmte Gervase zu. »Aber es ist nun einmal das System, mit dem wir arbeiten müssen. Meine Aufgabe als Chef des Amtes ist es vor allem, unsere Siedler zu schützen. Es sind jetzt schon mehrere Tausend, die Hälfte von ihnen Franzosen, und der Zuzug ebbt nicht ab. Nun, da der Krieg vorüber ist ...«

»Werden noch viel mehr kommen«, sagte Jafar grimmig, »und alle strotzen sie vor Eroberungswut.«

Jafars ironischer Ton veranlaßte Bourmont, sich kerzengerade in seinem Sessel aufzurichten. »Die Präsenz Frankreichs hat Ihrem Land nicht nur geschadet. Denken Sie nur an die vielen Vorteile, die Sie davon hatten. Als wir vor siebzehn Jahren ins Land kamen, wütete in Algier die Pest, und eine große Hungersnot drohte die Bevölkerung auszulöschen.«

»Nehmen Sie das nur an, oder hat man Ihnen das erzählt?«

Der Oberst zögerte, Zornesröte stieg ihm in die Wangen.

»Ihr Vater bediente sich zahlreicher Täuschungsmanöver und Tricks, um den Raub des Emirats von Algier zu rechtfertigen«, bemerkte Jafar kühl. »Ich selbst war vor siebzehn Jahren auch schon hier, Colonel, und ich versichere Ihnen, daß Algier damals keineswegs unter den Heimsuchungen litt, die Sie erwähnen.«

»Ich dachte«, meinte Bourmont ebenso kühl, »wir seien stillschweigend übereingekommen, die Vergangenheit ruhen zu lassen. Mein Vater ist nun seit fast einem Jahrzehnt tot, und ich wäre froh, wenn er endlich seinen Frieden fände.«

»Stimmt, so waren wir verblieben. Verzeihen Sie mir bitte und fahren Sie fort, Colonel.«

»Nun gut. Wie ich schon sagte, wird es jetzt nach Beendigung des Krieges viel einfacher sein, die Siedler zu schützen. Aber ein anderer Aspekt der Sache bereitet mir Sorge. Ich möchte mich dafür einsetzen, daß der arabischen Bevölkerung Gerechtigkeit widerfährt. Meine Vorgänger ... besaßen nicht gerade das, was man die Tugend der Sieger nennen könnte, nämlich die Harmonie von Geist und Herz, die Achtung vor dem Recht des Schwächeren. Ich hoffe, ich werde es besser machen können.«

Jafar erwiderte den Blick des Colonels mit einem Ausdruck höflicher Zurückhaltung und verzichtete auf eine Antwort.

»Wenn wir dem Land Frieden bringen und die Verwaltung effektiv gestalten wollen, dann sollten wir die Völker, mit deren Regierung wir betraut sind, möglichst genau kennen — ihre Sitten und Gebräuche, ihre soziale Ordnung, ihre Sprache und Institutionen. Ich möchte, daß beim Amt für Arabische Angelegenheiten nur Beamte arbeiten, die mit allen Belangen der hiesigen Bevölkerung vertraut sind. Und damit komme ich zu meinem Anliegen. Ich wäre dankbar, wenn Sie uns bei dieser Aufgabe unterstützen würden.«

»Ich?«

»Ja. Ich wäre bereit, Ihnen einen offiziellen Posten im *Bureaux Arabes* anzubieten.« Als Gervase sah, wie sich Jafars Züge anspannten, hob er die Hand. »Ich sehe an Ihrem Gesichtsausdruck, daß Sie meinen Vorschlag ablehnen wollen. Aber bevor Sie sich dagegen aussprechen, bedenken Sie bitte folgendes. Eine einflußreiche Stellung in der französischen Regierung gäbe Ihnen die Möglichkeit, auf die Eroberer Ihres Landes einzuwirken und Ihr Volk vor zu viel Fremdherrschaft zu bewahren. Sie wären in der Lage, einen großen Teil Ihrer Provinz unabhängig zu regieren und unter Beibehaltung der arabischen Gerichtsbarkeit französisches

Recht zu sprechen. Wir würden von Ihnen erwarten, daß Sie für uns als Vermittler und Dolmetscher auftreten, als Richter, Steuereintreiber und Nachrichtenoffizier. Und nicht zuletzt könnten Sie mich in allen wichtigen Angelegenheiten beraten und mir helfen, die notwendigen Veränderungen und Verbesserungen in die Wege zu leiten.«

Jafar unterdrückte den dringenden Wunsch, Bourmont zu sagen, was er mit seinem Angebot machen könne, schwieg dann aber. Letztlich mußte er sich eingestehen, daß er den Colonel bewunderte, zum einen, weil die Idee wirklich vernünftig war, zum anderen, weil Bourmont den Mut hatte, sie Jafar offen und ehrlich darzulegen, ohne auf ihn Druck auszuüben. Sich der Unterstützung seines Feindes bei dessen eigener Unterwerfung zu versichern, war ein kluger Schachzug und in diesem Fall auch wirklich der beste Weg. Jafar war sogar geneigt, dem Colonel seine großzügige Gesinnung abzunehmen, schließlich war es möglich, daß Bourmont wirklich philantropische Ziele verfolgte und daß ihm der Friede zwischen Arabern und Franzosen tatsächlich am Herzen lag.

Um seine Anspannung abzubauen, ließ er seinen Blick zum Fenster schweifen, sah hinaus in die Dämmerung und dachte an Alysson. Er liebte diese Stunde des Tages, wenn der Spätnachmittag in den Abend überging, wenn das nachlassende Licht der Sonne sich allmählich von rötlichem Gold in gedämpftes Violett verwandelte. Dies war die Zeit, in der er sie am meisten vermißte — abgesehen von den Momenten morgens gleich nach dem Aufwachen, die immer von Schmerz erfüllt waren, oder des Nachts, wenn er unruhig den Schlaf herbeisehnte, oder beim Ausreiten, wenn er an einen der Orte kam, wo sie zusammengewesen waren, wenn er durch sein leeres Haus irrte oder in den verlassenen Hof hinausblickte, wo keine junge Engländerin mehr unter dem Mandelbaum saß, das Gesicht der Sonne zugewandt, als wolle sie dem Leben noch den letzten Tropfen Energie entringen ... Jeden Moment eben, in dem er existierte. Nie wollte das Gefühl des Verlustes ihn verlassen.

Hier bot sich ihm jedoch die Gelegenheit, die Zukunft seines Landes mitzubestimmen. Mehr noch, dies war die Rettung. Er würde Alysson an seiner Seite haben können, ohne die Pflichten zu verletzen, die er seinem Volk gegenüber hatte. Wenn er Bourmonts Angebot annahm, würde er einen Bund mit den Franzosen schließen. In den Augen seines Volkes würde die Eheschließung mit einer Europäerin denselben Zweck erfüllen wie die Heirat mit der Tochter eines anderen Stammesfürsten — die Verfestigung des Bandes zwischen den Stämmen. Er könnte Alysson zu seiner ersten Frau machen ... zu seiner einzigen Frau. Vorausgesetzt, sie wollte ihn.

Aber abgesehen davon, ob dieser kühne Traum je Wirklichkeit werden würde, und unabhängig davon, ob es ihm paßte oder nicht, daß ihm dabei die Rolle des Besiegten zukam, den Vorschlag Bourmonts würde er nicht ablehnen dürfen, sollte dieser wirklich dafür eintreten, daß dem algerischen Volk Gerechtigkeit widerfuhr.

Sicher war es auch Bourmont nicht leichtgefallen, ausgerechnet den Mann um Hilfe zu bitten, der sein Lebensglück zerstört und seine Armee aufgerieben hatte. Beide befanden sich in einer Lage, die Kompromisse forderte — wobei Jafar eindeutig in der schwächeren Position war. Zwar waren die Franzosen im Augenblick die Sieger, aber wie bei den Verhandlungen über das Schicksal seines Emirs würde Jafar auf die bestmöglichen Bedingungen dringen, und danach würde man dann weitersehen.

Sich in sein Schicksal fügend wandte sich Jafar mit feierlichem Gesichtausdruck an Bourmont, der ruhig abgewartet hatte. »Ich werde mich mit den anderen Stammesfürsten meiner Provinz beraten, Colonel«, sagte er schließlich.

Bourmont sah ihn verwundert an. »Ich hätte gedacht, Sie würden eine solche Entscheidung auch allein treffen können.«

Jafar erlaubte sich ein kleines Lächeln. »Nein, darüber habe ich nicht allein zu entscheiden. Ich regiere mit dem Willen meines Volkes, nicht eigenmächtig. So ist das bei uns.

Falls Sie es wirklich ernst damit meinen, daß wir unsere Bräuche und unsere Verwaltung beibehalten dürfen, dann werden Sie auch dafür Verständnis haben.«

»Ja ... natürlich. Das hätte ich bedenken müssen.«

»Und«, fügte Jafar versöhnlich hinzu, »falls Sie noch etwas Geduld aufbringen können, dann kann ich Ihnen versprechen, daß Ihr Vorschlag sorgfältig geprüft werden wird. Ich versichere Ihnen sogar, daß ich versuchen werde, unsere Stammesräte von den Vorteilen Ihres Planes zu überzeugen, und daß ich mich selbst voll und ganz dahinterstellen werde.«

»Sehr gut.« Gervase beugte sich vor. »Geben Sie mir Ihre Hand darauf?«

Jafar blickte auf die Hand, die sich ihm entgegenstreckte.

»Ich weiß, dies ist eine abendländische Sitte, aber wenn Sie dann zugestimmt haben, können wir die Abmachung nach orientalischem Brauch feiern ... Indem wir uns zu einem reichhaltigen Festmahl zusammensetzen und hinterher gemeinsam die Wasserpfeife rauchen.«

Endlich überzeugt ergriff Jafar die ihm dargebotene Hand.

Zufrieden lehnte sich der Franzose in seinem Sessel zurück, schwenkte den Wein in seinem Glas und überlegte laut. »Algerien wird sicherlich noch lange unter französischer Militärherrschaft bleiben, aber der Tag wird kommen, an dem die Verwaltung in die Hände einer Zivilregierung gelegt wird. Ich hoffe sogar, daß ich den Tag noch erleben werde, an dem Araber und Berber friedlich neben Franzosen und anderen Siedlern aus ganz Europa existieren können.« Er hob sein Glas und blickte seinen Gast an. »Vielleicht sollten wir auch darauf trinken.«

Zögernd erhob auch Jafar sein Glas. »Die guten Manieren, die mir mein Großvater eingebleut hat, gebieten mir, mit Ihnen mitzuhalten«, stimmte er zu, »aber erlauben Sie mir zu wiederholen, was Abd el-Kader einst zu den Franzosen sagte ... *Sie sind in diesem Land nur Gäste auf Zeit. Auch wenn Sie, wie vor Ihnen die Türken, dreihundert Jahre lang bleiben, am Ende werden Sie doch gehen*«.

Gervase de Bourmonts Antwort war ein Lächeln, mehr traurig als froh. »Auch darauf wollen wir trinken, Monsieur.«

Kapitel 27

Immer noch schwankte Jafar, ob es richtig gewesen war, der Rache abzuschwören, andererseits ...

Von der dunklen Terrasse vor dem hell erleuchteten Festsaal aus beobachtete er den Mann, den er nach Berberrecht hätte töten sollen. Unter den festlich gekleideten Gästen der Siegesfeierlichkeiten war natürlich auch Gervase de Bourmont, quicklebendig und einmal mehr das Objekt der nagenden Eifersucht, die in Jafars Brust schwelte.

Andererseits war Jafar froh, daß er auf die Blutrache verzichtet hatte, denn so war ihm wenigstens die Hoffnung geblieben, zu bekommen, was ihm im Leben das Liebste war und woran er immer noch nicht zu glauben wagte.

Nicht zum ersten Mal suchte sein Blick die junge Frau, die neben dem Colonel stand, und Sehnsucht glomm in seinen Augen auf. *Alysson.* Der Charme und die Lebensfreude, die sie ausstrahlte, wie sie — flankiert von zweien ihrer Onkel — sich auf dem Parkett bewegte, ließen nicht erkennen, ob sie sich nach seiner Liebe sehnte, ob sie vielleicht ebenso litt wie er.

Aber nicht nur die strahlende Miene und Unbekümmertheit, die sie zur Schau stellte, hatten Jafar davon abgehalten, auf dem Ball zu erscheinen, den der Generalgouverneur in seiner Residenz gab. Er fürchtete vor allem, daß Bourmont sich über Alyssons wahre Gefühle getäuscht haben könnte, eine Furcht, die fast an Feigheit grenzte.

Grimmig lächelte Jafar über die Selbsterkenntnis, daß er, der furchtlose Berberkrieger, sich so schwer tat, mit einer schwachen Frau fertig zu werden, ja, sich ihr nur zu nähern. Von Beginn an hatte sie unerschütterliches Selbstbewußtsein, Leidenschaftlichkeit und Mut an den Tag gelegt, hatte ihm bei jeder Gelegenheit die Stirn geboten und sich nie unterkriegen lassen. Aber gerade diese Charakterzüge hatten nach anfänglicher Wut Bewunderung und schließlich Zuneigung, ja Begierde in ihm hervorgerufen. Schon nach kurzer Zeit hatte sie es fertiggebracht, sein Herz, sein ganzes Ich gefangenzunehmen. Und nun scheute er davor zurück, der Wahrheit ins Gesicht zu sehen, wagte nicht, den entscheidenden Schritt zu tun und die Frage zu stellen, die gestellt werden mußte. Denn er hatte Angst vor der Antwort, fürchtete, daß die Frau, die ihm mehr bedeutete als sein Leben, seine Liebe zurückweisen könnte. Und so stand er da in der Dunkelheit, gepeinigt von Angst und Zweifel.

Drinnen im Ballsaal hielt Alysson nur mit Mühe die strahlende Fassade aufrecht. Nach außen fröhlich kämpfte sie im Inneren gegen ihre Ängste an, die seit dem Vortag nur noch schlimmer geworden waren. Seit sie wußte, daß Jafar sich in Algier aufhielt, lebte sie in ständiger Angst, daß er als Verräter entlarvt, festgenommen, ins Gefängnis geworfen und womöglich exekutiert werden könnte. Die Einladung zum Ball hatte sie nur angenommen, weil Gervase darauf bestanden hatte und weil es sie nicht zu Hause gehalten hätte, während Jafar sich vielleicht schon in tödlicher Gefahr befand.

Ihren Onkeln zuliebe gab sie vor, sich gut zu unterhalten, während sie doch insgeheim betete, daß ihre Sorge unbegründet sein möge. Wahrscheinlich war Jafar längst wieder fort. Welchen Grund sollte er auch haben, in Algier zu bleiben? Die Verhandlungen waren zu einem Abschluß gekommen, das Schicksal seines Emirs war besiegelt. Abd el-Kader hatte sich mit seiner Familie und seinen engsten Vertrauten nach Frankreich eingeschifft.

Vom flachen Dach ihres Hauses aus war es ihr gelungen, einen Blick auf den legendären Feldherrn zu erhaschen, wie er in scharlachrotem Burnus majestätisch durch die von jubelnden Menschen gesäumten Straßen ritt. Mit seiner Abreise ins Exil ging eine Epoche der Gewalt und des Aufruhrs zu Ende. Doch Alysson empfand nichts als Trauer darüber, daß er das Land verlassen mußte. Abd el-Kader hatte sich als der geborene Herrscher erwiesen, als großer Soldat, fähiger Administrator, mitreißender Redner und ritterlicher Gegner. Fünfzehn Jahre lang hatte er erbittert gegen die französischen Kolonialherren gekämpft und während dieser Zeit ein halbes Dutzend französischer Generäle in Atem gehalten und mehrere Mitglieder des französischen Königshauses in Unruhe versetzt. Und jetzt mußte er den Preis für seinen trotzigen Widerstand bezahlen.

Mehr noch als das Schicksal des besiegten Arabers lag ihr jedoch Jafars Zukunft am Herzen. Was würde er unternehmen, nachdem sein Anführer sich hatte ergeben müssen? Würde er sich ebenfalls der französischen Übermacht unterwerfen oder wider alle Vernunft den Krieg allein weiterführen? Vielleicht war sowieso schon alles zu spät, und er saß bereits im Kerker. Würde sie denn überhaupt erfahren, was mit ihm geschehen war? Die Unsicherheit über sein Schicksal brachte sie fast um den Verstand.

Oh, wollte dieser schreckliche Abend denn niemals enden? Verzweifelt faltete Alysson die behandschuhten Hände, um das Zittern zu verbergen.

Als sie bemerkte, wie Gervase sie mit feierlicher Miene ansah, hielt sie es nicht mehr länger aus, murmelte etwas von frische Luft schnappen und schlängelte sich so rasch es ging durch die gesichtslose Menge auf die offenen Terrassentüren zu.

Als sie endlich auf der Terrasse stand und die kühle Nachtluft spürte, tat sie erst einmal erleichtert einen tiefen Atemzug. Das sollte ihr allerdings schlecht bekommen. In dem mondhellen Garten unterhalb der Terrasse blühten auch jetzt im Winter noch üppige rote Bougainvillea, Oleanderbüsche und andere Blumen. Der süße Blütenduft rief in ihr die Erinnerung an die Wohlgerüche der exotischen Nächte wach, in denen sie in Jafars Armen gelegen hatte.

Unsicher lehnte sie sich an die Balustrade, als der unsägliche Schmerz über ihre hoffnungslose Liebe sie von neuem übermannte. Voller Verzweiflung ließ sie den Kopf sinken und wünschte sich die Benommenheit zurück, die ihre Seele in den letzten Wochen vor dem Schlimmsten bewahrt hatte.

Es mußte eine kleine Ewigkeit später gewesen sein, als plötzlich Jafar aus dem Schatten trat und leise ihren Namen rief. Erschrocken und mit wild klopfendem Herzen drehte Alysson sich um und sah ihn nur wenige Schritte entfernt vor sich stehen. Wie bei ihrer ersten Begegnung auf algerischem Boden vor drei Monaten trug er wieder einen eleganten Abendanzug nach europäischer Mode.

»Jafar ...« Ihr Flüstern war kaum hörbar, nur das Zittern in ihrer Stimme verriet die ungewisse Freude, die sie bei seinem Abnlick empfand. Ungläubig, ob er es wirklich sei, suchte ihr Blick seine Gestalt, sein Gesicht.

Wortlos sahen sie einander an, bevor Jafar endlich das Schweigen brach. »Ich dachte, du hättest Algier längst verlassen, *Ehuresh.*«

Alysson, die kaum wahrgenommen hatte, daß er englisch gesprochen hatte, schüttelte den Kopf. Solche Unwichtigkeiten zählten jetzt nicht, wo doch sein Leben auf dem Spiel stand. »Jafar, bitte ... Warum bist du hier? Du bist in Gefahr. Du mußt fort von hier.«

»Was ist los, *chérie*? Sollte ich etwa Besorgnis in deiner Stimme hören?«

»Ja! Ich mache mir Sorgen um dich. Wenn Gervase dich hier sieht ...«

»Du kannst ganz beruhigt sein, Alysson. Der Colonel persönlich hat mich zur Siegesfeier eingeladen.«

Ungläubig starrte sie ihn an. »Ich verstehe nicht ... Du hast mit ihm gesprochen?«

»Wir hatten eine lange Unterhaltung. Anscheinend ist er sogar bereit, das Unrecht wiedergutzumachen, das sein Vater meiner Familie angetan hat.«

Wieder schüttelte Alysson verwirrt den Kopf. Aber Jafar gab keine weiteren Erklärungen mehr ab, sondern ließ eine lange Pause folgen, in der er nach Worten zu suchen schien.

»Da ist etwas, was ich dich fragen muß, *Ehuresh*«, sagte er schließlich. »Der Colonel scheint anzunehmen, daß du mich liebst. Ich möchte wissen, ob das wahr ist.«

Von Jafars fragendem Blick unwillkürlich angezogen, blickte sie ihm geradewegs in die bernsteinfarbenen Augen, die ernst und verletzlich wirkten und so gar nicht zu dem Mann paßten, der einst dem Mörder seines Vaters ewige Rache geschworen hatte.

»Und wenn es so wäre?« flüsterte sie.

In diesem Moment füllten sich seine Augen mit Zärtlichkeit, Verlangen, Erwartung und schließlich Unsicherheit. Jedes einzelne dieser Gefühle konnte sie so klar in seinen Augen lesen, als empfände sie es selbst — und wirklich waren seine Augen nur ein Spiegel ihrer eigenen Seele.

»Falls das wirklich wahr ist«, antwortete er heiser, »dann würde auch ich meine Liebe gestehen ... Einer Frau, die ich schon seit langem bewundere und verehre.«

Alyssons Lippen öffneten sich, aber es kam kein Laut hervor. Die wildesten Hoffnungen brodelten in ihr hoch, aber die Kehle war ihr wie zugeschnürt. Unfähig, sich mit Worten zu äußern, antwortete sie mit dem Herzen und warf sich ihm in die Arme. Glücklich umschlang er sie und hielt sie fest. Sie sank an seine Brust, schloß die Augen und vergrub den Kopf an seiner Schulter.

Jafar spürte das Zittern ihres Körpers, fühlte ihre Tränen auf seinem Gesicht. Noch einen langen Moment hielt er sie nur eng an sich gepreßt, seine Wange an ihrer. Schließlich schob er sie ein wenig von sich weg und nahm ihr Gesicht zärtlich in seine Hände.

»Nur du kannst den Sturm besänftigen, der in meinem Herzen tobt, Alysson. Bitte sage mir wenigstens, daß du mich nicht haßt ... Gib mir die Hoffnung, daß du mich eines Tages lieben könntest.«

»Ja ... Oh, Jafar, ja ...«

Sie hatte den Satz noch nicht beendet, als Jafar schon

eine Serie sanfter Küsse über ihr Gesicht regnen ließ. Schluchzend, lachend hing sie an ihm, bis er schließlich den Kopf hob und sie voller Ernst anblickte.

»Heirate mich, Alysson.«

»Dich heiraten ...? Du willst mich *heiraten*?«

»Ja, mein Herz. Ich möchte deine Hand zum Bunde. Ich bitte dich, meine Frau zu werden, Alysson, mein Leben mit mir zu teilen und mein Heim, Kinder mit mir zu haben und zusammen mit mir alt zu werden.«

Entgeistert starrte sie ihn an. Doch plötzlich erschien statt des ungläubigen Staunens ein Ausdruck der Bedrücktheit in ihren Zügen. »Aber was ist mit deinem Stamm, Jafar ... sie werden mich niemals akzeptieren ... mich, eine Ungläubige, eine Engländerin.«

»Im Gegenteil, Alysson. Wegen deiner Tapferkeit werden sie dich uneingeschränkt in ihrer Mitte aufnehmen. Eine Frau, die einen Löwen erlegen kann, ist die passende Braut für einen *Berber-Amghar*, die Richtige, um ihm Kinder zu gebären. Das ist es, was mein Volk sich von dir erzählt.«

Daß seine Stammesangehörigen sich über ihre Eignung als Braut ausgelassen hatten, hätte sie eigentlich befremden und ärgern müssen, aber alles, was sie fühlte, war grenzenlose Erleichterung. Und Seligkeit. Die Vorstellung, daß sie und Jafar Kinder haben könnten, machte sie ganz benommen vor Freude.

Anscheinend hatte er jedoch ihr Zögern mißdeutet, denn mit ernster Stimme fuhr er fort. »Ich würde es verstehen, wenn du nicht hier, in diesem Land, mit mir leben möchtest. Wir könnten hinziehen, wohin du willst ... nach England, nach Frankreich oder auch nach Indien. Mir ist alles gleich, solange ich dich nur habe.«

Wieder füllten sich ihre Augen mit Tränen. Sie wußte, daß es ihm keineswegs gleichgültig war, aber er schien bereit zu sein, seine Heimat zu verlassen, den Freiheitskampf und alles übrige aufzugeben, nur um mit ihr zusammensein zu können.

»Weine nicht, Geliebte«, bat er sie in der Sprache der Berber. »Ich kann es nicht ertragen, in deinen Augen Tränen zu sehen.«

»Ich weine ja gar nicht«, antwortete sie mit zitternder Stimme auf englisch. »Und natürlich können wir hier leben.«

»Du wirst ... mich also wirklich heiraten?«

»Ja, o ja, ich will dich heiraten.«

Immer noch schien er nicht ganz überzeugt zu sein. Zärtlich und ein wenig nachdenklich strich er ihr mit den Daumen die Tränen von den Wangen. »Es wird nicht so schlimm werden, wie du vielleicht befürchtest, Alysson. Ich will dir auf keinen Fall deine Unabhängigkeit und deine Freiheit nehmen. Du sollst auch dein ungestümes Wesen nicht aufgeben, nur um dich an unsere Kultur anzupassen. Gerade dein Charakter ist es, was ich am meisten an dir liebe. Auch daß du deine Religion aufgibst, würde ich nie von dir verlangen. Der Koran gestattet es dem Muselmanen, eine Christin zur Frau zu nehmen. Wir könnten uns ja zweimal trauen lassen, nach christlichem und nach islamischem Glauben. Damit wären sicherlich auch deine Onkel und mein englischer Großvater zufrieden.« Er hielt inne und blickte sie fragend an.

Ihr zittriges Lächeln schien ihn ermutigt zu haben, denn er wirkte jetzt weniger besorgt. »Und was unsere Kinder angeht, da werden wir bestimmt einen Kompromiß finden. Wir könnten sie im islamischen Glauben erziehen, sie aber gleichzeitig in der christlichen Religion unterweisen lassen. Und wenn sie einmal alt genug sind, sollen sie selbst entscheiden, welchem Glauben sie angehören wollen. Wärst du damit einverstanden?«

»Ja, das wäre eine gute Lösung. Aber ... bist du wirklich sicher, daß du eine Engländerin zur Frau haben willst?«

Jafars Lippen kräuselten sich zu einem kleinen Lächeln, und zum ersten Mal erlaubte er sich wieder einen Anflug von Belustigung.

»Wenn ich schon so tief gesunken bin, daß ich gemeinsame Sache mit den Franzosen mache und sogar mit dem

Mann, dem ich Blutrache geschworen habe, dann kann ich auch eine Engländerin heiraten.«

»Was meinst du damit, ›gemeinsame Sache mit den Franzosen‹? Sprichst du von Gervase?«

»Der Colonel wünscht offenbar, daß ich einen Posten im *Bureaux Arabes* übernehme.«

Jafar führte Alysson zu einer Marmorbank und setzte sich neben sie, um ihr von Bourmonts Vorschlag zu berichten und von seiner wachsenden Überzeugung, daß es die richtige Entscheidung wäre, das Angebot des Colonels anzunehmen. Er sei auch sicher, erklärte er ihr, daß er die Zustimmung der Mitglieder seines Stammesrates erhalten würde, wenn er ihnen erst die Vorteile dargelegt hätte.

»Und was hältst du davon?« fragte er sie schließlich. »Wärst du auch damit einverstanden, mein Herz?«

Statt einer Antwort hob Alysson die Hand und strich ihm zärtlich über die Wange. Es fiel ihr immer noch schwer zu glauben, daß sie nicht träumte, daß er wirklich hier neben ihr saß und ihr all diese guten Neuigkeiten erzählte. »Ja, natürlich wäre ich damit einverstanden, sogar sehr. Es kann nur gut für dein Volk sein, wenn du bei den französischen Behörden eine Vertrauensstellung einnimmst. Vielleicht solltest du zum Besten deines Volkes endlich auch deine Feindschaft gegen Bourmont begraben.«

Er seufzte tief und fügte mit einem Anflug von Bitterkeit hinzu: »Einfach ist das nicht, mit seinem Erzfeind so plötzlich Frieden zu schließen.«

»So sehr haßt du Gervase?« fragte sie.

»Nein, das ist vorbei. Wenn ich ehrlich bin, muß ich sogar zugeben, daß mein Haß zum größten Teil auf Eifersucht beruhte.« Jafars Augen suchten die ihren. »Ich habe schließlich immer geglaubt, daß du ihn liebst.«

»Ich habe ihn nie geliebt ... Ich wollte ihn nur nicht verletzen. Du bist es ... den ich liebe.«

Wortlos nahm Jafar ihre Hand und drückte sie an seine Brust, genau an die Stelle, wo sein Herz saß. Sie fühlte seinen ruhigen, kräftigen Herzschlag.

»Und ich liebe dich, Alysson, so sehr, daß es fast weh tut.«

Lange blickte sie ihn stumm an, schließlich fragte sie ihn mit unsicherer Stimme: »Wenn du mich liebst, warum hast du mich dann gehen lassen?«

»Ich war der Meinung, du würdest mit Bourmont glücklicher werden«, sagte Jafar schlicht. »Und außerdem«, fügte er ruhig hinzu, »wollte ich dich selbst entscheiden lassen. Du solltest aus freien Stücken zu mir kommen. Wenn ich dich zum Bleiben gezwungen hätte, dann wäre ich nicht viel besser gewesen als der wilde Heide, den du in mir sahst. Und doch hoffte ich, daß du dich für mich entscheiden würdest, wenn du mich nur genügend liebtest.«

»Ich wollte ja bleiben, Jafar, aber ich hatte Angst — um dich. Ich wollte mich nicht zwischen dein Volk und dich stellen, dir noch mehr Schwierigkeiten machen. Ich hatte immerhin mitbekommen, daß du dich vor dem Stammesrat dafür rechtfertigen mußtest, daß du Gervases Leben verschont hattest, und ich konnte den Gedanken nicht ertragen, daß ich dir noch mehr schaden könnte. Und davor habe ich immer noch Angst. Bist du sicher, daß dein Volk nichts dagegen haben wird, wenn du mich heiratest? Ich war immer der Meinung, du müßtest dich bei deiner Eheschließung von politischen Überlegungen leiten lassen.«

»Das muß ich auch jetzt noch, aber ich will dir die Auffassung der Berber in dieser Frage erklären. Die einzige Form der Ehe, die du akzeptiert hättest, konnte ich dir bisher nicht bieten. Wenn ich mich aber mit Bourmont verbünde und anschließend heirate, entsteht ein neues Bündnis zwischen zwei Völkerschaften, und damit kann ich auch meinen Verpflichtungen als *amghar* gerecht werden. Nach Berberrecht darf ein *amghar* auch außerhalb seines Stammes heiraten, er kann sich sogar eine Partnerin aus einem verfeindeten Stamm wählen, weil er damit seinem eigenen Volk einen neuen Verbündeten verschaffen kann. Dies ist nicht nur zulässig, sondern wird sogar gefördert. In unserem Fall wäre es sehr vorteilhaft für mich, wenn ich mich mit dir zusammentäte, denn du bist nicht nur eine Fremde aus einem

Volk, mit dem ein Bündnis vorteilhaft wäre, sondern du hast auch einen gewissen Einfluß beim Chef des Amtes für Arabische Angelegenheiten.«

Sie zögerte. »Willst du mich etwa nur heiraten, um dich mit den Europäern zu verbünden?«

Obwohl sie sich Mühe gab, dies nur so leichthin zu sagen, hatte Jafar die Unsicherheit in ihrer Stimme herausgehört. »Komm her«, befahl er ihr mit einem knappen Lächeln und wartete nicht, bis Alysson gehorchte, sondern zog sie kurzerhand in seine Arme.

Dann beugte er sich hinunter und nahm ihre Lippen mit einer Entschlossenheit, die sie taumeln machte und ihr jeden Zweifel nahm. Besitzergreifend, heiß und ungestüm war sein Mund auf ihren Lippen, wie immer, wenn er sie küßte.

Als er sie schließlich freigab und Alysson endlich Luft holen konnte, waren ihre Wangen gerötet und ihre Lippen schmerzten.

Doch Alysson protestierte nicht gegen seine Wildheit und Leidenschaft. Ja, insgeheim hoffte sie, daß ihre Liebe immer so stürmisch bleiben möge.

Jafar lächelte zufrieden, als er den verwirrten Ausdruck in ihrem Gesicht sah. Seine Augen glänzten gefährlich. »Meine Verbündeten würde ich nicht so küssen, *Ehuresh*, und ich mache sie auch nicht zu meinen Geliebten.«

»Das will ich hoffen«, sagte sie mit einem kleinen, zittrigen Lachen. »Es war ... sehr überzeugend.«

Mühsam versuchte Alysson, die Fassung wiederzufinden und ihre verrutschte Abendrobe in Ordnung zu bringen. Plötzlich bemerkte sie, wie Jafars Blick auf ihr Dekolleté fiel, das zwar ihre Rundungen züchtig verbarg, jedoch genügend seidige Haut freiließ, um seine Begierde zu wecken. Wieder stieg jenes heiße, unkontrollierbare Gefühl in ihm auf, während er sich den Geschmack dieser stolzen, runden Hügel, der süßen Haut vorstellte.

Als jedoch die laute Musik und der Lärm aus dem Ballsaal wieder an sein Ohr drang, riß Jafar sich zusammen. Widerstrebend gab er Alysson frei und trat einen Schritt zurück, um der Versuchung besser widerstehen zu können.

»Am liebsten würde ich dich jetzt von hier wegbringen, *Ehuresh*«, sagte er heiser, »deinen wundervollen Körper entkleiden und dich die ganze Nacht lang lieben ... aber wahrscheinlich sollte ich erst einmal zu deinen Onkeln gehen und sie um deine Hand bitten.«

Alysson, die sich mehr auf den ersten Teil seiner Erklärung konzentriert hatte, fand nur mit Mühe ihre Stimme wieder. »Das ist nicht nötig, Jafar. Ich kann heiraten, wen ich will. Dazu brauche ich die Erlaubnis meiner Onkel nicht.«

»Trotzdem würde ich gerne ihren Segen dazu haben.«

»Den werden sie uns sicher geben. Sie waren schon immer sehr um mein Glück besorgt. Wenn du ihnen dein Wort gibst, daß du mich nicht wieder entführst oder zu deiner Gefangenen machst, werden sie dich sicher als meinen Ehemann akzeptieren und dich gerne im Kreise der Familie aufnehmen.«

Jafar schien bei Alyssons sorglosem Ton ein Stein vom Herzen zu fallen. »Vielleicht schaffen sie es sogar«, erwiderte er trocken, »mir den Schwur abzuringen, daß ich mich in Zukunft wie ein zivilisierter Mensch benehmen werde.«

»Aber bitte nicht zu zivilisiert«, murmelte Alysson. Sie wollte nicht, daß Jafar sich allzusehr änderte. Er war so stolz und wild wie die Löwen, die seine Bergprovinz durchstreiften, ungezähmt und wahrscheinlich unzähmbar. Sicher würde er auch weiterhin so arrogant, schwierig, besitzergreifend, dominierend und manchmal geradezu zum Auswachsen sein, wie sie ihn bereits erlebt hatte, aber nicht für alles Gut der Welt wollte sie diese Zukunft gegen eine andere eintauschen.

»Auf jeden Fall möchte ich aber deinen Onkeln sagen«, meinte Jafar, »daß ich die Absicht habe, nach besten Kräften für dich zu sorgen.« Er hielt inne, und in seinen Augen erschien wieder jene Verletzlichkeit, die ihr so sehr ans Herz rührte. »Mehr als eine unsichere Zukunft kann ich dir nicht bieten, Alysson. Ich kann dir nur versichern, daß ich alles in meiner Macht Stehende tun werde, um dich glücklich zu machen.«

Allmählich begann Alysson zu glauben, daß er es ernst meinte, daß er sie wirklich liebte und daß dies ein Moment der Wahrheit war. Sie hob die Lippen zu den seinen und küßte ihn sanft.

»Das ist mehr als genug«, erklärte sie ihm leise. »Ich will keine leeren Versprechungen für die Zukunft. Alles, was ich möchte, bist du.«

Aus ihren Augen strahlte die Liebe und erfüllte ihn mit einer Zärtlichkeit, die ihn zu zerschmettern drohte. Es bedurfte seiner ganzen Willenskraft, um seine Gedanken zur Wirklichkeit zurückzuholen.

»Und jetzt gehe ich zu deinen Onkeln«, wiederholte er heiser, »um den Brautpreis für dich auszuhandeln. Welcher von den dreien wird der zäheste Verhandlungspartner sein, was glaubst du?«

Verständnislos schüttelte Alysson den Kopf. »Jafar, du mußt für mich keinen Preis bezahlen, damit ich deine Frau werde, das sagte ich dir schon.«

»Aber sicher doch, *Ehuresh.* Das ist bei uns so Sitte ... Ich will schließlich nicht, daß deine Onkel denken, ich wollte dich nur wegen deines Vermögens heiraten.«

Wieder lachte sie leise, dieses Mal wirklich amüsiert. »Das würden sie nie von dir annehmen. Du magst ja die Fremden verachten, aber meine Onkel glauben dir sicher, daß du mich nur aus Liebe heiratest.«

»Es ist mir auch sehr wichtig, daß du das weißt.«

Verwundert hob sie die Augenbrauen. So zahm und versöhnlich hatte sie ihn noch nie erlebt. An Selbstbewußtsein hatte es ihm, dem Nachfahren ganzer Generationen stolzer Herrscher, bisher noch nie gefehlt. Diese vorübergehende Schwäche wollte sie zu ihrem Vorteil nutzen.

»Bei einer Sache habe ich noch meine Zweifel«, begann Alysson. Trotz der Leichtigkeit ihres Tonfalls sah Jafar sie aufmerksam an. »Möglicherweise könnte ich mich dazu durchringen, dich mit ›Mylord‹ anzusprechen, aber ›mein

Gebieter‹ zu dir zu sagen, das werde ich wohl nie über mich bringen.«

Jafar, der sich sichtlich entspannt hatte, sah sie mit einem zärtlichen, aber auch eindeutig verführerischen Lächeln an. »Das war eine ziemlich törichte Bemerkung von dir, die obendrein mit der Wahrheit nicht das geringste zu tun hat. Nach Berbersitte mag ich dein Gebieter sein, aber im Grunde bist du es, die über mein Herz herrscht, *Ehuresh*.«

»Ach ja?«

»Ja, so ist es, und ich habe vor, dir das für den Rest unseres Lebens zu beweisen.«

Alysson saß ein Frosch im Hals, aber sie sah ihn mit einem Blick an, in dem die Lust geschrieben stand. Jafar holte tief Luft. Wenn sie ihn mit so unverhohlener Begierde ansah, geriet sein Blut in solche Wallung, daß er sie am liebsten auf der Stelle genommen und sich so tief in sie vergraben hätte, daß keiner sagen konnte, wo der eine begann und der andere endete.

Trotz seiner guten Vorsätze streckte Jafar wieder den Arm nach Alysson aus, und seine Finger schlossen sich besitzergreifend um ihr Handgelenk. »Ah, *Ehuresh*«, flüsterte er, und sein warmer Atem streichelte ihren Mund, »merkst du nicht, wie sehr ich dich liebe, wie sehr du mich in deinem Bann hältst? Mit einem Augenzwinkern kannst du mich besiegen, mit einem Lächeln von deinen süßen Lippen mich unterwerfen, mit dem kleinsten Stirnrunzeln mich am Boden zerstören ...«

»Jafar, hast du vor, mich hier mit nichtssagenden Schmeicheleien zu überhäufen, oder willst du ein Mann der Tat sein und mich noch einmal küssen?«

Er lachte über ihre herausfordernde Frage, während er den Kopf schon zu ihr herunterbeugte.

Erst viel später erinnerten sich beide daran, daß sie eigentlich den Familiensegen für ihre Liebe hatten einholen wollen, und noch ein Weilchen verstrich, ehe sich beide erhoben und sich Hand in Hand auf die Suche nach Alyssons Onkeln machten.

Epilog

Paris
1852

Jafar folgte seiner Frau in die elegante Hotelsuite, warf seinen Zylinder auf einen kleinen Tisch und begann sich die Handschuhe von den Fingern zu ziehen. Geduldig wartete er, bis Alysson Hut und Cape abgelegt hatte, und beobachtete lächelnd, wie sie die Fensterflügel aufstieß, um auf die pulsierende französische Metropole hinauszusehen. Man merkte ihr die Erregung an, die die Ereignisse des Tages mit sich gebracht hatten. Auch er empfand die Freude des Augenblicks nach den langen Jahren seines fruchtlosen Strebens, seinen Emir endlich frei zu bekommen.

Nach Beendigung der kriegerischen Auseinandersetzungen in Algerien hatten die Dinge nicht den erhofften Verlauf genommen. Wenige Wochen nach Abd el-Kaders Unterwerfung erschütterte Frankreich die Revolution von 1848 mit dem Ende der Regierung von König Louis Philippe. Die neue französische Regierung hatte sich nicht an die Abmachung gehalten, Abd el-Kader Exil in einem islamischen Land zu gewähren, sondern ihn und seine Familie fast fünf Jahre lang in Frankreich interniert. Unermüdlich hatte sich Jafar daraufhin bemüht, den Emir aus der Gefangenschaft zu befreien. Sogar seinen Großvater hatte er überredet, ein Gnadengesuch beim Kaiser der Franzosen einzureichen.

Nun endlich war Abd el-Kaders ungerechte Gefangenschaft auf französischem Boden zu Ende. Auf Einladung Napoleons III. hatten Jafar und Alysson die Reise nach Paris unternommen, um an den Feierlichkeiten zu Ehren des Emirs teilzunehmen. Alysson beteuerte zwar, daß sie den Aufenthalt in Frankreich sehr genieße, aber schon nach drei Tagen Paraden und Festivitäten erklärte sie, daß sie nichts dagegen hätte, wenn sie bald wieder nach Algerien zurückkehren würden.

»Wie stickig es hier drinnen ist«, rief sie aus und sog mit einem tiefen Atemzug die frische Herbstluft ein. »Ich wußte gar nicht, wie sehr ich mich an unsere herrliche Bergluft gewöhnt habe und wie mir unser Zuhause fehlen würde.«

Lächelnd sah Jafar sie an. Vor Rührung brachte er kein Wort hervor. Mit jedem Tag war sie ihm mehr ans Herz gewachsen, falls das überhaupt noch möglich war. Im Laufe ihrer liebevollen Ehe hatte Alysson ihm zwei hübsche Kinder geboren — einen Jungen und ein Mädchen —, die sie während ihres Parisaufenthaltes bei Jafars hocherfreutem Großvater in England untergebracht hatten. Beide Kinder hatten das Temperament und die Freiheitsliebe ihrer Mutter geerbt, und dafür liebte Jafar sie um so mehr.

»Ich bin aber trotzdem froh, daß wir hierhergekommen sind«, sagte Alysson. »Sonst hätte ich deinen Emir wahrscheinlich nie kennengelernt. Du hast mir gar nicht erzählt, was für ein faszinierender Mann er ist, Jafar, und trotzdem so zurückhaltend und vornehm. Er gibt einem das Gefühl, etwas Besonderes zu sein ... als sei man die einzige Frau auf der Welt.«

»Du bist ja auch etwas Besonderes, mein Herz.«

»Woran denkst du?« fragte sie neugierig.

Seine Züge wurden weicher, und mit dem Lächeln des Verführers sagte er: »Du weißt schon woran.«

Ja, dachte Alysson, als sie Begierde in seinen Augen aufglimmen sah. Nach fast fünf Jahren Ehe wußte sie, was dieser Blick bedeutete, und immer noch schlug ihr das Herz dabei höher. Lieben wollte er sie.

Ein Schauder freudiger Erwartung überkam sie, während sie ihn ansah. Sie schwiegen beide, denn es bedurfte keiner Worte. In ihren Blicken stand die Leidenschaft, die zwischen ihnen vibrierte. Ohne Eile machte Jafar einen Schritt auf sie zu und stellte sich direkt hinter sie.

Sie fühlte, wie seine Lippen sanft ihre Schläfe berührten, und ohne sich um die Rüschen und den ausladenden Rock ihres Seidenkleides zu kümmern, lehnte sie sich an den vertrauten Körper ihres Mannes. »Du weißt schon, daß wir heute abend in der Oper erwartet werden.«

»Es ist schick, ein wenig zu spät zu kommen.«

»Aber es ist gar nicht schick, den Abend mit seiner Frau im Bett zu verbringen. In den meisten Kreisen gilt das geradezu als Skandal.«

»Ach ja? Seit wann scherst du dich darum, was andere als skandalös empfinden, mein Täubchen?«

Alyssons Lachen hatte einen heiseren Klang, aber sie gab nach. »Hilf mir bitte mit den Häkchen.«

»Stets zu Ihren Diensten.«

Trotz seiner Bereitwilligkeit ließ er sich bei der nun folgenden Zeremonie Zeit. Mit aufreizend langsamen Bewegungen schälte er sie aus Kleid und Krinoline, Musselinunterröcken und Korsett, bis sie nur noch in ihrem spitzenbesetzten Hemd und dem Beinkleid dastand. Zur Untätigkeit verdammt, ließ Alysson ihre Gedanken schweifen und die Jahre ihrer Ehe Revue passieren. Dankbar dachte sie an all das Schöne, das ihr in dieser Zeit widerfahren war.

Es waren glückliche Jahre gewesen. Auf Jafars Wunsch waren sie zweimal getraut worden, zuerst vom Bischof von Algier, dann in einer Zeremonie nach Berbersitte, der ein rauschendes Fest in Jafars Bergfestung gefolgt war, das eine volle Woche lang dauerte. Alysson war nicht zum Glauben ihres Mannes übergetreten, aber sie bemühte sich ständig, die Sitten und Gebräuche seines Stammes zu befolgen.

Nach besten Kräften hatte sie ihren Mann auch bei seinem Einsatz für die Sache der Berber unterstützt und ihn in seiner Rolle als Stifter eines unsicheren Friedens zwischen Franzosen und Algeriern, zwischen Besatzern und Besiegten bestärkt. Jafars Entschluß, sich mit Gervase de Bourmont zu verbünden, hatte sich als segensreich erwiesen. Gervase hatte Wort gehalten und sich stetig darum bemüht, das Los der Bevölkerung zu verbessern. In Jafar hatten die arabischen und berberischen Volksstämme zumindest einen Fürsprecher bei der französischen Kolonialregierung, während sich dem wachsenden Expansionshunger der europäischen Siedler nun erbitterter Widerstand entgegenstellte. Entscheidend jedoch war, daß das Blutvergießen endlich ein Ende hatte. Onkel Honoré konnte zum ersten Mal seine florierenden Weinberge ohne Furcht vor Überfällen bestellen. Auch Gervase war mit dem Lauf der Dinge zufrieden. Er hatte eine junge Französin geheiratet, die ihn förmlich anbetete. Und sogar Chaud hatte in Algerien sein Glück gefunden. Entschieden hatte er sich geweigert, Alysson nach ihrer Eheschließung zu verlassen, und lebte jetzt beim Stamm der Beni Abess. Auch er hatte sich eine Frau genommen, eine Kusine von Tahar, und kurze Zeit später nannten die beiden schon eine ganze Schar lebhafter Kinder ihr eigen.

Wie Jafar vorhergesagt hatte, erinnerte sich Alysson, hatten die Angehörigen des Stammes der Beni Abess sie bald akzeptiert und in ihrer Mitte aufgenommen. Ganz anders ihre eigenen Landsleute aus Europa; von einigen Familien wurde sie überhaupt nicht mehr ›empfangen‹. Doch darauf hatte sie auch früher schon keinen besonderen Wert gelegt. Jafar war ihr genug. Er hatte es vermocht, die wilde Reiselust in ihrem Blut zu zähmen. Immer weniger fühlte sie den Drang, auf der Suche nach Abenteuer, nach Erfüllung einer unbestimmten Sehnsucht die Welt zu durchstreifen. Ihre Ruhe und ihre Heimat hatte sie bei Jafar gefunden.

»Diese vielen gräßlichen Schichten«, hörte sie ihn amüsiert stöhnen, als er sich hinunterbeugte, um einen Kuß auf die pralle Rundung in ihrem Hemdausschnitt zu drücken.

Welch dekadente, köstliche Situation, dachte Alysson, nicht ganz bei der Sache. Fast schon nackt stand sie jetzt da, während Jafar immer noch im eleganten Frack war, mit steifer schwarzer Seidenkrawatte und tadellos frisiert. Voll Ungeduld fuhr sie ihm mit den Fingern durch die sonnengebleichten Locken, die im milden Dämmerlicht des frühen Abends noch goldener schimmerten als sonst. Jafar dachte jedoch nicht daran, mehr zu unternehmen, als sie mit einem quälend oberflächlichen Kuß auf ihre erwartungsvollen Lippen zu necken.

»Wir haben keine Eile«, tadelte er sie sanft. »Ich möchte dich in Ruhe genießen.«

Schon sein bloßes Versprechen erregte sie, und ohne zu protestieren ließ sie sich von ihrem Mann zum Bett geleiten.

Da saß sie nun auf der Bettkante und mußte es über sich ergehen lassen, wie er ihr betont langsam jeden Schuh einzeln auszog und ihr die schlanken Füße massierte, wie er eine Inszenierung daraus machte, ihr die Strumpfbänder und die bestickten Strümpfe abzustreifen. Dann erst drückte er sie sanft auf die Kissen zurück.

Als sie in der dicken Matratze versank, fiel ihr auf, welch ein ungewohnter Luxus ein gepolstertes Bett für sie geworden war. Das Hotelbett fühlte sich entschieden zu weich und gar nicht so angenehm an nach den Matten und Teppichen, die zu Hause die Schlafstatt bildeten, zumal dort der harte, muskulöse Körper ihres Mannes neben ihr zu liegen pflegte. Sehnsüchtig streckte sie die Arme nach ihm aus, aber Jafar, der vor dem Bett kniete, packte ihre Hände und hielt sie fest. Atemlos schnappte sie nach Luft, als er sie mit heißer, feuchter Zunge durch den zarten Batist ihres spitzenbesetzten Beinkleids küßte.

»Jafar ...«, murmelte sie und zuckte unruhig hin und her.

»Noch nicht, *Ehuresh*.«

Ehuresh. Meine Widerspenstige. Die Kosenamen, die er für sie ersann, waren immer fantasievoller geworden ... Stolz meines Herzens, Sonne meines Lebens, meine Angebetete ... aber am liebsten hörte sie *Ehuresh*. Immer noch gab sie ihm gelegentlich Anlaß, sie so zu nennen, aber sie war inzwischen schon wesentlich weniger widerspenstig als früher. Kein Mann hätte auch ein wundervollerer Ehemann, ein liebevollerer Vater, ein besserer Liebhaber sein können als er.

Aber auch sie war nachgiebiger, sanfter geworden. Wenn es auch nicht so weit ging, daß sie ihn ›Gebieter‹ nannte, hatte es doch schon Anlässe gegeben, bei denen sie Jafar in der Öffentlichkeit die Hände geküßt hatte, eine bei den Frauen der Berber verbreitete Sitte, ihren Männern Ehrerbietung zu erweisen.

Und auch jetzt wäre ihr ganz danach gewesen, ihm die Hände zu küssen — diese geschickten, magischen Hände —, aber er erlaubte ihr nicht die kleinste Bewegung. Zum Stillhalten verdammt konnte sie nur noch wimmern und die Finger in die Steppdecke krallen, als Jafar mit seiner Lieblingsfolter begann — der Suche nach den Stellen, wo er sie am meisten erregen konnte.

Als wahrer Genießer ergötzte er sich an ihrer Sinnlichkeit und der Erregung, die seine Liebkosungen bei ihr hervorriefen. Bald hatte er sie soweit, daß sich ihr ganzer Körper zu ihm aufbäumte und ihre Lustschreie den Raum erfüllten.

Erst jetzt lächelte Jafar zufrieden und vollendete das Entkleidungszeremoniell. Hemd und Beinkleid flogen in eine Ecke und seine Kleider hinterher.

Vom Vorspiel erregt sah Alysson ihrem Mann beim Ausziehen zu. Bewundernd glitt ihr Blick über seinen schönen Körper, dessen muskulöse, schlanke Konturen wie gemeißelt wirkten, und sie stellte sich schon die Ekstase vor, die ihnen bevorstand. Er würde sie nehmen mit der süßen Wildheit, die ihm eigen war, und sie würde auf ihn eingehen mit aller Leidenschaft, zu der sie fähig war. So war es immer, wild, intensiv und ungehemmt.

Als er schließlich in seiner ganzen Herrlichkeit nackt und stolz vor ihr stand, streckte sie sehnsüchtig die Arme nach ihm aus. Und als er schließlich zu ihr ins Bett stieg und mit vertrauter Innigkeit in ihrem Schoß versank, gab Alysson einen Seufzer atemloser Zufriedenheit von sich. Die Beine hinter seinem Rücken verschränkt, zog sie ihn noch enger an sich, noch tiefer zu sich her.

»Geliebte meines Herzens«, flüsterte Jafar, und seine goldenen Augen glänzten vor Erregung, als er den süßen, drängenden Rhythmus begann, der sie beide ins Paradies führen würde, und noch darüber hinaus.

»Ja …«, murmelte sie und erwiderte seine Liebe mit einer Leidenschaft und Hingabe, die man nur seinem Auserwählten geben kann. »Ja …«, schrie sie einen Augenblick später und empfing ihn freudig tief in ihrem Innersten.